ESTE LIBRO PERTENECE A:

El arte de engañar al karma

Elísabet Benavent

El arte de engañar al karma

Papel certificado por el Forest Stewardship Council®

MIXTO
Papel procedente de
fuentes responsables
FSC® C117695

FSC
www.fsc.org

Penguin
Random House
Grupo Editorial

Primera edición: abril de 2021
Segunda reimpresión: abril de 2021

© 2021, Elísabet Benavent Ferri
© 2021, Penguin Random House Grupo Editorial, S.A.U.
Travessera de Gràcia, 47-49. 08021 Barcelona

Printed in Spain – Impreso en España

ISBN: 978-84-9129-193-0
Depósito legal: B-797-2021

Compuesto en Punktokomo S. L.
Impreso en Liberdúplex,
Sant Llorenç d´Hortons (Barcelona)

SL 9 1 9 3 0

A ti.
Por las alas.
Por las flores.
Por los domingos.
Por lo que pudo haber sido.

1
La estrella estrellada

La sala, como no podía ser de otra manera y tal y como lo fueron sus primas hermanas anteriores (muchas y durante muchos años), era un cuartucho oscuro y mal ventilado que olía a café y a bocadillos de fiambre barato. Un foco potente casi no permitía distinguir los rasgos de los directores del *casting* que, sentados en sillas plegables, parecían ya cansados y muy hartos. La casuística de los horarios que te otorguen en una audición es una ciencia aparte.

Dejé mi bolso en un rincón y me planté frente al foco. Sonreí con comedimiento y me presenté.

—Catalina Beltrán, encantada.

—Adelante, Catalina —respondió uno de los hombres, enfrascado en la lectura de unos papeles manuscritos.

Ni me miraron. Ni de pasada.

El piloto rojo de la cámara indicaba que mi prueba había empezado ya con el simple acto de decir mi nombre. Normalmente te dan la oportunidad de pasar texto una o dos veces antes de grabar, pero me di cuenta de que andaban con prisa. Carraspeé para aclararme la voz, cerré los ojos un segundo y solté tal cual el parlamento que me habían mandado por *e-mail* para el *casting*.

—Debiste decírmelo, tía. Yo no sabía que Arturo iba a enamorarse de mí y tampoco sabía que mataría a tu hermano en aquella refriega. Todo fue un error…, ¡todo! —Tragué saliva, en la mejor representación de una adolescente consternada, azotada por la culpabilidad—. Y lo peor… es que todo el instituto lo sabe. Que tú me odiabas, que Arturo y yo follábamos en el almacén del gimnasio y que el verdadero motivo por el que tu hermano murió fue que… quería matarte.

El guion era terrible. Lo sé. Daba ganas de ponerse a vomitar entre risas, como cuando te sobreviene una arcada estando de fiesta y haces lo que puedes mientras tu mejor amiga te hace reír. Pero si me ofrecían el papel de una niñata de diecisiete años en una película de instituto y asesinatos conspiranoicos…, no estaba el horno como para ir rechazando papeles. Malos tiempos para tener principios… y buen gusto. Y muy mala suerte en mi vida. En la anterior, probablemente, fui el doctor Mengele.

—¡Quería matarte, Anto! —declamé visiblemente afectada.

—Cristina… —dijo alguien.

—Es Catalina —le corregí con educación, saliéndome del papel.

—Catalina, sí, perdón…, ¿cuántos años tienes?

Una daga clavándose con inquina diecisiete veces en mi corazón hubiera dolido menos.

—Prácticamente podríamos decir que treinta —respondí cambiando el peso de una pierna a otra y acompañando el movimiento de un suspiro.

—Ajá…, ¿sabes que el personaje para el que estamos haciendo la prueba tiene doce menos, no?

—Sí —asentí—. Pero, bueno…, en *Al salir de clase* había gente haciendo de adolescente que ya había terminado de pagar su segunda hipoteca.

—Las cosas han cambiado.

—Ya…

—Se han debido equivocar mandándole el papel…, ¿no sería el de la madre? —escuché que se decían en un susurro uno al otro.

—Sí, debe de ser.

—¿¡La madre!? —Me horroricé.

—Una madre joven —respondieron con una sonrisa condescendiente.

—Mira, guardamos esta prueba y si hay un papel más acorde para ti…, ya te llamaremos.

«Ya te llamaremos», el mantra más escuchado de mi existencia.

—¿Tenéis algún papel de teleoperadora de casi treinta hasta el higo de su vida de mierda? Ese lo bordo.

Sonrieron con educación, aunque estoy segura de que ni siquiera me escucharon. Debían de estar preguntándose por qué narices seguía yo allí dentro.

2

Venga, Catalina…

La puerta de mi hogar era muy fea. Pero fea…, fea como solo puede ser algo que se fabricó en serie en los años sesenta para la clase trabajadora y que sobrevivió sin mimos. El día que fui a visitar el piso por primera vez ya me lo pareció. Era una puerta realmente horrorosa, brutalista, que parecía haber sido hecha con la madera sobrante de algún ataúd muy grande y feo. Por la gloria de España…, era tremenda. Visualmente podía ser la metáfora más gráfica de cuarenta años de franquismo. O de mis sueños laborales. O de mi búsqueda del amor. O de mi cuenta corriente. En serio.

A decir verdad, para no culpar solamente a la pobre puerta, diré que no se me ocurre un lugar de España más antiestético que el rellano de aquel piso. A menudo, cuando abría la puerta del ascensor (también una delicia arquitectónica y ejemplo de estilo, nótese mi ironía), me imaginaba a los obreros encargados de la hazaña, allá por 1962, diciéndose el uno al otro: «Manda huevos, qué cosa más fea».

Sí, el rellano, la puerta, el timbre, la mugre que acumulaba el gotelé que rodeaba el timbre, la luz del descansillo, las mirillas…, todo era horrible, pero escondía, como suele pasar en estos casos, un tesoro: el piso de Teresa. Y el piso de Teresa era mi hogar.

El día que me entrevistó como posible inquilina, me sorprendió la luz de la casa y cómo la potenciaba el amarillo pálido de las paredes y el verde intenso de los cientos de plantas que adornaban, a distintas alturas, cualquier rincón. El suelo hidráulico dibujaba cenefas y espirales en colores bellísimos, ya apagados por el tiempo, y el salón se abría tras un enorme arco con algunas volutas y tallas.

—Perdona que te lo diga…, pero esa puerta no le hace justicia al piso —le dije señalando el megalito de madera.

—Ya. —Sonrió afable—. Mi madre era una nostálgica y…, fíjate, lo reformó de puertas para adentro para que pareciera uno de esos pisos antiguos del barrio de Salamanca, pero mejor… Porque, ya sabes lo que dicen…

Arqueé las cejas, intentando que siguiera, pero no parecía darse por enterada.

—¿Qué dicen?

—Ah. —Se sobresaltó con mi pregunta y se rio. Era una mujer de unos cincuenta con aire de profesora de pócimas en un castillo—. Que Chamberí es lo auténtico. Salamanca es solo para nuevos ricos.

No tenía ni idea de lo que me estaba diciendo, pero quise vivir allí de inmediato. Y gracias a aquella decisión, una vida que podría haber sido solo una orgía de costumbrismo tenebrista digna de Caravaggio fue, además, divertida. Pero esta historia empieza, justamente, cuando fue entrando la luz, como ya te imaginas.

La puerta horrorosa se abrió con un chirrido de pasaje del terror y le devolví una sonrisa comprensiva. Pobre puerta; yo también tenía días así, con poca dignidad.

—¡Hola! —grité quitándome la chaqueta y dejándola colgada en el perchero de la entrada, junto al bolso y al pañuelo que llevaba al cuello…, que ya voy adelantando que no era precisamente de Hermès. Más bien de los saldos de H&M cuando están terminando las rebajas.

—¡Hola! —respondió un coro de voces desde la cocina.

Me asomé y tres caras me sonrieron alrededor de la mesa. Elena, en uno de los lados, sostenía el tenedor y el cuchillo sobre algo empanado que, la verdad, tenía muy buena pinta. Al otro lado, Laura echaba agua en el vaso que, claramente, habían preparado para mí. En el centro, como siempre, Teresa, como la matriarca de aquel piso. Casera, compañera y viuda de nacimiento, según su propia definición.

—Menudas horas de llegar, ¿no? —escuché a mi espalda, mientras me dejaba caer en una silla vacía.

Claudia, la última de mis compañeras de piso, llevaba puesto un conjunto *homewear* que si yo lo hubiera llevado para ir a trabajar habría sido lo más elegante que me habrían visto lucir jamás. Claudia era la nota discordante de un piso de cinco habitaciones y tres baños que Teresa alquilaba, no sabíamos si para compartir gastos o para compartir soledad.

Claudia trabajaba como abogada. Claudia siempre tenía la habitación limpia. Claudia tenía horarios leoninos, pero aún tenía tiempo para mantenerse en forma, estar siempre perfecta (pestañas, uñas, cutis, ropa planchada…) y cumplir con los turnos compartidos de las labores del piso. Claudia siempre tenía una opinión muy clara sobre las cosas. Claudia nunca parecía dudar. Claudia era una puta extraterrestre que no lloró viendo *El diario de Noa*. No me fío de la gente que no llora con esa película. Y supongo que ya te imaginarás que… era la única de mis compañeras que no me caía especialmente bien.

—Sí, hoy he terminado un poco más tarde —respondí de soslayo.

—¿Algún *casting*?

Miré de reojo a Laura, Elena y Teresa, y puse los ojos en blanco. Nunca compartía ese tipo de información con Claudia porque me daba la sensación de que siempre terminaba usándola en mi contra, cargada de una condescendencia que me hundía en la miseria. Ya tenía suficiente mala suerte en la vida como para tener que confesar mis dramas a Doña Perfecta.

—¡Eso! Catalina, ¿qué tal el *casting*?

No es que Teresa fuera tonta, es que era muy ingenua y siempre pensaba que la gente era buena. Es la única explicación que me cabe para que terminara alquilándome la habitación al precio que pagaba. Bueno, y que no tenía ventana…

—Pues el *casting* como todos. «Ya te llamaremos».

—¿Para qué era? — preguntó Miss Perfección.

—Pues para una peli con toda la pinta de terminar cubierta de caspa.

—Bueno… —Claudia me apretó el hombro—. Cata, no pasa nada. La suerte es una actitud; tú no desfallezcas.

El timbre de un móvil sonó en la lejanía y ella se apresuró a coger un yogur, una cuchara y salir por la puerta.

—Es el mío… Buenas noches, chicas.

—Corre, corre, que será del teléfono de la esperanza —rezongué yo.

Eché un vistazo hacia el marco de la puerta y cuando escuché la de su dormitorio cerrarse, me volví hacia mis compañeras.

—¿La habéis oído? ¡Que la suerte es una actitud, dice! ¡¡Será cabrona!! Como si a ella le fuera tan bien la vida… cuando comparte piso con nosotras, que además no la aguantamos.

Elena y Laura me miraron de soslayo. Funcionaban como dos cuerpos artificiales con una única CPU. Bueno, estoy siendo mala. No eran dos autómatas, solo dos chicas que al conocerse se fusionaron como hermanas mellizas de diferentes madres, que siempre hablaban a la vez, que se terminaban las frases y que se comportaban como un coro griego. Eran maravillosas y las adoraba, pero su nivel de simbiosis resultaba, a ratos, terrorífica.

—A mí no me cae mal —aseguró Elena—. Tiene conversaciones interesantes.

—Y sabe mazo de belleza. Da buenos consejos —añadió Laura.

—¡Sí! ¿Os acordáis cuando hicimos aquellas mascarillas caseras?

—¿Cuándo? —pregunté con los ojos abiertos de par en par.

Me parecía increíble que hubieran hecho mascarillas caseras sin mí.

—Sí, un domingo. Hicimos mascarillas y un bizcocho sano con…, ¿eran dátiles?

—Sí. Qué bueno estaba… —suspiró Elena.

—Pues yo no me acuerdo… —rezongué.

—Estarías en casa de algún ligue —farfulló malignamente Laura.

—Lo decís como si cambiara de ligue como de bragas. Ni siquiera son ligues. Son… intentos de encontrar al hombre de mi vida.

Dibujé una mueca. Sonaba superpatética. Si al menos follara por deporte…

—Cata, ni siquiera nos dio tiempo de aprendernos el nombre del último.

—Estáis dibujando una imagen de mí que vergüenza os tendría que dar —dije un poco triste—. ¿Qué queréis que haga? Yo cada vez que conozco a alguien deseo con todas mis fuerzas enamorarme… Os juro que hasta me imagino diciéndole «sí, quiero» en una iglesia románica en el Pirineo, pero… nunca pasa. Más sufro yo, chica, que me pierdo el chute de endorfinas.

—Tampoco es que te pierdas mucho con el amor. —Laura se levantó y recogió sus platos mientras se dirigía al mastodóntico fregadero de loza blanca—. Creo que ese es el problema, que tienes un concepto completamente irreal e idealizado del amor.

—No me jodas… —me quejé.

—Ya lo sabes, Cata: ni sonido de violines ni querubines coronándote en los cielos. La cosa es así: conoces a alguien, te ilusionas, pasas miedo, te vuelves a ilusionar y…

—¡¡*Ghosting!!* —dijeron Elena y Laura a la vez.

—Madre mía, menuda pandilla de cínicas —resopló Teresa, que no había intervenido hasta ahora.

—En este piso hay una maldición. Teresa, tendrías que haberlo advertido en el anuncio de Idealista: «Preciosa habitación en piso compartido. Zona Chamberí. Acabados originales. Bien iluminado. Dos balcones a la calle y una energía muy chunga para que los asuntos del amor te salgan bien. Interesadas en masoquismo vital, llamar al número de teléfono».

Sonreí con la mirada perdida en la expresión con la que Laura exponía el anuncio imaginario hasta que la aludida me dio un golpecito en el brazo.

—¿No cenas, mi niña?

—Se me ha cerrado el estómago.

Laura y Elena siguieron haciéndose chistes la una a la otra sobre la maldición que arrastraba aquel piso, pero se les olvidó mencionar que, además de conllevar mala suerte en el amor, el halo de energía maligna que desprendían los baldosines también destrozaba tus sueños profesionales.

—Has escogido una profesión muy complicada, Catalina. —Teresa me devolvió a la conversación frotándome cariñosa la espalda—. Pero si quieres seguir peleando por ello, aquí todas te apoyamos.

—Todas no. —Hice una mueca y señalé a mi espalda, hacia el pasillo donde se abrían todas las habitaciones de la casa.

—No seas así, que tampoco te ha dicho nada —apuntó Elena arqueando una ceja.

—Ni siquiera te cae bien, ¿qué te importa lo que opine? —me regañó, cariñosa, Laura.

—Soy mujer, me han programado genéticamente para pasar la vida demasiado preocupada por lo que piensen los demás de mí como para ser completamente feliz.

Las tres sonrieron y miré el pequeño televisor de la cocina, de esos de cuando las pantallas planas eran solo atrezo de distopías futuristas. Como todas las noches, se había quedado de sintonía de fondo durante la conversación que manteníamos alrededor de la mesa. No debía de quedar mucho para que terminaran las noticias, porque ya habían empezado a repasar la sección cultural y parecía que no había mucho contenido de actualidad, ya que estaban repasando temas de «poca urgencia»: «Comienza la carrera hacia la cita más importante del arte contemporáneo en la capital. Un año más, el próximo mes de febrero, ARCO Madrid reunirá en los pabellones 7 y 9 de IFEMA a un total de doscientas tres galerías de treinta y un países. Artistas, marchantes y galerías componen ya las colecciones del próximo invierno en una edición que será muy significativa».

—¿La feria es en febrero y ya están hablando de ella? —Arrugué el morro—. Estamos en octubre, por el amor del cosmos. ¿No deberían estar hablando del veranillo de San Miguel?

—No habrá noticias. Mejor, mejor, que después de los años que llevamos, una de aburrimiento no está mal —apuntó Elena.

—Mírala… —Señalé la tele, donde una señora con pinta de estirada estaba diciendo la cantidad de tiempo que se invierte en preparar la feria—. Qué pinta de esnifar pegamento.

—¡Cata! —se burló Laura.

Una voz en *off* siguió hablándonos sobre ARCO desde la televisión: «Todos los ojos están puestos en la feria, tras la cual el mercado artístico podrá confirmar si el crecimiento de este último año fue en realidad el canto del cisne de un mundo que ha visto reducidos sus márgenes de beneficio y cuyos problemas parecen cada vez más visibles».

—Esos sí que viven bien —murmuré.

—¿Quiénes? —preguntó Elena sorprendida.

—Los «artistas». —Dibujé las comillas en el aire y añadí un tono desdeñoso—. Esos sí que han triunfado en el *casting*.

—¿Qué *casting*, loca? Son pintores y escultores, no los protagonistas del musical de *El Rey León*.

—¿Esos? Esos están haciendo el papelón de su vida. ¿Tú crees de verdad que una papelera volcada y un montón de mierda a su alrededor es realmente una obra de arte?

—Responde plásticamente a la necesidad de comunicar una idea, ¿no? —respondió como si tal cosa Laura.

—Eso no me lo esperaba. —Elena pestañeó sorprendida por el desfile verbal de nuestra compañera.

—Me refiero a que…, no me jodas. Es una papelera volcada y lo de alrededor no deja de ser mierda. Y… ¿cuánto se paga por esa obra? El artista es un listo. Un caradura. El arte contemporáneo, en general, es una puta falacia…, ¡míralos! —Señalé la televisión, donde se estaba haciendo un repaso visual por las obras más controvertidas del año pasado—. ¿Qué cojones es eso? ¡¡Es un maldito neón!! Eso no es arte, joder.

—¿Y qué lo es? —me cuestionó Laura.

El papelón del artista. Eso sí que es arte. Porque… manda cojones que puedas hacer creer a la suficiente cantidad de gente que eso…, ESO…, es un objeto de culto por el que se puede pagar un cuarto de millón.

—Uhmm… —Teresa nos miraba sin tener una opinión clara.

—Creo que no es cuestión de la naturaleza del objeto usado como canal —sentenció Laura de nuevo—. Pienso más bien que la verdadera expresión artística es la chispa de inquietud que hace que esos artistas comuniquen a través de…

—¿De mierda? —insistí.

—Estás cabezona, ¿eh? —Sonrió.

—No me vas a convencer. Son los mejores actores del mundo —asentí—. Y aquí, esta actriz totalmente derrumbada por el último fiasco de su carrera se va a dormir.

—¿De verdad no vas a cenar? —me preguntó Teresa, preocupada.

—No tengo hambre.

Una de las ventajas de haberme formado durante tantos años para ser actriz es que… mentía muy bien, con soltura y naturalidad. Hambre tenía y los filetes empanados de Teresa olían de maravilla, pero estaba lo suficientemente desilusionada como para necesitar refugiarme cuanto antes en mi dormitorio. Lo había intentado, pero… quizá no era la noche ideal para ejercer de buena compañera de piso.

—Vamos a ver un capítulo de *Modern Love*…, ¿no te apuntas de verdad? —me invitó Elena.

—No. Ehm…, me duele un poco la cabeza.

—Pero Cata… —se quejaron Elena y Laura a la vez, desilusionadas—. Que a las doce ya es tu cumple…

El timbre de mi teléfono empezó a resonar dentro del bolso que había dejado colgando de la silla, pero, a pesar de que era imposible, me pareció menos amable incluso que los timbrazos del de Claudia. Era como si una melodía predefinida pudiera susurrarme diabólicamente que, seguro, esa llamada no traería nada emocionante. Cuando lo alcancé y vi «mamá» en pantalla, bufé.

—Es solo un día. Mañana dejo que me tiréis de las orejas —les dije con una sonrisa y levanté el móvil para que lo vieran—. Es mi madre. Por fin se ha decidido a vaciar la casa del pueblo, la de su tía. Y debe de estar llamándome para recordarme que prometí ayudarlos… por si las doscientas cincuenta y dos llamadas anteriores no han servido para fijarlo en mi memoria.

—¡¡Cata!! —se quejó Laura—. ¡¡Que habías prometido acompañarme a recoger el centro de planchado que compramos por Wallapop!!

—Ay… —Hice una mueca—. Bueno, es que…

—¿¡¡Y si es un psicópata y quiere matarme!!?

—Lo más probable es que solo sea alguien que quiere deshacerse del mastodóntico centro de planchado que, al parecer, necesitamos tan urgentemente en esta casa —apunté—. Que te acompañe Elena.

—Oye, tía, que yo a ti no te he hecho nada como para que me ataques tan gratuitamente —contestó esta con sorna.

—Mirad, chicas… —Las miré a las tres, incluida Teresa—. Cuando las cosas me vayan bien…, cuando sea tan asquerosamente rica como la tía esa que vendió su cama hecha una porquería por un potosí*…, os recompensaré. ¿Qué digo de recompensar? ¡¡Os trataré como a Beyoncé!! Pero ahora…, en este lapso triste y aciago en el que aún soy una teleoperadora que comparte piso…, tened clemencia. Ya venderé arte por millones.

Las tres sonrieron con comprensión antes de darme las buenas noches. Ya estaba a punto de alcanzar el pomo de mi dormitorio cuando escuché que Teresa preguntaba:

—¿Creéis que Beyoncé lleva peluca?

—Por supuesto.

—¿Qué dices? ¡Envidiosa!

Suspiré, tiré el bolso en un rincón y me dejé caer sobre la cama mientras contestaba.

—¿Qué, mamá?

—¿Por qué siempre tardas tanto en coger el teléfono?

—Porque me diste un regalo precioso al nacer que se llama vida y hago cosas con ella, aparte de contestar tus llamadas —suspiré.

---

* *My bed*, Tracey Emin. La artista exhibió su propia cama en una exposición en la Tate Gallery, rodeada de objetos cotidianos. La obra fue vendida por 150.000 libras en 1999.

—Pero esta es una llamada importante, y lo sabes —contestó juguetona.

—Qué manía tienes…, aún no son las doce. —Sonreí.

—Pero sabes que siempre quiero ser la primera…, y así me aseguro.

Ambas callamos hasta que mi madre suspiró y, con lo que sé que era una sonrisa triste (triste por estar lejos), dijo:

—Feliz cumpleaños, Catalina. Felices treinta.

Felices treinta, Catalina. Feliz primer día del resto de tu vida…

3
Si pudieras sentir mis manos

El teléfono no dejaba de sonar, pero no tenía intención de cogerlo. Me sorprendía que aquel aparato comprado en El Rastro, en uno de esos puestos de siempre por la friolera de cinco euros, siguiera sonando. No porque dudara de su capacidad de funcionar cincuenta años después de su fabricación, sino porque hacía ya tiempo que casi todo el mundo se había cansado de llamarme.

Me miré las manos nuevamente, llenas de callos, rotas, magulladas..., y después levanté los ojos hacia el autorretrato que pinté hacía unos años. Nada que ver con la realidad de mi aspecto en ese momento: la piel apagada del que no sale de casa, la mirada ausente porque pasaba más horas en un mundo que no existía que en el real..., en el mundo de la autorreferencia, en el de las ideas pero no de Platón..., en uno más vacuo y en el que amenazaba la sombra del monstruo del ego, que siempre tiene un hambre brutal. Di las gracias de llevar el pelo tan corto como para que fuera imposible andar muy despeinado.

En cuanto el teléfono dejó de sonar, suspiré aliviado. No negaré que me generaba cierta curiosidad quién estaría llamándome, pero no tardé en salir de dudas cuando mi móvil sonó estridente desde la mesa de centro, en el salón. Y digo que salí de dudas porque solo había una persona en el mundo lo suficientemente cargante como para tratar de localizarme dos veces en un solo minuto y a dos números diferentes: mi agente. Que aviso, no es que me llamase mucho, es que cuando lo hacía era porque le era indispensable hablar conmigo.

Mis pies descalzos caminaron sobre la sensación húmeda y densa que las gotas de pintura aún fresca dejaban prendida a la piel y repartí colores magenta y amarillos en cada paso hasta el salón. Cogí el móvil y respondí:

—No.

—Aún no sabes lo que voy a decirte, no puedes ir con el no por delante.

—Claro que puedo: no —me reafirmé.

—Mikel, escúchame.

—No. Es mi última respuesta. No, no voy a aceptar como ayudante al hijo de tu prima. No, no voy a conceder una entrevista en el estudio a ese portal de internet, aunque tenga tres millones de seguidores en redes. Y, por supuesto, no, no me voy a poner zapatos y a peinarme para dar una vuelta con expresión insolente por la exposición del próximo gran talento que me va a sacar, de todas todas, del mercado artístico.

—Mikel... —Le escuché suspirar—. Hace ya tiempo que asumí que eres un gilipollas asocial. No te voy a pedir nada de eso. Te llamo para preguntarte cómo vas con la colección.

Giré mi cabeza, miré a mi espalda, y dirigí mis ojos a lo que en mi *loft* ocupaba el estudio, pegado al salón y separado solamente por un biombo. El espectáculo era aterrador: una pieza de piedra a medio tallar, el lienzo que había empezado la mañana anterior y que no terminaba de coger forma, y un par más dados la vuelta, contra la pared, para no tener que ver el resultado. Los tanques de cera endurecida y los moldes. Al fondo, la maquinaria para litografías que usé en la anterior colección y que ya odiaba. Me froté la frente.

—Voy con un poco de retraso.

—¿De cuántas piezas estamos hablando?

—Cinco.

—¿Solo tienes cinco piezas terminadas, Mikel?

—No he dicho que estuvieran terminadas.

Me aparté un poco el teléfono para no escuchar su retahíla de insultos y el uso del nombre de Dios en vano, y me dejé caer sobre el sofá.

—Escúchame... —Quise tranquilizarlo—. Las piezas para ARCO ya están apartadas. No tienes de qué preocuparte.

—Son los restos de la colección anterior, Mikel, las que no pudimos exponer. Huelen desde aquí a 2019..., preCovid, además. Mikel..., que el mundo ha cambiado mucho y tú no puedes vivir de los triunfos del pasado eternamente. Tienes que crear. ¿Cuánto llevas sin terminar una pieza, joder? Sabes de sobra que vas a exponer en ARCO porque eres tú, no porque las piezas sean la hostia. Vas a estar en ARCO porque en la anterior feria fuiste el nombre más repetido, porque te conocen en los circuitos internacionales y porque le vendiste un pedrusco a un ruso por medio millón de euros.

Bufé.

—No era un pedrusco. Lo tallé con mis propias manos. Con cincel. Me rompí dos dedos en el proceso y te recuerdo que cuando lo viste terminado me dijiste que era sobrecogedora.

—Sobrecogedora era..., pero no sé si en el buen sentido. Mikel..., necesitas exponer —sentenció—. Y necesitas exponer algo nuevo fuera de ARCO, porque ya sabes cómo va esto. No eres Blake, no eres Monet, no eres el puto Kandinsky. No te puedes permitir el lujo de no encontrar a las musas.

No contesté. Era imposible que me entendiera. Suele pasar. Los agentes saben de relaciones sociales y laborales, de intercambios de dinero. Los marchantes saben ponerle cifra a lo antiguo y ayudan a subir la cotización de lo nuevo. El público que compra un lienzo de tres metros para su salón en su casita de mil metros cuadrados en La Finca no sabe nada más que de modas. Y de gastar en cosas ostentosas el dinero que gana. Entre todas estas personas (obvio a los críticos porque..., bueno, ya se sabe), absolutamente ninguna tiene ni idea de lo que supone para un artista quedarse en blanco. No es miedo por si se desvanece la gloria. No es miedo por no tener dónde caerte muerto en diez años. Es el alma, que se te encoge, como lo hace el papel al ser quemado, hasta quedar convertida en una fina capa de polvo oscuro que te recubre constantemente el semblante.

—Te he conseguido una exposición —soltó la bomba.

—¿Dónde?

—En Marlborough.

—¿Nueva York? —pregunté asombrado.

—Madrid. Pero si funciona y te va bien en ARCO, ven probable que la sucursal de Nueva York pida las piezas para una exposición temporal. Pero… cinco piezas no son suficientes. Ya sabes cómo es Marlborough.

—Enorme —suspiré.

—Enorme.

—No lo veo claro.

—Yo sí. Y como me pediste después de que vendiera tu primer cuadro, que, por cierto, era una mierda que no valía ni de lejos lo que pagaron por él, no voy a dejar que te coma la mierda del ego del artista. Más que nada, querido, porque me hundes también a mí por el camino.

—¿A ti qué te pasa hoy? —me quejé—. ¿No eres normalmente tú el que siempre me dice que hay que ser positivo? Siempre te estás quejando de que soy un cínico y…

—Me he encontrado por la calle con Eloy.

Ah, Eloy. Su archienemigo. El ego del agente, una cuestión aparte.

—¿Y?

—Me ha dicho que ha descubierto al nuevo artista revelación.

Puse los ojos en blanco. Eloy tenía muchas cosas…, tenía una cara de esas que derrite a las mujeres, una buena genética, mucha labia y… una boca como un buzón. Siempre estaba diciendo cosas, y no todas tenían por qué ser verdad… ni acercarse lo más mínimo a la realidad.

—¿Y te ha dicho algo más?

—No. No podía. Ha comentado que está buscando el momento ideal para organizar su primera exposición con mucho bombo porque… va a hacer historia.

—Historia es la que te ha contado. No tiene a nadie. Está tan desesperado como tú por vender muchos cuadros y poder comprarse otro Maserati de un color que le combine con los ojos.

—Mikel… —y por el tono imaginé que se estaba hartando ya de gilipolleces—, no te voy a mentir y a decirte que me va mal en la vida. Me has hecho ganar mucho dinero y sabes que te estoy muy agradecido…, pero los dos hemos ganado mucho dinero en los últimos años por un feliz matrimonio entre tu talento artístico y mi talento para venderte. Hazme y hazte un favor…, caer ahora sería como marcharse de una fiesta cuando nadie te ve y con la cubertería buena metida en los bolsillos: ridículo. E injusto, Mikel, porque me quiero comprar una puta casa en el Pirineo y tú eres artista. Y los artistas…

—Artistean.

—Equilicuá. Ponte a trabajar. Necesito veinte piezas.

—Joder. ¿¿Veinte piezas?? Marlborough no es tan grande.

—O veinticinco. Habrá que hacer criba. Ya sabes que no todo sirve por el mero hecho de estar terminado.

Tenía razón. Aquella había sido mi manera de trabajar desde siempre. Llegar hasta aquí me había costado muchísimo esfuerzo, desde que era un crío. Tenía el sueño de mi vida en mis manos…, ¿qué me pasaba? ¿Lo iba a dejar caer? ¿De dónde venía aquel silencio ensordecedor?

—¿Para cuándo?

—Para marzo. Tienes cuatro meses.

—¿¡¡¡Estás loco!!!? —grité.

—Dicen que los genios trabajan mejor bajo presión. Adiós, Mikel. Mándame adelantos en cuanto tengas algo. Y más te vale que sea así.

Para ser una persona a la que no le gusta demasiado recibir llamadas, escuchar que mi agente me colgaba me hizo sentir demasiado irritado.

Me tiré dramáticamente hacia atrás. Miré al techo blanco buscando tranquilidad, pero me recordó a un lienzo preparado para la pintura y a la sensación casi erótica de la inspiración recorriendo tus venas.

Miré al suelo de cemento pulido, pero me recordó al de las galerías modernas del Meat Packing District, donde paseaba tranquilamente un par de años atrás, creyéndome de esos que nunca tendrían el folio en blanco.

Miré la pared de ladrillo rojizo, pero me recordó a la fachada del edificio donde se encontraba la galería donde expuse por primera vez; me dieron quinientos euros por un lienzo enorme gracias al que pude pagar el alquiler de mi habitación compartida en aquel cuchitril en Tirso.

Finalmente lancé la mirada hacia la vasta extensión desangelada de mi *loft*..., de mi estudio. De la casa taller. Del hogar oficina. Del sitio donde nunca descansaba y nunca trabajaba del todo. Con su centenar de obras por terminar, abandonadas y que no valían nada. Con su musa a medio vestir.

—Querida... —Apoyé los codos en el sofá y me erguí—. Puedes vestirte.

—¿Has terminado? —me preguntó echándose la bata por encima de los pechos desnudos.

—Ni siquiera he empezado.

Mikel Avedaño estaba en la mierda.

4
Mamá y el karma

La vi mirarme de reojo mientras yo conducía, pero me resistí a preguntarle a qué venía aquella insistente mirada. Era mi madre. Se supone que las madres tienen derecho a ensimismarse mirando a sus hijos con amor de vez en cuando, ¿no? Y la mía rezumaba amor. Amor por mí, fruto de sus entrañas; amor por mi padre, con el que aún se comía la boca en la cocina entre risitas después de treinta y cinco años de relación; amor por la naturaleza, a la que daba las gracias todas las mañanas por los frutos que colgaban de algunos árboles del jardín de su casa, en un pueblo cercano a Toledo. Por todo. Mi madre no es una hippy. Es LA HIPPY y siempre estuvo enamorada del amor.

—Catalina, eres luz —la escuché susurrar.

—Gracias, mamá.

Una madre normal diría «estás muy guapa» o «qué lista es mi niña», ¿verdad? Pues imagínate el resto. Menos mal que el trayecto entre casa de mis padres y nuestro destino era corto.

—Catalina, eres luz —repitió—, pero estás emitiendo en onda baja. ¿Qué pasa? ¿Es por tu cumpleaños? ¿La crisis de los treinta?

Le lancé una mirada fugaz; no quería lanzar gasolina al fuego.

—No pasa nada, mamá. Además, la crisis de los treinta es muy *mainstream*. Yo prefiero tener la de los sesenta.

—Siempre has sido muy buena procrastinando. Siempre hacías los proyectos de plástica la noche antes.

—Ya ves. —Me reí.

—¿Es el amor? ¿Te va mal en el amor?

Quise poner los ojos en blanco, pero no lo hice.

—Nop —intenté sonar ligera.

—Entonces es el trabajo.

Me pregunté cuál de las dos conversaciones me apetecía más (o cuál menos, en realidad) en aquel momento, si la de «acabo de cumplir los treinta y ya me he cansado de intentar cumplir mis sueños» o la de «intento enamorarme con todas mis fuerzas, pero nunca lo consigo». ¿Y si probaba con el clásico «estoy bien, no me pasa nada»? Le lancé una miradita. Ni de coña. Eso sería peor.

—Es que —empecé a decir, sopesando mis posibilidades de salir indemne de aquella conversación—... no me hace falta, que conste, pero me da un poco de envidia pensar que hay personas destinadas a un amor tan grande como el de papá y tú y personas que estamos destinadas a amar profundamente los restos de natillas que se quedan en la tapa al abrirlas.

Mi madre se echó su pelo largo hacia un lado y comenzó a trenzárselo. Siempre lo hace cuando medita sobre qué decir o, más bien, las consecuencias de lo que quiere decir.

—¿Y no has probado a descargarte una de esas aplicaciones para el móvil? Esas de citas. El amor no es cosa del pasado. Estoy segura de que se va adaptando a los tiempos.

—Sí que he probado, mamá. —Si ella supiera. Si Tinder tuviera puntuación como TripAdvisor, yo tendría cinco estrellas lujo superior—. Pero creo que no terminas de entender de qué va la vaina.

—¿Y por qué no me lo explicas?

—Bueno, seré breve: me gustaría saber lo que es enamorarse, no que me den un pollazo.

Calibré su reacción por el rabillo del ojo y la vi mordiéndose, para no reírse, la punta de la trenza que ya había terminado de hacerse.

—Ríete, ríete, pero no sabes la facilidad que tienen algunos hombres para mandar fotos de su rabo.

—Ay, por Dios. —Ahora sí se echó a reír—. Perdona que me ría. Es trágico y divertido a la vez.

—Es un abuso —murmuré de vuelta al mal humor—. Es horroroso. No quiero ver penes si no lo he pedido.

—Toda la razón. Y, bueno…, ¿qué tal en el trabajo?

No había manera. En el fondo lo sabía. Nadie puede escapar al radar de una madre preocupada.

—Te juro que cuando he salido de Madrid he pensado: «Hoy voy a emitir una luz superpotente para que mi madre no me aplique un tercer grado con toques de amor libre», pero, mira…, no tomé las vitaminas suficientes.

—Las vitaminas son un invento de la industria farmacéutica para hacerte pagar por algo que tienes de forma natural a tu alrededor. Sol, fruta, verdura, horas de sueño de calidad…

Asentí y me quedé callada, con la mirada fija en la carretera, rezando mentalmente a Venus para que me dejase en paz. Pero nadie me conocía por ser una persona con suerte. Más bien todo lo contrario: ¿caca de pájaro? Catalina. ¿Resbalón sobre mierda de perro? Catalina. ¿Se equivocan cobrándote y te cobran el doble? Catalina. ¿Engancharse con el saliente de una puerta y romper su prenda preferida? Catalina. ¿Recibir una reprimenda hippy de su madre? Catalina.

—Cata, te lo digo de verdad, hija mía. Los sueños no están ahí para frustrarte en caso de que no conseguirlos, sino para hacerte sentir realizada, para crecer… No son una caña que se rompe si las ráfagas del viento soplan muy fuertes, sino un junco que se mece con la brisa.

—¿Me estás diciendo que lo deje ya? Sé directa, mamá. Esta semana he echado mil horas en el curro y me has hecho madrugar en sábado…

—Ser actriz, tener éxito en tu ámbito, no solo significa protagonizar taquillazos. Alguien debe dar clase. Alguien debe escribir sobre la profesión. Alguien debe montar escuelas donde los niños puedan acudir si sienten esa misma llamada…

—La madre del cordero…, «la llamada». No te pongas mística, por favor.

—Mística no, que ya sabes que yo solo creo en la madre tierra y en el equilibrio de las energías.

Temí que sacara una piedra de su bolsillo y me la pasara por la frente para equilibrarme los chacras, pero no. Ella siguió hablando.

—Mi vida…, ¿quieres que te diga lo que pienso?

—¿No lo estás haciendo ya?

—Sí, pero la mente del ser humano es como un abanico, se despliega y multiplica su tamaño. Escucha…, reinvéntate, pero tampoco pierdas las ganas. Algo me dice que tu gran papel aún no ha llegado.

Desvié la mirada de la carretera un segundo y le lancé una mirada enternecida.

—Mami… —musité.

Ni siquiera sé de dónde la sacó, pero en menos de nada me había colocado una piedra rosada en el centro del pecho y me frotaba con ella la ropa.

—Vamos a probar, que nunca se sabe…

El ambiente de la casa nos recibió polvoriento, como pudimos comprobar por el baile dorado de las motas cruzando el haz de luz que escapaba por la rendija de una persiana a medio bajar. Olía a cerrado y a humedad, a muebles viejos, a historias bonitas contadas de generación en generación. Cuando leí *Cien años de soledad*, pensé que la casa de la tía Isa podría haber estado en Macondo. Era igual de especial, real y mágica. Un golpetazo de pena me acertó en pleno pecho. Habían pasado años desde que murió, pero se me despertaron por dentro las pérdidas de entonces. En muy poco tiempo se fueron la tía Isa, la abuela y el abuelo. Y mamá se quedó sin un pasado con voz propia y con la obligación de darle mucha vida a su futuro.

Mi tía abuela Isa era una mujer fascinante. Pero de verdad. Siempre tuve una relación muy estrecha con mis abuelos, pero ella era especial. Era como una bruja buena de cuento, algo estrafalaria pero elegante, adelantada a su tiempo, siempre emprendiendo alguna labor a todas luces fascinante y envuelta en cierto halo de misterio. Era la hermana de mi abuela, que también fue una mujer bastante peculiar. Ambas vivieron, hasta su veintena, en México, donde mi bisabuelo emigró en busca de mejor suerte.

A la tía Isa, que en realidad se llamaba Isabela Benayas Ferrero, la miraba todo el mundo en el pueblo, pero a ella le daba exactamente igual. Es más, lo usaba como herramienta para construir historias raras y magníficas en las que yo estaba destinada a ser una guerrera y todos lo sabían: me miraban a mí, no a ella. Claro…, como para no mirarla, también lo digo. Que la España de los años noventa sería muy moderna según la ciudad y la zona, pero en aquel pueblecito de Toledo, la tía Isa cantaba por soleares: llevaba pantalones fluidos y cómodos, de colores, a conjunto con jerséis o blusas como traídos de otra época. Se echaba sobre los hombros mantones o se ponía una especie de kimonos que eran una fantasía y se los cosía ella además. Sabía bordar de una manera increíble toda suerte de animales extraños, casi siempre alados, a la espalda de su ropa, como si fueran alebrijes*. Llevaba pendientes enormes y decenas de collares de colores. Tenía el pelo larguísimo y blanco como la luna. Siempre lo recogía en un moño bajo, que sujetaba con tres alfileres para el cabello que le regaló el amor de su vida… del que jamás hablaba. Y hablaba por los codos. Pero de él…, de él no. Guardaba una foto suya, manoseada y envejecida que la acompañaba a todas partes y con la que la quisieron enterrar, pero…, misterios de la tía Isa…, la foto jamás apareció a pesar de que se fue diciendo el nombre de su verdadero amor… Pero, que quede claro, no fue ni el primero ni el último y ni mucho menos el único. La tía Isa fue práctica hasta para gestionar la distancia, el sexo y la pérdida en la España de la posguerra.

Mamá empezó a abrir persianas con energía por toda la casa mientras yo me ensimismaba en los rincones y los detalles que iban quedando a la vista. Casi todo estaba igual que cuando la cerramos, excepto por unas manchas de humedad que se habían hecho fuertes en las paredes y que eran uno de los motivos por los que mamá había decidido emprender la labor de vaciarla. Quería darle otra oportunidad para albergar otras vidas. Habíamos vendido la casa de mis abuelos hacía poco tiempo, mucho más grande, y decidió que con parte del dinero adecentaría aquella casita, pequeña y humilde, por si yo quería ir al pueblo algún verano. Creo que mi pobre madre tenía ganas de que la llenase de chavalada y así ejercer de abuela, pero yo no estaba muy por la labor.

—A ver, espabila, Catalina, que estás en Babia. Aquí hay bolsas de basura y ahí, cajas plegadas. —Me señaló varios rin-

---

* El alebrije es un tipo de artesanía originaria de México, pintada con colores vivos, y que representa a seres imaginarios formados a partir de rasgos de diferentes animales, no solo fantásticos sino también reales.

cones del recibidor donde, con total seguridad, mi padre había dejado preparados los útiles para la hazaña—. Yo confío en tu criterio, pero sé romántica. No me gustaría que nos deshiciéramos de algo que luego nos arrepintiéramos de haber tirado. ¡Ah! Bolsas negras: basura. Bolsas azules: donar. ¿Entendido?

—Entendido.

—Y lo que te guste para ti. Empieza por el dormitorio. Yo voy a la cocina. Cuando te canses, preparamos una cafetera… —Del interior de su bolso, que llevaba cruzado en el pecho, asomó un bizcocho con el gesto con el que un camello enseñaría su material a la clientela—. He traído buena mierda.

Tiré las sábanas, a pesar de que la cama estaba perfectamente hecha. Estaban viejas, amarillentas y de tantos lavados habían empezado a transparentarse. Vacié los cajones de la cómoda y llené las bolsas para donar con ropa bien doblada y limpia, aunque me quedé con todos los kimonos, dos camisones antiguos que estaban prácticamente nuevos y un par de blusas. Los libros los guardé en cajas y las rotulé con un sencillo «Casa papás», porque tenía ediciones preciosas que seguro que mamá querría guardar en su biblioteca. Dejé en un rincón su joyero para repartirnos después sus alhajas mientras nos tomábamos el café. Sé que le hubiera gustado ver cómo lucíamos sus pesados pendientes de plata mexicana.

No me llevó tanto tiempo como pensaba.

—¡¡¡Mamá!!! —vociferé como si me estuvieran matando—. Ya he terminado aquí, ¿por dónde sigo?

Se asomó y juzgó cada rincón con la mirada.

—¿Todo el armario?

—Sí. No tenía muchas cosas.

—Sí, eso es verdad…, ehm…, ¿la cómoda?

—Vacía también. Mamá, tengo treinta años, ¿por qué no te fías cuando te digo que he hecho algo que me has mandado hacer?

—¿Has vaciado las mesitas de noche?

—Ay, por Judas Tadeo —me quejé—. Sí. Lo que he considerado que no eran trastos lo he metido en el joyero. Tenía pomada de manos y demás…, todo a la basura. Qué cosas… —añadí curiosa—, ni una estampita.

—¿Para qué quería ella una estampita si ya tenía la foto de su hombre?

—Sin rastro de la foto de su jamelgo, por cierto.

—Pues era un jamelgo…

—Del jamelgo me acuerdo vagamente hasta yo —afirmé—. Aunque hará más de diez años que no veo esa foto. ¿La quemaría?

Mi madre sonrió pícara.

—Si la quemó, es una pena… porque menudo macho. —Me guiñó un ojo.

—Mamá…

—Sigue… ¿por el desván? Me pongo yo con el salón y después del café repasamos juntas el baño y el patio.

De pequeña el desván me producía escalofríos, no porque fuera oscuro y estuviera lleno de mierda o con cosas cubiertas con sábanas que parecieran monjas a punto de apuñalarme. Monjas, por decir algo que me dé mucho miedo. El caso es que me provocaba desasosiego porque la propia tía Isa evitaba bastante subir. No le hacía gracia. Me decía que estaba lleno de recuerdos que aún le dolían y yo, en lugar de convertirlo en un espacio prohibido de lo más seductor, empaticé con ella y hasta hice mías sus penas.

Tenía un perchero viejo que sacó de casa de sus padres. Un diván. Algún baúl y cajas con periódicos viejos y revistas de la época…, pero poco más, además de algún trasto amontonado contra una pared y cubierto con sábanas. Era un espacio pequeño y se mantenía ordenado y nada abotargado. Iba a ser muy fácil. Aunque…, a ver, no voy a mentir: soy lo suficientemente peliculera como para ir a aquella casa predispuesta a encontrar algún tesoro. No de los que desentierran los piratas, entiéndeme…, sino más bien de los que de repente dan un giro a tu vida y la convierten en un film protagonizado por Sandra Bullock. Así que, cuando di con aquella cajita de latón, pensé: «Bingo».

Eché primero un vistazo a las cosas que descansaban a su alrededor. La tía Isa era muy de despistar…, la caja parecía lo más interesante, pero quizá justo a su lado se escondía a plena vista el secreto de mi familia. Algo que me hiciera especial, yo qué sé…, descendiente de bandoleros, nieta de un vizconde venido a menos, heredera de una fortuna escondida en las recónditas selvas de Centroamérica, ser una Románov…, pero no: lo demás solo eran revistas viejas y algún periódico. Me acerqué la cajita al oído y la moví, por si se escuchaban tambores de guerra y me iba a enfrentar a Jumanji en versión méxico-española, pero sonó como si contuviera papeles. Me asomé a su interior y el papel amarillento de unas cartas me aceleró el corazón. Ay, madre; ay, madre…, ahí venía la emoción, estaba claro.

Saqué una de su sobre, no sin echar un vistazo al remitente antes: un tal Daniel Ayala. ¿El jamelgo?

Estimada Isabela:
No pasa un día sin que te extrañe. Desde que te fuiste, todo en mi vida es un sentir doloroso que me retumba en el pecho.

Madre mía…, qué intensidad…

Recuerdo tus cabellos entre mis dedos y el corazón desbocado al besar tu boca. Me olvidarás, estoy seguro…, pero yo no podré hacerlo jamás. No te quiero…, te amo. Te adoro. Eres todo lo bueno que me ataba aquí y ahora no sé qué hacer sin ti.

No si… al final lo mío de no encontrar el amor ni bajando las expectativas al inframundo iba a ser una mutación genética…

Es imposible no buscar refugio en la memoria y querer vivir en aquella tarde, escondidos en el cuarto.

Uy, uy, uy…, que la cosa se ponía interesante. Miré a mi alrededor y busqué algo donde poder sentarme. La tarea se iba a tener que demorar un poco, que igual de esto me salía el guion para la próxima película ganadora de un Goya. ¡El diván! Di un paso hacia atrás y me dejé caer sobre este, pero no calculé (o me pudieron las ansias) y las nalgas se me escurrieron hacia el otro lado… para mandarme directa a la mierda: aterricé con el culo, con una fuerza de un millón de megatones, en el suelo. Las piernas se quedaron colgando del mueble, con los pies hacia arriba y la cabeza, del golpe, viajó de adelante hacia atrás hasta provocar una reacción en cadena que derribó sobre mí millón y medio de «vete tú a saber qué» que estaban llenos de años de polvo y, seguramente, de alguna caca de ratón, que en el pueblo ya se sabe.

—¡¡¡¡¡Arrrgggfffff!!!!! —farfullé en esloveno, en lenguas muertas al revés y en húngaro antiguo.

Con la hostia, la caja de latón salió despedida de mis manos hasta estamparse, con la fuerza de los mares, en la pared de enfrente, derribando a su paso una de las cajas menos pesadas y esparciendo su contenido (patrones de costura, al parecer) por el suelo. Me agarré al diván para levantarme…, pero volcó y se me cayó encima. Hice un abdominal para salir de allí abajo y se me escapó un pedo.

Todo bien.

La tonelada de mugre que me había caído sobre el pelo, que, por cierto, me había lavado aquella mañana para que mi madre no me dijera que tenía pinta de ir a comprar droga, creó una nube tóxica a mi alrededor y algo con una consistencia extraña rodó por mi frente. Si parece caca de ratón, es caca de ratón.

—¡¡¡PeroquéascoMariCarmeeeeen!!! —grazné.

Me eché hacia un lado, apoyé una rodilla y, en una imagen que haría llorar por poca dignidad a los norteamericanos que van a comprar al Walmart en tanga y calentadores, conseguí sujetarme a la pared y encontrar la postura para levantarme.

—¡¡¿Qué pasa?!! —escuché desde abajo.

Iba a contestarle, pero me dio una arcada. Temí vomitarme encima, así que me puse a mirar hacia arriba, respirar profundo y pensar en rodajas de limón recién cortadas, que es un truco infalible para cuando me muero del asco y no quiero echar la pota.

—¡¡Catalinaaaaaa!! —berreó mi madre, como si fuera un ciervo en plena temporada de celo.

—¡Estoy bien! —conseguí decir.

—Coño, Cata, que voy teniendo una edad, ¡¡¡no me des sustos…!!! —se quejó a medio tramo de escaleras—. Baja, anda, voy a preparar ya café, que estoy hasta el moño.

Miré a mi alrededor. Parecía que había explotado algo allí dentro. Joder…, qué desastre

—¿¿Bajas o qué?? —Joder con la hippy cuando tenía hambre.

—Ahora voy. Dame un segundo que me muera del asco.

Supongo que no me escuchó, pero no le hizo falta. Cogí las cartas que habían quedado aquí y allá por el suelo y las volví a meter con remordimientos dentro de la caja. Quizá aquello había sido la manifestación violenta de un *poltergeist* con más razón que un santo. Eran sus cartas de amor. Por una parte, uno puede excusarse en el hecho de que una historia como aquella tenía todos los visos de merecer ser contada, pero si ella no lo había decidido en vida, ¿quién me daba permiso para hacerlo después de su muerte? El *sexting* transoceánico que se trajera con su jamelgo era algo que merecía todo el respeto y la discreción del mundo. Me sentí mal y guardé la caja dentro de otra más grande que contenía documentos, y pensé en si no debía quemarlas y que las palabras, convertidas en polvo, volvieran a quienes las habían pronunciado. ¿Ves, soy una romántica? Lo de no encontrar el amor era un fallo multiorgánico.

Metí de cualquier manera los patrones de costura dentro de la caja donde estaban y me acerqué a la zona cero, donde me había caído. Coloqué de nuevo el diván, lo sacudí para quitarle polvo y puse derecha la columna de cosas que se me habían echado encima. ¿Qué eran? ¿Eran… cuadros?

Llevé un par de lienzos bajo la pelada bombilla que daba luz al desván y les eché un vistazo rápido. Esperaba los típicos cuadros de serranas con un pecho al aire rodeadas de bodegones de naranjas que solían decorar las casas de pueblo de aquella época, pero no. No tenían nada que ver. Resultaban tremendamente hipnóticos, a pesar de que los únicos protagonistas eran las formas y los colores. Los dejé apoyados en la pared y acudí a por más. Uno a uno fui descubriéndolos, sin entenderlos en absoluto, pero quedándome un poco prendada de ellos. Había bastantes…, conté a ojo unos treinta. Y eran bellos. Bellos como sentimientos efímeros atrapados en, ahora lo sé, óleo. Encontré también pinceles, una paleta con restos de pintura y telas en blanco ya montadas en su bastidor.

Bajé las escaleras, quitándome aún polvo de encima y sacudiéndome la melena. Mi madre estaba llenando ya dos tazas con café y en la mesa reinaba el bizcocho partido en porciones generosas. Olía muy bien.

—Mamá, ¿la tía Isa pintaba?

—¿La tía Isa? No, que yo sepa.

—Hay ahí arriba… como utilería y… —Mi madre, que no parecía interesada, me cortó.

—Se apuntaría a algún taller de pintura de esos del hogar del jubilado. Coge lo que quieras y lo que no, a Wallapop.

—Hay cuadros también.

—Pues llévatelos de recuerdo. Yo en casa no quiero más cosas, Cata, que ya me quedé con más de lo que necesitaba cuando vaciamos la de los abuelos.

—Son muchos, mamá. No puedo quedármelos todos.

—Pues véndelos en El Rastro.

Ostras…, pues no era mala idea. Igual hasta podía permitirme algún pequeño lujo, como renovar el bolso mugriento que llevaba a todas partes.

—¿Tú crees que me darán pasta por eso?

—Ponlos baratitos y si te da para unas cañas y una ración de bravas, pues se las dedicas a la tía Isa. Pero quédate alguno de recuerdo.

Rebuscó en sus bolsillos y plantó frente a mí una vela. Apagada. Una vela apagada con ya bastantes usos, de esas finitas, blancas con surcos de colores…, una vela que tendría más años que yo. Me reí.

—Pide un deseo —me dijo.

—¿No debería estar encendida?

—Bueno, he buscado cerillas o mecheros por todas partes y no he encontrado nada, así que esto es lo que haremos: te vas a imaginar que está encendida, vas a pedir un deseo con los ojitos cerrados, que es donde vive la imaginación, y después soplas. Es imposible que no se te cumpla.

Imposible. Todo el mundo sabe que es una técnica infalible…, pero aun así lo hice.

Y quizá funcionó.

5
El Rastro

—¡¡Lo vendo barato!! ¡¡¡Niñaaaa!!! Cuadros a veinte euros. ¡¡Ni en el Lidl!! Anda, tira el que te compraste en Ikea en 2010 y píllate uno de estos, que son buenos. Buenos, buenos... *Handmade!! Do it yourself. DIY.*

—Déjalo ya, Laura.

Se volvió hacia mí toda indignada, como si estuviera poniendo en duda su gracia como vendedora y di un paso hacia atrás del susto.

—No los compran —le anuncié, y eso que había pasado parte de la mañana allí conmigo, comprobándolo.

—No los compran, Cata, ya sé que no los compran. Pero, claro, es que no quieres planes de marketing ni redes sociales ni gritos tradicionales..., que yo entiendo que pintar es una cosa y vender lo que pintas otra, pero, hija, déjate ayudar.

Si esto fuera una película ahora es cuando me volvería hacia la cámara, traspasaría la cuarta pared y me dirigiría a ti para decirte con cara de culpabilidad que sí..., que no sé muy bien cómo todas las personas de mi piso habían terminado creyendo que los cuadros con los que entré cargada y que ocuparon todo el recibidor eran míos. Míos no solo en propiedad por herencia, sino míos..., míos como autora.

A ver..., saber cómo pasó, sí que lo sé.

Yo entraba cargando unos cuantos. Ellas desde el salón miraban alucinadas.

—¡¡Cata!! ¿Qué es eso? —exclamó Elena.

—Nah..., unos cuadros.

—¿Tuyos? —preguntó Laura muy intrigada.

—Míos. Claro que son míos..., aún no me ha dado por robar.

—Quiero decir si los has pintado tú —insistió.

—¿Cómo los va a pintar ella? —respondió por mí Claudia.

—Ah, no sé. Cata es muy artista.

—Una cosa es ser artista, que no lo dudo, y otra es ser Leonardo da Vinci y saber hacerlo todo...

Nuevamente mirada a cámara... para que entiendas por qué dije lo que dije. Esa mujer tenía un máster en tocarme los ovarios.

—Míos, míos, Claudia, hija. Claro que los he pintado yo.

—¿Y de dónde salen? —Entrecerró los ojos, sospechando como Melania Trump.

—De la casa del pueblo. Y traigo muchos más, pero no podía subirlos todos a la vez. ¿Alguna se presenta voluntaria para arrimar el hombro?

Consejo de actriz: nada mejor que una media verdad para hacer tragar una mentira completa.

—¿Y eso?

—Y eso, ¿qué?

—Que cómo es que no te habíamos visto pintar nunca. —Se extrañó Laura.

—Como para concentrarse para pintar aquí, con este guirigay que hay siempre —fingí quejarme..., la que montaba guirigay siempre era yo, pero bueno—. Además, aquí no tengo espacio para tener todos mis..., uhm..., útiles.

—¿Útiles? —preguntó Elena—. ¿Qué útiles?

—Pinceles, caballete, la cosa esa donde se mezclan las pinturas...

—¿Una paleta? —Las cejas de Claudia se arquearon con sorna.

—Eso. Es que yo a la mía… la llamo por su nombre.

—¿Tiene nombre?

—Sí. Se llama… Isabela.

Mira. Ya lo sé. No hace falta que me lo digas, que suficiente vergüenza estoy pasando, contándotelo. Pero algo tenía que hacer. ¿No era suficiente ya con ser una fracasada en mi profesión como para encima tener que soportar el tonito de Claudia? Lo hubiéramos hecho todas, hermana. Lo hubiéramos hecho todas.

—Entonces… ¿por qué pusiste a caldo a los de ARCO el otro día? —me preguntó Teresa confusa—. Si son «compañeros», ¿no?

—Ay, hija, pues… —Me puse nerviosa—. ¿Por qué hay *haters*? ¿Por qué hay gente amargada? Además… yo lo hago por *hobby*. Y…, y hace mucho tiempo que no pinto. Que… ¡yo qué sé! Lo hago, lo hacía, lo hacía por… —*Mecagoentó*, pero qué diablos estaba diciendo.

—Vale, vale. Dejadla ya. Yo la entiendo —asintió Elena—. Yo odiaba a la guapa de la clase por lo mismo, pero Cata… esas emociones negativas te las tienes que quitar. Eso resta, no suma.

—Sí, sí. Lo hablaré con mi psicólogo.

—¿Tienes psicólogo? —me preguntó extrañada.

—No, pero debería buscar uno. Voy a ver si encuentro algo en internet —dije mientras escapaba por el pasillo arrastrando los cuadros con muy poco estilo.

Lo demás ya lo puedes suponer. Una cosa lleva a la otra. Es como cuando dices: «Salgo esta noche, pero solo me tomo una», y terminas despertando en un apeadero de la provincia de Soria con un torrezno en la mano. Frío. Y no hay cosa que más lástima dé en la vida que un torrezno que se te ha quedado frío. Así que allí estábamos…, tratando de vender «mi arte». Bueno, al menos los cuadros que habíamos logrado arrastrar desde casa, porque pesaban como un muerto.

—¡¡¡*Veinte leuros!!!* —gritó a la desesperada.

—Tía, Laura…, vámonos —le pedí abochornada cuando una pareja nos miró horrorizada.

—No nos vamos de aquí hasta que vendamos al menos uno.

—No tenemos licencia —le susurré—. Como pase la policía y nos la pida, lo que vamos a vender es a Elena para poder pagar la multa.

—Eres artista. La cosa está mal. Seguro que lo entienden. —Me guiñó un ojo—. Además… no es ARCO, pero mira la cantidad de gente que tiene la oportunidad de acercarse a tu arte.

—Hola…

Ambas nos giramos hacia dos chicas con una pinta muy moderna que miraban uno de los cuadros. Llevaban todo lo que hay que llevar puesto para estar súper al día y poder mirarnos como lo estaban haciendo: con la superioridad moral que solo es capaz de darte la estupidez de la juventud.

—¿Cuánto pides? —preguntó una, levantando la barbilla en un gesto rápido.

—Veinte euros.

Se miraron entre ellas con una mueca divertida.

—Tía, ¿nos lo llevamos? —dijo la otra.

—Espera… —La primera que se había dirigido a mí dudaba y consultó algo con su amiga. Me miraron de nuevo ambas—. ¿Son tuyos?

—Son míos —asentí muy segura de mí misma.

—¿Qué nos puedes contar sobre ellos? ¿Cuál es la motivación que hay detrás? ¿Hay un tema? ¿Quiénes crees que han hecho más mella en tu forma de entender el arte?

Las miré fijamente, muy seria.

—Estudiantes de arte, ¿no?

Cruzaron una mirada.

—Y queréis el cuadro para presentarlo como vuestro, ¿eh? Os hago precio: dos por treinta.

—Pero ¡¡Cata!! —Laura se indignó—. Ni de puta coña. Pero vamos… es que ni de puta coña. —Se volvió hacia ellas—. Vergüenza os tendría que dar, niñas del infierno. ¡¡Vergüenza!! Ale, arreando a dar un palo al agua, vagas perreras. Y me da igual que esté de moda: los calcetines de deporte cuando se hace deporte, hostias, no con zapatos, que parecéis sacadas de mis fotos del año noventa y dos.

Primero vi la peineta que nos dedicaron. Luego el dedo corazón erguido, con rabia, en mi cara. Los insultos fueron perdiéndose, como ellas, entre la multitud.

—Pero ¡Laura! —me quejé—. ¿Te puedes aclarar? ¡Hace un segundo no me dejabas irme sin vender uno y ahora me espantas a los clientes!

—Que no. Que tú no malvendes tu arte para que otros lo hagan pasar por suyo. Que eso es rastrero. Lo peor. El arte es lo más personal que hay en el mundo. Es visceral. Es como hacer pasar tu alma por la suya. Es como prestar unas bragas, tía.

Tragué saliva. Ay, Dios…

—Si vas a hacer esto, vámonos a casa, Cata.

—Pero, tía, no te enfades —le pedí.

—Sí me enfado, sí. Porque una cosa es encabronarte con los de ARCO que, bueno, hasta lo puedo entender, y otra es lanzar tu trabajo al lodo de esta manera. ¡¡Son tus emociones, Cata!! Aunque sean… —miró los cuadros— inquietantes y me den un poco de yuyu.

Suspiré. No soy de esas personas que piensan con esperanza que hay un Más Allá donde todo es feliz, de los grifos sale Fanta de naranja y te están esperando todos los perritos de tu infancia, pero se me vino a la cabeza la imagen de la tía Isa mirándome con disgusto y san Pedro poniendo mi nombre en la lista negra del cielo. ¿Era la treintañera más rastrera del mundo? Probablemente.

—Laura…, en realidad…

—En realidad, nada. Me tienes…, me tienes harta, Catalina. Ya basta de ningunearte. Primero te anulas como actriz porque no encuentras papeles y luego…, luego me entero de que dejaste la pintura. No entiendo de arte, chocho, pero esto está muy bien.

No iba a entenderme si no le explicaba que aquellos cuadros no los había pintado yo, y eso me dejaba en una situación todavía más lamentable que la de actriz fracasada: actriz fracasada, compañera de piso de mierda, amiga mentirosa y ladrona de la propiedad intelectual… de una muerta. Una muerta que era mi tía. Y a la que quería. No valía la pena escarbar entre tanta basura. Encontraría la manera de venderlos o los volvería a llevar a donde los encontré y entonces todos podríamos olvidarnos del asunto de mi presunta y sorprendente vocación pictórica.

Cerré los ojos y al abrirlos le sonreí con comedimiento, con un toque de remordimiento, de vergüenza, de «tienes razón, soy una artista plástica frustrada».

—Venga, vámonos. Pero te invito a una caña antes, ¿vale?

—Y a unas bravas, que estos cuadros pesan como un muerto.

—Y a unas bravas.

Hay montones de sitios *cool*, cuquis e instagrameables en La Latina. Hay decenas de bares donde beberte un botellín de cerveza con las Ray-Ban Wayfarer puestas y, en lugar de bolso, con una de esas bolsas de tela con una ilustración o la frase ocurrente de una novela que no has leído. Hay más lugares de ese tipo abiertos en domingo a mediodía en La Latina de los que podrías visitar en un día…, pero en el que habíamos conseguido hueco para apoyar el codo, no se parecía en nada a estos locales, te lo puedo asegurar. Siempre he sentido cierta admiración por los bares que uno no se explica cómo no ha clausurado aún Sanidad, pero, a pesar de esa admiración, prefiero no pedir consumiciones más allá de una cerveza en ellos. No era el día, claro. Una semana de mierda tiene que culminar con una intoxicación por estreptococos.

Y allí estábamos. En un bar en el que se les había terminado la cerveza de barril (uno de los atractivos de Madrid son sus cañas bien tiradas) y donde de tapa te ponían albóndigas. Ahí estábamos, bebiendo unas cervezas que nos habían servido de una lata detrás de la barra y que sabían sospechosamente parecidas a las de la marca blanca del supermercado que teníamos cerca de casa.

—¿Sigues queriendo las bravas? —Miré a Laura con disgusto.

—Sí —asintió—. Las albóndigas, evidentemente, no las quiero. Pueden ser de ternera y contagiarnos la enfermedad de las vacas locas. Pueden ser de cerdo y terminar con triquinosis. Pueden ser de pollo e irnos a casa con un buen cólera aviar. Pueden ser hasta de niño, tía, que mira qué pinta más turbia tiene el camarero.

Lanzamos una mirada detrás de la barra. El tío nos miraba con los brazos en jarras y un palillo de un color asqueroso en la comisura de los labios.

—¿Y aun así quieres pedir patatas bravas?

—Patatas fritas con salsa que pica. No hay peligro. Y tengo más hambre…

Respiré y asentí resignada mientras ella intentaba hacerse oír por encima de las voces de todos los que, como nosotras, se habían dejado seducir por el canto de sirena de un espacio en el que poder apoyar la cerveza. Y eso que las cosas posCovid habían cambiado mucho, que antes de 2020 aún era peor. Pero lo del aforo reducido no ayudaba en nuestra situación, claro.

Me eché el pelo a un lado y lo olí. Ya olía a calamares a la romana mal rebozados en aceite rancio. Miré hacia afuera, soñadora, y, en ese momento, me di cuenta de que la pareja que ocupaba la mesita alta junto a la puerta se preparaba para marcharse.

—¡Dejan libre la mesa! —Le di un codazo a Laura para que espabilara—. ¡Te espero fuera!

—¡Corre, corre, corre!

Agarré el hatillo con los cuadros, lo alcé con la fuerza de mil hombres y salí corriendo, «pies para qué os quiero si tengo alas para volar»*, para ocuparla y ser la *fucking master of universe* de la rapidez. Lo único que me parecía que podría arreglar el día era beberse una caña sin tener que oler a fritanga y limpiasuelos diluido en agua sucia. ¿No te parece que algunos bares friegan el suelo con olor a pies?

Acababa de acomodar los cuadros contra la fachada y de dejar mi cerveza en la mesa cuando lo vi.

Lo vi.

Hostias, si lo vi.

Lo vi yo, lo vio el cosmos, lo vio el eje de la Tierra, que debió de sufrir un desplazamiento con el terremoto de diez mil en la escala Richter que me provocó en el centro del pecho semejante espécimen de macho humano. O en el estómago. O en la vesícula. Vete tú a saber, que ahí dentro está todo muy junto.

Tenía el pelo algo largo. No mucho, solo un poco desgreñado. Los ojos claros. La nariz fina, elegante, como de caballero de alta alcurnia que quiere casarse con alguna de las hermanas Brönte. Piel un poco pálida, como de alabastro. Joder…, aquel tío era la viva imagen de un busto tallado en plena época helénica de alguien muy guapo. Vestía un abrigo tres cuartos de algo que no sería menos que cachemir, en color arena, un jersey beis y unos vaqueros rectos con vuelta en el tobillo. Los zapatos

---

* Frase de Frida Kahlo.

marrones… italianos, seguro. Podía imaginar a aquel hombre escogiéndolos en alguna tienda cara de Milán.

Estaba ya desarrollando en la cabeza la fantasía de lo suave que sería toda aquella ropa de buen gusto entre mis manos al quitársela… cuando me miró. Me miró. Él, a mí. Y el cosmos se dio la vuelta y me devolvió la mirada. Fue una experiencia extraña que me obligó a echarle un vistazo rápido a la cerveza…, ¿tendría ayahuasca?

—Hola —me dijo.

—Hola —respondí con una sonrisa.

Es lo que pasa con la gente muy guapa…, les sonríes casi sin pretenderlo.

—Perdona que te moleste.

—No es ninguna molestia.

—Bueno… —Sonrió de medio lado—. Júzgalo mejor cuando termine de hablar. —Me guiñó un ojo—. ¿Son tuyos?

Su dedo (bastante helénico también) señaló el hatillo de los cuadros, entre los que destacaba uno, mirando hacia afuera, con unos colores vivos y algo violentos.

—Sí.

Eché un vistazo hacia dentro y vi que Laura seguía junto a la barra. Al volverme hacia él, lo encontré de cuclillas, estudiándolo de cerca.

—No he vendido ni uno —me escuché decir.

—Normal… —musitó—. Esto no se vende en El Rastro, chica. Y menos mal.

Se puso en pie.

—¿Tienes más?

—¿Te parecen pocos? —Señalé los que se amontonaban a mi lado.

—Muy pocos. —Sonrió sibilino antes de echar mano al bolsillo interior de su abrigo y sacar un paquete de tabaco y un mechero—. ¿Quieres?

—No, gracias.

—Quiero verlos todos.

—Si te los llevas, te hago un buen precio.

—¿Cuántos tienes? Quiero decir…, ¿cuántos más, aparte de estos?

—Uhm…, no sé. ¿Treinta?

—Y son tuyos.

—Míos. De mi absoluta propiedad por derecho propio.

Me miró con los ojos entrecerrados, no sé si a causa de la voluta de humo que acababa de exhalar o sospechando que estaba mintiendo, y después desvió nuevamente la mirada hacia el cuadro.

—Es bastante sobrecogedor…, recuerda a la técnica del *dripping* que usaba Pollock y a su composición *all over*, pero con más control. Hay menos caos. Es más compacto. Casi te escupe a la cara los colores, pero son… sólidos.

—Sí. —Fue lo único que se me ocurrió contestar.

—¿Estudiaste Bellas Artes?

—No. Soy autodidacta —mentí con soltura mientras él separaba los bastidores sobre los que estaban montados los lienzos y les echaba un ojo rápido, manteniendo alejada la mano con la que sostenía el cigarrillo.

No sé por qué mantuve también la mentira con él. Quizá pensé que de un momento a otro aparecería Laura y tenía que mantener mi dignidad ante mis amigas. Quizá valoré que ese pedazo tío sentiría más afinidad conmigo si creía que había pintado esos cuadros. Yo qué sé.

—¿Cuánto llevas pintando?

—Bufff. Ni lo sé. Los pinceles son ya extensiones de mis dedos. —Ahí me pasé un poco, pero no debió de notar mi sobreactuación porque me tendió la mano para que se la estrechara.

—Me llamo Eloy. Soy marchante de arte y me interesa valorar tu obra.

Y efectivamente, estaba en lo cierto, Laura apareció de golpe a mi lado con un plato humeante de bravas. Lo único que hubiera desentonado más en aquella situación es que en lugar de bravas hubiera sido coliflor hervida.

—Hola —le saludó—. ¿Quién es? —Y esto último me lo susurró casi en el cuello.

—Es Eloy. Es marchante de arte y le interesa valorar mi obra.

Eloy sonrió mientras asentía.

—Veo que lo has entendido. ¿Y tú eres…?

—Laura… —dijo ella todo movimiento de melena y coqueteo.

—Me refería a la artista. —Y una supernova se concentró en su boca cuando dibujó una sonrisa.

—Catalina —respondí embobada.

—Encantado, Catalina. Verás…, tengo una cita con un cliente en veinte minutos y no me puedo demorar, pero… ¿qué te parece si me llamas mañana y concertamos una visita? Voy a tu estudio.

—No tengo estudio.

—Pinta en la casa del pueblo —intercedió Laura.

—Bueno, pues dime dónde está ese pueblo y nos vemos allí.

¿Qué? Ah, no. De eso nada.

—Mejor ya hablamos de los pormenores mañana cuando te llame —resolví.

—Bien. —Sacó la cartera del bolsillo, esta vez, de su vaquero y con dedos ágiles encontró una tarjeta que me tendió—. Pues llámame mañana a partir de las diez, ¿vale? Y hablamos.

—Vale.

—Hostia, tía —escuché farfullar a Laura con una patata en la boca.

—Tampoco estoy diciendo que te vaya a convertir en la estrella del próximo FIAC, pero vamos a echarle un vistazo a eso.

Asentí y agarré la tarjeta, que se me antojó como un salvoconducto hacia una vida mejor, aunque aún no tuviera ni pajolera idea de que con «FIAC» se refería a la Feria Internacional de Arte Contemporáneo de París.

—Hasta mañana —le dije.

Eloy dio una honda calada al cigarrillo sin dejar de mirarme y, cuando ya empezaba a inquietarme, sonrió, dio media vuelta y se perdió entre la gente.

Me volví hacia Laura con los ojos abiertos de par en par.

—¿Qué acaba de pasar?

—Que si esto fuera una película, en tres meses te forras y te casas con él.

Mi gesto mutó de la sorpresa al desagrado.

—Ay, Laura…, qué heteronormativo te ha quedado eso.

—No es heteronormativo…, es solo… muy cuento de princesas.

—Pues eso.

—Pues eso no, que este lanza tu arte y te saca de pobre. Y huele a historia de amor desde aquí…, y mira que es difícil con el olor a fritanga que arrastramos.

Sonreí a mi amiga y observé a la gente que caminaba arriba y abajo de la calle, intentando localizar el abrigo caro de Eloy, aunque no lo conseguí. Mi futuro era rápido haciendo que le perdiera la pista.

6
Mis lienzos

Pensé bastante en Eloy durante el resto del día. Buscaba el amor desesperadamente, ¿qué esperabas? Por más que le rebatiera a Laura que su comentario era muy de cuento de princesas desfasado…, yo seguía creyendo en los cuentos de princesas. O quizá pensaba que esas historias tan bonitas que veía en las redes sociales, en mis amigas, en conocidos… eran la versión moderna de un cuento que, no entendía por qué, para mí parecía inalcanzable. Soñar un poco resultaba inevitable. Soñar despierta con que a Eloy lo que le había interesado de verdad había sido yo…, y que lo de los cuadros no era más que una excusa para acercarse.

Llevaría el pelo largo y suelto en nuestra boda.

Las horas se me hicieron días. Si no le llamé nada más entrar a trabajar fue porque eran las ocho de la mañana y había sido muy claro al apuntar que debía hacerlo a partir de las diez. Ese cutis tenía pinta de dormir sus ocho horas todos los días, como las modelos. Seguramente también bebía mucha agua.

Después de morderme todas las uñas que pude, aguanté el tiempo que me pareció prudencial y aproveché el final de mi descanso de media mañana en el trabajo para hacerlo. Esperé a que mis compañeros desaparecieran de vuelta a sus puestos o de camino a una paradiña rápida en los baños, para sacar de un bolsillo mi móvil, la tarjeta de Eloy y un puñado de nervios.

Cuando sonó el primer tono, me dieron ganas de vomitar. Cuando sonó el segundo, me entró la risa floja. ¿Por qué estaba tan nerviosa? Seguramente era la persona con más citas a sus espaldas de todo el territorio nacional. Ya sabía que la mayoría salían mal y las que no, pues terminaban unos meses después cuando me daba cuenta de que los chicos en cuestión no me gustaban tanto como pensaba. La única respuesta posible para aquellos nervios era la proverbial intuición de que aquello iba a ser diferente. Mejor. Notas la importancia que le estaba dando yo a los cuadros, ¿verdad? Nula.

—Galería Eloy Hernando Suñer, buenos días —me respondió una voz femenina.

Me di cuenta de que aún me reía tontamente y carraspeé.

—Disculpe, querría hablar con el señor Hernando Suñer.

—¿De parte?

—De Catalina Beltrán. —Un silencio respondió a mi nombre, como esperando más información antes de mandarme a cagar a la vía—. Está esperando mi llamada.

—Okey, deme un segundo.

«Para Elisa», de Beethoven, empezó a sonar en el hilo musical de espera y yo me senté en una de las sillas de nuestra área de descanso. Miré el reloj. Tenía un par de minutos.

—Buenos días, señorita Beltrán.

La música había cesado tan de golpe que no me había dado tiempo de asumir que iba a escuchar su voz; di un saltito tonto y me reí. Él también se rio. Por teléfono su voz sonaba más ligera, quizá porque no iba acompañada del peso frío de sus ojos…

Vaya…, qué poético me ha quedado eso.

—Perdona, Eloy, llámame Catalina. Nos conocimos ayer en El Rastro y quedamos en hablar para cerrar una cita…

—Ajá —sonaba burlón.

—Bueno, no una cita en plan… con copas de vino y música suave. Una cita para…, para valorar mis cuadros.

—Me acuerdo, Catalina, no hacen falta más detalles. —Se rio. Sonaba educado, jovial, simpático, dulce… y seductor.

—Ahm. Ya… pues… eso.

—Igual te sorprende un poco mi premura, pero… me gustaría ver tu obra lo antes posible. ¿Podríamos vernos mañana mismo?

—Ehm…, sí. Sí, claro. Pero tendría que ser a partir de las cinco y media.

—Puedo más tarde también, si te viene mejor.

—No, no. Las cinco y media es perfecto.

—Genial. Pues… mañana a las cinco y media. Te paso a mi secretaria para que le digas la dirección de tu estudio, ¿vale?

—No es mi estudio, es mi…

—No importa —me cortó—. Hasta mañana, Catalina.

Volvió a sonar «Para Elisa» en versión telefónica y, fíjate…, ya no me sonaba tan horrible. Hasta que la puerta batiente de la sala de descanso se abrió y volvió a cerrarse detrás de una pequeña figura que la luz del pasillo dibujó a contraluz. Pequeña, brazos en jarras, cabeza de bombilla, ondas malrolleras…

—¿Qué tal el descanso? ¿Te instalo un sillón y una tele para que no te aburras tanto mientras te escaqueas del trabajo?

El jefe. El jefe en una versión que bien parecía sacada de un tebeo de Ibáñez. Era bajito, enclenque, calvo (aunque él interpretara aquella cortinilla hecha con tres pelos engominados como un peinado) y con un bigotito ridículamente fino sobre el labio. Con total seguridad, se vestía en la sección infantil de El Corte Inglés, pero en la parte de «viste a tu hijo como un contable calvo que pasa los fines de semana haciendo puzles». Olía raro…, como a cerrado. Vivía con su madre. Le encantaban los concursos de belleza caninos. Lo odiaba. Y él me odiaba a mí.

—Deme un segundo, señor Conejo. —Sí, se apellidaba Conejo. El mundo es un lugar horrible y cruel—. Es una llamada importante.

Seguía sonando la musiquilla. Por favor, ¿qué estaba haciendo la secretaria?

—Es hora de que vuelvas a tu puesto. Te aseguro que allí te esperan muchas más llamadas importantes.

—Galería Eloy Hernando Suñer, buenos días —repitió una voz femenina al otro lado del teléfono.

—Catalina, es tarde —insistió la ridiculez con piernas que podía llamar jefe.

—¡Hola! —le pedí con un gesto al señor Conejo que aguantara los machos—. Soy Catalina Beltrán. Eloy me ha pedido que te deje mi dirección, para poder encontrarnos mañana.

—Perfecto. Dígame, señorita Beltrán, dirección y hora.

—Catalina, que te amonesto.

—A las cinco y media en…

—Catalina… —empezó a quejarse mi jefe de nuevo.

—¡¡Señor Conejo, ¿puede usted callarse un segundo, por favor?!!

Dicté la dirección de mi casa en los segundos de estupefacción de mi jefe. Después colgué sin despedirme cuando me cayó encima el chaparrón.

—¡¡Chicas!! —grité al entrar en casa después del trabajo.

—¡En el salón!

Entré en el salón, donde Teresa estaba planchando con *Sálvame* de fondo, Elena corregía unos trabajos y Laura jugaba al Candy Crush.

—Tía, ¿tú no curras nunca? —le pregunté a la última.

—Ja, ja, ja —fingió una risa muy seca—. De diez a cuatro, a la espera de que me amplíen horario y no tener que veros las caras de mierda que tenéis.

—Yo no he abierto la boca —se defendió Teresa.

—¡¡Chicas!! —grité.

—¡¡¿Quééé?!!! —respondieron todas a la vez.

—Noticias *freshhhcas*.

Dicho esto, solté el bolso, la bufanda, la chaqueta y me puse a mover el culo como Nicki Minaj, pero sin gracia, ritmo ni sentido del ridículo. Cuando me quedé sin aire, hice gestos de victoria, de emoción y de «lo conseguí» y solté la primicia:

—Mañana viene Eloy a casa.

—¿Quién es Eloy? —Elena y Teresa fruncieron el ceño.

—¡¡El marchante de arte!! —Laura se levantó y bailó conmigo, durante unos segundos, una danza extraña con la que temí que invocáramos al demonio.

—¡¡Sí!!

Las otras dos nos miraron extrañadas. Menos mal que Claudia echaba más horas en el curro que un reloj, porque verme juzgada por esos ojos tan bonitos me hubiera arruinado el subidón.

—¿Con el que te encontraste el domingo en El Rastro? —preguntó Teresa estupefacta.

—¡¡Sí!!

—¿El superguapo?

—¡¡¡¡¡¡Sí!!!!!! —grité.

—¡¡Que te va a lanzar a la fama, tía!! —Elena se levantó también.

Al amor más salvaje y puro quería yo que me lanzara. Pero disimulé.

—No le atosiguéis, ¿vale? Vosotras como si no estuvierais. Queda un poco raro que no le lleve a mi estudio, sino a mi piso compartido…

—Podemos fingir que todas somos artistas y así creerá que esto es una comuna en plan supercreativo… —propuso Elena emocionada—. Yo seré artista conceptual.

Fruncí el ceño.

—Claro…, una comuna de artistas supercreativa en pleno corazón de Chamberí, barrio mundialmente conocido por su modernidad y transgresión… —ironicé.

—Podemos ser artistas con dinero.

—Con que eche un vistazo a mi bolso va a tener claro que no es el caso.

—Mejor les dejamos a su aire… —pidió Teresa, con el miedo a joderme el futuro reflejado en los ojitos—. Yo os preparo café y lo recibes en el salón, que tiene una luz preciosa por las tardes.

Justo así lo había imaginado. Nos veríamos en el salón, donde se respiraba una sensación de quietud semejante a la que se sentiría si se parase el tiempo. Y nos miraríamos con intensidad a la luz del crepúsculo. Hablaríamos sobre arte y pasión compartiendo una copa de vino, y él terminaría preguntándome si podía llamarme para salir algún día de estos.

No sé si realmente hace falta la aclaración, pero, por si acaso lo repito, para mí lo de los cuadros era casi un tema secundario. Un trámite. A lo que yo aspiraba era a un poco de dinerito en el bolsillo y, con suerte, a una historia de amor. Por lo menos, una aventura emocionante y romántica. Si no me enamoraba, al menos, que se me enamorara el…, bueno…, ¿cómo decirlo sin sonar chabacana? Que se me enamorara la castaña.

—Es superfuerte… —escuché murmurar a Laura—. Piénsalo…, cosa del destino: un día porfías de los de ARCO, dos días después apareces cargada de cuadros y nos confiesas que tuviste vocación artística y el domingo siguiente te encuentras con Eloy, que quiere representarte como pintora.

—Solo viene a valorar los cuadros —repetí, sintiendo cosquillas en el estómago.

—Tía…, es superfuerte —insistió—. Es que es… ¡increíble!

Desde luego, era increíble. Increíble, inverosímil, absurdo, improbable…, ¿cómo cojones se lo habían podido tragar?

Pero, bueno, vivíamos en el país que hizo grande al «Pequeño Nicolás».

—Oye, Cata… —Elena tiró un poco de mi brazo, para que le prestase atención—. Tú… no estarás haciendo mentalmente eso que haces antes de todas tus citas de Tinder, ¿verdad?

—¿Y qué hago antes de mis citas, listilla? —me molesté.

—Montarte una película digna de estreno en Cines Callao, con alfombra roja y *photocall* con famosos…

—No.

—… con pajaritos cosiéndote un vestido de novia de ensueño.

—¡Que no! —me quejé con rabia, porque, ya se sabe, lo que más nos fastidia es que alguien diga en voz alta las mentiras que nos decimos en silencio.

—Vale —asintió—. Porque esto de los cuadros parece importante. Y no molaría nada que se empañase por tu búsqueda…

—Elena…

—¡Déjame terminar! —Puso el dedo índice a la altura de mi nariz, a pesar de su corta estatura—. Tu búsqueda incesante de una historia de amor tan alimentada por ideales inalcanzables que siempre termina en un «le he dejado porque he perdido la emoción, la chispa, las mariposas».

—Las mariposas son importantes —aseguré.

—Salir de pobre y empezar una carrera de artista lo es más. Créeme.

Hay que ver…, con la ilusión que me hacía aquel encuentro, y que, sin embargo, no hubiera dedicado ni cinco minutos a preguntarme cómo saldría de aquella con mis nulos conocimientos sobre arte. Creo que aún no había aprendido que hay engaños que nos salen a cuenta, que hay engaños sobre los que uno puede cimentar verdades como muros.

7

Tú, yo y unos lienzos, nene

Llevaba un pantalón de pinzas caqui y un jersey de ochos en color negro, y… estaba guapísimo. Eloy era el típico hombre con estilo que puede permitirse ciertas licencias. Lo cierto es que era como los chicos en los que me solía fijar. Era sofisticado, elegante, con algo misterioso que crecía en sus silencios y enredado en los mechones de su pelo agradecido. Debía de ser joven. Quizá más joven que yo, pensé cuando le hice pasar. Anoté mentalmente la necesidad de preguntárselo.

Nos saludamos con una sonrisa y un movimiento de cabeza que me quedó un poco extraño. Cuando estás nerviosa y tienes delante a un chico guapo, haces muchas tonterías…, como parecer una trastornada con tics. Traía un cuaderno con una funda de piel negra con sus iniciales grabadas, unas Ray-Ban y una chaqueta en la mano derecha, así que no pude ofrecerle la mía para un apretón como había estado planeando.

—Lo normal son dos besos. —Sonrió.

—Ah, no sé. Igual en los negocios…

—Tienes razón. Ese movimiento como de *breakdance* queda muchísimo mejor. Más profesional. —Me guiñó un ojo y yo me reí, aunque, sinceramente, me sonó un poco sobrado y un poquito borde.

—Por aquella puerta, por favor.

Avanzó con paso lento, arrancándole al parqué un sonido contundente y seco con la suela de sus zapatos italianos. Suspiré. Contuve el aire para dejarlo salir muy despacio y me pedí tranquilidad ciento cincuenta veces por segundo. Me costó concentrarme y recordar que aquello no era una cita Tinder, que yo lo que quería era vender mis cuadros, así que dejé de peinarme las cejas y me concentré en que no se me notara que aquellos cuadros no eran míos.

En el salón entraba una luz preciosa, otoñal y dorada. Los haces de luz se filtraban a través de los resquicios que las cubreventanas de madera dejaban entre tablilla y tablilla y, justo bajo los marcos, había apoyado todos los bastidores. Eloy no fue directamente hacia ellos. Dejó su chaqueta y su cuaderno sobre el respaldo del sofá y, colgándose las gafas de sol en el cuello del jersey, se paseó como un gato por el salón. Pisó las polvorientas alfombras viejas y roídas, situadas junto a la mesa de madera con más de cien años, que solo usábamos en fechas especiales. A su paso, hacía ondear las hojas y ramas de la vegetación que crecía en todos los rincones, en macetas preciosas y antiguas, algunas con vetas que demostraban que una vez solo fueron pedazos rotos de algo bonito. De vez en cuando me miraba y sonreía. Recuerdo que pensé que si una escena tan mágica y estéticamente preciosa como aquella no despertaba el amor verdadero, nada podría. Las películas y tantas novelas de amor no podían estar equivocadas.

—¿Quieres un café, agua, una copa de vino? —le ofrecí viendo cómo se acercaba, poco a poco, a los lienzos.

—Café solo. *Espresso*, por favor.

—¿Azúcar?

—Solo —recalcó.

—Voy un segundo a… —Señalé la puerta, nerviosa.

—Ve, ve.

No me miró al asentir. Estudiaba toda la habitación con ojo clínico.

Teresa, Elena y Laura estaban en la cocina encerradas con la oreja pegada a la pared que separaba la estancia del salón y, al verme entrar, empezaron a dar sigilosos saltitos de bufón.

—Pero ¡qué elegante! —murmuró Elena.

—Pero si no le has visto…

—Pero se le escucha elegante.

Teresa me alcanzó una bandeja con una taza, una jarrita para el café y un azucarero…, todo de loza blanca con flores. Cogí la taza y el platillo y dejé el resto sobre la encimera lo suficientemente despacio como para no ofenderla. Pero es que… muy *cool* no eran.

—Debería tardar un poco más en salir, ¿no? —pregunté.

—¿Por qué?

—Pues porque el café tarda en hacerse.

—Ay, chica…, podías tenerlo ya preparado —contestó Laura poniendo los ojos en blanco.

—Le he ofrecido una copa de vino. ¿Soy una ridícula? Vale, soy una ridícula.

—No, no. Has sido amable. —Elena me atusó el pelo y metió un par de mechones detrás de las orejas—. Estás muy guapa.

Miré mi jersey de rayas y mis pantalones capri negros. Me los había puesto porque me daba la sensación de que el *look* me daba un aspecto parisino.

—Voy a salir —dije más para mí misma que para ellas.

—¡Suerte!

Cuando volví al salón, Eloy había ido desperdigando cuadros aquí y allá, como si hubiera considerado que necesitaban más espacio entre ellos para respirar. Iba de unos a otros con paso lento, como si el aire estuviera compuesto de una sustancia más espesa que el agua que ralentizara los movimientos…, casi daba miedo acercarle la taza de café, pero la cogió sin apartar los ojos de las pinturas, con plato y todo. Este tío era familia de un marqués, no me jodas…

—¿Quieres…, uhm…, unas pastas? —le ofrecí antes de taparme la cara con vergüenza en cuanto lo dije.

—No. Solo… un poco de silencio. Dame unos minutos.

Se me hizo eterno…, horrible, incómodo, tenso e insoportable. El tiempo que estuvo mirando y revisando «mi obra» sin soltar ni una palabra, se me hizo interminable, hasta que, frente al desvencijado sofá verde oscuro, me sonrió:

—¿Puedo hacerles fotos?

—Si no vas a reproducirlas en *merchandising* sin mi consentimiento, sí. Puedes —intenté parecer todo lo despreocupada que pensé que una artista plástica estaría en aquel momento y me apoyé en la mesa con aires parisinos (o esa era mi intención al menos).

—¿Cuándo empezaste a pintar?

—Hace…, no sé. Diez años. Quizá más.

—Ajá…

—Algunos de estos tienen ya…, buff…, mucho tiempo. —Al menos eso técnicamente era verdad.

—Es curioso… —Sacó un móvil del bolsillo y se concentró en fotografiar algunos de los cuadros.

—¿Qué es curioso?

—Pues que… tienes un estilo muy… retro.

—Ajá. —Ay, ay, ay.

—Es como que… bebes de las vanguardias, casi como si acabases de descubrirlas y quisieras jugar con ellas. Como si pudieras aún ver en ellas algo nuevo, nunca visto. —Me lanzó una mirada bastante densa que me provocó un nudito en la garganta—. Aquí hay referencias a la abstracción, al expresionismo abstracto, cubismo, informalismo, arte minimal…, ecos de futurismo en algunos lienzos… —Se volvió hacia mí y cruzó los brazos sobre el pecho—. Es como si vinieras del pasado o… como si hubieras nacido hace cien años y macerado en tu interior todo esto durante décadas hasta sacarlo todo confuso, enmarañado y… renovado.

Sonreí y me sentí tonta mientras él me sostenía la mirada. Lo sabía. Claro que lo sabía. ¿Se podría saber la antigüedad de una pintura al óleo a simple vista? Me había pillado. Ese tío sabía de lo que hablaba…, no como yo. No estaba segura de si me había hablado en mi mismo idioma. Pensé que quería que confesase. No había otra escapatoria digna. Además, toda buena relación debe basarse en la sinceridad. Seguro que se enternecía. Le haría gracia. Juntos buscaríamos una manera de que aquellos cuadros de la tía Isa llegasen hasta la gente sin tener que mentir. Seguro que algún amigo en común sacaría el tema, entre risas, en el cóctel de nuestra fiesta de compromiso. Sería en unos jardines.

Sí. Lo mejor era confesar.

—Verás, Eloy… —empecé a decir—. La verdad es que…, puede que…

Dio dos pasos firmes hacia mí tan rápido que me asusté. Y me callé, por si era de esos muy echados para adelante y quería besarme ya.

—Calla. —Y la voz sonó firme y necesitada a la vez—. Quiero a alguien como tú. Puedo montarte una primera exposición, un tanteo. Unas pocas de estas pinturas en mi galería. No es muy grande, pero no me hace falta: soy alguien muy bien considerado en el sector. Me respetan. Me creen. —Hizo una pausa bastante significativa antes de proseguir—. Invitaremos a gente útil. Tantearemos. Pero creo que esto tiene futuro.

—¿Qué tiene futuro?

—Tú y yo. —Avanzó de nuevo hasta que no quedó entre nosotros más que un palmo.

Un palmo.

Un.

Palmo.

Me sentí cohibida. Terriblemente invadida. Tuve ganas de gritar «¡distancia social!», de comprarme un billete de avión, de salir por patas de allí como si hubiese visto un fantasma, de preguntarle si quería rollo, de quitarme la ropa, de quemar mi sujetador…, todo a la vez.

—No te cojo —insistí cuando vi que no se movía, no hablaba y solo me miraba como si estuviese preguntándose a sí mismo si era buena idea…, si yo era buena idea en general.

Dejó sobre la mesa, a mi espalda, la taza y el platito, y se inclinó tanto hacia mí que pude percibir hasta las notas especiadas de su perfume, luego volvió a enderezarse con una sonrisa.

—Firmaremos un contrato con todas las condiciones. Solo yo podré venderlos, me llevaré un cincuenta por ciento sobre el precio de venta, pero te financiaré exposiciones, promoción y, quizá, si tienes proyección y das buenos pasos, alguna feria internacional.

—¿El cincuenta por ciento?

Yo no sabía nada del sector, pero me parecía una barbaridad.

—El cincuenta por ciento —asintió.

—A ver…, que yo no sé si…, bueno, que no quiero parecer avariciosa y me apetece que esta relación empiece con buen pie, pero me da que con lo que me va a tocar del pastel no voy a poder ni comprarme lienzos nuevos.

Sonrió en una mueca.

—Cariño…, con el diez por ciento de lo que te va a tocar vas a tener para comprarte muchos, muchos lienzos… —miró alrededor— y para alquilarte un estudio.

—¿Alquilarme un estudio?

—Sí. —Se pasó pulgar e índice por las cejas y suspiró—. Oye, hablaremos de precios cuando indague un poco. No quiero hablar de más hasta entonces. ¿Necesitas que te adelante algo para comprar material?

—No. No…, es que ahora estoy… fatal de inspiración.

—Ya, suele pasar —dijo sin mirarme. Después recogió su chaqueta, guardó su móvil y se colocó el cuaderno bajo el brazo—. Necesito tu biografía…, unos cuantos datos básicos: lugar y año de nacimiento, alguna referencia a tus estudios…, aunque creo recordar que me dijiste que no tienes formación artística y que eres autodidacta, así que lo que sea. Lo que se te ocurra. Mándame un *e-mail*. —Me dio la espalda y se dirigió hacia la puerta, a través de cuyos cristales pude atisbar tres sombras huyendo en dirección a la cocina—. Tienes la dirección en la tarjeta.

¿Qué? ¿Ya se iba?

—Uhm…, ¿ya te vas?

—¡Ah! Y una foto. También necesito una foto. A poder ser de estudio…, no sé si tendrás.

—Tengo una. —¡Hombre! Que mis buenos dineros me había costado hacerme el *book* el año anterior.

—Estupendo. De lo demás…, no te preocupes. Yo me encargo. Tú solo… —Se mordió el labio y me estudió.

—¿No quieres que lo hablemos con un vino?

Esbozó una sonrisa de lado y negó muy despacio.

—Catalina…, ¿prefieres Cata o Catalina?

—Como quieras…

—Pareces inteligente así que te voy a dar un consejo que, seguramente, sobre del todo.

—Vale.

—¿Preparada? —Levantó las cejas.

—Sí.

—Somos dueños de lo que callamos y presos de lo que decimos. Si eres una artista que mide sus palabras…, te irá bien. Y eso es todo lo que necesito.

Asentí despacio. Ciento quince emociones me partieron en dos. Una parte de mí se sentía aleccionada, invisible, menospreciada. La otra, honrada.

—Catalina Beltrán no funciona. ¿Cuál es tu segundo apellido?

—Benayas.

—Uhm… —Se mordió el labio—. Mándame los segundos apellidos de tus padres cuando me escribas el *e-mail*, ¿vale? Le daremos una vuelta.

—¿Qué le pasa a Beltrán? —pregunté confusa—. O a Benayas.

Salió al recibidor sin contestar y casi tuve que correr para alcanzarlo en el rellano.

—Te mando el *e-mail* y… ¿qué más? ¿Cuáles son los siguientes pasos?

—Ya te llamaré yo. Pero mándame el correo cuanto antes. —Sonrió tenso, con un gesto completamente empresarial y los ojos, de pronto, resbalaron por la estancia haciendo que la sonrisa se convirtiera en una mueca—. Vaya por Dios…, qué rellano más horroroso. Con lo bonita que es la casa.

Sensibilidad artística. Quizá siempre la tuve sin saberlo.

Cuando el ascensor debía de estar ya en la planta baja, me acordé de que ni siquiera le había preguntado cuántos años tenía. Bueno, mejor, así tendríamos más temas de conversación en nuestra próxima cita.

Soy gilipollas.

8

La mentira de las musas

Hay tantos tipos de artistas como de personas. Es verdad que todos somos un poco volubles, ciclotímicos y que compartimos al ego como animal de compañía, pero aparte de esto, cada uno es como es, aunque sea artista. Y creo que esa idea preconcebida del artista que forma parte del imaginario común había sido la responsable de cada una de mis rupturas amorosas. En eso sí hacía honor a la leyenda que acompaña al creador: me había enamorado incontables veces en los últimos diez años y, aunque algunas historias duraron un lustro y otras apenas un fin de semana, en ellas había sentido con toda la plenitud que se puede esperar del amor romántico. Me metía en la piscina al nanosegundo siguiente de conocer a alguien interesante y sin comprobar antes la temperatura del agua. Estaba enganchado a enamorarme como los músicos de los setenta a la farlopa, pero siempre terminaba como ellos: con resaca, solo y con la sensación de estar malgastando mi vida en pro del ideal de pasar a la posteridad.

Y es que las chicas con las que vivía apasionadas historias de amor esperaban encontrar en mí al hombre torturado por las musas, al clásico caos creativo, explosión de sentimientos y lujuria sensorial. Y no. Porque, como he dicho, hay tantos tipos de artistas como de personas, y yo... soy diferente. La diferencia entre sus exuberantes expectativas y la realidad solía saldarse con un portazo, unas veces adornado por unas braguitas de encaje todavía tiradas sobre el suelo, junto a la cama y otras con la devolución protocolaria de la copia de las llaves de mi casa.

Mi pregunta siempre era la misma: «¿Por qué?». Nunca contestaban, claro. Y no porque yo la lanzara al aire rodeada de toda la parafernalia dolorosa y llorona de una ruptura, sino por todo lo contrario. Yo quería entenderlo y ellas me dejaban porque estaban hartas de mi necesidad de comprenderlo todo y del silencio que me rodeaba cuando intentaba encontrar una respuesta.

Mi despertador sonaba a las seis y media de la mañana, siete días por semana. A veces lo retrasaba un poco, es verdad, pero desde mis años de universidad, nunca me había levantado más tarde de las nueve.

Hacía ejercicio. Unos días salía a correr y no volvía hasta haber recorrido al menos diez kilómetros a buen ritmo. Otros, hacía tablas que parecían más bien un entrenamiento militar. Era capaz de hacer doscientas sentadillas y trescientos abdominales en un mal día. Porque esa era otra de mis manías: si el caos lo invadía todo, cabeza y manos, «castigaba» al cuerpo con una ronda de ejercicio. Me gustaba llevarme al límite, saber dónde estaba, dejarme con las piernas temblando y la sensación de no ser capaz ni de vestirme de nuevo porque, de alguna forma, eso me hacía sentir que era más dueño de mí mismo.

Después una ducha, un café negro y sin endulzar y, vestido con mi ropa de trabajo (vaqueros rotos, manchados, dados de sí, y un jersey o una camiseta de las mismas características), me ponía manos a la obra..., nunca mejor dicho.

Años antes, si abrías la puerta de mi casa-estudio a las ocho de la mañana, encontrabas una actividad frenética. Llegué, incluso, a tener un ayudante. En mi carrera me había atrevido con la escultura en piedra, con el bronce, con la cera, la litografía, el grafiti, la instalación artística con nuevas tecnologías, la pintura en óleo y la acuarela. También me dio por tatuar en una especie de instalación artística que tuvo tanto éxito que giré por toda Europa. Dicen que aprendiz de mucho significa maestro de nada, y es probable que tengan razón, pero si algo soy es cabezón y nunca dejé de intentarlo hasta conseguir un resultado lo suficientemente bueno como para ser respetable una vez expuesto. Y eso me había hecho famoso. Mikel Avedaño era un artista trescientos sesenta, decían algunos. Otros me bautizaron como «el hombre del nuevo Renacimiento», y a mí todo me encantaba y me parecía excesivo en la misma proporción.

Pero poco antes de mi última ruptura había entrado en una especie de letargo artístico. Después del éxito del anterior ARCO, donde había vendido todas las obras y nos había llenado el bolsillo a mi marchante, a la galería y a mí, empecé a cuestionarlo todo. La industria. La inspiración. La sostenibilidad del mercado. La motivación. Y cuando no supe responder a la pregunta de «¿por qué hago esto?», dejé de ser capaz de crear. Y al poco mi novia me dijo que mi silencio la estaba secando por dentro. Cuando el porqué se quedó sin respuesta también, entendí que volvía a no cubrir las expectativas que alguien se había creado sobre mí. ¿O había sido yo quien las había creado? Eso también me preocupaba.

Sin arte no hay artista. Por definición. Así que un artista que no crea no es un artista. Yo solo era un tipo que se levantaba a las seis y media de la mañana y se pasaba el día fingiendo que no sabía que no iba a pintar ni cincelar ni esculpir ni esbozar nada que valiera la pena. Pero me empeñaba en fingirlo. Y así pasaban los días, sin variar mi rutina ni un ápice.

Aquel día era como cualquier otro. Tenía veinticinco obras que preparar en medio del duelo por el abandono de la maldita bandada de musas que solía revolotearme alrededor de la cabeza, pero por aquel entonces todavía no había entendido que si quieres resultados diferentes no puedes intentarlo de la misma manera.

Así que me levanté a las seis y media, salí a correr, me duché, me puse mis vaqueros viejos y un jersey marrón manchado de pintura y me senté a «trabajar»... hasta las once y media, momento en el que asumí que releer manuales, pasar páginas de catálogos y navegar por internet no dejaba de ser una pérdida de tiempo. Sin idea no hay desarrollo. Sin desarrollo no hay obra. Sin obra no hay artista. Y decidí salir a por otro café, no porque quisiera otro chute de cafeína, sino por pura necesidad de falsear la sensación de no estar haciendo nada con mi vida. Cogí el cuaderno, me calcé (cosa que solo hago para salir a la calle) y me escapé del ambiente asfixiante de mi estudio, rumbo a una de mis cafeterías preferidas.

Toma Café, en Olavide, es uno de esos rincones de Madrid que siempre me han gustado. No sé por qué. Creo que, con la ausencia de artificio, la austeridad de su decoración, con su suelo de terrazo, sus sillas de un naranja chillón y los ventanales a través de los que se cuela la luz, el ambiente recrea para mí, en cierta manera, el de un aula de colegio concertado de los años noventa. Y me calmaba, me inspiraba, me hacía sentir en casa, una sensación que no me era demasiado conocida.

Aquel día, como siempre, me instalé en una de las mesas cercanas al ventanal que cubre la fachada, aunque el día era bastante gris y la luz que penetraba en el salón lo teñía todo de un claroscuro fantasmagórico, y pedí un café y una tostada que me asentara el estómago. La noche anterior había caído en el clásico error de ponerme «solo una copa de vino» para terminar la jornada... y acabé con los cascos vacíos de una botella de vino y de una botellita de mezcal que abrí la semana anterior para celebrar que era un paria sin musas. A veces el mejor somnífero es cogerse una cogorza solo en casa. Y el único remedio para la resaca: café, pan e ibuprofeno. Hazme caso.

Al sentarme allí, rodeado de los olores a desayuno de fin de semana, mecido por el ritmo suave del rap jazz que solían tener como hilo musical y rodeado de desconocidos que también creaban a su manera (conversando, escribiendo en sus móviles, leyendo...), me sentí animado..., bueno, todo lo animado que puede mostrarse, en su contención, Mikel Avedaño. Eché un vistazo a viejas ideas garabateadas a boli Bic en mi cuaderno con la reconfortante perspectiva de engullir mi desayuno caliente en una desapacible mañana de sábado... hasta que alguien carraspeó junto a mi mesa. Y mi ánimo se fue a la mierda.

Una de las peores cosas de Madrid es que, en algún momento, los buenos sitios se ponen de moda y, entonces, dejan de ser buenos sitios, no por sí mismos, sino por la familia de posturetas que se congrega en sus mesas. Y si hay alguien postureta por antonomasia, es la figura del galerista que, venido a más, se ha lanzado a la carrera de marchante con la intención de quedarse con más parte del pastel. En el fondo no me extrañó encontrar a Eloy junto a mi mesa. La nueva plaga de los garitos no son las cucarachas, son los cretinos bien vestidos.

—Buenos días —dijo sonriente.

—Ya no me parecen tan buenos.

Llevaba un abrigo color camel, de lana, no de mezclilla, a través del que se adivinaba un jersey de cuello alto gris antracita (los artistas y los estilistas somos los únicos hombres capaces de distinguir todos los colores). Bajo el brazo, la funda de piel grabada con su nombre que siempre le acompañaba y en la cara una sonrisa petulante. Entendía que mi representante no pudiera con él, era de esas personas que se merecía un bofetón sin necesidad de abrir la boca.

No esperó a que le invitase a sentarse, lo hizo sin más. Eso me encabronó porque soy celoso de mi soledad y de mi tiempo y tengo por norma no malgastarlo con cretinos, pero cuando cogí aire, dispuesto a pedirle lo más amablemente posible que me dejase solo, ni siquiera me dio la oportunidad de abrir la boca.

—Qué casualidad..., una feliz casualidad, además. Llevaba días queriendo llamarte, pero ese representante tuyo es bastante hostil y, bueno..., se negó a darme tu número. ¿Cómo es posible que, con los años que hace que nos conocemos, aún no tenga tu número de teléfono, Mikel?

—Probablemente porque no te lo he querido dar.

Una sonrisa maligna se nos dibujó a ambos en los labios.

—Si París bien merece una misa, diré, Mikel, que tú mereces que se pase por alto tu falta de habilidades sociales. Cuestión de artistas, me imagino. Un mundo interior demasiado rico como para preocuparse demasiado del externo. Pero, dime, ¿puedo pedirte opinión?

—¿Puedo decirte que no?

—Puedes, pero ya sabes que no cedo fácilmente.

—No, claro. Eres como un perro de presa. Uno de esos con pedigrí, un poco repipi, ya me entiendes.

—No te entiendo, Mikel, pero viene siendo costumbre.

—Adelante. Cuanto antes hables, antes te irás.

Un camarero trajo una taza humeante de café y me avisó de que mi tostada estaría en un momento. Estuve a punto de decirle que esperase a que se fuera el caballero que me acompañaba, porque me quitaba las ganas de comer.

Eloy sacó del bolsillo interior del abrigo un móvil, trasteó en su interior y me lo pasó. En la pantalla brillaban unos colores brutales que me hicieron pestañear, no solo por su brillo, sino por su..., no sabría decirlo. Solo me había pasado algo similar cuando conocí a aquella actriz tan guapa..., era tan preciosa que tuve que apartar un momento los ojos. Síndrome de Stendhal, quizá; a lo mejor solamente una reacción muy humana frente a la belleza.

Palpé mis bolsillos, pero no encontré mis gafas. Solo las usaba cuando llevaba más horas de trabajo de las que mis ojos podían soportar, así que hice zoom.

Volutas de humo de colores. Humo inconsistente pero denso. Neblina fecunda, frondosa, fértil. De cada trazo podrían haber nacido ramas que se curvaran por el peso de cien flores.

—¿Qué es? —pregunté escueto.

—Desconocido hasta el momento. Bueno, desconocida.

—¿La has encontrado tú? —Lo miré fugazmente.

—En El Rastro. ¿Cómo te quedas?

—¿Tienes más?

—Un par, pero creo que prefiero que los veas en persona. —Me arrebató el teléfono de las manos—. Vamos a hacer una pequeña muestra privada en la galería. Solo unas cuantas personas con criterio.

Algún otro galerista, algún crítico, un amigo especializado en subastas, otros artistas, clientes fieles…, entendería que no quisieras venir. Ya sé que tienes fama de no prodigarte mucho.

Le tendí la mano sin mediar palabra y él me pasó el teléfono, esta vez con otra foto en pantalla. Un vergel de tal impacto visual que sentí que podía entender lo que experimentaron las primeras personas que descubrieron el fovismo a principios del xx. Parecía fresco, nuevo…, original. Un paisaje entre el puntillismo, la pincelada impresionista y la representación figurativa que se desdibujaba en las primeras expresiones abstractas. Era muchas cosas y no era nada.

—¿Cuántos años tiene?

—Querido Mikel, deja un poco de magia para la cita oficial. —Su rostro, uno de esos bonitos, casi imberbes, de querubín guapo, dio cabida a una sonrisa lobuna.

Si me gustaran los tíos, supongo que Eloy me la hubiera puesto dura a pesar de caerme tan mal…, o incluso por ello. Recuperó el móvil de nuevo y lo guardó en el interior de su abrigo sin dejar de mirarme. Le hubiera dado un puñetazo con gusto.

—¿Te espero entonces? —me preguntó alzando las cejas con una falsa expresión de duda.

—¿Cuándo es?

—El miércoles por la tarde. A las siete, pero a puerta cerrada. No es una exposición, recuerda. Es más bien una reunión de expertos.

—Veré si puedo pasarme.

Y, sí…, lo dije para hacerme el interesante porque estaba claro que iba a ir.

—Hasta el miércoles entonces.

El camarero dejó mi tostada sobre la mesa en el mismo momento en el que Eloy se levantaba para marcharse con una mueca de superioridad muy poco disimulada. Normalmente soy bueno velando mis emociones para que no se asomen a mis ojos. Mi gesto suele ser infranqueable si quiero que lo sea. Pero aquello me había dejado fuera de combate. Yo tan seco y alguien con los dedos tan cargados de opulencia y fertilidad. La apisonadora sonaba cada vez más cerca de mis talones.

Vi salir a Eloy y me quedé suspendido allí, en un limbo, entre el cuerpo que se sentaba en la silla naranja y la mente que corría a toda velocidad entre ideas y colores, revisitando los dos lienzos que me había mostrado, viajando hacia las referencias pictóricas cuyos ecos había visto brillar en ellos. André Derain. Me vino a la cabeza el mismísimo André Derain. Creo que nunca vi en alguien nuevo algo tan antiguo y válido; algo tan respetable.

Y de pronto, allí, en lo más profundo del hemisferio derecho de mi cerebro, una conexión hizo estallar una chispa de luz. Agarré el lápiz y pasé las hojas de mi cuaderno, sin mirar a ningún punto en concreto. Esbocé, con líneas sencillas, el dibujo de una cabeza. Una cabeza que, muy probablemente, se parecía a la mía. En su rostro, la sorpresa presentándose en forma de líneas de expresión, hendiduras, volúmenes y sombras.

Cuando quise darme cuenta, la tostada estaba fría y gomosa, pero daba igual, porque yo ya no tenía hambre. Tenía miedo y ganas.

9

La que has liado, pollito

Eloy me escribió el sábado por la mañana, pero cuando comprobé que solo me avisaba de que por la tarde recogerían todos mis cuadros para llevarlos a su galería, me sentí bastante decepcionada. Supongo que debería haber estado muy emocionada, pero... a ver, que los cuadros no eran míos. Que no es que escucharle hablar sobre las reminiscencias del expresionismo abstracto en mi obra me elevara al Nirvana intelectual, reservado para aquellos que ven valorado su trabajo. Sencillamente pensaba: «Bla bla bla. Véndelos, dame mi dinero y gastémonoslo en viajar juntos a algún sitio paradisiaco donde descubra por fin lo que es el amor». Yo era como Frank Cushma en *Jerry Maguire*, pero en versión romanticucha: en lugar de «enséñame la pasta, enséñame la pasta», mi mantra era «vamos a enamorarnos como agapornis, nene».

Me mandó un contrato de colaboración con un mensajero que, me dijo, tenía indicaciones de llevárselo de vuelta firmado. Lo leí a matacaballo, con un ojo en sus páginas y otro en los transportistas que manipulaban con destreza los lienzos que había acumulado en el recibidor (y que mis compañeras de piso no echarían de menos, sin duda). Aquello era como un viaje psicotrópico. Yo estaba flipando. Y digo que estaba flipando, porque es la única explicación para el hecho de que no viera la bola de nieve que se me venía encima a toda velocidad. Ni siquiera me paré a pensar en la posibilidad de estar vendiendo mi alma a un diablo absolutamente bello. Porque... seamos claras: si el diablo viniera a la tierra en plan «voy a llevarme unas cuantas almas conmigo, a ver si las sodomizo con hierros al rojo vivo por el resto de la eternidad», le robaría el cuerpo a alguien muy guapo. Y Eloy era el tío bueno más elegante que había visto fuera de los anuncios de coches caros. Más sabe el diablo por viejo que por diablo, dicen; y si ha tenido siglos para estudiarnos, ya sabrá que somos una pandilla de superficiales.

—He debido de perder mi mojo —dije durante la cena del martes, mirando mi móvil mientras removía las judías con jamón torpemente con el tenedor en la mano izquierda—. Eloy solo me escribe por lo de los cuadros y, para más inri, llevo días sin un *match* en Tinder. Y eso que ya no tengo ganas de ligar en Tinder, que todo el mundo sabe que es el truco para que se te presente el *match* con un espécimen humano comparable a un salmón de Noruega criado en libertad.

—No sé cómo podéis ligar con el móvil. A saber quién hay detrás —se quejó Teresa, cruzándose la bata de guatiné en el pecho.

—Desde los perfiles verificados eso ya no es un problema —comentó Laura muy segura de lo que decía.

—¿Verifi-qué?

—Nada, Teresa. Cosas de la aplicación. Pero ¿dónde quieres entonces que busque el amor? Me falta colgarme un cartel en el pecho —le contesté con un poco de drama.

—Si quieres resultados diferentes, no puedes seguir intentándolo con los mismos métodos.

Miré a Claudia con cierto desdén mientras se comía un yogur desnatado apoyada en la encimera, con sus pantaloncitos de yoga con los que, al contrario que yo, no parecía una pieza de embutido para barbacoa.

—Gracias, Claudia. Dime…, ¿dónde lo encuentras tú, por seguir tu ejemplo?

—Haya paz, por favor —pidió Teresa—. Aquí de consejos sobre el amor vamos todas sobradas. De experiencia ya es otra cosa. Pero no os preocupéis, porque mañana por la noche voy a hacer unas croquetas que se nos va a poner otro cuerpo.

—Sí, cuerpo escombro —se burló Elena.

—Pues a ti te hago unas acelgas, no te preocupes.

—Ay… —Me quedé pensativa, entre la imagen de las croquetas de cocido de Teresa y las acelgas apestosas que sabía que no le prepararía a Elena—. Yo mañana… creo que no vengo a cenar. O al menos eso espero. Sería una buena señal.

—¿Y eso? —Teresa se quedó un poco chafada.

—¿Cita? —preguntó Elena señalando mi móvil, que seguía agarrando con la mano derecha fuertemente.

—No, no. ¿No me has oído? Por no tener no tengo ni malas citas. Y eso que estoy deslizando a la derecha fotos de gente que me daría miedo encontrarme en una calle oscura. Ya sabes…, *crazy eyes*.

—¡Al grano! —exigió Laura, que supongo que se puso nerviosa al sentir que peligraba la noche de croquetas de cocido.

—Es que mañana Eloy ha organizado una especie de muestra de mis cuadros en su galería. Irá gente entendida y me ha pedido que vaya a presentarme.

Un coro de cubiertos cayendo sobre la loza se hizo con la acústica de la cocina, que ya era buena de por sí. Las miré a todas. Hasta Claudia parecía bastante boquiabierta.

—¿Qué? —pregunté asustada.

—¿Y se te había olvidado comentárnoslo?

—Bueno, hija, que tampoco es que me haya invitado la baronesa Thyssen a tomar el té para ofrecerme una exposición.

Eloy me ha dicho que es lo normal, antes de hablar de precios y demás… para testar las reacciones de los diferentes factores que forman parte del mercado artístico —repetí, palabra por palabra, lo que recordaba haber leído en el último wasap de Eloy.

Parafrasearlo hubiera sido imposible, porque no sabía qué narices significaba.

—Joder… —Laura se pasó las manos por el pelo—. ¿Qué te vas a poner?

Huyo de topicazos tanto como puedo, pero lo que es, es. «¿Qué te vas a poner?» acompaña a cualquier momento importante de la vida. Una persona solo le pregunta a otra «¿Qué te vas a poner?» si cree que debe estar preparado para evocar todos los detalles en un futuro, sin tener que añadir: «E iba vestida como para ir a comprar droga».

—Pues tampoco puedo hacer muchas maravillas, que salgo de currar a las cuatro, iré con prisas y no tengo un duro para comprarme algo nuevo. Había pensado ponerme unos vaqueros y una blusa mona.

Cuatro pares de ojos se clavaron en mi cara y di por hecho que estaba equivocándome.

—Vale, entendido. ¿Qué me pongo?

—Eres artista, Catalina, no representante comercial de una empresa de bidés.

Lo que vino después está un poco borroso. Muchas voces intentando hacerse oír unas por encima de las otras y discusiones sobre por qué era una patochada que los artistas no pudieran vestir de marca. ¿Quién había mencionado marcas? Lo más caro de mi armario llevaba la etiqueta de Zara, por santa Catalina. No me enteré de nada, pero me llevé a la cama la sensación de que debía escoger muy bien mi indumentaria del día siguiente.

Para un actor, el vestuario es importante. Es parte de la esencia del personaje. Cada personaje, como cada persona, prefiere un tipo de ropa, un estilo, un tejido, un zapato diferente.

Es una manera de que esa voz, que más tarde elevará con el diálogo para expresar sus ideas, se forme en la mente del espectador antes incluso de que abra la boca. Somos también lo que llevamos puesto, nos guste o no, y como actriz que era, entendía perfectamente la importancia de lo que me pusiera el día siguiente. Pero aún no había comprendido que debía abandonar a la Catalina Beltrán que todos conocían porque cuanto más alejada estuviera de mí el personaje de la autora de los cuadros, más fácil me sería mentir. Así que... ¿qué y cómo se expresaría esa artista con la ropa?

Ni siquiera había tenido tiempo de pararme a pensar qué iba a necesitar para sacar la situación adelante. No tenía nociones de arte y tampoco conocía a fondo las piezas que Eloy se había llevado. Se mascaba la tragedia, era evidente, pero yo estaba demasiado ocupada con el trabajo y las expectativas románticas. No había pensado en qué pasaría si me tocaba hablar el día de la muestra. No se trataba de que hubiera pensado que estaba preparada para eso y más..., era que ni siquiera se me había cruzado por la cabeza. No me lo tomé en serio. No sabía a qué me enfrentaba en realidad.

Al día siguiente, de cuatro y media, que llegué a casa, a seis, me probé todo lo que tenía en mi armario... y en el de mis compañeras. Bueno, excepto del de Claudia, está claro. No solo es que no le hubiera pedido el favor, sino que, de haberlo hecho, me hubiese muerto de miedo por si le estropeaba la prenda en cuestión que, además, seguro que habría sido de Stella McCartney, porque tenía la cualidad supermágica de conseguir a precio de saldo ropa de marcas prestigiosas (mientras que yo tenía que andarme con ojo en Zara porque solía elegir las prendas con las etiquetas cambiadas y siempre pagaba de más).

Al final, tanta prenda descolgada y tirada de cualquier manera encima de la cama no sirvió de mucho, porque terminé poniéndome lo único con lo que no me sentía ridícula, fuera de lugar u horrible: un vaquero desgastado y una blusa *oversize* que me prestó Elena y que, según el criterio de todas mis compañeras (excepto Claudia, que no estaba en casa, para variar), me daba un aire artístico.

Aire artístico, ojo, que vienen curvas.

Me había imaginado la galería de Eloy como uno de esos espacios que aparecen en las películas americanas: un local diáfano, con paredes en color blanco y buena iluminación, con grandes ventanales y un letrero *cool* que la identificase desde la calle…, y no me decepcionó. Pero, aun así, al empujar la puerta de entrada, no pude evitar sorprenderme… porque era tal y como había pensado, pero en una versión *luxury* un poco apabullante. Todo tenía pinta de ser caro y estar reservado para ese tipo de gente que pasa las vacaciones en una isla privada. Me sentí insegura, fuera de lugar. Expuesta. La luz caía sobre los rincones arrancando brillos a cada superficie y acabado, y temí que se notase más que mi bolso estaba en bastantes malas condiciones y que mis zapatillas Converse tenían la puntera amarillenta. En una de las paredes, un cuadro de grandes dimensiones, hiperrealista, representaba la boca de una mujer lamiendo un chupachups. Una escultura hecha con un amasijo de hierros ocupaba un inmenso rincón. Era como si todo lo expuesto fuera obra de un mono rabioso, gritando, lanzando caca y queriendo sacarme los ojos.

—Hola —le dije con un hilillo de voz a la muchacha que había en la recepción.

Pelo castaño (pelazo castaño, para ser completamente justa), labios retocados, pero con mucho gusto (y mucha pasta), piel perfecta y cuerpo del delito.

—Hola, ¿en qué puedo ayudarla?

—Soy Catalina Bel…

—¿Quién?

Ni me había dejado terminar, pero vaya, que el nombre «Catalina» no es que sea de los más usados.

—Catalina Beltrán. Eloy me dijo que…

—Ah, sí, esa Catalina. —Se levantó como un resorte—. Acompáñeme. La están esperando.

La suela roja de sus zapatos de Christian Louboutin se me clavó en la córnea. «Catalina, tienes menos estilo que un saco de patatas nuevas».

Al fondo se escuchaba una conversación suave que, como un murmullo húmedo, se deslizaba por el aire sin palabras reconocibles, pero antes de que entráramos en la sala, Eloy salió a nuestro encuentro.

—Catalina…

Llevaba prendida en la cara la sonrisa más amable que me había dedicado hasta el momento, lo que entendí como que todo iba saliendo como él esperaba. Eso, sin embargo, no me tranquilizó. Todo lo contrario. Sentía el peso de la expectativa arrastrándose, agarrado a mi tobillo.

—Catalina —repitió dándome una suerte de apretón con el que su pecho se pegó al mío—. ¿Qué tal?

Lo miré extrañada. ¿Me acababa de abrazar?

—Eh…, bien.

—Pero pasa, pasa. Dame tu chaqueta. ¿La guardo en el ropero?

—Sí, gracias. Y el bolso también, si no te importa.

Le di mi bolsa cochambrosa y él arrugó el labio con desagrado durante una milésima de segundo.

—Claro, querida. Andrea, por favor, guárdale las cosas a la señorita.

La chica de recepción disimuló mucho menos que él el poco respeto que le despertaban mis pertenencias y se las llevó como si fueran pañales sucios.

—¿Ha llegado alguien? —pregunté repasándolo todo con la mirada un poco alelada.

—Ya están todos aquí.

—¿Ya? —lo miré sorprendida—. Pero si he llegado un poco antes de la hora que me dijiste…

—Sí, claro, pero es que te convoqué una hora más tarde que a ellos. —Me sonrió con condescendencia—. No me mires así. El primer contacto no puede ser con el artista delante; eso resta verdad a las opiniones.

—Entonces ¿qué hago aquí?

—El artista forma parte de la obra, Catalina. Ahora…, ya sabes. Lo misterioso sube la cotización. ¿Me entiendes?

Que mantuviera la boquita lo más cerrada posible, vamos.

No habría más de diez personas, pero me sentí como Máximo Décimo Meridio saliendo a luchar con leones y con tíos con pinta de comer cabezas humanas como aceitunas rellenas. Esperé que las copas que sostenían en la mano no fueran las primeras… ni las segundas…, y que los sentidos de todos los presentes estuvieran un poco mermados por el alcohol. No iba a tener esa suerte, claro. Solo habían repartido una copita para brindar.

—Un momento, por favor… —Eloy levantó la voz para que todos pudieran escucharle—, tengo el placer de presentaros a la artista, la verdadera protagonista de esta pequeña muestra. Ella es Catalina Ferrero.

Ni siquiera me había enterado de que Ferrero era mi apellido artístico, aunque me sirvió de refugio. Me recordó a la tía Isa, que siempre decía sus dos apellidos. «Los dos. —Me enseñaba sus manos viejas—. Porque fui parte de mi padre y parte de mi madre y a los dos les debo la existencia». Su recuerdo me depositó, suavemente, sobre el suelo de la galería, como si hubiera vuelto de un viaje astral. Todos los presentes me miraban, algunos con análisis y examen en los ojos; otros, con expectativa y brillo. Y yo les devolvía la mía con susto y caca hasta el tobillo.

Después de dar dos pasos hacia el interior de la sala descubrí que, al fondo, alguien se mantenía obstinadamente de espaldas, mientras estudiaba uno de «mis» lienzos, que colgaba de una pared blanca demasiado grande para él.

Eloy colocó su mano derecha en mi espalda y me presentó poco a poco a todo el mundo. El primero fue un colega galerista. Era inglés y tenía un fuerte acento que dificultaba la comprensión de lo que decía, porque hasta Van Gaal cuando entrenaba al Barcelona hablaba mejor que el señor en cuestión.

—*Pinseladas* bien. Contención pero *fluición*. ¿Se dice *fluición?* Bueno. Tú ya saber. Nuevo en lo viejo. O viejo en lo nuevo. No saber. Neofovismo. Neo mucho nuevo.

Quizá era más útil pedir a alguien que trajera una ouija para poder comunicarme con aquel señor. Cómo lo miraría para que me propusiera cambiar de idioma para entendernos.

—Mejor en inglés, ¿ok? *Did you grow up in an environment where creativity was appreciated? Were your parents artists?**

¿He comentado que, como actriz, siempre tuve el inglés como asignatura pendiente?

Varias personas, a nuestro alrededor, prestaron atención a mi respuesta y ni siquiera me había dado tiempo a mirar a Eloy aterrorizada, pidiendo auxilio, cuando escuché a mi boca responder sin permiso:

—Gracias.

Dios. Nunca he sabido manejar los silencios.

Si la perplejidad oliera a algo, allí el tufo hubiera sido insoportable. El tipo que se mantenía de espaldas al grupo echó un vistazo por encima de su hombro, con cierto desdén. Pelo corto, castaño oscuro. Atisbé a ver un ojo de un color profundo y el perfil de una nariz contundente. Eloy salió al paso, devolviéndome al aquí y ahora: mis problemas más acuciantes.

---

* ¿Creciste en un ambiente de fluidez creativa? ¿Son tus padres artistas?

—She's not fluent in English, forgive her. The truth is that her parents raised her up in a home where creativity was encouraged from a very young age[*]*.

Me lanzó después una mirada helada que entendí enseguida como un «ni se te ocurra atreverte a hacerme esto». Que aquello empezaba regular no era solamente impresión mía.

—¿No exposición anterior? —insistió el inglés.

El tipo del fondo de la sala se movió hasta otro lienzo. En el ritmo de sus pasos había una cadencia algo burlona…

—No. Catalina es un talento recién descubierto —respondió Eloy por mí.

—Sí, perdón. Ehm…, no. Yo no pensaba que esto fuera…, ehm…, válido.

—La humildad del artista —bromeó una mujer que se había acercado para escuchar la conversación.

Sonreí y asentí mientras Eloy le contestaba algo inteligente y simpático que todo el mundo rio. Con la mano aún en mi espalda, me arrastró hacia alguien nuevo, sala a través.

—Catalina, céntrate —me pidió con un susurro, sin perder la sonrisa.

—Perdona, es que…

Quise hablarle del tipo del fondo de la sala, que me estaba poniendo nerviosa sin saber por qué, pero él me ignoró, saludando a la que presentó como una de sus mejores clientas.

—Querida Margarita, al final no te he preguntado. ¿Qué tal quedó en el salón lo último que te llevaste?

—No te puedo mentir… —Se sonrojó. Era una chica de unos treinta, quizá un poco más, discreta y, no obstante, con cierta magia—. Ostentoso a más no poder. Mi madre estaba encantada, pero seré sincera: lo he llevado a mi despacho. Es

---

[*] Su inglés no es muy fluido, perdónala. Lo cierto es que sus padres la criaron en un hogar donde fomentaron su creatividad desde muy pequeña.

demasiado para mi casa. —Me sonrió, volviéndose hacia mí—. Todo lo contrario que tu obra. Enhorabuena. Me ha encantado. Me recuerda a…, no sé. A las vanguardias. Un poco a las primeras obras de Gauguin, ¿no?

—Ehhhhh. —Alargué tanto como pude la vacilación, esperando que Eloy saliera en mi rescate, pero en aquel momento estaba muy ocupado suplicándole con voz ronca a alguien que pasaba que sacara más alcohol.

—Ay… —La chica se encogió un poco, al ver que no respondía—. No me hagas mucho caso; de arte tampoco entiendo demasiado. Eloy suele decir que esto es como hablar de vinos, que la mayor parte de la gente solo sabe lo que le gusta y lo que no y marea un par de términos para quedar de entendida. ¿No es eso lo que decías?

—Sí. Eso es. —Eloy retornó de entre los muertos recuperando su sonrisa comercial—. Pero no creo que estés muy desencaminada. A mí también me recuerda un poco al uso del color en Gauguin. Estoy seguro de que fue una de las referencias de Catalina durante su formación autodidacta.

Otra señora se unió a la conversación.

—El uso del color es… explosivo. ¿Era tu intención?

—Sí —asentí, poniendo cara de intensa—. Totalmente.

—¿Con qué movimiento te sentirías más representada, Catalina? —me interpeló la clienta con una sonrisa.

—Bueno…

—Sí, eso mismo me preguntaba yo —añadió la recién llegada—. Porque en estos lienzos te lanzas a la abstracción de una manera fluida. Es como si estuvieras aprendiendo que el arte también puede contener solamente formas y colores…, es como si pertenecieras a una protoescuela anterior a…, no sé…

Los tres me miraron fijamente y yo, que había desconectado en mitad de la primera frase, sonreí mientras me repetía mentalmente que quería morirme. El tipo silencioso que paseaba entre los lienzos, apartado del grupo, me lanzó una mirada inquisitiva, como queriendo saber también cuál sería mi respuesta a aquella pregunta. Era sexi. No. Era sexi y guapo. Ostentosamente masculino. Nariz grande. Ojos profundísimos. Labios preciosos. Mejillas sombreadas por una barba de más de cinco o seis días. El pelo muy corto…

—¿Qué opinas? —me achuchó Eloy.

—Que sí. —Fue mi única respuesta.

La forma en la que Eloy cogió aire y clavó sus dedos en mi espalda no pareció muy alentadora. Me puse más nerviosa aún.

Una chica de mi edad, con unas bonitas piernas, morena, elegante y segura de sí misma, que se identificó como Alba y con el nombre de la publicación para la que trabajaba, me preguntó si en el momento de la creación de aquellas obras ya había pensado en el público que pudiera admirarlas algún día.

—Sí —asentí—. Como artista me preocupa, ehm…, lo que pueda despertar en quien vea mis obras. Nadie quiere que un cuadro que le produce rechazo o inquietud cuelgue de la pared de su despacho, ¿no?

Al tipo misterioso se le escapó una risa por lo bajini. Varias cabezas se giraron hacia mí a la vez. Por sus expresiones, no…, tampoco había acertado con esa respuesta que Eloy no tardó en querer matizar.

—Bueno, yo creo que lo que Catalina quiere decir es que es la mirada del otro quien completa siempre una obra, ¿no? Porque la mirada del artista es unidireccional, pero la obra tiene un camino también de vuelta.

La chica asintió mientras tomaba notas en una libreta y Eloy volvió a clavar sus dedos en mi carne disimuladamente. Fue como si me dijese la clásica advertencia de una madre, «ya hablaremos en casa», pero a mí me asustó más, sobre todo cuando vi que nos dirigíamos hacia… el del fondo de la sala. Me sentí como el empollón al que obligan a sentarse en la última fila del autobús, con los malotes.

—Catalina, ven…, voy a presentarte a… Mikel. ¡Mikel! —El tío que exhalaba testosterona se volvió de nuevo hacia nosotros, pero no se acercó. Eloy me empujó en su dirección—. Sobran las presentaciones, pero bueno. Este es Mikel Avedaño, artista gráfico. No creo que nadie de la sala entienda tanto tus pulsiones artísticas como él.

—Pues no sabría qué decir —respondió.

Eloy soltó una risita entre ridícula y avergonzada. Estaba segura de que también deseaba que se lo tragara el suelo de la galería para escupirlo en un lugar mucho más feliz… y lejos de mí.

—¿Qué te está pareciendo la muestra? —le preguntó Eloy, con un tono de voz de lo más meloso.

—Sorprendente.

—Suena prometedor.

—Oh, sí. —Esbozó una sonrisa burlona—. El discurso de la señorita Ferrero promete volverse cada vez más interesante.

—Estoy nerviosa —me excusé.

—Ah, querida. No te preocupes. Estás en lugar seguro. A Mikel le impresionó mucho lo poco que le adelanté hace unos días de tu producción. Se quedó…, yo diría que sin palabras. Y es difícil dejar sin palabras a Mikel. Es un hombre con muchas… opiniones.

—Opiniones para todo, es verdad, pero no más que cualquiera de los presentes. Estoy seguro de que se van a llevar muchas impresiones hoy de aquí.

La mirada que cruzaron Eloy y Mikel fue desigual. Uno parecía decir «eres un cabrón» y el otro, «estoy disfrutando como un niño».

La persona a la que Eloy había pedido desesperadamente más alcohol, me imagino que con la intención de confundir a los presentes, le llamó suavemente a su espalda y, con un suspiro, me clavó la mirada.

—Voy un segundo…, ehm…, ya sabes. Sé… tú misma.

Dijo «sé tú misma», pero lo pronunció como «cállate».

El silencio se superpuso al sonido de las suelas de sus zapatos italianos sobre el elegante mármol que cubría el suelo de la galería y se instaló entre aquel artista (verdadero artista) y yo. Yo. La farsante.

—Así que ya pintas pensando en lo que sentirán quienes admiren tu obra.

—Sí. Bueno, no. Ya has oído a Eloy. La mirada…, ehm…, completa el cuadro.

—Ya. La completa. —Se volvió un momento hacia uno de los lienzos—. Si te digo la verdad creo que, en este caso, es la mirada la que lo reconstruye todo. Tu obra es muy… abierta.

—Ya. Abierta —asentí, tragando saliva.

¿Por qué yo no tenía una copa en la mano? Miré la suya. Vino tinto. Espeso. De los que manchan la copa. Me dieron ganas de tirármelo por la cabeza, por si me espabilaba. Tenía la misma sensación que cuando te presentas a un examen después de haberle dado un par de leiditas ligeras al temario, creyendo que será suficiente como para aprobar.

—Oye… y… ¿cuándo empezaste a pintar? —me interrogó.

—Muy joven. No sabría decirte. Siempre me recuerdo con un pincel en la mano.

—¿Siempre en óleo?

—Siempre.

—¿Siempre sobre lienzo?

—Siempre.

—Este de aquí tiene que ser antiguo. El pigmento está un poco cuarteado.

—Ese tiene, no sé…, ¿quince años?

—Ajá. —Le echó un vistazo rápido a la pintura—. ¿Cuántos tienes?

—¿Lienzos?

—Años.

—Treinta.

—Eras una artista precoz.

—Sí. Puede que sí. La mente de un adolescente tiene muchos recovecos.

—Y los tuyos estaban llenos de color. —Levantó las cejas y sonrió.

Una línea de dientes perfectos, blancos, poderosos, adornó su sonrisa como un collar de perlas lo habría hecho sobre un cuello perfecto.

—¿Te han gustado? —le pregunté.

—Mucho. Me ha parecido una obra muy madura, muy evocadora. El resultado de años de pasión por el arte. De entenderlo, masticarlo, tragarlo, hacerlo propio y convertirlo en algo nuevo.

—Ah…, gracias. —Quise relajarme, pero algo dentro de mí me lo impidió.

—Aquella de allí. —Señaló una de las pinturas y me fijé en que sus manos estaban hechas polvo. La piel parecía gruesa, áspera. Tenía cicatrices de cortes profundos en los dedos y en el dorso. Eran unas manos grandes, bastas, evocadoras también. En alguna de las uñas se podían ver aún restos de pintura magenta—. Aquella de allí me ha impresionado especialmente.

Miré hacia donde había señalado para encontrarme con uno de mis lienzos preferidos. Si respiraba muy hondo casi podía llegarme el olor del aceite perfumado de la tía Isa, porque había mucho de ella en él. Sonreí. Sobre un fondo de un verde esmeralda, resaltaban rojos sangrantes y azules profundos. Yo no entendía nada sobre arte, pero aquel me parecía un buen cuadro. Despertaba un amasijo de emociones difícilmente interpretables con palabras. Iban más allá. Habría hecho falta un alfabeto que yo no conocía para volcar sobre el papel lo que me hacía sentir. Quizá habría necesitado un diccionario lleno de nuevas palabras, de imágenes clasificables y capaces de ser envueltas en el abrigo de unas cuantas letras. No eran los colores. No eran las formas. No era la cantidad excesiva de pigmento en cada pincelada. Era que casi se podía respirar la inquietud de la mano que lo pintó.

—Es uno de mis preferidos —me escuché decir casi en un murmullo.

—Sí. Lo entiendo.

Lo miré. Me miró. Sonrió y yo me sentí tonta al devolverle la sonrisa con la que, seguro, estaba sintiéndose por encima de mí. Aquello estaba siendo un tormento y una lucha por tratar de encajar. Cogí aire, lo retuve en el pecho y cuando lo dejé escapar, confesé:

—Tengo la sensación de que todo lo que dices va empaquetado con un lazo de condescendencia.

Supe enseguida que no era buena idea ponerme respondona en aquellas circunstancias, pero ya estaba hecho.

—¿Por qué será? —Sus ojos se deslizaron por mi cara, como si estudiara cada posible cambio de expresión.

—No lo sé. Dímelo tú.

Sus ojos eran oscuros. Mikel tenía los ojos más oscuros que había visto nunca, pero no solo por el tono de su iris. Era su pupila. La pupila brillaba y era honda, como si pudieras meter la mano dentro de ella y una fuerza de succión te tragara. Su nariz era grande pero bella. Distinguida. Como su mentón. La huella abiertamente sexual de sus rasgos se suavizaba si lo mirabas fijamente, diluyéndose en un rostro elegante, pero el primer golpe de vista era una llamada a la acción. Aspiraba oxígeno y exhalaba algo intenso que empañaba la garganta como el vaho hace con un cristal.

—¿Hola? —Sonrió de medio lado—. ¿Me estás estudiando? ¿Vas a pintarme al llegar a casa?

—¿Qué? ¡No! ¡No, claro que no! Perdón. —Aparté la mirada, sonrojada—. Perdona, yo, es que…

—Tranquila. Tu silencio es lo más honesto que he escuchado en toda la tarde.

—Catalina, ven un momento. —A mi espalda, la voz de Eloy me sobresaltó.

—Voy, dame un segundo.

—Ve, Catalina —me animó Mikel—. Yo ya me iba.

—¿Ya?

—Sí. Es lo mejor. Pero tú ve…, ve y habla de tu tremenda obra. Pero hazlo con aplomo, pajarito…, a ver si nadie más se da cuenta de que estos cuadros no los has pintado tú.

Aunque hubiera esperado unos segundos para darme la oportunidad de responder, no habría sabido hacerlo. Ni siquiera supe cerrar la boca y su sonrisa de lado dio por terminada la charla. Bordeó mi cuerpo con la rotundidad del suyo, que se me antojaba todo fibra, como un estudio anatómico disfrazado de escultura clásica, y se marchó.

En la sala quedaron suspendidas unas notas de un perfume escandaloso pero suave. Raro. Especial. De esos que no se embotellan en serie. Como Mikel. Como Mikel Avedaño, que me había pillado, de todas todas, con el carrito del helado.

10
Huye o actúa

—No vuelvas a hacerme esto.

Parpadeé despacio, esperando que Eloy se apiadara de mi carita de pena, pero no cedió. Apretó los labios, suspiró, miró al suelo, se cruzó de brazos y volvió a mirarme.

—Pero, Catalina, ¿qué narices te pasaba?

—Nada. Es que… estaba nerviosa.

A nuestro alrededor la sala de la galería donde habíamos reunido a aquel «comité de expertos» lucía una soledad solemne que solo rompíamos nosotros y los ecos suaves de las luces de emergencia. La penumbra me hubiera parecido prometedora si Eloy no hubiese tenido aquella expresión de «odio que matar sea ilegal».

—Lo entiendo, pero… ¿eres consciente de lo complicado que es lo que estamos intentando hacer? ¿Se te había pasado por la cabeza alguna vez que todo esto fuera real? Te estoy ofreciendo exponer, cotizar alto, tener a la crítica de tu parte. Puedo hacer que te conviertas en la próxima «Mikel Avedaño», Catalina.

—Pero yo no soy Mikel Avedaño —musité con miedo.

Ni siquiera sabía qué significaba ser «Mikel Avedaño».

—No. Ya sé que no. —Suspiró de nuevo, de mal humor, y se apoyó en la mesita que sostenía algunos panfletos sobre ferias internacionales y futuras exposiciones.

Cruzó los tobillos y se frotó el mentón. Qué piel tan suave. Qué afeitado tan apurado.

—No sé qué decirte. —Tragué saliva. Era evidente que me tocaba a mí hablar, intentar calmar las aguas—. Sé que lo de hoy no ha sido un comienzo muy brillante, pero…

—Ha sido horrible. —Se tapó los ojos un segundo y dejó caer las manos sobre sus piernas—. Qué ridículo.

—Ya, ya —bajé la voz—. Igual podrías dejar de repetirlo. —Y volví a modular mi tono para que le llegara alta, clara y calmada—. Pero…, no sé. Quizá podríamos tomarnos algo y me orientas un poco en cómo hacerlo en próximas ocasiones.

—Tengo una galería de arte, Catalina, no una guardería. ¡Hala!

—Eloy…

—Mira, vamos a dejarlo aquí. Estoy cansado. Y cabreado. Vete a casa. Pero vete teniendo claro que, por muy buenos que sean los cuadros, te queda una oportunidad o te mando a la mierda de donde te recogí.

Decir que no me quedé boquiabierta sería mentir. Ni siquiera me acuerdo muy bien de cómo salí de allí ni de si me acompañó. Lo único que recuerdo es la vergüenza. Ni siquiera fue comparable a cuando vi por primera vez en la tele el anuncio de laxante de acción rápida que protagonicé a cambio de un pellizquito que invertí en unas sesiones de foniatra. Las actrices también deben cuidar su voz…

Dormí poco y mal. Y no hablo de aquella noche. No. Hablo del resto de los días. Cuando se acercaba ya el fin de semana, yo era una especie de muñeco de guiñol hecho una puta mierda que repetía acciones vitales por imitación. El señor Conejo estuvo muy contento con mi desempeño laboral aquella semana, ya te imaginarás. Además de unas ojeras que parecían platos hondos, me fui a casita con una amonestación para que, a la próxima, me pensase lo de decirle a un cliente que «yo no estaba allí para soportar a gilipollas». Bien. Todo bien.

En el piso se armó un poco de revuelo con el asunto, claro. Con el de la exposición, no con el de mi amonestación. Eso sí que me lo callé. El caso es que al principio no tenía ninguna intención de contar cómo había hecho el ridículo, pero el ser humano encuentra cierto placer (o redención) en compartir sus momentos bajos, así que cuando quise darme cuenta estaba lloriqueando, con la frente sobre la mesa de la cocina, que era una estúpida. Y Teresa, Laura y Elena trataban de consolarme.

—Solo te pusiste nerviosa, no se acaba el mundo.

—Seguro que Eloy te escribe para pedirte perdón por las maneras.

—Estaría estresado. No se lo tengas en cuenta.

—Hagas lo que hagas, no le llames ni le escribas tú. Deja que sea él quien lo haga.

¿Te das cuenta? ¿Sí? ¿No? Si es que no, te cuento un secreto a voces: los hombres jamás se dirían estas cosas entre ellos. ¿Por qué somos culpables hasta cuando nos han herido?

El jueves no escribió. El viernes tampoco. El sábado, a media tarde, me llegó un *e-mail* desde la cuenta de correo corporativa de la galería, con cuatro archivos adjuntos en PDF. Eran entrevistas a dos artistas: a una chica que no me sonaba de nada y que, sinceramente, daba un poco de yuyu, y a Mikel Avedaño. El único texto dirigido a mí personalmente que contenía el mensaje era un escueto: «Estudia». No sé en qué momento lo entendí como una disculpa o una explicación a su comportamiento.

Así que al hecho de que un artista consagrado me hubiera dicho abiertamente que los cuadros no eran míos, se le sumaba que el «marchante de mis sueños» tuviera el morro torcido conmigo y me estuviera ignorando. Problemas del primer mundo, pensarás. Pues sí, pero es que me quedaban doscientos euros en la cuenta para el resto de octubre, le debía a Teresa mi parte de la comida del mes, no había noticias del *casting* que hice y tenía una nueva amonestación en un trabajo que odiaba. Con la próxima me iría a casa una semana sin sueldo. No tuve ni alma para abrir Tinder porque, justo cuando iba a hacerlo, me cagó una paloma en la cabeza y la caca me chorreó por la frente hasta llegar a la pantalla del móvil.

Necesitaba una escapatoria. Una vomitona. Un confesionario en versión moderna. Un hombro en el que llorar. Alguien con quien poder decir abiertamente y sin temor a morir de vergüenza: «No me merezco este karma de mierda». Así que…

—Mamá, he hecho algo.

En la pantalla de mi móvil el reloj marcaba las ocho y media de la mañana de un domingo, por tanto, aunque no hubiera abierto la boca, mi madre habría sabido de todas formas que algo había pasado. No soy lo que se dice una persona madrugadora.

—Pasa —me dijo escueta, antes de cederme el paso y echar un vistazo a la calle, como si temiera que alguien me hubiera visto entrar.

Mi madre veía demasiadas películas.

La cocina, con su alicatado de azulejos con dibujos azules y blancos, me recibió con olor a café y tabaco y un programa musical en la radio. En aquel momento, una canción de los Rolling zumbaba suave; el humo de un cigarrillo ondeaba en el fregadero, donde lo había dejado apoyado. Mamá llevaba el pelo recogido en una larga trenza y vestía una bata cruzada en color granate oscuro. Estaba guapa. Parecía más joven. Iba a decírselo cuando se giró y me preguntó a bocajarro:

—¿Estás embarazada?

Pero ¿qué coño?

—No. Claro que no. ¿De quién iba a estar embarazada?

—Pues del Espíritu Santo en forma de paloma no creo. Estaba pensando más bien en un palomo y en un momento de enajenación mental por tu parte.

—No, mamá. No lo hago sin condón por ahí, y mucho menos con palomos. Y hablando de palomas, me cagó encima una del tamaño de un crucero ayer.

—Bien. —Ignoró lo de la caca de paloma para seguir con su interrogatorio—. ¿Has atropellado a alguien?

—Mamá… —le pedí, con una nota de desesperación en la voz.

—Necesito saber el nivel de ese «he hecho algo».

—¿Embarazo y asesinato son las opciones que manejas? Por favor… No es nada de eso.

—¿Entonces?

—¿Te acuerdas de los cuadros de la tía?

—Sí. —Le dio una calada a su cigarrillo, lo volvió a dejar apoyado en el mismo lugar y me sirvió una taza de café—. ¿Qué pasa con ellos?

—Los voy a vender.

—Esa era la intención. —Y me miró como miran a veces las madres, como preguntándose qué han hecho ellas para merecer un hijo tan torpe.

—No me entiendes.

—No te explicas.

Me senté en una de las sillas y apoyé la coronilla en el alicatado de la pared.

—Me encontré con un marchante por la calle y… se quedó prendado de los cuadros. Al principio te juro que pensé que…, no sé. Es muy guapo. Y ya sabes lo que me pasa con los chicos guapos…

—Que te pones muy gilipollas.

—Pues eso.

—Bueno, ¿entonces?

—Yo qué sé. Es que creo que me gusta.

—Catalina —me advirtió muy seria—, ¿te puedes centrar? Los cuadros.

—Pues que la cosa pasó de «Uy, qué maravilla» a «Voy a convertirte en la próxima leyenda del arte contemporáneo». Yo pensaba venderlos y ya está. Bueno…, solo quería que lo de los cuadros fuera una excusa para ligar. Todo empezó cuando entré en casa con ellos y todas las chicas creyeron que tenía talento para la pintura y… —me tapé la cara un momento—, ¡qué vergüenza! Estoy mintiéndole a todo el mundo.

—¿Tan guapo es?

—De los que no parecen de verdad.

—Ay. Vale. Entiendo…

—No entiendes, mamá. Me hice la guay y…

—¿Y?

—Ahora todo el mundo cree que son míos.

—Pues sí te estaba entendiendo.

—Se creen que son míos, mamá. Y… el miércoles se reunió un montón de gente entendida para verlos en la galería y me preguntaban cosas superchungas tipo «en qué movimiento artístico te ves más representada», y yo —empecé a acelerarme y a titubear—, yo, mamá…, yo parecía lobotomizada. Me faltó que se me cayera la baba. ¡¡Mamá!! —Lloriqueé—. Me pascé por la galería haciendo el peor ridículo de mi vida. Olvídate de la vergüenza que pasé con aquel anuncio de laxante que hice…, esto fue peor. Muchísimo peor.

—A ver, espera…

—Yo ahí haciéndome la entendida, diciendo cosas sin sentido…

Mi madre dio un trago largo a su taza y rescató el cigarrillo para darle una hondísima calada. El humo era espeso, como las palabras que intentaba ordenar y no se dejaban atar en mi garganta.

—Mamá, escúchame…

—A ver…, pero ¿no te preparaste el papel?

Arqueé una ceja.

—¿Cómo?

—Eres actriz. Ibas a mentir. ¿No te preparaste el papel?

En el silencio que vino después podía escucharse hasta el movimiento de la tierra. ¿Qué?

No, no, mejor dicho: ¿Qué?

—Cata, por favor…

—No sé si te estoy entendiendo. Es imposible aprenderse cuatro mil años de historia del arte en un par de días o fingir talento artístico. Pero que esa no es la cuestión…, atiéndeme bien, mamá, que te estás perdiendo la movida; que estoy vendiendo los cuadros de la tía, fingiendo que son míos, y… aún no les hemos puesto precio, mamá, pero me resuenan a mí por dentro cifras bastante obscenas.

Se quedó callada. Mirándome. Bueno, mirando más bien como si pudiera ver a través de mí. El silencio se propagó en la cocina como un fuego crepitante. La canción de los Rolling se terminó y el presentador del programa se puso a hablar sobre la influencia del grupo en artistas posteriores que pasarían a la historia de la música. A continuación sonó una tonadilla psicodélica. Y mamá seguía callada.

—Mamá…

—Calla un segundo, Catalina, que estoy pensando…

—¿En qué?

—¿En dónde está el puto problema?

Arqueé las cejas, confusa.

—Que estoy fingiendo que soy artista. Que van a pagar una puta pasta por unos cuadros de los que ni siquiera sé decir nada. Que están hablando de montar una exposición a lo grande, de dar bombo a la historia, de mover el asunto por prensa especializada, invertir en promoción…, ¡que yo pensaba que esto era otra cosa!

—Calla.

—Pero ¡¿mamá, si callo cómo te lo explico?!

Apagó el cigarrillo, se terminó el café y se sentó delante de mí. Su expresión fue cambiando hasta que las comisuras de sus labios se curvaron en una sonrisa espléndida.

—¡Catalina!

—¡Mamá! —repetí desesperada.

—Catalina, ¡ya está! ¡Aquí está!

—¡Aquí está, ¿qué?!

—Tu oportunidad. Tu gran papel. El gran papel de tu vida.

Me quedé mirándola sin saber qué decir. Lo único que supe hacer fue recoger los mechones de mi pelo detrás de las orejas.

—No me estás entendiendo —conseguí decirle al fin.

—La que no me está entendiendo eres tú. Catalina, lo hablábamos el otro día cuando vaciamos la casa de la tía… Yo siempre he sentido que no te habías equivocado formándote tanto, que tu gran papel estaba aún por llegar. Y aquí está.

—Esto no es un papel, mamá. Esto es mentira. Y probablemente delito. Y si fuera un papel, te adelanto que el otro día suspendí en el ensayo general.

—Eso es solo un poco de nerviosismo. Aún tienes que verlo desde fuera. Prepararte. Prepararte bien. Como con aquella obra que hiciste cuando estudiabas, en la que no encontrabas el tono. ¿Te acuerdas de lo que hiciste? Leíste mucho, te alejaste un poco del texto, lo viste desde fuera y… ¡eureka!

—Esto no es lo mismo. El fantasma de la tía me va a perseguir de por vida.

—El alma de tu tía abuela está ahora mismo bailando el charlestón con Scott Fitzgerald, hermosa. Esté donde esté, le importa un pimiento que tú te aproveches de algo que ella hizo hace años y que, si no fuera por ti, estaría cogiendo polvo en el desván.

—Las cosas no son así, mamá.

—¿Quién lo dice?

No supe qué contestar hasta que se me cruzó la palabra «moral» por la cabeza.

—Se me ha ido de las manos. Yo solo quería ligar…, quedar como una artista delante de mis amigas y ganarme unos euritos… No lo estoy pasando muy bien.

—¿Lo estás pasando mal? ¿Necesitas dinero, Catalina?

Cerré los ojos. Joder.

—Esto es deshonesto, mamá.

—¿Para con quién? —me interrogó—. ¿Con alguien que lleva años muerta? Por favor, Catalina…

Me quedé agarrada a la taza de café, sin saber qué hacer o qué añadir, sopesando las palabras de mi madre. No, no era precisamente el gran papel que toda actriz sueña con conseguir porque no traería consigo ni el éxito entre la crítica ni más trabajo que me permitiera vivir de aquello que amaba, pero… cogiéndolo con alfileres, era un papel.

—¿Crees que puedes ser una artista durante un par de meses?

—Tendría que estudiar muchísimo… —me quejé de soslayo.

—Nadie dijo que las oportunidades que la vida brinda sean fáciles. ¿Tú crees que podrías?

—Preparándome a conciencia…, puede. Aunque creo que necesitaría…, no sé. Quizá Eloy podría ayudarme.

—¿Eloy es el marchante?

—Sí.

—Eloy no puede saberlo. —Movió enérgicamente con la cabeza—. Venga…, Catalina. —Esbozó una sonrisa gamberra—. Hazlo, aunque solo sea por diversión, por probarte. Pruébate lo buena actriz que puedes llegar a ser.

—El otro día demostré delante de gente importante que o me meto ácido o algo falla en mi historia.

—O solamente eres una de esas artistas algo estrambóticas, poco acostumbrada a las muchedumbres y los eventos finos. Juega tus cartas. Siempre has sido buena echándote faroles.

Me mordí el labio.

—¿No es una locura, mamá?

—Una locura sería no aprovechar la situación. Pero… eso sí: para que esto salga bien nadie…, y con nadie quiero decir NADIE, puede saberlo.

Glups.

—Vale…, pues ahora hay otro problema…, y se llama Mikel Avedaño.

11

Localizar al problema

Una de las cosas de las que más me quejé siempre de mi trabajo como teleoperadora era el hecho de que cada dos semanas me cambiaban el turno, y eso me volvía completamente loca. Me resultaba muy complicado organizarme con esos cambios constantes y tampoco es que tuviera una agenda de locos, pero entre *castings*, algún que otro curso y Tinder..., pues tú me dirás. Terminé teniendo citas que en lugar de cervecita en una terraza tenían chocolate caliente en San Ginés. Y así..., así es complicado. Da igual lo que digan las películas navideñas de Netflix: compartir un chocolatito espeso no invita al amor.

Sin embargo, aquella semana di gracias al cosmos de tener las mañanas libres para poder plantarme a las once de la mañana (hora que señalaba el mensaje pregrabado del contestador) en la galería para buscar a Eloy. Eloy no era el problema, ya lo sé, pero tenía también que solucionar cosas con él.

—Hola, Andrea. —Sonreí, aunque la recepcionista de la galería no despertase en mí, precisamente, mucha simpatía—. ¿Está Eloy?

—Ahora mismo no está disponible. ¿Quiere que le deje algún recado?

—Preferiría esperarle. ¿Va a tardar?

Frunció levemente el ceño.

—¿Quién le busca?

Me tocó el turno de fruncirlo a mí.

—Soy Catalina Beltrán. O, bueno, Catalina Ferrero.

—¿Catalina Beltrán o Catalina Ferrero? Aclárese, señorita.

Abrí mucho los ojos. ¿Me estaba vacilando?

Antes de que pudiera responderle, Eloy entró en la galería cargando un vaso de cartón humeante y su funda de piel grabada. Llevaba una gabardina Burberry… (una *fucking* gabardina Burberry) y un jersey de cuello vuelto marrón. No sabía si el calor que me asaltó al verlo era de vergüenza o porque me lo quería beneficiar. Su cara se convirtió en una versión comedida de *El grito* de Munch cuando me puse frente a él.

—Hola, Eloy —le dije al percibir su gesto.

—Oh, Dios, qué castigo. —Susurró.

—Necesito hablar contigo.

Echó a andar hacia su despacho y yo corrí detrás, no sin antes despedirme con la mano y bastante sorna de Andrea.

—Oye, ¿cuánto le pagas a la recepcionista? Creo que lo que lleva hoy son unos Manolos.

—Probablemente sean unos Manolos. —Entró en el despacho, dejó el café y su carpeta sobre la mesa, se quitó la gabardina, la colgó en un perchero moderno y horrendo y se dejó caer en su silla—. ¿Qué haces aquí?

—Eres mi agente.

—No soy tu agente. —Sonrió con cierta condescendencia—. Represento esta colección de cuadros y, con ellos, a ti. ¿Qué haces aquí? —repitió.

—El otro día fue un desastre y quiero arreglarlo.

Estiró la espalda, se apartó un mechón de pelo ondulado de la frente y tomó un trago de café.

—Catalina…, cuando hablo del misterio del artista y demás, ¿tú qué entiendes?

—Que me calle.

—Bien. Al menos hablamos el mismo idioma. —Me sonrió.

—Ya te lo dije: me hacían preguntas y… me puse nerviosa. Ten en cuenta que…

—… que estás acostumbrada a tratar con tus lienzos y tus pinceles, que lo de los encuentros con gente del mundillo es nuevo, que tienes tus rarezas…, ya lo sé, Catalina. —Se inclinó sobre la mesa, y me miró fijamente—. Pero… vas a tener que estar un poco más preparada la próxima vez.

—Entonces ¿habrá próxima vez?

Eloy sacó un cuaderno de la que ya me parecía su característica funda de piel, lo abrió y cogió con ceremonia un bolígrafo con una mano mientras con la otra encendía su ordenador.

—Estamos fotografiando todas tus obras para incluirlas en el catálogo *online*, aunque aún no estarán a la venta, por supuesto. Imprimiremos un monográfico sobre ti y moveré mis hilos. Es cuestión de tiempo que necesitemos hacer una exposición un poco más grande, con intención de que todo esto eclosione en una gran muestra en la que, ahí ya sí, venderemos TODA tu obra.

—Ajá…, y, oye, ¿de cuánto dinero estamos hablando?

Eloy era guapo, objetivamente guapo. Ya lo he dicho…, era una especie de David de Miguel Ángel. Sin embargo, había algo en su sonrisa, fría, gélida (un puto glaciar), que daba verdaderos escalofríos. Con el tiempo me di cuenta de que tenía la habilidad de calentar o enfriar el gesto a su voluntad. Y cuando se ponía en modo «congelador», la impresión era espeluznante, como si ese hombre tan guapo fuera capaz de abrir su boca hasta el cuello y arrancarte la cabeza de un solo bocado. Y a mí…, que siempre me han gustado los guapos (anda, la niña, nos salió tonta), este me daba un miedo atroz.

—Querida niña…, ¿que de cuánto dinero estamos hablando? Pues no lo sé. Eso estoy tratando de averiguar…, si me dejas.

—Perdón, perdón, perdón… —Me levanté y empecé a recoger mis cosas nerviosa y torpe—. Te dejo trabajar.

—Gracias.

Fui atropelladamente hasta la puerta, pero antes de salir me acordé del motivo principal de mi visita, que no había solucionado aún.

—Oye, Eloy…

—Te escucho, Catalina —respondió sin mirarme.

—¿Sabes dónde podría encontrar a Mikel Avedaño? Me interesa mucho hablar con él.

Desvió la mirada desde la pantalla del ordenador hasta mí y arqueó la ceja izquierda.

—¿Mikel Avedaño? ¿Y qué quieres hablar tú con Mikel Avedaño?

—Cosas de artistas.

—Cosas de artistas…, ya.

—Nos quedó a medias una conversación muy interesante que… me gustaría terminar.

Bloques de hielo flotando en la Antártida salían de los ojos de Eloy. Me sentí uno de esos pobres osos polares que, a causa del calentamiento global, se quedan a la deriva encima de uno de ellos.

Me bamboleé como una niña que no está muy segura de si le van a dar una galleta o la van a castigar sin ver la tele, poniendo carita de perrito abandonado bajo la lluvia, con las manos entrelazadas y mirada esperanzada.

—Va mucho a una cafetería que se llama Toma Café. En la plaza de Olavide. Sé que tiene el estudio en el centro, no muy lejos, como por Conde Duque, pero no sé dónde exactamente. Es todo lo que te puedo decir.

Toma Café. Plaza de Olavide. Conde Duque. No era mucho, pero menos era nada.

—¡Gracias! ¡Que tengas buen día!

Ya me iba cuando escuché que, entre dientes, Eloy me deseaba una feliz conversación con Mikel Avedaño.

Supongo que tendría que haber hecho muchas cosas entonces. Lo primero y principal, informarme bien sobre quién era Mikel Avedaño, pero pensé que su currículo poco tenía que ver con el asunto que teníamos entre manos.

Mi plan era…, bueno…, esperaba tener la suerte de encontrármelo y, cuando lo hiciera, encararle el asunto de la autoría de mis cuadros. Como ves, no era muy buen plan…, casi no era ni un plan, pero si hubiera sido una de esas personas que hacían bien estas cosas, probablemente no hubiese tenido un curro que odiaba ni problemas para poder tomarme una caña en una terraza a fin de mes.

Así que lo único que hice fue personarme en la cafetería en cuestión. Infalible. Catalina Beltrán, actriz frustrada, falsa artista y nula estratega.

Te puedes imaginar el panorama, ¿no? Ni rastro del artista. Creo que me di cuenta de que mi plan era un auténtico desastre cuando ya me había tomado tres cafés, una tostada con aguacate y un sándwich de queso fundido. Era un plan infalible para mi bolsillo y para el tamaño de mi culo. Justo lo que mejor me venía en aquel momento, sin duda.

Me pasé la tarde entre «Servicio de atención al cliente, le atiende Catalina Beltrán, ¿en qué puedo ayudarle?» y sorbitos al infame café de la máquina del cuarto de empleados, pensando cómo localizarlo, echando de menos los tiempos en los que se podía buscar en el listín telefónico a alguien con solo saberte su apellido (sí, si perteneces a la generación equis, que sepas que así era antes de que existiesen los móviles), pero no se me ocurrió nada.

Desastre.

Cené pollo empanado y patatas fritas (Tere, por Dios, que llevaba consumidas unas cinco mil calorías aquel día) con la mirada perdida. Fui levemente consciente de las miradas que me echaban las demás.

—¿Todo bien? —preguntaron varias veces.

—De la leche…

Después de cenar, como venía siendo costumbre, Laura, Elena y yo nos trasladamos al salón a matar el rato hasta que fuese hora de dormir. Elena leía, Laura jugaba con el móvil y yo hice un par de *matches* en Tinder con tíos que no contestaron a mis mensajes de saludo, siendo plenamente consciente de que aquello era ya como jugar al Comecocos. Se me ocurrió que todos mis problemas se terminarían si encontraba a Mikel en Tinder. Yo le daría *match*, a él le haría gracia verme en la aplicación y, con fines desconocidos (quizá la tortura psicológica), me daría *match* también. Hablaríamos. Haríamos un par de gracietas («Anda, ¿qué haces por aquí? Yo creía que con esto del arte follarías sin problemas») y, entonces, conseguiría que me diera su teléfono. O quedar con él. Y…

—En serio, tía, ¿qué te pasa esta noche? Estás más rara de lo normal. Y de normal ya eres lo suficientemente rara…

Despegué los ojos de la pantalla del teléfono, donde aparecía la foto de un tío con una camisa estampada con tucanes en cuya bio prometía que su tortilla era la mejor. Bienvenido a Tinder, querido…, esto está lleno de expertos en tortillas de patata y fotos de Machu Picchu.

Laura me miraba con ironía.

—Nada. Solo estaba echando un ojo a Tinder.

—Pues ponías cara de necesitar pomada contra el picor vaginal.

—Oye… —Bloqueé la pantalla y la miré—. ¿Cómo se llama eso de acosar a alguien por redes sociales?

—¿Te refieres a *stalkear?*

—Eso.

—Eso no es acosar. Es el patio de vecinas de toda la vida, pero sin necesidad de fingir que estás tendiendo la ropa.

—Bueno, pues eso. ¿Tú sabes hacerlo?

Laura buscó con la mirada a Elena, que sacó la nariz del libro en el que estaba enfrascada para devolverle el gesto. Desde el día que llegué al piso, siempre tuve la impresión de que eran hermanas mellizas separadas al nacer. No podía existir una comunicación tan buena con alguien con quien no has compartido útero.

—¿Por qué os miráis así?

—Estás más rara… —se quejaron a la vez.

Estaba claro que ya lo habían comentado a mis espaldas.

—Sois unas falsas y unas criticonas. —Las miré fatal—. Ya decía yo que ayer me pitaba el oído izquierdo.

—¿A quién quieres *stalkear?*

Me pellizqué los labios entre los dedos, mientras iba dando forma a la trola en mi cabeza, sobre la marcha.

—A ver…, es que el otro día, en la galería…

—Tía, este piso se ha vuelto de repente como muy guay —le dijo Elena a Laura, arremolinándose en el sillón.

—Bueno, que conocí a un tío y…

—¡¡¡Uhhhhh!!! —aullaron las dos.

No pude evitar reírme. Eran graciosísimas cuando se ponían así.

—Que conocí a un tío.

—¿Otro? ¡¡Tía!!

—Un artista. Me pareció interesantísimo, no en plan romántico, que conste, y… estuvimos hablando un rato. —Mi mente perversa conectó con las clases de interpretación, cuando hacíamos ejercicios de improvisación—. Una charla super-guay…, ya sabéis, de arte y esas cosas que nos interesan a los pintores. —«Catalina, tienes que estudiar más»—. En un momento dado me dijo que me pasara por su estudio, me indicó dónde estaba, pero…, chica, que estaba nerviosa y a mil cosas y no me quedé con la dirección.

—¿No te dio el teléfono? —Se extrañó Laura.

—Es artista, ¿tendrá móvil?

Vuelta a la mirada entre las mellizas de distinta madre.

—Pero rara, rara…

—¿Cómo puedo encontrarlo? Su número o…, mejor aún, su dirección.

Elena entrecerró los ojos y Laura se mordió el labio. Pensaban con una pose muy sexi, como de actor que interpreta a 007 y está a punto de averiguar cómo salir de una situación peliaguda.

—¿Le sigues en redes?

Me imaginé a Mikel metido en una red para pescar, todo embutido.

—Eh…, no.

—¿Cómo se llama?

—Mikel Avedaño.

—¡Joder, tía, que ese es superfamoso! —gritó Elena.

—¿Está bueno? —Quiso saber Laura muy nerviosa.

—Espera, que lo busco en Google.

—¡¡Googleeeeerrrr!!

Y, desde que dije su nombre, ellas dos solas se retroalimentaron mientras yo pensaba excusas convincentes por las que preguntarle su dirección por mensaje directo en Instagram no era una opción.

Google estaba plagado de fotos suyas. Y, joder…, no se podía negar que el tío era fotogénico. Tenía una foto con los brazos cruzados, apoyado en una pared de cemento, que fue muy comentada. Pero mucho, mucho…, más que nada porque, pasando por alto que ciertamente estaba muy sexi con la mirada perdida en el fuera de campo, se le veía un perfil *grrrrr* y que además tenía dos brazacos duros, de esos que sabes que se han labrado cincelando roca, el pecho era… como para comprar una tienda de campaña, de estas que se montan automáticamente con lanzarlas, plantársela encima y quedarse a vivir.

Y dirás… ¡que era un tocapelotas! Pues sí, lo era, pero los años navegando en Tinder me habían educado el ojo para apreciar a un buen jamelgo. E imbécil o no, Mikel Avedaño tenía un polvo encima que ni el desván de la tía Isa.

Me costó enderezar la conversación hacia la dirección que me interesaba después del despliegue de testosterona de sus fotos (creo que Laura balbuceó varias veces que mirarlo fijamente producía embarazos psicológicos), pero lo conseguí. Ambas habían decidido, en esa mente colmena de la que hacían gala constantemente, que era vital que yo encontrara la manera de contactar con él. «¡Qué majas!», pensarás. Pues de eso nada, que yo sé que lo que pensaban era: «Este para mí».

Las redes sociales de Mikel eran lo más impersonal que he visto en mi vida. Un catálogo de coches tenía más presencia humana. Se trataba de los típicos perfiles creados por y para el producto y que, probablemente, los gestionaba una persona externa. O quizá él, porque los textos que acompañaban las fotos eran de lo más sucinto y mesurado que Instagram ha contenido en sus adentros. Cuadros, esculturas, instalaciones. De vez en cuando, muy de vez en cuando, la recomendación de una lectura o una obra de arte famosa. Pero nada más. De *selfies* ya ni hablamos.

—Qué soso —suspiró Laura.

—¿Qué esperabas? ¿Que fuera *tiktoker?*

—Mujer, no, pero yo qué sé…, que se sacara más.

—Claro, sin camiseta y esculpiendo en barro, a lo *Ghost*. —Me reí.

—Pero ¿este tío es majo? —Quiso saber Elena.

—Es… —Me tragué la palabra «inquietante» y mastiqué después «imbécil hasta que se demuestre lo contrario» para sonreír y soltar—: Muy artista. Mucho artista.

—De repente es Rajoy. —Elena me señaló y ambas se rieron.

—¿Lo podemos encontrar o no?

—Poder, podemos, pero necesitamos ayuda.

—¿Ayuda?

La mirada que compartieron ya me dio la pista de que la ayuda que pensaban buscar no iba a gustarme nada. Pero nada. Cuando las vi llamar a la puerta de la habitación de Claudia, pensé que se habían vuelto locas.

—¡Pasad!

Dentro de su templo, siempre aseado, siempre oliendo a velas caras y con ventana, encontramos a Claudia en una postura imposible de yoga. Al verla pensé que si yo hubiera sabido hacer eso, fijo que habría hallado ya el amor. Y la tía ni sudaba.

—¿Molestamos? —pregunté con sorna.

—No os preocupéis. Decidme.

—Son las once pasadas de la noche. ¿Qué haces haciendo ejercicio ahora? —insistí un poco rabiosa, aunque nadie me hizo caso.

—Queremos encontrar la dirección de una persona.

—En realidad, la dirección de su «trabajo». Necesitamos saber dónde tiene el taller.

La mente colmena de Elena y Laura trabajaba sin descanso.

—Se llama «estudio» —contesté repipi.

—¿De qué datos disponemos?

—De pocos. Nombre, apellido, profesión y algunas fotos de sus obras. Es artista —apuntó Laura diligentemente.

—Anda, como tú, Cata. —Se rio Claudia estirando las piernas en el aire con la gracilidad de un animal mitológico.

Por supuesto, pensé que se estaba mofando de mí y me imaginé dándole una patada al brazo sobre el que ahora sostenía el peso del cuerpo.

—Si me dais veinte minutos termino el entrenamiento, me doy una ducha y os echo una mano.

Por Dios. Me resultaba insoportable.

Veinte minutos después, ni un segundo más ni uno menos (la hija de perra era hasta puntual), Claudia llegó al salón atusando su melena rubia y rizada, preciosa, larga, de modelo Pantene, donde nosotras seguíamos intentando averiguar algo más sobre el paradero de Mikel Avedaño. De pronto nos sentíamos Sherlock Holmes.

—A ver…, enseñadme eso.

Después de cinco minutos (CINCO PUTOS MINUTOS, JODER), Claudia me había dado unas coordenadas del estudio de Mikel con un margen ínfimo de equivocación, solo a partir de lo que se veía por la ventana de algunas de las fotografías de su estudio. Analizó, comparó con Google Maps, posicionó. Diré, para quitarle un poco de mérito, que trabajaba cerca de allí y la zona le sonaba. Porque, claro, ya podrás imaginar que Claudia iba andando al trabajo, todos los días, con zapato de tacón alto.

Algunas tanto y otras… tan poco.

12
Un problema llamado Mikel Avedaño

Había escuchado que prometían lluvia para varios días. La gente, normalmente, tiene dos posturas sobre el asunto: u odian los días grises y lluviosos o los adoran para pasarlos cobijados en sus casas. Para mí, sin embargo, que siempre fui un poco raro, son los días en los que más me gusta salir. La calle huele a lluvia, en ocasiones, aún no derramada. El sol no brilla con dureza y eso para mí, que no tengo un estudio en el que entre luz del norte (que es la que menos cambia a lo largo del día, sin sol directo), son días propicios para trabajar a gusto, bien, sin miedo a que la iluminación del taller me engañe. Los colores se intensifican. Hay menos gente por la calle. Y, sí..., ya lo habrás entendido: no me gusta demasiado la multitud. Uno no se hace artista porque le guste estar rodeado de personas. Es un trabajo más bien solitario que no implica, además, la necesidad de trabajar en equipo.

Así que los días de lluvia, de alguna manera, extienden mi territorio más allá de la puerta de casa. Creo que, por aquel entonces, eran los únicos instantes en los que se me veía pasear sonriente..., aunque aquel día la sonrisa me duró lo que tardé en abrir el portal y poner un pie en la calle.

—¡Tú! —dijo una voz.

—Pero... ¿qué...?

Dos manos bastante más pequeñas y suaves que las mías me empujaron de vuelta hacia adentro. La propietaria de esas manos medía un buen metro setenta, tenía unos ojos enormes, vivos y de color miel y una boca grande y mullida. El pelo revuelto, de un color castaño claro bastante normalito. La expresión de estar horriblemente tronada. ¿Quién coño era esa tía?

—Mikel Avedaño, tenemos una conversación pendiente.

Juro (¡juro!) que en aquel momento ni siquiera sabía quién era. Me sonaba. Claro que me sonaba, pero como te suena alguien con quien te has cruzado por la calle. Aunque parezca lo contrario, yo aún no le había prestado ninguna atención especial a Catalina Ferrero como persona física. Como mujer. La irrupción de sus cuadros y su nombre en el panorama artístico me habían turbado, por supuesto, pero el recuerdo de su cara se había ido emborronando hasta quedar solo en un eco. Eso sí..., hubiera podido reproducir milímetro a milímetro cualquiera de los lienzos que expuso en aquella pequeña muestra. Me inquietaba aquella frescura, al fin y al cabo yo era incapaz de terminar un boceto decente y con sentido, pero esa inquietud no significaba que me hubiera quedado con su cara.

Y, por supuesto, puedes imaginar que, con todo esto, yo no tenía ni idea de quién era Catalina Beltrán.

Cuando el portal se cerró estrepitosamente, me quedé mirándola en la penumbra grisácea y espesa, junto a las escaleras, el ascensor y el montacargas.

—Eh... —Arrugué la frente—. Pero ¿qué coño haces?

—Tenemos que hablar.

—Mira, no sé si te prometí exponer en tu galería un día que iba borracho o si tuvimos una mala cita, pero...

No daba crédito a lo que estaba escuchando, lo pude comprobar por la expresión atónita de su rostro. Sí, era bastante expresiva.

—¿Qué dices, payaso?

—Madre mía..., qué violencia, chica —me quejé—. Que no sé lo que te debo, quién eres o quién te manda, pero tranquilízate un poco.

—¿No te acuerdas de mí?

—Vagamente. —Me encogí de hombros, pero casi en una postura defensiva, como temiendo que aquella loca se me echara encima y me arañara la cara—. Pero no te sitúo.

—Soy Catalina... —dudó un segundo— Ferrero. Catalina Ferrero..., artista.

Fruncí el ceño y la animé, con un ademán, a seguir con las explicaciones. Su nombre despejó las incógnitas al instante, pero me resistí a darle el gusto de ver cómo reconocía su nombre. Lo dicho, «sus» cuadros seguían rebotándome en el pecho.

—¡Tío! ¡¡Estuviste en mi exposición el otro día!! ¡¡Y haciéndome la vida imposible, además!! ¿Qué pasa? ¿Lo tienes por costumbre?

—Ah. Coño. —Me apoyé en la pared de manera que mi cabeza estuviese recostada sobre esta, en un gesto (levantando la barbilla) que sé que muchos interpretan como soberbio—. ¿Es eso? ¿Vienes buscando venganza porque te di un poco de leña? Para ser una artista emergente llevas muy mal las críticas, niña. No te queda a ti ni *na*...

Dio dos pasos hacia atrás y se miró las manos. Una de ellas me apuntaba tontamente con el dedo índice, como acusándome en silencio de algo que se le había olvidado. Por su cara pasaron cientos de microexpresiones, pero no fui capaz de cazar ninguna. Estaba confusa. Yo también. ¿A qué había venido?

—Me dijiste que..., ¿no te acuerdas? —insistió.

—¿De qué?

—De lo que me dijiste cuando nos despedimos.

—Pues conociéndome, sería alguna bordería. Me sienta bastante mal que me hagan salir de casa a regañadientes para ver a una amateur poco preparada, haciendo el ridículo frente a colegas y gente del sector. Llevo fatal la vergüenza ajena.

Sus cejas creaban un arco casi perfecto en una expresión perpleja. Su rostro era la pura definición de sentirse ninguneado. Tanto, que me supo mal.

—Oye, mira, Catalina..., tus cuadros están bien, ¿vale? Están muy bien. Pero no lo están porque lo diga yo o porque Eloy vaya a venderlos a cinco mil euros el lienzo. Aunque conociéndolo lo inflará hasta el infinito. —Suspiré—. Ni la cotización ni la crítica hacen que algo sea bueno si no lo es en sí mismo, así que…, hazte un favor y, no sé, surfea esto: por favor, que no podamos leerte en la cara que te viene tan grande. Puede llegar a ser decepcionante para muchos, créeme.

Una mueca se dibujó en su boca, a caballo entre la aprehensión y la risa.

—¿Eso es todo lo que tienes que decirme sobre mí y mi obra?

—Pues mira, sí.

Me miró de arriba abajo, estudiándome y después, para mi completa sorpresa, sonrió.

—¿Sabes qué? Toda la razón. —Movió la cara de derecha a izquierda, convencida, y el pelo ondeó a los dos lados de su cara—. Olvida que he venido. Mejor…, olvida mi existencia. —Me guiñó un ojo, me lanzó un beso y, con una sonrisa bastante satisfecha, se dirigió hacia la puerta—. Hasta luegui.

¿Cómo? Pero…, a ver, a ver. ¿Qué acababa de pasar?

—¡Eh!

Su chaqueta, verde militar y con capucha, creó una estela de color en mis ojos cuando se alejó con ligereza. Ligereza. Perplejidad. Conceptos bastante abstractos. ¿Eran tangibles, sería posible traerlos a una imagen plástica que los evocara sin duda?

«Mikel, no me jodas, llevas días seco. Aguanta el corcel desbocado de la idea, retenlo, no dejes que se marche, pero antes aclara esta puta locura de situación».

—¡Eh! ¡Catalina…!

—Nada, nada. Querido Mikel, olvídame. No existo.

—Pero ¿a ti qué narices te pasa? ¿Estás chalada?

Se volvió, con una sonrisa descarada, y se encogió de hombros.

—Quizá. ¿No es eso lo que dicen de los artistas?

Un haz de luz iluminó un rincón oscuro de mi memoria, mientras un Mikel tamaño lenteja intentaba sostener las riendas del atisbo de inspiración que había cruzado por allí. Venía hecha un basilisco, echándome en cara lo que le dije al conocerla, le soltaba que no me acordaba de ella, le daba una chapa sobre contenerse delante de la gente del mundillo y, después de la perplejidad, se iba tan feliz...

Un foco, del tamaño de los que iluminan los alrededores de las cárceles, se encendió iluminando con sorpresa algo que estaba allí, que había intuido en su exposición, pero de lo que, seamos sinceros, tampoco es que estuviera muy seguro. Si le dije aquello antes de marcharme de su muestra fue, claramente, por fastidiar. Y mira por donde.

—¿Artista? —le pregunté con sorna viéndola dirigirse hacia la puerta—. Me sorprende que sepas cómo somos los artistas porque, claramente, esos cuadros no son tuyos.

La niña del exorcista girando la cabeza trescientos sesenta grados. Un perro endiablado enseñando los dientes, digno de novela de terror. Una tarada escapada de un psiquiátrico con ansias homicidas. Catalina se convirtió en todas esas imágenes a la vez. Su rostro, un cuadro cambiante, una pantalla, una instalación artística hecha de sombras, luces y muecas...

La rabia.

La ligereza.

La perplejidad.

Colección de emociones desbocadas.

«Mikel, céntrate».

—¿Qué has dicho? Repítelo si te atreves —me retó.

—Además de farsante, ¿eres una pandillera? —me burlé.

—Esos cuadros SON míos.

—Es eso, ¿no? Por eso te has tomado la molestia de venir hasta el portal de mi casa. Que, por cierto..., ¿cómo cojones has sabido dónde vivo?

—Las redes sociales son muy putas, Mikel. Vigila lo que subes.

El labio superior se me arrugó.

—¿De quién son las pinturas, Catalinita? —la pinché.

—¿En qué te basas para lanzar semejante acusación?

—Lo llevas escrito en la frente.

—Eso no es verdad.

—Perdona…, mi abuela tiene más nociones sobre arte que tú.

—Soy autodidacta.

—Y careces de curiosidad artística, por lo que se ve.

—¿Qué dices, flipado?

Lancé un par de carcajadas que más que «jajajá» sonaron a «jojojó». Desternillante. Era como discutir con mi sobrina… de cinco años.

—A ver, Catalina…, si pretendes que la crítica y, sobre todo, el público se traguen la mentira, deberías dejar de comportarte como una pandillera.

—A ver, Mikel, eres insoportable.

—Y tú una farsante. —Crucé los brazos sobre el pecho y dio un respingo—. ¿Qué?

—Nada. —Se defendió—. Esos cuadros SON míos. Y parece mentira que un colega de profesión, alguien que debería entender el esfuerzo y la pasión que se vierte en cada pequeño proyecto, esté haciéndome esto.

—¿Algún familiar muerto?

—¿Qué?

—Que si los pintó algún familiar tuyo ya en mejor vida. O puede que los encontraras en un armario al mudarte de casa. O…

—Mikel. —Se acercó, visiblemente nerviosa—. Déjalo ya.

—¿Tienen título?

—Sí —contestó poniendo morritos—. Por supuesto.

—¿Me los dices?

Boqueó.

—Mira, Catalina, si la causa de tu inestabilidad emocional es el miedo a que comparta esta información, estate tranquila. —Me reí—. Es cuestión de tiempo que todos descubran tu falta de honradez sin necesidad de que sea yo quien lo destape.

Honradez. ¿Podía la honradez pintarse, esculpirse, dibujarse…?

—Es tu palabra contra la mía.

Y si lo escuché fue porque, como todo el mundo sabrá, ya querrían los auditorios la acústica de un portal antiguo, porque lo dijo en un hilo de voz tan débil que casi no había manera de hacer que el sonido se moviera de sus labios.

Suspiré.

—Lo que estás intentando es imposible, ¿sabes, Catalina? Te lo repito: es cuestión de tiempo que todo el mundo note que no tienes ni idea de lo que supuestamente has creado. Dile a Eloy que te ayude con eso o... la caída será espantosa.

No respondió, se limitó a mirarme en silencio cuando le di dos palmaditas amistosas en el brazo. Supongo que le parecieron de lo más humillantes, pero prometo que no fue mi intención.

Cogí el pomo de la puerta y, con la otra mano, palmeé mi chaqueta para asegurarme de que había cogido el cuaderno de esbozos. Quizá no llegaría a nada, pero debía explotar ese pequeño germen de inspiración.

—Adiós. Que vaya bien —lancé al aire, sin girarme siquiera.

—No lo sabe.

Me paré con un pie dentro y otro fuera y volví la cabeza hasta atisbar su figura, nerviosa, encogida, junto a las escaleras.

—¿Qué?

—Que Eloy no lo sabe.

—¿Eso crees?

—No lo sabe.

Cogí aire. Ay, por Dios.

—¿Cuántos años tienes, Catalina?

—Treinta.

—Pues los treinta son un buen momento para darse cuenta de que no eres la primera ni serás la última que miente por su propio interés. En eso, con Eloy tienes el mejor *partner in crime*. No conozco a nadie más mezquino ni más trepa.

—Yo no soy mezquina. —Se abrazó a sí misma—. Ni trepa. Yo he tenido muy mala suerte, ¿sabes? Y no soy tonta. Sé cuándo se presenta una oportunidad que debo aprovechar.

—Enhorabuena —asentí, convencido de que... a mí, en realidad, me importaba menos que nada.

—Pero no sé si...

—No sabes si..., ¿qué?

—Si sabré hacerlo. Sola.

Me sorprendió, no lo escondo.

—Eloy va a llevarse como mínimo el cincuenta por ciento de todo lo que ganes. Lo menos que puede hacer es ayudarte con esto.

—Pero tú...

Fruncí el ceño y negué.

—Yo no puedo ayudarte. —Esbocé una sonrisa plácida, de esas entre la pena y el alivio por no estar en su piel—. Mucha suerte.

No sé cuánto tiempo estuvo en aquel portal. No sé si se marchó inmediatamente después de mí o si, por el contrario, se sentó preocupada en los escalones, se arremolinó en su chaqueta y se compadeció de sí misma. Lo único que sé es que, al volver, cuatro horas después, ya no había rastro de ella. Ni del olor a limón que desprendía su cabello castaño. Y yo había esbozado cuatro obras en mi cuaderno.

13
Sola ante el peligro

Bueno, pues nada, confirmado: Mikel Avedaño era un soberano gilipollas. No es que me sorprendiera tampoco, pero detrás de esta afirmación se escondía una Catalina bastante avergonzada. Había suplicado que me ayudase, en un momento de debilidad, un completo desconocido que, además, me caía mal. Parecía que me había dado un mal viento y me había quedado tontita.

No es que me permitiera el lloriqueo complaciente durante mucho tiempo. Una tarde de responder regulinchi a los clientes y comer más mierda envasada de la máquina de *vending* de la recomendada por la OMS, pero ya está. Al día siguiente... me puse en marcha. Soy una tía resuelta... a meterme en problemas.

Mi habitación se llenó de libros. Tomos pesados, en su mayoría, sobre historia del arte, vanguardias artísticas y creación. Si a alguien en casa le sorprendió, nadie lo compartió conmigo. Igual en los corrillos del café con valencianas de la mañana (¿no te pasa con las valencianas que te comes dos y piensas: «Me comería treinta y dos más»?) se comentó que desde que «era artista» estaba más rara de lo habitual, pero yo desde luego no me enteré. Todo el mundo pareció entender que aquello era lo normal. Los artistas necesitan bibliografía. Pero... ¿nadie se preguntaba por qué antes no había aparecido por casa con nada semejante?

Ni cuando me preparé para selectividad estudié tanto. Cada minuto libre del día lo dedicaba a leer y tomar apuntes sobre cualquier tema que me pareciera útil. Había esbozado una lista de temas de conversación que podrían salir en próximos encuentros con otros artistas y expertos. El consejo de Eloy era bueno: «Si no sabes qué decir, juega la baza del misterio»; sin embargo, para ello debía tener un conocimiento básico sobre el que moverme. La ignorancia es muy atrevida, decía siempre mi madre. Tenía que agazaparme detrás de la idea de que más vale callarse y parecer tonto que abrir la boca y confirmarlo.

No sé cuánto tiempo pasó hasta que Eloy volvió a convocarme en su despacho con un escueto: «Mañana a las 13.30 en la galería», pero no fue mucho. Recuerdo haber pensado que aún no estaba preparada, lo que, en el fondo, era la prueba de que lo estaba bastante más que la última vez que fui. Quizá podía hacerlo sola. Quizá no necesitaba ayuda de nadie para desarrollar aquel personaje. Quizá, finalmente, Eloy y yo sí nos casaríamos en la playa.

La chica de recepción, tan bien vestida como siempre, se me quedó mirando con cara de cordero degollado cuando llegué.

—Sí, ¿dígame? —dijo casi sin vocalizar.

—Andrea…, he quedado con Eloy.

—¿Su nombre?

Miré alrededor, buscando una cámara oculta, pero no. Es que era así de tonta.

—Catalina Beltrán.

—No me consta. —Miró su escritorio.

Suspiré.

—Catalina Ferrero.

—¡Ah! Sí. Te está esperando —dijo con una sonrisa mecánica que no parecía corresponder a ninguna simpatía hacia mí.

Juraría que llevaba unos pendientes de Chanel…, aunque, bueno, también hubiese podido asegurar que, en realidad, era un *cyborg* programado para atender su puesto y mostrarse altanera y soberbia con los visitantes de poca categoría. La ciencia había avanzado mucho en los últimos años y quizá le había llegado el turno al robot clasista…

Encontré a Eloy hablando por teléfono, apoyado en la mesa. Parecía contento y… le sentaba muy bien. Como la ropa. Llevaba un vaquero oscuro, un jersey de cuello cisne y una americana azul con unos cuadros muy sutiles del mismo color arena que el suéter. El despacho parecía ordenado, pero su escritorio era un *tótum revolútum* imposible, como su pelo, que debía de haber estado mesando con los dedos buena parte de la mañana.

—Sí, sí… —dijo a su interlocutor mientras me señalaba una de las sillas que había frente a su mesa—. Allí estaremos. Estoy deseando que la conozcas. Es… sencillamente brillante. Un genio. Como esas joyas que a veces se encuentran entre la basura.

Me sonrió y me guiñó un ojo. Estaba claro que estaba hablando de mí, pero no sabía si sentirme halagada. Decidí que sí, que era mejor eso que ahondar en su uso del término «basura».

Se despidió con formalidad y un tono meloso, algo pedigüeño, que no favorecía a su boca y dejó el teléfono sobre la mesa.

—¿Sabes quién era? —me preguntó, allí, apoyado en la mesa, frente a mí (su paquete a la altura de mis ojos, cabe destacar), tan feliz.

—Pues… no sé.

—Adivina, venga.

—Ehm…, ¿Picasso, llamando de entre los muertos?

Lanzó un par de carcajadas que demostraron que, efectivamente, Eloy estaba de muy buen humor.

—¡Picasso, dice! Ja, ja, ja.

Sonreí con educación.

—Era Andrés Cortés.

—Oh… —fingí una expresión de admiración.

—El crítico —añadió, supongo que por si hacía falta más información, que la hacía.

—¿Y…?

—Esta tarde inauguran una exposición en Marlborough y estará allí. Le envié tu dosier hace unos días y me ha llamado para preguntarme si iremos.

¿Quiénes? ¿Qué? ¿Cómo? ¿Dónde? ¿Por qué?

—Marlborough… —murmuré imitando su pronunciación mientras asentía despacio…

—Sí. Marlborough.

—Ya —fingí estar supersegura de lo que decía—. Y cuando dices que te ha preguntado si iréis…, ¿a quiénes se refería?

—¡A ti y a mí, tonta! Está impresionado con lo que ha visto de tu trabajo. ¡Impresionado!

—Jooodeeer… —Simulé estar conmocionada de alegría.

—Andrés Cortés… —asintió para sí mismo—. ¿Te das cuenta? Esto puede marcar la diferencia. Sin su primera reseña sobre Mikel Avedaño, este no sería nadie.

Fruncí el ceño en un acto reflejo. Me daba ardor escuchar su mero nombre.

—Venga… —Dio una palmada que me asustó—. Vamos a comer. Así hablamos, que por eso quería que te acercaras hoy a la galería. —El corazón se me aceleró un poquito—. Después venimos, repasamos unas cuantas cosas, te enseño el dosier y salimos juntos hacia Marlborough.

Sonreí feliz. Aún no sabía qué era Marlborough, pero lo de «salir juntos» hacia allí sonaba bien. Y lo de comer juntos. Y repasar cosas juntos. Y respirar juntos el mismo oxígeno.

—¿Dónde quieres comer? —me preguntó—. Tengo mesa reservada en Kabuki, pero si no te apetece sushi, puedo llamar a Santceloni; siempre me hacen hueco. ¿Qué me dices?

—Pues... —Mi expresión fue mutando de la emoción al desencanto cuando aterricé sin previo aviso en la realidad—. Eloy..., yo entro a trabajar a las cuatro.

—¿A trabajar? ¿A trabajar dónde? ¿En tu estudio? ¿Ya tienes estudio?

—Trabajo de teleoperadora.

Si Eloy hubiera presenciado un asesinato múltiple, no se le hubiera dibujado tanto horror en la cara. Tragué saliva.

—¿Teleoperadora?

—El arte no da de comer. —Sonreí con pena.

—Pero te lo va a dar. —Frunció el ceño, confuso—. ¿No puedes dejarlo?

—¿Dejar..., dejarlo? Bueno, si va bien lo de los cuadros, imagino que terminaré dejándolo. No creas que es algo muy vocacional...

—Me refería a dejarlo... ya. Hoy.

—¿Hoy?

—Claro. —Sonrió de nuevo, encantador—. Hay mucho que hacer.

¿Este tío estaba loco?

—No puedo, Eloy. No puedo... dejar mi trabajo sin previo aviso y..., sobre todo, sin saber con qué pagaré el alquiler el mes que viene.

—Ah. Espera...

Dio la vuelta al escritorio, abrió un cajón, sacó una especie de cuadernito apaisado y escribió algo en una de sus páginas, que arrancó y me tendió.

—Esto soluciona parte del problema, ¿no?

No había visto un cheque en toda mi vida, pero si hubiera tenido oportunidad de hacerlo, no creo que hubiera caído en mis manos uno nominativo (a mi nombre, para más señas) de seis mil euros. Tragué. Miré el pedacito de papel. Volví a mirar a Eloy.

Seis mil...

… putos…

… euros.

—Eh…

—En concepto de adelanto, ¿te parece?

—Y si…, ¿y si no vendo los cuadros?

—Si no vendes los cuadros, me lo devuelves y punto. Pero malo sería que no vendieras un par, mujer. Toma. —Sacó un formulario de una de las bandejas para papeles que tenía sobre la mesa—. Es una práctica habitual. Solo rellena este papel como que te he entregado el cheque con el adelanto.

Garabateé mi nombre y mi firma, guardé el cheque con dedos temblorosos en lo más profundo de mi monedero de Misako y lo miré, esperando indicaciones.

—¿Qué? ¿Kabuki o Santceloni? Uhm…, espera, voy a pedirle a Andrea que llame a BiBo. Me apetecen unas ostras.

El señor Conejo no se creyó que estuviera enferma, pero cuando mencioné un sangrado menstrual sin precedentes, dejó de preguntar y de exigir parte médico. Solo por asegurarme añadí las palabras «candidiasis vaginal» para impresionarle un poco más, y si de paso le robaba un par de horas de tranquilo sueño, mejor. Era el típico gilipollas que se inquietaba con la naturaleza femenina.

Evidentemente, ya había probado las ostras, pero tal y como me imaginaba, la textura de estas no había cambiado desde la última vez que me las metí en la boca, así que… me dieron asco, pero las tragué con una sonrisa mientras emitía un creíble: «Mmmm». Para mí, comer ostras será siempre como hacerle un cunnilingus al mar. Y no es lo mío. Pero lo de después mejoró muchísimo, aunque tuve que obligarme a no mirar el precio de nada. No es que fuera desorbitado, pero era más de lo que yo me podía permitir un día cualquiera entre semana. Una cosa es que se te antoje un durum porque sí y otra muy distinta pedir ostras, una botella de vino bueno, además de dos copas de cava para brindar por nuestro «futuro», dos entrantes, steak tartar, rodaballo…

Lo curioso es que a pesar de que Eloy pidió todo aquello, comió como un pajarito. Daba impresión verlo mareando el plato sin parar, comiendo bocaditos pequeños, masticando hasta el delirio cosas que, por lo general, suelen deshacerse en la boca con un par de movimientos. Y no es que la comida no fuera de buena calidad…, es que él se empeñaba en tardar en tragar, era evidente. Cuando le pregunté si es que no le gustaba, me dijo que desde pequeño tenía mal comer.

—Me gusta casi todo, pero con dos bocados estoy lleno, ¿qué le vamos a hacer? —Se encogió de hombros.

A lo que sí le metió buena mano (y no a mí, para mi total disgusto) fue al plato de ostras. Y verlo comerlas fue… inquietante. Es que…, no sé. Bueno. Que me recordó al sexo oral. Y que llevaba tiempo sin causar sensación en Tinder. Llamémosle… pulsiones acumuladas.

Cuando volvíamos en taxi a la galería, pensé que podría acostumbrarme a aquella vida. A tener «almuerzos de trabajo» en restaurantes bonitos, lejos del antro de paredes sucias en el que estaban las oficinas de mi empresa. Lejos de fichar y cumplir un horario. Dejar que la creatividad fuera la que marcase las horas de trabajo…, pero, no te preocupes, no tardé en darme cuenta de que estaba fingiendo y que en temas de creatividad, yo no andaba muy ducha.

Tomamos café en los sillones del despacho de Eloy. Andrea, la chica de recepción, no pareció muy contenta de servírnoslo, sobre todo a mí, pero lo hizo con cara de «con este sueldo me puedo permitir zapatos de lujo, no temáis por mí». Y mientras decidía si quería endulzar el mío con terrones de azúcar rosa o con miel (no faltaba detalle, aquel despacho era como una merienda inglesa en el Ritz), Eloy me enseñó el dosier que había preparado y mandado ya a algunos de los contactos de la galería.

—Pero aún tiene que llegar a muchas manos. La bola de nieve es ya imparable —me dijo entrecerrando los ojos.

A Eloy se le ponía cara de deseo cuando hablaba de trabajo. Pero mucho. Como si, de un momento a otro, fuera a dar un manotazo a la mesa y... a follarse encima de ella a uno de mis cuadros. Pero le entiendo, porque hasta a mí me dieron ganas de pasar una noche de pasión con mi dosier. En él, junto a la foto en blanco y negro que más me gustaba de la sesión que me hice para mi *book* como actriz, había más mentiras que verdades, es cierto, pero mientras lo leía me descubrí deseando con todas mis fuerzas que todo aquello fuera cierto.

Catalina Ferrero (Toledo, 1991). Artista Plástica.

De formación autodidacta. Educada en el seno de una familia artísticamente sensible, creció en contacto con las influencias vitales y culturales de sus padres y abuelos, de procedencia mexicana. Quizá es a partir de estas referencias de donde nacen sus pinceladas, potentes y magnéticas, cargadas de pigmento.

No quedan muestras de sus obras más tempranas (desechadas en un impulso perfeccionista posterior de la artista), pero podemos imaginar en ellas los primeros destellos del tratamiento de color y forma que, hoy, caracterizan su producción.

Reencarnación de la vanguardia será su primera muestra, resultado del azar y la incesante búsqueda de nuevas voces y talentos de la Galería Eloy Hernando Suñer, que abraza y secunda su emergente carrera con la intención de consolidarla y convertirla en lo que ya es por propio derecho: un nuevo factor de cambio del panorama artístico español.

—Hemos incluido diez obras —señaló Eloy—. Son algunas de las que hemos considerado más sólidas y contundentes, pero hemos guardado algún as en la manga para la gran exposición.

—¿Gran exposición?

—Sí. Ya te lo dije —me sonrió—, calentaremos motores invitando a más gente a ver tus piezas, como el encuentro de la pasada semana. Quizá cuidando un poquito más las luces y demás, aunque todo muy *casual*. Pero… —sonrió— todo esto tiene que reventar en una grandísima exposición, comisariada por mí.

—¿Serás mi comisario? —le pregunté embelesada, sin tener ni puñetera idea de lo que era un comisario, a no ser que fuese de la policía.

—Lo seré. Y ganaremos mucho dinero.

Sé que no es un «bajaré la luna por ti», pero… a la Catalina de aquel momento le pareció muy romántico.

Si la galería de Eloy me pareció impresionante fue, claramente, porque no había visitado Marlborough antes. Era enorme. ENORME. Los espacios, de paredes blancas bien iluminadas, parecían infinitos, quizá porque los suelos grises daban a la estancia una sensación onírica. Como si caminases sobre nubes de tormenta, pero en sueños.

Cuando llegamos, una de las salas de la galería se encontraba ya llena de gente. De gente elegante. Me miré disimuladamente, con mi moño bajo, el jersey de cuello alto y los pantalones capri negros, y me sentí… zarrapastrosa. Allí todos iban muy bien vestidos, en cien códigos diferentes, pero todos con estilo, personalidad y carisma. Y yo era una mala copia de la Audrey Hepburn de esas famosas fotos en total *black*. Una copia de AliExpress que no se correspondía ni en talla ni en glamur.

Zapatos caros, de firma. Algún bolso de logotipo reconocible hasta en la luna. Corbatas de marca francesa. Relojes de muchos ceros. Sin embargo, nada de eso me daba tanto miedo como volver a meter la pata en el que iba a ser el segundo ensayo general con el papel de mi vida sujeto con alfileres. Catalina, la artista, acababa de irrumpir en la sala y debía comportarme como tal. Ella era una suerte de fantasma que necesitaba de mi cuerpo para existir de manera física y tangible. Le debía la voz. Le debía el futuro que podía alcanzarnos.

Las obras que colgaban de las paredes me parecían endiabladamente confusas. Borrones de color que no despertaban en mí ningún tipo de emoción y, puesto que no era ninguna experta en el asunto, solo esperaba del arte que me causara impacto. Había estado leyendo, de entre mi bibliografía para preparar el papel, algún manual sobre cómo juzgar una obra contemporánea, pero prefería no verme en la tesitura de ponerlo en práctica. Sin embargo, Eloy y yo nos paramos de pronto (él me retuvo, frenándome en seco agarrada del codo) frente a un cuadro, que me señaló con un movimiento rápido de barbilla.

—¿Has visto?

Asentí despacio, me humedecí los labios y me santigüé mentalmente:

—Me parece muy interesante la forma en la que hace que el color casi se vuelva opaco en los bordes para desaparecer, esfumarse de manera ligera hacia el centro.

El bonito rostro de Eloy me miraba fijamente sin mover ni una pestaña y sus pupilas, con aquella luz de contra, parecían agrandarse por momentos. Bufff. Qué maravilla. Me gustó la sensación que me provocó que me mirara así y quise seguir empleando algunos de los términos nuevos que había aprendido aquella semana. Quería gustarle, eso es evidente, a pesar de mi gran mentira.

—Creo que interpela al espectador. Pide algo de él. No lo pone fácil. Ni siquiera sabría decir cuál es el punto de entrada al cuadro.

Eloy se humedeció los labios y esbozó una sonrisa de lado, casi severa, cuando se inclinó hacia mí poco a poco. Una sonrisa de esas que podría decir: «Qué tontita eres» o «Para comerte mejor». Puestos a elegir, prefería lo segundo…

—¿Qué? —me aventuré a cortar el aire que se había instalado denso en el pequeño espacio que nos separaba.

—Nada. Me hace gracia. —Las comisuras de sus labios se arquearon hacia arriba un poco más—. Dices que no sabrías decir cuál es el punto de entrada al cuadro…, y es que no lo hay. Esto. —Señaló el cuadro—. Esto es una mierda.

¿Ves? Por eso es bueno hacer prácticas después de los estudios teóricos, porque puede que apruebes, pero en realidad no sabes una mierda. Allí estaba yo, sin nada que decir, como un pasmarote, delante de lo que Eloy catalogaba de mierda. Creo que le di hasta pena, porque me dio un golpecito en el hombro con el suyo.

—¡No pongas esa cara! Que sea una mierda es bueno para ti. Los vamos a impresionar, ¿eh, niña? Los vamos a impresionar.

Le sonreí, efectivamente, como una niña, y su pulgar me acarició la barbilla.

—Así me gusta —me dijo—. Pero… no sonrías tanto. Eres artista, ya sabes; aquí esperan que no lo hagas. Voy a por una copa… ¿Qué bebes? ¿Vino blanco, champán?

—Vino tinto, por favor. O cerveza.

Me dio tiempo para ver cómo arqueaba una ceja con disgusto antes de darse la vuelta; me recordó a un tío que conocí en Tinder, que parecía muy interesante (pensé unas cuantas veces, viendo sus fotos, que le quedaría genial el traje de novio), pero que luego me dijo, mientras tomábamos algo, que las chicas no deben beber cerveza o bebidas oscuras.

—Es tan poco sexi…

Ser un gilipollas también, pero nadie debió de decírselo.

Cuando Eloy me dio la espalda, una exhalación profunda me salió de lo más hondo de los pulmones, como si hubiera estado conteniendo parte de la respiración, dejando entrar la cantidad justa de oxígeno para no morirme. Metiendo tripa. Sacando pecho. Muchas horas interpretando mi papel me cargaba hasta los hombros. ¿Sería la culpa lo que me pesaba sobre la espalda?

Me di unos minutos, mirando el cuadro sin mirarlo, para darme ánimos. Tener al lado a Eloy era el equivalente a tener un director de escena muy exigente, nada más. Y muy guapo. Eso lo dificultaba todo, estaba claro. «Respira, Catalina. Solo respira con el diafragma y te encontrarás mejor».

Pero antes de que lo intentara, una voz conocida, detrás de mí, me sacó de mi intento de ejercicio de respiración.

—Te digo que no. No sé. No funcionan —dijo.

Me volví con disimulo lo justo como para verlo pasar detrás de mi espalda. Era Mikel. El maldito Mikel Avedaño, que había dejado por un momento su actitud ufana para mostrarse levemente preocupado, caminando entre la gente, sin rozar a nadie, junto a un señor de barba blanca, más bajo que él y con una curva convexa a la altura del vientre que Mikel no tenía. Por la expresión con la que ambos se miraban, pensé que era su padre.

—Pero los esbozos están muy bien…, no lo entiendo. Es una idea en firme de la que podrías sacar una colección grande. Infinita incluso.

—Lo sé, pero me paré en seco después de lo que te mandé. En seco. —Hizo un gesto rotundo con la mano derecha, como zanjando el tema—. Debes tener más paciencia…

—Estoy teniendo mucha…

—También lo sé, pero mi trabajo no es como el tuyo. Ponerme a ello no implica que lo pueda ejecutar, así que tendrás que dejar de llamarme y preguntarme, porque estoy seguro de que es tu insistencia la que me extingue por dentro.

—Claro. La culpa para el viejo. Búscate una musa, Mikel, o te amargarás del todo.

—¿Musa? Yo no creo en las musas.

La ese final de su contestación aún no había cejado en su carrera por propagarse por el éter cuando sus ojos chocaron conmigo.

Plaf.

Como una palmada en la frente. Para ambos. Y eso que yo ya lo había visto.

—Estimada Catalina… —pronunció despacio, saboreando con maldad cada sílaba.

—Mikel —gruñí entre dientes—. ¿Problemas con la inspiración?

—No te creas. Después de tu visita sorpresa aquello fue una orgía de ideas.

—Me había parecido escucharte decir que no crees en las musas…

—Y no creo. —Se inclinó y, muy cerca de mi oído concluyó—: Debe de ser que me excita el olor del fraude.

Cuando se incorporó y volvimos a mirarnos, me guiñó un ojo. Me dieron ganas de arrancar el cuadro de la pared y ponérselo de sombrero, pero la llegada de Eloy rompió el hilo tenso que unía nuestros ojos.

—¡Vaya! —Me pasó en un gesto elegante una copa de vino blanco al que miré con ojeriza—. ¿A quién tenemos por aquí? El todopoderoso Mikel Avedaño y su fiel escudero Sancho Panza. Creía que vosotros no os prodigabais por estos… eventos.

—Represento al artista. Y a Mikel, por supuesto. —El señor con pinta de hacer de Papá Noel en centros comerciales me tendió la mano, ignorando a Eloy sin ningún tipo de disimulo—. Soy Ignacio Sancho, un placer.

—Catalina Bel…

—Catalina Ferrero —me interrumpió Eloy.

—Ferrero es el artístico. —Sonreí a modo de disculpa, estrechándole la mano a aquel señor que, a juzgar por su apellido, no era muy padre de Mikel—. Aún no me acostumbro.

—Es normal. —Y su sonrisa me pareció plácida y encantadora—. Debo decir que he escuchado hablar mucho de ti y de tu obra. Al parecer eres la promesa y sorpresa de este año.

—Bueno… —murmuré.

Mikel carraspeó, con una sonrisa bastante canalla en su boca y cruzó los brazos sobre el pecho en ese gesto con el que…, joder…, con el que estaba para mandarle todos los *super like* de Tinder que guardaba para los perfiles buenos, buenos, buenos.

Desvié la mirada sin poder evitar que el labio superior se me elevara en un claro gesto de disgusto, y Eloy cogió el testigo de la conversación.

—Bueno, Mikel, ¿estás creando? Presentas una colección aquí en unos meses, ¿no?

—Para primavera —respondió seco, sin dejar de mirarme.

Me puse nerviosa y le enseñé los dientes en silencio, como en un gruñido silencioso.

—Muy bien. —Eloy se cruzó también de brazos evidenciando, así, la diferencia de tamaño entre los dos.

Mikel no era enorme, pero era… grande. Fiable. Denso. Compacto. Testosterónico. Armónico. Bello.

Omá…

Eloy se puso a repasar con la mirada el espacio. No es que no desempeñara bien su papel, solo estaba un poco sobreactuado.

—¿No os parece que en este tipo de galerías tan grandes se pierde un poco la esencia de las obras? —fingió una especie de escalofrío y volvió a mirarlos con una sonrisa—. Ahora mismo estamos muy ocupados preparando la exposición de Catalina, que comisionaré yo mismo, pero quizá, para el año que viene, podemos llegar a un acuerdo, ¿eh, Mikel? ¿Eh, Ignacio?

—No negociamos con terroristas —respondió Mikel.

La verdad: tuvo gracia. Tuvo tanta gracia que, aunque quise evitarlo, me reí. Por lo bajini, eso sí, pero no con la suficiente discreción como para que él no me viera y se le hinchara el pecho… un poco más de lo que venía de fábrica.

—Catalina. —Eloy me tendió la mano, galante—. ¿Vamos? Me he encontrado con Andrés Cortés y está impaciente por conocerte.

—Claro. Adiós, señor Sancho. —Le tendí de nuevo la mano y nos dimos un apretón amistoso. Después me volví hacia Mikel y cambié el gesto a uno mucho más frío y hostil—. Adiós…, Mikel.

Ya nos alejábamos cuando escuché a su representante decirle, y no de guasa:

—¿Por qué no estoy representando a chicas agradables y estoy… contigo? ¿Qué fue lo que hice en mi anterior vida para merecer este castigo?

Me giré, sonriente; Mikel seguía con los ojos clavados en mí. Le guiñé un ojo y le lancé un besito con sadismo. Qué bien sentaba ganar una mano de la partida… o al menos eso fue lo que creí hasta que le escuché añadir:

—Deja que te cuente mis impresiones sobre su obra…

14
La partida

Cuando a una le hablan de un crítico artístico, le viene a la cabeza una imagen muy concreta: un hombre que, como un animal mitológico, está formado por partes de Woody Allen, Hitchcock y Karl Lagerfeld. Y el resultado, como pasaba con la hidra, por ejemplo, en mi cabeza daba miedo.

Nada más lejos de la realidad que encontré con el señor Andrés Cortés, un hombrecillo barbilampiño, calvo, algo regordete y sonrosado, que había trabajado como restaurador en un famoso museo de la ciudad durante muchos años y que, según me contó, había conocido a gente muy interesante en su andadura profesional, de los que pasaban las noches en Studio 54 poniéndose hasta las cejas de drogas, ego y champán.

Cuando le respondí que me daba una envidia horrible, y que la persona más célebre que había conocido en mi vida era el alcalde del pueblo de mis abuelos, que salió en las noticias por fugarse de allí con los bolsillos llenos y un cuadro del siglo XV que había birlado de la ermita, pensé que al señor se le desmontaban los carrillos (algo colgajosos, todo hay que decirlo) de la risa.

—La gente célebre siempre debería ser divertida.

—Ah, mira. Un punto más para mí en mi carrera hacia la celebridad. Sé un montón de chistes de Lepe…, no será usted de Lepe, ¿no?

—No. —Siguió riéndose, no sé si conmigo o de la expresión de éxtasis cósmico que estaba alcanzando Eloy, supongo que no muy de acuerdo con las formas, pero sí con el resultado—. Pero ¿sabes, Catalina? Nadie, ni esa gente tan célebre, ha conseguido sorprenderme tanto como tú con tus primeras obras.

«¿Ha escuchado, señor Mikel Avedaño, su divinidad? NADIE. Ni tú».

Bueno…, siendo justa, era la tía Isa quien había sorprendido a la crítica con una pequeña muestra de sus obras, pero yo se lo trasladaría mandando muchos besitos hacia el cielo y honrando su existencia y su legado.

—Necesito verlas en persona —sentenció cuando nos despedimos.

—Catalina está muy ocupada con sus procesos creativos, pero yo puedo atenderte en la galería cuando te venga bien, Andrés.

El señor se ajustó sus gafas, tan modernas que podrían estar muy pasadas de moda, y con una sonrisa me dedicó una mirada tierna:

—Preferiría hacerlo coincidir cuando ella pueda acompañarnos, si no os importa. Quizá brindemos por tu éxito el día de esa gran exposición de la que tanto habla Eloy. Querida…, eres… fresca. Eres… de verdad. Toma… —Rebuscó entre sus bolsillos hasta dar con una tarjeta con los bordes algo maltrechos, que me tendió y que guardé en el bolsillo trasero de los pantalones antes de que Eloy la alcanzara—. Llámame un día y tomamos café en tu estudio.

—O algo más fuerte.

Un par de carcajadas se despidieron por él. Creo que ambos sabíamos que yo nunca haría esa llamada. Eloy, por su parte, se quedó, con las manos en los bolsillos, viendo cómo se marchaba y, cuando lo perdió entre la gente, se volvió hacia mí.

—Primera norma de estas fiestas: una copa. UNA copa.

Pestañeé confusa.

—Solo he tomado una.

Me sonrió con condescendencia.

—Ha salido bien. Pero tienes que estar más contenida, Catalina. No pueden verte tan…

—Nerviosa. —Intenté acabar la frase por él, pero no acerté.

—Histriónica. Esto parecía el club de la comedia. Y el club de la comedia… no es *cool*.

Una patada en el cielo de la boca hubiera caído mejor.

—Ahm —contesté, muy pasivo-agresiva—. Pues qué bien, ¿no?

Saludó con un movimiento de cejas a alguien a mi espalda, sonrió y, apoyando una mano sobre mi antebrazo, sentenció:

—Deja de preocuparte tanto y… sé un poco más artista, Catalina. Voy a… saludar a una amiga. Ahora vengo.

—No, si yo creo que me voy ya…

Respondí para el aire, porque cuando quise darme cuenta, de Eloy no quedaba ni el rastro de su perfume. Me encontré sola, sosteniendo una copa vacía delante de otro cuadro que parecía estar lleno de nubes…, nubes sin personalidad ni nada particular. Me esforcé por intentar ver algo especial, pero me quedé a medio camino entre el «no sé si es que no entiendo» y el «no sé si es que no me gusta».

—A ver si va a ser verdad que es una mierda… —murmuré.

—El arte nunca es una mierda. Al menos, todo lo creado con una voluntad de estilo y un mensaje. Puede gustarte, puede no gustarte, puede que responda a una necesidad o pulsión que tú no has sentido nunca, pero eso no lo hace menos válido.

A mi lado, como surgido de la nada, Mikel, con los ojos clavados en el cuadro que teníamos delante y los brazos…, ya lo sabrás, en esa postura tan suya.

—No pretendía ofender —respondí seca.

—Ya lo sé.

—Es solo que… —Señalé el cuadro—. No me dice nada.

—También lo sé.

Nos miramos un segundo, pero él desvió la mirada hacia la pintura de nuevo.

—Conozco al chico que ha pintado esto. Invirtió un mínimo de tres semanas en cada uno de los lienzos. Es joven, mejorará, pero técnicamente solo puedo echarle en cara que uno se pierde en el cuadro. No se sabe por dónde entrar. No hay nada que dirija la mirada, que invite. Todo es… vacío. Inconsistencia. ¿Has leído el libreto de la exposición?

—No.

—Se llama «Brevedad». Habla de la pérdida. De cómo buscamos aquello que hemos perdido en lugares donde no hay nada…, y aun así lo vemos en todas partes.

Volvimos a cruzar la mirada. Asentí, poniendo los ojos en blanco.

—Vale, soy una cateta. Ríete cuanto quieras.

—No emplearía ese término…, más bien: persona corta de miras. Pero el problema, la base del problema, es que… —Esbozó una sonrisa casi de pena, mientras se inclinaba de costado para acercarse a mí. Sus brazos seguían cruzados en el pecho—. No tienes ni idea de nada de esto.

Tuve ganas de presumir del anillo que llevaba en el dedo corazón de la mano derecha, pero tampoco podía cabrearme. Tenía razón.

—En la vida hay dos posturas para todo: la del bien y la del mal. Tú podías escoger entre echarme una mano o hacer de mi vida un infierno…, y ya ves la que has elegido. Espero que en el infierno te aten y te hagan cosquillas en los sobacos sin parar.

—Vaya por Dios —se burló—. ¿Sí?

Me miró, burlón.

—¿Puedes descruzar los brazos?

—¿Por qué? —respondió divertido.

Bueno…, todo lo divertido que, de primeras, podía parecer Mikel Avedaño.

—Porque pareces un Madelman.

Su sonrisa se ensanchó, pero prefirió cambiar de tema:

—Así que el gran Eloy Hernando sigue haciéndote creer que no sabe que tú no has pintado los cuadros…, qué interesante.

—No lo sabe —susurré—. Y baja la voz. Con que se lo hayas contado a tu representante ya tengo bastante. Habrás ido a contárselo tan deprisa que los talones te habrán ido dando golpecitos en el culo.

—¿Piensas a menudo sobre qué me da golpecitos en el culo?

Me giré hacia él, completamente alucinada.

—Ni siquiera estoy segura de que tengas uno. Es una suposición, una creencia basada en la convicción psicológica de que todo el mundo tiene culo. No te creas que te lo he mirado.

Apretó los labios, claramente disimulando una risa, y después pasó la mano sobre su boca un par de veces. Yo miré al frente, triunfal.

—Ríete a gusto, hombre. Tienes pinta de ser de los que no lo hacen muy a menudo.

—Pues no. El arte no es divertido.

—No lo será para ti.

—Para ti, sin embargo, que lo has robado, es tronchante.

—Tengo mucho talento.

—Totalmente. Un monstruo del talento. Y de la mentira. Como actriz harías una buena carrera.

Le lancé un rayo de fuego con los ojos, que él recogió de buen grado.

—¡Ah! ¡No puede ser! ¿Actriz frustrada?

Tenía la odiosa costumbre de volver a tener el poder de la conversación constantemente. Era como intentar jugar un partido de tenis con el maldito Nadal.

—No me vas a ayudar, ¿no?

—Me ha dado la sensación de que no necesitas ayuda —respondió resuelto.

—No me vas a ver suplicar.

—Si quieres me doy la vuelta. Así suplicas sin que te vea.

—Eres graciosísimo. No sé cómo no te han dado un monólogo en un teatro de Gran Vía, muchacho.

Una camarera pasó cargando copas y él cazó dos al vuelo. Me tendió una con un gesto cortés, como si en realidad fuera la pipa de la paz.

—No me vas a suplicar y, aunque lo hicieras, yo te diría que no. Odio tener becarios, socios, aprendices y sobre todo pupilos. —Dibujó un círculo, señalando la sala abarrotada de personas—. Esto es un pequeño precio que tengo que pagar para hacer lo que realmente me gusta: estar solo.

—Captado. No te gusta la gente.

—No. —Dejó la «o» en ascendente, con un leve toque agudo.

—Sí, de eso también tienes toda la pinta. —Miré a mi alrededor con un suspiro, buscando a Eloy.

Quería irme, pero quería irme con él, si era posible. No porque fuéramos a hacer salvajemente el amor sobre los sillones de su despacho de la galería (apenas lo había imaginado un par de cientos de veces), sino porque me daba vergüenza irme sola. Y me parecía de mala educación hacerlo sin despedirme. Pero adivinad: no lo vi.

—Pero… ¿este…?

—¿Eloy? —Mikel se giró en la misma dirección que yo, con el típico gesto serio que le pones a un niño que te está haciendo mucha gracia, pero que pide vehementemente que le tomes en serio—. Lo he visto salir con una amiga suya que trabaja en una marca de lujo. Seguro que ahora está tomándose un cóctel con ella mientras comentan lo absolutamente deprimentes y anodinos que somos todos dentro de esta sala. Incluida tú.

—Habrá salido a fumar —contesté ufana—. No me ha dejado sola aquí NI-DE-COÑA.

—Sí que eres buena actriz, Catalina. Casi me has convencido de que eres así de ingenua. Y ahora, si me perdonas, me voy. Buenas noches.

Se despidió con una leve inclinación de cabeza y una sonrisa muy, muy, muy comedida. Miré la hora. Mierda.

—¿Compartimos un taxi? —le pregunté.

—Nop.

—Vivo en Chamberí. No te queda lejos.

—Nop.

—¡Venga, Mikel! Te odio tanto como tú a mí, pero un taxi es un taxi.

Una sonrisa enorme se dibujó en su cara. Una sonrisa potente, bella…, sexi. Supongo que se podía decir que Mikel era tremendamente sexi. Con aquella nariz grande y algo curva. Con los ojos oscuros y profundos, rodeados de arrugas de expresión que daban a su mirada una apariencia sabia. Joven y culto. Como un cuerpo que no envejeciera y acumulara ya varias vidas.

Pestañeé cuando vi que su sonrisa se ensanchaba. Dios…, qué dientes. Blancos, sanísimos. Una dentadura de ganador, sin duda.

—Lo curioso es que miras con el detenimiento de un alma creativa, estimada Catalina.

—Lo soy. No sé por qué se te ha metido en la cabeza…

—Tarde. Ya confesaste en mi portal.

—Te odio. —Le volví a enseñar los dientes.

—Yo a ti no. A mí solamente… me das igual.

Guiñó un ojo, lanzó un beso al aire y, sin mediar palabra, dejó tras de sí un «quien ríe el último, ríe mejor».

Puto Mikel. Puto Mikel Avedaño.

Puta Catalina. No pude evitar mirarle el culo. Su culo también era de ganador. Lo odiaba.

Dos personas se colocaron a mi lado a mirar el lienzo, interesados.

—Qué sensible —dijo uno.

—Es una maravilla —le respondió el otro.

—Está cotizando ya bastante bien para ser su tercera muestra.

—¿Cuánto?

—Entre los 3.000 y los 5.000 euros, según el lienzo. Pero es que es un artista tan… sólido. Tan convincente.

Me giré, les di la espalda y me bebí el contenido de la copa en dos tragos. Que, por cierto, era vino tinto.

15
Pesadilla

¡Ah! El destino. Puedes o no creer en él, pero lo cierto es que hay algo. ALGO. Serendipia. Destino. Dios. Karma. Llámalo como quieras, pero hay cierta fuerza en el universo que hace que la vida se rija con algunas normas. La casualidad, por ejemplo. La causalidad, su prima hermana. A veces, sin darte cuenta, un hecho azaroso alarga el dedo hacia el castillo de naipes de la vida y... echa abajo todas las cartas.

—Buenos días, me llamo Catalina, ¿en qué puedo ayudarle?

Un silencio.

—Buenos días, mi nombre es Catalina, ¿en qué puedo ayudarle?

—No puede ser.

—¿Caballero?

Suspiro ronco como respuesta. ¿Me sonaba?

—Disculpe, caballero, ¿me escucha bien?

—Sí.

—Dígame, ¿en qué puedo ayudarle?

—Ha debido caerse la línea. Todo, quiero decir.

—¿Tiene línea fija?

—Sí.

—Y no funciona, ¿verdad?

—No. No funciona. El móvil, sí, pero tampoco el wifi. De repente, en mi casa, es 1999.

—Le entiendo, caballero. ¿Podría facilitarme su nombre para que pueda dirigirme a usted?

—Mikel.

—No puede ser.

Mirada a mi alrededor, cargada de sospecha. ¿Y si estaba participando en la cámara oculta más grande jamás montada?

—¿Catalina? —preguntó.

—¿Mikel? —respondí.

—Joder. Esto es una pesadilla.

«Reponte, reponte, reponte, Catalina. Dale la vuelta a la situación».

—¿Que te conteste yo el teléfono o que no te funcione internet?

—Ambas —gruñó.

—¿Te ha pillado el apagón viendo porno?

—Me ha pillado haciendo cosas de artistas que, me apuesto lo que quieras, no sabes lo que son. ¿Me puedes solucionar el problema o vuelvo a llamar?

—Un segundo, manténgase a la espera, por favor. Voy a hacer unas comprobaciones.

Hilo musical a saco de *power*. Cascos sobre la mesa. Placer que rozaba lo sexual azotándome la espalda.

—Chicos, voy a por un café, ¿alguien quiere algo?

Tres rondas del «Bolero» de Ravel después volví a ponerme los cascos, para comprobar con lástima que había colgado. Me sentí mal…, placenteramente mal, como cuando estás con alguien que te gusta mucho en la cama, y… duras dos minutos mal contados antes de correrte.

Volvió a entrar una llamada y pensé, agradecida, que ya daba igual, los minutitos que había durado la conexión fastidiando a Mikel hacían que el día mereciera la pena.

—Buenos días, mi nombre es Catalina, ¿en qué puedo ayudarle?

—¡Me cago en mi puta hostia, joder! —exclamó una voz iracunda.

Lancé una carcajada tan sonora, que el vaso de café vibró sobre la mesa como en *Jurassic Park*.

—¿En qué le puedo ayudar, caballero? ¿Podría decirme su nombre para que pueda dirigirme a usted?

—Catalina, te lo pido por favor…

—¡Oh! ¡Mikel! Ha debido de cortarse la llamada anterior. Qué coincidencia que me vuelva a saltar. Puede que sea la única operadora libre en estos momentos. Era por lo de su conexión, ¿no? Deme un minuto, voy a hacer unas comprobaciones en su línea.

Mi compañera me lanzó una mirada extraña por encima de la separación de las mesas. La saludé descaradamente. Hay gente que tiene que estar en lo suyo y en lo de los demás. Qué paciencia… Recuperé la comunicación.

—Gracias por la espera, Mikel, siento las molestias. Manténgase en línea unos minutos más, mientras sigo haciendo unas comprobaciones.

Puse su llamada en espera otra vez con un gorjeo de alegría. Como cuando de repente un bebé se mira las manos y las descubre de verdad. Y todo es maravilloso y feliz. Saqué el móvil y abrí la aplicación de Tinder.

—Uhhh…, a este le gusta leer.

Quince perfiles en *scroll* después volví a ponerme en contacto.

—Perdone, Mikel, pero ahora mismo me es imposible acceder a las mediciones. Va a tener que vivir en 1999 un ratito más.

—Catalina, tengo una videollamada importante. Déjate de mierdas. No es divertido.

—Mira, como el arte.

—Necesito que la línea funcione…

—Un minuto. Aguarde en línea mientras hacemos unas comprobaciones.

Mandé un wasap a Elena.

«Salgo a las cuatro; podríamos tomarnos un vino hoy en casa, ¿no? Estoy de buen humor».

Accedí a la llamada de nuevo.

—Lo siento, señor Avedaño…

—¡¡¡¡¡Catalinaaaaaaaaa!!!!!

—Disculpe si el trámite no está siendo todo lo breve que me gustaría, pero ya sabe cómo son estas cosas. Impredecibles. Como la inspiración.

—Quiero hablar con tu encargado.

—Ay, Mikel, por favor…, tienes que trabajar tu paciencia. He estado leyendo algunos manuales y se dice, se comenta, se conoce… que la paciencia es amiga del artista. Que sé que somos impetuosos por naturaleza, que nos puede la pasión… —Estaba disfrutando tanto, estaba haciendo tanto el mal que ya, de perdidos al río, empecé a tutearle.

—No te lo voy a volver a decir…

—¿Te pongo en espera un ratito más?

—¡¡¡¡QUE ME LO SOLUCIONES DE UNA PUTA VEZ!!!!! ¡Que no estoy de coña, joder!

—Ojú, Mikel, qué carácter. Aclárame una cosa…, ¿por qué no cuelgas y vuelves a llamar? Igual hasta tenemos suerte y te vuelvo a tocar yo.

—Pásame a tu jefe. A tu supervisor. A tu delegado de zona. Pásale el teléfono a tu madre, Catalina, me da igual —rugió—. Pero se te va a caer el pelo.

—Cuelga y ya está. Yo no voy a colgar, amor…, que me lo estoy pasando teta.

—Pero ¿¡no os graban estas putas llamadas!?

—A veces. Es aleatorio.

—Ojalá…, por mi madre, por mi puta… —balbuceó con rabia. Podía imaginarlo lanzando babas como un perro rabioso—. Por mi puta sombra, Catalina. Ojalá hoy sea el día en que te escuchen y te partan por la mitad de una patada en el culo.

Colgó. Me reí. Me reí como «jijijijiji». Me terminé el café de un trago, brindando por la victoria.

Pero…

En los siguientes treinta minutos…, pasaron muchas cosas. Bueno. En los siguientes treinta minutos, nacieron, según mis cálculos, unos nueve mil niños en el mundo. Según un estudio sobre curiosidades sexuales de los doctores Judith MacKay y Everett Koop, seiscientas cincuenta mil personas podrían haber tenido un orgasmo durante esos minutos. Yo, en cambio, tuve un retortijón bastante insistente a causa del café de máquina y recibí la puñalada rastrera por parte de alguien (quiero pensar que fue alguien humano y tangible, alguno de mis compañeros, y no el karma vengándose de mí por una bromita de nada) que le sugirió al señor Conejo que revisara mis llamadas. Grabaciones aleatorias, mis cojones.

El señor Conejo, en esa media hora, se comió un bocadillo de salami que su madre le había preparado y envuelto amorosamente en papel de aluminio, se quitó los *paluegos* con la uña del meñique de la mano derecha (que solía llevar muy larga) y… escuchó mis llamadas.

—Catalina, ¿puedes venir un momento a mi despacho?

Todas las miradas se concentraron en mí, que acababa de despedir a un cliente con un educado: «Que tenga un buen día». Prometo que yo solía ser muy amable, muy educada, nada pesada y supersolvente. De esas teleoperadoras que vuelan para solucionar tus problemas. Pero le caía mal al señor Conejo. Y había tenido un par de malos días recientes. Y había conocido a Mikel Avedaño.

—¿Pasa algo? —le pregunté preocupada.

Su cara tenía un leve colorcillo humano, lo que le sucedía cuando estaba en una situación que le parecía agradable. Y conmigo no solían parecerle agradables muchas cosas.

—Ven mejor a mi despacho. No quiero despedirte delante de todos tus compañeros.

Falta grave. Una falta grave, sumada a otra falta grave anterior (gritarle a tu jefe que se calle mientras hablas por teléfono en una llamada personal, cuando tu descanso ya ha terminado, también es falta grave) y a todos los pequeños despistes que el (grandísimo hijo de puta del) señor Conejo había ido acumulando en un expediente con mi nombre dieron como resultado un despido tan procedente para la empresa que ni siquiera tuvo que ser consultado con Recursos Humanos.

Aun así… peleé. Llevaba años trabajando allí, así que había ido ganándome la simpatía de algunas personas, de modo que intenté el comodín de la llamada y solicité que mi falta se pusiera en conocimiento de Recursos Humanos y que fueran ellos los que decidieran un castigo acorde con la falta.

—Usted hace gala de una evidente antipatía hacia mí, señor Conejo. Quiero un juicio justo.

Cinco personas escucharon la grabación. Cinco. Porque era tan espectacular, era una falta tan flagrante de deontología profesional y ética corporativa, que no se lo podían creer.

No había marcha atrás. Y por si la hubiera, me encargué de eliminar esa posibilidad cuando, presa de la rabia, le escupí a la ridiculez con piernas que me iba bien a gusto.

—Por mí, como si usas mis auriculares para estrangularte el glande. Al menos no voy a tener que volver a verte la cara de rata y los cuatro pelos con los que te peinas la cortinilla. Me voy…, pero para ser artista.

No llegué a casa en la mejor de las condiciones, pero entré más o menos entera. A ver…, tenía en el banco, ingresados en mi cuenta, los seis mil euros que Eloy me había adelantado por la venta de los cuadros, así que el alquiler de muchos meses estaba salvado. Pero…, claro, aquella no era la situación ideal. Si venía sintiéndome una fracasada, el hecho de que me despidieran de un trabajo que ni siquiera me gustaba, me pareció más triste aún. Aunque Teresa hubiera hecho para comer su versión especial del arroz tres delicias…, que me encantaba.

—Hola —saludé tímida.

Elena y Teresa me miraron con extrañeza. Laura aún no había llegado del trabajo y, gracias a la parte del cosmos que no me odiaba, Claudia llegaría tarde, casi a la hora de la cena. Tenía tiempo para reponerme.

—¿Qué haces aquí? ¿No salías a las cuatro? —me preguntó Elena.

—¿Queda Coca Cola? —respondí, mirando a Teresa.

—Solo se bebe Coca Cola los fines de semana —me regañó con cariño.

El hecho de que Teresa se preocupara tanto de nosotras, que nos cuidara como las hijas que nunca había tenido, me hizo sentir más triste e hice un puchero.

—¿Cata…?

—Es que… me han despedido.

Ambas abrieron la boca de par en par y, durante unos segundos, no se escuchó nada que saliera de aquellas cavidades sonrosadas donde vivía tan cómoda su señora lengua. Unos segundos después, sin embargo, estaba colmada de mimos, me comía un plato bien grande de arroz y me bebía mi vasito de Coca Cola.

16
El odio, como concepto humano

No hay mucha gente que me conozca de verdad. Creo que ni siquiera mis padres pueden decir que me conocen bien. Desde bien joven he sido un experto en mostrar una cara impersonal, capaz de colgarme una careta carente de emociones. Fui un adolescente algo peleón, no problemático, pero del que aún se recuerdan en casa algunas hazañas no muy memorables. No tengo una gran relación con ellos, eso es verdad. Quizá porque siempre sentí que esperaban que dedicase mi vida a hacer lo que ellos querían para «reparar» la incomodidad de mi adolescencia brava. Y mira…, no. Puede que durante un tiempo yo también deseara encajar en aquel molde que me proponían, pero… no tardé en darme cuenta de que hacerlo implicaba dar la espalda a lo que yo quería de verdad.

No sé si creo en la felicidad, en la felicidad plena, inconsciente y sin límites, a la que nos enseñan a aspirar. Pero sí creo en la infelicidad como algo humanamente muy sencillo de conseguir, solo necesitas querer contentar a todo el mundo. Y ahí lo tienes: infeliz de por vida. Y venimos sin billete de vuelta.

El caso es que no hay mucha gente que me conozca, pero la que sí, como mi hermana, mi sobrina o mi representante (y quizá alguna de mis exnovias), habría temido las consecuencias de la bromita de Catalina como nuestros antepasados temían las fuerzas de la naturaleza. Cuando me cabreo, soy imparable. Insoportablemente imparable.

Pero Catalina no lo sabía.

Tardaron en solucionar el fallo de la red en casa, con lo que tuve que aplazar la videollamada con la galería de Londres que tenía en venta algunas de mis obras. No hubiera pasado nada (Ignacio estaba conectado, podía tratar los temas importantes por mí y después trasladarme el resultado de la conversación), si no hubiera sido porque la videollamada de marras habíamos tardado en concertarla meses porque uno de los participantes era el crítico artístico más importante de Reino Unido. Y con más mala hostia. Y más rencoroso. Y más amante del protocolo. Y no, no podía conectarme con el móvil porque tenía que compartir documentos desde la pantalla de mi ordenador.

Cada minuto que tardaron en solucionar el fallo fue calentándome tanto…, tantísimo, que cuando lo hicieron, yo ya estaba para chóped. Para chóped venenoso. No hubiera podido concentrarme en una conversación profesional ni metiéndome una droga de diseño especialmente creada para ello. Yo solo tenía una cosa en mente: matar a Catalina Beltrán, Ferrero o como mierdas se llamara. Y como no podía matarla (porque me puedo cabrear mucho, pero respeto la vida humana y no soy un tío violento en ningún caso), solo podía solucionarlo jodiéndole la tarde, la semana, el mes y con suerte un poquito la vida. Así que les mandé un wasap a Ignacio diciéndole que no habían conseguido restablecerme la red y un *e-mail* (con el móvil, claro) disculpándome y pidiéndole (casi suplicando…, y yo NO SUPLICO) al crítico un pequeño ratito de su tiempo para una conversación rápida entre nosotros, «aunque mi representante habría, seguro, podido adelantarle lo más importante». Después cogí la chaqueta del perchero y salí de casa…

No soy muy fan de los Simpson, pero es verdad que forman parte ya del imaginario común y que es muy fácil comunicarse a partir de escenas de la serie. Bien…, pues ahora intenta recordar ese capítulo en el que Homer quiere matar a Moe y va repitiéndolo en voz alta mientras se lanza en su busca, pero de vez en cuando se interrumpe a sí mismo con gritos de júbilo porque va montado en un patinete.

¿Lo tienes? Bien. Elimina el patinete, elimina el júbilo, añade la mala hostia y el rechinar de dientes. Ese era yo.

Me di cuenta en plena calle de que no tenía ni idea de dónde ir a buscarla. Quería zarandearla verbalmente, llamarla niñata, decirle a todo el mundo que era una farsante... ¡Yo qué sé! Quería verla sufrir, leches, como quieres que sufra tu peor enemigo o la señora que se te cuela en el supermercado, no porque tenga prisa, sino porque se cree más lista que tú. Me paré en mitad del carril bici y, después de salir indemne de un casi atropello por parte de un guiri subido a una Bici-Mad, decidí ir al fondo de la cuestión. A la raíz del problema.

La chica de recepción me miró con recelo, entre la sorpresa y el temor. Supongo que nadie que estuviera mínimamente al día de lo que ocurría en la escena artística de la capital, esperaría que yo le hiciera visitas de cortesía a Eloy Hernando. Me gustaría mucho golpearle cortésmente, pero no soy violento, repito.

Pestañeó unas doscientas veces por segundo y me pregunté si, con la carga de máscara de pestañas que llevaba, no tendría agujetas en los párpados al día siguiente.

—Buenos días —rugí apoyando las dos manos en el mostrador—. Soy Mikel Avedaño.

—Ya sé quién eres. —Volvió a pestañear deprisa.

Una de mis exnovias también hacía aquello... cuando quería aparearse o cuando tenía mucho susto. ¿Cuál de las dos opciones sería la correcta?

—Muy bien, pues llama, por favor, a Eloy y dile que estoy aquí y que quiero verlo.

—El señor Hernando no se encuentra en la galería ahora mismo.

Me quedé mirándola fijamente, rumiando lo que acababa de decirme y sopesando mis posibilidades, pero como lo que me había llevado hasta allí era un impulso homicida (homicida, entiéndeme, en sentido figurado), no tenía mucha opción. Así que di una palmadita tranquila al mostrador, intentando que creyera que me marchaba más calmado…, y enfilé después con paso firme hacia el despacho.

—Mikel… Señor Avedaño. Por favor…, Mikel…, no puedes entrar. No puede entrar. No…

La pobre no sabía ni en qué persona conjugar los verbos.

Cogí el pomo de la puerta, le di la vuelta y empujé. Imaginaba que me encontraría a Eloy allí sentadito, con su pinta de escolar de colegio de pago inglés, con elegancia y un *espresso* en la mano, mirándome sorprendido a través de sus ricitos. Pero para mi sorpresa, la puerta no cedió. No se abrió.

Me volví para mirar a la chica, indignado y sintiéndome algo ridículo, pero su expresión de sorpresa aún me encabronó más, así que aporreé la puerta. Dios…, juro que normalmente soy supereducado, pero el binomio Catalina-Eloy me ponía de los putos nervios. Y no haber sido capaz más que de bajar a medias al mundo real la idea que me había estado pululando, más. Así que estaba cabreado, había sido vacilado por una farsante y no tenía nada con lo que trabajar para la exposición que tenía apalabrada con Marlborough.

—¡Eloy! ¡Ábreme la puta puerta!

—Señor Avedaño.

—¡No me llames de usted, por el amor de Dios! —me quejé mientras seguía dando golpes a la puerta.

Hubiera sido un espectáculo si hubiera habido alguien en la galería…, pero como de costumbre, un miércoles a esas horas, ni un alma. No es que no me alegrara un poco de que las cosas no le fueran muy bien a Eloy, pero me daba pena que algunos aspectos de la cultura tuviesen tan poco público.

—Mikel… —La pobre chica me cogió de la manga de la chaqueta y tiró de mí—. ¡Mikel, por favor! ¡Que te digo que no está!

—¡Eloy, ábreme la puta puerta! —volví a gritar hacia dentro.

—Está en el hotel VP Plaza, en una comida del Consorcio de Galerías de Arte Contemporáneo.

Vale, eran muchos datos concretos para ser parte de una mentira.

—¿Y cuándo vuelve?

—Pues... no lo sé, Mikel. Es Eloy... —Se me quedó mirando creo que con la intención de hacerme llegar, por ondas cerebrales, la idea de que Eloy era en realidad un *bon vivant*, así que... ¿quién iba a saber si se presentaría o no en el trabajo después de una comida? Pero reformuló, temerosa—. Es el dueño, quiero decir..., no soy quién para poner en duda sus horarios.

—¿Y no te ha dicho nada? ¿No sabes si vuelve..., y ya está?

—Puedo llamarle —me dijo trémula—. Pero tienes que hacerme el favor de esperar en la recepción. O va a darme un infarto.

Vale. Mikel. Calma.

Me senté en un sofá estrambótico y moderno de color blanco (cómo odio los muebles con piel blanca...) y esperé a que aquella chica hablase con él.

—Eloy, perdona que te moleste. Sé que estás en la comida del Consorcio, pero ha habido un..., uhm..., imprevisto. Se ha personado el señor Avedaño en la galería... —«Personado, por favor..., ¿quién usa ese verbo hoy en día?»—. Eh..., sí. Sigue aquí. —Me miró. La saludé con sorna y bastante mala leche—. Ok. Vale. No lo sé. Puede. Quizá. Eso no. Me da miedo.

Desvié la mirada. Tampoco era cuestión de aterrorizarla.

—Señor A..., Mikel..., ¿cree que podría esperar al señor Hernando quince minutos?

—Doce —respondí por fastidiar—. Y avísale, por favor, de mi estado de ánimo.

—Ajá. Señor Hernando..., dice que le esperará doce minutos e insiste en que le diga que está... exaltado.

Me miró con ojos de gacela y sus pestañas volvieron a agitarse. No me apetecía ni siquiera preguntarme si querría aparearse. Y era guapa. Muy guapa. Una de esas chicas que podrían protagonizar cualquier película de cine y defender cualquier vestido en una alfombra roja. Pero... lo cierto es que hacía ya tiempo que ni siquiera me apetecía aparearme. Qué pereza todo. Y es que, cuando falta una pieza, la maquinaria no funciona.

Ojo. No me faltaba nadie. Me faltaba algo. A mí. Algo mío, que aún no sabía que había perdido por el camino. La ilusión por lo que hacía. La emoción de trabajar con mis manos.

Vi a Eloy antes de que él supiera que podía verlo. Supongo que calculó mal, porque de otra forma no entiendo que no tuviese cuidado de que no le descubriese corriendo, con sus piernitas desgarbadas zanqueando desesperadas, con el pelo en la cara, con el rostro desencajado. Pero eso no fue lo ridículo. Lo realmente ridículo fue ver cómo se paraba, se peinaba y reanudaba el paso tranquilo, fingiendo que no había perdido el culo para saber qué coño pasaba allí. Conmigo. No sé a qué venía aquella fijación por mí.

—Mikel... —me dijo, corto, conciso, intentando, supongo, disimular la respiración entrecortada por la carrera—. ¿Qué tal? ¿Qué te trae por aquí?

No le di la mano que tendía hacia mí cuando me levanté. Éramos más o menos de la misma estatura, pero yo parecía sacarle una buena cabeza, quizá por su delgadez. O por mi presencia de ánimo. No sé.

—¿Podemos ir a tu despacho? —Fui al grano.

—¿Todo bien?

—Eloy, ¿podemos ir a tu despacho o lanzo esta monstruosidad de sofá por el escaparate? Lo que veas.

—Serías incapaz de hacerlo, Mikel. —Sonrió—. Que nos vamos conociendo y esa pinta que tienes no se corresponde con tus maneras. Andrea..., ¿nos puedes traer un café?

—Claro.

—Sin cafeína para mí —ironicé.

—Tiene que ser urgente para que te presentes así en mi galería...

Lo vi cogerse los pantalones a la altura de la rodilla antes de sentarse, como para acomodarlos, y juro que me entró hasta la risa. Pero una risa amarga...

—Eloy..., no eres El Padrino y no es la boda de tu hija.

—No, no. Si me siento muy honrado. Sabes que, cuando quieras, esta es tu casa.

—Eloy... —Volví a pararle—. Cállate.

Cerré los ojos y me froté la cara. Después di un par de pasos por la estancia. Había que admitirlo, aunque de vez en cuando te encontrabas con algún objeto horripilante y moderno, Eloy sabía montar un buen despacho.

—Dame el teléfono de Catalina Beltrán —escupí de pronto.

—Ferrero.

—Como si se llama Grimaldi. Dame su teléfono.

—Mikel..., no te lo voy a dar. —Levantó las cejas—. Ley de protección de datos, elegancia...

—Lo de la elegancia ya no cuela, lo sabes, ¿no? En este mundillo todo el mundo sabe que eres una alimaña.

—Que no nos entendiéramos en un negocio no significa que...

—Me timaste pasta. —Le sonreí—. Pero no te preocupes, que parece que a ti te hacía más falta que a mí, rata.

—¿Nos vamos a faltar al respeto ahora, Mikel? Llevamos muchos años siendo...

—No digas amigos que se me pela el cable y... lo tengo ya...

—¿En qué puedo ayudarte entonces? —Colocó las dos manos sobre la mesa y sonrió.

—El número de Catalina.

—¿Para qué lo quieres?

—Para hablar con ella.

Eloy se tensó.

—¿Sobre qué? Ejerzo de representante de Catalina, al menos con esta colección. Puedo hacer de intermediario.

Lo miré con sospecha.

—¿Y por qué crees que voy a querer yo jugar a los mensajitos, Eloy? Quiero hablar con Catalina de los temas que quiera hablar con ella. Punto.

—¿Y ella quiere hablarlos contigo?

Mira, una vez que he llegado a este punto te diré que aquello fue, probablemente, lo único lógico y coherente, maduro y respetable, que Eloy Hernando había dicho en toda su vida, pero porque yo lo entendí así. Él, en realidad, lo único que quería con aquello era averiguar si teníamos algún cuchipandeo que él se estuviese perdiendo. Lo que yo entendí es que me interpelaba para hacerme comprender que no podía darme el teléfono de una mujer sin que ella estuviera de acuerdo.

—Necesito hablar con ella —musité, muy serio.

—¿En ese estado de nervios?

—En el estado en el que esté.

—¿De qué quieres hablar con ella?

—De cosas nuestras.

—¿Tenéis cosas vuestras?

—Sí.

Un silencio se instaló con fuerza en el despacho.

—¿Folláis?

Hostia, tú.

—¿Cómo?

—Que si folláis.

—¿Qué coño dices? —Me cabreé. Más.

—Que si le metes la polla.

Fue como escuchar a una monja cantando canciones de Becky G.

—Eso, Eloy, no es ni de lejos de tu incumbencia.

Asintió despacio, paladeando mis palabras, y se levantó. Paseó despacio por el despacho, supongo que intentando que no se le notara la poca gracia que le hacía que me acercara a su cliente y se paró frente a mí, para apoyarse en la mesa después.

—Mikel, sabes que soy un tío educado.

—Pues me acabas de preguntar con quién follo.

—Sabes que soy un tío educado…, pero hay cosas que no. Y son que no.

—¿Y qué es que no?

—Que no te voy a dar el teléfono de Catalina, que no voy a consentir que me jodas este negocio y que no quiero que te acerques a ella.

—¿Y eso por qué?

Boqueó un segundo, pero volvió a su semblante calmado muy pronto.

—Porque ya está lo suficientemente descentrada, porque ya cuesta bastante hacer que se aprenda el papel y porque…

—¿Qué papel? —le reté, levantando la barbilla.

—El del artista. Porque es imposible sacar a una chiquilla de un *call center* y hacer que crea que realmente merece una exposición…, una gran exposición…

—¡Venga ya! —me quejé—. ¡No lo revistas de altruismo, tío! ¡Tú lo que quieres es llenarte los bolsillos! ¡Pasta, pasta! Es lo único que ves cuando la miras. Simbolitos de euro bailándote un tango. Y los dos sabemos que esos cuadros no son suyos. Catalina es una maldita farsante. Ponla a prueba y verás, joder. Que eres galerista, no gilipollas.

Sonrió.

—Mikel, tienes, literalmente, el mundo del arte al alcance de tu bragueta. Aléjala de Catalina.

—¡Yo no quiero acercarle la bragueta, por Dios! Pero ¿qué…, qué mierdas…? Lo que quiero es que Catalina…, tu Catalina, entienda que hacerme la vida imposible no le va a venir bien. Eso es lo que me pasa. Que me toca las pelotas. Que hoy me ha buscado un problema y no soy buen enemigo. Así que, Eloy…, querido —añadí con tonito—, lo que quiero es que tu protegida que, te repito, es una farsante, no me complique la vida, porque sería una pena que yo me propusiera complicárosla a los dos.

Una sonrisa sibilina se le escapó de la comisura de los labios, pero la recogió con la punta de la lengua y volvió a tragarla. Me pareció una de esas salamanquesas que comen mosquitos, pero más bello y peligroso.

—¿Entendido? —insistí.

—Entendidísimo.

No me despedí. No hacía falta. Estaba cansado y me daba cuenta de que había montado un espectáculo por una tontería. Por un millón de tonterías juntas. Por cientos de detalles que no encajaban en el engranaje de mi cabeza. Y solo uno era culpa de Catalina. Y por él... pagó su peaje. Y yo tuve que pagar el mío después.

Ay, la casualidad..., qué hija de perra.

17
El derrumbe

—No te gustaba, Catalina. Piénsalo…, quizá el conejo de Pascua te haya hecho un favor.

La miré con ojos de cordero degollado.

—Elena…, el alquiler —le recordé—. El alquiler, mi parte de la compra…, que sé que aún te debo la anterior —señalé a Teresa—, el teléfono móvil…

—Olvídate de lo de la comida, por favor —me pidió Teresa, que parecía casi más afectada que yo.

—Sé que vivir genera muchos gastos —prosiguió Elena—. Pero…, mira, a veces en la vida las cosas vienen así. Golpe del destino. Justo ahora que acabamos de descubrir que pintabas para pasar el rato cuando eras más joven…, ¡pum! Parece que todo te empuja hacia allí.

Me froté las sienes. Tenía un dolor de cabeza infame. No dejaba de pensar en cómo iba a decirle a mis padres que me habían despedido. No sé por qué tenía esa sensación de vergüenza absoluta. Bueno…, porque me habían despedido por hacer (muy, muy, muy) mal mi trabajo. Y no me educaron así.

—Mis padres…

—Tienes treinta años —respondió Elena—. Y de todas formas, lo entenderán. Llevas mucho encima. Pero piensa en positivo. Vas a vender todos tus cuadros y…

—Teresa, te pagaré esta semana los gastos, ¿vale? Tengo…, tengo algún dinero ahorrado, de un adelanto de lo de los cuadros. Te pagaré eso y el mes de alquiler que viene, como aval. No voy a dejar de pagarte.

—Ya lo sé. Olvídate de todo eso ahora. ¿Quieres una copita de anís? Eso levanta a un muerto, mi niña.

—Ve. —La azuzó Elena—. Pero trae tres copas.

—Dios… —Me tapé la cara con las manos—. En mi anterior vida, ¿quién fui? ¿Goebbels?

—El cosmos está empezando a revertir la mala suerte, Cata. —Me sonrió Elena—. Vas a ser una pintora supercotizada y, ¿quién sabe? Quizá puedas vivir el resto de tu vida de la pintura.

Pues estábamos apañados.

Puto Mikel Avedaño.

El móvil emitió un sonidito que ignoré. Teresa trajo tres copas pequeñas de cristal trabajado y una botella de anís del mono. Odio el anís. El móvil volvió a sonar. Otro mensaje.

—Te están llegando wasaps —comentó Elena, asomándose hacia la pantalla del móvil.

—Será algún compañero de trabajo. Excompañero de extrabajo —apunté amargamente.

Bip. Bip. Bip. Bip.

—Siguen llegando…, ¿no serán importantes?

—No sé. ¿De quién son?

—De Eloy.

Me incorporé en el sofá con más fuerza que diez bombas nucleares y tiré de la cuerdecilla con la que llevaba a veces el teléfono colgado al cuello. En pantalla solo aparecía el último mensaje que era un único y ominoso interrogante. Entré y leí de corrido todos los mensajes: «Catalina, necesito verte. Es urgente. Necesito verte YA. Ven a la galería. Te esperaré hasta que llegues. Aunque cerremos. Te espero dentro. ¿Vienes?¿?».

Lo leí un par de veces y después se lo pasé a Elena, para que fuera ella la que juzgara el tono y la intención antes de que compartiera lo que yo pensaba del asunto. Es algo que hacemos mucho, ¿eh? Queremos todas las versiones posibles de los mensajes que nos mandan…, sobre todo si nos los mandan chicos guapos que (ojalá) quieran pasar el resto de sus vidas (o al menos un buen rato) con nosotras, viviendo *la vie en rose*.

—¡Amor! —exclamó, contenta—. ¡¡Amor!! Pero ¡sonríe!

—¿Sí?

—Sonríe, tómate la copa de un trago y ponte monísima porque… ¡tienes una cita!

—¿Tú crees?

—¡Claro! ¿Qué si no? «Necesito verte. Te esperaré hasta que llegues. Te espero dentro». ¡¡Eso es una cita!! ¡Venga! ¡Corre! Rímel, colorete, un vestido mono…

—Y un cepillado al pelo… —apuntó Teresa mirándome la media melena revuelta.

—Sí —asintió Elena evaluando mi peinado—. Que parece que llevas…

—¿Qué?

—Rastas.

Diría que me sentí tonta llamando a la puerta de la galería, con el interior ya oscuro, vestida con un «trapito» que guardaba en el armario para una ocasión especial que nunca había llegado, pero la verdad es que no era así. Me sentía… esperanzada. El ser humano tiene esperanza por naturaleza. Somos seres esperanzados hasta cuando no hay ninguna pista que apunte hacia esa dirección. Necesitamos sentir que el cosmos se equilibra, que no todo es malo, que tienen razón cuando dicen que si se cierra una puerta, se abre una ventana.

Sí. Se abre una ventana, como invitándote a que te tires.

Y ahí estaba yo, con un vestido negro que compré en rebajas, con un poco de escote y un estampado de lunares muy pequeños, con unos botines bonitos y un abrigo de Zara, de los que te pones en Navidad para ir a ver a la familia. El *eyeliner* bien marcado, rímel y los labios rojos. Una declaración de intenciones con piernas esperando a que alguien le abriera la puerta y arreglara un día de mierda.

¿Sabes que hay estudios que dicen que el cuarenta por cierto de lo que condiciona nuestra felicidad es sencillamente conductual? Un cuarenta por ciento de «si quieres, puedes». Que nadie se lo diga a Mr. Wonderful. Yo no me lo creo.

Una luz incidió en la oscuridad del local y la sombra de Eloy apareció andando por el pasillo que conducía a la recepción. De su rostro no se podía traducir ninguna emoción, así que pensé que quizá estaba nervioso. Era nuestra primera cita...

—Hola. —Le sonreí cuando abrió la puerta.

—Pasa.

Cerró de nuevo con un par de vueltas de llave y posó su mano en mi espalda, empujando suavemente en dirección a su despacho.

—¿No prefieres salir? —le pregunté—. Llevarás todo el día aquí.

—Bueno, he tenido un día movidito. Creo que ambos vamos a agradecer la tranquilidad e intimidad de mi despacho.

Ouh, *mamma*.

El despacho estaba como siempre: todo muy ordenado, excepto la mesa, donde reinaban papeles a uno y otro lado de la superficie, con pinta de no estar muy controlados.

—Siéntate. —Me señaló uno de los sillones donde días atrás habíamos estado tomando café, antes de la exposición de Marlborough.

—¿Me das un vaso de agua, por favor?

Tenía la lengua como un perrete. Los nervios me han secado la boca toda la vida. Eloy no contestó, solo se dirigió hacia la puerta, tras la que desapareció. Me lo imaginaba volviendo con dos copas y una botella de vino. Carraspeé para aclararme la garganta, me quité el abrigo, lo doblé sobre el respaldo y me senté, arreglándome el vestido para estar perfecta. Eloy dejó de un golpe seco una botella de agua pequeña en la mesa de centro, delante de mí, y se sentó en el sillón a mi lado. Cerca.

—Gracias por venir tan rápido —rumió.

—Parecía urgente. Decías que «necesitabas verme».

Se frotó los ojos y después, antes de mirarme, se mordió el labio superior. Esperaba calidez, hasta ardor, en su mirada, pero solo recibí un latigazo de... ¿qué?

—¿Qué pasa?

—Lo primero..., lo que hablemos tú y yo aquí dentro, se quedará entre tú y yo, aquí dentro. ¿Bien?

—Claro.

¿Allí dentro? Uhm. Esos sofás no tenían pinta de ser cómodos para el retoce.

—Dime una cosa, Catalina...

—Lo que quieras...

Se acercó un poco más a mí.

—Tú..., ¿eres tonta, una inconsciente, estás loca o es que eres solamente imbécil?

El mundo frenó tan de golpe que el eje de la Tierra se desplazó unos metros.

—¿Cómo?

—He recibido la visita de Mikel Avedaño esta tarde. Visita..., por no llamarlo asalto. Le faltaba un rifle. Estaba como loco porque...

—Ay, Dios... —suspiré—. A ver, déjame que te explique.

—No. —Levantó las cejas, con una expresión de superioridad—. No me vas a explicar nada, porque no me apetece una mierda escuchar nada de lo que tengas que contar y, a decir verdad, ni siquiera me importa. ¿Lo captas?

—Sí —asentí.

—No sé de qué mierdas me hablaba, pero dice que estás dedicándote a complicarle la vida y que sería una pena que él hiciera lo mismo contigo… y conmigo. Y he aquí donde está el problema, Catalina. Que aparezco yo en el asunto. Yo y mi negocio. Yo, mi negocio y tus cuadros.

Miré al suelo.

—¿Tú —escupió con más rabia en la boca de la que expresaba su cara— sabes acaso quién es Mikel Avedaño? Es un jodido Dios en este mundillo. ¿Y tú? ¿Tú quién eres para andar jodiendo la cosa? Una mota de polvo en el universo, Catalina. Es esencial que lo entiendas. Minúscula. Reemplazable. Porque venderé tus cuadros por una pasta, pero en dos años nadie se acordará de quién eres. De esto va lo que estamos haciendo, y te juro que creía que lo habías entendido. Esto va así: voy a engordar tu nombre hasta que se crean que eres alguien y que vale la pena pagar una pasta por tus cuadros, aunque sea mentira. ¿Conoces el concepto de la mentira, Catalina? ¿O es que de verdad te crees artista? Porque eso ya me iría preocupando un poco más. Lo que has pintado pintado está, pero algo debería decirte el hecho de que hace años que no coges un pincel, niñata. Y aunque pintaras un solo cuadro más, sería más de lo mismo.

—Eloy…, yo…

—No quiero ni saber lo que ha pasado. Quiero que Mikel Avedaño y tú no tengáis «cosas de las que hablar», ¿vale? Quiero que hagas tu trabajo, que es básicamente, callar, asentir y ser la artista que todos esperan para que deseen tener tus cuadros colgando de la pared de sus casas…

—Quizá no sea buena idea —me escuché decir—. Quizá…

—Quizá, te callas. Para ti es todo muy fácil. Te encontré un día en El Rastro, no pierdes nada. Pero yo necesito esto. Yo necesito que salga bien y no vas a estropearlo haciéndole a Mikel Avedaño lo que quiera que le hayas hecho. No me importa. Ni te acerques a él. Deja de hacer el tonto. Deja de dar por el culo. Deja de joderme la vida o me las arreglo para jodértela yo a ti.

Tragué saliva y conté las vetas del pedazo de suelo de madera que tenía a la vista. No podía ni mirarlo. No quería ni mirarlo. En el momento en el que lo hiciera, me echaría a llorar. Yo, con mi vestidito nuevo, el de las citas importantes…

Escuché cómo chasqueaba la lengua contra el paladar y se levantaba. Unos pasos dibujaron a mi alrededor el camino que trazó por el despacho. Me debatía entre la idea «a mí este gilipollas no me habla así» y el convencimiento de que lo necesitaba más de lo que él necesitaba vender mis cuadros. Era mi única salida ahora mismo. La única carta a la que podía aferrarme.

—Catalina… —musitó en un tono de voz más tranquilo, algo arrepentido—, yo no quiero terminar contigo en estos términos. Pero tengo muchos problemas y me gustaría… —suspiró—, no deberías ser uno de ellos. Vamos a ayudarnos el uno al otro y después nos despediremos. Porque no vale la pena alargar algo que está visto que no funciona.

—Lo siento.

—Yo también. Ahora, por favor, déjame solo. Estoy muy nervioso y necesito pensar. Y descansar.

Me levanté, cogí mi bolso hecho polvo, mi abrigo y lo miré sin saber si debía disculparme o mandarle a la mierda. Y mira que mis padres me habían educado dejando claro que nadie estaba mejor parido que nadie. Pero me sentía tan pequeña en aquel momento…

—No han sido formas —le dije.

—Lo sé. Y lo siento.

—No vuelvas a hablarme así.

Salí por la puerta sin esperar a que respondiera. Apreté el paso y yo misma abrí la puerta con las llaves que colgaban de la cerradura. Ni siquiera cerré antes de salir corriendo, calle abajo.

18
También soy esto

Cuatro pisos. Un timbre por piso. Era uno de esos edificios de ladrillo a la vista, bajos en comparación con los que poblaban el centro de Madrid. Los pequeños balcones, más miradores que terrazas, tenían las barandillas de hierro, negro y trabajado y solo dos ventanas arrojaban luz al exterior. No tenía ni idea de si estaba llamando a la casa correcta, pero me la jugué.

Eran las ocho y media de la tarde.

Segundo piso. «Hemos venido a jugar».

Hundí el dedo en el timbre hasta que me dolió la falange. Los dientes me castañeaban, pero no era de frío. No sé por qué era. Creo que tenía miedo.

No respondieron y volví a hundir el timbre hasta que dejó de emitir su sonido y temí haberlo fundido. Separé el dedo y volví a presionarlo hasta que volvió a suceder lo mismo. Pensé que era capaz de pasar allí la noche, hasta que se quemara el timbre de tanto pulsarlo o llamaran a la policía, lo que pasase antes, pero no hizo falta… porque abrieron. Sin mediar palabra.

Subí al trote las escaleras, respirando trabajosamente. Si no subí en el ascensor no fue por un exceso de voluntad de vida sana y movimiento por mi parte. Solo quería asegurarme de que paraba en el piso adecuado. En el segundo, la puerta estaba abierta. Del interior salía una luz cálida, anaranjada, como la de esas casas que se atisba a ver desde la calle cuando viajas a otra ciudad, a otro país, y que parecen tan hogareñas. En el quicio, de pie, con un pantalón vaquero viejo y un jersey marrón, el objeto de mi rabia.

—¿Qué? ¿Vienes a ponerme más llamaditas en espera, cielo?

No sé qué me dio. Solo sé que le hice a un lado, pasé por debajo del brazo que tenía apoyado en el quicio y me metí en su casa al grito de:

—Mikel Avedaño, eres un desgraciado.

Quizá no debí ver la segunda temporada de *La Isla de las Tentaciones*…

Cerró la puerta sin pedirme explicaciones por el allanamiento de morada y se quedó allí, acodado en la pared de un espacio que no era el recibidor porque, sencillamente, formaba parte del enorme y diáfano conjunto de la casa. Abrió la boca con expresión ufana, pero le interrumpí antes de que pudiera decir algo.

—Me has jodido la vida, ¿lo sabes? ¡¡Me has jodido la puta vida!! Tú, el Dios. Mikel Avedaño, que se cree el Zeus del Olimpo del arte de mierda. ¡¡Nadie te conoce fuera de los corrillos de presuntuosos en los que te mueves, Mikel!! ¡¡Cómprate una vida!!

Sus cejas se arquearon.

—Oh, *my god* —pronunció despacio, burlón.

—Te odio, so asqueroso.

«Bien, Catalina. Madura e intimidante. Así me gusta».

—Creo que deberías irte. Estás muy nerviosa —dijo con condescendencia.

—¡¡¡No me voy a ir a ningún sitio!!! ¡¡Me han despedido!! Me han despedido del curro de mierda que pagaba mi vida de mierda desde hace cuatro años. Sobreviví a los despidos posCovid y ahora vienes tú y… ¡¡¡¡arghhh!!!! —Apreté los puños—.

¿Sabes lo que es no llegar a fin de mes compartiendo piso con cuatro personas más, viviendo en una habitación sin ventana?

—Vives en el puto Chamberí. A llorar a la llorería.

—¡¡¡¡Vivo en Chamberí porque mi casera es la jodida Madre Teresa de Calcuta!!!! ¡¡¡En un dormitorio sin ventana!!! ¡¡¡Sin ventanas!!! Es la única habitación que me puedo permitir, capullo de mierda. ¿Lo sabes? ¿Has sabido alguna vez, oh, gran Mikel Avedaño, lo que es pasarlo mal por la pasta? No, porque tú cagas en una puta lata, la vendes como mierda de artista y te compras este *loft* en el centro, puto presuntuoso.

—Catalina…

—¡¡¡Que me han despedido, Mikel!!! ¡¡¡Que es el único curro que he conseguido en estos años!!! ¡¡¡Que me he pasado la vida estudiando para una profesión que no voy a poder desarrollar nunca, porque alguien maldijo mi puto karma cuando saqué la cabeza el día que nací!! Si ya se me daba mal subsistir con ese sueldo…, ¿cómo lo voy a hacer sin él?

—Habértelo pensado antes de llevar rencillas personales a tu desempeño laboral, ¿no?

—¿Ah, sí, Mikel? ¿Y cómo llamas tú a ir a la galería a hablar con Eloy? ¿No es llevar rencillas personales a tu desempeño laboral? ¡¡¡¡¡Es mi único plan B!!!!!! —me desgañité—. Y ahora mi plan B quiere darme una patada en el culo. —Cogí aire, una bocanada grande—. Me cago en mi vida, Mikel. ¡¡Yo necesito esta oportunidad!! La necesito. Porque si no, tendré que volver a casa de mis padres, a mi pueblo, con treinta años y el cartel de fracasada en la frente. ¿Te imaginas lo que es eso? ¿Te haces una idea de lo que es? ¡¡Yo no estoy jugando!! Pue…, pue…, puede que lo hiciera al principio, pero porque no sabía que esto…, ¡¡¡ESTO!!!, podía sacarme de la vida de mierda que tengo. —Volví a coger aire—. Porque tengo una vida de mierda, ¿sabes? Y una mala suerte de la hostia, Mikel. En la vida uno debería tener siempre un pilar al que agarrarse, salud, dinero o amor. Y yo no tengo un duro, no me he enamorado en la vida y me crujen las rodillas cuando subo escalones. ¿¿¿Estás contento???

Dios. Me estaba mareando. Me agarré de una pared y cerré los ojos. Tenía ganas de vomitar. Ojalá, vomitarle encima. A poder ser ácido.

—Me está dando una jodida embolia por tu culpa.

El suelo se movía, como si me hubiera quedado parada sobre una piedra que navegaba en lava. Noté que se acercaba.

—¡¡No me toques!! —grité.

—Catalina…

Y su tono de voz parecía conciliador, pero no contesté. Estaba demasiado ocupada respirando.

—Catalina —respondió—, no llores.

Me toqué la cara para descubrir no solo que estaba llorando, sino que lo estaba haciendo como se tienen que hacer las cosas: bien. Si no vas a hacerlas bien, ni te pongas.

—Tranquilízate —me pidió, con tono firme.

—¿Cuántas personas se han tranquilizado en el mundo después de esa frase?

—Pues no lo sé. Pocas, me imagino, pero no sé qué narices quieres que te diga.

—¡¡Que lo sientes!! —Sollocé—. No tengo curro por tu culpa. Y por tu culpa, Eloy me odia.

—Eloy odia a todo el mundo que no sea él mismo.

—Eloy me ha dado una oportunidad.

—Por su propio beneficio —replicó.

—¡¿Puedes callarte de una puta vez?! —grité entre lágrimas.

Las manos de Mikel me agarraron de los hombros con firmeza y amabilidad, y yo… me dejé llevar, sin saber adónde iba, más que nada porque me encontraba tan mal que, de pronto, ni siquiera recordaba cómo había llegado.

Caí sobre una banqueta alta de piel envejecida y hierro, con aspecto industrial, y, apoyando las palmas de las manos sobre la barra de la cocina americana que ni siquiera me había dado la oportunidad de ver, sollocé con todas mis fuerzas.

—Joder —le escuché blasfemar—. ¿Y tienes que venir a buscarme en mitad de un ataque de ansiedad? ¿No podías esperarte a saber respirar sola?

—¡¡Te odio!!

Orgullosa no estaba. Ni de los gritos ni de los mocos que me iba limpiando con la manga. Tampoco de llorar delante del Mikel Avedaño de los cojones, que era muy *cool*, que era muy sexi, que tenía mucho éxito y un *loft* que, así, incluso sin estudiar demasiado a fondo, molaba demasiado para él.

—Y tú aquí —dije—, en tu piso de un millón de euros, tan tranquilo.

—No me lo ha regalado nadie. —Colocó un vaso de agua delante de mí, muy serio—. De verdad, o te calmas o pido una ambulancia y ya te apañarás con ellos.

Apoyé la frente en la barra y seguí llorando unos minutos. No sabía ni por qué lloraba. Se habían abierto los diques. Creo que saqué las lágrimas que me había tragado en los últimos cuatro años. Los *castings* fatales, los que habían salido bien y de los que no habían llamado nunca; mi papel en aquella película que terminaron cortando en el montaje final; la pandemia; la ansiedad pospandemia; el curro mal pagado; el señor Conejo tratándome fatal; la sensación de soledad al cortar todas y cada una de las relaciones que iba estableciendo porque siempre estaban cojas. Siempre me faltaba algo. Y ahora sentía que me faltaba todo.

—Bebe un poco de agua —me pidió, posando una mano en mi hombro—. Aunque me odies. Bebe un poco de agua.

Me incorporé y le di un trago.

—Qué ridícula… —musité.

—Ridícula no, pero igual un poco loca sí estás.

—Mírame. —Señalé el vestido—. Yo que pensaba que acudía a una cita.

Me di cuenta de que tenía cara de cansado.

—¿Con quién tenías la cita? —Esbozó una sonrisa burlona—. ¿Con Eloy?

—¿Quieres que te dé una patada en los cojones? —le pregunté, limpiándome lágrimas y mocos y esparciendo chorretones de rímel y de *eyeliner* por toda mi cara.

—Ay, Dios… —Se tapó la cara—. Catalina, por favor…, ¡crece! Esto no es una película de adolescentes. ¿A santo de qué iba Eloy a pedirte una cita?

Me quedé mirándolo alucinada. ¿Conoces ese dicho de «hacer leña del árbol caído»? Pues parecían haberlo inventado para Mikel. Me sentí tan ridícula…, tan, tan, tan ridícula…

Cogí el bolso que se había caído al suelo al sentarme y fui hacia la puerta directa, intentando parecer digna, mientras respiraba como un asno rebuznando.

—Eh, eh…, no me has entendido. Ven.

—¡¡Ya sé que no soy digna, joder, no hace falta que hagas sangre!! Ya me siento suficientemente estúpida.

Agarró mi brazo y me giró.

—Escúchame, Catalina, no me gusta el drama. Odio los numeritos. Está a punto de reventarme una vena en el cerebro de aguantarte este pollo. Pero… y diré «pero» solo una vez: no estoy diciendo que no seas digna, estoy diciendo que esa rata no tiene emociones humanas. No te conozco. Te he visto…, ¿cuántas? ¿Tres, cuatro veces en mi vida? Y ya sé de ti más cosas de las que querría. Catalina, por el amor de Dios, gestiona estas emociones y deja de escupirle al mundo toda esa información. ¡Juega al póquer! Siento que te hayan despedido…, ahora siento que te hayan despedido. A media tarde lo único que quería era arrancarte la cabeza. Pero… no pienses ni por un segundo que la rata esa que tienes por marchante te necesita menos que tú a él. Dale la vuelta a la situación. Sácale provecho.

—¿Cómo le voy a sacar provecho si no tengo ni idea de lo que estoy haciendo? Podrías echarme una mano en lugar de echármela al cuello, ¿sabes?

—¿Y qué ganaría yo con ayudarte?

—¿Karma?

—El karma no existe, niña —se burló.

Cogí el pomo de la puerta para marcharme, pero tiró de nuevo de mi manga.

—Siento que te hayan despedido. No era mi intención. De verdad. Pero los actos tienen consecuencias.

—Cuánta amabilidad —me quejé.

—Lo siento. Es toda de la que soy capaz.

—Gracias por el agua.

Salí al rellano y me dirigí hacia las escaleras.

—A veces soy un soberano gilipollas.

No me paré al escuchar eso, aunque me daba placer, porque quería irme a mi casa a enterrarme bajo la colcha y llorar a gusto un mes o dos. Sin embargo, no alcancé el siguiente tramo de escaleras cuando su voz, con un toque de algo que no le había escuchado nunca, me llamó:

—Catalina…

—¿Qué? —respondí de mala gana.

—¿Arreglaría algo que nos tomáramos un café y te pusiera un poco al día del mundillo?

Puede que no.

O puede que sí.

19

En el jardín de las delicias

Cuando llegué a Toma Café, Mikel ya estaba allí. Lo encontré sentado junto a la ventana, con un vaso vacío en la mesa y un cuaderno de esbozos donde estaba garabateando un dibujo con un lápiz. Tenía los dedos sucios de pasarlos por encima para difuminar el trazo, pero no me dio la oportunidad de ver qué estaba dibujando, porque en cuanto me intuyó, cerró la libreta. Llevaba un jersey liviano de color gris y unos vaqueros; tenía un pie sobre el banco de madera en el que estaba sentado y se sujetaba la cabeza con la mano derecha, apoyada en la rodilla.

Ni siquiera me miró cuando dijo:

—Terminemos cuanto antes.

—A mí tampoco me da gusto verte la cara.

Levantó los ojos hacia mí y los abrió sorprendido. Me fastidió la sonrisita malévola que se le dibujó en la cara después.

—Vaya careto.

—Gracias. Es un nuevo tratamiento de belleza. Se llama: llora hasta quedarte afónica porque tu vida es una mierda. Tú también estás muy bien, así, con tu cara de imbécil habitual.

—¿Has dormido? —Frunció el ceño sin abandonar la sonrisa burlona—. Estás realmente... deteriorada.

—Deteriorada, ¿eh? Es la manera más elegante en la que me han llamado fea jamás. —Saqué un cuaderno de mi bolso y un boli de publicidad de la gestoría de una amiga de mi madre y me preparé para la *masterclass*—. Venga.

—¿Qué quieres tomar?

—Un café. Americano. Con hielo y una rodaja de limón.

—¿Quieres también unas lágrimas de unicornio dentro?

Le sonreí enseñándole los dientes, como con asco, y él se marchó hacia la barra, moviendo la cabeza con aparente hastío.

«Lo siento, chaval. Me han despedido por tu culpa. Ahora apechugas».

—¿Qué tal? —le escuché saludar al camarero—. ¿Me pones otro café con leche de almendra y un americano con hielo y una rodaja de limón? Mil gracias.

Volvió en dos zancadas. Caminaba rápido con esas piernas fuertes.

—Si uno no te conoce, pareces hasta amable —musité de soslayo.

—Soy educado, lo que no significa que sea simpático.

—No vaya a ser…, qué esfuerzo.

—¿Para qué o para quién voy a ser simpático? Es una pérdida de tiempo.

—Vas a morir solo.

—Todos morimos solos. A ver… —Suspiró y cruzó los brazos sobre el pecho—. ¿Qué quieres saber?

Intenté hacerle llegar la idea de que era un gilipollas con el poder de mi mente, pero no resultó.

—Pues no lo sé.

—¿Cómo que no lo sabes?

—Vamos a ver, Mikel… —me desesperé—. Que el experto aquí eres tú.

—Mujer, tendrás que darme alguna pista, ¿no? ¿O te resumo los cinco años de carrera y los últimos diez de experiencia laboral en un esquemita que puedas entender?

—Mira…, serás muy genio en lo tuyo, pero no me trates de tonta porque igual te sorprendo.

—No, si de listilla tienes pinta…

—Todo lo contrario que tú, que tienes cara de tonto del culo.

—¿Qué te pasa, chica? Estás obsesionada con mi culo.

El camarero dejó los dos cafés sobre la mesa con una sonrisa. En aquel momento éramos una de las dos únicas mesas ocupadas y la acústica de la cafetería era bastante buena. Debíamos ser un espectáculo digno de admirar. O más bien de escuchar.

—Gracias —dijimos a la vez.

Cogí un sobre de azúcar, lo vertí en el café. Le di vueltas meticulosamente y después exprimí entre dos dedos el gajo de limón en el vaso que contenía el hielo, antes de… echar la mitad del café sobre la mesa y la otra mitad donde tocaba.

—Uy…, casi aciertas algo dentro del vaso —se burló, pero muy serio.

—Uy…, cállate.

Por unos segundos me hizo caso, como si considerara que necesitaba tomarme primero al menos la mitad del café para ser una persona tratable. Cuando le hube dado tres tragos, tamborileó los dedos sobre la mesa, apoyó los codos en ella y dijo:

—A ver…, ¿qué te parece esto? Te hablo un poco de cuáles son los procesos básicos, los materiales…, te enseño un poco de terminología y referencias que te vayan a salvar el culo en alguna situación y para terminar te doy un par de consejos *random*.

—Me parece bien. ¿Habrá turno de preguntas?

—Ruegos y preguntas al final. Y el café lo pagas tú.

—Me han despedido por tu culpa.

—Que mi papel en el proceso me dé un poco de mal cuerpo no significa que no te lo merecieras.

—Lo de quién paga el café es innegociable —le desafié.

—Joder, qué rata —se quejó—. Empecemos…, bueno, espera…, ¿has firmado algo con Eloy?

—Sí —asentí.

—¿Qué exactamente?

Abrí el bolso, saqué una carpeta, de estas de plástico que se cierran como un sobre, y se la tendí.

—Bueno…, a ver…, primera lección: no confíes ciegamente en nadie.

—No confío ciegamente en nadie.

—Vale, pues no dejes que gente de la que no te fías tenga acceso a tus contratos.

—Pues ya me dirás cómo me vas a ayudar entonces.

Chasqueó la lengua y bufó. Después sacó los documentos de la carpeta y los fue repasando. Eran varios folios grapados, por lo que, mientras él los leía, yo me entretuve mirando aquí y allá para terminar fijándome en sus manos. Joder. Eran bastante grandes, eso lo primero. Y lo segundo…

—Tienes las manos hechas un asco, ¿lo sabes?

—Trabajo con ellas, es normal —respondió sin levantar los ojos de los papeles.

—¿Tan duro es pintar, mi cielo?

—Además de pintar, también esculpo. Eso, en mi caso, quiere decir que hago moldes con cera cuando creo esculturas de bronce o de metal y que cincelo si lo hago con piedra.

Y todo lo dijo sin mirarme.

—¿Cincelas? En plan: el bloque de piedra y yo.

Apartó los folios y me miró:

—Miguel Ángel esculpió el David de un trozo de mármol que nadie quería ya, del que otros artistas habían intentado sacar alguna obra. Cuando mostró el resultado de su trabajo, explicó que el David estaba dentro del bloque, que él solo quitó lo que sobraba.

—¿Te estás comparando con Miguel Ángel?

—Te estoy hablando de la técnica. Yo no soy Miguel Ángel y necesito modelar una prueba antes. Lo hago con arcilla. Después quito lo que sobra a la piedra. —Hizo una pausa y luego prosiguió—: Tengo buenas y malas noticias, ¿por cuál empiezo?

—Por las malas. Total, ya estoy insensibilizada.

—Supongo que ayer descargaste tensiones en mi casa.

—Qué gracioso.

Dibujó la sonrisa más falsa y tensa que el mundo hubiese visto jamás y después volvió a su semblante habitual: seco.

—Le has dado la llave del reino: tiene exclusividad con el lote de veinte obras, por lo tanto, solo puede venderlas él. Se quedará con el cincuenta por ciento de cada venta, lo que, aunque te pueda parecer una barbaridad, viene siendo normal en el mundillo.

—¿Esa es la mala noticia?

—La mala noticia es que no te puedes llevar las obras a otra galería y dejarle tirado por comemierda, sí.

—Con eso ya contaba. ¿Y la buena?

—La buena es que esta remesa de cuadros es la única que te ata a él. No tiene ningún derecho sobre producción futura.

—Porque no la habrá —me burlé.

—Ah, es verdad. A veces se me olvida que eres un fraude.

Pasé por alto la pulla.

—Has dicho «lote de veinte obras».

—Sí —asintió—. Esto pone aquí.

—Son treinta y dos.

Me miró fijamente.

—¿Estás segura?

—Claro que estoy segura.

Se pasó la lengua por el filo de los dientes, blancos y poderosos. Sí. Esa era la palabra. Mikel era físicamente poderoso.

—Eso puede ser bueno o puede ser malo.

—Explícate.

—Hay doce obras que no constan en el contrato, de modo que: a, es una errata que te brinda la oportunidad de gestionar esas obras sobrantes a tu libre albedrío o… b, la rata te ha querido escamotear una docena de lienzos que piensa vender bajo mano, sin que tú te enteres y quedándose con el dinero.

Me levanté de golpe y cogí el móvil del bolsillo de la chaqueta, que ni siquiera me había quitado.

—¡Catalina! —se quejó—. No le llames, tía. Juega al póquer.

—Al póquer jugaré cuando no vaya a darme un ictus.

—Siéntate, joder.

Y lo dijo tan serio que me senté. Sacó su móvil del bolsillo del pantalón, lo desbloqueó y se puso a teclear.

—¿Qué, tuiteando?

Respiró hondo, me miró muy serio y contestó:

—Catalina, por favor, si vas a pedir ayuda, al menos deja que te ayuden.

Esperé calladita, tomándome mi café, hasta que terminó. Confieso que aproveché también para estudiar sus facciones. Tenía una piel extremadamente perfecta, como si fuera de algún material suave y elástico, pero no humano. No tenía ningún poro a la vista. Ni un pelo fuera de sitio. Ni una imperfección. Solo arruguitas de expresión, pequeñas marcas donde la piel estaba acostumbrada a plegarse cuando sus cejas se arqueaban, cuando fruncía el ceño…, unas pocas cerca de los labios. No acostumbraba a sonreír. Bueno, quizá sonreír, sí. Pero no reír.

—Ya está. —Dejó el teléfono en la mesa—. Le he pedido a un contacto que se entere. Importante: no firmes nada más con él, ¿vale? Nada.

—Vale. Pero… no sé. Igual nos estamos pasando de malpensados. Estás poniendo a Eloy como si fuera el vampiro de Düsseldorf.

Levantó las cejas, sin mirarme, reordenando los papeles y volviéndolos a meter en su funda.

—Eres la persona más ingenua que conozco. Guárdate bien esto. A poder ser bajo llave.

—Chaval, es un contrato, no las esmeraldas de Paquirri.

Me miró confuso entonces.

—Ya sabes…, las esmeraldas que se supone que Paquirri le regaló a Isabel Pantoja y que ella…

—¿Podemos seguir?

—Por supuesto. —Suspiré, cogiendo el bolígrafo y apoyando su punta en el papel—. Proceda, profesor.

Aprendí muchas cosas aquella mañana, aunque aún tardaría días en asimilar todos los términos y todas las triquiñuelas para utilizar con corrección el lenguaje artístico. La aplicación de la pintura acrílica, que no era lo mismo que el óleo. El método *alla prima*, el concepto del *action paiting*, arte conceptual, arte figurativo, hieratismo, academicismo, frontalidad, dinamismo, punto de entrada, uso del color, Op Art…

Mikel hablaba y hablaba, sin mirarme, moviendo las manos como si con ellas fuera pintando sobre el aire unas pinceladas efímeras que desaparecían tan pronto como eran esbozadas. Joder, nunca fui una apasionada del arte, esa es la verdad. Me parecía admirable que alguien fuera capaz de crear, pero me sentía incapaz y, por lo tanto, algo desvinculada de todo lo relacionado con él. Sí, sé que la actuación es parte del arte, una cara más de un poliedro compuesto de cientos de expresiones como la danza, el canto, la pintura, la escultura y algunas menos obvias, pero mi relación con el arte se resumía a un leve coqueteo con una buena calificación en la asignatura en mi último año de instituto.

A Mikel, sin embargo, se notaba que aquello le tocaba de cerca, le salía de dentro, le apasionaba. No tardé en darme cuenta, porque los actores hacemos eso de estudiar al otro constantemente, de que el arte era para Mikel más que una forma de expresión, era la manera en la que entendía el mundo. Un filtro a través del cual hacer pasar cualquier acontecimiento vital para entenderlo, asumirlo y hacerlo suyo. Aprendió de la vida, pintándola. Aprendió del amor, del desamor, de los sueños, de la luz, de la carne…, pintando, esculpiendo, ideando instalaciones artísticas. No era mi persona preferida en el mundo en aquel momento, pero era más fácil olvidarse de ello cuando le escuchabas hablar sobre el arte y todo lo que lo rodeaba, porque no había ego en su voz, solo vocación. Solo talento. Hay personas que tienen la capacidad de hacer de su pasión un campo fértil, en el que florezcan también los otros.

Pedimos dos cafés más y ambos los tomamos fríos porque hablábamos sin parar…, y si digo hablábamos es porque necesité interrumpirle muchas veces para ir aclarando cosas que no entendía y que si apuntaba tal cual, jamás averiguaría qué significaban. Así que poco a poco, aquella clase magistral se convirtió en una conversación.

—¿Cómo es posible que pintes, esculpas, fotografíes y hasta tatúes…?, ¿lo normal no es centrarse en algo?

—Sí, pero siempre sentí que me perdía todo lo demás si dedicaba mi vida a mejorar en una sola de las técnicas. Imagínate…, en un concepto tan subjetivo como el arte, intentar alcanzar la perfección es como tratar de captar la luz exacta que se vierte sobre un membrillo en una pintura hiperrealista, como le pasó a Antonio López: imposible. Todo lo de alrededor cambia tan deprisa… que ¿por qué no? Si no puedes alcanzar la perfección, al menos inténtalo de tantas formas como quieras.

—Pero…

—Nadie va a esperarlo de ti. Relájate. —Sonrió burlón—. Aunque quizá deberías plantearte unas cuantas cosas que sí esperarán encontrar.

—¿Como qué?

—Título y trasfondo para cada obra. Aunque no soy muy fan, también deberías abrirte perfiles en redes sociales…, al menos Instagram, con fotos de calidad y textos cuidados. Deberías tener un estudio…, eres artista, ¿dónde pintas?

—¿Tengo que invitarlos al estudio o qué? Puedo pintar en mi casa y no querer que nadie invada mi intimidad.

—Sí —asintió—. Puedes, pero partiendo de la base de que no pintas una mierda y que te lo estás inventando todo, igual estaría bien ceñirse a lo normal, para no levantar más sospechas.

—No tengo pasta para alquilar un estudio —sentencié.

—No tiene que ser un ático en Goya.

—Claro, vale con un *loft* en Conde Duque, ¿no?

—Trabajo y vivo allí, tía. Llevo más de diez años en esto, deja de tratarme como si me lo hubieran regalado mis padres a los dieciocho —se quejó—. Por cierto…, además del estudio, voy a hablar de lo evidente. No te ofendas.

—Probablemente lo haga.

Me señaló con el índice.

—¿Qué? —Fruncí el ceño.

—Tu aspecto.

—¿Perdona? —Arqueé las cejas con tanta fuerza que casi rozaron la nuca—. ¿Vas a comentar «mi aspecto»? ¡Serás machirulo!

—¡Serás obtusa! Hay un refrán que, querida, es muy cierto: la mujer del César no solo debe serlo, sino parecerlo. Dejando a un lado el sentido superheteropatriarcal de la frase, que no me pasa inadvertido, tiene razón. En hombres y en mujeres. Ya que no eres artista, al menos deberías parecerlo, ¿sabes?

—Será que tú tienes mucha pinta de artista…

—¿Yo? ¿Por qué no?

—Porque… —le señalé— con ese pelito así como corto y hacia arriba…, los pantalones vaqueros y los jerséis supersobrios…, ¿no deberías…?

Sonrió. Sonrió como me daba rabia que lo hiciera. Aunque estaba muy guapo cuando lo hacía…, y él lo sabía. Y eso era lo peor. Y a mí me lo parecía, con lo que apañados estábamos.

—Catalina…, yo soy artista. —Dejó las dos manos sobre la mesa, a mi vista. Tan grandes y ajadas—. Si quieres mi historia, solo tienes que mirar mis manos. Tú… —añadió, mientras las retiraba y se encogía de hombros— podrías ser artista o vendedora de coches.

—Lo que me estás diciendo suena a topicazo.

—Suena a que, por lo menos, date un halo de algo. Se supone que eres una artista emergente…, búscate un código. La de los vaqueros maltrechos y la blusa manchada de pintura; la del vestido blanco y pies descalzos; la de las prendas de colores, modernas y actuales; la del aspecto sobrio; la de las gafas estrafalarias…, no sé. Pero busca algo con lo que se queden, que te reconozcan.

Seguí pensando en lo que me había dicho mientras él llamaba al camarero con un ademán para que nos cobrara.

—¿Y ya está? —le solté.

—He estado hablando durante horas. Me duele hasta la lengua.

Me mordí la mía para no hacer una comparación bastante guarra de su última frase.

—Con lo que tengo no sé si…

—Catalina… —se quejó con expresión divertida—, eres un grano en el culo. Estoy deseando que desaparezcas.

—Déjame ver tu estudio o algo, ¿no?

—¿A santo de qué? —se burló—. Ya te metiste en mi casa el otro día sin permiso. No me apetece repetir experiencia.

—¿Y cómo sabré cómo tiene que ser mi estudio? ¿Y cómo sé…?

—Catalina, mi amor… —El camarero se acercó y él tendió una tarjeta de crédito negra para pagar—. Gracias, esto…, ah, sí. Catalina, mi amor…, *it is not my business.*

Se estiró un poco con los brazos en alto y empezó a recoger sus cosas.

—¿Te vas ya?

—Eres lista. Sabrás desenvolverte.

—Pero… ¡dame tu número al menos!

—¿Para qué?

—Pues para invitarte a cenar y chupártela en el portal, no te jode. ¡Por si me surge alguna duda!

—Te van a surgir mil, y yo no quiero convertirme en el teléfono de la esperanza.

—¿Y cómo me vas a decir si Eloy me quiere timar con los cuadros que no aparecen en el contrato si tu contacto te lo confirma?

—Podríamos simplificar la situación muy fácilmente: compórtate siempre como si Eloy quisiera timarte. Pero, bueno, si tengo la confirmación de que eso va a pasar, encontraré la manera de decírtelo.

—Toma mi número.

—No. —Se rio, apartando las manos, aunque yo aún no le tendía nada.

—¡Que esperes, que te voy a dar mi número, no ántrax!

—Es peor. Es la maldición de la niña de la curva. Déjate, déjate.

Anoté mi número en una esquina de la hoja del cuaderno que tenía delante y después arranqué aquel trocito.

—Toma. —Se lo tendí.

—Mujer, aprende a escuchar a los mayores: no-lo-quie-ro.

Aproveché que se estaba poniendo de pie para intentar metérselo en el bolsillo del pantalón, pero se apartó de un salto, riéndose. Agarró el cuaderno para marcharse, pero se le resbaló entre las manos y cayó abierto sobre la mesa. No tuvo tiempo de cerrarlo antes de que echara un vistazo a sus «secretitos». En el centro de una de las páginas, una cabeza. Una que se parecía sospechosamente a la suya, con un gesto de…

—Frustración —le dije, señalándola.

Se quedó momentáneamente parado y me di cuenta de que no llevaba chaqueta. Pensé que ya empezaba a hacer frío de verdad...

—Sí —asintió—. Frustración.

—¿Se han despertado las musas?

—Creer en las musas hace del artista un mero canal. Es una excusa mediocre para justificar la falta de constancia o ideas. Soy dueño de mi arte, tanto cuando creo como cuando no lo hago.

—Ya me entiendes.

Sonrió.

—Nunca te entiendo, mujer.

—¿Qué le pasa a tu cabeza? —Señalé el cuaderno—. Porque eso tiene buena pinta.

—El problema es que la idea está ahí, pero no se materializa. Por si te preguntan alguna vez, esa es la peor de las frustraciones: cuando tienes la idea, pero no sabes cómo ejecutarla.

—Ya. Supongo que es complicado, ¿las estás esculpiendo?

—Pintando.

—¿Y no te resultaría más fácil expresar... eso en cuatro dimensiones? —Volví a señalar el cuaderno, que ya llevaba bajo un brazo.

Cerró un ojo, como si necesitara ver la situación desde otro prisma. Abrió la boca. La cerró.

—No me creo que no se te haya ocurrido antes —me recochineé.

—Eh... —Desvió la mirada, frunció el ceño y, como cerrando una larga conversación consigo mismo, asintió—. Me voy.

—¿Sin chaqueta?

—Se me ha olvidado. Pero de todas formas... no hace frío. En esta ciudad nunca hace el suficiente frío.

Qué tío más raro.

Fue hacia la puerta, a mi espalda, y el santo se me fue al cielo. Olía muy bien, ya era hora de comer y me estaba acordando del sándwich de queso que me comí aquella vez que estuve allí, esperando encontrarme con Mikel. Pero no. Estaba en el paro. No me lo podía permitir. Me puse en pie para irme y, al volverme para echarme la chaqueta por encima, me lo encontré de morros. Me dio un susto infernal.

—¡Coño, Mikel, ponte un cascabel!

—La obra de Catalina Ferrero podría ser considerada peyorativamente por mucha gente del ambiente artístico como un ejemplo de *art brut*, realizado por una persona sin formación, ajena a su mundo. Sin embargo, hay que darle la vuelta al término, porque es *art brut*, pero no por su condición de obra ejecutada por una mano sin experiencia, sino por haber sido producida por alguien con una creatividad sin contaminar. Defiéndete con eso de cualquier ataque snob. Se comerán sus palabras. Buena suerte.

No se me movió ni un pelo cuando, con una sonrisa descarada, introduje el papelito con mi teléfono en el bolsillo derecho de sus vaqueros.

—Gracias.

20
La construcción

Eloy no llamó para pedir disculpas: me mandó un ramo de flores naranjas. Naranjas. No mandes flores naranjas, por favor, a no ser que el destinatario sea daltónico. Viniendo de alguien con el evidente buen gusto del que hacía gala Eloy, me pareció casi como una muestra evidente de desinterés. Una suerte de: «Lo siento, pero no mucho».

En la nota tampoco es que pidiera perdón. Solo decía: «Seguro que llegaremos a entendernos algún día». Me quedé un poco triste. No me hicieron demasiada ilusión. ¿No te ha pasado nunca? A veces no te entristece un hecho en sí, sino que este haya asesinado la esperanza que lo sostenía. Lo que quiero decir es que… no me disgustaba tanto que me hubiera llamado imbécil y me hubiese hablado fatal, como el hecho de que ya no podía fantasear con enamorarme de él. Otro posible amor que no llegaba a nada.

Sí. Solía ser de esas que fantaseaba, en ocasiones, en el autobús, con terminar tremendamente enamorada del chaval que, por azar, se había sentado en el asiento de delante. Romántica asintomática…, ¿eso existe?

Nunca pensé que diría esto, pero… no tardé en echar de menos el trabajo. O quizá no el trabajo, pero sí una rutina a la que acogerme. Sin una obligación o un motivo se hace complicado levantarse de la cama. Y está bien. Todos tenemos derecho a sentirnos así.

Mi manera de no caer en el hoyo fue mantenerme ocupada. Y en un momento de lucidez, convertí toda aquella historia en una especie de cruzada para darle la vuelta al karma. Durante días, a falta de algo mejor que hacer, estudié. Estudié complementando los libros con los apuntes que había tomado aquella mañana con Mikel y, en una libreta, inicié la construcción (la verdadera construcción) del personaje: Catalina Ferrero, artista.

Preguntas. Siempre he sido de las que se hacen muchas preguntas, en ocasiones tantas (demasiadas) que terminaba paralizada al no encontrar réplica por parte del universo. Una tiene que ir cumpliendo años para darse cuenta de que hay preguntas que nacen sin respuesta y que esa es, justamente, la razón de su existencia. Hay preguntas que, solo con formularse, son la respuesta.

Sé lo que mis compañeras de piso creían que haría durante una buena temporada. Las había escuchado urdiendo posibles soluciones por si yo, efectivamente, terminaba hundiéndome en una espiral de pijamas sucios, moños horropilantes, siestas a las doce de la mañana y maratones de televisión. Y juro que no me comporté de un modo diferente por fastidiar sus expectativas (ni siquiera las de Claudia). Es solo que… pronto me di cuenta de que tenía entre manos un buen papel. Probablemente el más importante de mi vida y pensé que aquello era como el equivalente de haber pasado a la última ronda de un gran *casting*.

Así que me levantaba pronto, tomaba café y, mientras veía cómo mis compañeras aparecían y desaparecían de la cocina hacia sus trabajos, yo pensaba. Tenía la oportunidad de crear un personaje a mi medida, que fuera aquello que siempre me hubiera gustado ser, que hiciera gala de una excentricidad ingeniosa, que fundiera en una misma piel mis cualidades, algunos pecados y lo que siempre aspiré a ser.

¿Te has preguntado quién querrías ser si pudieras reformularte desde los cimientos? Si pudieras intercambiar aquello que te hace ser tú con cosas que nunca te atreverías a ser, pero que te atraen. Si pudieras jugar a encontrarle los límites a los «tú» que no ejerces a tiempo completo.

Pues… sorpresa: hazlo. Es muy divertido.

Después de intentarlo en mi piso, me di cuenta de que necesitaba alejarme un poco para construir al personaje…, para crear la nueva versión de mí misma. Así que me marché al pueblo unos días con la excusa de recuperarme del disgusto. Y todas las chicas (incluso Claudia, vaya por Dios) me animaron a coger fuerzas de la familia y de la calma del campo.

Me llevé un par de jerséis, unos vaqueros viejos, dos mudas de ropa interior y un pijama de franela. Eso, y el cuaderno que contenía las notas que había tomado de la reunión con Mikel. Con eso tendría bastante. Iba a vivir un periodo en un lado de la vida en la que no se necesitaba nada más que estar cómoda, caliente y… fuera de este mundo.

No sé cuánto tiempo tardé en tomar esta decisión. Sé que mi madre ayudó. Cuando me atreví a contarle lo del despido, claro…, que no fue inmediatamente. Primero reproduje en mi cabeza todas las conversaciones tipo que podíamos tener a partir del «mamá, me han despedido». Desde el clásico: «¿Cómo que te han despedido? ¿Qué has hecho?», pasando por el «Catalina, ¡no te hemos educado así! ¡Qué vergüenza!» y haciendo escala en el doloroso: «No, si es que ya lo sabía yo, que mucho te estaba durando».

Pero ¿sabes qué pasa con este tipo de exámenes? Que el peor juez somos siempre nosotros mismos y que es parte de nuestra naturaleza intentar aliviar las penas de la gente a la que amamos. Cuando me armé de valor y se lo dije, mamá no puso el grito en el cielo. Solo…

—Ay, Catalina… —suspiró.

—Lo siento. ¿Estás decepcionada?

—¿Decepcionada? —Se rio—. Nunca. Pero me gustaría que no hubieras heredado el volcán que nos crece a las mujeres de esta familia en el pecho. Es cosa de tus abuelas.

Mis abuelas. La tía Isa también era mi abuela. Y yo ahora tenía que devolverle el favor de haberme regalado, en el centro de mi pecho, una fuente de fuego y lava.

Nos pasamos varios días hablando sin parar de una tal Catalina que no era yo porque, ante todo, ella tenía suerte en la vida… y lo aprovechaba. Cuando volví a Madrid, la artista Catalina Ferrero era ya casi una realidad. Casi. Le faltaban algunos detalles.

Catalina Ferrero había dejado de pintar hacía un par de años, por la muerte de su tía abuela Isabela, que la empujó a ser creativa y a encontrar un lenguaje propio a través del arte. Desde entonces, la inspiración se mantenía en un silencio que, con el tiempo, se convirtió en calma. No sabía si volvería a crear, pero nunca se separaría de sus pinceles, heredados de la tía Isa.

Catalina Ferrero era una mujer que no se callaba, que no se mordía la lengua y que, por supuesto, lo ponía todo en duda y no acataba las imposiciones sociales. Era fuerte. Asertiva. No se dejaba pisar.

Se vestía de negro, de blanco, gris o beis, discreta y atemporal… hasta que se colocaba encima unos vistosos kimonos bordados en colores que parecían sacados de un sueño febril muy vívido.

Solía recoger su pelo con un moño; a veces desordenado y medio, otras repeinado y bajo, pero siempre con raya en medio y sujeto por tres agujas rematadas con un ópalo de fuego, que brillaba entre su pelo castaño.

Catalina Ferrero solo bebía vino tinto o güisqui…, rebajado con un par de hielos. Si era posible, comía con las manos, y… caminaba descalza si la situación lo permitía.

Era sensorial. Necesitaba tocar. Sentir. Le gustaba el calor de las cosas en la palma de sus manos. Disfrutaba de la viscosidad del óleo entre los dedos. De los expresionistas alemanes había aprendido, cuando ya adulta se acercó a los libros de arte por iniciativa propia, que a veces la forma de las cosas es engañosa y que siempre hay que buscar la esencia, la expresión de la emoción. Por eso, no callaba las sensaciones.

Pintaba sus ojos con una sencilla línea negra sobre el párpado, a lo años cincuenta, y pintaba sus labios de rojo con un bálsamo de color que siempre dejaba en la yema de su dedo corazón, con el que se lo aplicaba, una huella carmesí. Sus uñas siempre estaban pintadas de negro o de color vino.

Catalina Ferrero era…, joder, era de armas tomar. Y sabía helarte con una sonrisa y calentarte con una mirada fija. O… al menos eso pretendía. Porque cualquier traje hay que probarlo en movimiento, antes de la fecha clave.

Cuando la conocí, cuando nos vimos frente a frente por primera vez, yo estaba delante del espejo que tenía en el interior de la puerta del armario de mi dormitorio. Al principio me pareció que había algo hostil en su mirada, pero la suavizó cuando se lo recriminé. Cuando volvimos a mirarnos, solo había un brillo que contaba que sabía más de lo que decía y que era una de esas mujeres un poco resabiadas a la que el tiempo había terminado por revolcar un par de veces, pero que había convertido sus zapatos en cemento a prueba de huracanes. La felicité por ello y deseé parecerme un poco a ella en el futuro, cuando todo aquello hubiera terminado.

Llevaba un jersey de cuello vuelto, unos pantalones estrechos y unos botines sin tacón bastante ajados, todo negro, y…

un espectacular kimono de terciopelo granate con unas flores negras bordadas en toda la espalda. En las orejas lucía, poderosos, dos pendientes de pesada plata mexicana que parecían ligeros en sus lóbulos. El pelo, un poco revuelto, con la raya en medio y mechones aquí y allá, pero recogido en un moño sujeto por tres alfileres de peinado. Los labios rojos chocaban con el color del kimono, pero ese era el tipo de cosas que no le importaban en absoluto a Catalina Ferrero. Y por las que me caía bien.

—¿Te vas? —me preguntó Teresa cuando mis botines negros marcaron el paso hacia la puerta.

Me asomé al salón, donde estaba sentada cosiendo.

—Sí. ¿Me necesitas?

—No. —Sonrió—. ¡Oye! ¡Qué guapa! Estás… diferente.

—¿Sí? —Me hice la tonta—. Espero que sea para bien.

—Sí —asintió—. Ese… *look* te favorece. —Pronunció como «lúh», y casi me derrito de ternura.

—Bueno, no tener que ir a trabajar a una oficina deja mucha libertad para… ponerte lo que te apetezca.

—Pues estás muy bonita. Muy artista. A ver si te va a volver la inspiración y empiezas a pintar como una loca.

—Ojalá, Teresa. Nunca se sabe dónde van a estar las musas.

—Y, ¿dónde vas, si no es mucho preguntar? —Guiñó un ojo—. ¿Alguna cita?

—No. Voy a una exposición.

Porque Catalina Ferrero quería flotar en su ambiente y comprobar si podía fundirse en él, atrayendo solo miradas que concordaran con su actitud.

Si algo aprendí durante mis años de formación como actriz fue que mientras llevas puesta su ropa eres el personaje, con sus defectos y sus virtudes. Y una de las fortalezas de mi personaje era que las miradas y los codazos que mi paso suscitaba en las viejas del barrio le importaban, hablando mal y pronto, tres cojones. En Malasaña nadie me hubiera mirado, pero es lo que tiene vivir en el viejo y clásico Chamberí: que la media de edad en algunas zonas es de novecientos años. Pero ella sonreía, aunque yo me hiciera un poco pequeñita en su interior. Le pedí que se hiciera con el timón y ella respondió que no tenía de qué preocuparme. Para cuando pagué la entrada de la exposición del momento en el Thyssen, la otra Catalina ya estaba acomodándose en mi piel, preparada para lanzarse a nadar en el líquido amniótico en el que el personaje nació. Tenía que aprender a mirar como lo hacía la gente a la que quería emular.

Cogí el folleto de la exposición con la desgana con la que lo haría alguien que ya sabe lo que va a encontrar dentro y la ilusión de alguien a quien es eso mismo lo que le emociona, pero un pitido en mi móvil me sacó un poco del papel. ¿Era Catalina de las que atendían wasaps en el museo? Pensé que hacía días que no sabía nada de Eloy, desde las flores, y que quizá era él. Sería mejor comprobarlo antes de entrar.

Número desconocido.

«Tenías razón con lo de la escultura y me repatea confesártelo, pero es justo. Seguro que ahora vas a estar más insoportable que de costumbre. Ojalá no te vea jamás, mujer, para que no puedas echármelo en cara. Por cierto, si te escribo es porque un conocido pone en alquiler su estudio. Se le ha quedado pequeño y está buscando inquilino de fiar. Que no eres de fiar está claro, pero lo deja bien de precio. Dime si te interesa. ¿Hace falta que te diga que soy Mikel?».

Vaya, vaya. Arqueé las cejas con cierto placer. Mikel Avedaño albergaba emociones humanas en su interior. Y yo, ¡yo!, le había ayudado a materializar una idea. A ver si en mi interior vivía en realidad una artista plástica, y yo sin saberlo…

Al levantar la mirada del móvil tuve que morderme el labio para no lanzar una carcajada que aún no había tenido tiempo de saber cómo sonaba en la boca de Catalina Ferrero. Guardé el móvil en el bolso de nuevo y sonreí. Entré con paso firme en la sala y me coloqué frente a un cuadro bien iluminado que representaba a una niña con la tez color verde chillón y los labios rojos. A mi lado, alguien estudiaba el cuadro con los brazos cruzados. Lo miré todo lo insistentemente que supe, hasta que notó mis ojos puestos en él y se incomodó. Cuando se volvió hacia mí para hacérmelo notar, se encontró con una sonrisa descarada en unos labios pintados de rojo.

—Joder… —murmuró—. ¿Estás de coña?

—¿Qué tal, Mikel?

21
Probarse el traje

—Yo creo que lo que pasa es que me sigues.

—¿Seguirte? Deja de darte tanta importancia, Mikel, que no eres Harry Styles.

—No sé quién es Harry Styles.

—Pues un chico mucho más guapo, más simpático y con más talento que tú.

—Vaya… —fingió un mohín mientras daba unos pasos hacia el siguiente cuadro con la clara intención de dejarme atrás.

—Es una coincidencia de las que hacen pensar si no será cosa del destino. —Le perseguí en su itinerario—. He venido a probar mi personaje. He seguido tu consejo.

—Muy bien.

Miró el folleto de la exposición y después el cuadro que teníamos delante, donde un paisaje lleno de colores tenía como protagonista un desnudo femenino y dos caballos azules. Me concentré en la pintura, imitando la expresión de Mikel.

—Este cuadro pertenece al Jinete azul, ¿verdad? —le pregunté.

—Ay, Dios mío —le escuché suspirar—. Más o menos.

—¿Por qué más o menos?

—Porque dices «pertenece al Jinete azul» como si el Jinete azul fuera una vanguardia en sí misma cuando solamente es el nombre que se le dio a un grupo de artistas que se vincularon entre sí a través de la creación de un almanaque. De ahí viene su nombre.

Me miró de soslayo, con una sonrisa cansada.

—No te me vas a despegar hasta que me vaya, ¿verdad?

—Uhm…, no lo sé. Según me dé. Igual me limito a seguirte con un par de pasos de distancia y a estudiar las caras que pones para imitártelas luego, cuando surja la necesidad.

—Ah, ya. Una actriz de método.

—Stanislavski y yo, *best friends*.

Se quedó mirando el cuadro con los ojos como muertos, como flotando en la superficie de color, durante unos segundos. Después los lanzó contra mí.

—Aclárame una cosa…, ¿tienes el menor interés por el arte? ¿O lo estás haciendo solo por la pasta?

—¿Quieres saber la historia?

—¿Es larga?

—Te la puedo resumir.

—Nah, déjalo.

Se desplazó a otro cuadro y yo lo hice con él. Al verme a su lado otra vez, le entró la risa. No sabría decir si era de desesperación o realmente le hacía gracia. Yo, sin embargo, tenía la expresión típica de Catalina Ferrero: una sonrisa de Monalisa.

—Los cuadros son de mi tía abuela. Los encontré al vaciar su casa. Murió hace unos años. Era una mujer genial.

—Me imagino que le has robado a ella también eso que llevas puesto.

—Robar es un verbo muy feo que no se puede aplicar en esta situación. Soy sangre de su sangre y… está muerta. ¿De qué le sirven a ella?

—¿Los cuadros o los trapitos?

—Ambos.

—Es una buena excusa tras la que justificar el fraude. —Sonrió mientras cruzaba de nuevo los brazos sobre el pecho.

—Dime una cosa…, ¿cruzas los brazos así porque sabes que la postura te marca buen pechamen o es el típico tic nervioso?

—¿Por qué tendría yo que estar nervioso?

—Porque te impone mi presencia.

—Vamos…, una cosa. Estoy… que no sé si las piernas van a sostener mi peso.

Dio la vuelta y, en lugar de seguir con el siguiente cuadro, se dirigió a la pared contraria, que quedaba a nuestra espalda. Por supuesto, no le dejé en paz. Delante de nosotros había una pintura que, en vivos colores, representaba una calle en la que destacaba un edificio de color turquesa.

—¿Serían así las casas?

—¿A qué te refieres? —me preguntó.

—A los colores. Me gustaría vivir en una ciudad con las casas de colores.

—Hay cientos. —Las cejas se le arquearon—. Cuando miras estos cuadros, debes tener en cuenta que el color fue una herramienta de experimentación para estos artistas.

—Lo sé. Buscaban, con su manera de representar objetos y sujetos, encontrar la esencia, dejar al descubierto el interior de las cosas a través de la representación de su forma, pero dándose la libertad de deformar su apariencia a su antojo porque primaba la expresión de los sentimientos.

Mikel se volvió hacia mí con el ceño levemente fruncido.

—¿Ha estado estudiando usted, señorita?

—Un poco. ¿Aprobada?

—No sé quién va a examinarte sobre el expresionismo alemán en tu intento de hacerte pasar por artista, pero sí, supongo que todo lo que dices suena coherente.

—Gracias. Viniendo de ti, «coherente» es un halago.

—Una pregunta…, ¿tú no tienes amigas? Gente con la que irte de copas o… venir a museos…

—Pues sí, querido Mikel, no soy como tú.

Se le escapó una sonrisa.

—¿Crees que el universo me está poniendo a prueba para que aprenda algo del hecho de que te cruces constantemente en mi camino? —me preguntó—. Porque si voy a tener que soportarte sin sacar provecho vital de ello, se me va a hacer bola.

—Seamos amigos, Mikel. Creo que Catalina Ferrero te caería bien.

—Ni borracho.

Dio un par de pasos por allí… y yo los di con él.

—¿Cuál es tu movimiento artístico preferido?

—Uno en el que no estés interesada. Cualquiera. Escoge tú.

—Tienes pinta de que te gusten cosas chungas…, de esas que nadie entiende.

Suspiró. Pero suspiró a base de bien. Creo que durante unas milésimas de segundo nos dejó a todos sin aire.

—¿Qué parte de mí produce esa fascinación en ti, Catalina? ¿Es la experiencia, por un tema meramente egoísta, para que te aconseje bien y te llenes los bolsillos? ¿Es que eres amante de las causas perdidas, y te apetece perseguirme por el simple hecho de que ya te he dicho que no quiero que lo hagas?

—No te pongas tan hostil, Mikel. No hace falta que disimules que mi presencia te estimula.

—No, no te aguanto. —Me miró, pero con una sonrisa.

—Piénsalo…, con cualquier otra persona, ya te habrías largado. Esto es solo una coincidencia. Lo digo de verdad. ¿Cómo iba yo a saber que estabas aquí?

—¿Sabes lo peor, Catalina? Que creo que normalmente no eres tan pesada, que solo lo eres conmigo. Y eso me perturba.

Me reí. Una risita casi de colegiala.

—La verdad es que tienes razón. Contigo soy más impertinente que de costumbre. Pero es que ahora me estoy divirtiendo un poco.

Se volvió hacia mí y me miró de arriba abajo hasta hacerme sentir, lo confieso, un poco cohibida. Un poco… Bueno…, un mucho. Mikel tenía en los ojos muchas vidas, pero no era algo fácil de distinguir. Era un brillo, algo triste. Era un eco de soledad. Ya lo he dicho: sus pupilas eran tan negras que parecía que pudieran absorberte y escupirte en mitad de la nada, en la otra punta del sistema solar. Y cuando esos ojos te estudiaban, sentías que no conseguirías esconderle tus vergüenzas, tus miedos, tu verdadera cara…, esa que incluso nos da miedo a nosotros mismos.

—Te has currado el *look* —dijo mientras seguía con su examen visual.

—Gracias.

—Pero la actitud continúa disparando alarmas.

—Lo sé, lo sé. Cuando esté con gente del mundillo, seré más…, ya sabes: ah —exhalé—, qué artista me siento hoy.

—Como actriz que eres, sabrás que si quieres engañar al público no puedes fingir ser el personaje…, tienes que ser el personaje. Siempre.

—Pues me fastidia, pero te tengo que dar la razón en esto.

La barba le nacía fuerte, oscura y dibujaba uno de esos mentones atractivos, que hacen que a un hombre no le haga falta ser guapo para volverte loca. Mikel no era guapo en un sentido clásico. Todo en él emanaba una masculinidad apabullante y, además de lo impresionante de sus ojos, tenía una boca bonita. Y su nariz, grande y algo curvada, rompía la armonía para hacer de su rostro algo verdaderamente especial. Mikel era especial, pero no estaba segura de si él lo sabía.

—¿Me estudias? —Sonrió.

—Las enloqueces, ¿eh?

—¿Me estás queriendo decir que te parezco atractivo?

Volvió a estudiarme a fondo, inclinándose un poco hacia mí, burlón, buscando mis ojos como si estos fueran incapaces de ocultarle la verdad.

—No me mires así —le pedí.

—¿Por qué?

—Pues porque me haces sentir desnuda.

—¿Desnuda? —Su cara reflejó un gesto relajado, casi alegre—. ¿Crees que te estoy desnudando con los ojos?

—No en sentido literal. En sentido literal no tengo pinta de ser tu tipo.

—¿Y eso por qué? —Y parecía que aquello le resultaba muy gracioso.

—Pues porque eres un artista consagrado, el Mick Jagger de la pintura. Supongo que te dejas ver con chicas lánguidas y sexis, bellezas parisinas, reinas del estilo *effortless*, que no se maquillan, que a lo sumo se pintan los labios y te manchan las camisas…, si es que alguna vez te pones camisas.

—Me pongo camisas. ¿Qué más?

—Ya sabes. —Le sonreí—. Chicas altas, con un toque desgarbado, rubias, morenas, pelirrojas, pero todas inteligentes, intensas, algo locas. De las que nunca saben lo que quieren, pero desean más de ti. Y tú no se lo das, claro, porque eres emocionalmente inaccesible y solo quieres vivir a tope, porque estamos aquí de paso. Así que no te enamoras. Nunca te enamoras. Estás seguro de que en algún momento sentarás la cabeza, porque toca, no porque quieras, pero será con alguien que merezca mucho la pena… desde el punto de vista del efecto que creéis juntos. Una supernova hecha pareja. Ella llevará boina en invierno, supongo. En verano solo camisas blancas. Tus camisas blancas. Tendréis un hijo al que le pondréis un nombre en plan…, no sé, Agamenón o algo así.

—Uhm…, ¿quieres añadir algún otro matiz?

—Sí, en vacaciones haréis tríos con la niñera.

Una carcajada se le escapó de los labios con tanta fuerza que él mismo se asustó. O puede que simplemente se sorprendiera del sonido de sus propias carcajadas. Efectivamente, era un hombre muy poco acostumbrado a reírse.

—¿Qué? ¿He acertado?

—En nada. —Y la sonrisa se le expandió, dejándome ver sus poderosos dientes blancos.

—Joder, qué dentadura tienes, tío. Es de revista.

Sin mediar palabra, Mikel se dio la vuelta y enfiló hacia la salida. Me pareció demasiado ir detrás de él. Demasiado incluso para mí, quiero decir. Pero cuando se dio cuenta de que no lo hacía, se dio la vuelta.

—¿Qué haces? —me preguntó—. ¿Ahora ya no me sigues?

—Creo que tienes razón y que estoy rozando el acoso contigo. Voy a darme una vuelta por aquí, en plan artista.

Negó despacio con la cabeza, con incredulidad, y me hizo un gesto para que me acercara.

—Anda, ven. Si el universo no hace más que cruzarte en mi camino será por algo. Pero no pienso averiguar ese algo estando sobrio.

22

«*Bibir* es beber con los que viven»

No sé si conoces el ópalo de fuego. Es una piedra semipreciosa de un impresionante color rojizo, iridiscente, que refleja la luz que incide en ella deshaciéndola en haces increíbles, por pequeña que sea. Como pintor, me fascinaba cómo descomponía los colores en su interior y, durante alguno de los primeros años de mi carrera, traté de imitar su brillo. Hay muchas variedades de ópalo y todas son bellísimas, pero el de fuego me fascinaba. Quizá por eso me sorprendió tanto que Catalina llevara el pelo recogido con tres agujas rematadas con una de estas piedras. Me generó ese tipo de curiosidad difícilmente explicable con la lógica. Quizá fue ese el motivo por el que la invité a beber algo…, ese y que había sido bastante evidente que después de estar con ella vivía un repunte de creatividad, de concentración, de éxito en la materialización de mis ideas.

—A lo mejor eres una musa —le dije a bocajarro, mientras ella aún se acomodaba frente a mí, en una mesa de un rincón discreto de el Café Comercial.

—No crees en las musas.

Respondió sin mirarme. Los pesados pendientes de plata se bamboleaban de un lado a otro, como enloquecidos, pero sus lóbulos parecían más delicados sosteniéndolos. El kimono se le resbaló por un hombro, sobre el jersey negro, pero mi cabeza esbozó rápidamente esa misma imagen con la piel inmaculada y desnuda. Pestañeé.

—No creo en las musas, tienes razón.

—Parece mentira que tenga que recordártelo. Además, la figura de la musa siempre me ha parecido... muy injusta. Es como que siempre se relega a la mujer al papel de «acompañante» o «inspiración», pero estoy segura de que muchas de las musas de pintores, músicos, escultores... eran en realidad cocreadoras, pero la historia las ha silenciado con ese título falsamente romántico.

Sonreí.

—Vaya.

—Tengo mis propias ideas, aunque no pinte.

—¿Lo has intentado?

—¿Pintar? Estás loco.

—No estoy diciendo que se te vaya a dar bien. Digo que si no lo has intentado es imposible que sepas si puedes o no.

—Rey moro... —se burló—, tengo muchos talentos..., muchos, pero ese no es uno de ellos.

Una camarera se nos acercó con expresión amable para preguntarnos qué queríamos tomar. Iba a pedir un café cuando escuché a Catalina:

—Yo un güisqui. Solo. Bueno..., con dos hielos. Dos, por favor.

Me quedé mirando a la camarera como si estuviera en trance. Ella me miraba sosteniendo en sus labios una sonrisa. Eran las doce y media de la mañana.

—Cuando te he dicho que no te aguantaba sobrio, me refería más bien a tomar otro café.

—Me parece fenomenal lo que quieras tomar tú. ¿Por qué eso iba a hacerme cambiar de idea? Yo quiero un güisqui.

—En fin... —Me humedecí los labios y volví los ojos a la camarera—. Yo un café *espresso*.

Cuando se marchó, me apoyé en la mesa y miré fijamente a Catalina.

—¿Qué? —Sonrió, descarada.

—¿Es parte del personaje?

—Sí.

—¿Es alcohólica?

—Qué va. Todo lo contrario. Solo bebe cuando realmente le apetece, sin presiones sociales. Ahora quiere un güisqui. Quizá un viernes por la noche, pida en un bar un poleo menta.

—O sea, que lo que le gusta es dar la nota.

—¿Por qué hacer lo que uno realmente quiere es dar la nota si implica ir un poco contracorriente? Eres artista. No deberías perpetuar esas cosas.

—Quizá tengas razón. Cuéntame..., ¿qué tal? ¿Ha habido novedades?

—Eloy me mandó flores...

—Espero que eso no implique que para ti ya está solucionado.

—Ah, no. —Negó enérgicamente y los pendientes se movieron, golpeándole el cuello—. Eran naranjas.

—¿Flores naranjas?

—Sí. Debe de ser daltónico, el pobre.

Pasé el pulgar cerca del lagrimal de mi ojo derecho. Aquella chica..., ¿estaba loca o era así de verdad?

—¿Averiguaste algo de los cuadros? —me preguntó.

—¡Ah! —Pestañeé—. ¡Sí! Sí, sí. Perdona. Esto debería habértelo dicho..., es un error del contrato.

—Entonces, ¿ahora qué hago?

—Pues lo más normal es que vayas a verlo y le digas que revisando el contrato te has dado cuenta del error y que, como últimamente vuestra relación no fluye como te gustaría y necesitarías que lo hiciera, vas a retirar los doce lienzos restantes..., y que ya verás qué haces con ellos.

Levantó una ceja.

—¿Y para qué quiero yo esos lienzos?

Suspiré.

—Pues, a ver, Catalina..., yo creo que es bastante obvio.

—Te los vendo a ti, ¿no? Pues no eres listo tú ni nada...

Me reí, apoyando la frente en los dedos.

—No conozco a nadie más obtuso que tú, te lo prometo. —La miré—. Eloy quiere esos cuadros. Los quiere todos porque está invirtiendo hasta lo que no tiene en hacer de ti una bola de fuego, efímera, pero muy rentable. Quiere venderlos todos en tu primera exposición. *One hit wonder*, pero con muchos ceros. ¿Entiendes?

—Hasta ahí, sí. ¿Tengo entonces que hacerme la dura? En plan... estrecha.

—Según. ¿Qué quieres?

—Venderlos y terminar con esto. Esconderme. Dejar de mentir. ¿Qué te parece el plan?

—Bien, pero creo que echarás de menos a Catalina, la artista, cuando termines de sacarle provecho.

—Pues me vestiré así en las fiestas de guardar.

Suspiré y quise reconducir el tema hacia los lienzos de nuevo:

—Puedes vendérselos a otro marchante. O esperar a que todo el mundo crea que no hay más y, cuando la ausencia de obras suba la cotización, sacarlas y decir que es un repunte de inspiración.

—No —respondió rotunda—. El triunfo del plan depende directamente de la fugacidad del asunto.

—Sabes que, si quieres sacar mucho dinero, tienes que hacer más fuerza, ¿verdad?

—Define fuerza.

—Espera... —Me aparté un poco de la mesa cuando nos trajeron nuestras consumiciones. Pensé que Catalina olería el güisqui y se arrepentiría al momento de haberlo pedido, pero para mi sorpresa le dio un sorbito, lo paladeó y, sin hacer aspavientos, esperó a que siguiera hablando—. ¿Habías probado el güisqui solo alguna vez?

—No —me dijo tranquila—. Pero me gusta. Es cálido. Se funde con... todo lo demás. —Se señaló el pecho.

Sé que no fue su intención, pero me pareció poético. Con la imaginación le solté el pelo, le pedí en silencio que se quitase la ropa. Esbocé su perfil con carboncillo solo con los pendientes y el kimono.

Sería una pintura exquisita..., aunque yo no fuera de los que pintaban ese tipo de cuadros.

—¿Quieres un consejo?

—No, es que contigo me lo paso muy bien —ironizó.

—Quédate con uno de los cuadros. Eloy debe tenerlos inventariados ya, pero como el contrato está mal, dile que puede quedarse con los veinte que escoja, excepto el que quieras para ti. Ese guárdalo..., por tu tía abuela. El resto..., véndeselos a Eloy a un precio de locos cuando todo esto explote.

—Cuando todo esto explote...

Bebí mi café de un sorbo y asentí.

—¿Cómo quieres que te recuerden, Catalina?

—Como una leyenda —se burló—. La Elizabeth Taylor de los cuadros.

—Hablo en serio.

—Yo también. —Me sonrió antes de dar otro sorbo a su bebida—. Si esto es una mentira, quiero que sea la mentira más bella que contaré jamás.

Era inteligente. A pesar de ser una tocapelotas.

—Que Catalina Ferrero sea la diva que se merece ser. —Le guiñé un ojo, me acomodé hacia atrás y rematé el brindis—. Catalina *Fucking* Beltrán. O Ferrero. O como quieras.

Sonrió como una niña, algo sonrojada. No sé si por mis palabras o por el güisqui.

—¿Me estás ayudando porque te inspiro?

—Tú no me inspiras —le aseguré mientras llamaba a la camarera—. Es tu búsqueda la que lo hace. Es tu necesidad de encontrar algo por lo que valga la pena pelear la que agita mi inspiración.

—¿Les pongo algo más? —preguntó la camarera.

—Sí, por favor. Otro güisqui para mí. ¿Quieres algo de comer, Catalina?

—No ofendas al güisqui. —Levantó un poco su vaso.

Fue el líquido ambarino. Fue su culpa. Y no me escondo tras él para enmascarar mis actos, como si hubiera sido la noche y yo me parapetara en su oscuridad para perpetrar actos impúdicos que en realidad deseaba hacer. No. Es que fue el güisqui quien le preguntó si quería ver mi estudio y fue el güisqui quien respondió que sí. Porque nosotros no abrimos la boca. Sencillamente, después de tres rondas, pagamos, nos levantamos y fuimos andando hacia mi casa. Mi estudio. Mi guarida.

Ninguno de los dos dudó cuando abrí el portal. Catalina entró como si ya lo hubiéramos hablado, como si lo tuviéramos acordado y enfiló escaleras arriba.

¿Lo peor? Que no estaba borracho. Estaba… contento. Aquel ratito con Catalina me había puesto contento.

—Entonces… —parloteaba ella, visiblemente animada por el alcohol, a pesar de no estar bebida—, la imagen del artista que va de flor en flor es una falacia.

—No sé si es una falacia. Sé que ese no soy yo. Me parece… simplista, además. ¿No te parece que esa representación masculina, la del Casanova, ya está un poco pasada?

—Bueno. —Se apoyó en el marco de la puerta mientras yo abría—. Me parece que es a la que estamos acostumbradas. Nos han vendido que tenemos que aspirar a cambiar a uno de esos. Salvarlo de sí mismo.

—Salvarlo de sí mismo, bien. Un planteamiento muy sano.

—Lo sé. —Arrugó la nariz con gracia—. Qué asco de planteamiento. ¿Quién me salva a mí de mí misma?

—¡Nadie! —Me reí—. Ese es el punto. ¿Por qué te van a salvar de ser tú misma si ser tú misma es tu camino?

—Oh… —Se puso la mano en la frente—. Qué intensidad.

—Anda, pasa.

Encendí la luz de la entrada y se iluminaron con calidez esta y el salón. Catalina miró a su alrededor confusa.

—¿Qué?

—El otro día no me fijé. ¿La tienes a medio hacer? —preguntó.

—No. Esta parte —señalé a mi derecha, donde se extendía un espacio más similar a una nave industrial que a una casa. Las dos alturas habían sido eliminadas para alzar la vista hacia un techo que quedaba a muchos metros de la cabeza y que necesitaba para manejar obras de gran envergadura—… es mi estudio. Aquí trabajo.

—Pero…

—Este edificio, aunque te cueste creerlo, ha sido muchas cosas, pero nunca un edificio de viviendas particulares. Nos concedieron la célula de habitabilidad hace relativamente poco. Ha sido fábrica, almacén, oficinas…

—Y ahora tu casa.

—Mi casa empieza aquí… —Le enseñé el salón, separado de la cocina americana por unos cerramientos de hierro forjado negro y cristal, de aspecto industrial—. Y termina arriba, donde tengo el dormitorio.

—¿Arriba?

—En esa parte tengo dos alturas.

Entré, dejé la chaqueta sobre el sofá de piel y me pasé la mano por el pelo. Me encantaba mi casa, pero siempre me ponía nervioso meter a alguien nuevo entre sus paredes. Era mi refugio. Soy un tío obsesivo y bastante impoluto, pero nunca estaba seguro, mientras creaba, de si habría fregado los platos o colocado las cosas en su lugar natural. La explosión creativa a veces me hacía hacer cosas raras…, como guardar pinceles en la nevera.

—Joder… —le escuché murmurar—. Es una puta pasada.

—Sí. —Me lanzó una mirada de soslayo, que recogí con una sonrisa—. ¿Qué? Es una pasada. No voy a andarme ahora con falsa modestia.

—¿Cómo no me di cuenta el otro día del pisazo que tienes?

—Estabas tú como para preocuparte por bienes inmuebles… —me burlé.

—La habitación entonces, ¿está arriba?

—Sí. El dormitorio y un baño. Abajo tengo otro baño y una habitación. —Le indiqué el pasillo que se abría junto a la cocina.

—Aquí huele a gastarse pasta en un decorador.

—Qué va —negué—. Me hicieron la reforma y lo demás…, cosa mía. Hay mucha mierda de mis viajes y algunas obras mías que decidí quedarme. El resto es intuición.

Catalina dio una vuelta sobre sí misma, alucinada.

—¿Y se supone que todo artista debe tener esto?

—No. —Me reí—. Yo soy uno con mucha suerte. Lo que necesita todo artista es un espacio donde trabajar cómodo.

—¿Puedo…? —Señaló hacia mi estudio.

—Puedes. Pero no toques nada.

Escuché sus pasos sobre el suelo de cemento y me dirigí a la cocina, donde abrí dos cervezas sin preguntarle siquiera si le apetecía. Creo que estaba un poco borracho de buen rollo.

—¡Qué pasada! Pero ¡tío…!

Sonreí para mí. Tenía el entusiasmo de una niña pequeña.

La encontré delante de una escultura a medio terminar, de las que deseché por falta de inspiración.

—¿Qué es? —me preguntó alucinada.

—Iba a ser una mano. Luego un dedo. Se quedó en «pedrusco lamentablemente cincelado».

—¿Y eso? —Refiriéndose a un cuadro apoyado en la pared.

—Eso es de cuando me dio por pintar el amor. También bastante lamentable todo.

Era una pintura, hiperrealista en la técnica, que representaba a una mujer desnuda sentada en mitad de una zona horriblemente concurrida de una ciudad que no existía.

—¿Qué significa?

—Que estaba muy enamorado de ella. —Señalé la pintura, arqueando una ceja—. Y pintaba tonterías.

—¡Oh! —Cogió la cerveza que le tendía—. Así que…, gracias. Así que… no solo no eres un pichabrava, sino que, además, eres de los que se enamoran.

Le arrugué el labio mientras me acercaba el botellín a la boca.

—¿Ahora somos *besties* y nos contamos batallitas?

—Ah, no. Es verdad. Que tienes que seguir intentando esconder durante un poquito más de tiempo que tienes emociones humanas.

—No nos pasemos.

—Dices «no nos pasemos», pero suena a «me estás empezando a caer bien».

Brindamos con el culo de la botella y una sonrisa.

—Me gusta el personaje. Pero es como decir que me cae bien el actor, cuando lo que me gusta es el papel.

Irguió el dedo corazón prácticamente en mi cara y los dos nos echamos a reír.

—Anda. Bébete la cerveza y vete. Tengo que trabajar.

—¿No puedo quedarme a verte trabajar?

—Ah. No lo había pensado…, déjame que…, ¡¡NO!!

Se echó a reír a carcajadas y empinó la cerveza en el aire para… terminársela de un trago. Después me tendió el casco vacío y, cuando lo recogí, se acercó a mí.

—No bebo cerveza. Vino tinto o güisqui.

—Lo siento, señorita.

—Que no vuelva a pasar.

Me di cuenta de que ni siquiera se había descolgado el bolso del brazo cuando se dirigió hacia la puerta.

—Oye, ¿qué le digo a mi amigo?

—Que lo quieres mucho y que nunca le fallarás —respondió sin darse la vuelta.

—No. En serio. Al del estudio en alquiler. ¿Qué le digo?

—Que tengo que verlo. Y que no pagaré más de cuatrocientos.

El sonido de la puerta encajando en su marco al cerrarse le sirvió de punto final a su frase. La imaginé bajando los escalones con esos saltitos ligeros con los que andaba y fundiéndose con una ciudad que la engulliría de camino a su casa.

Y menos mal que se fue. Porque me estaba pareciendo una monada.

23
Las cabezas

Me salió bien, pero si me marché fue porque hacía un ratito que Mikel Avedaño me estaba…

Ay, Dios…, ¿en serio tengo que decirlo?

Venga, hombre, si ya lo sabes.

Está bien, está bien.

Buff.

A ver…, Mikel Avedaño me estaba pareciendo un bombón.

Pero, como no puede ser de otra forma conmigo, me fui cagándola bien cagada. ¿Que te acaban de despedir, no tienes más que un cheque de seis mil euros y unos poquitos ahorros ingresados en tu cuenta bancaria? ¡Comprométete a alquilar un estudio de pintura para… no pintar! Claro que sí, Catalina. A ti que no te falte de nada.

Primera lección por aprender: Catalina Ferrero era artista. Yo no. No necesitábamos un estudio.

… O sí…

Eloy me llamó el día siguiente, cuando aún me estaba quitando las legañas y la pesadez de cabeza de beberme cuatro güisquis solos, sin estar acostumbrada a nada de eso. Para mi alivio, la llamada fue más bien corta. Solo quería que me pasase «a no más tardar» por la galería. «A no más tardar», la madre que lo parió. Pensé que era mi oportunidad para ir, seria, a exigir mis lienzos y, de paso, un trato digno, que manda cojones que una tenga que pedir estas cosas a estas alturas de la vida.

Me encantaría decir que cuando llegué a la galería y Andrea me dejó pasar a su despacho, me pareció mucho más feo que la última vez que nos vimos, pero otra cosa curiosa y muy útil que aprender es que hay gente imbécil muy guapa, y que… no va a dejar de serlo por más imbécil que sea. Nos parecerá menos follable, es verdad, pero eso no toca, ni siquiera roza como por casualidad, la objetividad de su belleza. Y Eloy era guapo…, tan guapo que podría ser guapa. Una belleza andrógina indiscutible en cualquier siglo de la historia.

Sentadito en su escritorio con un jersey de cuello vuelto negro y los rizos revueltos…, era una maldita monada, por favor.

—Hola —me salió un gallo en la voz.

—Hola, Catalina, ¿cómo está mi artista preferida? —Se levantó, sonriendo como nunca.

Sonreía como un demente. Si no hubiera sido tan guapo, la visión me hubiera hecho correr en dirección contraria.

—Bien.

—Ven, ven. Quítate eso…, ¿es un abrigo? —Miró mi kimono de terciopelo verde botella que, por cierto, pesaba una barbaridad.

—Es un kimono. Era de mi tía abuela.

—Ah, qué bien. Venga, siéntate. ¿Café? ¿Un dulce?

Me mantuve todo lo seria que había ensayado estar. Pareció surtir efecto.

—¿Prefieres una copa?

No flaqueé.

—Tengo prisa, Eloy.

—Claro, claro. Los artistas. —Suspiró—. Quién naciera con talento para estar en la otra cara del arte.

Me senté en uno de los sillones y crucé las piernas. El vestido ceñido, de color negro, se arremangó un poco, dejando a las medias negras traslúcidas mucho protagonismo. Él se sentó en otro de los sillones, dándome un buen repaso de arriba abajo.

—Estás diferente.

—Me han despedido. Tengo más tiempo libre. Será eso.

—Puede…, es importante dormir ocho horas. Al cutis le sienta muy bien.

—Y beber mucha agua —ironicé.

—Exacto. —Sonrió, señalándome—. Siempre lo digo.

—Tus consejos de belleza están genial, Eloy —dije con un tono de voz amigable—, pero…

—Sí, sí. Voy al grano. Verás…, me he dado cuenta de que hay un error de forma en el contrato que firmamos.

Mierda. *Shit. Merde. Merda. ScheiBen.*

—Ya…

—Pero no pasa nada. He preparado uno nuevo que inhabilita el anterior. No tienes que preocuparte. Lo han elaborado mis abogados y…

—Eloy…

—Las condiciones, como puedes ver —empezó a revolver unos papeles que descansaban en la mesa de centro— son las mismas. Al cincuenta por ciento.

¿Qué le pasaba? Oh…, espera…, ¿estaba nervioso?

—Eloy.

—Dime, Catalina.

—No es un error de forma. —Sonreí, queda—. Es un error… de inventario.

Arqueó una ceja, elegante y se reclinó hacia atrás.

—¿Lo sabías?

—Me di cuenta el otro día. Quería hablarlo contigo. Es más, cuando me has llamado he pensado que era muy conveniente tu invitación, porque quería solucionarlo.

—Pues ya ves. —Sonrió falso—. Solo tienes que firmar y… solucionado.

—No.

Por su expresión, ya imaginaba que esa iba a ser mi respuesta.

—Mira, Catalina. —Y el tono era, ahora, tenso como el acero—. Creo que no tengo que recordarte que…

—Que me encontraste en El Rastro, que no soy nadie, que me olvidarán y que soy una mota de polvo en el universo, no como Mikel Avedaño.

—Exacto. —Se humedeció los labios.

—Ya. Pues es que… justo por eso, creo que es mejor que dejemos el contrato como está. Nos cuesta más trabajo entendernos del que imaginamos en un primer momento, así que creo que vamos a ir funcionando con esas veinte obras que constan en el contrato y de las once restantes, ya hablaremos.

—Doce. No once.

—Once, porque he decidido que no quiero vender la que hemos nombrado como… — saqué mi cuaderno y pasé las hojas con dedos rápidos— la número tres. La número tres me la quedo. Es especial para mí. Es personal. No voy a venderla. —Era justo aquel cuadro con un fondo verde esmeralda, donde resaltaban también rojos sangrantes y azules profundos, ese que le dije a Mikel que era de mis favoritos el día de mi presentación-pesadilla.

—No puedes…

—Sí puedo… —Saqué una fotocopia del contrato que había estudiado y metido dentro del cuaderno antes de salir hacia allí—. Es de las que no aparecen en el contrato. Así que… —Me encogí de hombros—. Pero quiero que esto…, nosotros —nos señalé con sorna—, salga bien, que tengamos futuro. Así que, quitando esa obra, puedes escoger las veinte que consideres para representarlas ahora mismo. Como te decía, podemos hacer un contrato por las restantes más adelante, si todo va bien.

Su cara era un poema. Me cagué un poco, la verdad. Eloy no parecía de esas personas que uno puede permitirse el lujo de tener como enemigas, y yo… igual me estaba pasando. El órdago era grande. Puto Mikel…, qué consejos me daba. Ahora no podía recular.

—¿Entonces? —insistió—. ¿Qué hacemos con las que no represento?

—Me las llevo. —Me humedecí los labios—. Y ya veremos.

—¿Me estás chantajeando, Catalina?

—Para nada. Me estoy respetando como profesional. La semana pasada me gritaste y me trataste como un trapo viejo y sucio.

—Entonces… ¿me estás dando una lección? ¿Es eso?

—No, qué va. La lección me la diste tú a mí, que confié pronto y… mal. —Sonreí triste—. No es nada personal, pero estoy dolida.

Le costó unos segundos reconstruir un semblante amable, pero lo consiguió.

—Lo entiendo. Y lo siento. Tienes toda la razón. He hecho muchas cosas mal. —Tamborileó los dedos sobre el contrato, como pensando para sí mismo que el primer error había sido la chapuza de contrato que firmamos—. Arreglaremos las cosas y venderemos los treinta y un cuadros en la exposición. Hasta entonces, te demostraré que puedes confiar en mí.

—Escoge los lienzos, Eloy. Me gustaría llevarme los restantes.

Asintió. Sonrió. Dijo una especie de «claro que sí». Sin embargo, toda su contención no sirvió de nada, porque el «hija de puta asquerosa, me las pagarás» resonó en Dolby Surround, haciendo vibrar mis tímpanos, aunque llegase por ondas cerebrales.

No se me ocurrió otra cosa. Es la verdad. ¿Podría haberlos llevado a casa como el día que los saqué del pueblo? Podría. Pero es que cuando hice aquello no tenía un «amigo» con un taller enorme en el que cabían perfectamente sin molestar a nadie. En mi casa podía ir dejándolos apoyados por rincones, pero convertía el pasillo en una yincana del tipo «Humor amarillo» y, ahora que sabía que podía ganarme una pasta con ellos, no quería arriesgarme a que les pasase cualquiera de las cosas que podrían pasar en mi piso compartido, que eran muchas. Fue la única solución que se me vino a la cabeza. Quizá no fue la más brillante, pero hay situaciones en las que de donde no hay no se puede sacar.

—¿Sí?

—Baja —respondí firme.

—¿Quién es?

—Ay, Mikel, ¿quién va a ser? Como si te visitara mucha gente.

—¡Pues por eso! —se quejó—. ¿No te da una pista?

—Anda, baja.

Colgó el telefonillo. Volví a pulsarlo.

—¡¡¡¿Qué?!!! —gritó al descolgar.

—Va en serio. Baja. O subo yo.

—Vas a subir de todas formas.

—Sí, pero si bajas antes, lo haré con mejor humor.

La blasfemia que soltó sigue rebotando a día de hoy en los recovecos de aquella calle.

Apareció en el portal como un huracán, con un jersey negro destrozado y manchado por todas partes, a conjunto con un pantalón vaquero en las mismas condiciones. Lo cierto es que tenía bastante más pinta de artista así que con su habitual indumentaria.

—¿Qué? —me encaró al abrir la puerta.

—Necesito…

—¡No me jodas!

—Mikel, esta es una relación en la que ambos salimos beneficiados. Mi eterna búsqueda de algo que valga la pena te inspira. Y yo necesito a alguien que sepa lo que hace.

—Tienes treinta años…, ¿¿cómo has sobrevivido hasta ahora??

—Con cuidado. Necesito que me guardes estos cuadros. —Señalé el hatillo que acababa de bajar de uno de esos taxis con los que te vas al aeropuerto de vacaciones, con espacio para muchas maletas.

—¡Alquílate un puto estudio! —me gritó.

—Oye, oye…, ¿te interrumpo?

—Claro que me interrumpes, Catalina. Llevas interrumpiendo mi vida desde que te conozco. La gente trabaja, ¿sabes?

—Sí, lo sé. Yo trabajaba hasta que me despidieron por tu culpa.

Guerra de miradas durante unos segundos. Yo gané la batalla.

—Joder —bufó—. Vale. Joder, qué… —Apretó los puños y lanzó un gruñido—. ¡¡Mujer!! Me pones de los nervios.

—¿Me ayudas o no?

—Hay que subirlos por el montacargas. Por el ascensor no caben.

—¿Montacargas?

—¿Por dónde crees que saco yo los míos? ¿Por la ventana y con una grúa?

—Pues, chico, lo he visto hacer con sofás.

Cogió los cuadros y echó a andar hacia la esquina. No me quedó más remedio que seguirle. Dimos la vuelta a la manzana y, por la parte de atrás, accedimos al edificio por una entrada trasera tras la que apareció, más viejo que la tos, el montacargas que menos confianza inspiraba de la historia.

—Es fiable —me dijo al ver mi expresión—. No me ha fallado en la vida.

—¿Seguro?

—He bajado una escultura de doscientos kilos, Catalina. Tú y lo insoportable que eres cabéis aquí, no te preocupes.

Entró, dejó apoyados los cuadros dentro, y tiró de mí.

—Tienes que dejar de presentarte en mi casa o te pondré una denuncia por acoso.

—Sin invitación solo he venido dos veces.

—Tres. —Cerró la puerta, pulsó el piso y cruzó los brazos sobre el pecho—. El acoso tiene poca gracia, Catalina.

Me mordí el labio, avergonzada.

—Yo no quiero acosarte.

—Imagínate que te lo hago yo a ti. ¿Qué tal?

—*Creepy* —confesé.

—Pues ya sabes.

El montacargas llegó a su piso, a otra puerta, claro.

—¿Tienes una entrada secreta? ¿Como en la Batcueva?

No contestó. Abrió la puerta con el manojo de llaves que abultaba el bolsillo de su pantalón vaquero y llevó adentro los cuadros. Hasta ese momento no me había dado cuenta de que iba descalzo.

—¡Mikel! ¡Que vas sin zapatos!

Se miró los pies.

—Joder. —Se frotó la cara—. Catalina, de verdad…, tienes que dejar de venir. Vas a volverme loco.

—Es que…

Lo cierto es que era para mandarme a la mierda. Desde que lo conocía no había hecho otra cosa que meterle en follones, odiarle con la mirada y presentarme en su casa. Me avergoncé. Mucho. Soy persona, aunque a veces parezca animal de compañía.

—Lo siento mucho. Tienes razón. Siempre termino dándote por culo a ti, que…, joder…, no tienes por qué solventarme las papeletas. Pero es que… necesito un padrino. Necesito que…

—Déjalo. —Cerró los ojos y se marchó en dirección a la parte privada de la casa—. La próxima vez, al menos, llama antes de venir.

Crucé el estudio, siguiéndole a una distancia prudencial. Casi me dieron ganas de quedarme allí, estudiando de cerca las cuatro cabezas de barro que había apoyadas en uno de los alféizares de las enormes ventanas. Frustración. Soledad. Pasión. Aburrimiento.

—Qué chulas —le dije de soslayo, con miedo de meter la pata.

—Gracias, pero no sé…

—Frustración, soledad, pasión y aburrimiento, ¿no?

Se volvió hacia mí con un filtro para el café en la mano y su expresión cambió cuando empezó a estudiarme con detenimiento. Estábamos ya en la cocina.

—¿Qué? —le pregunté.

—El kimono… —Me señaló—. Es muy bonito.

—Gracias. —Sonreí.

—Son frustración, perplejidad, rabia y ligereza.

—Cambias de tema a una velocidad pasmosa.

—Las cabezas… —me indicó las pruebas en barro—. Lo que representan son la frustración, la perplejidad, la rabia y la ligereza.

Arqueé una ceja y me aproximé hacia ellas.

—«La perplejidad» me parece terriblemente desoladora —me escuché decir.

—Casi hablas como una artista. ¿Café?

—Americano. Con hielo y limón.

—La madre que la parió —se quejó entre dientes, mientras se dirigía de nuevo a la cocina.

Me quedé delante de las cabezas. Era bastante inquietante tener delante una réplica tan fiel de la cabeza de Mikel cercenada. Como si en el momento de la guillotina le hubieran pillado con la expresión que ahora reinaba en sus cuatro rostros.

—Piénsalo. La sensación de perplejidad —dijo, sin dejar de preparar el café— tiene algo de tristeza también. Te sientes perdido… porque no entiendes. El ser humano necesita entender para encontrar su medida en el mundo, aunque esta esté casi siempre mal calculada y nos sintamos más grandes de lo que somos. Por eso parece un poco solo. Un poco triste. Porque algo acaba de romper una de sus creencias y, durante el tiempo que tarda en reubicarse en su mapa, se da cuenta de que está completamente solo en el mundo.

—Guau… —Y no fue una expresión de admiración, sino de acojone—. Un poco oscuro, ¿no?

—No lo creo. Realista.

—La rabia parece pasión. Como si estuvieses loco de ganas de…, uhm…, ¿cómo lo digo?

—No hace falta que lo digas, te he entendido.

Me volví y le sonreí, a pesar de que él me miraba ceñudo.

—Con la rabia estoy teniendo problemas, es verdad —me aclaró—. Me he quedado en un paso intermedio de la expresión. Es como si estuviera mezclando colores primarios para conseguir uno nuevo que conozco, pero que nunca me sale. La rabia contiene pasión. Si algo no te toca de cerca, de algún modo, no sientes rabia. Pero se me escapan los detalles.

Una taza humeante apareció frente a mi nariz.

—No tengo hielo —espetó.

—Ni limón, por lo que veo.

Me lanzó una mirada entre harta y divertida que me hizo entender lo que decía sobre plasmar las emociones en un busto: cualquier cosa que sintamos está compuesta de cientos de pequeñas emociones que componen una más grande a la que hemos sabido poner nombre.

—Siento haberme presentado aquí otra vez —le dije arrepentida—. No lo había pensado. Si un tío hiciera esto me sentiría tremendamente invadida.

—Si una mujer lo hiciera, también. Créeme.

—Lo siento. Me voy. Solo… guárdame los cuadros hasta que encuentre dónde dejarlos, ¿vale?

Dejé la taza en una mesa llena de polvo anaranjado, recipientes sucios y herramientas de trabajo y volví a disculparme con un gesto, pero él me volvió a colocar la taza en la mano.

—Ya me has interrumpido. Cuéntame cómo ha ido, a ver si imaginar a Eloy rojo de rabia me ayuda con eso.

Señaló fugazmente sus cabezas y ambos nos quedados allí, parados, estudiándolas con la mirada. Eran inquietantes. E interesantes. Un poco hipnóticas. Tenían algo especial. Había cierto carácter en ellas. Una esencia. Me volví a mirarlo. De perfil, con los ojos fijos en su trabajo y el ceño ligeramente fruncido, estaba muy sexi.

Al notar que lo miraba, se volvió un poco hacia mí.

—¿Qué?

—Eres un poquito narcisista, ¿eh?

Se le escapó una carcajada. Y las arruguitas de expresión alrededor de sus ojos se acentuaron con la llamarada de brillo que prendió el pozo negro de sus pupilas. Su boca, bonita, sensual, se veía incómoda con la risa, como una novia con el vestido que ha escogido y al que aún no ha conseguido habituarse. Sentí que podía quedarme un rato allí…, mirándolo.

—Te queda bien la risa —le dije.

—No me río mucho.

—Algo había notado. Pues… es sanísima.

—Soy un tío serio.

—Eres un tío raro, pero nada que no pueda solucionarse con un poco de práctica.

Volvimos a callarnos, sosteniendo en los labios aún una sonrisa en la que no mediaba el comedimiento. Solo queríamos sonreír y… sonreíamos.

Un soniquete interrumpió el estudio visual.

—Tu móvil —me dijo.

Pues sí. Mi móvil, boca bonita.

Era Eloy.

—Madre, madre, madre…, ¡es Eloy!

—Eh… —Mikel tiró de mi brazo con suavidad—. Eres Catalina *Fucking* Ferrero. Esa no le tiene miedo.

—Es verdad —asentí, sin estar nada convencida.

—Cógelo. Que se entere.

Carraspeé. Me aparté un par de pasos y contesté:

—¿Sí?

Miré a Mikel por encima del hombro y me enseñó los dos pulgares en señal de aprobación.

—Catalina…, perdona que te moleste.

—No es molestia. Dime.

—Me he quedado un poco intranquilo después de nuestra conversación. Estamos tropezando mucho últimamente, y… me he dado cuenta de que quizá el problema es que no estoy centrado en lo que debería estar centrado. Te pido disculpas.

—Aceptadas.

—Bien. Dicho esto. —Cogió aire, como si acabara de tragarse algo muy amargo—. He hecho unas llamadas. He pedido unos favores… y he conseguido un reportaje en *Mainstream*.

—¿Un reportaje en *Mainstream?*

Mikel asintió. Eran buenas noticias. *Mainstream* era una de esas publicaciones modernas con mucha acogida, con mucho eco, con mucho de todo lo que cualquier revista querría tener. Y me iban a hacer un reportaje.

—Sí. Lo único es que por una cuestión de agenda, aunque el reportaje saldrá dentro de bastante…, no sé si me dijeron enero…, tienen que hacerte la entrevista y las fotos el viernes como muy tarde.

—Vale. Entrevista y fotos el viernes.

—Sí. En tu estudio.

—Pero yo no tengo estudio…

—Ese es tu problema, no el mío, querida. No lo puedo solucionar todo. —Y su voz sonó momentáneamente reconfortada, como si se alimentara de ese tipo de malicias y le cargaran la batería interna.

—¿Y no puede ser en la galería?

—Estamos preparando la exposición de otro artista, lo siento.

Miré a Mikel de reojo. Tomaba café apoyado en una pesada estantería llena de artilugios cuyo uso me resultaba un completo misterio. Cuando se cruzaron nuestras miradas, levantó las cejas, interrogante.

—Vale. No te preocupes. Me buscaré la vida.

—Que no quedemos en ridículo, por favor.

—Gracias por la ayuda.

—De nada.

Colgó el teléfono. Ok. Vale. Estaba enfadado. Lo suficiente como para hacerme regalos envenenados.

—Este tío es tonto —le dije a Mikel—. ¿Por qué me pone la zancadilla si se la está poniendo a él mismo? No lo entiendo.

—Porque siempre tiene maneras de escabullirse de la miseria ajena. No lo olvides.

Vale…, ahora qué.

—Van a hacerme un reportaje en *Mainstream*… en mi estudio —le repetí perpleja, aunque ya sabía la noticia.

—Tú no tienes estudio. —Y me recalcó algo que bien sabía yo.

—Pues eso digo yo. Que este Eloy…

—Te lo dije.

—Oye…, ¿a ti qué te hizo? Porque le tienes una inquina…

—Me timó con una exposición. Los dos estábamos empezando; él se creía muy listo y yo era muy tonto.

—No te imagino siendo tonto. A lo sumo gilipollas, pero tonto no.

Lanzó una carcajada al aire que sonó a cascabeles roncos, al tañido de una campana en plena noche, a una canción que te dedican en la radio.

—Pues yo diría que te idolatra —le dije sorprendida—. Cuando habla de ti no parece que hable del «tío al que engañé como a un tonto».

—Eloy es un tipo extraño. Quién sabe por qué hace las cosas que hace.

—No hay que enfadarse por dinero. —Suspiré—. El dinero viene y va.

—Me enfadé por orgullo. En exceso es malo, pero en su justa medida nos previene de la gente como Eloy.

Me quedé mirando la cabeza de arcilla de Mikel. La de la rabia. La señalé.

—Le falta sorpresa. La rabia es pasión, pero también es sorpresa. Pasión, sorpresa, control…

—¿Control? —Me miró extrañado.

—Hemos crecido con la idea de que mostrar nuestra rabia es malo, de modo que los signos que dejamos que nos asomen al rostro son solo los que no podemos controlar, pero lo intentamos. Es más que un enfado. Es… fuego. Cuando sentimos rabia, por un momento, también estamos locos.

Deslizó la mirada despacio hacia la escultura, sopesando mis palabras. Asintió casi de manera imperceptible y cogió aire.

—Coge la chaqueta —me dijo.

—Ya me voy —respondí con un toque de tristeza.

—No, nos vamos. Tienes que alquilar el estudio.

24
Mi estudio, mi reino

Su contacto era un encantador profesor de la Universidad de Bellas Artes con gafitas redondas, el pelo lleno de canas y la mirada cansada. No es que el estudio se le hubiera quedado pequeño: se jubilaba e iba a trasladarse a una casita en su pueblo para vivir y pintar a sus anchas. Me parecía un planazo incluso a mí, que no pintaba.

De nuevo me sorprendió ver la pleitesía que rendía la gente a Mikel. Solo tuvo que descolgar el teléfono y hacer una llamada avisando de que en veinte minutos estaríamos en el estudio y cuando llegamos, el adorable profesor de pintura nos esperaba en la calle, además en mi barrio, en Chamberí. Y no fue solo eso, sino la actitud con la que lo trató, con cierta reverencia implícita. Empezaba a darme cuenta de que era alguien importante en un mundo del que yo no sabía nada, pero en el que había terminado cayendo de bruces por error. Y eso me hacía sentir un poco desconcertada. Por una parte, me gustaba. Siempre fui de esas personas que sienten cierta atracción hacia quienes han conseguido la admiración ajena (que no el poder, no es lo mismo), así que al atractivo natural de alguien como Mikel, se le sumaba ese halo de *je ne sais quois* del que lo dotaba la adoración externa. Por otra, me sentía extrañamente insignificante cuando él ejercía de artista. Quizá porque él sabía cuál era su camino y yo solamente estaba corriendo por una vereda que otra persona abrió por mí.

El estudio estaba en un edificio viejo, pero con cierta solera somnolienta, camuflada por una capa de años. La pintura de la fachada, blanca, parecía haber sido retocada hacía relativamente poco, pero el portal exhalaba un tufillo a decadencia. Podía imaginarme a las vecinas, viejas damas arrugadas venidas a menos que continuaban pensando que formaban parte de la flor y nata de la sociedad. Escalofriante.

—¿Qué tal las vecinas?

Mikel disimuló la risa estupefacta que le provocó mi pregunta, mientras que su contacto se lanzó a responder.

—Es un vecindario muy tranquilo. Perfecto para pintar. A estas horas ya no se apreciará como es debido, pero entra una luz espectacular. Os va a gustar.

—Que suba ella. Yo mejor os espero aquí. —Mikel quiso desentenderse.

—Ah, no. —Me rebelé de sus intenciones—. Si vas a hacer el milagro, qué menos que vistas también el santo.

—¿Te sabes todos los dichos del mundo? —preguntó divertido.

—Casi todos los de habla hispana.

—Señorita Dichos.

Su sonrisa me pareció burlona y juguetona.

—El ascensor es pequeño, ya subo yo andando —dijo el dueño.

—No, no. Yo subo andando —me ofrecí.

—Venga, hombre… —Mikel intentó meternos a los dos y encaminarse él hacia la escalera.

—Que no, que no…, ¿cuántos pisos son? —metí baza.

—Cuatro. Pero sube tú en el ascensor —insistió el dueño.

—No, sube tú.

Ay, Dios. Qué agonía.

El dueño terminó entrando. Yo entré (¿cuatro pisos a pie cuando hay ascensor? No, gracias). Mikel entró a la fuerza cuando tiré de su manga con poderío.

—Ale. Los tres dentro. Se acabó la discusión.

Se rio cuando la puerta se cerró a su espalda y nos quedamos mirándonos, pegados. Mi cabeza quedaba a la altura de su cuello. Tenía un cuello bonito. Poderoso, como el resto de su cuerpo. ¿Cómo estaría sin el jersey? ¿Tendría vello en el pecho? ¿Y la espalda…?

—Estás fuerte, ¿eh? —Le toqué el pecho con la barbilla—. Acero para barcos.

—Catalina… —musitó como advertencia.

—¿Qué? —le reté.

—Que como se te dé tan bien todo como tocar los cojones…

—Pues no es lo mejor que sé hacer con esa parte del cuerpo.

Abrió los ojos de par en par y el señor carraspeó.

—¡Estoy de broma! —aclaré.

—Gracias, Catalina, por hacer de este viaje en ascensor algo un poco más violento.

Mikel quiso darse la vuelta, pero el ascensor era realmente pequeño. Ponía para tres personas, pero… igual que esos envases de comida que indican que contienen dos raciones y que yo me como sola sin pestañear. En el intento de darse la vuelta, me tocó el culo, las tetas y, si me apuras, el útero.

—Mucho mejor. Así ya sabemos que no llevo armas encima.

—Joder, perdona.

Cuando el ascensor se abrió, diría que, en lugar de salir, Mikel se precipitó hacia fuera.

La puerta era bonita. Joder. Era muy bonita y estaba en un rellano también bonito, lleno de puertas igual de bonitas y que terminaba en una vidriera con motivos vegetales que no había visto una bayeta en décadas, pero… bonita. La puerta en cuestión tenía una mirilla grande y artesonada, rematada en hierro y algunas volutas en relieve y al abrirse no chirrió, como la de casa de Teresa. Llevábamos por lo menos dos años diciéndonos entre nosotras la falta que le hacía engrasarla, pero al parecer ninguna sabía hacerlo.

—Antiguamente solo había dos viviendas por piso, pero con los años fueron partiéndose en apartamentos. Este es el más pequeño.

La tarde caía sobre las aceras y, desde las amplias ventanas del estudio, veíamos cómo se arrojaba en caída libre, como un suicida, llenándolo todo de una luz malva, no… lavanda. Sí. La luz, aquella tarde era de color lavanda.

El estudio estaba vacío. Completamente vacío y recién pintado de blanco, con lo que el impacto fue casi mayor. Era un cuadrado perfecto con dos ventanas a la calle, una de ellas con forma de pequeño mirador, de los antiguos, con decoración modernista en el cerramiento de la ventana. La cocina, a la que se accedía a través de una puerta pintada de blanco, se situaba a la derecha de la entrada y constaba solamente de una pila, el hueco para una lavadora y un frigorífico y una pequeña bancada con uno de los extremos voladizos, donde se encontraba un taburete solitario.

El resto era diáfano. Serían unos treinta o cuarenta metros, no más. Pero los que fueran me parecieron perfectos. Con sus techos altos. Con sus molduras. Con sus vistas al Chamberí que, con los años, había aprendido a querer.

Un único armario empotrado de dimensiones medianas y un baño completo en blanco y negro, con ducha, remataban el apartamento.

—Como ves, es pequeño como casa, pero como estudio es perfecto.

—La luz es magnífica —musitó Mikel—. ¿Norte?

—Norte.

—Lo que hubiera dado por esto cuando salí de la universidad. —Sonrió.

Me paseé por la estancia maravillada. Yo solo necesitaba el estudio para que me hicieran las cuatro fotografías para el reportaje, pero algo allí me había enamorado. No sé si fue la luz o el espacio virgen e impoluto, que parecía no haber albergado ninguna historia, deseando resguardar la mía. No sé si fue la impresión de oportunidad, de poder empezar de cero. No sé lo que fue, pero caí rendida a sus pies.

—¿Cuánto?

—Pues pensaba pedir 750, pero por ser amiga de Mikel…, 600.

Me volví hacia el mirador.

—¿Puedo abrirlo?

—Claro. Abre y toca lo que necesites.

—¿Tiene calefacción?

—Central.

—¿Están incluidos los gastos?

—Todos menos la luz.

Miré a Mikel, allí, apoyada en el marco del mirador. Durante unos segundos nos sobrevoló una quietud extraña, como si los que íbamos a ser estuvieran mirándose antes de que todo pasase. Sonrió y yo sonreí también. Faltaban aún muchas cosas por vivir para darnos cuenta de la importancia de aquel instante.

—¿Qué? —preguntó—. ¿Te cuadra?

—No lo puedo pagar.

—Lo necesitas.

—No me lo puedo permitir —le respondí.

—Yo no puedo rebajártelo más, niña —se excusó el viejo profesor—. Ya sería pecado.

—Lo sé, lo sé. Si el precio es muy bueno. Es que… no puedo permitírmelo.

—¿Y cómo vas a solucionar lo de…, ya sabes…, el reportaje?

—Ya me apañaré. Siempre me apaño. —Me giré hacia el dueño y le tendí la mano—. Gracias por su tiempo.

Ya era de noche cuando Mikel y yo enfilamos en dirección a la calle principal, creo recordar que era Santa Engracia. Andábamos sin hablar. Él con sus andares acelerados, como si llegase tarde a algún sitio, pero no quisiera que nadie se lo notara, y yo intentando ir a su ritmo, pero cabizbaja.

—¿Estás segura de que no puedes pagarlo?

—Podría pagarlo un mes, pero sería un capricho extraordinariamente caro. No tengo trabajo.

—No se me había olvidado —gruñó.

—No lo decía por tu implicación en el despido…, al menos en esta ocasión.

—Vas a ganar mucho dinero con la exposición. Quiero decir… que si Eloy consigue lo que pretende…, y siempre lo consigue, va a hacer que la bola de nieve se haga gigantesca. Y el precio de tus cuadros se pondrá bastante apetecible. Hay un montón de imbéciles con pasta a los que les seduce mucho más gastarse los cuartos en arte cuando este cuesta caro. Imbéciles con pasta a los que Eloy tiene acceso, por cierto.

—Ya me ha dado seis mil de adelanto.

—Pues calcula que aún te quedan por cobrar… mínimo, otros tantos. Y estoy tirando muy a la baja.

—Me saca del apuro, pero no de pobre.

—Ya me imagino.

Se paró en la calle de pronto y cuando lo miré interrogante, me di cuenta de que él tenía que tomar una dirección contraria a la mía.

—Ah, sí. Que tu casa está para allá. —Suspiré—. Bueno. Gracias por el intento.

—Gracias a ti por la promesa de no volver a presentarte en mi casa.

—Sin ser invitada.

—Bueno, es lo mismo.

—¿No me vas a invitar? —Arqueé una ceja, divertida.
Se echó a reír.

—Ya, lo sé. Eres una compañía tan extraordinaria y agradable que no sé cómo no me apetece invitarte todos los días —apuntó sarcástico.

—Pues iba a mejorar muchísimo tu calidad de vida, te lo digo yo.

—¿Voy poniendo tu nombre en el buzón?

—Ibas a ser tan feliz… —Me reí.

—Claro…, voy a ponerte una camita supletoria al lado de la mía y a darte la mano por las noches. O, directamente, ¿por qué no te digo: «Venga, Catalina, ¡dales mi dirección a los de la revista y fingimos que el estudio es tuyo!»?

La sonrisa se desvaneció de mi cara y abrí mucho los ojos. Él, inmediatamente, también.

—Ni de coña —dijo.

—¡Será solo un día!

—¡Catalina! —voceó, nervioso—. ¡Ni de coña!

—¡Solo el viernes!

—Llevan años…, ¡años! Intentando que les abra la puerta de mi casa para un reportaje. No voy a hacerlo ahora por ti. Además, me entran escalofríos solo de pensar que Eloy entre aquí. Siempre ha querido saber la dirección de mi estudio y yo constantemente me he negado a que lo sepa. ¿Te imaginas que me descubre en uno de los cuartos? No, no voy a hacerlo.

—¿Ni para salvarme el culo?

—Hazlo en tu casa. Que vean lo precaria que es la situación del artista emergente.

—Comparto piso con cuatro tías más y hay tapetes de ganchillo en algunos muebles —le anuncié con voz grave.

—Pues ¡los quitas!

—Mikel, por favor.

—Pero ¿te das cuenta de que no dejas de pedir? ¡A ti te ha hecho la boca un fraile, tía!

—¿Ves? Pero ¡si hasta te estoy pegando lo de los dichos populares! Mikel, hay que aprovechar las sinergias.

—Me largo.

Metió las manos en los bolsillos y echó a andar.

—¡Mikel, por favor! Te juro que será lo último que te pida. ¡Total, los cuadros ya están allí!

—Que te he dicho que no —contestó sin pararse, de espaldas.

—¿A ti no te ayudó nadie cuando empezabas? ¡No olvides de dónde vienes, Mikel! Tú también fuiste un artista emergente. ¿Por qué no empatizas conmigo?

Se giró justo antes de un paso de peatones.

—Pues principalmente porque eres una impostora. ¡Es que a veces se te olvida y... se me olvida hasta a mí! Pero no eres una artista emergente. Eres una actriz fingiendo que es artista. Y ahí se acaba el cuento, con lo que mi estudio no pinta nada en todo esto.

No respondí. Joder. Era un argumento de una solidez aplastante. Tenía razón.

—¿Qué? ¿No contestas? No me digas que ahora te he ofendido...

—No —pronuncié enérgicamente. Los pendientes de plata de mi tía Isa se bambolearon en mis orejas—. No contesto porque tienes razón.

Frunció el ceño.

—Coño.

—Sí, sí. Que tienes razón. —Me encogí de hombros—. Olvida lo de tu estudio. Solo... dame unos días para que encuentre dónde dejar los cuadros. Te avisaré para ir a recogerlos, ¿vale?

No respondió.

—No todo vale por dinero —le aclaré—. Buenas noches. Y gracias por lo de hoy.

Alcanzó a levantar la mano a modo de despedida antes de que yo me diera la vuelta y enfilara la calle hacia mi casa.

Empezaba a hacer frío y el kimono era insuficiente encima de aquel vestido de algodón. Iba a tener que buscar soluciones para que mi disfraz no me provocara una pulmonía.

Dios…, qué fácil era meterse en el vicio de la mentira. Recordé a mi madre, cuando era pequeña, explicándome las razones por las que no se tenía que mentir. Mis padres eran de esos que no te decían «porque sí» o «porque lo digo yo». Ellos inventaban fábulas o ejemplos, y tenían en cuenta la edad que yo tenía, para que pudiera entender cualquier argumento. «La mentira es como una escalera hacia abajo con forma de caracol, en la que cuantos más peldaños bajas, más te hundes y más te pierdes. Y si mientes mucho, mucho, mucho, los demás dejan de verte, porque no queda de ti nada que no sea la mentira. ¿Lo entiendes?». Si mi madre me había animado a representar aquel papel era, sin duda, porque estaba segura de que aprendería algo importante en el camino y porque me creía capaz de no perderme en la mentira. No iba a decepcionarla ni a decepcionarme.

No valía todo para mantener una mentira. O pronto dejaría de ver la superficie para tener, a la espalda y por delante, solo un montón de peldaños oscuros.

Teresa había hecho para cenar pescado y verduritas. Lo supe nada más entrar porque Elena y Laura se quejaban sin parar, y ya me conocía yo sus gustos gastronómicos.

—Hola.

—¡Qué guapa! —me dijeron ambas.

—Ah, gracias…, es el nuevo *look* de artista, ahora que no voy a la oficina a trabajar he desplegado las alas de la creatividad.

—Nos lo dijo Teresa. —Y la miraron mientras ella se afanaba en llenar un plato para mí.

—¿Qué haces estos días? Te vemos poco por aquí —apuntó Laura—. Se te echa de menos.

—Pues nada…, no sé. Ya sabes. —Hice un gesto vago con la mano y me senté—. Cosas… de artista.

Saqué el móvil del bolso para recordarme que debía escribir a mi madre para ponerla al día de la aventura, pero Teresa me regañó al dejarme el plato delante.

—Qué poco me gusta que estéis con el móvil en la mesa…

—Sabes que no eres tan mayor como para darnos esos discursos, ¿no? —Me reí.

—Sabes que no eres tan pequeña como para que tenga que dártelos, ¿verdad?

Todas sonreímos.

—Venga, danos envidia. ¿Qué cosas artísticas has estado haciendo hoy? —El coro griego que representaban Elena y Laura hizo su aparición.

—¿Está Claudia? —pregunté mirando hacia el pasillo.

No quería que me oyera y se riera de mí. O que me pillara en un renuncio de mi mentira constante. No sé por qué, siempre creí que si alguien del piso me descubría, sería ella.

—Se ha ido a la cama ya. Le dolía la cabeza.

—Pues… —Cogí el tenedor y el cuchillo y partí el filete humeante de salmón. Teresa cocinaba de vicio—. Hoy he estado en la galería solucionando un problema con Eloy. Después me he tenido que llevar unos lienzos de allí y los he dejado en casa de un colega artista y…, bueno, hemos ido a la caza de un estudio donde… buscar la inspiración, pero el que hemos visto era muy caro.

—Hablas en plural porque ese colega te ha acompañado a ver el estudio —afirmó Elena, ávida de información.

—Sí.

—Y ese colega, ¿no será Mikel Avedaño, alias «en mi pecho se puede montar una tienda de campaña para diecisiete campistas»? —completó Laura.

Me reí.

—Sí. Ese colega es Mikel Avedaño, alias…

El móvil emitió un pitidito sobre la mesa y la mirada se me escurrió hacia allí casi sin pretenderlo. En la pantalla brillaba un wasap con el número que ya tenía archivado como Mikel Pintor: «Tenías razón con *La rabia*. Le falta locura. Si funciona en carboncillo, me imagino que funcionará esculpiéndolo. Te odio, ¿lo sabes? Te dejo el estudio el viernes. Llámame mañana y lo apañamos».

—¡Cata! —Laura y Elena llamaron mi atención a la vez, haciendo chasquear sus dedos en mi cara—. Mikel Avedaño, alias, ¿qué?

—Alias «soy un buen tío, pero no quiero que se note».

25
Tu estudio, tu reino

Le pedí a Teresa que hiciéramos un bizcocho. Sí, lo sé. Presentarse en el *loft* de un artista consagrado con un bizcocho en la mano, aunque hubiese sido invitada, no es la imagen glamurosa que una querría para sí misma. No es que ese artista en concreto me suscitara la misma emoción que ver a Orlando Bloom, que del muchacho ya no se ven muchas pelis, pero yo sigo recuperándolo en mis sueños calentorros de vez en cuando. Mikel era muchas cosas, pero para mí, cuando no había nadie del exterior que me sirviera como referencia, no era una divinidad a la que respetar, venerar y temer. Era solo… un tío con el que me divertía discutiendo y que me estaba echando una mano con eso de no ahogarme en mi propia mentira. Aunque me pareciera objetivamente sexi. Aunque me diera un poquitín (poquito) de susti. Así que un bizcocho, al fin y al cabo, no estaba tan fuera de lugar.

—¿Qué es eso? —preguntó señalando el bulto envuelto en papel de aluminio.

Hacía dos milésimas de segundo que había abierto la puerta, sin saludar.

—Un bizcocho.

Giró un poco la cabeza hacia la derecha, sin dejar de mirarme ceñudo.

—¿Lo has hecho tú?

—Evidentemente…, no.

Lo cogió y entró. Yo cerré la puerta y, cuando me adentré en su búsqueda, lo encontré sentado en un taburete alto, frente a una nueva cabeza de barro, comiéndose el bizcocho con las manos.

—Pero vamos a ver, Mowgli… —Se lo arrebaté—. ¿Con las manos?

Asintió, muy serio, atravesándome con la mirada.

—Está buenísimo. ¿De qué es?

—De plátano.

—Hacía mucho tiempo que no comía nada tan rico.

—A ver…, está rico, pero no sé si es para tanto. ¿Cuántas horas llevabas sin comer?

—Dieciocho —soltó a bocajarro.

—Igual es eso. Niño…, ¿tú estás bien?

Sonrió y cogió el bizcocho de nuevo para volverse hacia su cabeza…, la de barro.

—¿Qué dirías que expresa?

—Está claro: diversión.

—*La risa* —dijo despacio y después señaló otra de las cabezas, que nos miraban alineadas y anaranjadas desde una estantería sobre el banco de trabajo que quedaba pegado a la pared de ladrillo—. ¿Qué te parece *La rabia* ahora?

La estudié de cerca y me di la vuelta asintiendo conforme.

—Rabiosa a más no poder.

Sonrió. Su barba parecía más oscura ahora que la llevaba un poco más larga. Creo que la llevaba en su punto justo: ni demasiado larga ni demasiado rasurada. Es cierto eso que dicen de las barbas de unos días, descuidadas…, qué sexis.

—Estás guapo.

—¿Ah, sí?

—Ah... —Me quedé un poco noqueada por el tono coqueto de su respuesta, pero me encogí de hombros y simulé que estaba serena—. Pues sí.

—¿Y eso?

—No sé. Estás guapo. Pero así…, en términos objetivos. No porque yo te encuentre atractivo.

—¿No te lo parezco? —preguntó muy serio, con un punto de ofensa.

—A ver, que estás muy bien.

—¿Tú crees?

—Eres…. terriblemente masculino, eso no lo puedo negar. Y tu nariz mola.

—¿Mi nariz? —Volvió a parecer divertido—. Anda, déjalo. Te estoy tomando el pelo.

—Joder… —Aflojé los hombros—. No vuelvo a hacerte un cumplido en la vida. Qué mal rato.

—Qué exagerada. —Se levantó. Me di cuenta de que estaba descalzo. Llevaba un pantalón como de pijama, negro y una camiseta gris—. ¿Café?

—Si vas a hacerlo solo por mí, no.

—Necesito uno. No he dormido.

Eran las cuatro y media de la tarde.

—¿No has comido ni dormido?

No respondió. Estaba ya dentro de la cocina, a demasiados pasos de distancia, por lo que fui hasta allí.

—Quizá debería irme —le propuse.

—¿Por?

—Porque no has dormido. Y porque llevas puesto un pijama y no sé si llevas ropa interior.

—Llevo ropa interior. Y no es un pijama. Es ropa de trabajo. —Colocó el filtro en un instrumento que parecía más sacado de la sala de control de la NASA que una cafetera y después se puso a moler café.

—No me lo puedo creer…, ¿estás moliendo el café? ¿Eres de esos?

—¿De esos a los que les gusta el café de verdad? —se burló—. Sí. Soy de esos.

—¿No deberías dormir en lugar de beber eso?

—Lo haré en cuanto te vayas. —Sonrió falso pero cómico—. Primero vamos a hablar de los términos en los que voy a dejar que te apropies de mi taller, estudio, guarida.

Pellizcó el bizcocho de nuevo y se llevó un buen trozo a la boca. Se limpió las manos en el pantalón y masticó lento con los ojos, de pronto, puestos en mí. En mi pelo. En las mangas del kimono. En los altos y bajos que se marcaban bajo mi ropa.

—Cuando miras así, te juro que no podría adivinar ni en mil años lo que piensas.

—Esa es la intención. —Tragó—. Estaba pensando que esa combinación de ropa no es ganadora.

—¿La edición de moda es otra de tus vertientes artísticas?

—Pareces una monja de clausura.

Me miré. Lo cierto es que había tenido mis dudas al ponerme el kimono por encima de aquel vestido negro largo hasta los pies, pero como no iba muy bien de tiempo (cuanto más tiempo tenía, más lo perdía, como buen ser humano), decidí ponerme los botines y andando.

—¿Qué te vas a poner para la entrevista?

—Me ha dicho Eloy hace un rato que me visten ellos. Traerán estilismo. Me han pedido las tallas de todo y me ha parecido horriblemente violento. ¿A vosotros también os pasa?

—Diles que no. —La cafetera emitió un sonido similar al de un tren de vapor poniéndose en marcha y me asusté. Como acto reflejo, me agarré a su antebrazo y le clavé los dedos—. Auuu.

—Perdón. Coño, Mikel, estás suave como un bebé.

Se rio, tomándome por loca.

—Lo digo en serio: escribe a Eloy y dile que no te vestirá nadie. Que tú escogerás tu ropa.

—Pero eso puede ser un desastre. Como hoy, al parecer.

Mikel se encogió de hombros con picardía, diciéndome sin palabras: «Hemos venido a jugar». Sirvió una primera taza y me la pasó.

—Dos de azúcar —le pedí.

—No va a ser posible. No me queda. Y hazme caso, por favor: escríbele a Eloy. Me lo vas a agradecer.

Bufé y saqué el móvil del bolso, que dejé de cualquier manera en la bancada de la cocina americana.

«Eloy, lo he pensado mejor. Prefiero vestirme yo para la sesión de fotos. Me sentiré mucho más cómoda. Gracias».

—Ya está.

Se acercó la taza a la boca y bebió un buen sorbo que me hizo reír. Abría los labios bastante antes de posarlos en el borde, sediento.

—¿Siempre estás riéndote? —preguntó.

—Solo tengo dos modos: o estoy riéndome o estoy terriblemente preocupada.

—Los conozco los dos entonces.

—¿Y tú?

—Yo tengo muchos modos. Tengo el serio. —Se señaló la cara—. Tengo el que tiene sueño, el que tiene hambre…

—Deja de enumerar necesidades humanas básicas. Me hago una idea.

—¿Has pensado qué harás si te piden que pintes algo en el momento, mientras te hacen las fotos?

Bebí un poco. Estaba fuerte pero muy rico. Moví la cabeza, comunicando un claro «más o menos».

—Como tengo la historia esta de la falta de inspiración desde que la tía Isa —lancé un beso al techo y continué con mi estrategia— se fue, les diré que lo máximo que puedo hacer es un par de trazos en el lienzo porque «no quiero engañar a sus lectores y dar a entender que sigo produciendo».

—Okey. —Sonrió—. Pero me juego lo que quieras a que no sabes ni coger un pincel.

—Qué chulito te pones cuando sabes que tienes razón.

Dejó la taza de café casi vacía y se dirigió con paso firme y descalzo hacia la parte del taller.

—Entrarán por la puerta de detrás y subirán por el montacargas, ¿vale? Dividiré con unos biombos la estancia para que no se pueda acceder a la parte privada del piso. Tú diles que compartes el espacio con más artistas y que esa parte es…, no sé. Invéntate lo que quieras, pero que no pongan un pie dentro.

—¿Y si quieren ir al baño?

—Hay uno allí. —Me indicó una puerta en la que no había deparado.

—¿Y tú dónde estarás?

—En el dormitorio.

—¿Todo el rato?

—Durmiendo. Pienso pasarme la noche trabajando para estar lo suficientemente cansado como para no escuchar cómo te piden que pongas posturitas —se burló—. A ver, toma.

Me dio un pincel grueso, con el mango de madera lleno de salpicaduras de pintura de muchos colores diferentes y cerdas suaves.

—Qué suave. ¿De qué es el pelo?

—De turón.

—¿Qué es un turón?

—Un hurón.

—Ay, por Dios… —Lo alejé—. Pobres animalitos.

—El jamón serrano, sin embargo, lo sacan de una planta.

—¿Y quién te ha dicho que no soy vegana?

—Tu cara de cabrona carnívora. —Sonrió—. Aquí otro, que conste. Pero eso no nos hace mejores.

Colocó delante de mí un caballete con un lienzo montado en un bastidor. De una mesa en la que todo era un desastre bastante estético (carne de foto de Instagram con muchos *likes*), cogió un tubo de pintura, que abrió con una sola mano, y del que salió un borbotón denso de pintura al óleo cuando lo apretó contra la paleta llena de huellas secas de colores ya olvidados. Después me la tendió con gesto sereno.

Todas estas acciones pueden parecer, ahora, así descritas, terriblemente funcionales, pero en sus manos resultaron algo magnético y sugestivo. Me costó centrarme.

—¿Qué?

—Que cojas la paleta. Pero trae la tuya el viernes. Y tus pinceles. Soy un poco maniático con estas cosas. Tienes, ¿no?

—Sí, sí. No te preocupes. Tengo los de la tía Isa.

—Espero que la tía Isa tenga un chalé con piscina climatizada en el cielo.

Cogí la paleta, pero él la recolocó en mis manos de inmediato, con una sonrisita condescendiente. Si no lo hubiera necesitado tanto, le hubiera hecho tragar la pintura, la paleta y el pincel, de manera que se los hubieran tenido que extirpar quirúrgicamente del recto.

—Te lo estás pasando bien, ¿eh?

—Casi vale la pena no estar durmiendo. No la cojas tan fuerte —me fue explicando—. Ni tan floja. Así.

Me la quitó de la mano y la colocó en la suya, en la izquierda.

—Eres diestra, ¿verdad?

—Sí.

—Ok. Cógela.

Rocé su mano cuando nos la pasamos. Resultaba inquietante la diferencia de textura entre la piel de su antebrazo, que había rozado antes, y la de sus manos, tan dura y áspera.

—Te voy a regalar un tarrito de crema de manos.

Sonrió y me recolocó el pincel en la mano.

—Pinta.

—Te voy a estropear un lienzo.

—Para eso están. Para experimentar.

—Una vez me dijiste que no te gustan los pupilos…, ¿tú estás seguro?

—Segurísimo. No me lo recuerdes mucho de aquí al viernes, no vaya a ser que tengas que hacer la sesión en Ultramarinos Loli.

—Pues quedaría superbonito. Muy posmoderno.

Lancé una pincelada cargada de pintura sobre el lienzo preparado y una raya densa y brillante, de un azul oscuro, casi negro, cruzó la blancura como un rayo.

—Bien…

—¿Lo he hecho bien? —Me volví hacia él ilusionada.

—No. Digo «bien» como quien dice «lo que me temía». No tienes ni idea.

Relajé los hombros con un bufido, pero los volví a tensar cuando se colocó detrás de mí y agarró mi mano derecha para envolverla con la suya. Olía a algo… caro. Mikel olía a caro. Olía como huelen las tiendas de lujo, la habitación del mejor hotel que puedas pagar, unas vacaciones en Menorca, un ramo de flores obscenamente enorme…, como huele un hombre inalcanzable.

Rico…, muy rico. Y no hablo de dinero, sino de sabor.

—Deja que yo la mueva. Déjate llevar, como si estuviéramos bailando, ¿vale?

Me pregunté si sabría bailar como lo hacían mis abuelos. Les recordé bailando en el salón al ritmo de «Tatuaje» de Concha Piquer. La abuela se reía cuando el abuelo le ceñía la cintura con la misma afición que cuando eran jóvenes. A él se le agitaba el bigote cano intentando mantenerse serio.

—Al menos sabes dejarte llevar —escuché que Mikel hablaba cerca de mi cuello y di un respingo—. ¿Te habías ido?

—Sí. Un par de décadas atrás.

—No te hagas la interesante: no eres tan mayor. ¿Notas cómo muevo el pincel?

—Sí. ¿Sabes bailar?

—Bailar no. Agitarme…, bueno.

El pincel se deslizó jugoso, lúbrico y húmedo, sobre la tela y aparecieron formas caprichosas, abstractas, que no respondían a ningún orden, pero que, no obstante, tenían armonía y ritmo.

—Ahora sola.

Mikel se apartó y espolvoreó el aire con una estela de su olor, dibujando el espacio que quedó entre los dos.

—Hueles bien.

—Y tú.

No lo miré cuando mojé el pincel en la pintura que esperaba paciente en la paleta y después lo deslicé por el lienzo, interiorizando en mi cabeza mi propia imagen desde fuera. Catalina Ferrero llevaba años sin pintar, pero al coger el pincel recordaba la sensación mágica de tener la inspiración de su lado, las ganas, la esperanza de crear.

—¿Qué tal?

—Tienes que relajarte un poco más, pero no está mal.

Repetí la acción y, esta vez, me deslicé con aquella extensión de mis dedos que era el pincel, de arriba abajo creando un surco cargado de pigmento.

—Esa ha estado muy bien, Catalina.

—Catalina *Fucking* Ferrero ha vuelto.

Me giré sonriendo hacia él y también sonrió.

—¿Ya te caigo bien? —le pregunté esperanzada.

No sé por qué, en aquel momento pensé que caerle bien era importante. Puso los ojos en blanco y se rio.

—A la fuerza. He sucumbido al estallido creativo que me provoca tu búsqueda.

—No olvides que te hago reír.

—Me haces reír. Es verdad. Y no acostumbro a hacerlo mucho.

—Catalina *Fucking* Beltrán…, digo, Ferrero. —Moví la cabeza como si acabara de salir del Bronx.

En la boca de Mikel estalló una carcajada sincera que sonó… bien. Cálida. Los sonidos pueden tener colores, ¿sabes? Y temperatura. Y sabor. Y tacto. Más allá de la sinestesia, cuando estás con la persona adecuada, las risas colisionan contra todos los sentidos.

—Bien. Pues ya está. —Se movió, recordándome que yo también debía hacerlo—. Lo dejaré todo preparado, ¿vale? Quitaré todo lo que sea reconocible que es mío.

—Vale. Pues… me voy.

—Gracias por el bizcocho. —Fue, poco a poco, acercándose a la puerta y yo con él.

Mikel era un encantador de serpientes, y su voz, el sonido de una flauta mágica. Yo, una pequeña culebra.

—A ti por…

—¿Por qué exactamente?

Claro. Por tantas cosas que…, ¿por qué iba a dárselas en concreto?

—Por todo.

—O por nada —se burló, abriéndome la puerta.

—Por lo que aún no has hecho —le dije—. Y que harás sin sentirte obligado. Que harás porque querrás.

Cruzó los brazos sobre el pecho. La mano derecha en su codo izquierdo; la izquierda en su costado. La comisura de su boca arqueándose hacia arriba, con los labios cerrados, sin enseñar sus dientes. Una sonrisa no sexi… sino casi sexual.

—Eso es mucho imaginar.

—Descansa —dejé caer, una vez puse los pies en el rellano.

—Sin sueños, a poder ser.

—Sí. No vayas a soñar conmigo.

—Eso. No vaya a soñar contigo.

Y las siete letras de la palabra «contigo» desfilaron, una a una, frente a los ojos de ambos, con el contoneo de una posible promesa.

Se ve venir, ¿verdad?

Pues yo no lo vi. O no lo quise ver. Y tampoco lo hizo él.

26
Algo más...

Mientras escogía ropa, la víspera del día D, pensé en mandarle una foto de los dos modelitos que tenía preparados para que
me ayudase a elegir uno (el *look* ganador, diría él), pero me di
cuenta de que no éramos tan amigos. Así que tuve que confiar
en mi criterio... El criterio de alguien que no tenía ni idea de
qué pinta tenía que llevar una artista para parecerlo. Soy tonta
como un higo. Ya sé que nadie tiene que parecer nada si lo es,
que lo de fuera no marca lo que hay dentro, pero recordemos: yo
no era, por lo que sentía la necesidad imperiosa de parecer a
toda costa.

Salí al salón con las dos perchas y se las enseñé a Laura y
Elena, que estaban tiradas en los sofás como si se hubieran caído
de un helicóptero.

—¿Cuál de los dos es el *look* ganador?

—Aún no entiendo por qué dijiste que no a que te vistie-
ran ellos, con lo emocionante que tiene que ser. Seguro que te
habrían puesto un Prada —suspiró Elena, soñadora.

—O nada —me burlé—. Así es mejor.

—Pero ¿por qué? —se quejó Laura.

—Pues porque..., porque esta es mi imagen de artista y es
importante que aparezca tal y como soy en esa entrevista. —El
personaje, nunca abandonar el personaje.

Al menos esa había sido la enseñanza que yo había deducido de la insistencia de Mikel para que no me dejase vestir por otros.

—Bueno, es entendible. —Elena se encogió de hombros—. A mí me gusta el de la derecha. El cuello alto con el kimono granate.

—A mí el otro —sentenció Laura muy segura. Qué raro…, siempre estaban de acuerdo—. Camiseta con mensaje, pantalón *paperbag* y kimono color verde. Caballo ganador.

Arrugué el labio. No estaba segura.

—Creo que me llevaré los dos. —Miré las perchas, dubitativa—. Y allí que escojan.

—¿Dónde haréis las fotos? —preguntó Elena acomodándose de nuevo.

—Un amigo me presta su…

—¿¡¡¡Mikel!!!? —Las dos dejaron el mando a distancia y la revista que tenían en las manos respectivamente y se encaramaron al sofá como dos ardillas.

—Sí —asentí—. Aunque no sé por qué digo amigo. Es más bien…

—¡¡¡Ay, Dios!!! —gritó una.

—¿Os estáis enamorando? —preguntó la otra.

Ya me costaba hasta diferenciarlas.

¿Has visto *Carrie*, la película? Pues la cara que se le queda a la chavala cuando le tiran el cubo de sangre encima no es nada comparada a la cara que puse yo.

—¿Estáis locas? —tercié muy seria.

—Mujer… —musitaron las dos a la vez, desinflándose.

—Esto no tiene nada que ver con el amor, por la virgen de Guadalupe.

—Para ti todo tiene que ver con el amor… —musitó Laura, volviendo a su postura inicial—, al menos durante un tiempo.

—Ja, ja, ja —masculló—. Eso ha sido supercruel.

—No tanto. Solo un poco —apuntó Elena, buscando con la mirada a su gemela de otra madre para reprenderla—. Tiene un poco de razón. Estamos acostumbradas a que siempre busques…, ya sabes, enamorarte.

—Okey, vale, pero: uno, ahora mismo ni siquiera tengo tiempo de preocuparme de mi necesidad de que alguien de sexo masculino se tienda encima de mí.

—Ostras, tía, tu yo artista es superagonías —se quejó Elena.

—Dos —continué e ignoré la pulla—, busco enamorarme, vale, pero de personas normales y corrientes, no de Mikel.

—¿Y qué es Mikel, un ornitorrinco?

—El ornitorrinco Mikel. Me gusta.

Las dos estallaron en carcajadas malignas y yo me di la vuelta para dirigirme a mi habitación.

—Mikel es Mikel —rugí—. Y no entra en la categoría de tíos con los que fantasear con que envejeceremos juntos.

—¡¡Estás en horas bajas, Catalina!! ¡¡Reactiva Tinder o te vas a mustiar!! Ya se te empieza a notar la mala leche de malfollada. —Se burló Laura.

A ellas les estaba pareciendo tronchante. A mí, no tanto. Quizá porque ni siquiera estaba malfollada…, sino que más bien era una persona «no-follada».

Qué curiosa la palabra «malfollada»…, es un insulto para nosotras cuando deja bien claro que quien lo ha hecho mal es el otro cincuenta por ciento del equipo implicado en el sexo. No entiendo.

Cuando llegué a mi dormitorio y cerré la puerta, venido de la nada…, me golpeó la frente un detalle en el que no había deparado. Cogí el teléfono y busqué su contacto. No respondió. Volví a marcar. Dieron diez tonos y se cortó. Volví a intentarlo. Al noveno tono, lo conseguí:

—¿Qué?

—Hola, Mikel, perdona.

—Dime. —Al grano, como siempre.

—Verás, es que me acabo de dar cuenta de que no me diste una copia de las llaves de tu casa.

—¿Y por qué narices iba yo a darte una copia de las llaves de mi casa?

—Para poder entrar a hacer la entrevista para *Mainstream*, por ejemplo.

—Ah, coño —le escuché blasfemar en voz baja—. Es verdad. Se me había olvidado.

—¿Estás trabajando?

—Ajá.

En realidad, sonó como si alguien dijese «ajá» con la boca cerrada. Me hizo gracia imaginarlo, más concentrado en lo que tenía delante, en marcar con algún instrumento superpreciso una línea de expresión en uno de sus bustos, que en la conversación telefónica.

—No quiero molestarte.

—Ven un rato antes mañana y te abro —musitó, como en trance.

—Me dijiste que estarías durmiendo.

—Te espero despierto.

—¿No es mejor que me pase ahora a por las llaves? Así llevo mis trastos y los dejo ya allí.

—Como quieras.

«¿Como quieras?». Me gustaba el Mikel muy concentrado en algo. Era mucho más amable.

—¿A qué hora te viene bien que me pase?

—Cuando quieras.

Tanta amabilidad me estaba dejando noqueada… hasta que, de pronto, colgó. Y eso me encajó mucho mejor con el Mikel que yo conocía.

Metí los modelitos en una bolsa de viaje pequeña, me puse los botines, la chaqueta y organicé todos mis bártulos en la entrada. Paleta, caballete, hatillo de pinceles.

—¿Te vas? —preguntó Elena desde el salón—. ¡Jo! Que no es para tanto. Ven, que te pedimos perdón.

—Yo no le voy a pedir perdón. Ella una vez me dijo que me parecía a Sergio Peris-Mencheta.

—Dije, Laura, que podríais ser familia, no que te parecieras a él en el sentido estricto de la expresión. Además es un tío super-sexi —respondí asomándome de nuevo—. Me voy al estudio de Mikel para dejar allí mis cosas y para que me dé las llaves.

—Las llaves…, tía. Qué romántico. —Suspiró Laura.

—¿Romántico? Romántico es que alguien te lleve a París por sorpresa, no que te deje su estudio para unas fotos.

—Pues a mí me parece un gran gesto.

Les hice una pedorreta y salí recogiendo cosas a mi paso.

—¡Y no estoy enfadada! Ya sé de sobra que sois unas hijas del mal.

Me cuesta coger taxis, la verdad. Nunca diría que tengo cuidado en qué gasto el dinero, pero como buena hija del proletariado, me acostumbré muy pronto al transporte público. Prefiero gastarme treinta euros en el nuevo rímel que prometa dejarme las pestañas como dos obscenos abanicos, que en un voltio por un Madrid siempre congestionado. Así que cogí el metro.

Cuando por fin llegué, estaba hasta el mismísimo moño del caballete, del kimono y de la bolsa de viaje, además me sudaban las tetas. Sí. Las tetas entre otras cosas poco sexis.

Tardó tres timbrazos en abrir y cuando lo hizo, no medió palabra, lo que fue una pena, porque pensaba pedirle que me ayudase a subir todo aquello.

Me las ingenié para que todo cupiera en el ascensor y cuando salí, arrastrando el mamotreto de caballete de madera, me encontré con la puerta abierta y nadie alrededor.

—¿Mikel?

No respondió, así que me adentré en su piso.

—Esto, técnicamente, no es allanamiento de morada. Me has abierto la puerta.

Tampoco hubo respuesta. Cerré la puerta, cargué la bolsa al hombro y con todo lo demás a cuestas, me acerqué hacia la parte del *loft* que hacía las veces de estudio.

Lo encontré con un jersey negro, un pantalón vaquero y descalzo, sentado en una banqueta alta, delante de un bulto anaranjado de barro y con una mesa supletoria a su lado con un barreño de agua y algunos útiles. Parecía no haberme escuchado, pero cuando me aproximé, me di cuenta de que trataba de mantenerse concentrado.

No le dije nada. Pasé por detrás de él y coloqué el caballete en una parte más o menos despejada que imaginé que había vaciado para la sesión. Deposité en la bancada, de madera con patas de metal, la utilería que traía conmigo y, dejando a un lado la bolsa con la ropa, fui hacia donde sabía que habíamos dejado los lienzos de la tía Isa, para coger mi preferido y colocarlo en algún lugar visible. Después moví los otros para dejarlos a la vista.

No me gustó la composición cuando me alejé unos pasos para mirarlo en conjunto, de modo que moví más cuadros, algunas de las cosas que había por allí y, antes de que pudiera estudiarlo con ojo clínico, una voz rompió el silencio.

—¿Me dijiste tinto o blanco?

—Tinto —respondí mirándome el reloj…, que no llevaba—. Pero ¿qué hora es?

—Las seis. Necesito una copa y la última vez que bebí solo le escribí a mi ex.

No sería yo la que le discutiera después de semejante confesión.

Trajo las dos copas llenas (más llenas de lo que marca el protocolo) a la parte del estudio que tenía ocupada con su trabajo en marcha. No dijo nada, solo se volvió a sentar en el taburete y se quedó mirando la cabeza. Sé que lo correcto, probablemente, sería llamarlo busto, pero es que no tenía hombros y…, coño, era una cabeza.

—Esta es nueva —comenté.

—Ajá. —Vuelta al «ajá» con los labios sellados.

—¿Y cuál es el problema?

Se volvió mientras daba un trago, claramente sorprendido.

—¿Quién ha dicho que haya un problema?

—Tú. Tu cara.

—Vaya. Catalina Ferrero, artista y especialista en comunicación no verbal.

Arrastré la banqueta de «mi parte» del estudio hasta llevarla a su lado, me senté, bebí e insistí:

—¿Y bien?

—¿Qué dirías que es?

Me quedé mirando la expresión congelada en aquel rostro de barro. Era inquietante, como todas sus «hermanas». Los ojos eran un globo sin vida, tallado en el material rojizo, sin pupila, sin iris, sin brillo, pero aun así con expresión.

—Pues no sabría decirte. —Di otro sorbito—. Estoy entre… el abandono y la obsesión.

—¿Me estás tomando el pelo? —preguntó con un toque divertido en su voz tensa.

—No. ¿Por? ¿Cuál era la intención?

—El amor.

Me tapé la boca con la mano que no sostenía la copa e intenté contener las carcajadas, pero no pude.

—Ríete, ríete. —Levantó la copa a modo de brindis—. Ríete a gusto.

—¿Esa es la cara que pones cuando estás enamorado? —le pregunté, señalando la cabeza.

—Pues… no lo sé, Catalina, no me miro constantemente con un espejo. Es la que considero que pone alguien enamorado.

—Ay, Dios. —Me eché a reír de nuevo—. Es cara de…, no sé…

—Abandono y obsesión. Guay. Ahora lo entiendo todo.

Mis carcajadas resonaban en los techos altos, infinitos, del *loft* y él aguantaba el chaparrón con la copa pegada a los labios y cierta sonrisa…, no sé si triste o relajada. A veces en su cara se confundían las expresiones.

—Es que, no sé…, todos ponemos cara como de tontos, ¿no? Al menos es lo que dicen.

Señalé la cabeza.

—Válgame Dios, que me he pasado treinta años deseando enamorarme y esa es la cara que se me va a quedar.

Esbozó una sonrisa tímida.

—No seas cabrona. Seguro que tú das risa cuando te enamoras. Como todos.

—Pero ¿no te estoy diciendo que no me he enamorado nunca?

Juro que Mikel dio un respingo.

—¿Cómo?

—Venga, búrlate. Ya he escuchado todo lo que tendría que escuchar sobre el tema, no creo que vayas a ser más original: claro, no me enamoro porque no tengo alma; para enamorarse hace falta ser persona; la naturaleza es sabia y sabe que no debe hacer sufrir tanto a otro ser humano como para tenerme a mí de enamorada…

—Solo iba a decir que… me parece muy práctico.

—¿Práctico?

—¿Quieres poner esa cara? —Señaló su cabeza gemela inanimada.

—Igual yo no pongo cara de depravada cuando me enamoro…, es una posibilidad.

Puso los ojos en blanco y dio un buen trago a la copa.

—Entonces, tú consideras que te has enamorado demasiado, ¿no?

—Justo eso estaba pensando: unos tanto y otros tan poco. Pero… —Me lanzó una mirada incrédula—. ¿Nunca? No puede ser. ¿Ni siquiera un primer amor adolescente?

—A ver, a ver…, he salido con chicos. Con algunos durante bastante tiempo. Pero es que… Siempre faltaba algo.

—¿Cuánto es bastante tiempo?

—Una vez estuve dos años con un chico. Roberto. Más majo…

—¿Y qué pasó con Roberto?

—Pues que era divertido, mono, teníamos un montón de cosas en común, compartíamos muchos de nuestros sueños…

—Pero…, vamos a ver…

—Qué poca paciencia tienes…, pasó que era divertido, mono, teníamos un montón de cosas en común y compartíamos muchos sueños, pero nunca fue… especial.

Mikel puso cara de póquer y bebió tras una exhalación que parecía decir: «Esta tía es tonta del culo».

—¿Qué? —le pregunté.

—¿Especial? Define especial…

—Ya sabes. Mariposas en el estómago. Estallido de fuegos artificiales cuando lo besas. Magia cuando estamos juntos. Un sexo brutal y fascinante, del que te hace poner los ojos en blanco y siempre es perfecto.

—Me lo temía. —Suspiró, dejando caer el brazo con el que sostenía la copa hasta su regazo—. Te lo has creído.

—Que me he creído, ¿qué?

—Que el amor es como en las películas.

—No me trates como si fuera una quinceañera a la que le ha dado un mal viento. No creo que el amor sea como en las películas, pero… tiene que ser algo más que lo que he vivido porque NI DE COÑA pasaría toda la vida con ninguno de mis ex.

Mikel se levantó y se apoyó en el banco de trabajo, mirándome de frente, con expresión condescendiente y divertida.

—¿Y eso lo pensabas entonces o lo piensas ahora?

—Entonces y ahora.

—Claro…, como no había estallido de purpurina mientras hacíais lentamente el amor. —Sonrió—. El amor no es así, Catalina.

—¿Ah, no?

—No.

—A lo mejor es que tú te enamoras demasiado a menudo, porque…, en realidad, tampoco sabes lo que es el amor. La cara de enamorado, desde luego, no la clavas.

Sonrió de lado y volvió a beber. Me di cuenta de que iba mucho más rápido que yo y me apuré con mi bebida, no porque quisiera hacer de aquel vino una competición, sino porque nunca me ha gustado dejar a alguien que necesita una copa, beber solo. Cuando terminé la mía, la cogió entre los dedos corazón y anular de su mano izquierda y se la llevó a la cocina, junto a la suya. Fui detrás de él.

—A eso no me contestas, ¿eh? Argumento irrefutable.

—Estaba buscando las palabras con las que demostrarte que estás en un error, pero no sé si va a ser más divertido que descubras tú sola lo muchísimo que te estás equivocando, linda.

—¿Y por qué crees que me estoy equivocando?

—Porque estás confiando en un retrato robot del amor que nada tiene que ver con la vida real. —Alcanzó la botella de vino de la bancada junto al fregadero y se concentró en llenar nuestras copas—. No digo que te tengas que contentar con alguien que no te haga sentir mariposas en el estómago…, te pregunto si sabes que la vida de esas mariposas es bastante efímera, que el amor no tiene por qué ser para siempre, que el amor es imperfecto. Que no hay fuegos artificiales cuando besas…, solo buenos y malos besos y algunos con aliento mañanero. Y, por supuesto, por el hecho de estar enamorado, no hay una norma no escrita que imponga que el sexo sea perfecto: ni os tenéis que correr a la vez en un orgasmo de oso amoroso ni se deja de follar como perros por el hecho de quererse. Es más, creo que justamente eso es lo que mantiene viva una pareja.

—¿Follar como perros?

—Follar como perros —asintió.

Pestañeé, un poco abrumada.

—Mikel…, tiene que haber algo más…

—¿Qué algo?

—Algo. Algo que diferencie el amor de verdad de un rollo o de un calentón o de un noviete de esos que llegan a tu vida para irse pronto y dejarte con algo aprendido.

Me pasó mi copa y brindó brevemente con la suya.

—Catalina…, no hay garantías cuando uno se enamora. ¿Y qué lo diferencia del noviete de dos meses? Pues quizá nada. Porque también puedes sentir amor por ese chico que viene para irse. Creo que tu idea del amor es… demasiado…

—¿Romántica? De eso va el amor, ¿no?

—Iba a decir bucólica. Tú…, ¿qué quieres? —me interrogó—. ¿Qué quieres de una pareja?

Lo pensé durante un segundo mientras me sentaba en una de las banquetas que quedaban junto a la barra de la cocina, pero me levanté al ver que él volvía a deshacer sus pasos y se colocaba, de nuevo, frente a la cabeza «enamorada».

Me apoyé en el banco de trabajo, tal y como él había hecho unos minutos antes, y… lo miré. Frente digna, alta. Pelo, que empezaba a estar un poco más largo, revuelto y hacia arriba. Ojos un poco cansados pero muy vivos. Nariz grande, poderosa, sensual. La boca también era sexi. Sexual. Boca de dar grandes besos, de morder mientras follaba, de lamer…

—¿Y bien? Te he dado tiempo para pensarlo. Era una pregunta complicada. ¿Qué quieres tú de una pareja?

Ni lo pensé. Solo abrí la boca y dejé que saliese solo:

—Fuego.

Negó con la cabeza, a la vez que dibujaba una sonrisa. Se levantó, dejó la copa de vino, cogió uno de los palillos de madera con diferentes formas que tenía sobre el banco de trabajo y se mojó las manos. Después las pasó por el barro y se inclinó hacia la cabeza, en la que empezó a trabajar.

La atmósfera se cargó de uno de esos silencios densos, que son importantes para lo que uno tiene entre las manos. Para la concentración. Y sentí que ya había molestado suficiente.

Dejé la copa apoyada en el banco y me alejé un poco, pero...

—No te vayas.

—¿Qué?

—Que no te vayas. Quiero seguir hablando de esto.

Se volvió a mirarme por encima de su hombro y me vio levantar la bolsa de viaje que había traído conmigo.

—Mañana te prepararé esa parte del taller, ¿vale? Pondré unas lonas sobre esto, para que no se vea. Bajo ningún concepto podrán mirar debajo.

—Vale.

—¿Qué es eso?

—La ropa para la sesión.

—A ver...

Levanté las cejas sorprendida, lo primero, por el interés, pero también por el tono de imposición con el que me pedía que le enseñase lo que había traído. Había tenido el tino de meter las cosas más o menos dobladas, pero colocadas cada una en su percha, con lo que solo tuve que tirar de los colgadores hacia arriba para poder mostrarlo. La reacción fue clara y no se hizo esperar: ninguna de esas combinaciones era la ganadora.

—Pero... ¿qué les pasa? —Miré las prendas—. A mí me parecen coherentes.

—Y lo son.

—¿Entonces?

—No he abierto la boca. —Esbozó una sonrisa y agarró la copa.

Dio un trago largo y se volvió a girar hacia la cabeza de barro.

—No tires la piedra y escondas la mano.

—Yo no hago eso. —No me miró cuando contestó.

—Sí lo haces. Lo haces mucho —me quejé entre risas—. ¿Qué les pasa a estas propuestas?

—Nada. Están muy bien —insistió en un tono un poco más agudo.

—¿Pero…?

—Pero esperaba algo un poco más sexi.

—¿Más sexi?

—Sí. Más sexi.

—¡Ya estamos con la sexualización del cuerpo de la mujer! —me quejé indignada.

Se giró, muy serio y dibujó una mueca.

—No me refiero a eso. Venga, por Dios…, no me pongas en la boca esas cosas. También te lo diría si fueras un tío. Con «sexi» me refiero a que esperaba en ti una imagen más… misteriosa, con un toque un poco demente, trasnochado, decadente…, no que enseñes carne o que te ciñas más. Solo que… no uses una camiseta con un mensaje feminista creado por una multinacional que solo produce en masa ese tipo de prendas, porque sabe que se van a vender y que están de moda.

Noté una llamarada de calor en las mejillas. Coño. Tenía toda la razón con lo de la camiseta.

—No quiero que me deseen. Quiero que deseen comprar mis cuadros.

—Los de tu tía, pero está muy bien que hayas interiorizado el personaje —se burló—. Repito que no se trata de que te ofrezcas como si fueses carne…, sino de que todo lo que tenga que ver contigo les parezca atrayente. Ponte un sombrero raro o…, no sé, un camisón de noche debajo de uno de esos kimonos. Descalza. O con zapatos de tacón altísimo. O de hombre. No sé…, sexi. Raro. Difícil de encontrar…, como el amor ese al que aspiras.

—¡Me tienes hartita con lo del amor, eh!

Lanzó una carcajada.

—Deja las perchas en ese clavo si quieres. —Señaló a mi espalda un clavo saliente en la pared lisa y manchada de colores al azar—. Y no te vayas, por favor. Esta conversación está siendo muy estimulante.

Dejé la ropa colgando, aparté la bolsa donde la había traído y recuperé la copa. Verlo trabajar, concentrado y con las manos manchadas, era bastante estimulante también.

—Y tú…, ¿cómo sabes que estás enamorado cuando lo estás?

—Quizá la pregunta que quieres hacer es cómo siento yo ese fuego que entiendes que se debe percibir cuando es amor. Y lo cierto es que hay muchos tipos de fuegos. Los hay tóxicos e intensos, que nos vacían en lugar de llenarnos, que se disfrazan de un amor romántico complicado o de sentido del deber, pero que en realidad son obsesión, inseguridad, egoísmo o cobardía… Que no son amor, vaya.

—Te capto —le corté.

—Y luego hay fuegos sanos…, como sentirse tranquilo, en calma. Confiar en alguien. Sentir que esa persona potencia lo mejor de ti mismo. El sexo imperfecto, que a veces es tranquilo y otras nervioso y rápido. O notar que la conversación con esa persona agita el cerebro por dentro. Que la verías a todas horas, aunque no lo hagas. Que le contarías cualquier mierda que se te cruza por la mente.

—¿Y la pasión? ¿Dónde queda?

—Hay pasión en cada una de las cosas que he dicho, pero no se parece a la de las telenovelas turcas. —Su boca se curvó en una media sonrisa muy sexi, a lo Harrison Ford en Indiana

Jones—. Es una pasión madura, que no altera el sentido de la vida, sino que lo vuelve más suculento.

Me miró.

—¿Te convenzo?

—¿Puedo decir que no? —Me aparté la copa de la boca.

—Claro. Conmigo siempre has hecho gala de decir lo que te place.

—No creas.

—Ah, ¿no? —Volvió los ojos a su trabajo—. ¿Qué te has callado hasta el momento? La periodicidad con la que vas al baño puede ser, pero…

Le lancé un pincel y él lo esquivó; alcanzó la copa de vino de nuevo y se bebió todo su contenido. Me acerqué para cogerla, con la intención de ir a llenársela otra vez, pero me quedé mirando el resultado de los cambios que estaba haciendo en la arcilla húmeda y manejable.

—Esto no es amor —le dije, riéndome.

—Aún no he terminado.

—Eso es sexo. —Recorrí con el dedo la expresión de la boca.

—Es fuego. ¿No quería fuego la señorita?

Agarré con fuerza la copa, y me la llevé.

—No me gusta que andes suelta por mi casa —farfulló.

—Siempre puedes ir tú a rellenar tu copa.

—Haré algo mejor…

Soltó lo que tenía entre manos y abrió una puerta a su espalda, que daba a una alacena bien surtida de botellas, y de la que sacó un par de vinos.

—Vamos a ir dejándolas cerca del estudio…, para tenerlas a mano.

—¿Te las vas a beber todas?

—Nos las vamos a beber.

—Mañana tengo la entrevista, Mikel.

—Y yo te voy a dejar mi estudio para que quede muy bien, pero ahora… esto está fluyendo, con lo que creo que no pido demasiado si requiero tu presencia y la del vino en las próximas horas.

Dicho esto, cogió unos cojines, los dejó a un lado, en una especie de diván que dividía espacios dentro del taller y con un guiño me dijo:

—Ponte cómoda.

27
Oh, oh…

Me gustaba el Mikel que bebía. Con esto no quiero hacer ninguna apología del consumo de alcohol, pero lo cierto es que cuando él bebía, se volvía alguien mucho más simpático. Probablemente la razón no tendría nada que ver con el alcohol, sino con que se permitiera, después de un par de copas, relajar el regio control al que se sometía a sí mismo. Aunque yo eso aún no lo sabía. Quedaba mucho que ver, escuchar y sentir de Mikel Avedaño para conocerlo tan bien.

Cuando terminamos la botella que abrimos después de ponerme cómoda, Mikel aún no había dado con el gesto, pero parecía sentirse cerca. Y mientras buscaba cada pequeña muesca en la expresión de su yo de barro, hablaba. Hablaba del amor, en términos generales, pero nos enzarzábamos constantemente en intercambios de opiniones que presagiaban que jamás nos pondríamos de acuerdo, así que echó mano de lo que tantas veces el ser humano usa para ser entendido: pasar de lo general a lo concreto.

Me habló de Cintia y de lo mucho que la quiso. Sonaba alegre pero lejano. Como si para hablarme de aquello hubiera tenido que retroceder años y, con ellos, kilómetros. Su cuerpo estaba allí, el resto de su ser navegaba entre la inspiración y el recuerdo.

—El primer amor nunca se olvida. Es posible que la siga queriendo un poco después de tantos años y que nunca deje de hacerlo.

Terminó por su culpa, aunque no especificó mucho más. Solo que había sido una relación bonita, joven.

—No perdí la virginidad con ella, pero fue como hacerlo por primera vez.

—¿Ves? La magia —señalé.

Lanzó una carcajada.

—Nada de magia, amiga Catalina. Me refiero a que se nos dio fatal. El sexo a veces es caótico, pero eso no lo hace menos bueno.

También me habló de Alicia y, mientras lo hacía, borraba con sus dedos las líneas de expresión cercanas a los ojos y emprendía la tarea de remodelarlas. Parecía confiado en lo que hacía, deslizándose con la suavidad con la que la seda lo hace sobre la piel; su voz, no obstante, iba tensándose.

—A Alicia la quise mucho, pero aprendí con ella una lección muy útil: a veces queremos mucho a alguien que no nos quiere.

—¿Qué pasó?

—Que me engañó. Que se enrolló con otro tío. No sé si se enamoró o, sencillamente, no me quería. Pero eso no hizo que yo renegara de haberla querido.

—Pensé que había que huir de falsos amores que se vendían con intensidades tóxicas.

—Aprender, aprendes rápido. Pero te falta ahondar. Que no te quieran no convierte una relación en tóxica…, lo tóxico es quedarse en esa relación. O incluso buscarla con más ahínco por el mero hecho de que no te quieran. Que el amor se termine es normal. Puede hacerlo también en una relación sana.

—¿Y la del cuadro que vi el otro día quién era?

—Mi ex. La más reciente. —Alejó el torso, aún sentado en su banqueta para estudiar el resultado—. Guapa, lista, muy práctica, formal…, de esas que enamoran a tus padres. ¿Por qué cojones te estoy contando todo esto?

—¿Por qué no?

—Emanas algún tipo de suero de la verdad. Debe de ser eso.

—Creo que lo que quieres decir es que sientes que puedes confiar en mí.

—Yo no diría eso.

—¿Entonces?

—No sé. Tú sabrás. Eres la que me está sonsacando información.

—Digo que, entonces, ¿qué es lo que pasó con tu ex si era guapa, lista, práctica y les gustaba a tus padres?

—Era todas esas cosas y algunas más: nada divertida, terriblemente dependiente en lo emocional pero fría en el trato…

—Rompiste tú la relación, entiendo.

—No.

Sus dedos se hundieron un poco bajo los labios del rostro de barro, dibujando una mueca extraña que arregló con uno de esos palitos de madera.

—A veces creo que pierdo el tiempo trabajando los prototipos en barro, pero… me gusta más que la cera.

—Entonces ¿con tu ex qué te pasó?

—Incompatibilidad de caracteres. Lo mismo que con todas.

—Pero…

—Te lo voy a resumir, Catalina. —Se dio la vuelta y me miró con cierta guasa—. Soy un tío complicado. Pienso mucho. Callo aún más. Siento con mucha intensidad, pero nunca encuentro las palabras adecuadas para compartirlo y quizá no sea muy bueno demostrándolo en hechos. Amo mi trabajo y no estoy dispuesto a cederle sus horas a nadie. Tengo carácter, adoro el silencio, me gusta tener mi espacio y no suelo encontrar compañeras que tengan el mismo apetito sexual que yo. Básicamente, ese es siempre el problema.

Me quedaba un sorbito pequeño en la copa, pero podría haber sido la copa entera, que me la hubiera pimplado de un trago de la misma manera. Aquella confesión me había turbado.

La cabeza de barro me miraba con sus ojos vacíos y sin vida, pero con una expresión… caliente. Era Mikel, pero no lo era. Quizá era un Mikel que yo no estaba destinada a conocer. Y me pareció bien, porque entre otras muchas cosas, en un rincón pequeño de mi interior, guardaba una cajita cerrada con llave con el miedo (respeto más bien) que él me suscitaba.

—Me voy a ir —le dije después de saborear la gota de vino tinto que había quedado en mis labios.

—Dime qué te parece esto antes. —Se apartó para que pudiera ver el rostro con mayor facilidad.

—Fuego —bromeé.

—Pero ¿lo dices de verdad o es solo un vacile?

—Es un poco vacile. A mí esta cara no me despierta la súbita idea del amor. Me evoca más bien la que se pone después de echar un polvo en condiciones tras meses de espera.

Lanzó una carcajada y yo le palmeé el hombro.

—Dame la copa. La dejaré en la cocina de camino hacia la puerta.

—No, déjalo. Te acompaño.

Nos adentramos en la parte personal de la casa y él se desvió hacia la cocina.

—¿Te veo mañana cuando se vayan? —le pregunté.

—Uhm…, no lo sé. Según a qué hora me acueste esta noche. Pero ven…, vamos a brindar por que tengas suerte.

Bajó ágilmente una botella del altillo y sacó dos vasos pequeños.

—Ni de coña. Dejé de beber chupitos en 2013.

—Esto no es un chupito como los que te tomabas en las discotecas de polígono a las que ibas, muchacha.

—Yo no he pisado un polígono ni para llevar el coche al taller, que una es de pueblo, pero tiene sus líneas rojas.

—Pues muy mal, que en esta vida hay que probarlo todo.

Sirvió dos dedos de líquido transparente en ambos y deslizó uno hacia mí.

—¿Qué es?

—¿Y qué más da? Por mañana. Porque no te cacen en tu fraude.

—Tienes una manera muy curiosa de querer ser optimista.

Levantamos los dos vasitos, los chocamos brevemente y lo acerqué a mi boca… La fuerza de la costumbre hizo que me lo bebiera de un trago.

—Qué bruta eres… —Se rio, paladeando el suyo.

Un río de fuego me barrió la garganta y bajó con ferocidad hacia el estómago. Hubiera gritado si no hubiera sido un poco exagerado. Aquello era lo más fuerte que había bebido en mi vida. Peor que el tequila. Pero se le parecía.

—Paladea —me pidió—. Saboréalo.

No hizo falta hacer el esfuerzo porque un leve sabor ahumado me invadió el paladar. Soplé y la bomba de alcohol que aguardaba en mi cuerpo se diluyó un poco en el aire.

—Uhm… —Miré el vasito vacío—. Pues no está mal.

—No.

Mikel me miraba con media sonrisa socarrona. Ehm…, ¿era yo o había sonado… caliente?

—No —repetí.

—Nada mal.

Uy. Mis ojos reptaron por su torso, que con ese jersey quedaba bastante a la vista. Mikel me miraba.

—¿Qué?

—¿Por qué me miras así? —le interrogué.

—Así, ¿cómo?

—No sé. Parece que me quieras hacer… un retrato robot.

—Ah. —Sonrió con seguridad—. Como tú a mí.

—Yo te analizo para entenderte, terrícola. Pero tú ahora me estás mirando raro.

—No es que te mire raro. —Se apoyó en la bancada y sirvió un dedito más de alcohol en su vaso. En el mío no—. Cuando acabamos de conocer a alguien, solo vemos la capa exterior. Si invertimos tiempo en averiguar más, se van quitando pieles. Capas. La persona se desnuda y nuestra forma de mirarla… cambia.

—¿Me estás imaginando desnuda?

—Lo he hecho alguna vez —asintió—. ¿Y tú?

Una risa estupefacta se me escapó por la nariz, acompañada de un sonido agudo en mi garganta que evidenciaba que me estaba poniendo nerviosa.

—Pues no, pero si quieres lo intento. Uhm…, estás en forma, ¿no? —comenté, como despreocupada, intentando que mi violación visual pasase un poco desapercibida.

—Hago lo que puedo.

—Pues parece que puedes bastante. —Creo que me sonrojé.

—Dime una cosa…, yo he confesado cosas superíntimas y lo único que has dicho tú es que buscas el amor perfecto y no lo encuentras. —Bebió un sorbito de su vaso y se relamió despacio—. Venga…, ¿por qué se acaban tus relaciones?

Roberto. David. Javi…, qué mono era Javi. Gus. Aquella noche loca con Hugo. Mi cabeza fue pasando por todos los chicos de los que quise enamorarme en los últimos años, sin contar las citas que no habían salido bien o que se habían quedado en dos semanas de tontería y sexo. De cervezas y resaca.

—Creo que, por alguna razón que no entiendo, soy emocionalmente inaccesible, suelo esconderme detrás del papel de tía caótica y despreocupada que, a veces, poco tiene que ver conmigo.

No sé quién soy en el amor, de modo que siempre termino inventándome, y… no sale bien. Invierto…, o invertía, demasiado tiempo y energía en alcanzar mi sueño profesional y no he dado con nadie con quien el sexo sea realmente… como quiero que sea.

—¿Y cómo quieres que sea?

—A tope. —Sonreí—. Muy a tope. Desinhibido. Divertido. Guarro. Cariñoso. Furioso.

—Ouh, *mamma* —murmuró—. ¿Eso es verdad o lo dices porque te estás poniendo chulita?

—Me gusta follar. —Me encogí de hombros—. No sé qué problema hay. Vosotros lleváis siglos demostrándolo y no pasa nada, pero… ay de la mujer que confiese que le gusta el sexo. No lo entiendo.

—Algunos, entre los que no me incluyo, pueden sentirse…, uhm…, pequeños. No hay que subestimar la fragilidad del ego masculino. Recuerda que la sociedad nos ha malcriado desde hace milenios.

—¿A ti te castra que una tía hable con seguridad de sexo?

—¿Cuándo fue la última vez que follaste?

Ay, ay, ay. ¿Era yo o la cosa se estaba calentando?

—Demasiado. ¿Y tú?

—Estaba pensando justamente en esa misma palabra.

Me sostuvo la mirada de una manera que calentó mis mejillas.

—Mikel… —me atreví a decir—. No me toques las palmas, que te bailo.

Pausa. Una pausa sumergida en un silencio que, en mi cabeza, sonaba a música. Recordé, de súbito, las primeras estrofas de «Euforia», de Sen Senra, pero antes de que pudiera dar forma a ese pensamiento, Mikel me devolvió a la realidad.

—Las llaves están en el mueble del recibidor. Es hora de que te vayas a casa a preparar tu entrevista.

Y menos mal… porque la hubiera liado parda.

Al cerrar la puerta, sentí como si mi interior estuviese hecho de pedazos de sus cabezas de arcilla. Un pedazo de frustración, otro de pasión, uno de rabia, aquí un poco de perplejidad y, sobre todo, ligereza. Mikel me hacía sentir ligera, ingrávida, capaz, con alas, compleja, estimulante. Funcionaba como catalizador con el que alcanzar todos aquellos estados de conciencia, todas aquellas virtudes que yo ansiaba en la Catalina ideal.

No dejé de pensar en su boca al decir aquellas palabras hasta que llegué a casa. Y después, cuando ya me encontraba en mi habitación. El recuerdo de su expresión se me agarró bien fuerte. ¿A quién quería engañar? Me tumbé en la cama, a puerta cerrada y, durante un buen rato, miré la pared vacía, con los ojos aún puestos en la imagen de Mikel Avedaño. En cómo caía el jersey sobre sus hombros redondeados. En cómo se movían sus labios al hablar. En el perfil recortado de su nariz. En su barba. En lo cachonda que me había puesto en décimas de segundo.

28
Catalina Ferrero, artista revelación

Entrar en casa de Mikel con sus llaves fue una experiencia extraña. Me dio la sensación de estar accediendo a un mausoleo, todo calma. La parte privada de la casa estaba sumida en una cómoda oscuridad debido a que los estores que cubrían todas las ventanas estaban bajados. Olía bien. A velas aromáticas que han estado encendidas. Al sueño de alguien que huele a caro. Tragué saliva y crucé hacia la parte del estudio que había delimitado, como dijo, con unos biombos de madera. Tuve que mover uno de ellos, sin hacer ruido, para pasar al taller.

La mesa en la que había estado viéndole trabajar la tarde anterior estaba bien cubierta con unas lonas, tirantes y agarradas a las patas de la mesa. Fuera de su abrigo solo quedaban objetos impersonales, que podrían ser de cualquier artista.

Sin embargo, la parte que había acondicionado para mí daba la sensación de ser... verdadera. Un refugio real para una artista real, con los pinceles bien organizados y a mano. Con algún tubo de pintura fuera de su sitio y los demás ordenados por colores. Con el cuadro de la tía Isa colocado en un lugar protagonista, donde hacía de telón de fondo y compañero. Con la paleta apoyada en la pared y el caballete preparado, con el lienzo que estuvimos manchando el día anterior. Había una nota pegada a él:

«Si preguntan, diles que aún lo intentas. Que compartes taller con otros artistas con la intención de llamar a la inspiración. Colará.

Suerte.

Mikel».

Sonreí.

Descolgué la ropa que había llevado el día anterior del clavo del que pendían las perchas y lo guardé todo de nuevo en la bolsa de viaje. En su lugar, me llevé otra más pequeña al baño que me había indicado, que había en aquella parte de la casa, y me cambié. Cuando me miré en el espejo del baño, aunque no era de cuerpo entero, me di el visto bueno. Lo que había preparado el día anterior no estaba mal y era un «uniforme» perfecto para una exposición o para pasear por cualquiera de las citas en las que Catalina Ferrero, artista, estuviera invitada, pero lo que había cogido antes de salir de casa, en el último momento, era el atuendo que merecía un personaje como el que yo estaba creando: misterioso, demente, trasnochado, algo decadente.

Salí del baño y me asusté al escuchar un ruido en la parte de la casa que yo creía dormida. Me asomé y me topé con un Mikel, de espaldas, poniéndose un jersey.

Pantalones de pijama oscuros. Culazo.

Jersey bajando por la espalda desnuda. Músculos que no sabía ni que existían allí marcados, saludándome con la manita y haciéndome el gestito universal que avisa de que se te está cayendo la baba. La puta baba.

Al volverse, me encontró asomada detrás de un biombo y lanzó un grito. Un grito breve, cortante y muy grave, al que le siguió una mano al pecho.

—Coño, Catalina, qué susto.

—¡Perdón, perdón! —Levanté las manos en son de paz para que las viera por encima de la mampara de madera.

—Espera, pasa…, ¿qué hora es?

—Las ocho.

—¿Y a qué hora vienen?

Se acercó. Algo se movía en su pantalón. Algo-se-movía-en-su-pantalón.

¿Era su pene?

Dios. Era su pene.

—A las nueve y media —dije con un gallito.

—¿Y qué haces aquí?

—Quería prepararlo todo.

Mikel apartó el biombo y me hizo pasar hacia la casa con un movimiento de cabeza. Me dio tiempo a percibir sus ojos cansados y algo hinchados, antes de que me diera la espalda.

—Ya lo preparé yo hace un rato.

—¿Qué haces despierto?

—Pues no he podido dormirme aún. Me pasa a veces cuando trabajo. Termino con la cabeza a demasiadas…

Se giró hacia mí cuando llegó a la cocina y pareció que me veía por primera vez.

—¡Coño, Catalina! —exclamó otra vez, pero en otro tono.

—¿Qué? —me asusté.

—Que…, eh… —Me miró de arriba abajo. Sus ojos parecían más despiertos aún ahora—. Me hiciste caso.

—Sí. —Volví a echarme un vistazo—. Pero no te acostumbres a llevar razón. ¿Estoy bien?

—Estás —vaciló— bastante… sexi.

Moño bajo deshecho con los alfileres color fuego; pendientes de plata largos rematados con una turquesa; vestido negro de terciopelo, lencero, a media pierna, pero con un corte que dejaba ver hasta mi muslo y encaje en el escote; el kimono más espectacular de mi tía, que parecía haber salido del que ya era mi preferido de entre sus cuadros. Fuego. Agua. Locura. Contención.

—¿Sexi en plan…?

—En plan bien —asintió—. Como con mucha personalidad.

Me miré de nuevo.

—Fíjate. Compré este vestido en las rebajas hace como tres años; me costó cinco euros. Todo el mundo creyó que jamás iba a tener ocasión de ponérmelo. Bueno…, algunas personas me dijeron, incluso, que la ocasión de ponérmelo había pasado ya un par de siglos atrás. Pero yo sabía que…

—Catalina —me cortó con media sonrisa—. ¿Por qué sigues hablando?

—No lo sé.

Los dos nos reímos.

—Vamos a desayunar, Catalina *Fucking* Ferrero. Necesitas coger fuerzas.

—Estupendo. —Di una palmada—. Ponme un café que se pueda cortar con cuchillo y tenedor.

—No hay café para ti hoy. —Sonrió mientras se frotaba un ojo—. No queremos que alcances la velocidad de la luz hablando. Recuérdalo: habla despacio, que crean que te aburren.

—No te pases. —Hice una mueca.

—Siéntate. —Señaló una banqueta y yo obedecí.

Durante unos instantes lo vi moverse por la cocina cogiendo tazas, calentando cosas en el microondas, guardando platos limpios, todo en silencio. Finalmente, cuando me pasó una taza blanca, enorme, con unas letras rojas, siguió con su argumento:

—Lamentablemente es una de las únicas herramientas que tenemos para que nos tomen en serio: parecer aburridos.

—No estoy de acuerdo —negué—. ¿Qué es este brebaje?

—*Matcha latte.*

—Dios…, el señor artista/barista también trabaja el sector del té de moda —me burlé—. Sobre lo otro…, no pienso ser una estúpida ni ir de diva. Voy a ser yo.

—Eres consciente de que es justamente lo que no tienes que ser hoy, ¿verdad?

—Seré amable —le aclaré y después di un traguito a mi bebida, a la vez que él alcanzaba su café—. Uhm…, está buenísimo.

Hizo una suerte de reverencia. Parecía cansado.

—¿Por qué no subes a dormir? —le propuse—. No haré ruido.

—Tranquila. Es que… —Se apoyó en la bancada y dejó la frente sobre los dedos crispados—. Las obras no terminan de cuajar.

—¿*El amor*? ¿Sigues poniéndole cara de vicioso?

Lanzó una carcajada cansada y se irguió.

—No. El problema no es el micro, es el macro. No entiendo la motivación, la línea que une cada una de las piezas. La idea de la exposición más allá de cada una de las obras que la componen es todavía un misterio. Estoy a oscuras.

Abrí la boca con intención de decir algo que lo tranquilizara, pero me quedé ahí, en la intención. Mikel sonrió con cierta ternura.

—Déjalo —me dijo mientras le daba otro trago al café—. No lo vas a entender.

—A ver. —Puse la palma de la mano sobre la taza y se la alejé—. Lo del café creo que es contraproducente ahora mismo, así que déjalo.

—Es descafeinado.

—Mentira. A los muy cafeteros no os gusta el descafeinado. A mí no me engañas.

Sonrió pillo.

—Cazado.

—Y, por cierto, sí que lo entiendo.

—¿Ah, sí, listilla?

—Sí. Pero creo que deberías seguir hacia delante. Esculpir las cabezas. El propósito de estas se te revelará en su momento. Paciencia, Mikel. La mente creativa es como una colmena y no todas las celdas están conectadas.

Frunció el ceño y se rascó una oreja. Le di un buen trago al té con leche, sonreí y me levanté con la taza en la mano.

—Ale. A dormir.

—Despiértame cuando te vayas.

—No. Tienes que descansar. Una vez estuve treinta y seis horas sin dormir y vi a dos gnomos comiendo azúcar a puñados dentro de la alacena de mi abuela.

—¿Drogas?

—Qué va. Terrores nocturnos.

—Despiértame cuando te vayas —repitió, saliendo de detrás de la barra y encaminándose hacia la escalera.

—¿Cuándo me vas a enseñar el dormitorio? Es la única parte de la casa que no conozco.

—Ni el de invitados. Ni los baños. Ni el vestidor. Pero, oye, si quieres ver mi dormitorio, tú sube y despiértame con cariño antes de irte. —Me guiñó un ojo—. Te haré una visita guiada.

Fruncí la nariz cuando me miró con sorna, agarrado a la barandilla de metal negro de la escalera.

—No estoy segura de si ese comentario ha sido marrano o no.

—Marrano no es la palabra, pero…, oye, ¿no eras tú la que decías ayer que no te tocase las palmas, que te ponías flamenca?

—Y tú, el que me sirve té matcha sin ropa interior.

—Mucho has mirado tú.

—Quien tiene hambre sueña con bollos.

—Me voy a la cama, señorita Dichos.

Y observar el movimiento de esas nalgas mientras subía los escalones fue suficiente prueba de que aquí, la señorita, necesitaba una sesión de Satisfyer a máxima potencia.

Una espera que para una entrevista con un medio importante llegue una especie de séquito, pero eso solo pasa en las películas. Y menos mal que tuve el tino de maquillarme antes, porque Elena se había flipado tres pueblos al decirme que seguro que llevarían una estilista para esos detalles. Bendito sea mi buen pulso para el *eyeliner*.

Una periodista joven y moderna y un fotógrafo con aires de vieja gloria, de esos con pinta de decir cosas como que mires el objetivo de la cámara como si le estuvieras haciendo el amor, fueron los únicos que acudieron a la cita.

Ellos… y Eloy.

Lo primero que hizo este fue apartarme de la periodista y el fotógrafo y agarrarme del brazo para preguntarme:

—¿Cómo has conseguido un estudio así? —Y mientras hablaba, miraba a todas partes alucinado.

—Es mi estudio —contesté con templanza. La fortaleza de una mentira reside en los pocos oídos que escuchen la verdad. Y en la memoria. Los mentirosos deben ser muy buenos recordando cada detalle…, como los actores—. Empezamos cuando queráis. Yo ya estoy.

De su garganta emergió un gruñido. No tuvo fuerzas ni para disimularlo.

«Qué pena, Eloy. Con lo guapo que eres. Con lo jodida y absolutamente guapo que eres… ¿cómo es posible que en un castillo tan hermoso habite un rey tan feo?».

La entrevista se desarrolló, mientras el fotógrafo sacaba algunas fotos detalle de la parte del taller en la que les indiqué que podían trastear. Pinceles. El cuadro de la tía Isa. La paleta manchada y reseca.

Las preguntas fueron relativamente fáciles porque, la verdad, hay que ser más relevante de lo que yo era (y de lo que ellos me consideraban) como para ahondar más allá de lo típico. Cuándo empecé a pintar; cuáles eran mis referentes; quién fomentó aquel amor por el arte; cuál era, a mi parecer, la relación entre el arte y la moda; si tenía una banda sonora concreta para pintar; si creía que las musas volverían a aparecer…

—Aún lo intento. Cada día. Comparto taller con otros artistas con la intención de llamar a la inspiración.

Mikel habría estado orgulloso de escuchar la solvencia con la que respondí y eso me hacía un poquito feliz. Sonreí al pensar que estaba durmiendo en la planta de arriba y el soponcio que le daría a Eloy si lo supiera.

—Vale, por último…, dime algún artista contemporáneo que sea inspiración para ti y con el que te gustaría que se codearan tus obras.

—Sin duda, a pesar de que no creo que mi obra pueda compararse jamás a la suya, el primer nombre que se me ocurre es el de Vicky Uslé. Creo que es cuestión de tiempo que la mujer consiga el lugar que merece en el mundo del arte. —Madre mía, cómo había estudiado para aquella entrevista.

—¿Y otro nombre? ¿Algún hombre…?

—Mikel Avedaño, sin duda.

Noté a Eloy tensarse detrás de ella. La mirada con la que me fulminó era curiosa, iracunda y sorprendida; todo a la vez.

—Creo que el nombre de Mikel Avedaño acumula todo lo bueno que el talento español aporta al arte contemporáneo.

—Genial. —La chica me sonrió—. Ahora te haremos un par de fotos y así terminamos.

—Recuérdame que te pregunte algo luego —escupió con una sonrisa falsa Eloy.

—Claro.

El fotógrafo me pidió que fuera yo misma…, y casi me siento espatarrada en la banqueta de trabajo, pero Catalina Ferrero me pidió la vez.

—Perdóname si soy muy teatral —le advertí con una sonrisa seductora—. Tú solo… dímelo, ¿vale?

Me senté en el taburete frente al cuadro de mi tía, me quité los zapatos, los tiré de cualquier manera junto a mí y apoyé una pierna en el suelo. El kimono caía a mi espalda por el peso, vertiendo todos sus colores ardiendo sobre el suelo y mis pendientes se bambolearon cuando me moví hacia la cámara sin mostrarme totalmente de frente.

—Esa es buena. ¿Puedes enseñarme más el kimono sin ponerte tan de perfil? —me preguntó.

—Puedo intentarlo.

Lo hice. Hizo unas cuantas. Corrigió un poco mi postura. No paró de fotografiarme. Me dijo que le hiciera el amor al objetivo.

Por el amor de Dior.

Lo hice. Y me quité los alfileres con los que mantenía sujeto el moño bajo. Él siguió con su trabajo. Miró la pantalla de la cámara y después de revisar arriba y abajo el material, me dijo que lo tenía.

—Parece que lo has hecho durante toda tu vida, chica…, qué soltura.

Buena estudiante. Mi profesora de improvisación me hubiera puesto una muy buena nota por aquella escenita. Eloy, sin embargo, me miraba como si su criatura se hubiera comido un perro delante de él.

Nos despedimos de los dos en la puerta que daba al montacargas dándoles las gracias por su tiempo. Yo lo decía de corazón, un poco abrumada; Eloy vete tú a saber con qué intención real. Mikel estaba ratificando todas aquellas sospechas que, aunque no quería creer, Eloy despertaba en mí.

Pensé que este también se iría, pero no. Allí estaba, a mi lado, dando las gracias, recuerdos para media revista (solo los jefazos, claro) y agitando una mano en un gesto un poco tonto. Ni siquiera esperó a que se cerrase del todo la puerta para decir entre dientes:

—Catalina…

—¿No tienes que ir a la galería?

—Sí. Ahora iré. ¿De quién es este estudio? ¿Y qué hay ahí detrás?

Miré despreocupada hacia la zona que Mikel había delimitado con los biombos.

—Es mi taller.

—Este no es tu taller.

—Por favor —fingí exasperarme—. Es un taller tipo *coworking*, Eloy. Alquilamos el espacio por meses. —Me encogí de hombros—. Lo de detrás de los biombos es otra área de trabajo. Las oficinas. Ya sabes.

—A ver —dijo muy serio—. Enséñamelo.

Calma. Que no *panda el cúnico*. Digo…, que no cunda el pánico.

—Eloy —dije su nombre con un toque de cansancio—, ¿tú sabes lo que me costó encontrar esto? Lo alquilé antes de ayer, cuando te pasé la dirección. No sabría encontrar nada que no fuera el baño. Ni siquiera sé si puedo pasar a la otra zona.

—¿Y por qué no hay nadie aquí? —Frunció el ceño—. ¿Dónde están los otros artistas?

—¿Me ves cara de madre superiora? ¡Y yo qué sé! ¿Por qué me haces todas estas preguntas, Eloy?

—Porque aquí hay algo que no me encaja.

—¿Y qué? —le encaré un poco—. Lo que a ti te incumbía está cubierto. Me dijiste: «Que no hagamos el ridículo», y no lo hemos hecho. Ahora, Eloy…, estoy supercansada y me gustaría recoger esto e irme a casa. ¿Puedo?

Ni mi madre, cuando fui una adolescente tocapelotas que contestaba a todo con la palabra «estupendo», me miró nunca con tanta sospecha como lo hizo Eloy entonces, dirigiéndose hacia la salida.

—Te iré informando de los avances de la exposición —sentenció a regañadientes.

—Por favor. Podría ayudarte a trazar el recorrido de las obras en la expo, si quieres.

Balbuceó algo con pinta de significar que no y cogió el pomo de la puerta, pero se quedó súbitamente congelado.

—Oye…, ¿y ese repentino amor hacia Mikel Avedaño? —Me miró de reojo.

—No es amor. —Y sentí que estaba respondiendo, en realidad, a Laura y Elena—. Se trata de admiración profesional.

—Hace dos días no sabías quién era.

—¿Ah, sí? —Arqueé las cejas—. Qué interesante.

El brillo de los ojos de Eloy era homicida. Madre mía. Me odiaba. U odiaba a Mikel. No sé. Odiaba algo o a alguien, eso era seguro.

—Muy bien. —Sonrió con frialdad—. Dale besitos cuando lo veas.

—Si intentas dar a entender que me acuesto con él, es superofensivo.

—Ni se me había ocurrido. —Y entonces sonó insultantemente burlón—. Es Mikel Avedaño. Y tú, Catalina…, ¿era Beltrán o Ferrero? A veces ni yo me acuerdo.

Jo, jo, jo. Vaya mala follá que tenía el pijo de mierda.

—Estupendo.

Mi yo adolescente aplaudió fuerte en mi interior.

Eran las doce de la mañana cuando me adentré en la zona privada de la casa, apartando los biombos y dejándolos plegados en un rincón del taller donde no molestaran. La casa seguía en aquella semipenumbra densa, tan cómoda, como de atardecer encendido de un verano que se esfuma, de un otoño que arde o la explosión de una primavera inesperada.

—Mikel… —dije desde abajo, al pie de las escaleras.

No hubo respuesta.

—Mikel… —repetí. «Si no contesta a esta, me voy», susurré para mí misma.

—¿Te vas? —respondió con voz clara.

—¿No estás durmiendo?

—El café ha hecho efecto justo cuando iba a hacerlo. —Se asomó desde arriba—. Pero no te acostumbres a tener razón.

—Ahora me robas frases, ¿eh? ¿Qué haces?

—Leer. —Lo vi quitarse un auricular—. ¿Has estado bien?

—Soberbia. —Sonreí—. En el papel de mi vida. Este personaje es el mejor papel que me han dado nunca, te lo prometo.

Se apoyó con los brazos cruzados en la barandilla y me indicó en un movimiento de cabeza muy suyo que subiera.

—¿Quieres el *room tour*?

—¿Va con segundas?

Se rio.

—Ah, no, que ya he escuchado cómo le decías a Eloy que el hecho de que sugiriera que nos acostábamos era ofensivo.

—¿Has escuchado eso y no la entrevista? —Me sorprendí.

—Bajé el volumen de los auriculares cuando supuse que ya se iban.

—¿Algo en contra de que me parezca ofensivo que dé por hecho que follamos? Si yo fuera una auténtica artista, lo sería. Sonaba sospechosamente a un intento de devaluar mi talento en función de lo que haga en la cama y con quién.

—Tampoco sería tan raro. El hecho en sí, no el juicio de Eloy. —Se encogió de hombros—. La gente se acuesta con compañeros de trabajo y colegas continuamente.

—¿Tú lo has hecho?

—Claro —asintió—. Siempre con discreción. Con eso sí hay que tener ojo: la intimidad es importante. Y con una recién llegada al mundillo…, pues más aún.

—Así que Mikel Avedaño va triunfando en Basilea, ¿eh? —Quise pasar por alto la segunda parte de su contestación.

—¡Oye! Sabes lo que es Basilea. ¡Estás estudiando!

—Soy superbuena alumna.

Se quedó mirando unos segundos con una expresión indescifrable.

—Sube, voy a proponerte algo.

—¿Subo champán y fresas?

—Y el lubricante. Está en el baño.

—Madre…, cómo te sienta la falta de sueño…

Subí los peldaños despacito. Su habitación era espaciosa, blanca, algo aséptica. Un lugar de paso. Nada personal, a excepción del libro de tapas oscuras que reposaba abierto bocabajo en una de las mesitas de noche y la impresión que producían las sábanas, que conservaban la huella y los pliegues de su presencia sobre ellas.

—¿Qué? —le pregunté súbitamente tirante.

Confesión: tiendo a ser tirante y un poco seca cuando alguien me pone nerviosa en el terreno sexual. Es mi mecanismo de defensa. A algunas personas hasta consigo engañarlas con esa actitud y me creen una tía dura.

—¿Has intentado pintar alguna vez? —me preguntó.

—No. Bueno, el otro día contigo. Pero tú me sujetabas la mano, así que no creo que cuente.

—Iba a hacer un símil sexual, pero mejor no lo hago. —Se frotó los ojos y cambió el peso del cuerpo a la otra pierna—. Podríamos intentarlo. A lo mejor sale bien.

—Mikel…, no tengo talento artístico.

—No lo sabes. Quizá…, no sé. Que no se te suba a la cabeza, pero creo que tienes sensibilidad artística. A lo mejor es solo cuestión de educarla.

—No te gustan los pupilos.

—Lo sé —asintió con cara de sorpresa—. Pero es que todos mis pupilos han sido estudiantes o recién licenciados que quieren impresionarme, como si eso valiese para algo en sus carreras.

—¿Cuántos en total? ¿Dos?

—Chi.

Lancé una carcajada y él otra. Después paseó su lengua por su boca de manera visible desde mi posición y la chasqueó contra el paladar.

—Tu compañía me resulta artísticamente estimulante, no me preguntes por qué, porque yo tampoco lo entiendo. Hasta me caes mejor.

¿Sabes esa sensación, cuando alguien te mira la boca, pero estás segura de que ni siquiera lo está haciendo conscientemente? Pues me recorrió entera, porque Mikel había dejado allí apoyada, sobre mis labios, su mirada. Y no la movía. Lo único que pude hacer, mientras pensaba qué decir, fue barrer la habitación con la mía, quizá en busca de una salida. Con lo que se toparon mis ojos no fue precisamente con una escapatoria, sino más bien con un petardo de mecha corta…, de los gordos.

Lo que instantes antes había tomado por un libro, era un cuaderno de dibujos… que ya había visto en la cafetería. Sobre la mesita, junto a este, tenía algunos lápices de colores vivos.

—¡Mikel! —le reprendí—. ¿Estabas trabajando?

Despegó la mirada de mi cara y siguió la dirección de la mía. Casi se lanzó sobre el cuaderno, como si tuviera que protegerlo con su vida.

—Eh, no. Estaba… leyendo.

—Ese es tu cuaderno de… dibujos. Te lo vi en la cafetería.

—¿Y qué?

—¿Estabas trabajando? Si no duermes, te vas a volver loco y ya no eres muy normal.

—Solo estaba… buscando el sueño con unos lápices de colores. —Hizo un gesto vago con la mano.

—A ver, enséñamelo —y lo dije por decir, por apartarme un poco de la sensación de escalofrío (agradable, demasiado agradable) que me habían provocado sus ojos recorriendo mis labios.

—Ni de puta coña.

Fue tan rotundo que… quise verlo de inmediato.

—Enséñamelo.

—¿No me has oído? No. Venga, vete. Tienes que dormir. Digo…, tengo que dormir. Yo. ¿Ves? Estoy a veinte minutos de tener alucinaciones acústicas por la falta de sueño. Vete de mi casa. Ya.

—Mikel…, dame ese cuaderno. —Alcé las cejas.

—¿Entiendes lo absurdo que es que me exijas nada?

—Okey. Te lo pedí por las buenas.

Le hinqué el dedo índice en el costado, en ese punto que te da cosquillas, aunque no tengas sangre en las venas, y cuando se encogió, aproveché para agarrar el cuaderno.

—Eres una… —balbuceó rabia hecha consonantes y haches mudas que no formaban ninguna palabra, al menos en cualquier lengua viva.

No le culpo. Me sentía identificada porque no es que yo tuviera en aquel momento mucha más capacidad de expresión: lo que había visto en el cuaderno me había dejado muda.

—Pero…

—¡Soy un artista! —Me arrancó el cuaderno de las manos—. Hago estas cosas continuamente.

—Pero… —Señalé el cuaderno.

—Sí, sí —asintió nervioso—, eres tú. Sí. ¿Y qué?

—Que… estoy… desnuda.

—No estás desnuda —negó esta vez—. Llevas el kimono.

—Solo el kimono. —Cambié la dirección del dedo para señalarme a mí—. Solo-el-kimono. Déjame verlo bien.

—¿Para qué?

—Porque… no sé. Soy yo. Quiero verlo.

—Ya lo has visto. Déjalo ya, ¿no?

—No me estoy choteando, ¿eh?

—Que no te estás…, ¿qué?

—Burlando. No me estoy burlando. Es solo que… nunca me habían pintado.

—Solo te he dibujado. Por encima.

—Bueno, pues yo quiero verlo por encima.

—Pero ¿para qué?

—¡Pues para ver cómo me has dibujado las tetas!

La boca de Mikel dibujó una sonrisa antes de que la mecha explotara en una carcajada.

—Estás chalada…

—Tengo curiosidad.

—Ay, Dios…

Me tendió el cuaderno. Hostia puta. Qué bonito. ¿Cómo podía, con tan pocos trazos, con tan pocos colores, haber dibujado una figura con los rasgos tan definidos como para que me sintiera inmediatamente identificada? Allí estaba yo. Sentada en un taburete, con la cabeza levemente girada hacia el espectador, el moño bajo, las horquillas, mis pendientes, la forma de mis cejas, de mis labios, el kimono con el ave fénix desplegando sus alas, y… dos tetitas algo respingonas un poco más monas que las mías, la verdad. El ombligo era un punto de parada, como una coma en la que respirar antes de seguir recitando un poema que sigue más abajo…, y allí estaba mi…, mi…, ehm…, el…, mi entrepierna. Dios, alguien debería darme un premio por conseguir decirlo así de fino.

—Ouh, *mamma* —musité sin separar los ojos del dibujo—. Hasta te has imaginado cómo voy depilada.

—No sé qué estás pensando, pero…

—Que es precioso. —Le miré a la cara—. No digo que no
sienta que es un poco invasivo, pero…

—Lo siento. —Se humedeció los labios.

—Bueno… —suspiré—, anoche pelamos un poco la pava.
Igual eso…

—¿Anoche pelamos la pava? —Ahora le tocaba a él sonar
divertido.

—Un poco…, ¿no?

—¿Ah, sí?

—Sí. Estabas como retozón.

—Retozón, ¿eh?

—¡No hagas eso! —me quejé—. Ahora no te las des de
que me lo imaginé.

—No, no… —Se rio—. Confieso que lo estaba.

—Qué mal beber…

—Yo diría más bien que tengo buen beber.

—¿Y eso?

Qué descarada aquella sonrisa que recibí de vuelta.

—¡Ah! Quieres decir que aguantas bien follando después
de beber.

—No he abierto la boca. —Y casi no podía ni cerrarla de
tanto que sonreía.

—Me has dibujado en pelotas. —Le eché en cara.

—Sí.

—¿No te da vergüenza?

—No.

Me reí y, acto seguido, me mordí el labio. Vale, vale. Me
mordí el labio mientras le lanzaba una miradita con intención.
Bastante sexi. O al menos intentando serlo. Se arrimó un poco.

—No hagas eso —me pidió.

—¿El qué?

—Ese gesto. No lo hagas.

—¿Por qué?

—Porque no.

Volví a mirarlo. Esta vez me concentré en su boca. Los labios que cubrían sus poderosos dientes blancos eran muy sexis. Mucho.

—Para —me advirtió, convirtiéndolos en una curva preciosa.

—No estoy haciendo nada.

—Me tocas las palmas…

—¿Y me vas a bailar?

—Quiero besarte.

Ni siquiera me dio tiempo a pensarlo. Cuando quise darme cuenta, tenía su boca encima de la mía. Y no sabría decir quién de los dos se acercó primero.

29
¿Necesitas algo de mí?

El primer beso, sea con quien sea, y no estoy hablando particularmente del primero de tu vida, es importante. De alguna manera, es proverbial. De él podemos deducir muchas cosas de lo que vendrá. El primer beso con Mikel fue así: sorprendente, intenso, inesperado y profundo. Tendría que haber salido huyendo. Pero besaba demasiado bien…, tan bien que había que aprovecharlo. No me importaba que hubiera caído de la nada, que fuera intenso hasta quemar, demasiado profundo como para navegarlo sin naufragar.

Abrí la boca. La abrí con hambre, sin pararme a pensar en nada más que no fueran las ganas de darme un atracón de algo que me apetecía en el momento. Me sorprendieron las notas de sabor de lo que pronto adiviné que era su saliva. Su propio sabor. Mikel era…, buff. Mikel sabía muy bien.

Fue un buen beso. A pesar de la sorpresa. A pesar de que nunca, jamás, habría imaginado que Mikel me dibujaría desnuda o se abalanzaría para besar mi boca. Creo que siempre sentí que jugábamos en ligas diferentes. Tan diferentes que era imposible ni fantasear con jugar un amistoso juntos.

Su lengua era hábil y el cuerpo muy sabio, con lo que tardé menos de cinco milésimas de segundo en unir cabos y pensar, en el más absoluto silencio y en la más inmensa vergüenza, que el sexo oral se le tenía que dar de miedo. Creo que fue el último pensamiento lógico que se me vino a la cabeza. A partir de ahí, caída libre.

Gemí un poco cuando se alejó de mi boca. Gemí de gusto y de ansias. Gemí porque, aunque tres minutos antes ni siquiera me había planteado la posibilidad de tocarle más allá de lo indispensable en el contacto de dos conocidos, ahora quería que venciera el obstáculo de la ropa, se acomodara entre mis piernas y siguiera besándome todo el día… y toda la noche.

Tardé unos segundos en espabilar cuando separamos nuestras bocas, pero pronto llegó esa mirada lobuna que todas tenemos cuando nos excitamos. El brillo. La intención, que se nos escapaba. En sus ojos observé lo mismo y me gustó sentir que allí no había ninguna oveja, solo dos lobos.

—Joder —susurré.

—Besas muy bien.

Me humedecí los labios, él miró cómo lo hacía y… dio un paso. Con el siguiente, nuestra ropa estaba ya fundida la una con la otra.

—Ufff… —emití una especie de bufido de advertencia cuando vi que acercaba su boca a la mía—. Mikel…, qué es esto…

El perfume que emanaba su cuello me envolvió y yo solté otro gemido, grave y un poco sordo, cuando acarició mi cuello con la nariz y me dio un pequeño mordisco en la curva en la que este se unía a mis hombros.

—Nos estamos rayando… —le reprendí.

—¿Paro?

—Yo qué sé. Solo sé que tengo una cantidad muy limitada de avisos.

—Qué bien. Porque cada vez que adviertes, me parece que te apetece más. Y a mí ya me apetece suficiente.

No sabría decir quién besó primero, pero sé cómo me supo. A promesa de buen sexo. A algo prohibido. A algo que ni siquiera había imaginado que pudiera pasar.

Mis dedos serpentearon por su nuca mientras ahondábamos aún más en aquel beso y sus manos se metieron dentro de mi kimono para rodear mi cintura y manosear mi culo. A juzgar por mis experiencias previas, lo que me estaba presionando el bajo vientre era su polla y estaba muy dura.

—¿Dónde te llevo? —me preguntó.

—Joder…, a la cama.

A la cama. En dos putos minutos. A la cama.

Las sábanas exhalaban ese frío típico de las estancias pulcras cuando nos acercamos a la cama sin dejar de besarnos. Todo estaba en calma, excepto nosotros. La casa. La calle. La luz. El mundo estaba tan quieto y yo tan excitada, tan exaltada, tan sorprendida…, que ni siquiera lo recuerdo con mucha nitidez. Es como si alguien hubiera untado mis recuerdos con una capa de glicerina y ahora, para poder ver a través de ellos, tuviera que rascar y rascar y rascar.

Me quitó el kimono. O quizá me lo quité yo. El hecho es que, en décimas de segundo, la prenda ya no estaba sobre mis hombros, sino sobre una suerte de diván que tenía junto a la cama. Tiré de su jersey hacia arriba, él rodeó mi muslo izquierdo con su manaza y se llevó la pierna a la cadera. Me levantó, me froté, me tiró contra el colchón. Creo que me corrí al aterrizar.

El vestido me lo quité yo, de eso estoy segura, como de que fue él el que se quitó los pantalones del pijama. Sorpresa…, sí que llevaba ropa interior: un bóxer gris con rayas finas de colores. Yo llevaba un body de tirante fino y plumeti, negro y bastante transparente, con el que solía sentirme segura de mí misma y sexi, y que usaba para las ocasiones especiales… No me estoy refiriendo a citas que sabes que acabarán con sexo. Todas y todos tenemos ropa interior poderosa. Y a juzgar por cómo me miraba Mikel, el poder de mi ropa interior le estaba haciendo efecto.

—¿Andas siempre con ese tipo de ropa interior?

—Ya ves —respondí sin poder parar de retorcerme, impaciente de que volviera a acercarse.

Una de sus manazas me apretó un pecho antes incluso de buscar un hueco entre mis piernas.

—Eres muy sexi...

Se sostuvo con sus dos brazos sobre mí y..., madre mía. Aún no me había dado tiempo, en el fragor de la batalla, a echarle un vistazo.

—Joder..., ¡estás buenísimo!

Y las exclamaciones no son una exageración. Deberías haberme escuchado. O mejor no. Lo dije con demasiadas ganas. Demasiadas.

—Calla... —Sonrió canalla, frotándose.

Lancé un manotazo a su pecho, apreté los dedos contra él y dejé que resbalaran hasta su vientre. Estaba tan bien puesto todo... Laura y Elena alucinarían de saber que, efectivamente, en ese pecho podía desplegarse una buena tienda de campaña.

—Ah... —gimió frotándose de nuevo entre mis piernas—. Quítate eso.

Ni dos segundos tardé en desabrochar el body de un tirón y sacarlo por encima de la cabeza, como si fuese una camiseta. Ni dos segundos tardó él en abalanzarse sobre mi pecho y meterse el izquierdo en la boca. El gemido debió de escucharse hasta en la Plaza Mayor. Y cuando clavó un poco los dientes y sus dedos encontraron el camino que llevaba al interior de las braguitas negras..., buff. Pensé que se me iba a olvidar gemir, como cuando repites tantas veces una palabra que pierde el sentido.

Su pulgar se deslizó, repartiendo mi naciente humedad hacia el clítoris, mientras su dedo corazón entraba poco a poco en mí.

—Para... —le pedí entre jadeos.

Paró. Sentí su dedo salir, pero antes de que se apartara, lo alcancé para llevarlo a mi boca. Por su expresión, no entendía nada. Yo tampoco.

—¿Paro? —me preguntó cuando le dejé respirar.

—Quiero tocarte.

—Ah... —Sonrió—. Espera un poco. Primero tú.

¿Cómo lo explico? Joder. Es imposible. Porque las sensaciones pueden describirse, pero aquello no. ¿Por qué? Pues porque, aunque fue un acto físico, aunque las sensaciones fueron carnales, mundanas..., al recuerdo que tengo de aquellas primeras caricias, aquellos primeros besos, se le adhieren de manera inevitable los ecos de lo que sería más adelante.

Mikel sabía lo que hacía con sus manos y conseguía que su aspereza se perdiera en la humedad y en la destreza, en la habilidad de acariciar lo que debía, como debía y con la intensidad perfecta.

Mikel tenía los dedos gruesos, fuertes, y cuando uno de ellos te penetraba, tu cuerpo se entregaba a él por completo. Era diestro..., joder. Mucho. Y cuando noté que bajaba por mi cuerpo hacia el interior de mis piernas, a pesar de la vergüenza que me daba, le dejé hacer. Porque estaba bajo su encantamiento.

No me quitó las braguitas. Primero lamió por encima de ellas (con fuerza, pero despacio) hasta humedecer la tela, aunque ya no sé si eso lo hizo él o fue cosa mía. Solo recuerdo que cuando yo ya pensaba que me correría con aquellos roces, las apartó hacia un lado, y su lengua se las ingenió para lamerme justo (justo, justo, justo) en ese punto. Ese.

Le agarré del pelo, encogí una pierna y él aprovechó para penetrarme con uno de sus dedos. Grité. Volvió a hacerlo, sin dejar de lamerme. Y yo volví a lanzar un gemido.

—Joder, joder, joder... —Yo no podía dejar de repetir lo mismo, una y otra vez.

Y él lamía. Despacio a veces; otras recreándose en saber que lo hacía bien, rápido y fiero, guiado, y no sé si cegado, por la sensación de darme placer. Y sus dedos lo acompañaban todo, acariciando cuando tocaba. Fueron minutos de gemir, arquear la espalda, clavarle las uñas en la nuca, retorcer los dedos de los pies.

Podría haberme corrido. Todo estaba a mi favor: la cama era cómoda. Las sábanas olían increíblemente bien. Estaba muy excitada y Mikel lo estaba haciendo muy bien…, pero…

Joder. A veces pasa. Quizá son los nervios de la primera vez con alguien. Quizá un repentino ataque de vergüenza. La falta de confianza, de intimidad. No lo sé. Solo sé que… perdí el hilo. El sexo oral es… difícil.

—Mikel…, Mikel… —no respondió. Estaba ensimismado allí. Entregado. Tiré un poco de su pelo—. Mikel…

—¿Qué?

—Un condón…

—Un condón… —repitió—. Joder, no tengo.

—¿Cómo no vas a tener?

—No. —Se incorporó, pasándose la mano sobre la barbilla y la lengua por los labios.

Aquello me encendió taaanto…

—Busca. Seguro que tienes.

—Dame un segundo.

Se levantó de la cama, con su ropa interior aún colocada y una evidente erección que me encantó, porque me vuelven loca los tíos a los que dar placer se la pone dura, y salió pitando en dirección a lo que supuse que era el baño. Volvió en nada.

—No. No tengo.

—¿Cómo puedes no tener?

—Se me terminaron la última vez. Y se me olvidó comprar.

Gemí de frustración mientras él se acomodaba de nuevo entre mis piernas.

—No, no. Para, por favor.

—¿No te gusta?

—Sí —asentí—. Pero no me voy a correr.

—Deja que siga un poco.

—No, no, Mikel. Me he bloqueado.

—¿Por qué?

—No lo sé. Me he bloqueado. Quiero…, quiero hacértelo a ti.

Embistió mi boca con fuerza. Lengua, dientes, saliva. Sus manos clavadas en mi nalga y en mi pecho respectivamente. Vuelta a frotarnos como dos locos hasta que coloqué una mano en su hombro y le indiqué que quería girar. En un pestañeo estaba encima de él.

—¿Te habías imaginado esto alguna vez? —Jugueteé, mientras me acomodaba.

—No. Nunca.

Eso me decepcionó un poco. Quise que dijera que sí, que lo había imaginado y reproducido en su mente cientos de veces desde que me conoció.

Besé su cuello. Mordí su pecho. Lamí su estómago. Cuando le bajé el bóxer, me recibió (y no voy a exagerar) la polla más bonita que había visto en mi vida. Y tuve que metérmela en la boca.

Joder…, el alarido que lanzó. En ese alarido cabían todos los orgasmos de mi vida.

Era suave. Su cabeza carnosa era suave y entraba con tanta facilidad hasta mi garganta, que él mismo tenía que frenarme para que no me provocara arcadas.

—Catalina…, joder…, lo haces muy bien.

Agarré su mano, con intención de ponerla en mi cabeza, para que fuera él quien dominara en aquella postura, pero no lo entendió y trenzó los dedos con los míos. Casi me dieron ganas de reír…, pero supongo que es difícil pensar con claridad cuando te están lamiendo la polla con muchas, muchas ganas.

Posé las dos manos unidas en mi pelo y lo entendió. Empujó un poco hasta que me aparté.

—Perdón… —gimió.

—No, no…, más.

Levantó un poco las caderas y su polla entró hasta la garganta. Succioné.

—Joder, joder…

No sé si lo que me ocurrió fue lo mismo que a él cuando estábamos en la situación contraria, pero perdí la conexión con el mundo y me puse a flotar en un universo en el que lo único que importaba era el placer, el sabor, la textura, el sonido de su respiración. Minutos de disfrutar y de ver disfrutar, de no ser nadie durante una porción pequeña de tiempo, de olvidarse de todo. No sé cuánto tiempo pasó, pero sí que desperté de esa especie de coma sexual cuando sus gemidos empezaron a subir de nivel.

Sin previo aviso, me agarró de los brazos y nos dimos la vuelta. Yo caí sobre las almohadas mullidas y él, a mi lado, se acomodó de rodillas de manera que yo pudiera seguir tocándolo mientras él hacía lo mismo conmigo. A esas alturas yo… ya no era Catalina Beltrán. Ni Catalina Ferrero. Yo solo era un punto brillante más en el cosmos. Una mota de polvo de estrellas. Un poco de la energía del todo. Vamos…, que se me había ido la cabeza de lo cachonda que estaba. La humedecí un poco antes de entregarme a acariciarla con rapidez. Sus dedos se volvieron rápidos también.

—¿Te corres? —me preguntó.

—Un poco más…, espera…, un poco más —le gemí.

Iba a incorporarme un poco cuando, en un latigazo de placer, Mikel gritó y algo húmedo y caliente se vertió sobre mi hombro. Y sobre mi brazo. Y sobre mi mano. Y sobre mi pecho.

Su mano salió de mis braguitas para rodear la mía y frenarla entre gemidos.

Y qué gemidos.

Ahh. Ahh. Un «ah» onomatopéyico, que fue perdiendo consistencia conforme mi mano iba parándose bajo su tutela. Cuando paró del todo, él se mantenía de rodillas, con los ojos cerrados y la mano aún sobre la mía…, que hacía lo propio con su polla.

Fue como aterrizar de golpe, recién llegada de la estratosfera. Fue como perder el equilibrio y caer en la realidad sin paracaídas. Los bordes del mundo, que el placer había desdibujado, se volvieron más nítidos que nunca. Vi en 8K. Todo. La habitación. El cuerpo de Mikel desnudo. Su semen recorriéndome el brazo. Lo que consideré, en su conjunto, una metida de pata colosal. Antológica.

—¿Dónde está el baño?

No fui capaz de decir más.

—No hay pérdida. Sales de la habitación y… a mano derecha.

Me escabullí deprisa solo vestida con mis braguitas negras. La semipenumbra en la que estaba inmersa la casa había servido de refugio, pero fui expulsada de esa comodidad por la potente luz del baño, blanca, como todo lo demás. Al mirarme en el espejo…, la realidad no mostró piedad.

Llevaba el maquillaje corrido (dicen que no ha sido sexo si no pasa). Tenía marcas de pintalabios por la boca, la nariz y la barbilla. Y mejor no hablo sobre la cantidad de…, bueno, dejémoslo ahí.

Abrí el grifo, cogí jabón e hice lo que pude. Me sequé con papel higiénico porque me dio corte hacerlo con la toalla de manos. Imagínate mi estado. Con el maquillaje hice lo que pude, y el pelo…, el pelo lo apañé bastante bien.

Cuando entré de nuevo en el dormitorio, lo encontré tumbado, dentro de la cama, acomodado como para dormir. Me quería morir de vergüenza.

—Ehm…, me voy —le dije.

—Vale. ¿Necesitas algo de mí?

—¿Cómo? Ah…, no, no. Bueno, enciende una luz, por favor. No encuentro la ropa.

Encendió la luz de la mesita de noche. Por el rabillo del ojo lo vi programar una alarma en el despertador del teléfono móvil. Me apuré a vestirme.

—Dios…, estamos chalados —acerté a decir cuando me senté en la cama a abrocharme el body.

No respondió. Dejó el móvil en la mesita y me miró como un bendito, mientras me echaba encima, tan rápido como podía, el vestido y el kimono.

—¿Dónde he dejado los zapatos? —pregunté en voz alta.

—Abajo —respondió por mí.

—Ah, sí. Pues… me voy.

—No hace falta que te acompañe a la puerta, ¿verdad?

«Hostia…, madre mía, Mikel…, no ayudas».

—No. Claro que no.

—Vale. Pues… nos vemos.

Tragué saliva y fui hacia la escalera.

—Eh… —me llamó.

—Dime.

—¿Ni un beso?

Eso me relajó… solo un poco.

Me acerqué a la cama y le di un beso. Él me lo devolvió.

—¿Lo olvidamos? —le pedí.

—Lo olvidamos.

—Bien…, pues me voy.

No miré atrás cuando bajé las escaleras corriendo. En dos minutos estaba en la calle. Allí me puse los zapatos, me colgué el bolso, y fui consciente de que estaba muerta de frío, además de darme cuenta de que me había dejado en su casa todos los cuadros que almacenaba allí hasta que encontrase otro lugar mejor donde guardarlos, todos los útiles de pintura de la tía Isa y la ropa que al final no me había puesto. Y tendría que volver a por ellos en algún momento…

—Joder. Mierda. Puta mierda.

Una señora que pasaba por allí me miró como si hubiera visto que el Cancerbero asomaba sus tres cabezas por una grieta del suelo. Y entonces… lo hice.

Paré un taxi. Y me subí.

Yo. En taxi. Mikel Avedaño…, eres capaz de todo.

30
Confusión

Durante el sexo, nuestro organismo libera una cantidad nada desdeñosa de oxitocina, hormona que, dicen, está sumamente relacionada con el establecimiento de lazos emocionales y afectivos. No soy científico, pero si alguien me preguntara, le diría que la oxitocina es la droga de diseño de las hormonas y que, en pleno colocón, creemos que cualquier situación es aceptable siempre y cuando el cerebro, maldito camello, nos siga suministrando esa mierda tan buena.

Como no soy científico tampoco podría decir cuánto me duró el subidón, pero sí que cuando Catalina cerró la puerta de casa, me di cuenta del marrón. Perdona..., ¿qué acababa de pasar? Pero... ¿cómo narices había pasado de garabatear su imagen semidesnuda a correrme en su brazo?

Fueron las horas sin dormir. El cansancio. Seguro que era eso. Necesitaba desconectar el cerebro unas cuantas horas. Dejar de pensar. Dejar la consciencia atrás y acomodarme en un estado semicomatoso, soñando con soñar sobre mullidas nubes.

Los cojones.

Porque cuando me tumbé, en aquella cómoda semipenumbra, dentro de mi cama tapado con mis sábanas limpias y me dispuse a dormir, empezó el monólogo interior:

«¿Por qué se ha ido así? ¿Por qué se ha escapado tan rápido? ¿Habré hecho algo mal? Claro..., es que ella no se ha corrido.

No, no, no ha sido eso. Bueno, estoy un poco avergonzado por lo que acaba de pasar..., lo más probable es que le pase lo mismo.

Sí. Estará un poco..., pero, bueno, que somos adultos. Que estas cosas pasan y...

Seguro que ahora cambia su manera de tratarme. Siempre pasa lo mismo.

Aunque... tampoco tengo por qué tratarla mucho, si no quiero. Sí. Eso podría estar bien. No somos amigos. Hace veinte minutos, como quien dice, que ha irrumpido en mi vida.

Pero me hace sentir bien. Me siento bien. Y creo. Que a lo mejor no tiene nada que ver, pero los artistas somos muy supersticiosos con la inspiración. Puede que no tenga nada que ver, pero... ¿y si sí?

Pero ¡eso es utilizarla!

¡Ella me está utilizando!

¡Me he corrido en su brazo!».

Encendí la luz de la mesita de noche, abrí un cajón, cogí una pastilla y la tragué sin agua. No vayas a pensar ahora que tenía un problema con los somníferos, es solo que a veces, cuando el trabajo me cambia el horario de sueño, me vienen bien.

Me desperté a las diez de la noche con la boca pastosa y la sensación de estar haciendo algo mal. Me pasaba a menudo. Esa sensación me había perseguido desde mis años de adolescencia y, cuando estaba cansado, estresado o algo me rondaba la cabeza con insistencia, volvía. Lo achaqué al hecho de estar cambiando otra vez el horario de sueño, con lo mucho que me había costado volver a la rutina diurna. Pero, bueno..., las noches siempre me han parecido más fértiles para el trabajo creativo.

Aquella noche me puse a trabajar con otra pieza: la confusión. Cuando me puse a construir el armazón sobre el que monto la arcilla, no sabía muy bien hacia dónde iba a ir, pero como suele pasar en estos casos..., fluyó. Fluyó con muchas interrupciones, también es verdad. Me quedaba ensimismado con frecuencia. Después, cuando reanudaba el ritmo, de pronto, me golpeaba la frente un flash con una imagen (potente, brillante, con el contraste y claroscuro potenciados por el montaje de mi mente sucia) de la boca de Catalina alrededor de mí, succionando, lamiendo... y de la expresión de su cara. Y, claro, perdía el hilo de lo que estaba haciendo. A menudo, también, me sorprendía mirando el móvil de reojo.

Es curioso. Catalina podía ser obsesivamente molesta. Tenía un carácter de mil demonios y una dulzura casi infantil. En el eco de su voz había una nota necesitada, pero no estaba demasiado seguro de que fuera necesidad de ese amor que decía no haber sentido nunca. Me parecía que había allí algo más trascendental. ¿Más trascendental que el amor?, pensarán muchos. Sí. Más. Porque el amor no es el fin último de nuestra existencia. El amor romántico no es una obligación, solo un compañero de camino. Nuestra única obligación es vivir..., que no significa lo mismo que dejar que el día y la noche se sucedan constantemente.

Catalina tenía hambre. Ella no. Su alma. Su alma tenía hambre, pero probablemente aún no sabía de qué. De una vocación. De lo que le habían prometido que sentiría al enamorarse. De consumar y consumir el fuego. De unirse con la imagen de sí misma que probablemente había proyectado de niña.

Yo también fui así. Yo también tuve hambre. Y la seguía teniendo.

La confusión cobró vida entre mis manos. Y fue un proceso bastante mágico porque mis manos, después de varias piezas de aquella colección, se movían de manera casi mecánica para reproducir mis rasgos en el barro, pero después se fundían con los palos y los vaciadores para dar a cada una de las arrugas de expresión, a las cejas, a la boca, la expresión adecuada. El resultado fue un Mikel sumamente confuso que quizá habría sido el que Catalina había visto antes de marcharse corriendo. O no. Porque si una cosa he conseguido con los años es ser impenetrable cuando estoy sintiendo algo. Tengo una cara prefabricada, como la de uno de esos bultos que estaba esculpiendo, como una máscara funeraria, que me ponía con la intención de no ser tan accesible al mundo. Porque consideraba que ya lo había sido demasiado.

Cuando terminé, me preparé algo de comer. Algo así bastante chungo, porque la nevera daba miedo al abrirla, y mientras comía apoyado en la barra, sin ni siquiera sentarme en uno de los taburetes altos, me puse a pensar en el sentido de la colección de cabezas que estaba creando.

Recibí un mensaje en el móvil y, lo confieso, corrí a abrirlo. No diré que esperaba que fuera Catalina, porque no es verdad, pero tampoco lo sería si dijera que no albergaba alguna esperanza de que sí lo fuera. Pero no. No era uno agradable. «Querido Mikel…, dime la verdad, ¿te está molestando Catalina? Tengo la sensación de que me oculta algo respecto a ti. Temo que se haya obsesionado contigo».

La redacción decimonónica del mensaje no podía pertenecer a otra persona que a Eloy. Maldito Eloy…, ¿dónde narices había conseguido mi móvil? Cambié de número años atrás justamente por esto. Por Eloy. Por los Eloys del mundo del arte, en realidad. Llegó el momento en el que era más fácil cambiarme el teléfono que bloquear a los parásitos que, de pronto, querían algo de mí. Respondí con dedos ágiles: «Perdona…, creo que te has equivocado de teléfono. Yo soy Mari Carmen». Y me metí el móvil en el bolsillo. Estaba tan ido que le di a aquel mensaje menos importancia que a un panfleto de publicidad arrugado en el buzón. No merecía mi atención.

¿Piedra o metal? ¿Bronce? ¿Me apetecía meterme ahí otra vez? Quizá en la piedra, sí. Trabajar con piedra me hacía sentir artista de verdad, como si se afianzara en mí la idea de que aquello no era un juego de niños. Solía pensar, cuando pintaba, que me salía demasiado fácil como para tener el mérito que la crítica le atribuía a cada cuadro.

Y con eso…, dejé lo que estaba comiendo a medias y fui de nuevo al taller, donde coloqué un lienzo, montado ya en el bastidor, en el caballete. Acerqué una banqueta con el pie y preparé con mano rápida unos cuantos colores en la paleta. Al lado me preparé la mesa auxiliar con ruedas con los pinceles, el trapo y unos envases con agua y me vacié los bolsillos sobre ella. Me pregunté fugazmente si quería hacer un esbozo primero, pero lo tenía demasiado caliente en las yemas de los dedos, así que me decidí por la técnica *alla prima*[*] con la intención de plasmar rápidamente lo que tenía en mente. Que el cuadro naciera y muriera de mis dedos aquella misma noche, sin más. Sin intención de que formara parte de la colección para la exposición. Creando por crear.

Cubrí el lienzo con una capa fina de pigmento de un blanco que mezclé en la paleta con un naranja nada subido, para que, después, lo que pintara encima tuviera cierto brillo flamígero. Quería un cuadro que ardiera, como me quemaba a mí en aquel momento la idea. Una vez estuvo extendido, pensé en ir a tomar algo y esperar a que se secara, pero no tuve paciencia, así que saqué de un cajón la pistola de calor, la enchufé y la mantuve a la distancia que me pareció indicada, después de controlar que la temperatura no subiera de cincuenta y cinco grados, para que luego la pintura no se agrietara.

En unos minutos estaba listo.

Si alguien hubiera pasado por mi taller, los primeros trazos no le hubieran dicho nada, pero en mi cabeza la figura ya estaba allí, solo tenía que dibujar por encima de lo que mi mente proyectaba sobre el lienzo. Y una vez armado el esqueleto, me dediqué a dar forma a los detalles.

El pelo suelto, lo siento; el moño me gustaba, pero nada como ver cómo se movían sus mechones en libertad. Algo desordenado. Corto. Ondulado. Más que ondulado…, rebelde. Luego me dedicaría más a que los cabellos parecieran desobedientes, indisciplinados, sublevados contra la causa del pasar desapercibido.

Dibujé la frente alta, la nariz que se ensanchaba sutilmente en la punta. Los ojos brillantes. Las cejas pobladas, con más personalidad que la mitad de la gente que había conocido en mi vida. La boca mullida pero pequeña. Los pómulos, algo aniñados. En el cuello me perdí algu-

---

[*] Método de pintura con el que la pincelada de color es aplicada directamente en el lienzo y se termina lo más rápidamente posible. Fue la técnica al óleo más extendida entre los pintores del xix.

nos segundos, con el recuerdo de mi nariz recorriéndolo, oliéndola, disfrutando de la suavidad de su piel, pero terminé cayendo, rodando, hacia el escote, agarrándome en la maniobra a sus dos pechos, dibujándolos ya no como los había imaginado, sino como los había descubierto ante mis ojos. Redondos, maduros, un poco caídos, con unos pezones pequeños, sonrosados. Perfectos. Cualquier pecho lo es.

El abdomen resultó fácil. No le había prestado tanta atención, de modo que fue un mero trámite, aunque me obligué a recordar que más tarde o más temprano tenía que pintarle el pequeño lunar bajo el ombligo.

Mis manos llegaron al pubis, donde contuve el aliento. Lo dibujé como era. Y cuando terminé, me di cuenta de que estaba excitado. Duro como una piedra. No presté ninguna atención especial a mi erección, si alguien se lo pregunta.

Una de las piernas quedaba suspendida en el aire, con cierto porte coqueto, buscando con la punta del dedo gordo el suelo. El otro, bien falcado en tierra firme. Las uñas pintadas de un rojo tan vivo que dolía.

No me di cuenta de estar jadeando un poco, de estar sudando, hasta que el kimono no estuvo prácticamente terminado. Me dolían la cabeza, la espalda, los pies, las muñecas, los dedos. Me levanté un segundo, me estiré, cogí aire y me puse las gafas que guardaba en un cajón del escritorio que tenía pegado a la pared de ladrillo. Después volví. No quería ni un minuto de descanso. No me hacía falta. No tenía sueño, hambre, sed. Tenía de todo a pesar de no tener tampoco nada. Me encontraba en un limbo cuyas fronteras conocía muy bien: era el éxtasis artístico. La inspiración abriéndome sus brazos, que más que brazos eran alas, abrazándome, desnudos ambos, para sentir en toda la piel la comunión.

Me lancé a los pequeños detalles. A los labios. Al brillo de los ojos. A los cabellos rebeldes. A los pezones. Al lunar debajo del ombligo. Al vello de su pubis. Al acabado aceitado de la piel de sus piernas y la textura lustrosa del tejido de su kimono.

Cuando terminé, no era yo. O sí. No lo sé.

Cuando terminé, eran las ocho de la mañana y... ni siquiera estaba cansado.

Cuando terminé y me alejé un paso, se me volvió a poner dura.

Cuando terminé y la miré, supe que íbamos de boca a la llama.

Aquel cuadro era Catalina, pero la de verdad. Sin disfraces. Sin mentiras. Sin papeles. Sin tener que aparentar nada. Era una Catalina desnuda, desprovista de miedos, que te miraba a los ojos y desgarraba, con unos dientes afilados, tu alma antes de devorarla.

Agarré el móvil, que seguía sobre la mesa auxiliar de trabajo, olvidado. Y no lo pensé: «¿Qué tal? ¿Cuándo vienes a probar si dominas la pintura?».

Cuando dejé el aparato donde estaba, suspiré y me tapé los ojos. Mierda. Mierda. Mierda. A las llamas nos lanzaríamos, a pecho descubierto, por el puro placer de vivir.

31

¿No vas a contestarle?

Estaba encerrada en mi dormitorio desde que volví de casa de Mikel. Bueno, había hecho incursiones solitarias a la cocina para proveerme de condumio, pero sin socializar. Les dije que estaba cansada. Después aduje una migraña. Todas las chicas del piso, incluida Claudia, desfilaron por mi habitación para preguntarme cómo había ido la entrevista, pero me hice la muerta. No quería que nadie pudiera notarme que Mikel Avedaño me había hecho un cunnilingus. ¿Cómo iban a notarlo?, pensarás. Yo qué sé. En la mirada sucia. Hay gente muy avispada. Y yo…, pues no estoy muy bien de lo mío.

A mi madre le rechacé dos veces la llamada, pero a la tercera temí que llegasen las fuerzas especiales en helicóptero, se descolgaran por la fachada y entraran a la fuerza por la ventana del salón en mi busca. Por la ventana del salón porque te recuerdo que mi dormitorio era un zulo.

—Mamá, todo ha ido superbién. Súper súper bien, pero me duele la cabeza. ¿Podemos hablar en otro momento?

—Ya. Ehm…, ¿lío de pantalones?

¿Ves? Creo que emito ondas cerebrales con estas cosas. Podía hacer creer a la gente guapa del mundillo del arte que yo era una talentosa pintora en crisis artística, pero no esconderle a mi madre que estaba metida en un lío de pantalones.

—No, mamá. Migraña. Hablamos mañana.

—Mañana me vas a decir que te duele el cuello. Pasado que tienes gastroenteritis. Yo insistiré otra vez y tú tendrás que echar mano al *vademécum* en Google para continuar inventándote dolencias. Igual nos lo podemos ahorrar. ¿Quién es? ¿No será el marchante ese? Me da mala espina.

Todo el mundo lo tenía claro menos yo.

—Que no es nada. Es solo un dolor de cabeza. Seguramente es tensional. He mentido a un medio de comunicación importante; lo menos que merezco es una migraña de remordimientos.

—Uhm… —murmuró—. No me lo quieres contar.

Me cogí el puente de la nariz con dos dedos, mientras me acurrucaba. El dolor de cabeza iba a ser pronto una verdad como un templo.

—Mamá…, hay cosas que no te puedo contar. No eres mi amiga. Eres mi madre.

—¿Y te crees que, con treinta añazos que tienes, me voy a escandalizar?

—Pues sí. No, mejor dicho: tú no, pero yo sí.

—¿Con quién te has enrollado?

—Adiós, mamá.

Necesitaba confesárselo a alguien, pero me acababa de dar cuenta de que mi madre no era la persona indicada.

Me costó, aun así, unas doce horas más. La mala conciencia y el estado de nervios en el que estaba, vete tú a saber por qué, pues no era la primera vez que le comía… la boca al tío equivocado, me despertaron a las siete. Cuando empecé a escuchar movimiento en casa, decidí levantarme. La buena suerte quiso que me encontrase con Laura y Elena preparando el desayuno.

—¡Buenos días! ¿Qué tal la mi…

—… graña?

Dios. Ahora se acababan las frases. Estaban alcanzando nuevas cuotas de simbiosis.

—Mucho mejor, mucho mejor.

—¿Quieres café?

—¿Una tostada?

Asentí y me senté a la mesa de la cocina. Ya iba haciendo frío y en esa estancia siempre entraba una corriente de aire chunguísima, así que me hice un ovillo en la silla.

—¿Estás pachucha?

—No.

—Algo te pasa. —Laura me miró sospechando.

Llevaba el uniforme de la tienda de ropa en la que trabajaba, que nunca me cansaré de decir que era superfavorecedor. Elena se había duchado y vestido ya y llevaba… su habitual ropa de profesora de primaria. ¿A que no tengo que darte más datos para que te la imagines?

—Esconde algo —le dijo una a la otra.

—¡Hombre! Eso lo saben hasta en la China Popular.

Se apoyaron en la bancada mientras subía el café, con mirada recriminatoria.

—Escupe.

Me levanté, cerré la puerta y me volví a sentar.

—Ayer hice una cosa horrible.

—¿Se te escapó un pedo en la entrevista? —preguntó Laura muy afectada.

Pestañeé. Dios…, solo hubiera faltado eso.

—No. Yo…, bueno, después de la entrevista, Mikel estaba allí…, me sirvió un té matcha… No, eso fue antes de la entrevista. Pero da igual. Parecía que no llevaba ropa interior. O no la llevaba y luego, como se lo dije, se la puso. No lo sé. El caso es que…, a ver…, subí a su habitación…

—¿Tiene un dúplex?

—Un *loft* con dos alturas en la parte privada y de una altura en la parte del taller —aclaré—. ¿Queréis saber la orientación?

—Seguro que es oeste.

—¡¡¿Me escucháis o se lo cuento a Teresa?!!

—Tiene pinta de que si se lo cuentas a Teresa la tenemos que ingresar por una subida de tensión.

Una me pasó una taza, la otra un plato con una tostada.

—Come luego, ahora habla —Ya no sé cuál de las dos me hizo la indicación.

—El caso es que..., no sé qué nos dio la noche anterior que con unos vinos nos pusimos así como un poco tontos.

Las dos cogieron aire exageradamente por la boca y se la taparon con ambas manos.

—Me lo estáis poniendo supercomplicado —suspiré—. No pasó nada. Pero ayer...

—Os besasteis... —dijo Laura alucinada, dejando caer las manos y afanándose a servirse un café—. Si tengo que llegar tarde, llego tarde.

—¿No es muy pronto para que te vayas a currar?

—Estamos de inventario. —Hizo una mueca—. Se acerca el Black Friday, chata. Hay que tenerlo todo controlado.

—¡¡Sigue!! —gritó Elena.

—Shhhh —la abroncamos las dos.

—Pues que... subí a su habitación y como que teníamos el tonteíto de la noche anterior. Él estaba sin dormir y..., la verdad, cuando no duerme está como más simpático. Bueno, simpático no. No es simpático. Como guasón. Eso. El caso es que de pronto vi que tenía un cuaderno de trabajo en la mesita de noche y lápices de colores y le eché la bronca. Reaccionó como una madre guepardo con su cría y me dije...: aquí hay movida. —Me toqué la nariz.

—¿Qué era? —Las dos se sentaron.

—Un dibujo mío..., de mí, vamos. En pelotas. Con el kimono, pero en pelotas.

Se escucharon algunos exabruptos del tipo: «Hostia, tú», «Me cago en la puta de oros» y otras lindezas. Yo asentía con aires de importancia.

—¿Y entonces…?

—Pues de repente…, no sé cómo pasó…, me estaba lamiendo encima de las bragas. Y debajo. Y las tetas. Y yo de pronto tenía su polla en la boca y, después…, se me corrió en un brazo.

Laura se volvió hacia la nevera, no sé si esperando encontrar algo que la sacase de la visión que estaba construyendo en su mente. Elena alcanzó el azucarero y metió cuatro cucharadas colmadas dentro de su café.

—¿Y después? —Quiso saber esta, que parecía estar conservando la calma.

—Me piré todo lo rápido que me dieron los pies. Los zapatos me los puse en el portal. Y cogí un taxi.

—Sí que estabas mal, sí —musitó.

—¿Cómo la tenía?

Laura parecía estar recomponiéndose. Quería datos.

—No te voy a decir cómo la tenía.

—Tía, está buenísimo y yo me voy a pasar horas en un almacén lleno de mugre. Por favor, dame una imagen a la que agarrarme para no hacerme la *automorición.*

—Preciosa —cedí—. Preciosa de verdad. Majestuosa. De esas que da gusto mirar.

—Joder…, esas son las peores —se dijeron una a la otra.

—¿Y ahora qué? —quiso saber Elena.

—Ahora nada, porque pienso ignorarlo de por vida. Mandaré a alguien a por mis cosas.

—Nosotras vamos. —Otra vez al unísono.

—Ay, por favor… —Lloriqueé.

—Es que…, ay, Manolete, si no sabes torear…

—¡Ya lo sé! Ya sé que es una cagada, pero… ¿cómo queríais que me resistiera a la tentación? Si me había pintado, joder. Me sentí Rose allí tirada en el diván con el joyón al cuello, cuando Jack la pinta. ¿Cómo puedes no hacerlo cuando estás en una escena de *Titanic?*

Las dos asintieron con cara de preocupación.

—Bueno, calma. ¿Qué es lo que más te agobia ahora?

—No lo sé. Me da vergüenza y…, y…, bueno, joder, es Mikel Avedaño, me estaba ayudando con esto de… —me paré antes de decir «fingir ser artista»— empezar en el mundo del arte. Y ahora…

—Pero ¿tú te lo pasaste bien?

Asentí un poco avergonzada.

—Sois adultos.

—Ya…, pero me da vergüenza.

—No es el primer pito que ves. Si una vez se lo viste hasta al vecino, al señor Higinio.

—No me lo recuerdes.

Mi móvil, que llevaba en el bolsillo de la bata, emitió un sonidito.

—Joder. Debe de ser mi madre. Me llamó ayer y, tías, no sé cómo lo nota, pero ¿os podéis creer que pretendía que le contase…?

Me paré antes de terminar la frase, mirando el móvil, paralizada.

—¡¡¿Qué?!! —gritaron las dos.

—Es él…

—¿Qué dice?

«¿Qué tal? ¿Cuándo vienes a probar si dominas la pintura?». Eso no podía leérselo.

—Que… cuándo voy a recoger mis cosas y trabajar un poco juntos.

—Madre mía, madre mía…

—No me estáis ayudando. ¿Creéis que quiere sacar el tema y decirme que fue una salida de tiesto? Me moriría de vergüenza.

—Historia de amor. —Se miraron las dos.

—Pero amor del bueno.

—¿Estáis chaladas?

Me observaron, como si estuviesen analizando a un espécimen extraño.

—Pero si normalmente eres tú la que saca historias de amor de la manga hasta con el panadero.

—El panadero me miraba superbonito y con esos ojos, qué niños nos hubieran salido —me justifiqué.

—En serio…, tienes más material aquí que en toda tu vida. ¿Por qué no ves que con este chico quizá sí puede haber algo? —preguntó Elena realmente confusa.

—Los dos del mismo sector, os entendéis, te está ayudando, os atraéis…, ¿os reís juntos?

Hice una mueca, como pensándomelo.

—Bastante. Él dice que no está acostumbrado a reírse.

—¡Lo ves! —Laura me señaló, superempecinada—. Amor.

—Por Dios…

Me levanté para salir de la cocina.

—¿Adónde vas?

—A la cama.

—¿No vas a contestarle?

—Pues… —Miré el móvil—. Sí, pero más tarde.

—¿Por qué? —Lloriquearon.

Querían saber qué le respondía y si él lo hacía a su vez. Elena y Laura, en sus cabezas, estaban viendo un capítulo de *Pasión de Gavilanes*.

—Porque me tengo que pensar qué contesto y cómo contesto.

Elena miró el reloj.

—Jo…, me tengo que ir. Si no… te apretaba a muerte.

—Ya te digo —asintió la otra.

—A la vuelta os cuento.

No se lo creían ni ellas. A la vuelta no iban a encontrarme en casa, y creo que las tres nos podíamos imaginar dónde estaría.

32
Tregua al fuego

Hacía frío, así que pensé en dejar mi disfraz, o mi vestuario de artista, para otra ocasión en la que fuera a verme más gente, pero me acordé de esa película de magos que…, bueno, no sigo porque si no la has visto, voy a hacer un *spoiler* enorme. El caso es que sabía que un buen actor siempre estaba preparado, por lo que me coloqué la versión más abrigada, con un jersey de cuello alto granate, unos vaqueros, los botines y un kimono color crema con unas flores detrás que ya había usado en más ocasiones. No diré que me arreglé con esmero. No diré que no le puse empeño. Fue un término medio.

Como siempre, en casa de Mikel reinaba la paz. Me extrañó, mientras cerraba la puerta que me había dejado abierta, que nunca tuviera música puesta. Eran las seis y media de la tarde, pero yo llevaba ya dos horas dando vueltas por el centro para pasear y porque no quise encontrarme con Laura, que ese día volvía a casa pronto.

—¿Hola?

—En el taller.

Lo encontré delante de una cabeza y sonreí. La estudiaba, sentado delante de ella, con las manos en los bolsillos de un pantalón vaquero. Sobre este, un jersey verde botella con el que estaba terriblemente guapo. Un flash de él sin ropa me atravesó la cabeza como un rayo, pero lo ahuyenté moviéndola de lado a lado.

—¿Qué tal? —pregunté.

—Bien —contestó escueto—. ¿Y tú?

—Bien también.

Me lanzó una mirada por encima del hombro y, sin sonrisa, me dijo:

—Quítate el kimono.

—¿Cómo? —Abrí mucho los ojos.

Señaló la parte donde yo había hecho la entrevista el día anterior, en la que había colocado un lienzo no muy grande y su mesa supletoria de trabajo, con pinturas, mis pinceles (bueno, los de la tía Isa), agua y un paño.

—Te vas a manchar.

Me miré. Joder. Pues no lo había pensado.

—Mierda. Aprecio esta ropa. A decir verdad…, no tengo mucha más.

—Tienes una buena colección de kimonos.

—No son tantos. Apenas seis, pero los combino muy bien. —Sonreí.

Me devolvió la sonrisa y se levantó.

—Espera. Igual puedo dejarte algo.

—No, no te preocupes.

—No me preocupo, pero a lo mejor puedo dejarte algo.

Cuando desapareció, me puse a dar brincos y hacer aspavientos. Estaba visto que no…, no íbamos a hablar de lo que había pasado la última vez que nos vimos. Y eso era más fácil y más difícil, todo a la vez.

Volvió unos minutos más tarde con un mono de pintura. Me hizo mucha gracia.

—Esto de qué es…, ¿de cuando te dedicabas a pintar pisos con brocha gorda?

—De cuando pintaba murales. Aquel año me forré en ARCO. —Esbozó media sonrisa—. Te sorprendería cómo se pueden hinchar los precios de un gran formato.

—Es imposible hacerte una broma. Todo te lo tomas en serio —me quejé.

—Menos en serio de lo que crees.

Señaló el baño del taller y fui a cambiarme.

—Lo importante de pintar, en realidad, no es la técnica. La técnica puede aprenderse, pero el resto no.

—¿Y qué es el resto?

Había colocado una banqueta junto a la mía y los dos mirábamos el lienzo vacío.

—Se debe tener cierto gusto a la hora de combinar los colores. También originalidad. Algo que contar. Inquietud.

—Como diría Rosarito: duende.

Nos miramos, yo esperando que hiciera acuse de recibo de la broma y al menos sonriera, pero no. Él me pedía en silencio que lo dejase estar.

Vale. Entendido.

—¿Y esto cómo va entonces? Si no me vas a enseñar técnica… —le pregunté.

—Lo mejor es jugar. Creo que es como los niños aprenden a acercarse a la pintura, y nunca es tarde. Tú solo… diviértete.

—Me da más miedo que gozo este juego.

Lo vi sonreír por el rabillo del ojo. Esto sí le hacía gracia. Su sentido del humor era esquizofrénico.

—Cero presiones. Esto es para ver si tienes dentro una artista agazapada y puedes dejar de mentir. Temo que un día te creas tu propia mentira y te levantes de la cama creyéndote, no sé, Louise Bourgeois.

—Su obra más conocida es «Mamá», una escultura de grandes dimensiones que representa una araña. Hace referencia a la complicada relación de la artista con su madre.

—En realidad es un homenaje a esta. Es una araña porque, para ella, su madre fue capaz de tejer una red de afectos y también de quedarse atrapada en ellos. Pero está muy bien, has mejorado mucho. Menuda diferencia con la primera vez que te vi.

—Ya. —Me sonrojé mucho.

—Eres una tía inteligente.

Se palmeó el muslo y se levantó.

—Venga. Yo te dejo a tu aire.

—¿Qué vas a hacer?

—Estaré ahí. —Señaló el escritorio que había junto al banco de trabajo más pegado a la pared de ladrillo—. Tengo que tomar algunas notas sobre las piezas de mi exposición. Tú…

—Sí, que me divierta —respondí angustiada.

Me sentía como atrapada también, pero por una mentira que en el momento que se desviaba de mi plan inicial, me dejaba sin capacidad de movimientos. O al menos paralizada.

Respiré profundo mirando el blanco inmenso del lienzo por estrenar.

—¿No hay que preparar primero el lienzo? —le pregunté.

—¿Vas a exponer en el Pompidou?

—Vaaaale.

Jo. Qué difícil. Ahí estaba. En blanco. Inmaculado, a la espera de que yo lo convirtiera en otra cosa…, en algo que valiera la pena porque, tal y como yo pensaba, si vas a cambiar algo, que sea para mejor.

Entendía ahora ese miedo a la hoja en blanco de los escritores. El bloqueo frente al lienzo en blanco de los pintores. Si sin tener una mínima idea de lo que estaba haciendo o de lo que quería conseguir, jugando, sentía aquel respeto, podía hacerme una idea del abismo que suponía para un artista quedarse en blanco.

Arghhh. Qué difícil.

—¿Nunca pones música para trabajar?

—No. —Se sentó en el escritorio, dándome la espalda.

Desde donde yo estaba podía ver un poco de su perfil y adivinar que fruncía el ceño delante de un cuaderno muy parecido al de dibujo, pero plagado de una caligrafía que desde mi asiento parecía emborronada.

—¿No te ayuda a concentrarte?

—En absoluto. Todo lo contrario. Es una distracción.

—¿Solo puedes trabajar en silencio?

Un latigazo hubiera hecho menos efecto que su mirada.

—Vale, vale. —Me volví hacia el cuadro.

—Concentración, Catalina, concentración.

«¿Concentración? Por el amor de Dios. La última vez que te vi estabas desnudo. Me metí tu polla en la boca. Tú me lamiste entre las piernas. He tenido tu semen en el brazo.

Concéntrate, Catalina. Eres una artista, no una guionista de porno.

Pero es que…

No hay pero que valga. Si quiere, que saque él el tema.

¿Ahora esperamos a que él dé el primer paso?

¡No se trata de eso, estúpida!».

Mi otro yo era supercruel.

Cogí el pincel que me pareció más adecuado de entre los de la tía Isa y suspiré.

—Ese no —escuché.

—¿Por qué?

—Pues porque ese es para detalles. Coge mejor el chato. Es más versátil.

—¿Este? —Le enseñé otro.

—No. —Se rio—. Ese es en abanico. El chato. Es como…, uhm…, rectangular.

Le mostré uno de esas características supercontenta por mi hallazgo y asintió antes de volver a su cuaderno. Miré los colores. ¿Qué debía pintar? Algo abstracto. Me resultaba más fácil que ponerme a intentar pintar algo reconocible. Con esto no quiero decir que el arte abstracto sea fácil, que conste. Todos hemos dicho alguna vez delante de una pintura abstracta eso de «anda, yo también puedo pintar así», pero la verdad es que no. No todo el mundo puede, no todo el mundo vale, no todo el mundo está hecho para ello ni tiene la vocación. No creamos que lo que hacen los demás es tan sencillo. Si lo fuera, todos lo harían.

Venga. Pues pintaría unos círculos de diferentes tamaños, irregulares, y después unas manchas de color que flotaran alrededor. Cogí unos cuantos colores, les hice escupir un poco de pintura sobre la paleta y, después…, me puse a ello.

El tiempo se estiró. Eso es verdad. Como un chicle. ¿Has visto esos *timelapse* que se pueden hacer con el móvil? Pues mi alrededor fue un poco así. Me concentré, en serio. La luz de la estancia fue cambiando, oscureciéndose. Mikel se movió varias veces…, alcancé a notar su órbita lejos de la mía. Pero dentro de mí algo estaba metido en sí mismo. En paz.

Me vine arriba, no lo voy a negar. Me dio por pensar, allí, ensimismada en el recorrido del pincel sobre el lienzo, que quizá había tenido en la sangre, siempre, mi verdadera vocación y que el cosmos me había puesto aquel embrollo delante solamente para que lo sacase fuera de mí, para que me diera cuenta. Mikel me había dicho que le daba la sensación de que tenía sensibilidad artística, y eso debía significar algo. No creía que fuera de esas personas que van regalando los halagos. En realidad he usado más palabras de las necesarias para decir que perdí la noción del tiempo. Anocheció y me abstraje con esperanza en la tarea que Mikel me había encomendado. Y me divertí, además. No sé qué hora era cuando una mano se posó en mi hombro, sacándome del trance.

—No he acabado —le dije sin mirarlo.

—Ya lo creo que sí.

El corazón me saltó dentro del pecho. El cuadro era bueno. Estaba segura. Y si él lo daba por terminado era porque ni una pincelada más podría mejorarlo.

En eso último no me equivocaba.

—¿Qué tal? —le pregunté echándome el paño al hombro, esperanzada.

Se humedeció los labios y sonrió.

—En realidad, estoy contento.

—¿Sí?

—Sí. Creo que eres lo bastante buena actriz como para sacar esta historia adelante sin tener que pintar ni una vez más.

Abrí los ojos horrorizada y analicé mi cuadro. ¡Mi cuadro!

—Pero si… está muy bien, ¿no?

—No. —No tenía duda alguna—. Es terrible. El pulso se puede trabajar y me imagino que la concepción espacial también, pero… lo de los colores es un problema.

—¿Juzgas un cuadro por los colores usados?

—Repito: creo que eres buena actriz. No regalo los cumplidos.

—¡Me dijiste que tenía sensibilidad artística!

—Sí, y lo sigo creyendo. Pero lo que tú has debido deducir de ese comentario es como pensar que…, no sé, que alguien con buen gusto puede coser un traje de alta costura.

Aflojé los hombros con desánimo.

—Pero… ¡si le he dedicado toda la tarde! ¿Qué hora es?

—Las siete y cuarto. Has estado cuarenta y cinco minutos pintando que, al parecer, se te han hecho eternos.

—Estaba imbuida por el arte. ¡En trance!

—Pintar es relajante. —Sus dedos apretaron mi hombro, como para reconfortarme—. Catalina, no tienes talento para la pintura.

Miré mi cuadro con lástima.

—A mí me parece bonito.

—Como una lámina de Ikea. Y hasta esas tienen más…

—¿Puedes saber por una sola pintura que no tengo talento, señor Arte? ¡El arte no te pertenece!

Se echó a reír.

—Pero ¡no te enfades! —exclamó—. No es como si siempre hubieras soñado con ser artista y yo destrozara tus esperanzas.

Dibujé en mi rostro una cara de angustia.

—Dios…, qué expresiva eres. Lo gritas todo a pesar de no abrir la boca. Anda, ven. Necesitas un café.

—No quiero café —refunfuñé.

—Pues yo sí.

—¿Qué vas a hacer cuando todo esto acabe?

La pregunta me cayó encima de sopetón y me quedé mirándolo, intentando desentrañar sentidos ocultos que no existían.

—Perdón, no hablo tu idioma —respondí.

Mikel sonrió.

—Soy muy de hacer preguntas incómodas, lo siento. —Acercó su taza y se quedó mirando el líquido oscuro.

La espuma había ido deshaciéndose y manchando las paredes blancas de la porcelana. En realidad, después del sorbo que habíamos dado en cuanto sirvió los dos cafés, no habíamos vuelto a darle ni un trago. A veces una copa de vino, una cerveza, un café, no son más que excusas, atrezo, una pieza con la que juguetear mientras alargas el tiempo. Hay gente con la que quedas para tomar una cerveza, aunque la cerveza no te apetezca lo más mínimo, porque lo que en realidad anhelas es un poco de esa persona que te acompaña.

—Con lo que haré después de la exposición, cuando todos los cuadros estén vendidos, me pasa un poco como con Tinder: no tengo la cabeza para ocuparme de tantas cosas ahora mismo. Soy menos *multitask* de lo que pensaba.

—Puede que te hayas tomado este papel tan en serio que no tengas ojos para nada más.

Me mordí el labio y pensé si aquella era una frase trampolín para poder hablar de lo que habíamos hecho el día anterior, así que esperé en silencio hasta que se hizo evidente que solo era una frase.

Era extraño, no voy a mentir. Estar allí sentada con él, como si no hubiera pasado nunca nada. Me recordó a la mañana siguiente a una fiesta de Navidad de la empresa. Por culpa de la barra libre y una racha bastante floja de conocer a gente interesante, me lancé en brazos de un compañero de departamento con el que me llevaba bien, pero que no me gustaba. Desearía decir que el alcohol nos empuja a hacer tonterías, pero las tonterías las hacemos nosotros, no las copas que tomamos. Al día siguiente los dos nos moríamos de vergüenza, y eso que habían sido cuatro besos en el ropero. Nunca lo hablamos. Intentamos fingir normalidad, como si al llegar a casa nos hubieran hecho una lobotomía y hubiéramos perdido la memoria reciente. Funcionó.

¿Quería que funcionara con Mikel?

—Es un buen papel. No me traerá más protagonistas y no hará que mi carrera despegue, pero creo que me despediré de la profesión con la sensación de hacerlo por la puerta grande.

—¿Despedirte?

—Sí. De alguna manera supongo que los treinta marcan un antes y un después. Si aún no ha llegado mi gran oportunidad debería asumir que… no va a llegar.

—Y ya has cumplido los treinta…

—Sí —asentí—. Dos días antes de encontrar los cuadros.

—Eso de marcarse metas tan trascendentales a los treinta…, ¿no es un poco de hace veinte años? Quiero decir… somos una generación que se ha emancipado más tarde que sus padres; no hemos podido comprarnos una casa hasta pasados los treinta…

—Habla por ti.

—Bueno, en el mejor de los casos, quiero decir. Lo raro es lo contrario. Alargamos el periodo de formación, el mercado está más complicado y hay muchísima competencia en todos los sectores; estamos peor pagados... —Le lancé una mirada de reproche y él redirigió el discurso—. Tenéis unos sueldos mucho más precarios que los de la generación de nuestros padres... ¿No cabría darse un poco de tregua con eso de que a los treinta lo debemos tener todo conquistado? ¿Qué haremos el resto de nuestra vida entonces?

—No, si estoy de acuerdo contigo en eso. Lo de los treinta no es por los treinta en sí. Había que poner un tope. Pero... mira: llevo... unos quince años formándome, sé que soy buena, pero no siempre basta con ser bueno en algo. Y no quiero ser de esas personas que se guarecen tras la idea de haber tenido muy mala suerte para seguir alimentando la frustración y el odio, o para justificar el fracaso, pero...

—¿Qué es el fracaso? —preguntó con media sonrisa—. ¿Qué no lo es?

—Tu carrera, por ejemplo. Tu carrera no es un fracaso.

—Según como lo mires. No soy Bansky. Nunca seré Basquiat. He hecho cosas, sí, pero... ¿y? El ser humano siempre encuentra nuevas formas, y cada vez más creativas, para sentirse un fracasado.

—Puede. Pero la búsqueda desesperada por un papel que no va a llegar es lo que me hacía sentir fracasada a mí, y eso sí puedo cambiarlo. Creo que en un mundo en el que se nos bombardea con mensajes motivacionales vacíos del tipo: «¡Tú puedes con todo!», el reto es asumir que no es así y que no pasa nada. No somos superseres humanos..., solo personas. Y cagarse en la puta de vez en cuando es muy sano. Y mandar a la mierda.

—¿Y abandonar no te dejará una sensación de...?

—No. —Sonreí—. Ya no puedo ni siquiera imaginarme en una alfombra roja, respondiendo a las preguntas de los periodistas sobre mi nuevo papel. Hasta los sueños se me han cansado de estar ahí colgados.

Mikel me miró y torció la boca en un nudo.

—Sueno deprimente. —Me reí.

—Decías que solo tenías dos modos, ¿no? Riéndote y preocupada.

—Tengo alguno más.

—Ya…, es verdad.

Compartimos una mirada fugaz…, fugaz como las estrellas, que en la cola cargan polvo brillante. La nuestra cargaba imágenes y sonidos. Sexo compactado. Olores. Es curioso a lo poco que puede reducirse algo y aun así ser capaz de azorarte. Todo se desvaneció (las imágenes, los sonidos, el sexo compactado, los olores) cuando él dio una palmadita en la bancada.

—Pues habrá que buscar nuevas motivaciones.

—La pintura está descartada.

Asintió, mordaz.

—Pero antes le vas a sacar muchos billetes a esto. —Hizo una pausa y levantó las cejas—. Ah, por cierto. Me escribió Eloy ayer. No sé cómo consiguió mi número, pero ya sabes: las ratas terminan metiendo la cabeza en todas partes.

—¿Y qué quería? Déjame adivinar: exigirte que te alejes de mí porque eres mala influencia.

—No. Todo lo contrario. Me preguntaba si me estabas molestando.

Levantó las cejas, significativamente.

—¿Qué? —Una mareante sensación de vacío convirtió mis vísceras en un lazo de regalo—. Pero…, pero… ¡será cabrón!

—Sí, señora.

—¿Y ahora qué hago? —le pregunté agobiada.

—¿Qué haces… con qué? Tiene la mitad de tus cuadros y se quedará el cincuenta por ciento, de modo que le conviene venderlos bien. Y tiene que tratarte bien para que le des el resto, y pueda hacer el mismo trato.

—Pero… ¿yo ahora, entonces, en quién confío?

Su cara dibujó una mueca de piedad.

—Catalina…, en nadie.

—Eso sí que es triste y desolador.

—No se puede confiar en mucha gente en general. Y en los mundillos de este tipo, en los mercados especializados…, pues ¿cómo te lo digo? Cada perro se lame su cipote, Catalina.

—Joder. Pues vaya juerga…

Me levanté de la banqueta. Estaba un poco agobiada. Por una parte, había estado a gusto; por la otra, en cierta medida aún aguantaba la respiración porque hacer como que no ha pasado nada cuando sí ha pasado… es tenso. Además me sentía un poco descolocada y triste porque era plenamente consciente de que había muchas cosas en el aire en lo concerniente a mi futuro, aunque mirase a otro lado.

—Me voy a ir a casa.

—¿Ya?

—¿Necesita el señorito algo más de mí? ¿Me necesitas como antena de recepción creativa?

—Arghhh… —se quejó—. Vete, mujer.

—¿Dónde están mis cosas?

—Espera. Las dejé en el dormitorio de invitados.

—Voy cambiándome.

Dejé el mono de pintor (que era bastante cómodo y holgado) doblado en el baño del taller y salí marcando el paso con el sonido de mis botines sobre el suelo de cemento pulido. Moderno. Cuidado. Precioso. En la puerta me esperaba él con la bolsa con mis cosas en la mano.

—Los cuadros no puedo sacarlos de aquí aún —me disculpé.

—No pasa nada. Están en el almacén…, todos excepto el que te quedas tú. No molestan.

Cogí la bolsa y la cargué sobre mi hombro. Pues nada. Me iba. Qué sensación tan rara…, ¿qué era?

—Gracias por acompañarme a la puerta. Es todo un detalle. Casi una novedad.

Me arrepentí en cuanto lo dije. Era una banderilla clavada, no a mala leche, pero sí con ganas de picar, de ahondar, de eliminar la capa de sedimento que se hubiera podido posar sobre el recuerdo de nuestra tarde de sexo. Él, no obstante, la recibió con una sonrisa. Lo lógico hubiera sido esperar con ilusión su respuesta, pero cuando abrió la boca para responder, necesité salir de allí.

—Hasta luego. Hablamos.

Me había deslizado ya tres escalones hacia abajo cuando volvió a llamarme con voz potente:

—Catalina...

—¿Qué? —Y no sé por qué, me esperancé.

—Que... si de verdad necesitas confiar en alguien..., puedes confiar en mí.

Como deslizarse por un tobogán de agua. Como lanzarse en paracaídas. Como sentir que te golpea el viento, con el mar a tus pies, sentada en un barco. Como la mejor caída de la mejor montaña rusa del mundo. Así fue.

—Gracias. —Sonreí.

—Estaré de tu lado, ¿vale? No estás sola.

Tenía buenos amigos. Tenía una familia sana, que me apoyaba. Me tenía a mí misma, cosa que solemos pasar por alto a menudo. Pero... bajando las escaleras, aquel día de principios de noviembre, me sentí más respaldada que nunca.

Qué tonto es el amor..., más aún cuando ni siquiera sabemos que lo es.

33
Va a ser que sí

Laura y Elena se habían quedado francamente decepcionadas con la narración de mi tarde en la casa taller de Mikel. Esperaban una historia sobre sexo descontrolado, manchas de pintura, miradas que delataban una incipiente historia de amor o la descripción detallada de su pene. Eso también les habría valido. Pero lo que recibieron fue, ni más ni menos, una declaración descafeinada que repasaba nuestras conversaciones sobre el mundo, el arte y el mundo del arte. No les conté que me había dicho que siempre podría contar con él porque… me hacía especial ilusión. Y era mío. Como si tuviéramos un secreto. Como si tuviéramos algo nuestro.

Tendría que haberlo visto venir…, con lo obsesiva que soy.

Al día siguiente, con la cabeza bastante más centrada, llamé a Eloy. No respondió, claro. Marqué también a la galería, por supuesto, pero la rancia de la recepcionista/asistente/la señora de los zapatos caros me dijo que no estaba allí, aunque vete tú a saber si eso era verdad o una cochina mentira. Ya todo me sonaba a mentira. Debe de ser que el ladrón piensa que todos son de su condición.

—Puedo dejarle un mensaje, si quieres.

—Sí. Dile que le ha llamado Catalina, el apellido que lo elija él. Y dile que, en la medida de lo posible, me gustaría que fuera adelantándome fechas para la exposición. Necesito programarme.

La realidad era un poquito más acuciante, pero «necesito programar mi vida para cuando termine con toda esta falacia y tenga que volver a la realidad» sonaba demasiado tosco.

Uno tiende a pensar, cuando tiene un curro que no le gusta, que sería feliz sin hacer nada. Fantaseamos mucho con mandarlo todo a la mierda, con que nos toque una cantidad de millones absurda y soez en la lotería y dedicarnos a rascarnos la zona genital, pero lo cierto es que… no es verdad. Todos necesitamos un motor. «Viajar y gastar dinero es un buen motor», pensarán muchos. Pero hay algo más. Somos algo más que apetencias. No somos lo que hacemos, pero hay algo muy nuestro en todo en lo que nos esforzamos. Y es verdad que sería feliz tomando el sol en la cubierta de un barco de locos, pero también sé que sin nada en lo que esforzarme, nada en lo que encontrarme, nada que me hiciera sentir que empujo el mundo en la dirección hacia la que gira, por pequeño que sea ese empujón…, pierdo una parte de la Catalina que me gusta. Así que, tras los primeros días sin tener que ir al trabajo, después de disfrutar de la libertad de las primeras semanas, mis días eran un no saber qué hacer constante. Estudiaba, sí. Leía libros de arte y me aficioné a las biografías de artistas, pero el día tiene muchas horas y de todo se cansa una.

Por eso, cuando sonó el teléfono dos días después de nuestro último encuentro en casa de Mikel, me abalancé sobre el aparato, ávida de planes, noticias o cualquier mensaje del mundo exterior. Cuando vi quién llamaba, el estómago se me empequeñeció un poco para expandirse después con una sensación burbujeante extrañísima.

—Creo que tengo ardor —dije al responder.

—Buenos días, Catalina. Mi día muy bien. ¿Y el tuyo?

—Es que tengo una sensación… como… de gases.

—Te voy a colgar —me dijo muy serio.

—No, no. Lo siento. Dime. ¿Qué pasa?

Silencio.

—¿Mikel?

—Es que no sé…

—¿No sabes lo que te pasa o no sabes explicarlo?

Otro silencio.

—Estoy empezando a pensar que no estás bien…, pero de la cabeza, ¿sabes?

—Tus redes sociales —soltó sin contextualizar.

—¿Qué les pasa a mis redes sociales? —Me llevé la mano al pecho.

No es que las actualizara muy a menudo, pero recordaba vagamente haber subido en algún momento un vídeo eructando.

—Las de Catalina Ferrero. No tienes, y ya te comenté que te vendrían bien.

—Ah…, ah. —Me volví a sentar.

Me había puesto en pie en algún momento y seguía como un pasmarote en mitad de mi habitación.

—Te dije que te iba a ayudar…, y me siento mal —carraspeó— si no te repito que te hacen falta.

—Ahm. Okey. Vale. Sí, tienes razón. Todo el mundo necesita *followers*.

—Cuando salga la entrevista, querrán buscarte en redes.

—¿Y no será súper de *loser* tener dos seguidores cuando me descubran?

—Bueno, no si lo preparamos bien.

—Tú estás en un bloqueo creativo —le acusé.

—No.

—Claro que sí. Estás que no sabes hacia dónde tirar y me llamas, esperando que baje la inspiración a través de mi persona.

—No digas tonterías.

—Mikel…

—Un poco. Un poco atorado. He pensado que…, bueno, voy con los plazos un poco justos y que una conversación con alguien…

—¿No tienes amigos?

—Tú eres mi amiga.

El burbujeo en el estómago se convirtió en un par de explosiones que me dejaron cuerpo jota.

—Me refiero a amigos de verdad.

—Ah…, vaya, vaya. Es decir, no puedo contar con Catalina Ferrero.

Chasqueé la lengua.

—Voy para allá. Después de comer, ¿vale?

—Ven y pedimos algo.

—Sí que estás necesitado.

—No. Tengo algunas ideas para tus redes. Pizza, ¿vale?

A ver quién decía que no.

—Me voy —anuncié en el salón, donde todas estaban reunidas alrededor de la tele, incluso Claudia.

Estaban viendo uno de esos programas de reformas de casas. Era sábado y…, bueno, todo piso compartido tiene sus propias tradiciones.

—¿Y se puede saber adónde vas ahora? Pero ¡si he hecho macarrones al horno y te encantan! —me riñó Teresa.

—Ya, bueno. Pero tengo que irme. Cosas del trabajo.

—¿Cosas de Mikel? —dijeron al unísono las dos mellizas demoníacas.

—Sois lo peor. Sí, cosas CON Mikel. Tenemos que crear un buen perfil en redes sociales para mí.

—¿Tenemos? —apuntó una.

—Dirás, tengo que crear —se recreó la otra.

—Me ha llamado porque tiene algunas ideas.

—Suena a excusa.

—¡Qué va! —me quejé—. Bueno…, parece que está un poco bloqueado con su colección y hablar con otro artista siempre viene bien.

—Es Mikel Avedaño. Debe de tener una agenda de artistas consagrados a los que recurrir —apuntó Elena.

—Por poder, ese tío debe de tener hasta línea directa con el Más Allá. Se puede montar una ouija con Picasso y con Dalí —insistió Laura.

—Sois un poquito zorras mal pensadas.

—Con las excusas pasa como con la mierda, querida. —Elena apoyó el brazo en el respaldo del sofá con aire de suficiencia—. Si parece mierda…

—Y huele a mierda…

—Es mierda.

Las cuatro se echaron a reír.

—Ruego que cese este comportamiento —protesté con una sonrisa—. Me voy. Guardadme macarrones.

—Sí, que el ejercicio del amor quema muchas calorías.

—Sois imbéciles. Y unas bocazas. —Me fui riéndome.

—¡¡Que vaya bien la cita!!

Lo malo de que te metan pajaritos en la cabeza es que vuelan. Y volando te desordenan un montón de cosas que tú das por entendidas, por claras, por tuyas. Es como dejar que una idea que no te pertenece haga nido dentro de ti, como un parásito, y se alimente de lo que hay por allí. Así que, bueno, me fui un poquito ufana. Hacía unos días habíamos tenido un refriegue y, aunque estábamos fingiendo que no había pasado nada…, me había llamado con lo que parecía una excusa. Algo de agua debe de llevar el río cuando suena. Es así el dicho, ¿no?

Pues no.

Me abrió la puerta con lo que yo juraría que era la parte de arriba de un pijama, sin peinar y con unos vaqueros manchados de barro. Descalzo. No podría asegurar si se había lavado la cara al levantarse.

—¿Te has duchado? —quise saber.

—Sí. —Frunció el ceño—. ¿Por?

—Porque tienes pinta de acabar de volver de *rave*.

—Gracias. Tú tienes tu pinta habitual.

—¿Eso es bueno?

—¿Suena bien?

Vi que una sonrisa asomaba a su boca justo antes de volverse de espaldas.

—He pedido pizza. Tengo hambre —soltó de sopetón.

—Con las emociones primarias te manejas bien. No entiendo en qué punto dejaste de evolucionar.

—Dame tu móvil —me pidió.

—¿Qué?

—Que me des tu móvil. Voy a crearte contenido para las redes sociales.

—¿No debería crearlo yo?

—Bueno… —Echó un vistazo a un rincón, donde encontré mi cuadro apoyado en el suelo…, al lado de unas cajas que tenían pinta de ser cartón para reciclar.

Abrí la boca ofendida. El cuadro que yo había pintado, allí, en la basura.

—¡Te estás pegando un pasote!

Mikel se echó a reír a carcajadas, recogió el cuadro y lo puso en el caballete.

—Es que entras al trapo enseguida. Lo he puesto ahí a propósito. Anda. Dame el móvil y ven.

Se lo di, ¿qué remedio? Pero cuando lo tuvo en la mano, me echó una mirada estupefacta y me lo devolvió.

—Mejor hago las fotos yo y luego te las paso.

—Hace muy buenas fotos, ¿vale?

—Está a un punto de considerarse pieza de desguace.

—No te dejes llevar por las rajas en la pantalla. —Lo acaricié con cuidado de no cortarme con ningún saliente—. Hace buenas fotos, te lo digo de verdad.

Fue hacia la cocina. Sus pasos descalzos sonaban un poco a eco. A pesar de no tener pinta de haberse arreglado lo más mínimo para mi visita, Mikel tenía… ese algo. Ese algo que no todo el mundo tiene. Como la belleza de las parisinas, que están guapas con la cara lavada y un poco de pintalabios. Como los bebés a todas horas. Como el Rey León, que será un león de dibujos animados, pero todas estuvimos un poco enamoradas de él en algún momento de nuestra vida. O al menos eso quiero creer.

Esa pinta de insolente chico bueno. De engreído. De don «lo tengo todo controlado». De haber sido un friki interesante toda su vida y haberse convertido, por el camino y casi por sorpresa, en un bombón. Era atractivo. Joder, si lo era. Y desde que había tenido su lengua (por encima y por) debajo de mis bragas…, creo que me lo parecía más.

—¿Y la pizza? —le pregunté.

—Aún no ha llegado.

Pasó de largo por delante de mí con su móvil (el último modelo de iPhone, cómo no) en la mano y directo al taller.

—¿No te agobia no tener prácticamente división entre tu casa y tu trabajo? —le pregunté.

—No. Me gusta. En esta casa tengo todo lo que necesito.

—¿En un día normal… ves la cara a alguien? A alguien que no seas tú, quiero decir.

—A ti.

—Yo no vengo todos los días.

—Vaya por Dios, pues te me debes repetir, como el ajo.

Me enseñó una foto (brutal, colorida, desordenada, de esas que apetece ponerse de fondo de pantalla) de los tubos de pintura a medio gastar, y le di el visto bueno asintiendo.

—Llevas una vida muy solitaria —le anuncié.

—Y me encanta.

—¿Por qué?

—Pues porque ya tenemos que aguantar a un montón de gente normalmente porque sí. En lo que pueda escoger, preferiré estar solo.

—Ah…, tus novias encantadas con eso, claro.

—No. —Se rio tumbándose en el suelo, desde donde hizo un contrapicado hacia el techo, sosteniendo un pincel de manera que no se vieran sus dedos—. Claro que no. Pero supongo que ya dejé de buscar un amor que no necesite reafirmarse continuamente. Que respete la soledad del otro como un espacio en el que, en realidad, se crece, no se mengua.

—Muy poético. Pero dices «ya dejé de»…, ¿das por hecho que no será así?

Se levantó tan ágilmente que agradecí haber terminado de hablar, porque no hubiera sabido cómo continuar. Se quitó un par de pelusas del jersey y me cogió del brazo con suavidad.

—Ven. Ponte aquí. —Me plantó delante del cuadro de mi tía Isa y me colocó de espaldas a él.

Durante un instante, lo tuve tan cerca que su respiración hizo volar algunos de los pelitos que escapaban de mi moño bajo. Atusó el kimono, sacó un poco hacia fuera las horquillas con las piedras ardientes y me pidió que cruzara los brazos y no me moviera.

Tardó un segundo. Después me enseñó la foto. Preciosa.

—Tengo como quince o… más —dijo echando un vistazo al móvil—. ¿Se te da bien la prosa poética?

—Pues no sabría decirte.

—Inventarte historias se te da bien. —Sonrió canalla.

—Sí. Creo que sí.

—Genial. Pues con tu personaje bien interiorizado…, te pones a inventarte cosas con las fotos que… te estoy pasando ya.

Olía bien. A decir verdad, olía demasiado bien, a cosas a las que no podía oler. Al mar en un lugar frío. A la arena de una playa. Al sonido de las campanas tañendo con alegría en la plaza de un pueblo de la Toscana. A sexo de domingo por la mañana, que da pereza pero que después, mientras retozas entre las sábanas sudadas, amadas…, bendices.

—A veces me miras de una manera que me inquieta bastante —me dijo plantado justamente delante de mí.

—No me has contestado.

—¿A qué?

—A que por qué hablas en pasado.

—En pasado…, ¿de qué? ¡Ah! De lo del amor.

—Sí.

—Pues porque… desde mi última ruptura me he negado la posibilidad de volver a enamorarme. Al menos durante un largo tiempo. Estoy centrado en mí y en mi trabajo. En la tranquilidad.

—Eso no funciona así.

—¿Ah, no? Pues tú no te has enamorado en treinta años. Igual… tenemos más que decir en el proceso de lo que pensamos. O no. Pero, vamos…, que lo único que sé es que con lo que he vivido hasta ahora, tengo suficiente. Ya no me fío ni de mí.

El timbre resonó con fuerza, bastante desagradable, como si las campanas del pueblecito de la Toscana esta vez tocaran a muerto, que es una cosa que entenderán mejor los de pueblo. Se fue sonriéndome, tan contento, como si lo que hubiera dicho no fuera importante.

¿Lo era?

Y yo allí, plantada en mitad de su estudio, rodeada de sus cosas, maldiciendo el momento en el que ese pedazo de sobrado petulante me había empezado a caer bien. Pero… ¿por qué?

—Espero que te guste el queso —le escuché decir desde la puerta, justo antes de abrir al repartidor.

¿Que si me gustaba el queso? Me gustaba más el queso que muchas personas de mi familia, pero esa no era la cuestión. La cuestión es que el que me gustaba era él. Él.

34
Mi *crush*

Para ser moderna, ahora no puedes decir «el chico que me gusta». Tienes que decir «mi *crush*». Eso lo aprendí en Twitter…, para que luego digan que las redes sociales son un pozo sin fondo al que echar horas productivas sin parar. Que también.

Bueno. Pues «mi *crush*» no quería enamorarse. Esto podría dar como resultado la típica historia en la que el rival más débil se convence a sí mismo de que conseguirá que el otro se enamore. Pero no es así. No suele ser así. El amor no debería ser así. Nadie debe «conseguir» a nadie; el amor no debería suponer convencer a nadie de nada.

Lo que más me inquietaba, no obstante, no era eso, sino el hecho de que Mikel no siguiera el patrón de mis otros «enamoramientos». Es decir, no me gustaba en medio de la borrachera mental que me provocaba distintas fantasías, como la boda en la playa, ir del brazo a bodas de amigos o la idea de envejecer juntos. Me gustaba en el aquí y ahora, sin ensoñaciones. Me gustaba con sus manos rudas. Me gustaba con lo que sabía que sabía hacer con su boca. Me gustaba en su flagrante falta de interés por las emociones humanas habituales. Me gustaba imbuido en su planeta de ideas y trazos, de cabezas de barro sin sentido aún. Me gustaba. Y eso me daba un poco de miedo.

Miento.

Me daba un miedo atroz. Mikel Avedaño era, como desde el día que lo conocí, territorio desconocido. Incluso en la parcela que ocupaba dentro de mí. Territorio desconocido.

Nos comimos la pizza en la barra de la cocina. Siempre me han gustado los chicos que comen con buen apetito y sin cuidar las maneras. Me atrae la naturalidad y lo sorprendente en alguien como Mikel, que muchas veces parecía tener metido por el culo un palo de escoba por lo estirado que se mostraba, es que en ocasiones la derrochaba por todas partes. Y, por eso, el hecho de que se mostrara tan despreocupadamente él mismo, me hacía sentir tontamente cómoda y urgentemente nerviosa, a partes iguales y a la vez. Como en la primera cita con alguien que te gusta mucho. Pero mucho.

Lo mejor de comernos aquella pizza no fue que estuviera todo lo aceitosa y contundente que uno espera que esté una pizza de cadena de comida rápida (que a veces, se pongan como se pongan algunos, es lo que el cuerpo te pide), sino que la conversación fluyó como si fuéramos viejos amigos. Como si no estuviéramos fingiendo que no nos habíamos metido en la cama juntos. Como si nunca me hubiera dado cuenta de que me gustaba…, y obviando el hecho de que eso había sucedido instantes previos a dar el primer mordisco.

—Pero no evites el tema. Volvamos a ello —me discutía él en tono tranquilo—. Vamos a hablar de tu carrera de actriz.

—No quiero.

—Claro que quieres. Seguro que esto no lo hablas con nadie.

—Sí que lo hago.

—¿Y sus consejos te estimulan?

—Los consejos no tienen que estimular…, tienen que o reafirmar lo que tú quieres o destrozar tus sueños y esperanzas. Lo sabe todo el mundo.

—De absurda que eres tienes hasta gracia. Escúchame: tal y como tú eres, tal y como tú te mueves por el mundo…, no es coherente que quieras abandonar lo de ser actriz, ¿no? Quiero decir…, ¿te vas a quedar con esa sensación de haber desperdiciado años aprendiendo algo que nunca llegarás a aplicar en la práctica?

—Lo primero…, ¡no seas frívolo! Uno no se forma solamente para poner las cosas en práctica, sino por el mero placer de conocer, ¿no?

—Venga, Platón…, relájate —se burló.

—No, en serio…, pero ¿qué idea puedes tener tú de lo que te gustará hacer durante la eternidad de años que dura una vida laboral, cuando apenas tienes dieciocho? Escoges lo que te gusta y, con suerte, lo disfrutas durante toda tu formación. El resto es cosa de…, bufff, no sé: suerte, karma…, no sabría cómo llamarlo.

—¿Trabajo duro?

—No me jodas. —Lo miré con condescendencia—. He trabajado tan duro que en los *castings* se me conoce como «la picapiedra».

—Eso es mentira.

—Sí —asentí sonriendo—. Pero es lo que hay. ¿Debo deducir que crees que no he trabajado lo suficientemente duro como para triunfar?

—Estás mezclando las churras con las meninas.

—De pintura sabrás mucho, pero de dichos te quedas un poco corto: se dice churras y merinas, que son dos tipos de ovejas.

Me miró con fascinación.

—Eres muy inteligente, ¿lo sabes?

—No. Soy espabilada. Si hubiera sido inteligente, habría hecho mejores elecciones en la vida y ahora no estaría en esta situación.

—¿A punto de ganar un montón de pasta con unos cuadros de tu tía abuela, que en paz descanse?

—Perdóname, querido, pero no todos cobramos por obra lo que Mikel Avedaño, que ya he visto los ceros que le sisaste a un ruso por un pedrusco.

—¡Era una escultura y la tallé con mis propias manos!

—Un pedrusco, sinvergüenza. Un pedrusco le vendiste. —Me reí.

Cogió su botellín de cerveza y en los segundos de tregua que me dio su silencio, mientras bebía, mi sonrisa se fue derritiendo con la visión de su cuello fuerte, del arco de sus cejas, de sus manos…, jodo, es que…

Dejó el botellín sobre la barra de la cocina de un golpe, momentáneamente decidido:

—¡Tiene que haber algo más, Catalina!

—¿Algo más…, dónde?

—Entre tus… aspiraciones. Sí. Eso.

—O no. —Me encogí de hombros—. Quizá sencillamente no lo haya.

—Escúchame bien porque es el único buen consejo que puedo darte… en la vida, lo único importante es tener algo que decir. Da igual cómo lo digas, puede ser con una sonrisa en el metro, en clases de ciencias a mayores de veinticinco o en una vida dedicada al activismo. Ten algo que decir, busca el canal, cuida el mensaje.

Me quedé mirándolo, tan apasionado, tan seguro de lo que estaba diciendo. Ojalá pudiese sentirme alguna vez así, en posesión de una pequeña verdad absoluta o, al menos, una verdad en la que yo creyese a pies juntillas.

—¿Qué? —me preguntó sacando otro par de botellines de cerveza del frigorífico.

—Estaba pensando…

—¿En qué?

«En ti. En que me gusta tu pasión. En que crees en lo que dices. En que tienes un pecho con vistas al mar que quiero alquilar para vivir en él. En que no quiero cerveza, pero me da ver-güenza pedirte que abras una botella de vino tinto».

—En que por eso mismo me gustaba ser actriz. Me pare-cía que, aunque no tuviera nada propio e importante que contar, siempre podría tener un papel en la cadena. Quiero decir…, hay gente que tiene el mensaje, pero que no quiere ser quien porte la voz. Yo quería ser esa voz, actuando, dándole vida a algo que alguien creó un día, sin intención de ser protagonista. Quizá yo no sé crear, y está bien así. Hace falta gente que sepa ejecutar lo que otros crean y yo sé hacerlo bien.

—Entonces, si eso es lo que quieres…, ¿por qué abando-nas?

—No abandono. Me he cansado. Ya no creo en ello. —Y me di cuenta en el mismo momento en el que lo decía. Lo vi claro—. No es una pérdida de fe momentánea…, es que ya no me interesa. ¿Sabes lo que pasa?

—¿Qué?

—Que lo que realmente yo quiero es que me recuerden como recuerdo yo a la tía Isa.

—¿Y cómo la recuerdas?

—Con colores. Era tantas personas que ni siquiera es ella en las fotografías que guardo. Solo puedo recordarla aquí —me señalé el pecho— y ni siquiera me puedo fiar de la me-moria, porque se han perdido los ecos, los matices. La cara que ponía cuando tenía una sorpresa para ti y no podía callársela. El gesto cuando se concentraba. Los ojos en blanco cuando el pueblo se le quedaba pequeño. La risa cuando abría las alas. Jo…, Mikel, la tía Isa era la loca más increíble que ha pisado el mundo. Tengo la sensación de haberme perdido algunas de sus caras, y eso me duele. Me duele no haberme enterado de lo de la pintura hasta ahora. ¿Quién era? Yo quiero recordarla como se merece. Y supongo que es inevitable que albergue ciertos misterios.

Fue en décimas de segundo. Si no hubiera estado tan atenta a sus gestos, lo hubiera pasado por alto, pero no. Porque cuando terminé de hablar, cuando se empapó de todo lo que dije, se le vino encima el proceso…, la magia: sus cejas se elevaron un poco, sus labios se entreabrieron, se enderezó y se le perdió la mirada. La tenía fija en mi cara, pero estaba muy lejos de allí. Había emprendido un viaje a su universo…, a su universo creativo, donde alguna de mis palabras, vete tú a saber cuál, había prendido una vela que estaba dando luz a un rincón donde antes solo había tinieblas. Mikel acababa de entender algo.

—Claro…

—¿Qué he dicho? —pregunté.

—Claro…, ahí está —repitió.

—¿Dónde?

—Somos cientos de partes de un todo. Somos lo que aprendimos de otros. Somos la herencia de los miedos de nuestros padres, de nuestros propios fantasmas. Tenemos nuestras emociones y aprendemos imitando las de los demás. Crecemos de esta manera: por imitación. Pero, al final, todo se reduce a una única pregunta: ¿qué quiero que recuerden de mí? ¿Cuál de mis mil rostros?

Se levantó y salió disparado hacia el taller. Acerté a verlo sentarse a toda prisa delante del escritorio, abrir el cuaderno y escribir frenéticamente. Yo ya no estaba allí. Para él, yo ya no existía. Pero ni yo ni el mundo. Y me pareció bien. Me dio paz. Me sentí, de algún modo, privilegiada: había visto cómo nacía la magia.

Recogí mis cosas con cuidado, aunque podría haber caído una bomba en el salón, que él no se hubiera dado mucha cuenta. Y mientras lo hacía, pensé en sus manos. Dicen que la cara es el espejo del alma, pero nuestras manos contienen más de nosotros que incluso nuestros ojos. Y… no había dudas en sus manos.

Sus manos contenían, en las líneas de sus huellas dactilares, un millón de esculturas, de trazos, de tinta, óleo y papel que había dejado de ser virgen. Era como si todo lo que iba a crear en su vida aguardara callado ahí dentro, escondido en sus toscas manos. Su arte ya existía, pero aún no había fluido sobre una superficie física, tangible. Él era el continente y el contenido. Pero era el único que no lo sabía.

Cuando me fui de allí sin mediar palabra, no lo hice representando un papel secundario, pasivo, el de musa. No. Qué va. Hace ya muchos años que hasta Edgar Allan Poe defendió la muerte de la musa, que dejó atrás la máscara que reducía el papel del artista al de un sujeto paciente, que dependía de los efluvios de la musa.

No. Yo no era su musa, solo un canal a través del que comunicarse con el mundo, lo que es, al fin y al cabo, el papel del arte. Tal y como lo es la luz, el olor del frío, la densidad de un color o una canción. El mundo está lleno de satélites hacia una idea y ninguno es esa idea en sí. La idea reside en el artista, solo necesita un detonador.

No. Yo no era su musa.

Cuando me fui de allí sin mediar palabra, callada como buena compañera silenciosa, no lo hice porque «mi trabajo ya estaba hecho».

No.

Cuando me fui de allí sin mediar palabra, callada, fue porque respetaba su amor por lo que hacía y porque todas las palabras que me quedaban por decir eran para mí: «Tú también crearás, Catalina, porque tienes voz».

Mikel había encontrado la aguja que le faltaba para enhebrar su trabajo. Yo había conseguido escucharme. Entender. Como entendería un científico que pudiera presenciar el estallido a partir del cual nació nuestra galaxia. Y ahora, aunque no sabía la dirección, sabía…, sabía que quería andar.

Creo que por eso me supo tan dulce su mensaje a las siete de la mañana:

«Gracias, Cata. Contigo he recordado por qué me hacía feliz mi trabajo».

No era una declaración de amor…, pero algo era.

35
Mi silencio habla de ti[*]

Para ser justo con la realidad, no es que no me hubiera pasado nunca, es que hacía muchísimo tiempo que no vivía una vorágine creativa como aquella. Por intensa, por súbita, por mágica. Había experimentado momentos de claridad inesperada, insurrecciones creativas en mitad de la noche, buenos consejos a partir de los cuales había aparecido la inspiración y hasta éxtasis momentáneos mientras trabajaba, pero nunca me había embarrado buscando un sentido para encontrarlo en la boca de alguien. Una mecha corta con una explosión controlada que echaba abajo los diques, que daba sentido a un todo. La inocencia de quien se cree no creador y la sabiduría de quien ha vivido lo suficiente para serlo. Soy de los que creen que todos creamos, que todos sublimamos nuestros recuerdos y vivencias a través de un lenguaje, un canal, un arte.

Ni siquiera la escuché irse. Creo que cuando me di cuenta de que no estaba me sentí, a la vez, fascinado y avergonzado. Uno debe tener un mínimo protocolo, no dejar a alguien en la cocina, comiendo pizza, y salir escopeteado a anotar ideas. Pero me fascinó cómo Catalina entendió la importancia de aquel silencio, que no era para mí, era para ambos. Aunque eso lo supe más tarde y la fascinación de aquel instante nació por la idea narcisista de que me había regalado un silencio que yo necesitaba.

_____

[*] Título de un libro de Holden Centeno.

Los artistas y el yo...

A pesar de lo que pueda parecer, no acepto la figura de la musa por muchas razones. Sobre todo, la primordial, porque me parece egoísta pensar que el papel de alguien se reduzca a inducir inspiración y buenas ideas. También me fastidia el papel secundario al que relega esa idea el trabajo duro, al alma del artista. Así que... Catalina no era una musa. Catalina se había convertido en una suerte de compañera de camino. Ambos transitábamos por una senda que para mí era familiar, pero en la que me había perdido..., enseñándosela a otra persona había recuperado el sentido.

Cuando Catalina se sentó delante de aquel lienzo en blanco, días atrás, deseé con todas mis fuerzas que tuviera dentro el germen de la pintura..., no sé por qué. Quizá por justificar que aquella sensación de placidez que sentía con ella fuese, en realidad, una sintonía entre artistas. Quizá para encontrar excusas que me permitieran mantenerla más cerca. Sin embargo, no lo tenía: no le interesaba lo más mínimo buscar, a través del color y la textura, de las formas, la luz o la emoción en su estado más plástico, una expresión para todo lo que tenía por decir. Eso no significaba que su interior estuviese mudo, solo que tenía que encontrar su propio lenguaje como yo hice con el mío. Y por aquel entonces ya imaginé que ser partícipe de ese momento, ver con mis propios ojos cómo Catalina emergía de la frustración con algo que decir, sería un espectáculo. Un honor. Se me antojaba como una especie de nacimiento hacia la luz. Y ella emergería desnuda, con el pelo revuelto y mucho más sabia que yo.

Pasé dos días enfermo de creación, pero de alguna manera ya tengo callo. Durante cuarenta y ocho horas dormí lo justo, solo cuando el cuerpo me decía que no podía más, y lo hice echado en el sofá, no demasiado cómodo, para impedir sumergirme en un sueño más largo. Apenas comí; me alimenté de las sobras de pizza y de un par de cosas envasadas que guardaba en los armarios, de esas que tardan lustros en caducar. Lo confieso: no pasé ni por la ducha. Me lavaba la cara y los dientes y volvía al trabajo para anotar y después esbozar y, finalmente, crear un armazón de alambre sobre el que montar la pieza central que daría sentido a la exposición. La fiebre se me pasó después de esos dos días, cuando me detuve en lo que calculo que sería la mitad del proceso, y me di cuenta de que montar un boceto de barro me quitaría demasiado tiempo. Pero todo encajaba. Todo. Solo me quedaba llamar a Ignacio, mi representante, no buscando su beneplácito, sino su tranquilidad.

—Solo te llamo para decirte que puedes estar tranquilo. No sé si será mi mejor exposición, pero creo que es la más mía.

—Oh, ¿estás en ese punto de tu carrera? —ironizó.

—Una gran obra central. Veinticuatro obras satélites.

—¿Vendibles por separado?

—Siempre pensando en dinero...

Se lo recriminé, pero con una sonrisa, porque si no fuera por él yo sería pobre como una rata. Uno de los dos debía tener los pies en el suelo.

Al tercer día recuperé el horario normal. Me desperté a las seis y media, a pesar de que me había acostado a las dos, y salí a correr. No llegué a los diez kilómetros, pero volví a casa sudoroso y satisfecho. La ducha de después duró mucho más de lo sostenible para el medio ambiente, pero me dejó como nuevo. Me preparé una tortilla, unas tostadas, café con leche de almendra y después roí una onza de chocolate negro. Estaba famélico, pero como suele pasar, tuvo que atropellarme la inspiración para que parase a escuchar a mi organismo... y lo que necesitaba.

Y después de satisfacer mis necesidades fisiológicas, vinieron las demás...

No había mencionado el tema. Ni una sola vez. Ni una sola provocación ni una frase de un tono más cálido. Alguna mirada, es verdad, pero después de lo ardiente que fue el comportamiento de Catalina en mi cama, me quedé sorprendido. Quizá un poco decepcionado, pero también muy intrigado. ¿Qué tipo de criatura podía compaginar tantas caras, tantas temperaturas, tantos estados anímicos? Y por fuera…, lo de siempre: una mezcla entre la sorpresa, el sonrojo y una sabiduría vieja que vivía en una habitación enterrada en su interior, en lo más hondo, y para la que aún no había encontrado la llave. Aunque la tenía.

Me sentí inquieto. Asumí, en un ejercicio de deconstrucción que solo me permite alcanzar la creación artística (cuando mis manos están muy concentradas en conseguir algo técnicamente y la mente vuela libre), que había esperado alguna reacción por su parte. ¿Y por qué por su parte y no por la mía? Ella podría haber estado en la misma situación, se podría haber hecho las mismas preguntas en silencio.

Habíamos explotado, sin esperarlo, en un estallido de sexualidad. Es otro tipo de expresión, desde luego, pero íntima. Había vertido mi semen por encima de su piel. Me había manchado los labios con su excitación. Nos habíamos lamido, jadeado encima. ¿Hay algo más privado? Bueno. Sí. No me costaba imaginar hacer cosas más íntimas con ella, como dejar que el aliento que se escapaba de mis gemidos se condensara en su clavícula mientras sus uñas se clavaban en mi cuello y en mi pelo.

Dios…, me había portado raro al terminar. Sí. Lo había hecho. ¿Qué es eso de preguntarle si necesitaba algo más de mí? ¿Por qué le pregunté si necesitaba que la acompañase a la puerta? Estaba avergonzado. Supongo que era eso. Estaba avergonzado. Nunca había imaginado que terminaríamos así y, cuando pasó…, sentí que no tenía el control del volante. Y necesitaba recuperar la sensación de tenerlo.

Lo habíamos hecho. Algo que no se podía deshacer…, y lo habíamos deshecho ahogándolo en un charco hasta llenarle los pulmones de palabras contenidas.

Me gustaba. Catalina me gustaba, no solo en la inmediatez de la piel. Me gustaba su candidez y el fuego que, lento y escondido, quemaba dentro de ella. Ella no lo sabía. Ella no tenía ni idea. Pero, joder…, tenía unas alas inmensas que, como no sabía que existían, nunca había extendido ni experimentado qué se siente con ellas. Me pregunté si abarcarían el mundo.

Me acordé entonces del título de un libro que había caído en mis manos, convenientemente, durante una Feria del Libro de Madrid, hacía unos años. Se titulaba *Mi silencio habla de ti*. Era una bonita historia ilustrada, de esas que uno lee como si soñara. No había nada entre esas páginas que me recordara a Catalina especialmente, pero la traje a mi memoria porque le encontré un nuevo significado a su título. En mi silencio, en el que reinaba cuando las ideas fluían, estaba ella. En todas partes. Sin cuerpo. Sin sentido casi. Como un gas. Como el éter. Como un fantasma cuya presencia aún no ha anunciado.

¿Si pensé en escribirla? Sí. Claro que lo pensé, pero... digamos que me sentía en cierta desventaja. Yo había tirado la primera piedra en un par de ocasiones, y ella, dejando a un lado las veces en las que el contacto había sido meramente formal, nunca había susurrado un «Hola, Mikel» que quisiera decir algo más que: «¿Podrías echarme una mano con esto?». No la culpo. Yo no sé si sabía dar mi mejor cara para ello. No sé si sabía dar la confianza suficiente. No sé si..., no sé.

Lo que sí sé es que, en los lapsos en los que decidía apartar la vista de mi proyecto y descansar, no me dedicaba a ver la televisión, leer o dormitar. Ni siquiera paseaba o tomaba café. Sin darme apenas cuenta, esbocé otra pintura que era todo fuego, todo luz, todo evocación y en la que, sin tener cuerpo, todo me recordaba a una sensación cercana a... ella.

Es extraño como a veces las sensaciones toman la avanzadilla. Es curioso cómo, en ocasiones, sentimos antes de saber.

Y, dejando a un lado la parte más bucólica y abrazando la física..., hablando mal y pronto..., nos recuperé bastante en la imaginación. Convertí la masturbación en una suerte de montaje cinematográfico en el que rescaté y me inventé todos los detalles en los que no había deparado o en los que no me dio tiempo de ahondar mientras ella me tenía en la boca. El sonido de la saliva. El gemido contenido en su garganta. El primerísimo primer plano de la yema de mi dedo húmeda al acariciarla. Y su carne. Y la mía. Dios..., me la pelé como un loco al menos en tres ocasiones después de pintarla hecha fuego porque, quizá, solo quizá, el que había terminado convertido en una llamarada era yo, después de compartirnos.

Entonces pensé en ella en unos términos diferentes. La encontraba dentro de cosas en las que no estaba. Como en el arte. Como en un cuadro de Courbet. En algunas de las obras de Mateja Petkovic. En vasijas griegas. En el centro del arte más erótico y lúbrico.

Como se puede deducir, no tengo muchos amigos. Los tuve, pero el tiempo fue haciendo su trabajo y me quedé con un puñado que cabe al cerrar los dedos. Unos pocos, pero de los buenos. Lo malo es que estábamos desperdigados por el mundo. Mae había terminado pintando porcelana artesanal, en una ciudad pequeña y preciosa de Francia. Fermín tenía críos y se había retirado a una casa en un pueblecito pintoresco de Huesca a fabricar sus propios muebles. Paula seguía en México, pero era imposible contactar con ella, porque no tenía móvil y viajaba continuamente. Si hubiera tenido amigos con los que hablar, hubiera sido mucho más fácil darme cuenta de lo que estaba pasando, pero como no podía comentarlo con nadie, se maceró dentro de mí, como en barrica, cogiendo matices de un pensamiento, una ensoñación, un recuerdo y alguna imagen. Fue creándose a sí mismo sin que me diera tiempo a defenderme de aquello. Creo que fui el único que no lo quiso ver. Al menos eso es lo que tiendo a pensar: que ella estaba, a pesar de su falta de experiencia, más preparada para lo que estaba a punto de pasarnos.

36
El silencio es una habitación con eco

El silencio es una habitación con eco donde nuestros pensamientos rebotan hasta hacerse gigantescos. Es así como el silencio alimenta monstruos que no existen. Es así como en el silencio aprenden a vivir posibilidades cuyas características son incompatibles con la vida. En el silencio que se extendió desde la noche en la que dejé a Mikel creando, filmé veinticinco películas, a cada cual peor, y las estrené en el cine de mi cabeza.

Me encantaría estrenar para ti la versión en la que yo, como protagonista, era una estoica mujer, carismática e independiente, gata sobre tejados parisinos, a la que no le importaba el silencio de un hombre, solo el sonido de su propia voz. En ese film, Cata, la gata, ni siquiera se daba cuenta de la ausencia de noticias de Mikel, porque tenía una vida tan ocupada, tan interesante, que ni siquiera le daba tiempo a mirar el reloj. Se despertaba en un piso revuelto rodeada de gente, después de una fiesta que, por lo poco que recordaba, fue magnífica. Se marchaba a su pisito, un estudio pequeño, pero con mucha luz, como el que había visto con Mikel para usarlo como taller, y allí dormía unas horas más, hasta bien entrado el mediodía… con un antifaz increíblemente elegante, claro. Después desayunaba a la hora de merendar un benjamín de champán y un *croissant* y salía a besar Madrid con los tacones de sus zapatos (Louboutin, Chanel, Jimmy Choo, Valentino, Manolo Blahnik, Gucci, Dolce & Gabanna…, quién sabe) y, con sus labios ardientes, a besar a chicos guapos, marineros de paso, pilotos en plena escala para dar la vuelta el mundo, marqueses, estudiantes, albañiles, astronautas frustrados que vendían seguros en horario de oficina… para después marcharse a casa y dormir con la camisa blanca que uno de ellos, cuyo nombre ya no recordaba, se dejó olvidada en su casa una noche ardiente.

Mikel…, ¿quién era Mikel?

Pues Mikel era la lombriz que me estaba dejando el cerebro fino…, llenito de agujeros. Poroso. Vacío de contenido.

—Me gusta Mikel.

Lo dije entrando en la cocina, antes de calcular quién podría haber dentro, con la bata más calentita que guardaba en el armario (que no suele ser sinónimo de elegancia), con unos pantalones de pijama con la goma dada de sí y una sudadera que le compré a la hermana pequeña de Laura para que recaudase dinero y pudiese financiar su viaje de fin de curso. Del pelo ni hablamos, pero… ¿has visto los peinados en palmerita que le hacen a los yorkshire terrier? Pues eso.

Me encontré con Teresa sirviendo sopa de una olla, Laura con el vaso de agua a medio camino de la boca, a Elena cerrando la ventana y a Claudia comiéndose un yogur.

¿Claudia solo comía yogures?

—¿Por qué estáis aquí, las cuatro reunidas? ¿No trabajáis? ¿Os han despedido a todas? —pregunté superconfusa.

—Cata…, son las diez de la noche. Estamos cenando —me explicó Laura, con paciencia.

Pensé que me estaba volviendo loca.

Me sentaron en mi silla habitual, me sirvieron sopa, pedí Coca Cola, pero Teresa me la negó porque era un día de entre semana y aquello no era una comuna hippy…, palabras textuales. No quería que Claudia escuchara nada de aquello, pero no podía echarla. Pagaba el alquiler igual que yo (probablemente mejor, a fecha y eso…) y al parecer a las demás no les caía mal. Pero… fue como un retortijón en la garganta. Cuando quise darme cuenta…, estaba… ya sabes: con diarrea verbal.

—Mira…, es que no lo sé. No lo sé. Pero me gusta. Me gusta, y… menuda liada porque ese tío es, no sé…, ¿mi padrino? Me ha apadrinado de alguna manera. Y… ¿qué hago yo? Voy y decido que me gusta.

—Esas cosas no se deciden. —Teresa me frotaba la espalda, probablemente con la esperanza de que se me olvidara que me había negado un vaso de Coca Cola.

—¡Es que va a terminar fatal! —me quejé—. Estas cosas siempre terminan fatal. Donde metas la polla…, ¿cómo era el dicho? ¡¡Se me están olvidando hasta los dichos!! Señorita Dichos me llama él. ¡Ay, Dios!

—Es «donde tengas la olla no metas la polla», pero hay uno mucho más bonito que creo que es más aplicable en este caso —sentenció Claudia con lo que me pareció una sonrisita condescendiente—, «donde mores, no enamores».

—¡Esto no es amor! —Me salió del alma, cada vez estaba más histriónica.

—Pero si siempre te estás enamorando… —Elena me miraba con pena.

—¡No me enamoro! ¡Sueño con hacerlo, pero… nunca llega! Siempre topo con…, con gente que no es para mí. Iba a decir con «seres de las profundidades del averno», pero eso no es justo. Pobres chicos. La culpa casi siempre es mía.

—Cata… —Laura me cogió del brazo—. ¿Por qué de repente estás tan agobiada con esto? Desde que te conozco, siempre te gusta alguien. Siempre tienes a alguien en mente y en estos cuatro años te he visto casarte mentalmente con una docena. ¿Cuál es el problema ahora?

Las miré a las cuatro en un barrido que aprendí del rodaje de mis películas mentales. Sus caritas esperaban una respuesta, expectantes (menos la de Claudia, que era guapa y punto). ¿Cuál era la respuesta a esa pregunta? No tuve que pensarla, apareció de súbito, pero la retuve en mi garganta: «Que esta vez me da miedo».

El vértigo, ese tipo de vértigo, cuando no sabes de dónde nace, no es fácil de compartir.

Hice lo que hago siempre: escapé. Di un par de excusas, me disculpé, bromeé y me piré a mi habitación, donde llené una bolsa con algunas piezas de ropa. Ni siquiera me di una ducha.

Creo que aquella fue la primera vez que sentí de verdad la libertad. Qué absurdo. Escapando. Y lo jodido es que no creo que fuera un holograma ni una farsa. Me sentí libre de verdad. El ser humano es especialista en apartar, en postergar, en crear en el cerebro casillas y, a su alrededor, edificar muros muy altos, para que lo que es incómodo no salga... a menos que se desborde. Y yo, por aquel entonces, aún no me desbordaba.

Metí la bolsa en el maletero del coche (nunca agradecí tanto que Teresa tuviera plaza de garaje, pero no coche, y que le pareciera mal cobrarme el alquiler de la misma porque: «Total, ya me lo pagas por tu habitación y no tienes ventana, hija»), conecté el móvil al equipo de música, seleccioné una lista de reproducción que era, básicamente, un vómito de canciones sin nada en común y enfilé la autopista de camino a Toledo. Martes, once menos cuarto de la noche. Noviembre. La ventanilla un poco bajada, lo justo para que entrase la brisa fría y me despejase la cara y las ideas. Pocos coches. Luces rojas de frenado y naranjas en las farolas que alumbraban algunos de los tramos: fuego.

No creo en los viajes astrales ni cosas de ese tipo, pero aquella vez, conduciendo hacia el pueblo de Toledo en el que viven mis padres, me salí de mi propio cuerpo. Me dirigí hacia allí de manera mecánica, seguí un camino que me conocía como la palma de mi mano, sin darme cuenta de que estaba conduciendo de esa manera. Yo pensaba, pensaba, pensaba. En el equipo de música se iban sucediendo canciones y, por primera vez en mucho tiempo, no buscaba en ellas significados, porque estos se iban tatuando bajo los focos de mi viejo coche, sobre el asfalto. Y, a pesar del lío que tenía, de lo tontamente agobiada que me sentía al no saber identificar de dónde venía aquella opresión en el pecho, cada kilómetro que me iba acercando a «casa» me hacía sentir más libre.

En la esquizofrenia de mi lista de canciones empezó a sonar «Antes de morirme», de C. Tangana con Rosalía, y, con ellos, me pregunté si la vida no sería una carrera en la que lo importante no era la velocidad, sino lo cargados que llevemos los brazos de experiencias cuando termine el viaje. Me pregunté si el concepto de «conveniente», «correcto», servía cuando uno quería clavar los dientes en el labio de alguien y dejar escapar más gemidos que palabras. ¿Y si el cielo estaba justamente en aquel espacio que evitábamos de manera frenética porque estaba oscuro, era hondo, parecía húmedo y… desconocido?

Pasé de canción.

Sonaron las primeras notas de «*Il Mondo*», de Jimmy Fontana (por supuesto, en italiano). La tía Isa vino a mi memoria. No tenía ni idea de italiano, pero la cantaba perfectamente. Cantaba bien, aunque siempre bajito. Si sonaba en su cocina, ella solo la tarareaba, sin letra, mirándome de reojo, probablemente temerosa de que le echase en cara que se inventaba las estrofas. Pero nunca lo hacía porque la había escuchado demasiadas veces como para no entenderla mejor que el resto. Y yo nunca me hubiera reído de ella, porque era mi heroína. Recordar que siempre quise ser un poco como ella me hizo sonreír… La vida está compuesta de ironías de este tipo.

—Qué bonita es esta canción, tía.

—Sí, ¿verdad? Pero… ¿sabes? No es una canción de amor.

—¿No?

—No. Habla del mundo, que gira, gira, gira y nunca para, por más que tú sientas que lo hace. Porque a la noche le sigue el día…, siempre, siempre…, pase lo que pase. Así que aprende esto: por malo que te parezca un día, solo tiene veinticuatro horas. Y el sol volverá a salir.

Yo no entendía la nostalgia de su voz, por lo que la Catalina pequeña, la que se quejaba de llevar el nombre de la bisabuela, aunque fuera nombre de reina, siempre creyó que «*Il Mondo*» era una canción triste, aunque en realidad fuera un tirón de orejas, una llamada a entender que, en el mundo, solo somos una mota de polvo.

—Ya te entiendo, tía —musité.

Apagué la música antes de entrar en el pueblo. Era tarde y no quería que al día siguiente los corrillos del «frente de juventudes» (por no llamarlo congregación de momias) comentaran que la hija de los mexicanos, como se nos conocía a la familia aún en el pueblo por más generaciones que hubiéramos nacido allí, había entrado derrapando y con una discoteca dentro de la carraca de cuatro ruedas que conducía.

Entré en casa lo más silenciosamente que pude, con mi juego de llaves, pero una madre es una madre. Y si crees que la tuya ha perdido sus poderes porque tú ya seas una mujer hecha y derecha, estás muy equivocada.

Encendió la luz de la cocina, como siempre, para no despertar a mi padre, aunque desde que lo prejubilaron con cincuenta, los dos dormitaban a saltos y se desvelaban con facilidad.

Llevaba un camisón por la rodilla, color blanco, que le daba un aspecto de aparición pechugona, y una trenza algo despeinada a un lado. Se había desmaquillado regulinchi, como siempre, y me hizo sonreír.

—¿Qué pasa? —susurró.

—Nada —mentí—. Madrid a veces agobia.

—Ya —asintió—. ¿Quieres una infusión?

—Cualquier cosa menos rooibos, por fi.

—¿Qué pasa?

Mi padre apareció en calzoncillos por el pasillo. Tan silencioso y fiable. Su discreción siempre ha sido fantasmagórica pero, como las almas que algunos dicen que ocupan los espacios donde fueron felices, él estaba en cualquier parte en la que estuviéramos mamá o yo.

—Por Dios… —Me reí—. Acuéstate, por favor. Pareces la sota de bastos.

—¿Ha pasado algo?

—No, ¿por qué tendría que pasar algo?

—Porque es la una de la mañana, Catalina…

Sí, igual tenían razón.

Mi madre me pasó una taza y se sentó en la salita con otra taza humeante entre sus manos. Mi padre había prometido que ya hablaríamos el día siguiente, pero no me costaba imaginarlo intentando activar su superoído para enterarse de todo.

—Tu padre ya no vuelve a pegar ojo en toda la noche.

—Lo siento. —Me avergoncé.

—¿Qué vas a sentir, tonta? Venga…, ¿qué pasa?

—Nada. De verdad.

—¿Es lo de… los cuadros?

Miré la taza y sonreí. El líquido iba oscureciéndose alrededor de la bolsita de infusión.

—¿Por la mentira?

—No. No lo sé.

—Ya…, ¿y no será por ese Eloy?

—Ese es un bicho, mamá.

—Ya, ya lo sé. Por eso te lo digo.

—No. De verdad, que no es nada. Es solo que… vivo en un piso compartido con cuatro tías más, en una habitación sin ventana. Y hay ratos, ahora que no tengo trabajo, que se me cae la casa encima.

—Tienes trabajo. —Me hizo una carantoña—. El papel más importante de tu vida.

Le dediqué una mirada tierna y me mordí el labio con resignación.

—Mi carrera de actriz se ha terminado, mamá. Antes de empezar, pero… me he cansado.

—Te has cansado de buscar y es normal. Pero tú serás actriz toda la vida.

—Una actriz sin actuar es como un artista sin obras: nada.

—Yo siempre creí que la tía Isa había nacido para ser artista y no supe lo de los cuadros hasta hace nada, como tú. No. Lo que hacemos nos define, claro que sí, pero no lo es todo. Cuéntame…, ¿qué tal el chico este que te estaba ayudando?

¿Cómo lo sabrán? ¿Será porque en el momento de convertirse en madres adquieren el superpoder de analizar los tonos de voz de sus vástagos?

—Bien —asentí muy segura. Era actriz, ¿no?—. Estoy aprendiendo mucho. Está preparando ahora mismo una exposición, moldeando unas cabezas rarísimas, cada una con una expresión facial. Es inquietante, porque todas se parecen a él, pero jamás le he visto poner ninguna de ellas.

—Parece un tipo interesante.

—Supongo. Es un artista reputado. Cree que voy a poder conseguir bastante dinero de la exposición.

—Y… ¿has pensado qué harás…?

—No me preguntes qué haré después de la exposición, mamá. Él también me lo pregunta, pero no tengo respuesta.

—Bueno…, acuéstate. A veces las respuestas llegan durmiendo.

Me reí. Me decía lo mismo cuando era pequeña y me preocupaba no aprobar un examen. Me decía que durmiendo, las respuestas a las preguntas se asentaban y se quedaban dentro de mi cabeza.

—Sí. Voy a acostarme.

Se levantó y me ofreció de nuevo la taza a la que no había dado ni un sorbo.

—Tómate la infusión. Mañana me acompañas a hacer unos recados y hablamos.

—Vale. Perdona por venir a estas horas.

—Uy, ya ves. Es tu casa también. Te puse una manta en la cama el otro día, por si venías.

Me lanzó un beso de buenas noches desde la puerta y esperé unos segundos antes de caminar hasta mi habitación. Cuando llegué, me derrumbé en la cama, sin saber muy bien qué me pasaba, me quité las zapatillas de una patada y di un trago a mi infusión.

—Pero… —Arrugué la nariz.

Cogí la etiqueta que colgaba del hilito y leí para mí: rooibos.

Madres. El ying y el yang.

Aquella noche, en la habitación en la que crecieron todos los sueños que había ido abandonando por el camino a medida que me hacía adulta, recurrí a aquello que nunca me falló entonces: me puse los auriculares y escogí una lista de canciones al azar. Quería que la música me arrullara, como una nana materna cuando aún no somos capaces de distinguir nada más que el hecho de que estamos seguros en esos brazos. Cerré los ojos. Subí el volumen. Sonó «Ojos noche», de Elsa y Elmar. Me sonó a historias desconocidas, a flores, a viajes lejanos, a enamorarse junto a un mar que no es el nuestro. Hasta que dejó de sonarme a todo aquello y solo me sonó a Mikel.

Mierda.

37
El retiro del artista

Al día siguiente, después de desayunar café con leche y una tostada con tomate, mi madre me pidió que la acompañara a hacer unos recados. Una excusa para caminar, vamos. A mi madre siempre le ha gustado andar, como a mi abuela, pero a diferencia de su madre, mamá siempre va buscando lugares que le den paz, mientras charla y finge que no se da cuenta de que coge el camino más largo y, en ocasiones absurdo, para llegar a la tienda o a la casa de la vecina a la que quiere visitar. Mi madre fue cocinera y, aunque hace años que se retiró con mi padre a vivir «la tranquilidad» con sus ahorritos, aún cocinaba para algunos vecinos en ocasiones especiales, lo que la llevaba de *tournée* algunas mañanas, apuntando «comandas».

Aquella mañana, íbamos a casa de los «de los olivos», porque en el pueblo si no te conocen por un apodo es que no existes, para los que iba a hacer unos dulces para el bautizo de uno de sus nietos. Si una casa y la otra se encontraban más o menos a quince minutos, nosotras tardaríamos cuarenta y cinco.

—Y por eso, Catalina, es superimportante que no comas ni perejil ni cilantro.

No, no te sorprendas. Mi madre odia el perejil y el cilantro y no duda en abogar en su contra con cualquier excusa. No tengo ni idea de qué fue lo que evocó a las odiadas plantitas aquella mañana.

—Vale, mamá. Perejil y cilantro, cero; limón, dos millones.

—Búrlate, búrlate. Pero el limón es buenísimo. Y el ajo.

—¡Hombre! ¡El ajo! Viejo amigo.

Me cayó un manotazo en el brazo.

—¡Au!

—Venga, cuéntame…, ¿y qué tal es el chico este…?

—¿Qué chico? —Me hice la tonta.

—Se llama Mikel, ¿no?

—Mikel, sí.

—¿Y el apellido?

—Avedaño.

—¿Y qué tal es Mikel Avedaño?

—Pues… majo. Bueno, majo no. Es más tieso que un alambre. Pero le he debido caer en gracia.

—¿Desde el principio?

La miré de reojo sopesando la posibilidad de contarle lo de que me habían despedido por su culpa, pero deseché la idea tal y como apareció.

—Al principio no nos caíamos muy bien, no.

—¿Y físicamente cómo es?

—Pues… medirá como, no sé…, tampoco es muy alto. ¿Metro ochenta? Por ahí. Y… tiene el pelo oscuro y lo suele llevar bastante corto. Hace mucho ejercicio, con lo que tiene buena planta, también. El tipo de tío con piernas musculosas. —Me miró de reojo y me precipité a aclararle—: Se le marcan en los vaqueros.

—Ajá. Pues no sé si me lo imagino mucho con esos datos.

—Tiene la nariz grande, los dientes superblancos y… como potentes —empecé a coger carrerilla—. Todo él da esa impresión, ¿sabes? Poderoso. Físicamente poderoso. Emana cierto…, no sé…, cierto magnetismo. Debe de ser porque es artista.

Mi madre no añadió nada y me puse nerviosa. Creí que estaba esperando la ocasión perfecta para preguntarme si me gustaba, así que dije lo primero que se me ocurrió, así, de pronto, medio pronunciado medio escupido.

—Es feo.

—¿Feo?

—Sí —asentí—. Horroroso.

—Pues sonaba bien…

—Pues no. —Quise mostrarme muy segura, pateando un par de piedras—. Repugnante.

Sacó el móvil de su bolso, pensé que para decirle a mi padre que fuera tendiendo la ropa o poniendo algo al horno para la comida o, yo qué sé…, pero no. Cuando quise darme cuenta, tenía una foto de Mikel delante, en la pantalla de su móvil.

—¡¡Mamá!! —exclamé.

—¿Esto es repugnante, Catalina? ¡A tu madre no se le miente tan fácilmente, eh!

—Pero… ¿desde cuándo sabes buscar esas cosas en el móvil? —Fruncí el ceño.

—Para que tú seas tan lista, tus padres tampoco serán tontos, ¿no?

¿Soy yo o las madres tienen también mente colmena y todas usan las mismas expresiones, como Laura y Elena?

—Horroroso… —farfulló guardándose el móvil, no sin antes echarle un último vistazo.

—Bueno, pues no. No es horroroso. Está como un queso. ¿Y qué?

—Pues que te tiene loca.

—¡Qué va! —negué—. Anda, anda, mamá. Lo que pasa es que… me da como acidez.

—¿Como acidez, dices?

—Sí. Hablo con él y se me pone aquí —y traté de explicarle colocándome el puño en la boca del estómago— una especie de bola. Ardor. Acidez. Como cuando comes mucho chorizo y al rato te agachas, que te viene todo el reflujo.

La cara de horror de mi madre no tenía precio y me eché a reír. Luego miré el móvil y al guardarlo ya ni siquiera sonreía.

—¿Y esa cara? ¿Te ha escrito alguien? ¿Malas noticias?

—No. No me ha escrito nadie.

Mi madre abrió la boca para hablar, pero atajé, interrumpiéndola y cambiando de tema.

—Vi un piso.

—¿Un piso?

—Sí. Para alquilarlo como taller. Todos los artistas tienen uno, ¿no? Yo debería tener uno para no desentonar. Al menos mientras esto dure.

—¿Y lo alquilaste?

—No. Era caro —suspiré.

—¿Quieres…? ¿Necesitas que mamá y papá…?

—No —dije tajante—. No te lo digo por eso. Te lo digo porque… me preguntaste anoche que qué quiero hacer cuando todo esto acabe, y creo que el primer paso es buscar la manera de independizarme también de Teresa.

—Ay, Teresa, qué disgusto se llevará. Es más buena…

—Ya. —Sonreí con ternura—. Pero es como vivir con una madre postiza. Cambiar de vivir contigo a vivir con ella…, es como ir de brazos en brazos. Quiero ser independiente. Y ese piso…, quiero uno así. ¡Era tan bonito! Superpequeño —Me volví hacia ella, mientras enfilábamos la cuesta hacia abajo que llevaba a la casa a la que íbamos—… Pero suficiente para una persona. Un estudio como con aires parisinos. Mucha luz. Muchísima.

Me quedé embobada, recordándolo.

—¿Y si lo alquilas con el dinero de los cuadros?

—No tengo curro. Ese es mi colchón.

—También tienes razón. Muy responsable, Cata, mi amor. Pero mamá y papá…

—No termines.

—¡Oye! —Pareció acordarse de algo de pronto—. ¿Cuántos días te quedas?

—Pues no sé, ¿por?

—Es la foto de la tía Isa, me haría ilusión encontrarla. Te prometo que me despierto por las noches pensando en ella y todo. Y justo ahora, no sé por qué, me he vuelto a acordar. Hay que buscarla.

—Vaciamos la casa, mamá. Mira si la vaciamos que estoy labrándome un futuro a partir del expolio.

—Tiene que estar en alguna de las cajas de papeles que dejamos en el desván. Podíamos ir esta tarde y revisarlo otra vez. Por si acaso.

Mi teléfono emitió su soniquete cantarín antes de que pudiera contestarle que sí. Lo cogí con dedos nerviosos, esperando que fuera Mikel diciéndome algo como: «Vuelve, vuelve ya, que sin ti no tengo manos»…, pero ¿cómo iba a decirme aquello si ni siquiera sabía que me había ido?

Llamaban desde el teléfono de la galería.

—¿Sí? —respondí, parándome en el camino de tierra y gravilla, dándole puntapiés a un hierbajo.

—Catalina, soy Eloy.

—Hola, Eloy. —Le hice un gesto a mi madre, que entendió enseguida, porque puso los ojos en blanco.

—Andrea me dio tu recado. No es que se me haya olvidado llamarte, es que aún tenía cosas que organizar antes de hablar contigo.

—Vale, no hay problema. Dime.

—La entrevista, como creo que te adelanté, saldrá en enero. Así que he pensado esperar para que haga su efecto. Diciembre lo tengo comprometido con otro artista y enero no es un buen mes para las grandes exposiciones… o al menos las de talentos emergentes. —Emergentes sonó como si en realidad hubiera dicho «gilipollas». Pero este tío… ¿por qué me odiaba de repente?—. Y, de todas formas, ya tengo otra programada, así que…, ¿qué te parece marzo?

—Mikel Avedaño estrenará exposición en Marlborough en marzo, si no me equivoco. No creo que esté muy a la altura para hacerle competencia.

—No. No lo estás —sentenció categórico—. Estás muy bien informada, por lo que veo. Así me gusta: a las trepillas les va bien en este mundillo.

Abrí los ojos de par en par. Pero ¡qué cabrón! ¿Cómo le llamaba Mikel…? ¡Ah, sí! ¡Rata!

—¿Febrero? —le pregunté, haciendo caso omiso a su pullita.

—Bueno…, febrero o abril. Aunque con el revuelo que se formará con la de Mikel, igual desapareces antes de brillar. Febrero mejor.

—Estupendo —sentencié—. ¿Qué queda, entonces?

—Queda que te pases en cuanto puedas, para que podamos cerrar el precio de las obras. Y ya de paso cerramos un segundo contrato con las que… quedaron fuera de nuestro primer acuerdo por aquel problema de forma, ya sabes…

—Bueno, eso lo hablaremos. Me paso… ¿la semana que viene?

—No. La semana que viene es demasiado tarde. Hay que hacer un almanaque con tus obras, inventarnos un poco de contexto, hacer que parezcas importante. Necesitamos los precios. Mañana.

Joder.

—Vale. Pues me paso por allí. ¿A qué hora?

—A las doce me viene bien. Un abrazo.

Me quedé mirando a mi madre como una gilipollas cuando escuché que me había colgado sin darme la oportunidad ni de despedirme ni de confirmar.

—Este tío es imbécil —informé a mi madre.

—Tiene toda la pinta…

—Pues es guapísimo. —Abrí mucho los ojos—. Guapísimo. De esos que te roban un poco la respiración.

—Y tú una superficial de manual —se burló—. Los guapos también pueden ser idiotas, ¿sabes?

—Sí, lo estoy aprendiendo a fuego —suspiré—. Tengo que volver mañana, mamá. Tengo que poner los precios de los cuadros junto a la rata esta.

—¿Y eso sabes hacerlo?

—No. —Me reí—. Improvisaré.

—Y… ¿por qué no te acompaña Mikel?

Me mordí el labio superior.

—Es que… me da corte pedírselo.

—¿Por qué?

—Pues porque… siempre le estoy pidiendo cosas. Dice que me ha hecho la boca un fraile.

—Razón no le falta. —Se rio mi madre, reanudando la marcha—. Pero, pregúntaselo, mujer. Que sea libre de escoger si quiere o no ir contigo.

Qué listas son las madres, joder.

—Es que…

—¿Qué?

—Que hace ya unos días que no sé nada de él.

—¿Y qué?

—Que no quiero molestar.

Mamá se paró en el camino de nuevo y se dio la vuelta para mirarme, porque yo iba un par de pasos por detrás.

—Catalina… —Esbozó una sonrisa—. Me da la ligera sensación de que a ese chico… no lo molestas ni queriendo.

Aguanté un suspiro y… ya estaba allí el ardor.

—Tengo ardor —me quejé.

—Ahora te doy un Almax. Anda, escríbele un mensaje. Esta tarde buscamos la foto y mañana, a primera hora, te vuelves a Madrid, que la vida te espera.

38
La vida te espera, Catalina

La foto no apareció por ninguna parte, pero volvieron a nuestras manos las cartas de amor entre la tía Isa y su jamelgo. Mi madre, al parecer, tenía aún menos respeto que yo por el derecho a la intimidad de su tía muerta, así que las sacó y las leyó. Se lo recriminé, que conste, pero supongo que ya no había víctimas de aquel crimen.

Volví a Madrid por la mañana, pensando en la carta con la fecha más reciente. La última. No dejaba de pensar en cómo tuvo que sentirse la tía Isa tras leerla. O en cómo me habría sentido yo de haberme visto en la situación.

Querida Isabela:

Evitaré los protocolos. Evitaré las preguntas sobre si en tu familia todos se encuentran bien. El tiempo que tu carta tardó hasta llegar a mis manos fue realmente doloroso y no quisiera infligirte a ti, que también esperas respuesta, más daño del necesario.

Dices que me quieres, dices que te enamoraste de mí como si yo no sintiera lo mismo que tú. Y no es así. Yo te quiero, Isabela. Te quiero, te adoro, te admiro. Eres la única persona capaz de hacerme reír. En nuestras conversaciones aprendí cosas de mí que no sabía. Pienso a menudo en ello, en lo que podría ser, en ti. Eres la mujer de mi vida y nunca podré olvidarte.

No obstante, lo sabes tan bien como yo: no podemos. No puedo.

Me duele que dudes de mi amor, pero supongo que lo merezco. No puedo, Isabela. Se lo debo a ella; porque nunca tendríamos que haber iniciado esto. Porque a veces pienso que aquel primer beso fue un error.

Me quedo. No me embarcaré en el viaje que me llevaría a ti y, aquí y ahora, te libero. Te libero de la espera y de la esperanza. Ya no debería haberla, mi amor. Ya no.

Te dejo libre. Sé feliz. Sé tan feliz como mereces, pero tienes que serlo lejos de mí.

Te amo.

¿Dónde estaría la maldita foto? ¿A quién le debía él algo? ¿Estaba en realidad casado? ¿Fue la tía Isa «la otra»? ¿Era eso realmente juzgable cuando hablamos de amor? Y, en todo caso, ¿a quién cabe juzgar?

No salí del coche inmediatamente después de aparcarlo en el garaje; me quedé allí, agarrada al volante y con la mirada perdida al frente, pensando. En la tía abuela, en el jamelgo, en la foto desaparecida, en las cartas, en las historias de amor imposible, que cada día me parecían menos románticas y más tóxicas. En el silencio un poco húmedo y oscuro del garaje, sumida en el olor a ambientador barato del coche, me di cuenta de que no había escrito a Mikel, a pesar de que mi madre había insistido en que sería «inteligente por mi parte» ir acompañada por alguien que supiera lo que se hacía. No le quité la razón, que conste, pero era complicado dar el paso de escribir a alguien que llevaba días sin dar señales de vida, después de habérsela chupado en su dormitorio y no haberlo ni comentado.

—Si es que soy una kamikaze, joder —me dije antes de mirar, tontamente, hacia el capó del coche—. Tía Isa…, si tengo que escribirle, mándame una señal.

Una luz apareció, redonda, brillante, cegadora, justo frente a mí, más allá del parabrisas, y lancé un grito consternado… antes de darme cuenta de que era la luz de una moto. Agarré el bolso del asiento del copiloto, se me enganchó el asa con el limpiaparabrisas y se encendió a tope. Desenganchándolo, hice sonar a toda pastilla el claxon del coche.

—¡Por el amor de Dios, tía Isa! ¡Ya me he dado por enterada! ¡Ahora le escribo!

No sé si el motero me escuchó… ni me importa.

«Hola, Mikel. Perdona que te moleste, pero no sé muy bien a quién recurrir. Abuso de nuestra naciente confianza… de nuevo.

Eloy me ha llamado para ir a poner precio a los lienzos de cara a la exposición, y… ¡yo qué sé! Te aviso con muy poco tiempo, lo sé, pero he quedado con él a las doce en la galería y no estoy segura de que pueda hacerlo sola. Es que… he empezado a cogerle un poco de miedo, después de tanta advertencia. Dime algo, ¿vale? Un besito».

Tuve que releer el mensaje tres veces para darme cuenta de que le había mandado «un besito». Me dieron ganas de castigarme a beber rooibos durante todo el día.

A los cinco minutos, aún no había contestado, pero me convencí de que era demasiado pronto, que la gente normal no vive pegada al móvil, como yo. Dejé la bolsa con la ropa en mi habitación, saludé a Teresa, que regaba las plantas de toda la casa con su regadera con forma de flamenco, y me metí a darme una ducha tranquila. Eran las diez y media, y tenía tiempo.

Antes de secarme el pelo, volví a mirar el móvil; sabía que no había contestado porque lo había puesto con sonido, pero quería comprobar si al menos lo había leído. Nada. Su última hora de conexión era a las seis y media de la mañana.

—Este tío está como una cabra —dije mirándome al espejo.

Me puse un jersey de cuello alto blanco, unos pantalones cullote del mismo color y un kimono de los de la tía Isa. Me sequé el pelo dejándolo alborotado y me pinté lo labios de rojo oscuro. Miré el móvil. Nada.

—Pero…

Hacía una temperatura perfecta para pasear; uno de esos días soleados de finales de otoño, así que me coloqué los auriculares y puse canciones motivadoras. No. No había contestado, pero… ¿quién sabe? Igual…, no sé. Estaba haciendo algo. O en una reunión. Quizá se había dejado el móvil en casa y… miré de nuevo la conversación: el muy cabrón me había leído, pero no había respondido. En los auriculares sonaba «Mood», de 24KGoldn y Iann Dior, pero ya no tenía humor para tanta motivación, así que pasé canciones hasta que algo me sonó adecuado. «Demasiadas mujeres», de C. Tangana, con su tonillo de paso de Semana Santa, me acompañó en *repeat* hasta que llegué a la galería, en cuya puerta volví a comprobar el móvil…, sin respuesta, claro.

Joder. Pero… ¡qué cabrón!

—Hola, Andrea —saludé.

—Buenos días, ¿en qué puedo ayudarla?

Pero… ¿en serio?

—Soy Catalina. Me has visto como cien veces. Vengo buscando a Eloy.

—Ah. —Hizo un gesto de reconocimiento, que podría pasar por uno de asco, y descolgó el teléfono para hablar entonces dulcemente—. Eloy…, ha venido Catalina… —Me miró—. Catalina…, ¿qué más, disculpe?

—Tía… —rebufé, haciendo gala de mis últimas toneladas de paciencia.

—Bueno, no importa.

Se puso en pie y enfiló el pasillo que llevaba al despacho de su jefe. Tenía puestos unos botines de media caña de Prada que el año pasado habían sido la sensación y que se agotaron en toda Europa. Igual debía pedirle trabajo a Eloy en la galería…, parecía que manejaban pasta.

—Eloy la espera en su despacho —me dijo, vigilando de reojo que la siguiera.

—Andrea, ¿puedes hacerme un favor?

—Claro, dígame.

—Tutéame, por favor. El asco que te doy se merece más confianza.

Delante de la puerta del despacho me miró con la boca abierta de par en par, y yo misma entré sin llamar. Eloy estaba sentado en su escritorio moviendo papeles sobre la mesa, como casi siempre que iba a verlo. Me di cuenta de que lo más probable era que esos movimientos solo se correspondieran a una coreografía con la que fingir que lo pillaba haciendo algo más que rascarse los cojones.

—Buenos días, Eloy —saludé con educación.

—Buenos días, Catalina. Andrea…, ¿puedes traernos un par de cafés?

—Claro.

La respuesta sonó extraña, porque aún no había conseguido cerrar la boca después de mi «me tienes hasta el coño» en versión «es la máxima educación de la que puedo hacer gala ahora mismo».

—¿Qué tal? —me preguntó sin mirarme.

—¿Por qué me odia Andrea?

Levantó la mirada de los papeles que tenía en la mano, que muy probablemente eran las instrucciones de la impresora.

—No te odia. —Sonrió de medio lado.

—Oh, sí que lo hace.

—No, cariño…, estoy seguro de que no le importas lo suficiente.

Mira. Era justo la sensación que llevaba arrastrando desde que había llegado a Madrid: que no le importaba lo suficiente a nadie. Bueno…, a nadie no. A nadie del mundo del arte. Desvié la mirada hacia el bolso, donde guardaba el móvil en el que sabía de sobra que no había sonado ninguna notificación.

—Siéntate. —Sonrió, lobuno, como si fuera a comerme haciéndose pasar por mi abuelita—. ¿Estás emocionada?

—¿Por? —pregunté confusa.

—Bueno…, vamos a estipular el valor de tu obra. Debe de ser emocionante para una artista, ¿no?

«Artista», como era ya habitual en su boca con algunas palabras, pareció otra cosa.

—He pensado que podríamos negociar primero lo de las obras que quedan fuera de nuestro trato, ¿no? Así luego ya lo hacemos del tirón.

—Bueno…, es que no estoy muy segura de…

—¿Por qué no te dejas aconsejar? —preguntó con fingida preocupación—. Catalina, sé que ahora mismo, con esto de que tus obras vayan a ser vendidas, tienes un subidón de ego, pero… ten cabeza. No estropees tu carrera.

—Pero, Eloy, entiende que…

—Que lo sé. Que yo sé lo que debe sentirse al ser una artista emergente, casualmente descubierta por un marchante importante, y que, además, se encuentra en pleno bloqueo creativo…, pero si no lo manejamos bien, igual eso devalúa las piezas, Catalina…

Con tener una mínima noción del funcionamiento del mercado en general, con saber lo que era la oferta y la demanda, cualquiera podía saber que lo que estaba diciendo Eloy no era cierto. Abrí la boca para decir algo…, lo mismo podía salirme un «eres un hijo de la grandísima puta» de lo más elocuente que un «vamos a hablarlo otro día», pero el sonido de la puerta abriéndose de golpe me interrumpió, aunque ni me giré para recibir a la simpatiquísima Andrea.

—Eloy…, he intentado pararlo, pero…

—Buenos días. ¿O ya son buenas tardes?

Me puse tiesa como un poste al escuchar la voz, pero no me di permiso a mí misma para volver la cabeza. Por el contrario, disfruté de la expresión de Eloy, al que no sé si le estaba dando una apoplejía o estaba a punto de estallar en un orgasmo.

—Está bien, Andrea. Ya sabes que el señor Avedaño siempre es bienvenido en esta casa.

Se sentó en el sillón que quedaba a mi lado, frente a la mesa de Eloy, y cruzó tranquilamente el tobillo sobre la rodilla contraria. Llevaba las piernas enfundadas en unos pantalones color beis, tipo chinos, que no le pegaban mucho, pero que le marcaban unos muslos como para hacerlos a la barbacoa y comérselos. Lo combinaba con un jersey azul marino de cuello vuelto. Cuello vuelto.

Una ambulancia, por favor.

—Hola —me saludó, palmeándome con cierta sorna el hombro.

—Perdona, Mikel…, estaba en plena reunión con Catalina, pero si quieres, si lo tuyo es urgente, puede esperarnos fuera mientras me cuentas…

—No, no —le respondió este con cierto toque sádico—. No lo has entendido, Eloy…, vengo con ella. Perdonad el retraso. Estoy empezando la producción de las piezas de la exposición y voy como loco. Ya te imaginarás… —dijo dirigiéndose hacia mí.

—Creo que no te entiendo —apuntó Eloy.

—Catalina me ha preguntado si puedo orientarla en esto de escoger precios y…, bueno, tengo experiencia, con lo que no puedo negarme a echarle una mano a una amiga.

—No sabía que erais amigos.

—Nosotros lo hemos descubierto recientemente —apunté con media sonrisa—. Eloy me estaba diciendo que tengo que firmar con él por el resto de los cuadros porque cuando el público se entere de que tengo una crisis creativa, el precio de la obra se devaluará…

—¿En serio? —Frunció falsamente el ceño—. Vaya…, Eloy, corrígeme si no estoy en lo cierto, pero yo pensaba que la escasez de obras de algo que empieza a cotizarse en el mercado significa una notable subida de precio.

—Catalina ha debido entenderme mal…

—Mejor pasamos a lo de los precios —apunté.

—Catalina, ¿tú sabes cómo funciona? —me preguntó Eloy, irónico.

—Más o menos —asentí, segura.

—Ah, ¿sí? —Aprecié cierto sarcasmo.

Odio, odio, ODIO que me traten como a una niña. Cogí carrerilla.

—Sí. Debemos tener en cuenta los precios con los que los artistas de estéticas similares están valorando sus obras. Eso significa: artista emergente con posibilidad de una buena exposición en una galería bien valorada y con buenas críticas iniciales.

Eloy asintió sorprendido, pero seguí antes de que pudiera hablar:

—Además, hay que tener en cuenta cosas que no me siento cómoda valorando yo misma, como la originalidad de la obra y la calidad de esta. Como soy una artista desconocida, evidentemente, el precio de las obras será menor que el que tendrían de tratarse de alguien reputado.

—Como yo. —Se señaló Mikel, acomodándose.

—Exacto. Como él. —Lo miré con sorna. Ya tardaba el ego del artista en hacer aparición, ¿eh? Me volví hacia Eloy de nuevo—. Y, bueno…, tampoco hay que olvidar conceptos más prosaicos, como el tamaño o el coste de producción de cada pieza.

Mikel me miró de reojo y habría jurado que estaba muy orgulloso.

—Muy bien. —Sonrió tenso Eloy—. Has estudiado. Pues… es que yo creo…, CREO, que sería importante solucionar el tema de las piezas que no se recogen en el primer contrato, antes de…

—¿Puedo? —me preguntó Mikel.

—Adelante.

—Si quieres firmar, estupendo, pero yo creo que debería ser Catalina la que estipule las condiciones.

Con una mirada intenté trasladarle la pregunta de si realmente podía hacer aquello y él, como si pudiera entenderme, sonrió. Sus dientes, blancos y potentes, brillaron como en los dibujos animados.

—Te daré el treinta por ciento, en lugar del cincuenta —anuncié.

—Catalina… —respondió este con aire de superioridad—. Estás diciendo tonterías. Mikel, díselo tú.

—Yo la escucharía —sugirió Mikel, cruzando los brazos sobre el pecho—. A mí me suena interesante.

—Pero si me dijiste que… —le reprochó Eloy.

—Escúchala —ordenó seco y conciso Mikel.

—El treinta por ciento de las once obras restantes. Ni un euro más. Aparecerán en el catálogo de la exposición, pero solo serán adquiribles a través de subasta. Marcaremos hoy mismo los precios de salida, si quieres. Puedes recogerlos el lunes en la dirección del taller donde hicimos las fotos para la revista.

¿Sabes cuando te has salido por todos los lados? Cuando molas. Cuando partes la pana. Cuando, si tuvieras miembro viril, se te pondría de la consistencia del cemento armado de amor propio. Cuando estás orgullosa, sorprendida. Cuando entiendes por qué dicen que deberíamos confiar más en nosotras mismas. Cuando te das cuenta de que has pedido una ayuda que en realidad no necesitabas, porque nos han educado para dudar constantemente de nosotras mismas.

Así me sentí en aquel despacho.

Y cuando miré a Mikel en busca de reacción, lo que vi me gustó mucho…, mucho. Admiración. Respeto. Confianza. Fuego. ¿Fuego?

No, fuego no, Catalina.

Del lote de veinte lienzos que Eloy custodiaba, cuatro, los más grandes, tendrían un precio de cuatro mil quinientos euros cada uno. Diez, de tamaño medio, tendrían precios que oscilarían entre los mil y los dos mil quinientos euros por pieza. Los dos restantes, pequeños, ochocientos euros.

Los precios de salida de los once restantes, que saldrían en subasta después de la exposición, iban de los mil a los tres mil quinientos euros.

Si todo salía bien y se vendían todos, iba a tener un colchón donde sería bastante cómodo tumbarme.

Cuando salimos de la galería, dejando a Eloy con cara de perro, mis pies flotaban con cierta sensación de irrealidad. No me lo podía creer y hasta me daba miedo creérmelo, por si mi conocida mala suerte hacía acto de presencia. El sol rebotaba contra el escaparate de la galería creando una lluvia de rayos que Mikel evitó poniéndose unas gafas de sol al estilo de las Ray-Ban clásicas. Se me hizo el culo PepsiCola.

—Koplowitz… —bromeó cuando me descubrió mirándole de reojo—. ¿Qué vas a hacer con la pasta? ¿Algún capricho?

Asentí, emocionada.

—¿Qué? Sorpréndeme. Y que sea un poco surrealista, por favor.

—Voy a comprarme unas alas.

—¿Unas alas? —Frunció el ceño.

—Sí. Y volaré sola. En el estudio que voy a alquilar.

El rostro de Mikel fue dibujando una sonrisa…, una de esas que duele en las mejillas si la mantienes durante mucho tiempo. Estaba guapo…, muy guapo.

—¿No llevas chaqueta? —le reñí.

—No. Pero voy a ayudarte a ganar mucho dinero.

—¿Y cómo piensas hacerlo?

—Ya lo verás…, aunque no me necesites, como has demostrado ahí dentro.

—Siento haberte hecho venir, pero…

—Pero querías que viera cómo no me necesitabas…, y, ojo, lo entiendo. Y me lo merezco. Y lo he disfrutado. Ha sido muy…

—Estimulante. —Me adelanté, con cierta sorna.

Se humedeció los labios, escrutándome secretamente por debajo de los cristales oscuros de sus gafas. Quería gritar de lo guapo que estaba.

—Me voy. Tengo cosas que hacer.

—Gracias por venir.

—A ti por el espectáculo, Catalina *Fucking* Ferrero.

Los dos nos echamos a reír y, sin más, se marchó calle abajo, en dirección a su barrio. Yo no me moví…, su culo en esos pantalones merecía un minuto de silencio, gozo y gloria. Creo que me pilló la cara de depravada cuando se volvió.

—Cata…, porque puedo llamarte Cata, ¿verdad?

—Verdad —asentí.

—Cata…, ¿te apetece comer el domingo conmigo?

Y así, en medio de una calle del centro de Madrid, empedrada, preciosa, en una mañana cálida de un mes frío, instauramos una tradición que, aunque no sobrevivió todo lo que nos hubiera gustado, nos dio más vida de la que jamás pudimos imaginar.

39

A todas horas

Me pasé veinte minutos delante del espejo…, no maquillándome o peinándome. No. Veinte minutos mirándome, pensando en qué temas podría sacar durante la comida para que no fuese tediosa, para no quedar de pava, para no…, idioteces. Nunca me había hecho falta hacerme un guion mental para hablar con Mikel, pero de pronto la idea de sentarme delante de él a la mesa de un restaurante y charlar, me parecía lo más complicado que había hecho en mucho tiempo.

El día anterior, a eso de las once de la noche, cuando ya pensaba que se le había olvidado el tema de la comida (que yo, por orgullo, no había querido recordarle, claro), me escribió un wasap: «He reservado mesa a las tres en Angelita para mañana. Me gustaría que me acompañaras si te parece bien el sitio y la hora».

Me parecía bien.

Me puse unos pantalones vaqueros con rotos, una blusa negra un poco escotada, un kimono y unos pendientes largos, de color dorado, que no eran de la tía Isa, porque necesitaba que alguno de los componentes de aquella indumentaria fuera mío, más allá de la camisa o los vaqueros. Algo visual. Algo contundente. Dos pendientes con forma de pez me parecían suficiente.

Por primera vez en mucho tiempo me puse tacones.

Conocía Angelita porque una vez Claudia nos llevó a tomar una copa allí para celebrar su cumpleaños. Me encantó, pero… me pareció un poco caro. No es que lo fuera, sino que cualquier cosa que superara el precio del cubo de botellines de cerveza por cinco euros era un exceso para mi precaria economía. Pero ahora… me podía permitir algún lujo. No muchos, no podía perder la cabeza, pero sí darme algún mimo. Un par de bolsos nuevos, la independencia y aquella comida.

El local, con grandes ventanales que dan a la calle de la Reina, donde se encuentra la entrada, no tiene muchas mesas. La parte de arriba es el restaurante; la de abajo, la coctelería. Es un sitio bien, ni demasiado moderno ni carca, ni demasiado ostentoso ni una tasca mugrienta. Luminoso, amplio, elegante sin hacer alarde de ello…, y tenía fama de tener una buena cocina y un maridaje de vinos en consonancia, que yo no había probado.

Lo vi nada más llegar. Estaba sentado a una de las mesas junto a la ventana y charlaba de forma distendida con el que parecía el encargado del restaurante. Conforme fui acercándome, mi sonrisa se ensanchó. Aquel hombre tenía ese efecto en mí: me hacía sonreír.

—Hola.

—Hola —me saludó un poco cortado—. He pedido una copa de vino tinto… ¿Qué te apetece?

—Pues… lo mismo. —Me encogí de hombros, cualquier cosa menos ponerme a decidir.

Con la cantidad de citas que cargaba a mis espaldas… y me sentía como un flan.

—¿No os apetece acompañar la comida con un maridaje? —preguntó el tipo con el que estaba hablando—. Los adecuaremos a lo que pidáis de comer.

—Suena bien —respondió él, interrogándome con la mirada.

—Sí. Suena muy bien.

Ni siquiera me preocupó a cuánto ascendería la cuenta.

El tipo se marchó con una sonrisa, después de indicarnos que encontraríamos la carta escaneando el código bidi que había pegado a la mesa. Lo hicimos ambos con soltura y nos concentramos en su lectura, aunque no entendí ni palabra de lo que decía.

«Catalina, por favor…, ¿puedes calmarte? Es solo una comida. Es solo un tío.

Sí, ya lo sé.

Entonces ¿por qué estás tan nerviosa?

No sé. Porque él parece muy tranquilo.

¿Y eso a ti qué más te da?

Da la sensación de que sabe algo que yo no sé».

Lo miré. Me miró.

—¿Qué? ¿Te gusta algo?

—Sí —asentí agarrada a mi móvil con el cristal hecho añicos—. Todo parece muy rico.

—¿Te apetece algo en especial?

—No sé.

—¿No sabes? ¿Desde cuándo tú no sabes algo?

«Venga, Catalina, por Dios, espabila».

—El steak tartar —dije muy segura.

—Bien. ¿Compartimos?

—Supongo.

«¿Supongo? Pero ¡¡qué dices, Catalina!!».

Mikel sonrió.

—¿Has probado el pisto aquí? Lo hacen con la puntilla del huevo frito desmigada y…

—Vale. Me parece bien.

Respiró profundamente, pero divertido, e hizo una seña al camarero, que acudió raudo.

—¿Ya lo tenéis?

Pidió el steak tartar, el pisto y algo de pescado que no recuerdo, que llevaba espuma de escabeche… Es el único dato que retuve. Al parecer, estaba fuera de carta, pero el cocinero era un hacha preparando ese plato.

—¿Qué tal las cabezas? —le pregunté, siguiendo mi guion mental, en cuanto estuvimos solos de nuevo.

—Bien…, he terminado ya los prototipos y…

Otro chico se acercó a nosotros con una botella y dos copas. Nos sirvió un poco en cada una mientras hablaba de la barrica en la que había estado durante chopomil meses aquel «caldo». Intenté ponerle interés, lo prometo. Lo intenté. Lo explicaba todo genial y me interesaba, pero… solo podía concentrarme en la forma en la que Mikel miraba la copa. Joder, cómo me gustaba. Aquel chico me gustaba mucho más de lo que me habían gustado el resto de todos los chicos que habían pasado por mi vida… juntos.

—Adelante —nos animó el sumiller.

Ah, sí. El vino.

Lo probamos. Dijimos que estaba muy bueno. Nos sirvió a cada uno la cantidad que dicta el protocolo y se marchó.

—¿Qué me estabas diciendo? —preguntó Mikel frunciendo el ceño.

—Me estabas contando tú…, sobre los prototipos.

—Ah, sí. Pues que no sé…, no me decido por el material en el que haré las piezas finales. Por una parte, pienso en el bronce, que ya he trabajado…, pero claro… volver a hacer ahora moldes de cera…

—¿Moldes de cera?

Sonrió.

—Sí. Uso una técnica con el bronce que se llama técnica a la cera perdida. Haces un molde de cera…, suele ser cera de abeja, y, al fundirlo con el metal, la cera desaparece y…, bueno, quizá no te interese demasiado el tema, perdona.

—No, no, sigue.

Se frotó un poco las sienes antes de seguir hablando.

—El caso es que la piedra siempre me ha gustado más. La relación que establezco con la pieza es más íntima…, igual suena a locura, pero…

—No. Me imagino que cuanto más duro, más…

—Exacto —dijo—. Cuanto más me exige el proceso, más orgulloso me encuentro del resultado.

—Supongo que el ser humano es así —asentí—. Cuanto más nos cuesta alcanzar algo, más lo valoramos.

—No lo creo. —Se rio—. No creo que porque algo resulte difícil de conseguir sea mejor o más valorable. Hay cosas muy sencillas que…

—Pero ¿no te parece que si es muy sencillo no lo valoramos?

—¿No valoraste cosas terriblemente sencillas durante 2020? Un abrazo. Salir a la calle. Tomar un café en una terraza. El ruido. Llegar tarde a casa. Vestirte para ir a dar una vuelta. Preparar un viaje. Ver a tus padres. Besar. Hacer el amor.

Asentí despacio antes de responder.

—Sí. 2020 tendría que habernos puesto un poco en órbita hacia lo que de verdad merece nuestra atención, pero nos distrajimos con los directos de Instagram y los bailecitos en TikTok.

Sonrió.

—¿A qué te dedicaste tú durante el confinamiento? ¿Hiciste pan? —preguntó divertido.

—¿Yo? —Me señalé—. No. No hice pan. Leí, intenté aprender italiano, jugué a juegos de mesa, teletrabajé, hice videollamadas…, lo normal. ¿Y tú?

—Leer, trabajar hasta que me quedé sin materiales, discutir con mi novia, follar por aburrimiento y beber vino.

—Yo también bebí mucho vino —asentí—. Pero no follé…, ni por aburrimiento ni por alegría.

Los dos sonreímos más ampliamente. Parecía que la risa sería la próxima invitada a la mesa.

—¿Sabes qué añoré mucho cuando ya pudimos salir? Bueno…, creo que durante los meses siguientes.

—¿A tu novia? —respondí.

Lanzó una carcajada sonora y una mesa nos dedicó una mirada bastante tierna.

—Pues sí, porque rompimos al terminar el confinamiento. Pero no me refería a eso. Eché mucho de menos las expresiones faciales. Mucha gente dice que con ver los ojos de alguien es suficiente, pero hay un montón de matices que se pierden. Y yo los añoré porque sentí que, con la mascarilla, si la gente no podía ver esos matices en mi cara, yo desaparecería un poco, ¿sabes?

Apoyé el codo en la mesa y la barbilla en el puño. Él continuó con su reflexión:

—Me vino a la cabeza cuando hablaste de cómo quieres ser recordada. Y pensé en cómo quiero ser recordado yo. No quiero que me recuerden como el tipo que le vendió un pedrusco gigante a un magnate ruso. Quiero que los que me sobrevivan cuenten cómo entrecerraba los ojos cuando me confundía o si se me ponía cara de tonto o de pervertido al enamorarme…

—Bueno, sospecho que esto último tendrá que quedar en la imaginación, porque creo que me dijiste que no ibas a volver a enamorarte.

Dos platos con pisto aterrizaron en la mesa. La cantidad era asequible, la presentación bonita, olía de vicio. Me encantan esos restaurantes que, cuando compartes plato con alguien, sacan dos raciones individuales ya preparadas.

—¿Vais a querer pan?

—No —dijimos al unísono.

Solo teníamos ganas de que nos dejasen nuevamente solos.

Probamos los platos, yo con más vergüenza que hambre, él con su habitual desenfado. Estaba rico. La puntilla del huevo frito desmigada le daba un toque superespecial al plato.

—No te escaquees —le pedí.

—No me escaqueo, mujer, solo dame tiempo para formular una respuesta inteligente.

Me concentré de nuevo en el plato y en el vino, hasta que volvió a hablar.

—No quiero volver a enamorarme porque me he dado cuenta de que, por más que desees lo contrario, siempre tiene un final. Ya no creo en el «para siempre», así que todo me parece una relativa pérdida de energía. Digo relativa porque algo se saca en claro de estas historias, pero…

—¿Y tú crees que se puede controlar? Enamorarse, me refiero.

Se encogió de hombros.

—No sé…, dímelo tú. Tú lo has evitado durante muchos años.

—Yo no lo he evitado…, yo lo he buscado desesperadamente.

—Con los ojos cerrados. —Se rio.

—Oh, qué listo eres, ¿no? —Le seguí el juego.

—Has idealizado tanto el amor que no sabrías reconocerlo aunque lo tuvieras delante de las narices. Piensas en mariposas, en fuegos fatuos, en pasión y coordinación del placer…, y el amor también es decirle a tu pareja que duerma en otra habitación cuando te encuentras mal para que no te vea vomitar en un cubo y que te diga que los cojones, que te sujetará la cabeza mientras lo haces.

Sonreí.

—¿Sabes? Fui a ver a mis padres esta semana. —Cambié de tema.

—¿Sí?

—Sí. Me agobié y me fui a verlos en plena noche. Casi los maté de un susto.

—¿Por qué no me extrañará nada?

—El caso —fingí no escucharle— es que acompañé a mi madre a casa de mi tía abuela…

—¿En busca de más cuadros con los que enriquecerte?

—No. En busca de una foto. Mi abuela y su hermana crecieron en México, pero volvieron a España cuando acababan de cumplir los veinte. Al parecer, mi tía Isa se enamoró allí de un chico y tuvieron que separarse. Ella, que era una mujer romántica, pero en el fondo muy práctica, se volvió a enamorar… o al menos lo intentó tantas veces como pudo. Era una mujer muy libre para su tiempo.

—¿Y qué encontrasteis?

—Espera…, si no se conoce la historia entera, no tiene mucho sentido.

—Te escucho.

—Vivió otras historias de amor, pero nunca se casó y nunca se separó de la única foto que tenía de él. Siempre la llevaba consigo. Bromeaba a menudo con que la enterráramos con ella cuando se muriera…, al chico le apodábamos «el jamelgo», porque estaba de buen ver y porque ella jamás soltó demasiada prenda sobre su historia de amor.

—Y aquí viene el misterio.

—El misterio es que murió hace ya un par de años y jamás pudimos encontrar la foto. Nada. No está. Mi madre baraja la posibilidad de que la quemase cuando empezó a encontrarse mal o que la enterrara en una cajita en el patio o…, no sé. La foto, desde luego, no aparece…, pero hemos encontrado las cartas que se mandaron durante un tiempo el jamelgo y ella.

—¿Las habéis leído?

—Yo no quería…, pero mi madre se ha visto ya todas las telenovelas turcas emitidas y necesita material nuevo. Dice que, si todos están muertos, no hay víctimas.

—Quizá tenga razón. —Sonrió.

—Es una de esas historias de amor imposible que nos encandilan en las novelas. —Suspiré mientras miraba al plato—. Hace unos años hubiera dicho: «¡¡Qué romántico!!», y ahora solo pienso: «Qué mala suerte, tía Isa».

—¿Por qué mala suerte, porque se separaron?

—No. Porque lo encontró y no pudo ser.

—Lo dices como si solo tuviéramos una persona en el mundo para nosotros.

—No es que crea en las medias naranjas, pero…

—Pero te seduce la idea del alma gemela, ¿no? Pues déjame decirte algo…, hay cientos de personas para nosotros. Estamos hechos de demasiados colores como para que solo encajemos con uno en concreto. Y, además, cualquier querer, por breve que sea, es querer. Y vale la pena.

Nos quedamos mirándonos unos segundos que, en mi interior, duraron una noche entera… hasta que el camarero se acercó con otra botella y otras dos copas vacías y limpias. Repitió el ceremonial mientras ambos nos mostrábamos visiblemente impacientes, aunque intentábamos disimularlo. Cuando se marchó, Mikel se dirigió nuevamente a mí:

—¿Qué habéis hecho con las cartas de amor de tu tía?

—Yo quería quemarlas y llevárselas a la tumba…

—… madre mía, la dramas… —se burló.

—Pero mi madre ha decidido conservarlas en la cajita de latón en la que las encontramos, a la espera de localizar la foto.

—Es una buena historia. Si te lo has inventado todo sobre la marcha, te ha quedado muy bien.

—Ya me gustaría tener esa inventiva. A mí, para construir, solo me sirve la pura verdad.

—Pues entonces… —Dejó su tenedor en el plato cuando vio que el camarero traía el siguiente— … vaticino que el misterio aún no está resuelto y que, como eres la digna sucesora de la tía Isa, tendrás que ser tú quien lo desentrañe.

—¿Con consecuencias terribles, como la maldición que le caía encima a todos los que abrían una tumba en Egipto?

—No. Sin toxinas mortales. Solo con…, ya sabes, lo que en literatura se llama el viaje del héroe: encontrarás tu camino.

—El camino de baldosas amarillas.

—El camino hasta tu casa, de balcones de hierro forjado, modernistas, techos altos con volutas y unos fantásticos treinta metros cuadrados solo para ti. —Se armó con el tenedor y atacó el nuevo plato que, la verdad, olía también genial—. He llamado a mi colega, al del estudio. Dice que tiene un chico interesado, pero que tiene pinta de grafitero y que si lo quieres… el apartamento, no al grafitero…, es tuyo sin fianza. Que le diste un buen pálpito.

Entrecerré los ojos.

—¿Qué? —preguntó.

—Nada.

—¿Qué? —insistió.

—Es que… normalmente tengo bastante mala suerte. Esta racha puntual de suerte me da mal fario.

—No seas ceniza. Quizá es que esto de la suerte es cíclico y ahora, sencillamente, te toca ganar.

—O que el karma ha dado la vuelta y me está recompensando por darme tanta caña.

—¿Te ha recompensado el karma por engañar a un montón de críticos y posibles compradores fingiendo que eres la autora de los cuadros de una muerta?

—Ya ves. El karma es más caprichoso que yo escogiendo cita en Tinder.

Lanzó otra carcajada.

—Cuando te ríes, das una especie de respingo —le informé—. Como si te sorprendiera el sonido de tu propia risa.

—Ya te dije que no estoy habituado a reír.

—Pues vas a tener que acostumbrarte.

Si era cierto que Mikel solo se reía conmigo, tendría que entender que, sin saber por qué, yo había decidido quedarme.

El resto de la comida fue igual…, muy bien. Fluido, sin necesidad de echar mano a la chuleta mental de temas que poder abordar sin sentirme tonta o abrumada. No sé cómo se me había hecho tanta bola (en el buen sentido, en realidad había pasado toda la semana muerta de ganas de que llegase el domingo) el simple hecho de ir a comer con él.

El steak tartar estaba un poco picante. Nos reímos. Y todo fluía como fluyen las cosas que transcurren por su cauce natural. Hablamos de lo más picante que habíamos comido nunca; de nuestras comidas preferidas; de uno de sus viajes más especiales; de la relación con su familia; de la relación con la mía, de mi pueblo, de aquella vez que un tío borracho me agredió sin ton ni son delante de una discoteca y cómo lo dejé en el suelo a hostias…, pero después lloré como una loca; de sus amigos que estaban lejos; de los míos, de mi piso compartido; de cuando compró su *loft*, del éxito, de la soledad, de lo increíblemente excitante que era a veces estar solo; de sexo.

El maldito vino. El maldito vino, que nos dio la oportunidad y la excusa para sobrepasar algunas líneas.

—¡Que haya tenido muchas citas no significa que me haya acostado con muchos tíos, no te vayas a equivocar!

—¿Quién lleva la cuenta de estas cosas? —se quejó—. ¡Solo faltaba! ¿Qué será lo próximo? ¿Poner un tope legal de sexo al año?

—Yo fijo que no llegaría. —Le guiñé un ojo.

—¡A contarle mentiras a tu madre! —Se descojonó.

—Ojo, que no me justifico como si acostarse con muchos estuviera mal…, es solo que me hubiera gustado hacerlo con alguno más.

—¿Y por qué no lo hiciste con alguno más?

—A veces ellos no querían conmigo, por mucho que te cueste creerlo —ironicé.

—Pues sí que me cuesta creerlo.

—¡Anda ya!

Se humedeció los labios. Recuerdo el movimiento exacto de su lengua sobre el labio inferior, dejándolo brillante, lubricado, húmedo. Recuerdo la manera en la que sus dientes se clavaron sobre este labio después, durante apenas unos segundos, y la expresión que dibujaron sus cejas cuando lo dijo.

Las palabras, en ocasiones, son un animal de piel suave y resbaladiza. Un bache en un camino que llevaba demasiados kilómetros sin traer sorpresas. Un explosivo con una mecha corta. Un veneno de efecto tardío.

Las palabras, en ocasiones, son el sabor salado en la lengua, el recuerdo de un verano en el que llovió demasiado, la marca que dejó una quemadura del horno en la mano izquierda y el latigazo de dolor que lo provocó.

Pueden ser alivio, pueden ser rencor, pueden ser cariño, pueden ser promesa, pueden ser pasado, pueden ser necesarias o molestar…, pero pocas veces tienes la suerte de toparte con unas cuantas que sean físicas. Que se proyecten en el techo mientras rezas por no gemir de impaciencia. Que se tocan, que saben, que huelen, que acarician.

Una mano tosca apretando mis pechos. Unos dientes aferrados al pezón de mi pecho izquierdo. Unos dedos clavados en mis nalgas. El placer de escuchar el chapoteo, sutil, casi sordo, de dos cuerpos colisionando al ritmo de las caderas. El gemido contenido. El «espera, espera, espera». Un arañazo en la espalda y el talón espoleando la nalga de quien empuja arriba. La mirada de vergüenza e intimidad entrelazadas que se comparte después del orgasmo. La humedad entre las piernas del final. Todo eso vimos (porque me niego a pensar que solamente fui yo quien lo vio) cuando Mikel dijo:

—Yo follaría contigo todos los días, a todas horas, así que…, sí, me cuesta creerlo.

Y sonó como un pistoletazo de salida.

40
Final abrupto

Uno podría creer que la conversación se enrarecería después de aquello, pero lo cierto es que se puso interesante. Silenciosamente interesante. Porque seguimos hablando de cosas sin ton ni son, aparcando el hecho de que se acostaría conmigo todos los días, lanzando un par de carcajadas con las que rebajarlo… Pero, por debajo de las palabras que salían de nuestras bocas, había una estática que vibraba y zumbaba. Una corriente de aire caliente. Unas miradas que iban y venían con los brazos llenos de… algo. Cargábamos algo, un fardo, un bulto sin identificar, que probablemente tenía que ver con nosotros dos en la cama. Pero ninguno lo dijo.

Pero…

Arghhh. Qué rabia me da cuando llega el «pero» en este tipo de historias.

Pero, la comida se acabó. Y los vinos que debíamos probar. Y el café que pedimos después. Y las trufas con las que nos agasajó cocina. Y tuvimos que pagar. Cuando salimos a la calle, el aire gélido nos cortó la cara y el rollo, porque en ese momento, si ninguno de los dos decía eso de: «¿Te apetecería tomar una copa?», se nos terminaba el domingo. Se nos terminaba.

Y se nos terminó, porque después de más segundos de la cuenta en silencio, esperando que el otro pronunciara las palabras mágicas y de estar a punto de hacerlo, nos dimos dos besos, repartimos unas sonrisas corteses y nos separamos. Él se fue hacia una dirección y yo hacia otra. Mikel iba a andar. Yo a coger el metro.

No sé por qué, la «sabiduría» popular (y la pongo entre comillas porque a veces no es más que tradición enlatada y rancia) ha remarcado siempre que el hombre es el objeto deseante y nosotras el deseado. Esa afirmación no solo nos otorga un papel pasivo en el que, no sé tú, pero yo no me siento identificada, sino que da por hecho que nosotras debemos desear menos que ellos. ¿En menos cantidad, en menos intensidad, en silencio? No lo sé, pero siempre me ha parecido que dar por hecho que ellos tienen más apetito nos adoctrina, haciéndonos creer que lo que nos pasa, cuando nos pasa, no es lo normal y que debemos vivirlo con discreción. Dios…, el deseo femenino es para algunos como la niña de la peli *Los otros*, que da bastante cague, aunque no sepas por qué.

Así que no sé si Mikel se fue intentando acomodar un inicio de erección en el pantalón vaquero y maldiciéndose mentalmente por no ofrecerme una copa en su casa, pero yo sí me fui con una importante comezón entre las piernas. Sabes de lo que estoy hablando, estoy segura. Es esa tensión, esa sensación palpitante, ese calor, la humedad, el cuerpo que se ha preparado para acoger la invasión y recibe la nada… y te pide atención. Todas tus terminaciones nerviosas se encuentran en alerta. Los pechos se te han endurecido un poco y los pezones se clavan altaneros contra la ropa que los cubre. Y sentir eso cuando vas de camino a casa… SOLA… no mola nada.

—¡Hola! —gruñí al entrar en casa.

—¿Qué tal la cita? —preguntaron desde el salón.

—¡¡¡¡¡NO ERA UNA PUTA CITA!!!!!

Corrieron en mi busca. Me encontraron en la cocina bebiendo agua como si se fueran a secar todos los pantanos. Teresa, Laura, Elena y Claudia me miraban entre la curiosidad y el pánico. Una hembra cachonda y frustrada es el equivalente a un macho de gorila cuando le son presentados los miembros más jóvenes de la familia…, impredecible y potencialmente violenta.

—¿Todo bien? —preguntó Claudia.

—¿Llamamos a un exorcista? —añadió Laura.

Las miré de reojo, volví la mirada al techo y me apoyé en la bancada con los ojos cerrados.

—Soy idiota —murmuré.

—Todas lo somos. —Elena asintió, como si supiera todo lo que estaba pasándome por la cabeza.

—¿Creéis que es cuestión del cromosoma XX o es más una cuestión general, que abarca y afecta a todos los géneros? —Laura soltó la pregunta al aire.

—Las barreras de género ya no existen, tía —respondió Elena muy convencida.

—Pero cromosómicamente sí, ¿no? Ay, perdón, que igual estoy diciendo una barbaridad, que no sé mucho del tema.

—Pero lo importante es que tengas interés por aprender.

—Son las expectativas —les respondí, desviándome del jardín en el que se estaban metiendo—. El problema son las expectativas que nos creamos. Que pensamos siempre en futuro y conjugamos la felicidad en pasado, con lo que en el presente no nos encontramos nunca. Es eso. Tiene que ser eso. Que ni siquiera sé lo que estoy… —bufé.

—¿Es una crisis de identidad o estás cachonda? —preguntó Elena muy seria.

Me pasé la lengua por los dientes.

—Me voy a mi habitación.

—Pero ¡Cata…!

—Necesito un poco de habitación sin ventana.

Se quedaron mirando cómo me marchaba sin impedírmelo, pero sin dejar de lanzar gemiditos de pena. En un documental de

National Geographic serían los perros de la pradera que esperan sobre las dos patas, oteando el horizonte, ávidos de información.

Me tumbé en la cama a mirar fijamente el póster de *El crepúsculo de los dioses* enmarcado que me habían regalado mis padres cuando me mudé, para que pudiera adornar mi habitación. Era casi tan grande como la pared de mi zulo, pero ahí estaba la espectacular Gloria Swanson vestida de blanco. Era mi película preferida de todos los tiempos, quizá porque hablaba de cine, de frustración, de ser actriz, de sueños rotos. Ojalá hubiese sido aspirante a actriz en los años cincuenta, donde nadie pudiera ver tu caída a través de ochocientas redes sociales diferentes…

Espera…

—Hostias…

Cogí el móvil. Redes sociales. Llevaba un par de días postergando el momento de ponerme a escribir un *post*. Lo había hecho religiosamente cada dos días con las fotos que hizo Mikel en su casa, pero lo de la cita me había descentrado.

Entré en la aplicación de Instagram y cambié el usuario a la cuenta de Catalina Ferrero, artista. El corazoncito, arriba a la izquierda y marcado con un puntito rojo, avisaba de actividad e interacciones. Luego lo vería. Seguro que solo era el me gusta de alguna de las chicas del piso a mi última foto.

Colgué la imagen de un cerco de café sobre el banco de madera manchado de pintura y un par de pinceles asomando y escribí un texto sobre la frustración, que me venía que ni pintado (valga la redundancia). Pero, claro, si no mencionaba a las gónadas afectadas, mis seguidores (un total de quince hasta el momento) podrían creer que hablaba de una cuestión creativa. Lo releí. Corregí una errata. Le di a publicar. Y fui al corazoncito…

Me incorporé en la cama.

—¿Perdona?

Quinientos veintisiete seguidores. Refresqué. No podía ser. Quinientos setenta y tres.

Trasteé por la aplicación intentando averiguar de dónde venía aquel aluvión de seguidores hasta que di con ello. Me tapé la boca, aunque estuviera sola en mi zulo, para ocultar la sonrisa.

—Pero… serás mamón…

A veces, en la vida, encontrar a alguien que cree en ti, aunque sea en tu capacidad de hacer terriblemente verídica una mentira, es suficiente. Mikel había colgado una foto en sus redes sociales. Era su mano delante de uno de mis cuadros. Era una foto contundente, en la que apenas había tocado un poco los colores para potenciar el contraste, y que dejaba hablar a la pintura. Sin más. El texto que la acompañaba era el siguiente.

He perdido la cuenta de las veces que alguien me prometió, en los últimos años, presentarme a la persona que revolucionaría el arte. O que cambiaría las cosas. O que haría que el mercado dejara su naturaleza caprichosa para abrazar por fin a los nuevos creadores. Nunca fue así. Suelo desconfiar de todo aquello que venga presentado con pomposidad.

Nadie prometió que Catalina Ferrero barrería el mundo del arte tal y como lo conocemos cuando me la presentaron, y probablemente no lo haga, pero no le hará falta. Sus cuadros se valen de la contundencia del color, de la reinterpretación de la vanguardia y del grosor del trazo para prometer solamente lo que pueden cumplir. No suelo hacer este tipo de publicaciones, pero es que nada acostumbra a sorprenderme como su obra lo ha hecho.

Se comenta que a comienzos del año que viene tendrá lugar su primera y muy probablemente última exposición. Una artista compleja en su sencillez, que se ha prometido ser efímera. Una estrella fugaz por la que muchos querrán no parpadear para no perdérsela.

@catalinaferrerocolor

Salí de la aplicación y entré en WhatsApp.

Catalina
No te invité a comer esperando nada por tu parte...

Mikel se conectó pasados unos segundos y pronto apareció el esperanzador «escribiendo».

Mikel
Técnicamente yo te invité. Tú pagaste.
Pero..., vaya, ya sé que no me estabas
sobornando con la comida.
Te hubieras quedado corta. Soy un tipo de gustos caros. ;)

Catalina
Oh, tienes pinta de eso, desde luego.

Mikel
¿Ah, sí?
¿En qué sentido?

Catalina
De los que cenan ostras, beben Bollinger y...

Mikel
Sabes que hay botellas de Bollinger
por cuarenta euros, ¿verdad?

Catalina
Lo que yo decía.
Uno de esos.
Solo te escribía para darte las gracias. Ha sido un detalle.

Mikel

No he mentido, a pesar de todo.

«Tu» obra me ha sorprendido.

Creo que tu tía abuela tenía talento.

Y creo que puedes defender muy dignamente su trabajo.

Otra cosa es que vaya a permitir que

te escabullas de esa manera.

Catalina

¿?

¿Que me escabulla? ¿De qué? ¿De invitarte

a una botella de Bollinger de cuarenta euros?

Mikel

De decirme de qué tipo de esos soy.

No me ha quedado claro.

Catalina

Ya te lo he dicho. De los que se

dan lujitos excéntricos, caros y un poco sexis.

Mikel:

Oh, oh, espera…, ¿lujitos excéntricos,

caros y un poco sexis? ¿Qué es eso?

Me vine arriba.

Catalina

Ostras y champán dentro de una bañera con patas

(¿tendrás bañera con patas en el baño de invitados?,

me pregunto) en compañía de una modelo de lencería

que lleva un body de La Perla o de Agent Provocateur y

a la que le gusta el sado.

Mikel

Qué creativa te pones.

Sigo pensando que debe de haber alguna disciplina

artística que encaje con todo ese imaginario.

Lencería, ostras y sado.

Y no…, no hay bañera con patas.

Solo duchas… grandes.

Catalina

¿Duchas grandes en las que hacerte un

par de largos por la mañana?

Mikel

No. Me gusta follar en la ducha.

Aparté los ojos del móvil. Gloria Swanson me miraba, flipando también.

Catalina

Siempre he pensado que está sobrevalorado.

Seamos sinceros: follar en la ducha es incómodo.

Mikel

No si le encargaste la reforma al

colega más follador que tienes.

Se preocupa por los detalles.

Catalina

¿Y qué detalles son los que marcan la diferencia

en la categoría sexual «polvos en la ducha»?

Mikel

Es complicado de explicar.

Catalina

Inténtalo. Soy espabilada.

Mikel

¿Sí? ¿Tú crees?

Catalina

No sé, me lo sueles decir tú.

Mikel

Pues igual me he equivocado
en mi valoración…

Catalina

¿Por…?

Mikel

Porque si fueras espabilada estarías cazándolas
más al vuelo…, y te veo un poquito lenta.
O ingenua.

A la mierda…, iba con todo.

Catalina

¿Lo que estás queriendo decir es que
quieres follar conmigo en la ducha?

Mikel

Quiero decir que al menos lo he imaginado.

Catalina

La cara asceta de los artistas. He leído sobre ello.

Mikel

De asceta tengo poco.

Catalina

Yo te he visto siempre muy contenido.

Mikel

Me estás tomando el pelo, ¿no?

Catalina

En absoluto.

¿Cuándo hago yo esas cosas?

Mikel

Vete a la mierda.

Jajaja.

Catalina

Ah, encima eres de los de «jajaja».

Tres «ja» y con punto final.

Vale, vale.

Mikel

Te veo muy interesada en categorizarme.

Catalina

Oh, lo estoy. Mucho.

Paso bastante tiempo contigo últimamente

y no querría…, ya sabes.

Mikel

No, no sé.

Catalina

Que me hicieras creer que eres algo que no eres.

Mikel

Ah, eres de «esas».

Catalina

No vale. Ese es mi juego.

Mikel

Uhm…, y de esas también.

Catalina

Soy de muchas maneras.

Mikel

Lo sé.

Catalina

No, no lo sabes.

Mikel

¿Hay más sorpresas?

Catalina

Muchas más.

Mikel

Pues ya me he llevado unas cuantas.

Catalina

Exactamente igual que yo contigo.

Mikel

¿Qué era lo que no esperabas? ¿Que te imaginara
desnuda o que fueras capaz de besarme?

Comedí la sonrisa, como si fuera a verme y perdiera el
juego.

Catalina

Yo no te besé.

Me besaste tú.

Vaya, vaya…

… por fin sacamos el tema.

Mikel

Pensaba que lo harías tú, pero viendo que
haces como si no hubiera pasado nada…

Catalina

Iba a comentártelo hoy en la comida, cuando han
servido el segundo plato y te he pillado mirándome el
escote, pero me ha parecido mal que se enfriara el pescado.

Mikel

¿Te he mirado el escote?
Ni cuenta me he dado.

Catalina

Te has dado más que cuenta, y lo sabes.

Mikel

Es verdad…, me gustan tus tetas.
Pero si hablamos de esto, igual es el momento de comentar
que me has mirado el cuello como si fuera comestible.

Catalina

Me gusta tu cuello.
Pero el que me besó fuiste tú.

Mikel

¿Estamos completamente seguros de eso?
No recuerdo lo mismo.

Catalina

¿Y qué es lo que recuerdas?

Mikel

Que acabamos en la cama,
en mi casa.
Que nos besamos en la boca y se me
puso dura solo con el contacto de tu lengua.

Hostias…

Catalina

Sí. Pero me besaste tú.

Mikel

Cabezota, como siempre.
En mi memoria eres tú la que se inclinó
primero, pero bueno…
En todo caso, dime una cosa, ¿te pareció mal?

Catalina

No. Yo quería que lo hicieras.

Mikel

Besas increíble.

Me quedé mirando la pantalla sin saber qué decir. De pronto mis dedos se pusieron en funcionamiento solos sobre el teclado.

Catalina

Conque esta va a ser una de esas conversaciones…

Mikel

Me preocupa tu necesidad de estipular categorías.
Pero… si quieres que sea una de
esas conversaciones, allá va…
Tus labios alrededor de mi polla…, buff.

Catalina

¿Te gustó?

Mikel

Mucho.
Aunque no me dejaste lamerte todo lo que me apetecía.

Catalina

Soy tímida cuando viajan al sur de mi ombligo.

Mikel

¿No te dejas dar placer?
Yo quiero dártelo.

Dios mío.

Catalina

Sí, me dejo, pero también me gusta dar si recibo.
Y con el sexo oral soy un poco tímida, ya te lo he dicho.

Mikel

¿Y con este tipo de conversaciones?

¿Cómo de tímida…, digamos, del uno al diez?

Catalina

Un tres en condiciones normales.

No sé si esta situación se aplica a «condiciones normales».

Mikel

¿Por?

Catalina

Será que nunca me había imaginado teniendo *sexting* contigo.

Mikel

Probemos a ver.

Dime qué tal.

Me gustaría lamerte durante horas.

Catalina

Vamos bien.

Mikel

Que te corrieras sobre mis labios y no dejarte descansar.

Catalina

Necesito descansar, habitualmente haciendo cosas.

Pero vas bien.

Mikel

Volver a lamerte en cuanto estuvieras preparada.

¿Te sorprende todo esto o llueve sobre mojado?

Catalina

Bueno, supongo que es un efecto secundario
de la cantidad de disolventes y esas cosas
que respiras cuando pintas.

Mikel

O de lo cachondo que me pusiste el otro
día en el despacho de Eloy.
O de lo increíble que estabas con ese vestido
negro sobre el kimono, descalza.
O de la forma en corazón de tus labios.
O de lo bien que se nos dio nuestro primer
encuentro no esperado.

Catalina

Cuidado, estoy a dos mensajes de decirte que voy a tu casa.

Mikel

Pues yo estaría a tres de decirte que: shhhh.
No te embales.

Catalina

¿También eres…?

Mikel

¿Qué soy?

Catalina

De los que disfrutan calentando, pero no cocinando.

Mikel

¿Quieres terminar en el horno?

Catalina

Ahora mismo quiero terminar servida encima de la mesa.

Mikel

Encima de la mesa de trabajo, con
las piernas abiertas y sin bragas.
Ok.
Lo capto y compro.
Pero no hoy.

Catalina

¿Por qué?

Mikel

Porque hemos bebido demasiado vino.

Catalina

¿Y...?

Mikel

Que pinta que lo que queremos hacer será muchísimo más
divertido estando completamente sobrios.

Miré de reojo mi mesita de noche. Después alargué el brazo y abrí el cajón despacito.

Catalina

¿Y me adelantas qué es eso que queremos hacer?

Mikel

Puedo decirte lo que yo quiero hacer, pero después tendrás
que ser tú la que me aclare tu parte del asunto.

Catalina

Ok.

Lo capto y compro.

Quiero morderte el pecho mientras te monto.

¿Sirve?

Escribiendo…, escribiendo…, escribiendo.

Agarré el Satisfyer por el mango, lo puse en marcha y me desabroché el pantalón.

Mikel

Quiero verte.

Catalina

Voy a tu casa.

Mikel

No. Quiero verte ahora, desde aquí.

Catalina

Espero que no me estés pidiendo «nudes», querido. Por lo que recuerdo de algunos esbozos, tienes la suficiente imaginación para quitarme la ropa mentalmente.

Mikel

Voy a llamar. Cógelo solo si quieres.

Dejó de estar en línea y yo aparté el Satisfyer de un manotazo cuando apareció en la pantalla una videollamada entrante.

Me atusé el pelo. Recé por no tener nada entre los dientes. Descolgué.

Estaba tumbado en su cama, sin camiseta, con un brazo bajo la cabeza. La luz era cálida, artificial, lo que me invitó a pensar que había vuelto a cerrar todas las contraventanas y que había creado una falsa noche prematura en su dormitorio. Las sábanas blancas resaltaban el color de su piel, y la postura, sus brazos de escultor.

—Dame un segundo. —Levanté un dedo a modo de advertencia, antes de que empezara a hablar, y busqué en el cajón los auriculares, que rescaté hechos un gurruño y que me coloqué sin desliar del todo.

Cuando los tuve puestos, sonreí un poco tímida.

—Hola.

La palabra viajó lentamente hasta llegar a mí porque el aire era, entonces, húmedo y denso.

—Hola —contesté.

—Me encanta tu boca.

—Y a mí la tuya.

—No mucho…, ya te he comentado lo ofendido que estoy por que no me dejaras que la tuviera entre tus piernas lo suficiente.

Noté el calor en mis mejillas antes de que su sonrisa me confirmara que, efectivamente, me había sonrojado.

—Me bloqueé.

—¿No lo hice bien?

—Sí. Muy bien.

—La próxima vez no me molestará que me des indicaciones para mejorar.

No supe qué decir. No podía dejar de mirarlo.

—¿Qué? —me retó, levantando un poco la barbilla.

—Nada.

—Qué guapa eres…

Volví a no saber qué decir.

—Pero no me gustas por eso… Me vuelve loco tu descaro, mujer.

—Y mi madre que pensaba que ese descaro me iba a buscar enemigos —bromeé.

—Eres inteligente. Rápida. Sexi. Tienes algo que… —cogió aire—, no sé.

—Tú quieres follar. Yo también. No tienes por qué decirme todas esas cosas.

—Yo quiero follar contigo y quiero decir lo que digo. No tengo por costumbre malgastar palabras.

Me mordí el labio.

—¿Qué es ese ruido? —preguntó.

—¿Qué ruido?

—No sé. Suena como una vibración…

Intenté alcanzar el Satisfyer, que se había quedado encendido sobre la colcha, para apagarlo.

—No sé.

—Cata… —Sonrió.

—Dime, Mikel.

—¿Es un vibrador?

—No —exageré la o.

—Enséñamelo.

Tragué. Lo alcancé por fin y lo levanté para que quedara a la vista de la cámara.

—Ah…, un clásico. —Se humedeció los labios en una sonrisa.

—Sí. Soy… basiquita.

—A mí no me lo pareces.

—¿Ah, no?

—No. Tienes pinta de follar como una puta valkiria, de que te guste arriba, de ser de las que gruñen, de las que pegan cuando están muy cachondas, de las que disfrutan de agarrar del pelo de quien les está comiendo el coño y tirar, de las que dicen guarradas que luego no recuerdan.

Saqué de plano el Satisfyer y lo acerqué a la cinturilla del pantalón desabrochado.

—¿Me equivoco?

—¿Y tú eres de los que se agarran al cabezal de la cama, de los que hacen que parezca que se vaya a desmontar hasta el suelo, de los que clavan los dedos en las nalgas, escupen cuando lamen y se corren a gritos?

Adiviné cierto movimiento en él, acompasado, sutil y fuera de campo.

—¿Estás masturbándote?

—Sí —jadeó suave—. Y tú también. Solo quiero ver tu cara cuando te corras, ¿vale?

—Sí… —emití una suerte de gemidito que me hizo sentir un poco ridícula—. Solo… tu cara al correrte.

Vale. —Y dejó la boca un poco entreabierta al final de la palabra.

Dios…, qué sexi.

—Te he vuelto a pintar desnuda.

Sus labios se volvían más jugosos por momentos. ¿Siempre fue así de deseable? ¿Siempre? ¿Cómo me había resistido yo hasta entonces?

—Terminé masturbándome —susurró.

—¿Me pintaste con el kimono puesto?

—Sí. Joder… —gimió—. Quiero ver cómo te levantas de mi cama desnuda y sucia y te echas el kimono por encima.

Levantarme de su cama. Él allí tumbado, con la piel perlada de sudor, jadeante, tapado apenas por la sábana blanca. Yo sucia…, como tiene que ser después del sexo que vale la pena, colocándome de manera despreocupada un kimono por encima de camino al baño, donde su semen se uniría con el agua de la ducha.

La imagen fue potente.

—Eso me ha puesto muy tonta…

—Las palabras no son lo mío.

—Sí que lo son. ¿Qué más quieres…?

—Quiero escucharte decir qué quieres tú… —Sonrió; el movimiento parecía acelerarse un poco.

—Quiero que…

—Estás susurrando…

—Vivo en un piso compartido.

—Aquí quiero que grites.

Subí un punto la velocidad del vibrador y él siguió:

—Cuando te penetre…, quiero que grites.

—Gritaré cuando consigas que me corra con tu lengua.

Gruñó y cerró los ojos un segundo, mordiéndose el labio inferior.

—He acertado, ¿verdad? Eres de las que se vuelven locas.

—Si no, ¿qué gracia tiene?

—Vamos a romper la cama follando —pareció prometer.

—¿Cuándo?

—Mañana —murmuró—. Ven mañana…

—¿Y qué me harás?

—Haremos… —Sonrió.

Durante unos segundos ninguno dijo nada, pero no apartamos la mirada. Su boca se entreabría y se cerraba, dejando escapar gemidos.

—Suéltate… —le pedí.

—Hazlo tú primero.

Apoyé el teléfono sobre la cama y me quité la parte de arriba, para quedarme solamente en sujetador. Rescaté el móvil y le mostré un poco…

—Dios…, ¿estamos locos? —Me carcajeé.

—Estamos cachondos —respondió—. Quiero meter la cabeza entre tus tetas.

—Y mordérmelas.

—Y mordértclas.

—Y lamer mis pezones.

—Lo haré a la vez que entro en ti.

—¿Encima de mí?

—Debajo. —Sonrió—. Tú mandas. Te doy el control.

Gemí mordiéndome el carrillo.

—He cambiado de opinión. Quiero verte —le dije.

—No. —Se rio y el movimiento que se adivinaba en su brazo derecho se aceleró un poquito más.

—Sí…, enséñame cómo te tocas.

—Quítate más ropa —jadeó.

Repetí la maniobra quitándome esta vez los pantalones y lanzándolos contra la puerta. Le enseñé mis braguitas y gimió.

—Demasiado bonitas para lo que te van a durar puestas —gruñó.

—Si estuvieras aquí.

—Súbele intensidad a eso, Cata…, que no voy a durar mucho.

—¿Ya?

—Me estás poniendo malo…

—Espera…, espera…

Me coloqué de rodillas sobre la cama y resitué el aparatito antes de darle dos puntos más de intensidad. Gemí de nuevo.

—Ahora sí… —le dije.

—Ahora sí… —repitió.

Nos miramos a los ojos. El cristal partido de mi pantalla estropeaba la visión, pero aun así era magnífica. Él, con sus ojos tan hondos, tan pozo, tan noche. Él y la nariz afilada y el perfil severo. Él y esa boca preciosa.

—Te voy a comer entero…

—¿Sí?

—Sí.

—Sigue hablando, Cata…, estoy a punto. —Cerró los ojos.

—Quiero que te corras…, imagina que lo haces en mi pecho mientras yo me masturbo a tu lado. Que te arrodillas delante de mí y, mientras me toco, te miro sucio y te pido que te corras en mis tetas.

—¿Cata?

La puerta de mi habitación se abrió de par en par tan rápido que solo me dio tiempo a tirar el móvil y a levantar la mano con el Satisfyer, como si me acabara de descubrir la policía y me hubiera pedido que colocara las manos donde pudieran verlas.

Laura me miraba desencajada desde la puerta, agarrada al marco de madera como si fuera parte de ella. Los ojos a punto de salírsele de las órbitas. La boca abierta de par en par. Una expresión similar a la que pondría alguien a quien se le está derritiendo la cara.

—¿Qué pasa? —escuché en los auriculares antes de arrancármelos de las orejas.

—¿¿¿¡¡¡Es que en esta casa es imposible tener un puto minuto de intimidad!!!???

—Perdón. —Laura siguió congelada allí—. Perdón.

—¡¡¡Que te pireeeeeeeeeeees!!! —grité con todas mis fuerzas.

Cuando la puerta se volvió a cerrar y cogí el teléfono, el brazo de Mikel ya no se movía, pero su boca lucía una sonrisa bastante burlona. Me coloqué uno de los auriculares y después me tapé los ojos con una mano.

—Me quiero morir…

—No, no…, eh…, mírame.

Lo hice.

—Esto solo significa dos cosas…

—A ver.

—En persona no se nos puede dar peor.

Esbocé una sonrisa.

—¿Y qué más?

—Que necesitas alquilar ese piso.

Hice un puchero simpático y él se rio con ganas.

—Lo dejamos aquí.

—Sí. Será lo mejor —bufé y miré a otro lado. No me apetecía dejarlo allí. Quería coger un metro, un autobús, un patinete eléctrico, una bici o un puto avión hasta su casa. Pero… el bochorno de que Laura me hubiera visto ahí dándolo todo, empezó a ganar terreno—. Qué vergüenza.

—Nah…

Ambos contuvimos la risa. Era ridículo y divertido.

—Ha sido un domingo realmente bueno —me dijo.

—Yo también lo creo, pero le quitaré una estrella en mi reseña de TripAdvisor por el final abrupto.

—Adiós, Catalina.

—Hasta mañana.

41

Cuando «mañana» por fin es «hoy»

Miré el móvil con obsesión desde el momento en el que abrí un ojo. Lo hice muy pronto, pero no quise salir a desayunar porque la tarde anterior, cuando colgué el teléfono, tuve una buena trifulca en la cocina con Laura. A decir verdad, la tuve sola, porque la pobre no contestaba a ninguno de mis reproches con nada que no fuera:

—Tienes razón. Lo siento.

¿Tenía razón? La tenía, pero creo que me pasé de elocuente. A veces una chispa hace estallar un polvorín que no tiene nada que ver con el fuego que se origina después. Creo que lo que más le afectó fue que le dijera que aquel no era un piso de estudiantes que se hacen amigas, sino el hogar de cinco tías que pasábamos de los treinta (aunque en mi caso ese «pasar de los treinta» se contara en días) y que no podía más con aquella falta de intimidad.

—Aquí es imposible tener vida propia. Todo, hasta el aire, pertenece a tanta gente que no sé ya ni lo que pienso.

Me pasé.

Mikel no escribió hasta pasadas las tres de la tarde y cuando lo hizo, el estómago me dio un vuelco al ver su nombre en la pantalla. «¿Te puedo llamar un minuto?».

Me asusté un poco, así que le dije que sí inmediatamente, sin darme tiempo ni a peinarme. Y el espectáculo era digno de cobrar entrada. Pero, claro, no pensé que en lugar de una llamada al uso, iba a recibir una videollamada.

Descolgué y él sonrió.

—Voy sin maquillar y no me he peinado —aclaré nada más verlo—. Esto es un atraco a mano armada.

Su sonrisa se ensanchó.

—Compruebo entonces que habitualmente no estás guapa…, que eres guapa.

—Cállate. —Me sonrojé—. ¿Qué pasa?

—¿Quieres volver a ver el piso?

En aquel momento me descentré. No sabía de qué me estaba hablando y contesté con una carcajada.

—El estudio —me aclaró—. No sabía yo que las tardes de pasión tenían en ti un efecto de pérdida de memoria.

—Técnicamente no hubo tarde de pasión.

—Oh, me rompes el corazón. —Arrugó la nariz.

—Sí, me gustaría volver a ver el piso —le dije—. ¿Sabe que pretendo mudarme?

—Que yo sepa tiene célula de habitabilidad.

—No te burles de mí.

—No me burlo. Me parece muy emocionante lo que estás a punto de hacer. Vivir solo es una experiencia muy…

—¿Estimulante? —respondí con sorna.

—No abuso tanto de la palabra «estimulante»; no des por hecho que siempre quiero decir eso.

—¿Entonces?

—Es una experiencia bastante intensa. Creo que no te conoces hasta que te tienes que aguantar tú solo.

Sonreí. Su cinismo me hacía gracia.

—Bien. Pues… te voy a pasar el teléfono del propietario, ¿vale? Le das un toque y quedáis ya sin tenerme de intermediario.

—Vale —asentí—. ¿Qué tal las cabezas? —No quería cortar aún la llamada.

Pareció que él tampoco quería hacerlo.

—Piedra.

—¿Al final te decides por la piedra?

—Sí. Va a ser duro, porque no tengo mucho tiempo, pero también será…, y ahora sí…

—Muy estimulante.

Y lo dijimos a la vez. Después nos partimos de risa. A la risa le sucedió un silencio.

—Ayer nos portamos mal —musitó, de pronto, aparentemente tímido.

—O muy bien. ¿Sigues queriendo verme hoy?

Fuck. Muy mal jugada, Catalina. Me pudieron las ganas.

—Pues sí…, pero no puedo. Tengo unas videollamadas…, bueno, la que me jodiste con Londres cuando trabajabas de teleoperadora es una de ellas. Te sonará.

—Sí —asentí—. Parece que han pasado dos años desde eso.

—Si lo dices porque de repente nos decimos guarradas por teléfono, por aquel entonces también te hubiera dado un buen meneo.

—Arghhh…, ese comentario me da como repelús.

—Me lo ha dado hasta a mí al decirlo —se excusó.

—Bueno…, pues entonces…

—¿Te digo algo estos días y cerramos fecha para vernos?

—Sí —fingí que me satisfacía, pero me quedé francamente decepcionada.

—Perfecto. Pues lo vamos hablando. Si necesitas algo…, dime, ¿vale?

—Igual para la mudanza.

—Ah, no. Para esas cosas echa mano a la que nos jodió ayer la paja.

Me tapé la cara con una mano y me eché a reír.

—Te voy a colgar. Necesito recoger mi dignidad del suelo.

—Mira a ver si encuentras la mía. Un beso.

El piso, estudio, apartamento, no sé cómo llamarlo, me pareció aún más bonito en la segunda visita. Tenía miedo de haberlo idealizado, pero… ¡tenía una luz! Ahora que sabía que podría dejar pagado al menos un año de alquiler, no pude evitar ir colocando mentalmente los muebles que necesitaría para vivir allí. No tendría mucho…, una vida sencilla, parisina (qué perra me había dado a mí con París), con los pocos trastos que amontonaba en mi habitación/zulo sin ventanas, libros, cosas bonitas.

—Disculpe…, ¿podría poner papel pintado y customizar algunas cosas?

—¿Como qué exactamente?

El viejo profesor se subió las gafas en un gesto de análisis de mis intenciones.

—Pues… mire… —Fui hacia la pequeña cocina—. Venden unas baldosas muy fáciles de colocar que quedarían genial en este frontal. —Señalé la pared blanca—. Son más sencillas de limpiar y…

—¿Me lo cobrarías?

—No, señor. —Sonreí—. Eso corre de mi cuenta… y le va a dar una apariencia al piso mucho más… práctica. Y mona.

—Por mí perfecto.

—¿Y papel pintado?

Suspiró.

—Cómo sois los artistas. —Sonrió—. No hay problema. ¿Te lo quedas?

—Me lo quedo —asentí tan emocionada que pensé que estaba en medio de una especie de viaje psicotrópico.

—Si te parece…, aunque sé que vienes recomendada por Mikel y me fío más de él que de mis hijos, me gustaría que formalizáramos el contrato por seis meses.

—¿Prolongable?

—Prolongable.

—Perfecto. Ya verá. Seré la mejor inquilina que haya tenido nadie jamás.

—Seiscientos más gastos. ¿Quieres poner los servicios a tu nombre o prefieres que sigan al mío y pagarme a mí, aparte, la luz?

—Luz, agua e internet a mi nombre. —Le sonreí, para infundirle tranquilidad.

—El agua está incluida en la comunidad.

—Mira qué bien.

—Pues… ¿te llamo cuando tenga el contrato y lo firmamos?

—Genial. Tendré que medir para saber qué muebles…

—Por las mañanas está el portero y tiene una copia de la llave. Le diré que vendrás a tomar medidas y, si quieres, puedes ir haciendo la mudanza.

Antes de volver a casa, pasé por una tienda de bricolaje y decoración y apunté las referencias de todo lo que iba a necesitar y que me gustaba. También los precios. En el autobús de vuelta a casa me cercioré de que podría permitírmelo y escribí a Mikel. Dicho así suena como si hubiera sido un acto no premeditado, natural e improvisado, pero lo pensé durante todo el trayecto a casa. Me daba miedo molestarle con tonterías. Me daba miedo que me aborreciera. De pronto, lo que pensase de mí tenía mucha más importancia de la que, quizá, debía.

«En unos días seré, oficialmente, inquilina independiente. Me voy a quedar sin un duro, y como no venda los cuadros tendré que vender órganos en el mercado negro, pero estoy muy emocionada. Gracias.

Por cierto, si te enteras de algún trabajo que pueda ejecutar con estas manitas que el cosmos me dio, por favor, dímelo. La vida del artista no va conmigo».

Contestó cuando estaba entrando en casa. Lástima de puerta fea…, la echaría de menos.

«Me alegra mucho leerte tan feliz. Lo disfrutarás, estoy seguro.

Así, de primeras, no se me ocurre ningún trabajo que puedan ejecutar tus manitas que, por cierto, son bastante pequeñas, pero si me entero de algo te diré.

Ah…, y si la vida del artista no va contigo es porque… no eres artista, mujer».

Sonreí tontona, aunque nuestros intercambios de mensajes me dejaban la sensación de que ya no eran suficiente. Necesitaba más.

—¿Hola? —saludé.

—¡En el salón!

Dejé las cosas en mi habitación y fui al salón a dar lo que para mí era la gran noticia.

—Chicas…, ¡notición!

—¿Qué?

Los perrillos de la pradera se pusieron tiesecitos en el sofá. Claudia no estaba, pero tampoco hacía falta.

—Empiezo a prosperar —asentí, como para creérmelo—. La vida se va regulando un poco y… ¡he encontrado un piso precioso y me voy a mudar!

Tres sonrisas desaparecieron en el acto, como si les hubiera dado un bofetón.

—¿Qué pasa? Teresa…, no te preocupes, ¿eh? Que yo no te dejo tirada. Este mes está pagado y puedes quedarte con el mes de fianza, por si no entra nadie a vivir inmediatamente. Te ayudaré a encontrar alguien para mi habitación.

Nadie dijo nada.

—Pero… ¿qué pasa? ¿Qué he dicho? —pregunté confusa.

—¿Te vas? —preguntó Elena, asombrada.

—Sí — asentí enérgica—. Es momento de… ¿volar sola?

Y si le di entonación de pregunta fue porque no las vi nada convencidas de que la noticia que acababa de darles les pareciera una buena idea.

—¿Es porque te pillé tocando la guitarra ayer? —preguntó Laura.

—¿Tocando la gui…? Laura, no te entiendo.

—Masturbándote.

—¡Ah! —Hice el gesto de tocar la guitarra y lo entendí—. No, no. No es por eso. Me puse un poco farruca, pero porque me dio muchísima vergüenza. Siento si…

—Te pasaste un poco —terció Elena.

—Lo sé y lo siento.

—Me siento fatal. —Laura miró a Elena—. ¿Se va por mi culpa?

—¡Que no! ¡Pollito! —Me acerqué a ellas.

Teresa ni siquiera había abierto la boca.

—Es porque…, no sé. Llevo en esa habitación cuatro años… ¡y han sido magníficos! Pero… no podemos vivir juntas para siempre. Necesito…, no sé. Un poco de independencia. De espabilar. De hacer mías las cosas y responsabilizarme y salir del cascarón. Teresa… —La miré. Tenía los labios apretados y la mirada fija en el suelo—. Teresa…, ¿estás llorando? ¿No estarás llorando? ¡Joder! —Miré a las otras dos—. ¡Está llorando!

Intenté abrazarla, pero Laura y Elena se adelantaron.

—No llores, Tere… —La arrulló una.

—Si ya no quiere vivir aquí, esto es lo mejor para todas.

Coñe. Esto parecía una ruptura.

—Es que… —balbuceó Teresa—. Siempre pensé que el día que os fuerais sería porque os habíais enamorado.

—Y me he enamorado.

Las tres se volvieron hacia mí como las aves carroñeras de información que eran, y sonreí.

—De empezar de cero. De hacer planes nuevos. De mí. Quiero conocerme, caerme mal, hacer las paces conmigo misma y encontrar un espacio que sea todo mío. Solo yo.

Teresa asintió. Laura y Elena me miraron con una mezcla entre pena y decepción en el rostro.

—Pero me gustaría mucho que…, si queréis…, me ayudarais a escoger papel para la pared de la entrada y para el espacio del salón. Que vinierais a verlo. Que… participéis de este paso.

—¿Primero nos vienes con el «no eres tú, soy yo» y ahora quieres que te hagamos la mudanza? —Elena me miró con recelo.

—No. Quiero que esto solo sea un cambio de escenario. Os sigo queriendo de secundarias en la película de mi vida.

—Si alguna vez la llevan a la gran pantalla, yo quiero que de mí haga Ester Expósito —dijo Laura.

—Pero ¡si eres morena! —le recordó Elena.

—Pues que la tiñan. Ester Expósito.

Asentí, como si fuera un productor importantísimo y estuviera cediendo en un detallito del proyecto.

Llamé a mi madre desde mi habitación para contárselo. Creí que me diría que estaba loca, que dónde iba, que no era económicamente solvente como para vivir sola, pero no me dijo nada de eso. Qué va. Su respuesta fue, en realidad, la confirmación de que esa mujer confiaba ciegamente en mí:

—Estás emitiendo tan alto, que me llega tu luz aquí. Haces muy bien, Catalina. Creo que toda mujer debe vivir sola. Que todo el mundo debería hacerlo durante una temporada, en realidad.

—Pensé que me ibas a preguntar si he hecho bien los números para saber si me lo puedo permitir.

—Vas a ganar un buen pellizco con los cuadros; estoy segura de que puedes hacer frente a la independencia mientras encuentras el modo de que sea permanente. Además... tu tía Isa estaría tan orgullosa...

No me di cuenta de lo mucho que iba a echar de menos aquel piso. No me di cuenta en el momento, quiero decir, de la intensidad con la que iba a hacerlo. Me lo imaginaba. Saber que al levantarme no encontraría un guirigay de voces femeninas cantando la última canción de Camilo o a Teresa haciendo café en la cafetera italiana más grande del mercado me daba una pena terrible. Pero...

Iba a hacerlo. Iba a saltar. Iba a despegarme la etiqueta de perdedora y a reciclar el papel para escribir en él lo que yo quisiera... o al menos intentarlo. Iba a desprenderme de la frustración del «no pude conseguirlo» para tratar de subirme corriendo, y en marcha, al tranvía del «¿qué me espera ahora?». Daba miedo. Daba vértigo. Era sumamente emocionante.

Me di cuenta, aquella noche, antes de cerrar los ojos y dormirme, de que, por primera vez en mucho tiempo, estaba viviendo en el ahora. Sin necesidad de depender de ayer ni poner todas mis esperanzas en mañana.

Hoy.

42
El *ghosting*

Las chicas se pasaron algunos días un poco enfurruñadas por mi marcha. Bueno. A decir verdad, se esforzaban por mostrarse mosqueadas, porque en aquel piso todo lo que fuera una novedad resultaba maravilloso y hacía que volviéramos a nacer de alguna manera. Piénsalo…, aunque todos los días están salpicados de cosas que valen la pena, la rutina nos traga y cuando nos damos cuenta, estamos repitiendo, paso por paso, el acto de sobrevivir. Y hay que vivir, por Dios, que permanecemos muy poco tiempo aquí. A Claudia no la incluyo, porque a ella ni siquiera le importó que le anunciara, a la hora de la cena, que me mudaba.

—Es una pena —musitó mientras cogía los dos yogures de rigor—. Pero eso que cuentas suena muy bien. Seguro que disfrutas mucho de la soledad.

¡Qué hija de perra! ¡Qué mala follá!

Así que cuando propuse a las demás que vinieran a ver el piso dijeron que sí. Que sí, pero fingieron indignación. Fuimos a medir los espacios para saber cómo colocar los muebles… y cuáles me podía permitir. A Laura todo le pareció enano y trató de disuadirme unas treinta y cinco veces en diez minutos.

—¿Vas a dejar el piso en el que vivimos por esto? ¡Catalina! Si el salón es más grande que todo este apartamento.

—¿Y mi habitación sin ventanas, cómo es? ¿Más grande o más pequeña?

Después de la tercera bordería como respuesta se dio cuenta de que no me iba a convencer.

—Te quedará muy bonito —me dijo Teresa cuando le expliqué cómo quería dividir el espacio entre lo que sería el salón y el dormitorio—. Pero te traes unas cuantas plantas de casa, ¿vale? Aunque sean como préstamo, hasta que estés más instalada. Las plantas hacen hogar.

Las plantas, en este caso, eran para Teresa como los ruedines en las bicicletas infantiles.

Compré una cama en Wallapop y un colchón en una tienda a las afueras de Arganda del Rey, en pleno polígono. En Ikea, un armario de los básicos (¿se llaman Billy o soy la típica que a todo lo de Ikea le llama Billy?), algunas baldas, un espejo, chorradas, ropa de cama y unas cortinas que Teresa me arregló para que no arrastraran.

Elena me acompañó al colegio donde trabajaba, porque el bedel me dejó llevarme una mesa de madera antigua gratis, con tal de deshacerse de ella, y un par de sillas, de las que en el cole te enganchaban el pelo con los tornillos y te dejaban medio calva.

Ventajas de llevar media melena, eso no iba a volver a pasarme.

Cuando quise darme cuenta, tenía lo básico del piso, pero me faltaba algo.

Noticias de Mikel.

Puede parecer que no le di ninguna importancia, que mientras gestionaba todas las cosas gracias a las que mi nuevo apartamento empezaba a asemejarse a un hogar y no a un taller *hippy* moderno para artistas a los que les sobra pasta y espacio, no me acordé de Mikel. Pero sí lo hice. Claro que lo hice.

Todos los días, al abrir un ojo, cogía el teléfono y lo escudriñaba en busca de señales. Pero no había llamadas perdidas, wasaps ni «me gustas» nuevos en Instagram, esa red social en la que seguía creciendo el número de seguidores, por cierto. Y, justo en relación con esto, Eloy sí que asomó la cabeza, claro. Me mandó un mensaje donde me decía que no me relajara y siguiera creando contenido de calidad porque mis seguidores igual que venían podían irse. Eloy es una de esas personas con una habilidad especial para convertir una palmadita en la espalda en una patada en el cielo de la boca.

Mikel estaba desaparecido en combate. Me imaginaba el combate, por cierto, de manera muy gráfica. Él, con un pantalón de pijama y sin ropa interior ni camiseta, descalzo, esculpiendo a cincelazo limpio un bloque de piedra tremendo. Sudoroso. Cada vez más desnudo.

La imagen me sirvió de distracción unos días. Cuando Laura o Elena me preguntaban en susurros en casa si sabía algo de él, yo salía por peteneras.

—Está trabajando. Superocupado. Ahora no tiene tiempo para nada. Ni debería. Presentará su nueva colección en marzo. Es importante.

Con esto, que me creía a pies juntillas, por cierto, mataba dos pájaros de un tiro: me daba cierta importancia porque… «Vaya tela, cómo molamos los artistas» y las convencía (y con ellas también a mí) de que si Mikel no había escrito era porque no podía.

Pero… escúchame: en el noventa y cinco por cierto de los casos, si no escribe es PORQUE NO QUIERE.

De nada.

Ahora duele, pero cicatrizará.

—¿Cuándo te mudas? —me preguntó Elena con inquina cuando me comí las últimas tres patatas fritas de la mesa.

—El mes que viene —farfulló—. Teresa, cómo voy a echar de menos tu comida. Nadie fríe las patatas como tú.

—El secreto está en añadirles un par de ajitos. Y tú no te preocupes, que te llevaré algún táper. Si total…, ¡seremos prácticamente vecinas!

—Un paseíto de diez minutos. —Sonreí.

—Tienes pimiento verde en un diente —me dijo Elena—. Y que sepas que yo no pienso llevarte ni un táper, que nos dejas aquí en la mierda.

—Muchas gracias —terció Teresa.

—No, mujer. Si no lo digo por ti. A ti también te deja en la mierda. —Me señaló con el tenedor—. Ahora que la vida se pone interesante se pira. ¿Y quién nos va a entretener con sus historias ahora?

—Habéis tenido durante cuatro años asientos en primera fila en la *sitcom* «actriz fracasada a la que todo le sale mal»… y gratis. Yo no me quejaría.

—Quiero renovar la suscripción —ironizó con una sonrisa—. En serio, Cata, ahora que vas a exponer, que eres semifamosa en el mundillo del arte y que te vas a enamorar por fin…, ¡te vas!

—No sé de dónde te sacas que me voy a enamorar —gruñí.

—¿Te ha escrito? —preguntaron las de la mente colmena a la vez.

Era sábado. Sábado. Hasta la noche anterior había albergado la esperanza de que me escribiría para proponerme comer juntos el domingo, pero las horas se nos echaban encima y ya pensaba que no lo haría. Ya ni siquiera yo me creía eso de que «no debería tener tiempo de escribirme».

—No. Y no lo entiendo. Todo parecía ir bien.

—Arghhh…, qué asco me dan cuando hacen eso —se quejó Laura, que seguía masticando la carne como el típico niño que come con desgana y al que la comida se le hace bola en la boca.

—No generalicemos —dijo Elena, que normalmente era más bien de generalizar—. Cuando nos quejamos de los capullos, siempre lo hacemos de una manera tan vaga que parece que el problema sean los hombres, así en general y…

—Es un problema cromosómico —respondió Laura, como si supiera de qué hablaba.

—¿Ah, sí? —quise saber yo, más por burlarme de ella que por otra cosa.

—Sí. Nuestros cromosomas son XX y los suyos XY… ¿Es que a nadie le llama la atención que les falte el palito?

—¿Qué palito?

—El que convertiría la Y en una X, que hay que explicarlo todo —aclaró indignada—. Lo que yo os diga… En ese palito tiene que haber mucha información de la que ellos carecen.

Elena, Teresa y yo nos miramos con cara de circunstancias. Cuando estaba tan segura de algo, era difícil sacarla de allí.

—Sigo teniendo la sensación de que va a escribir. —Miré de reojo el móvil, que había revisado hacía tan poco que volver a hacerlo era humillante.

—¿Y por qué no lo haces tú? —me sugirió Teresa.

—¡Eso! —Laura y Elena parecieron darse cuenta de pronto de que esa opción era viable.

—Pues porque… —Me mordí el carrillo. ¿Cómo decir lo que estaba pensando sin parecer una cría idiota?—. Es un tío ocupado.

—¿Me quieres decir que te impone? —se burló Laura.

—Un poquito de respeto me da.

—¿Por qué? ¿Porque es «Mikel Avedaño», el Da Vinci moderno?

—No tendría que haberos dejado leer aquel artículo sobre él —refunfuñé.

—Nos lo leíste en voz alta. Tú —aclaró de nuevo Laura—. Y con la baba cayéndote por la comisura de los labios.

Me quedé pensando, con los ojos perdidos en la puerta del microondas, durante unos segundos, hasta que no me cupieron más ideas en la cabeza y tuve que sacarlas por la boca.

—¿Sabéis qué pasa? Que me da coraje. Me da coraje porque si yo hubiera dicho «te digo algo estos días y cerramos fecha para vernos», hubiera escrito. Hasta para decir que no.

—Eso será ahora. Aún me acuerdo de aquel chiquito al que le dijiste por mensaje que no eras tú, que alguien te había vendido el número el día anterior en el mercado negro de números de teléfono móvil que aún empezaban por seis. —Se descojonó Elena.

—Fui una gilipollas, pero de eso hace mucho. Y no me interrumpas, por favor. Que me da coraje, porque si dijo que lo haría, tendrá que ser él quien lo haga. Pero me da también miedo molestarle, ser pesada, no estar a la altura, no entender su concepto del espacio o de la independencia, darle la sensación de que no puedo vivir sin él porque… sorpresa: puedo. Me da rabia estar así, castigándome a mí misma por no escribirle. Mira, no lo sé: si no le escribo yo es por una mezcla de rabia, miedo y orgullo.

Las tres asintieron:

—Bien de honestidad.

El domingo llegó y, lo voy a confesar, al echarle un vistazo al móvil y no descubrir mensajes suyos, me sentí sumamente triste. Y decepcionada. Decepcionada es una palabra grande y con aristas que puede hacer mucho daño si la usas o la esgrimes sin cuidado, por eso si digo que estaba decepcionada me siento en la obligación de aclarar que lo estaba, pero conmigo misma. Porque el mundo no se acababa. Porque el sol saldría al día siguiente. Porque ya había conocido a muchos tíos que parecía que sí pero luego no. Y porque yo también podría haber escrito y no lo hice. Y había llegado el domingo y, aunque mantenía la dignidad intacta, ese concepto de dignidad nada tenía que ver con el real.

Mandar un mensaje preguntando si al final nos veíamos, no me haría una persona menos digna.

Llamar y preguntar si le apetecía salir a comer, no me haría una persona menos digna.

Averiguar, de primera mano, si Mikel seguía queriendo verme, no me haría menos digna ni siquiera si la respuesta era no.

Y allí estaba. Sin respuesta, sin cita, sin domingo especial, sin verlo. Pero eso sí…, con la dignidad luciendo en el pecho una medalla al honor.

Pues qué bien.

43

¿Me olvidas cuando no hablamos?

Lo voy diciendo ya: me pasé. Me pasé de frenada. Joder…, bastante.

No es que después del calentón, cuando se me pasó y la sangre volvió a repartirse por donde debía, ya no tuviera ganas de ver a Catalina o que necesitara ignorarla o tuviera intención de hacerle un *ghosting*. No tuve intención. De hecho, la llamé por lo del piso y respondí su mensaje posterior con ilusión. Pero… después lo hice. Desaparecí. Quedé en escribirle y, en lugar de eso, me atrincheré en el silencio.

Ale, ya lo he dicho: le hice un *ghosting* a Catalina.

Por si quien está leyendo estas páginas no está familiarizado con el término, este anglicismo se refiere a desaparecer voluntariamente, casi siempre vía móvil, de la vista de otra persona: no contestar, no llamar, no escribir… Se elimina cualquier acción que pueda dar señales de vida.

Le dije que le escribiría para concretar qué día nos veíamos, pero no lo hice. No le escribí ese día… ni el siguiente ni el otro. Podría haberle propuesto salir a comer nuevamente el domingo…, pero tardé dos días más y, de alguna manera, me dio vergüenza. Cuando quise darme cuenta, habían pasado nueve días.

Y… no, ella tampoco escribió.

Para poder explicar mejor por qué hice aquello, tengo que ahondar un poco en el pasado. Escarbar con las manos entre la arenilla que dejan las historias que construyes y luego se dinamitan con las rupturas.

Mi primera relación más o menos seria, cuando ya era artista, terminó porque ella nunca se sintió una prioridad.

—A veces siento celos de la piedra que esculpes, Mikel. Nunca me había sentido tan sola estando con alguien como contigo.

Duele, ¿eh? Porque yo la quería, le dedicaba todo el tiempo libre que me quedaba y, además, me esforzaba por que este fuera de calidad. Creo que esa vez se trató de un exceso de protagonismo por su parte. Y cuando me di cuenta, me dolió el doble. Porque pensé que la conocía. Porque pensé que sabía cuán importante era para mí lo que hacía y me prometió miles de veces que lo entendía.

Nunca digas lo que crees que el otro quiere escuchar; es solo pan para hoy y hambre para mañana.

Otra de mis parejas, la que pensé que probablemente sería la definitiva, me dijo que mi creatividad la secaba por dentro. ¿Por qué? No lo sé. Ya he comentado que esa pregunta nunca tenía respuesta en mis rupturas. Con el tiempo me di cuenta de que el hecho de que ella también fuera, de otro modo, artista lo hizo todo complicado.

No me voy a cansar de decirlo: no des de comer al ego, es un animal peligroso que cuanto más se alimenta, más hambre tiene y termina por comernos a nosotros mismos.

La siguiente dedicó el tiempo que yo pasaba en mi taller trabajando a trabajarse a otro que, según me dijo después a modo de reproche (hay gente que cumple a pies juntillas eso de que «la mejor defensa es un buen ataque»), le dedicaba las atenciones que yo le negaba.

Si no quieres a alguien lo suficiente como para respetar aquello que ambos dijisteis querer, déjalo. Nadie debe obligarnos a amar y mucho menos nosotros mismos.

En todos los casos mi trabajo fue un problema. Bueno, mi trabajo no, más bien la abnegación con la que me entregaba a él. Sé que es complicado estar con alguien que ama su trabajo. Sé que es difícil compartir la vida con alguien con el vaivén emocional que supone crear. Sé que conmigo en concreto es más difícil, pero hacía ya mucho tiempo que me prometí no ceder por imposición de nadie. Ceder es sano y sabio, pero en exceso se convierte en una trituradora de sueños y de personalidad. Preocuparse en exceso por los deseos de los demás, y aparcar los nuestros es la manera más eficaz de ser infeliz. No se trata de egoísmo, sino de amor propio.

¿Qué tenía que ver eso con Catalina? En realidad, nada, pero sentí como si el arte fuera mi esposa y, acariciándola en la cama, besándole los párpados, le prometiera que nunca la dejaría en un ejercicio de negar que ya había alguien con quien me apetecía engañarla.

Me dio un poco de miedo. Creí que necesitábamos distancia. Que iba sintiendo cosas muy deprisa. O que me apetecía demasiado estar con ella. Que no quería que se confundiera con lo nuestro. O que me confundiera yo. Me refugié en lo conocido. Todas esas cosas que hacemos, de vez en cuando, los cobardes, con tal de no hacer frente a la realidad.

La mañana del noveno día cogí el móvil nada más levantarme con intención de escribirle, pero aún tardé algunas horas en hacerlo. No sabía qué ponerle. Después de tres cafés me di cuenta de que probablemente no existiese el mensaje perfecto, por lo que me aventuré a pecho descubierto: «Del uno al diez, ¿cómo estás de enfadada?». Tardó dos horas en responder: «Siete. Le resta dos puntos no saber si tengo derecho a estarlo».

Descolgué el teléfono y la llamé. No me lo cogió. Insistí. Nada. Colgué y la videollamé. Esta vez, aunque tardó, terminó cediendo. Al verla aparecer en la pantalla, noté unos nervios raros en el estómago. Su expresión era la típica de alguien enfadado que no puede evitar reírse. Y me encantó. Me encantaba que Catalina siempre encontrase un motivo para reírse, hasta donde no lo había. La vida debería medirse en la cantidad de veces que reímos.

—Me río, pero no me hace gracia —me aclaró.

—Lo sé.

—Me has hecho un *ghosting*.

—Qué va... —negué sin demasiada energía.

—¿Qué va? Un *ghosting* grande como la catedral de la Almudena.

—Qué fea es la Almudena. —Me encogí de hombros—. Bueno, a mí me lo parece.

—Porque no eres madrileño. Lávate la boca antes de hablar de la Almudena.

—Tú tampoco eres madrileña. —Sonreí.

—Pero tengo respeto. Y no hago *ghostings*.

—¿Nunca? —Arqueé las cejas.

—No. —Frunció el ceño—. Bueno…, alguna vez, en el pasado, cuando era una cría y no me daba cuenta de…

—¿El año pasado?

—¡Mikel! —se quejó, poniéndose, ahora sí, bastante seria—. Que sé que no tengo derecho a mosquearme. Que no es que estemos teniendo citas y me hayas dado plantón ni que…, no sé. Pero me dijiste que me llamarías para concretar. Y… ¡odio esas cosas!

—Te estoy llamando.

—¿Te mando ya a cagar? —Levantó las cejas con cara de querer darme un bofetón.

—He estado muy ocupado.

—Ya lo sé. —Miró a otra parte. Se miró las uñas. Después un mechón de pelo y terminó pellizcándose los labios—. Bueno, me lo imagino. Pero está feo eso que has hecho.

—Está feo, sí.

—Aunque si no te apetece…, quiero decir —pareció serenarse y ponerse más firme—, si se te calentó el morro y lo que no es el morro y prometiste cosas que no tenías la intención de cumplir, estamos ya mayorcitos para asumirlo. Ambos.

—No es nada de eso.

—¿Entonces?

Me gustó la honestidad. No sé por qué la mayor parte de las veces nos escondemos tras estrategias que difuminan los motivos de lo que hacemos o decimos. Es como eso de tardar en contestar un mensaje de alguien que te gusta, no decirle que tienes ganas de verlo por no asustarlo, esconder tus intenciones porque hay que mantener el misterio. Todas esas cosas son chorradas y lo único importante, en realidad, es que los motivos estén claros. Que el mensaje emitido se corresponda con la realidad, con las ganas, con los miedos, con lo que queremos o evitamos. Y Catalina era todo verdad. Al comunicarse de esa manera hizo que sintiera que no había nada que quisiera esconder. Nada con lo que quisiera engañarme. Y que yo, con todos mis años, aún no había aprendido a comunicarme de verdad.

—Soy complicado —le respondí—. Y con el trabajo... muy celoso. Necesito tiempo para...

—Mikel —me cortó—. Que a mí el tiempo que le dediques al arte me parece estupendo, pero avisa, coño. No me gusta vivir esperando un mensaje. Tengo una vida que atender, aunque no te lo creas. Yo no soy así.

Sonreí.

—No, no lo eres. Tú eres más de coger el toro por los cuernos.

—Pues sí —asintió fingiendo que no se daba cuenta de lo rojas que empezaban a ponerse sus mejillas—. Yo tenía ganas de verte. Tú no. Ya está.

—¿Y de dónde sacas que yo no?

—De tus actos que, al final, ya sabrás que dicen mucho más que las palabras.

Mastiqué el hecho de que tuviera más razón que un santo mientras asentía con calma, evitando mirarla, y carraspeé.

—¿Quieres salir a comer? —solté.

—Yo sí. ¿Y tú?

Volví a mirarla. Estaba bonita. Era bonita. Una belleza sutil, no accesible para todos los ojos. Para algunos hombres, Catalina sería invisible. A otros les haría volver la cabeza si se les cruzaba caminando por la calle. Para mí, una fuerza de la naturaleza apenas comprensible. Nada de lo que pasaba con ella terminaba siendo demasiado inteligible. Estaba ahí, delante de mí, con la claridad de un neón, pero de los que brillan tanto que te obligan a parpadear y hacen que te duelan las córneas.

—Claro que quiero salir a comer —le dije despacio, saboreando ser sincero por primera vez en días—. Y besarte también. He estado pensando en ti.

Volvió la mirada a la pantalla del móvil, donde me imaginaba completamente fragmentado a causa del cristal hecho añicos, y sonrió.

—¿Me llamas ahora por eso? ¿De repente te pica la cebolleta?

Lancé una carcajada que me salió del centro mismo del pecho y negué con la cabeza.

—No. Y te lo voy a demostrar. Salgamos a hacer algo que no tenga que ver con eso.

—¿Como qué?

—¿Tomar una copa? ¿Ver una exposición? ¿Pasear por algún sitio que te guste? Tú mandas.

—¿Cuándo?

—No sé..., ¿hoy?

—No puedo —dijo muy segura.

—Vale. ¿Mañana?

—No puedo. En realidad, voy a estar muy ocupada toda la semana.

—¿Con cosas de... artistas? —me atreví a preguntar.

—No. Ocupada haciéndote comprender que no voy a estar cuando a ti te apetezca.

—Oh, oh —dije con sorna.

—¿Te ríes? —preguntó con las cejas arqueadas.

—No. Bueno, un poco. Pero no de ti. Siempre contigo.

—Ya te escribiré yo. Si puedes, estupendo. Si no, no sabes lo mucho que se liga en Tinder siendo artista. Bueno..., quizá sí que lo sabes.

—Esperaré a que me escribas.

—Ya. Sí. Vas a estar dispuestito a salir corriendo en cuanto te escriba, seguro.

—Puedes hacer la prueba.

Me miró como lo hace alguien que te reta a una estupidez, como beber diez chupitos seguidos o dar la vuelta al mundo en ochenta días..., y quieres demostrarle que eres capaz.

—¿Nos jugamos algo? —contestó.

—No, porque entonces parecerá que lo hacemos por ganar una apuesta y no por el simple placer de vernos de nuevo.

Parpadeó. Siempre lo hacía cuando no sabía qué contestar, pero seguro que ella ni siquiera se había dado cuenta de aquel gesto.

—Pues nada. —Sonrió tensa—. Hasta el próximo *ghosting*.

—Tú me dices cuándo y dónde y allí estaré.

Juraría que leí en sus labios la palabra «payaso», pero no la escuché. Dios. Siento abusar del término, pero Catalina era muy estimulante. El ying y el yang. Un fuego ardiendo debajo de una fina capa de hielo. Eso. Catalina, ella en general, era como andar sobre una fina capa de hielo. Esa inocencia mitad fingida, mitad armadura. Ese orgullo soterrado bajo capas de no haberse sentido capaz. Esa sonrisa cándida en unos labios tan jodidamente calientes. Catalina era una bomba instalada en el pecho, amenazando sin cesar con un cortocircuito que lo precipitaría todo. Eso me temo. Que siempre fuimos precipitados.

—Adiós.

—Te... —No pude terminar. Me había colgado.

Me quedé con el móvil en la mano y una confusa emoción híbrida, como si la decepción y la ilusión se hubieran apareado y la mezcla resultante invadiera mi cuerpo como un parásito..., hasta que el teléfono me vibró en la mano, anunciando un mensaje.

«He colgado sin querer. Te dejé con la palabra en la boca. ¿Qué decías?».

Sonreí de oreja a oreja.

«Que te he echado de menos».

Supongo que ella también sonrió al leerme. O al menos quiero pensar que fue así.

Las primeras cuarenta y ocho horas me parecieron normales. Tenía que «chuparme esa» y me lo merecía. Al cuarto día ya empecé a flaquear… bastante. Pensé en escribirle con cualquier excusa, pero no lo hice. Tenía que aguantar. Respetar el espacio que exigió con su: «Yo te escribo». Me merecía el silencio con el que ella estaba decidiendo castigarme.

El día cinco me desperté en mitad de la noche con una sonrisa en los labios. No sé qué había soñado…, nunca recuerdo mis sueños, eso es para personas como ella; pero tenía la leve sensación de que me había acompañado en el viaje onírico. La sensación plácida, cálida, calmada y a la vez vertiginosa (como si Catalina fuera un pico muy alto y escarpado y yo estuviera escalándola a manos desnudas) seguía anidada en mi pecho. Y supe que escribiría, tarde o temprano escribiría, porque creo a pies juntillas que hay ciertas emociones que es imposible sentir si el otro no se encuentra en el mismo punto. Hay emociones que deben ser compartidas para poder existir.

El mensaje llegó a las dos de la mañana. No me había dado cuenta aún de que la vida con Catalina era jugar como nos merecemos hacerlo.

Estaba bebiéndome una copa de vino mientras estudiaba el resultado de la primera cabeza en piedra, a la que aún le faltaban muchos matices y acabados, cuando el móvil vibró encima de la mesa de trabajo. Me precipité literalmente sobre él, sabiendo, como sabía, que Catalina siempre guardaba un as escondido bajo su manga… o bajo su pelo, o bajo el body de encaje negro.

Catalina
Toma Café. Diez de la mañana. Mañana.
Siento avisar tan tarde…, pero hemos venido a jugar.

Agarré el móvil y respondí en el acto.

Mikel
¿Y por qué no ya?

Catalina

Porque Toma Café está cerrado.
Y porque... ¿quién se toma un café a
las dos de la mañana?

Mikel

Pues tomemos otra cosa.
O tomemos café.
Lo llevaré en un termo.

Catalina

¿Estás loco?

Mikel

¿No habíamos venido a jugar?

Catalina

Sí. Pero no le intentes ganar la mano a
quien ya la ha ganado.
Mañana. Toma Café. Diez de la mañana.

Mikel

De acuerdo.

Catalina

Pd: sumamos a tu marcador un par de puntos por el intento.
Si sigues así, vuelves a estar en positivo dentro de poco.
En uno o dos meses. ;P

Es una lástima que cuando somos adolescentes nos afanemos tan violentamente por matar al niño que fuimos. Es entonces cuando abandonamos el juego, en el sentido más bonito de la palabra. Porque los niños aprenden mientras juegan, porque a partir del juego construimos cómo seremos, quiénes seremos. Y es bien sabido que el adolescente ha decidido que ya lo sabe todo, aunque la vida se guarde el derecho de arrancarle las verdades que cree poseer a golpe de guantazo.

A veces, si tenemos suerte, es la misma vida la que nos cruza la cara a golpe de realidad, la que empuja hacia nosotros a alguien que vuelve a lanzarnos al terreno de juego, y... no se trata de insuflarle vida al niño que fuimos, sino de aprender de él todo aquello que desaprendimos al crecer. Que es mucho.

44
Miedo me das…

Me di cuenta de que estaba sonriendo porque vi mi reflejo en el cristal de la cafetería, al darme la vuelta con la intención de disimular el hecho de que no me había pasado desapercibido que estaba girando la esquina y que venía hacia mí. Pero ¿qué me pasaba? Tuve que darme un par de golpecitos en las mejillas para dejar de poner cara de idiota. Llevaba una chaqueta vaquera con borreguito dentro. Odio las chaquetas vaqueras con borreguito, pero, mira, lo confieso: hubiera vivido dentro de ella. Le quedaba… como no deberían quedarle las cosas a alguien que ya es lo suficientemente atractivo sin que la ropa le caiga sobre el cuerpo de esa manera. Sus piernas, de muslos poderosos (a veces creo que toda esta historia podría resumirse en las palabras «estimulante» y «poderoso»), estaban enfundadas en uno de esos Levi's clásicos que, repito, por una cuestión de salud mental pública, deberían prohibírseles a los hombres sexis. Bajo la chaqueta, algo de color negro…, me jugaba una mano a que una camiseta de manga corta. Mikel Avedaño tenía el termostato escacharrado y siempre parecía estar en un lugar más cálido que tú.

—Ey… —me saludó.

—Hola.

Más de una semana esperando un mensaje suyo. Seis días de alargar la broma por mi parte. Dos semanas en total para que crecieran las ganas de verlo, de pasarme el día cuestionándome absurdeces del tipo: «¿Se me habrá olvidado cómo huele?» o «A lo mejor ni siquiera me gusta y es solo algo así como una obsesión tonta». Y ahora que lo tenía delante me moría de vergüenza. Una vergüenza que no había sentido nunca, dulce como una niña.

—¿Dentro o fuera? —Señaló algunas de las mesas, acompañadas de sillas naranjas, distribuidas por la acera frente al local.

—Dentro. ¿No? Hace frío hoy. ¿No?

De pronto yo tenía todas las dudas del mundo dentro de la boca y se me escapaban cada vez que la abría. Él, sin embargo, me miró como si estuviera en posesión de la verdad y supiera que estaba loca. Entró, solo entró. Y, joder…, qué culo le hacían esos vaqueros. De salivar. Le envidié la capacidad de que nada le desestabilizara el gesto, de que pareciera que nada le pusiera nervioso.

Pidió un café con leche de almendra y una tostada con tomate. Yo, un café americano y una tostada con aguacate (si vas, no dejes de probarla) y nos acomodamos en la misma mesa en la que nos sentamos aquella primera vez hacía tan poco y que, sin embargo, parecía tan lejana. No traía su cuaderno ni nada en lo que ocupar sus manos, de modo que jugueteó con la taza en cuanto nos la trajeron, que fue pronto.

—Madre mía… —musité al deparar en ellas.

Las expuso sobre la mesa con una mezcla de orgullo y curiosidad por mi reacción. Estaban llenas de heridas, secas, maltratadas, blanquecinas. Cuando las toqué, en un impulso que no pude refrenar, parecía que su piel fuera muchísimo más gruesa que la del resto de los mortales. Más que la última vez que me tocaron. Me sonrojé.

—¿Qué? —preguntó.

No contesté. Seguí tocándolas. Moviéndolas. La palma. El dorso. Los dedos. Eran manos toscas. Manos de escultor. Manos con las que parecía que podía darme mucho placer, pero a la vez hacerme mucho daño…, y esa idea, al contrario de lo que defendería el imaginario romántico tradicional, no me atrajo: me asustó. No sé a qué nos enganchamos más y de manera más tóxica, si a aquello que nos produce placer… o a aquello que nos hace daño. Y no hablo de una violencia física. No sé si me entiendes. Yo tenía claro que quería buscar el amor, pero también en qué lugares no estaba dispuesta a hacer parada.

—Están hechas un Santo Cristo —le dije.

Lanzó una carcajada que me confundió y lo miré interrogante.

—Siempre hablas…, no sé. —Contuvo la sonrisa—. Me haces gracia.

—Tienen pinta de doler —contesté, volviendo la atención hacia sus manos.

—Es lo que tiene el granito. No me puedo quejar, lo escogí yo.

—¿Hasta qué punto escoges tú? Quiero decir…, ¿y la inspiración?

—La inspiración es solo un estado mental. Significa que estás en las condiciones adecuadas para crear. No sé en qué momento se fue extendiendo que la inspiración es o proviene de un ente externo. Pero no es así. Es solo…

—Un *mood* —me burlé.

—El *mood* de los guais —se burló también él.

—¿Cómo es esculpir granito? —quise saber.

—Es intenso. ¿Preguntas por la técnica pura y dura o por la sensación en el creador?

Dijo la palabra «sensación», y me di cuenta de que sostenía todavía su mano derecha con mi izquierda. La solté como si quemara y para disimular agarré la taza de café.

—Las dos.

—Cada escultor usa una técnica. Yo mismo, incluso, voy cambiando según el proyecto. Mis preferidos son el método de cuadrícula y el de la cruceta, que es el que estoy usando ahora por una cuestión de..., a ver..., quiero que la reproducción sea milimétricamente fiel al original, ¿sabes?

—¿Fiel a tu cara? —Sonreí.

—Al prototipo en arcilla. —Sonrió de medio lado—. Y si tengo las manos así es porque los instrumentos de trabajo son... afilados, puntiagudos y susceptibles de convertirse en arma homicida.

Pero ¿qué tipo de neurona prehistórica se me despertó en el cerebro y comenzó a enviar sangre a la entrepierna? Dios. Tenemos resortes bastante neandertales. No hay otra explicación para que el hecho de imaginarlo golpeando el cincel contra la piedra virgen me produjera aquel súbito placer estético.

Solté la taza, cogí mi bolso y rebusqué en él. No encontré lo que buscaba y, ante su atenta mirada, fui sacando trastos. Un bálsamo labial en tarrito, los auriculares, el móvil, la cartera, una goma del pelo, un pintalabios, un paquete de kleenex, las llaves del piso compartido, las llaves del mío que el casero ya me había dado un par de días antes y... por fin...

—¿Te falta llevar algo en el bolso? Temo que ahora saques un sillón.

—Un diván. Siempre me han gustado los divanes. De terciopelo verde. —Le guiñé el ojo y le pasé un tubo de crema a medio usar—. Ponte un poco. Te va a aliviar.

Pensé que me diría que no, pero mientras guardaba todo lo demás en el interior del *tote bag* de tela, él colocó un poco de crema en el dorso de su mano y la extendió con la otra. Nunca me había pasado, pero... el sonido, ese sonido como húmedo y mantecoso que produce algo untuoso al frotarlo con los dedos... me evocó algo erótico. Tuve que apartar la mirada y acomodarme en la silla para intentar obviar la manera en la que cierta parte de mi cuerpo clamaba atención.

Pero ¿qué me pasaba? Estaba húmeda.

—Gracias. —Me devolvió el tubo y yo lo eché dentro del bolso—. ¿Y tú? ¿Qué me cuentas? ¿Hay novedades?

—Bastantes.

Sonrió con seguridad mientras se acercaba la tostada.

—Me estás castigando por no hacerte casito, ¿eh?

—A mí me pasan cosas, me hagas caso o no, porque, adivina: hay vida más allá de tu ombligo.

—Tranquilaaaaa. —Se descojonó.

—Odio el ego masculino. Sois tan frágiles…

—No te diré que no. No me tengo por demasiado frágil, pero…

—Ah, el fuerte. —Me reí.

—No, no. Con lo del ego masculino te doy toda la razón. Y súmale el del artista. Dicen que andamos mal de ambos. Venga… —Me señaló con la barbilla—. Cuéntame esas novedades.

—Según el último *e-mail* de Eloy, de antes de ayer, mi exposición va viento en popa. Me contó que, al parecer, hay mucha gente importante interesada en mis cuadros, aunque no perdió la oportunidad de decirme: «No la cagues».

—Es un ser despreciable. No hablemos de él. ¿Qué más?

—Estoy a punto de mudarme. Bueno…, mudarme, me mudaré el mes que viene, pero estoy dejando ya la casa a punto. No sabes lo cambiada que está. No la reconocerías.

¿Alguien más nota lo desesperada que estaba porque se ofreciera a ir a verla?

—¿Sí? ¿Y cómo se tomaron tus compañeras que te vayas?

Pues no se había ofrecido. Habría que idear nuevas estratagemas sobre la marcha.

—Bueno…, hubo algún lloriqueo. Si te soy sincera…, con todos los preparativos, comprar muebles, regatear en Wallapop y demás, no había tenido tiempo de ahondar en el tema, pero ahora que se acerca la fecha…, me da pena.

—¿Dejarlas?

—Perderme la vida del piso. A ellas no las voy a perder. Alejarte físicamente de alguien no implica que lo pierdas. Todo depende de la inversión de tiempo y energía que hagas en ellos. ¿O no tienes amigos con los que no te une prácticamente nada y sin los que no sabes vivir?

—Sé vivir solo.

—Y yo también, pero es mucho menos divertido.

—Soy un alma solitaria —insistió, como queriendo que me quedase clarísimo.

—Algo había notado.

—¿Te molesta?

—Siempre y cuando llames si has prometido hacerlo, no me molesta. Tú eres un alma solitaria y yo todo lo contrario, con lo que…, querido, no eres la única persona a la que puedo recurrir si quiero contacto social.

—Pero a lo mejor sí a la que más te apetece recurrir.

—Oh —me burlé—. Estás crecidito. ¿Ha sido el arte o mirar el cuadro que me pintaste desnuda? Porque mira cómo es el ego femenino de apañado que yo no me he venido arriba con eso. Y me pintaste DES-NU-DA.

—De purita memoria. —Se tocó la sien—. Memoria fotográfica.

—Ya me gustaría a mí ver eso…, igual me has pintado rubia.

—Toma…

Sacó el móvil del bolsillo, buscó en la galería de imágenes, y me lo pasó. Allí, en la pantalla, un yo tan fiel a la realidad, que me tuve que recordar que no era una fotografía, me miraba dentro de la pantalla.

—Joder…, ¿cuánto tardaste en pintarlo?

—No sé. Muchas horas. Pero lo hice del tirón.

—Es precioso.

—Mira, como tú.

Levanté los ojos del móvil y compartimos una mirada cargada de significado.

—Me gusta estar contigo —dijo bajando el tono de voz.

—¿Sí?

—Sí. Me gusta la sensación que me… —cogió aire—, que me creas.

Joder. Era bueno…, lo que había dicho era bueno, ¿por qué me sentía levemente decepcionada?

—El cuadro es precioso. ¿Le pintas uno a todas las tías con las que te acuestas?

Mikel parpadeó, como si la frase hubiera ido estampándose en su frente palabra por palabra.

—Ehm… —Dio un sorbo—. No. La prueba es que tú y yo ni siquiera nos hemos acostado.

—Yo diría que sí. ¿O eres de los que piensa que lo que no sea penetración no es sexo?

Noté cómo se le atragantaba un poco el café y sonreí contenta de saber aún tocarle la moral. Él asintió.

—Sí que es sexo. Tienes toda la razón. Pero, claro…, fue tan… efímero.

—¿No estás contento con tus tiempos, Mikel? —bromeé.

—Me refería a que saliste corriendo al terminar.

—Te concentraste en la tarea de programar el despertador y me preguntaste si necesitaba algo más de ti…, ¿qué esperabas?

Soltó la taza y dibujó una mueca.

—Madre mía. Soy un estúpido.

Le mostré dos dedos, entre los que había un espacio pequeño.

—Un poquito.

Lanzó una carcajada.

—Bueno…, pero te prometo arreglarlo. —Se echó hacia atrás.

El pecho marcado bajo la tela negra. La pista del vello sobre la piel se revelaba frente a mis ojos. Aparté la mirada.

—Eh… —llamó mi atención.

—Dime —contesté con un hilo de voz.

—La próxima vez que pase…, es bastante probable que haya penetración, ¿no?

—Sí —asentí como una autómata.

—Pues lo haré bien. Cuidaré los detalles…, haciendo que te corras sin parar, a poder ser.

«Ok. Respira, Catalina. Te acuerdas de hacerlo. Solo tienes que inhalar y exhalar. Es fácil».

¿Qué podía contestarle a eso?

Pegué un bocado a mi tostada y levanté el pulgar.

Vale. Eso no se contesta.

Pero Mikel se echó a reír a carcajadas.

—Catalina…, eres una bomba.

Boom.

Alargamos el café todo lo que pudimos. Ambos. Fue bastante evidente. Incluso pedimos un segundo café y lo tomamos a sorbos cortos, aunque se enfrió pronto. Hablamos de los planes para las próximas Navidades, tema que nos daba la excusa para charlar de algo que no fuera las ganas que tenía de besarlo. ¡De besar a Mikel Avedaño! ¿No era de locos?

—Tengo ganas de ver a mi hermana, a mi sobrina… en el fondo me gusta la Navidad. —Sonrió de medio lado, sin mirarme—. Eso sí…, iré solo un par de días. Después estoy planeando un viaje relámpago. Aún no sé adónde, pero necesito escapar un poco.

—¿De mí? —me burlé.

—Exacto. De ti y de tu maldita manía de hacerme reír. No estoy acostumbrado.

En aquel momento me lo tomé a broma, pero ahora mismo ya no sé si no lo diría de verdad.

—¿Y tú?

—Yo iré un par de días al pueblo. Lo justo, en equilibrio entre adorar a mis padres y salir de allí huyendo de ellos.

—Te entiendo… —asintió—. Oye, y… ¿vas en coche? ¿Tú conduces?

—Sí. Pero ahora que dejo el piso me parece mal seguir usando la plaza de garaje de Teresa, y todas las que veo son carísimas, así que he barajado la posibilidad de devolverle el coche a sus verdaderos dueños: mis padres. Igual lo dejo allí y vuelvo en autobús. Regresaré a Madrid como en los viejos tiempos.

Hablamos de mi pueblo. De la vida allí. De la infancia de rodillas peladas, ropa siempre sucia por jugar tirada en el suelo con los chicos con los que iba a la escuela. Del sabor a mermelada casera que hacía mi madre y a las castañas asadas en la chimenea del salón de casa de mis abuelos. De la sopa de tortilla que cocinaba la tía Isa de vez en cuando, cuando los recuerdos no le dolían demasiado, y de las historias de su niñez en México.

Él me habló a trompicones, como se hace siempre con las cosas que cicatrizan pero que terminan dejando la piel tirante, de la infancia en una gran ciudad, en un barrio de dinero, con unos padres muy ocupados y también de la sensación de haber perdido al niño que fue entre un montón de recuerdos confusos. Me pareció precioso.

—Las palabras no son lo mío. —Suspiró finalmente, mientras nos acercábamos a una de las terrazas de la plaza de Olavide.

—Yo creo que sí lo son.

—No. Tú expresas muy bien tus emociones. Fíjate…, siempre lo haces. Las verbalizas con una facilidad pasmosa: estoy cabreada, te odio —sonrió—, me siento bien, estoy confusa. Lo gritas. A veces ni siquiera te hace falta decirlo con esas palabras, aunque sueles hacerlo.

—No me gustan los eufemismos.

—Ni a mí. Pero para mí las palabras están en un saco oscuro en el que palpo, pero no veo.

—Pues creas imágenes preciosas cuando hablas. —Señalé una mesa, bajo unas sombrillas. El cielo se estaba encapotando bastante y una masa de nubes densas, con aspecto de algodón sucio y asfalto mojado, cubrían el centro de Madrid—. ¿Te parece que nos sentemos ahí?

—¿En la terraza?

—Hemos venido a jugar. Y hay una sombrilla. Si caen cuatro gotas…, no hay problema.

El cielo rugió como un estómago hambriento.

—Es mi trabajo —dijo de pronto, al sentarse con su chaqueta de borreguito más abierta de lo que estaría sobre cualquier otro cuerpo.

—¿Qué es tu trabajo?

—Crear imágenes. Viene el camarero, ¿qué quieres?

—Cerveza.

Le pidió con un gesto, señalando los dobles que lucían las dos chicas de la mesa de al lado, y se volvió hacia mí para seguir hablando, pero le interrumpí.

—¿No te has sentado muy lejos?

—¿Lejos?

—Sí. Me da la sensación de que tengo que levantar la voz para que me oigas.

—No estoy lejos. Dime que me quieres más cerca. Es más de tu estilo.

—Bien. Mikel, ¿puedes sentarte en esta silla? —Le indiqué la que tenía al lado.

—Depende. —Jugueteó—. ¿Qué vas a hacerme?

—Nada.

—Entonces no.

Dibujó una sonrisa preciosa.

—Estás tú muy arriba, ¿no?

—Para nada. Soy un… estúpido. ¿No habíamos dicho eso?

Chasqueé la lengua y agité un poco la silla para que se sentara a mi lado. Se levantó, palpó sus bolsillos, dejó el móvil sobre la mesa y volvió a sentarse, esta vez en la silla que tenía a mi izquierda.

—Por fastidiar, ¿no?

Lanzó una carcajada.

—Pero ¿no ves que ahí, si llueve, te vas a mojar? —insistí.

—Madre mía… —se quejó, levantándose otra vez—. Vas a hacer de mí lo que te dé la gana, ¿te das cuenta?

—Qué va. Eres muy poco manejable.

—Un día de estos me gustaría que hicieras un listado de todas las cosas que crees que soy, para sacarte del error.

Levanté un dedo y lo miré sonriente cuando se sentó en la silla de mi derecha.

—Poco manejable, cabezota, de lujitos sexis y un poco excéntricos, tímido, poco sociable, poco risueño…

—Me estás haciendo un traje… que no sé si me gustaría ponerme.

—¿No estoy en lo cierto?

—Ya te dije que no me doy lujitos sexis y excéntricos.

—Cuando vuelas…, ¿viajas siempre en turista?

Chasqueó la lengua y se pasó la mano por la barbilla.

—Mierda.

Me eché a reír.

—En *business*, ¿a que sí?

—Sí. Siempre en *business*.

—Ahí tenemos el lujito sexi.

—Pero no es excéntrico.

—Irte de aquí a…, no sé, Málaga en *business* es excéntrico y, si me dejas decírtelo, un poco de gilipollas.

—La niña… —se quejó.

—No te gusta la gente porque no te manejas en el tablero social más allá de la máscara del artista.

Asintió, poniendo morritos y yo no le di tregua:

—Y dime que no: si las cosas están o se hacen a tu manera, mucho mejor.

—Como todo el mundo.

—Yo fluyo.

—Tú siempre haces muchas cosas y todas a la vez. Dime, ¿cómo eras como actriz? —Posó el codo en la mesa y la barbilla en su mano, en un gesto suave que no parecía casar con el resto de su rotundidad.

—Arghhh… —me quejé—. No me lo recuerdes. Lo he abandonado, ¿lo has olvidado?

—¿No piensas volver a probar suerte con el colchón que te den los cuadros?

—No. Estoy… —cogí aire—, ¿cómo explicarlo?

—No me creo que no encuentres las palabras.

—Deja de burlarte de mí.

—¿O?

—Pues no sé. —Me puse nerviosa. ¿Por qué me había empeñado en tenerlo tan cerca?—. O te daré un puñetazo.

Otra vez sus carcajadas se cayeron como monedas de un bolsillo, botando contentas a nuestro alrededor.

—No es que no te crea capaz, pero no harás eso.

El olor de su perfume llegó a mi nariz contoneándose como la maldita Jessica Rabbit.

—Ay, mierda.

—Mierda, ¿qué?

—Que hueles increíble. —Cerré los ojos.

—¿Bien?

—Muy bien. Hueles a caro.

Noté la brisa de su risa muy cerca de mí y abrí de nuevo los ojos, para verlo inclinado hacia mí. Tan guapo. Tan coloso. Tan él.

—Quieres un beso —le dije casi a modo de pregunta.

—El beso lo quieres tú para que me calle.

Cogí su barbilla intentando que no se notara lo poco segura que estaba de aquello. Temía un rechazo. Los actores tenemos, no te dejes engañar, un alma frágil que teme el rechazo como a la muerte, a pesar de que estemos curtidos a base de desengaños en *castings*.

Pero él no se apartó. Y yo me acerqué. Él, un poco más. Ya apenas quedaban dos centímetros entre nuestras bocas.

—¿Puedo enseñarte mi apartamento después?

—¿Con qué intención? —Sonrió, seguro de sí mismo.

—Enseñártelo ¿Es que no hablamos el mismo idioma?

—Y luego el borde soy yo.

Sus labios eran mucho más carnosos entre mis labios. Estaban fríos, a pesar de que aún no habían traído nuestras cervezas. Su lengua templada cuando entró a acariciar la mía. Gemí bajito. Pequeño. Hay cosas que no tienen medidas, pero que, sin embargo, pueden ser grandes o pequeñas. Como la música. Hay música pequeña, sin serlo en un sentido peyorativo. Es solo música que entra hasta tus entrañas, que se cuela por las rendijas y te cala más hondo. Música pequeña de la que terminas siendo esclavo. Como de un gemido.

Me pregunto qué canción podría corresponder a aquel beso. Probablemente algo como «Wild», de John Legend.

Aspiró mi gemido pequeño cuando el beso se volvió más hondo y un cosquilleo que debería haber sentido únicamente entre las piernas se arrastró vísceras arriba hasta llegar al estómago, donde se instaló cómodo, hecho un ovillo, con la intención de no abandonarme.

Mikel era cabezota, poco manejable, de lujos sexis y un poco excéntricos, tímido, poco sociable y… de besos que se calientan con la propia fricción de dos lenguas que se lamen…, de besos húmedos, de los que te dejan los labios resbaladizos (benditamente resbaladizos)…, de besos poderosos que terminan con un mordisco en tu labio inferior y su mano separando tu barbilla. De ojos lobunos y oscurecidos por el deseo. De barba corta, hirsuta, áspera…, de la que te levanta la piel de alrededor de los labios hasta dejarte en carne viva. ¿Sería así como me dejaría? ¿En carne viva?

—Miedo me das… —susurré, aún cerca de su boca.

—¿Por qué?

—Miedo me das si eres capaz de hacer esto en un solo beso.

—Miedo me da que esperes demasiado de mí.

—Espero lo justo. Lo que merezco.

Nos fundimos en un nuevo beso, todo lengua y dedos crispados, buscando al otro en caricias que pudieran tener cabida en la calle, a plena vista. Su lengua, mi lengua, el movimiento de ambas, la humedad de la saliva compartida y el gruñido en la garganta de ambos, promesa de unas ganas que no dejaban de crecer.

Un movimiento a nuestro alrededor hizo que nos separáramos de golpe. El camarero nos miraba un poco cortado, con las dos cervezas en la mano; las chicas de la mesa de al lado se reían con sordina. Éramos esos…, la típica «pareja» que da el cante en un bar por «quererse» demasiado. Los que se morrean en un portal en plena noche, pensando que nadie los ve. Los novios que se meten lengua en la boda mientras los invitados gritan «que se besen». Los padres que nunca han dejado de meterse mano entre risitas. Ya sabes, esos éramos: los que guardan tanto deseo dentro que dan un poco de vergüenza.

Unas gotas aterrizaron con fuerza en el suelo. Quizá llevaban ya un par de minutos cayendo, pero nosotros no nos dimos cuenta hasta que cogieron fuerza. En cosa de un par de párpadeos, todo nuestro alrededor era una cortina de agua que apenas contenía la sombrilla. Nosotros dos, con las cervezas ya sobre la mesa, nos mirábamos bajo la luz grisácea de los días de tormenta.

Nos mirábamos como si tuviéramos que reconocernos entre dos millones de personas. Nos mirábamos como si pudiéramos averiguar en realidad cuánto pesa el alma. Nos mirábamos en la escena más bonita que protagonicé jamás.

—Bébete la cerveza rápido. Tenemos que ir a mi apartamento —informé.

—Maldito el día en que me crucé contigo, Catalina. Vas a joderme la vida.

Suena mal, ¿verdad? Pues lo pronunció como si aquel vaticinio fuera el más esperanzador de nuestra vida. Y no creo que sea resultado de lo tóxico que a veces imaginamos el amor…, sino de lo mucho que íbamos a dar al otro en una historia tan corta que muchos se resistirían a llamarla amor.

¿Cómo pude no saberlo?

45

Mi apartamento

Si Mikel estaba sorprendido del cambio del apartamento, no lo demostró. En esa cara, en ocasiones, era complicado leer qué pasaba por su cabeza y me di cuenta de que aquello me gustaba. Me gustaba mucho. No recordaba que algo me hubiera gustado más que Mikel cuando entramos en mi apartamento. Nada más acceder a él, encontramos de frente el armario que yo misma había montado, blanco, con los agarradores en dorado mate. Servía de división con el dormitorio, que estaba situado justo detrás, creando una sensación de recibidor. Colgué las llaves en un gancho con forma de gato, cerré la puerta y le pedí la chaqueta, que colgué junto a la mía dentro del armario vacío. Mikel se quitó las zapatillas antes de entrar y me dio ternura.

—No hace falta que te descalces.

—Costumbre.

Se asomó detrás del armario. Aún faltaban muchas cosas, como lámparas o detalles que le dieran más personalidad a aquel espacio tan blanco y luminoso, pero se veía bonito. La cama se apoyaba en la pared sin cabecero, con una colcha blanca ya preparada para mi primera noche allí que, no sé por qué, deseé que fuera especial.

Espalda contra espalda del armario de la entrada había colocado una estantería que parecía fundirse con este y formar parte de él y, a su lado, una cómoda con cajones. Algunos de mis libros ya ocupaban su lugar.

También había una mesita de noche, que en realidad era un cesto para la ropa sucia, bajo, de metal dorado mate, con una tapa de madera. Sobre él tenía una de esas bolas con nieve dentro, con una abeja dorada sobre la que, al agitarla, caía purpurina dorada, y un par de libros. Entre ellos, una versión ilustrada de *Cien años de soledad*, de García Márquez.

Una cómoda de segunda mano, entre los dos balcones, sostenía una televisión plana bastante vieja que mis padres recogieron de casa de mis abuelos y a la que no daban uso, por eso la «heredé».

Frente al dormitorio se extendía «el salón», formado por dos sillas acolchadas, de un tejido parecido al terciopelo pero algo raído, de una tienda de muebles de segunda mano de La Latina. Una era morada. La otra verde. La mesa de centro era lo más barato que había encontrado, y el sofá, un modelo viejo de IKEA en rojo que había comprado en Wallapop. Pequeño. Un poco incómodo. Me costó setenta y cinco euros y, a juzgar por la expresión de los dueños cuando lo estaba sacando por la puerta del piso, tendría que haber pagado menos, porque estaban deseando deshacerse de él.

A su espalda, la mesa que me regalaron en el colegio de Elena, junto a las sillas escolares.

La cocina había mejorado con los azulejos con los que revestí el frontal y el cuarto de baño lucía mucho más bonito con el papel pintado en colores pastel, sobre el que coloqué un espejo viejo, de El Rastro, con el marco dorado.

—¿Qué? —pregunté nerviosa por su mudez.

—Está... muy bien.

—Aún faltan cosas. Plantas, cojines..., por no tener aún no tengo ni vajilla ni cubiertos, aunque mi madre dice que conserva una vajilla de mi abuela que puedo usar.

Me metí en la cocina y abrí la pequeña nevera. Era pequeña porque, sinceramente, una más grande no hubiera cabido.

—Y no tengo horno, pero me ha dicho Laura que ahora con el microondas se puede hacer de todo.

Salí de detrás de la nevera portando una botella de vino que agité delante de él.

—¿Una copa?

—No hemos comido —se quejó con una sonrisa—. ¿Pretendes emborracharme?

—Me da la sensación de que necesitaría mucho más que una cerveza y una copa de tinto.

—Con el vino me pasa como con la pizza. Nunca sé decir «basta».

—¿Solo te ocurre con esas dos cosas?

Me puse de puntillas en la cocina e intenté alcanzar dos copas, que cacé con la punta de los dedos. Las bajé y saqué el abridor.

—¿No tienes cubiertos ni vajilla, pero sí dos copas de vino y un abridor? No sé si pensar que tienes un problema con el alcohol o que has preparado esto.

—¿Yo? —Me señalé el pecho ofendida—. Anda, anda.

—Sí, ¿no?

—La segunda opción —confesé.

Me quitó la botella y el abridor y fue hacia el sofá. Le seguí con las copas en la mano riéndome por dentro en plan malvado, porque había preparado la posibilidad tan a fondo que en el primer cajón de la cómoda, sobre la que se apoyaba la televisión, tenía una caja con preservativos. «Jijijiji», pensaba mientras me acercaba.

Me senté a su lado y dejé las copas en la mesa baja. Entre sus manos la botella parecía más pequeña que en las mías, pero no fue eso lo que hizo que me quedase hipnotizada.

El erotismo de las tareas aleatorias. El erotismo de las manos masculinas envolviendo el cuello de una botella de cristal como desearía que lo hicieran con mis muñecas, mientras me llevaba hacia la pared más cercana para besarme. Para besarme con ganas, como con las que yo respondería.

El erotismo de ver a la persona que te gusta manejar algo con diligencia, de hacer algo rápido, bien hecho, con cierta rudeza. Como en el sexo, ¿no? Porque soy de las que piensan que en la cama todo, absolutamente todo, se juega a la carta de saber dar cada caricia con la suavidad y la rudeza adecuadas. El placer está en el equilibrio de ambas y para cada persona la mezcla será diferente.

—Qué hábil… —musité cuando ya estaba sirviendo las copas.

El corcho descansaba sobre la mesa de centro.

—¿Es bueno? Sabes que soy de…, a ver si lo digo bien, lujitos sexis y excéntricos, como el buen vino.

—No es malo. No es bueno. Como yo.

Eso le hizo reír, pero ahogó la carcajada con un sorbo del vino. Me había gastado dieciocho euros en aquella botella, lo que para mí era una pequeña fortuna. Aun así estaba nerviosa. ¿Le gustaría? ¿Era aquella inseguridad el primer síntoma de que Mikel me gustaba de verdad?

—Mmm —dijo sorprendido—. Pues está muy bien.

—Ya te lo he dicho. Como yo.

Nos miramos con cierto brillo travieso y di un trago a mi copa antes de alzarla delante de ambos.

—Brindemos, ¿no?

—Por tus alas.

Joder…, Mikel me hacía sentir como si ciertamente tuviera unas alas inmensas adheridas a mi espalda. Cogí aire y…

… le quité la copa de la mano.

—¿Ves? Solo quieres callarme —se quejó, espero que en broma.

Dejé su copa junto a la mía, en la mesa de centro, y después, en un alarde de valentía que no sentía galopándome en las venas, me senté a horcajadas sobre él.

«A ver…, Catalina…, igual te has pasado. ¿Ha sido demasiado?».

Estudié su expresión.

Mi gesto había sido un poco invasivo, pero había despertado en su cara una mueca bastante prometedora.

—Lo siento —dije tocando su camiseta—. No sé hacer las cosas a medias.

—Y es una de las cosas que más me gustan de ti. Que vas a fuego o a hielo.

—Y a pecho descubierto.

Me erguí un poco y desabroché unos ganchitos invisibles con los que se cerraba la blusa que llevaba, negra y ceñida a la cintura con un cinturón con hebilla carey. Me la quité y cayó despreocupadamente al suelo. Una camiseta de tirantes, negra, ceñía mis pechos, apretados en el que consideraba mi sujetador más bonito, también negro. Me acomodé en su regazo y me acerqué a su boca. La mano derecha de Mikel pareció mucho más sedosa al entrar entre los mechones de mi pelo. No tuvo que ejercer ninguna fuerza, ningún empuje, para que eliminara el espacio entre los dos en un beso que hizo estallar un par de carcasas de fuegos artificiales en mi estómago.

«No es amor. No es amor. Es ardor. Y ganas. Prácticamente acabas de conocerlo», me dije. Qué lástima que nadie nos enseñe que el amor no tiene nada que ver con el tiempo.

Metí la mano derecha bajo su camiseta. Quería tocar su piel caliente, clavar mis uñas en el músculo de su pecho, acariciar el vello que crecía sobre él. Él tiró de mi camiseta hacia arriba y solo rompimos el beso cuando fue imprescindible para deshacernos de ambas prendas.

Me froté con él sin pudor, sobre el pequeño sofá de mi nueva casa mientras nos besábamos. Besar a Mikel era una experiencia que no sé explicar bien con palabras. Es como esas fotos que haces a la luna…, aunque esté llena, espléndida, aunque brille como una loca, jamás lograrás captarla tal y como la ven tus ojos. Con aquellos besos pasaba lo mismo. Él decía que yo era buena con las palabras, pero la verdad es que podría encontrar unas cuantas que encajaran con aquel momento, pero conjugarlas para que le hicieran justicia sería imposible.

Besar a Mikel era, en la lengua, algo muy dulce, denso y espeso. Caliente.

Besar a Mikel era, en el cuerpo, el agua de la ducha saliendo lo más caliente que puede hacerlo, cuando la piel ya se acostumbró a la tibia. Escalofrío.

Besar a Mikel era, en mi sexo, una tensión, un pálpito, un escalofrío hondo, tanto que nada podría llegar tan adentro. Profundo.

Besar a Mikel era, con los ojos cerrados, besar a todos los hombres a los que soñé besar alguna vez, juntos, con la lengua hundida profundamente en sus bocas. Todos. Hasta aquellos a los que jamás probé. Toda esa ansia junta en la misma saliva. Completo.

No sé cuándo empecé a jadear, supongo que cuando el movimiento de mi cadera se fue acelerando, frotando ESE punto entre mis piernas contra el bulto duro de su pantalón vaquero. Él respiraba fuerte. Muy fuerte. Como si fuera a romper los cristales de toda la casa con un gemido. Notaba su erección caliente bajo mi cuerpo cada vez más atrayente conforme el roce iba siendo insuficiente.

Mordió mi cuello. Desabroché su pantalón. Manoseó mis tetas por encima del sujetador. Metí la mano dentro de la bragueta, por encima del algodón de su ropa interior. Sacó mi pecho izquierdo y se lo metió en la boca. Gemí cuando clavó los dientes, cubriéndolos previamente con los labios. Metí la mano dentro de su ropa interior.

—Vamos a la cama —le pedí, jadeando aún más, sin parar de mover la mano sobre su polla.

—Para… —gimió.

—¿Paro?

—Shhh…

Saqué la mano, él volvió a colocarme el sujetador en su sitio y sus labios fueron recorriendo mi escote para escalar hasta mi boca, donde nos fundimos en otro beso húmedo. Después nos miramos. Nos miramos desde ese punto en el que los labios apenas se han separado. Fue la primera vez que miré y vi a alguien tan cerca. A todos los que miré desde allí, jamás los vi.

—Vamos a la cama. —Y soné suplicante.

—Me voy a ir.

Me costó entenderlo.

—¿Cómo?

—Que me voy a ir. —Me besó de nuevo, esta vez mucho más suavemente.

—¿Por qué?

—Porque quiero hacerlo bien… —susurró.

—¿Y eso qué significa?

Intenté erguirme, pero él me mantuvo pegada a su cuerpo. Quería comunicarse solamente con susurros, aunque hubiéramos podido hacerlo también con los latidos de nuestros corazones, que juraría que en ese momento iban acompasados.

—Eso significa que quiero retener un poco esta sensación.

—¿El calentón?

Sonrió y negó suavemente con la cabeza. Frotó sus labios sobre mi boca al hacerlo. Sacó la lengua despacio y nos enganchamos en otro beso que encendió un par de fuegos incontrolables en zonas dispares de mi piel. Después lo clausuró con un beso pequeño, labio contra labio.

—La sensación —susurró—. Mira…, cierra los ojos.

Cerré los ojos. Colocó su mano abierta sobre mi pecho y la mía sobre el suyo. A los dos nos galopaba el corazón. Algo conectó. Algo. No sé qué fue. Apoyé mi frente en la suya. Temí que supiera cuánto oxígeno entraba en mis pulmones, cuántos de esos latidos creaban arritmias por él, que contara las mariposas que me volaban en el estómago y hasta lo que pensaba. Abrí los ojos y me separé lo suficiente como para mirarlo. Me observaba con una mezcla de excitación, esperanza y un brillo desconocido que hacía que sus párpados pesaran. Me pregunté cómo me veía. Me pregunté si yo le parecería tan bella como me lo parecía él.

—¿Ya sabes a lo que me refiero?

—¿La…, la… sensación?

—El huracán. Aquí. —Presionó un poco su mano sobre mi pecho… y bajó con ella hasta mi estómago—. Aquí también. —La mano siguió bajando con vida propia hasta colarse por debajo de mi pantalón y encontrar un punto sobre mi ropa interior, húmedo, que me provocó un latigazo de placer—. Y aquí.

—Quédate —gemí con los ojos cerrados.

—Me voy. Ven mañana.

—Mikel…, no juegues conmigo —le pedí.

—No podría hacerlo…, mírame.

Abrí con pereza los ojos. Estaba como borracha. Es el efecto de la excitación posándose en su guarida, cerrando puertas y ventanas, cobijándose en el rincón en el que sabe que crecerá con sordina. Lo miré.

—Mañana. En mi casa. Ven a las seis.

—Joder…

Me levanté de su regazo y él respiró hondo antes de levantarse y recuperar la camiseta. Cuando le vi acomodar en sus pantalones la erección, creí que lloraría de frustración. El cara-melo no se quita cuando ya lo tienes sobre la lengua…

—Esto me está sentando fatal… —me quejé.

—Porque te gusta el beneficio inmediato. Y hay cosas que es mejor dejar cocer a fuego lento.

—Esto es maltrato.

Sonrió con cierta resignación.

—Dame el día, Catalina. De verdad que lo necesito.

Asentí.

—¿Me explicarás para qué?

—Cuando encuentre las palabras en el saco oscuro.

Recogí la blusa y me la puse sin la camiseta debajo. Se entreveía mi ombligo, pero ¿qué más daba? Le acompañé a la puerta y saqué su chaqueta del armario.

—¿Tú no vienes? —preguntó.

—No. Voy a quedarme un rato. —Me revolví el pelo y desvié la mirada, pero cuando terminó de ponerse la chaqueta, cogió mi barbilla entre sus dedos y suavemente levantó mi men-tón para que lo mirara.

—¿Estás enfadada?

—Frustrada.

—Vale. Lo siento.

—No pasa nada.

—¿Quieres darme un beso de despedida?

Sonreí.

—Ay, Mikel…

Lancé mis brazos alrededor de su cuello y lo besé. Despacio. Un beso pequeño, como el gemido que se me escapó hacia su boca en la plaza de Olavide. Como las canciones pequeñas, que pueden ser aire o daga. Él me respondió de la misma manera mientras acariciaba mi pelo. Después nos separamos, abrió la puerta y dio un paso hacia el rellano.

—Enhorabuena, Catalina, tienes unas alas preciosas.

—Gracias —dije apoyada en el quicio.

—Hasta mañana…

Anduvo dos pasos hacia atrás antes de darme la espalda. No cerré hasta que no lo vi desaparecer escaleras abajo.

Me dejé caer en la cama con una sensación extraña. Frustración y algo de vergüenza…, ¿por qué el placer femenino siempre tiene por apellido la vergüenza? ¿Por qué no se nos enseñará a gozar desde que nacemos?

Me tapé la cabeza con la almohada. Ni siquiera me apetecía masturbarme… Nada mejoraría bajo mi ropa interior aunque lo hiciera. Tenía la costumbre de masturbarme, en soledad, casi siempre para solventar la pena. No hay nada más potente que un orgasmo entre los propios dedos para calmar una herida que clama por atención y autocomplacencia. Pero no era pena lo que sentía entonces. Era… la sensación. ¿Qué era aquello?

Mi móvil sonó una, dos, tres veces. Tres mensajes de WhatsApp y, aunque en el fondo quería convencerme de que no era él para no esperar de Mikel más de lo que quisiera dar, me abalancé sobre el bolso con ansia. Deseaba con todas mis fuerzas que fuera él.

Y lo era.

Querida Catalina.

Perdóname si me abrumas.

Eres mucho. Mucho. Déjame que lo paladee.

¿Y me maldecía porque haría de él lo que quisiera? ¿Y decía que le jodería la vida?

Malditos los dos.

Antes de irme guardé el corcho de la botella de vino en el primer cajón de la cocina. Si alguien se lo pregunta, aún lo tengo.

46
La sensación

Seis de la tarde. Domingo. Su calle, prácticamente vacía y los rayos de sol ya olvidados, absorbidos por la negrura de las noches prematuras de noviembre.

Dios…, qué nerviosa estaba. No era mi primera vez, ni mucho menos. Tampoco sería la primera vez que estaría piel con piel con Mikel. No era, a priori, nada especial. Pero estaba demasiado nerviosa como para que no lo fuera.

Quizá haya que buscar el motivo en que él siempre me había despertado cierto respeto, hasta cuando me caía regulín. Para mí, Mikel tenía una apariencia atrayente y férrea, como la de una mano de hierro cubierta por un guante de terciopelo.

A pesar de mi nerviosismo, llamé sin titubear. Me miré en el reflejo del cristal de la puerta y respiré hondo. No llevaba pintalabios y me sentía un poco desnuda, pero al pensar en ello sonreí porque…, bueno, es justo a lo que iba: a desnudarme. A que me desnudara, más bien. Y a desnudarle yo. A recorrer su pecho con la punta de mi lengua, a acomodarme en su cuello y morder mientras entraba en mí.

«Frena, frena…».

Abrió sin mediar palabra, como siempre, y subí por las escaleras con un calor creciente en las mejillas que no tardó en viajar hacia abajo…, muy abajo.

Esta vez lo encontré en la puerta, apoyado en el quicio con una sonrisa bastante sugerente. No hizo falta que dijéramos nada sobre las intenciones de la tarde…, ya estaban más que habladas. Si la conversación del día anterior no hubiera sido la que fue, todo hubiese seguido un protocolo. El «¿qué tal todo?», «¿qué me cuentas?», «¿contento con tus obras?». Pero no hizo falta protocolo y no te voy a engañar: me encantaba cuando se lo saltaba. Creo que aquel fue el Mikel que me conquistó: el que no necesitaba ser políticamente correcto, al que la opinión que los demás tuvieran de él le traía sin cuidado. Me encantaba cuando esperaba una respuesta educada y las palabras que salían de su boca, en realidad, me teñían las mejillas de rojo, me dejaban sin palabras y… humedecían mi ropa interior. Siempre tuvo una facilidad increíble para excitarme.

No nos besamos de primeras. Compartimos una sonrisa lobuna y me dejó pasar. Fue como desenvolver despacio el envoltorio de un caramelo…, de esos que pican un poco. De esos que dejan sobre tu lengua un recordatorio de su sabor durante horas. Me hizo pasar y, al cerrar la puerta, la casa se sumió, durante unos segundos, en una oscuridad prometedora que nos siguió hasta el salón.

Me senté en el sofá y Mikel se encaminó hacia la cocina, de donde volvió con dos copas y una botella de vino. Creo que ambos sabíamos que ni siquiera íbamos a probarlo, pero me gustó el detalle de que nos entretuviéramos, cruelmente, estirando el momento. Jugamos a alargar el hambre, aunque ya estuviéramos prácticamente «sentados a la mesa».

Mientras servía las copas, le miré el cuello. ¿Le habría dicho alguien alguna vez lo sexi que era su cuello? Esperaba que no; quería ser la primera en hacerlo y que, si algún día alguien se lo decía, se acordara de mí. Sentí una punzada absurda de celos por todas aquellas que lo lamieron y besaron, que lo mordieron y respiraron sobre él. ¿Habría sido su cuello casa para muchas mujeres? Me acurruqué un poco junto a él en el sofá, impaciente. No pude evitarlo. Me atraía como la luz a un mosquito. Llevaba un jersey liviano y podía ver cómo se marcaba su cuerpo… Me pregunté si al verme entrar habría pensado en qué ropa interior me había puesto para la ocasión. Fui a comprar un conjunto nuevo aquella misma mañana. Había pasado más tiempo escogiendo lo que no se veía que los vaqueros, la blusa y el kimono que me cubrían.

Me preguntó algo y le contesté, pero no tengo ni idea de qué fue. Creo que algo obvio, algo fácil, algo que no tenía que ver con la sensación. La sensación. La SENSACIÓN. Se me escapó una risita tonta cuando nos quedamos callados, sin nada que decir, y él volvió a esbozar esa sonrisa de medio lado que me hacía palpitar. A la mierda el comedimiento: me levanté, me descalcé, le quité la botella de la mano y me senté a horcajadas sobre él. «Tendría que haberme puesto falda», maldije mentalmente, «así podría meter las manos bajo la tela, acariciar mis muslos hacia mis nalgas, apretar los dedos sobre mi carne y descubrir que las braguitas son pequeñas». Muy pequeñas. De esas que solo puedes usar si vas a quitártelas muy pronto. Pero no solo por eso. Yo quería mover la cadera y notar más fácilmente si ya estaba duro. Moría porque lo estuviera. Necesitaba saber que él también lo sentía. La pulsión. La atracción. El fuego ardiendo bajo una pequeña, muy fina, capa de hielo.

No parecía sorprendido por tenerme encima y tampoco contrariado cuando me arrimé a su cuello. Quería lamerlo, morderlo y gemir de impaciencia sobre él, pero me limité a besar su piel, justo debajo del lóbulo de su oreja, y olerle. Joder. Olía increíble y no hay perfume que pueda imitar aquel aroma porque en gran parte era solo suyo.

—Hueles muy bien…

—Tú también. —Le oí responder.

Sus labios no tardaron en hacer lo mismo que los míos sobre la piel de mi cuello, pero pronto su lengua tomó el relevo. Y sus dientes. Mis pezones se irguieron de inmediato bajo mi sujetador y no veía la hora de que lo descubriera.

Nos miramos…, nos miramos como aquella vez en Face-Time, con ganas. Nos miramos a los ojos, levantamos las cejas, como retando al otro a que dijera algo que estuviera a la altura del momento, para dejar que la mirada se posara en la boca del otro. Me acerqué un poco y él terminó de eliminar el espacio entre los dos.

Sus labios sobre los míos. Pensé que había valido la pena la espera cuando su lengua aceptó la invitación de la mía, y se enrollaron la una con la otra. El sonido de nuestra saliva parecía conquistar toda la habitación.

—Pon música —le pedí.

—¿Música?

—Pon música, por favor.

Necesitaba que parte del eco se difuminara. El silencio, ominoso, parecía remarcar la premonición de que aquel sería un momento que recordaría para siempre. Nunca había sentido aquello. Y me daba miedo.

—Claro, espera…

Fui a bajar de su regazo, pero me retuvo.

—Alexa, reproduce Spotify.

Apenas después de tres caricias, sonó sobre las cuerdas de una guitarra, una voz melosa, áspera, joven, sabia, todo a la vez…, que empezó a cantar en portugués. Yo no lo sabía, pero la canción se llamaba «Se o sol não voltar amanhã». Y era preciosa.

Mikel se aproximó a mi boca de nuevo para besarme exactamente como siempre me gustó que me besaran: profundo, sin miedo a ser un poco rudo, con mucha lengua y con ganas. No pude evitar un gemido que animó a sus manos a recorrer mi blusa en busca de sus botones. Noté sus dientes en mi labio inferior justo en el momento en que encontró lo que buscaba.

No tardó más de unos segundos en desabrocharme la blusa y yo la dejé caer por los brazos hasta que pude echarla a un lado. Sus labios ya habían empezado a descender hacia mis pechos y me acomodé para que pudiera hacerlo, mientras le permitía a mi cadera el movimiento que llevaba pidiendo desde que me senté sobre su regazo. Creo que ya estaba duro, pero… deseaba comprobarlo con las manos.

Lo intenté. No me dejó. Continuó mordisqueando mis pechos sobre el sujetador negro de encaje que era más adorno que útil, fino, muy fino…, casi se intuían los pezones a través de la tela. Palpó mi espalda para desabrocharlo, pero me incliné hacia él y susurré en su oído:

—Es de los que se sacan por arriba.

—Uhm… —Y sonó a ronroneo—. Qué torpe. Me haces torpe, mujer…

—Nadie lo diría.

Y decidió no quitármelo. Sus manos me repasaron, como marcando el camino que después recorrería con la boca. Me manoseó las tetas hasta hacerme gemir y arquearme; después se aventuró dentro de mi pantalón y…, vaya…, ¿cuándo me había puesto tan húmeda?

Me recostó en el sofá con un movimiento ágil y se colocó encima, entre mis piernas. Le quité el jersey y dejé que mis uñas recorrieran su pecho… ¿Tendría idea de lo cachonda que me ponía su pecho?

Mordí, lamí y besé todo aquello que tuve al alcance de mi boca, incluida la suya. Nos besamos como animales, con tanta lengua y tanta saliva que cada vez que clavaba su bragueta entre mis piernas tenía la sensación de estar a punto de correrme.

Necesitaba quitarme el pantalón, quitárselo a él y dar el paso que tanto parecía estar costándole dar.

—Llévame a la cama… —gemí cuando se frotó a conciencia entre mis piernas.

—¿Ya?

—No puedo más.

Caí sobre las sábanas blancas de su cama y segundos después ya solo quedaba sobre mi piel la ropa interior. Mis escuetas braguitas negras le dieron la bienvenida y me retorcí de ganas mientras él, de pie frente a mí, desabrochaba despacio los botones de su braga. Serio. Tan excitado que los botones se le resistían. Caliente. A punto de ser más piel que hombre.

La lentitud de sus manos me estaba haciendo sufrir, así que me incorporé y le acaricié sin comedimiento. Dios…, me encantaba notarle tan duro. Nunca sentí aquella sensación de orgullo al ser el motivo de la excitación de ninguno de mis anteriores compañeros de cama. Jamás quise gritar a pleno pulmón que era mi piel la que le excitaba. Quizá, si necesitaba gritarlo, fue porque ni siquiera yo me lo creía.

Echó la cabeza hacia atrás cuando me las ingenié para tener su polla en la mano, frotar antes de que pudiera quejarse por ir demasiado deprisa y metérmela en la boca antes de que le diera tiempo a evitarlo. No sé por qué me sentía tan… necesitada. Tan hambrienta de él y del sabor de su piel.

La deslicé despacio hacia el fondo, sobre mi lengua, y volví a sacarla mientras él me miraba con el ceño fruncido. Le devolví la mirada sentada en el borde de la cama y volví a tragarla hasta que no pude más, hasta que alcanzó el fondo de mi garganta y mi cuerpo intentó convencerme para que me retirara…, pero giré un poco la cabeza y la acogí allí, en lo más hondo. Gemí de alivio…, su placer era el mío. Cuando la vibración de mi gemido llegó a la punta de su polla a través de mi garganta, sus dedos se aferraron a mi pelo. Así…, así es justo como lo había imaginado durante toda la noche. Así es como me gustaba.

El equilibrio. Ese equilibrio precario entre la rudeza y la caricia, y que él encontró con tanta facilidad.

No. El sexo consentido no siempre es fácil, no siempre es bonito, no siempre es perfecto. Pero asumiendo justo eso, el sexo consentido siempre es lo que debe ser.

Su mano siguió el movimiento de mi cabeza mientras enterraba la polla en mi boca, cada vez más hondo, gimiendo cada vez más ronco. A veces paraba, falta de aire, pero para lamer la punta, recorrerla con la lengua y volver a subir después de haber bajado muy abajo.

Estaba empapada de saliva y resbalaba con facilidad; el movimiento ya era inercia, pero Mikel me paró suavemente empujando mis hombros hacia atrás y obligándome a tenderme de nuevo sobre el colchón, momento que aproveché para quitarme el sujetador. Cuando se acomodó entre mis muslos, con la clara intención de devolverme la caricia, fui yo quien enredó los dedos en su pelo. Me miró, le sonreí y buscó que su lengua me tocara, a pesar de no haberme quitado las braguitas. Abrí más las piernas y sus dedos encontraron la manera de frotarme, alargando el momento hasta hacer la espera insoportable.

—Por favor… —me quejé impaciente.

Apartó mi prenda interior y me abrió para él. Noté el calor de su lengua recorriéndome entera de abajo arriba y de arriba abajo varias veces hasta acomodarse en mi clítoris.

—Un poco más arriba —le pedí.

Deslizó unos milímetros la punta de su lengua hacia arriba y le paré, tirando del pelo.

—Es justo ahí.

Si no hubiera estado tan cachonda, me hubiera dado vergüenza que notase lo mojada que estaba, pero ni siquiera pensé en ello. Que sonara «Agua y mezcal», de Guitarricadelafuente, me distrajo de cualquier complejo estúpido.

Tensé los muslos cuando me penetró con un dedo, muerta del placer de tenerlo dentro, aunque no fuera de la manera que quería.

—Más… —le pedí.

Lamía, lamía lento y suave, húmedo…, y creí que me iba a volver loca.

Sacó de dentro de mí su dedo y lo reemplazó por dos, que arqueó en mi interior para arrancarme un gemido que, seguro, debió llegar a casa de sus vecinos…, si es que tenía. Lamió más y su lengua fue, poco a poco, acelerándose, como el movimiento de sus dedos. Me quitó las braguitas, las lanzó por encima de su hombro y se empleó a fondo con todo. Lengua, labios, dedos…, ya ni siquiera podría decir cómo estaba haciéndome sentir tanto placer, pero el cómo no me importaba.

—Para…, voy a correrme.

Le daba igual. No. No, no le daba igual. Quería que lo hiciera, en su lengua, en sus labios, humedeciéndole hasta la barbilla con mi orgasmo. Sonreía. Mikel sonreía sin dejar de lamerme, y aquello me enloqueció.

Arrugué sus sábanas dentro de mis puños cuando me lanzó a un orgasmo goloso, de los que parece que duran más de la cuenta, que te dejan temblorosa. Grité. Joder, si grité. Ni siquiera sé cuánto lo hice. Mucho. Horrores. Grité un orgasmo que no entendía y que me arqueó por completo. Un orgasmo que terminó siendo un gruñido.

Me quedé desmadejada, como una muñeca de trapo y, mientras besaba la piel de la cara interna de mis muslos, le escuché reír.

—Hoy sí.

—Sí —asentí sin mirarlo, jadeando—. Joder…, sí.

—¿Preparada para el siguiente?

—No. —Me reí—. ¿Estás loco? Para y bésame.

Quería un beso de su boca mientras mantuviera mi sabor y Mikel me regaló uno con mucha lengua, pero antes hizo una parada en mis pechos, sensibles después del orgasmo. Tardé en volver a gemir lo que él en lamer y morder con suavidad mis pezones. Nada.

Nuestras bocas. Nuestras bocas, joder. No supe lo mucho que me gustaba perder el control de los besos hasta que lo conocí. ¿Podían llamarse besos? Lametazos, mordiscos, gemidos aspirados, tragados y vertidos de nuevo a la boca que los expulsó. Besos de los que jamás daría en público, de los que guardaba en el cajón para ocasiones como esta, a escondidas, en un dormitorio que aún no conocía bien.

Me coloqué encima. Le escuché pedirme que me tendiera de nuevo, que quería continuar lamiéndome, pero necesitaba unos minutos de tregua y que fuera él quien gimiera.

Me gustaba escucharle gemir. Me gustaba sentir cómo llegaba hasta mi garganta y el rugido que eso provocaba en la suya. Me gustaba que su mano acompañara el movimiento de mi cabeza, tirando un poco de mi pelo, dirigiéndome con una caricia ruda hacia donde quería tener mi boca.

La música quedaba amortiguada por sus gemidos y el chapoteo sutil de su pene frotándose en el interior de mi boca, sobre mi lengua, mis labios húmedos de él y de saliva…

—Catalina…, por favor, para. Para…

Dejé que saliera de mi boca suavemente y lo miré. Un latigazo de placer lo estremeció cuando alargué de nuevo la lengua en una caricia que de sutil casi desaparecía.

—Para, para, para…

Me alejé de él de golpe, mientras Mikel jadeaba con los ojos cerrados.

—No me toques ahora…, no me toques. —Negó con la cabeza—. Si me tocas, me correré.

Quise que lo hiciera. Quise deslizar la mano por su muslo y probar si era capaz de hacer que se derramara encima de mis pechos con esa única caricia…, pero tenía demasiadas ganas de sentirlo entrando en mí.

—¿Dónde tienes los condones?

—Primer cajón de la mesita —gimió, mirándose a sí mismo—. Pero no me lo pongas tú. Dámelo o… se acaba la fiesta.

Y qué orgullosa me sentí de hacerle sentir aquella desmesura.

Su cara se contrajo en una mueca de placer contenido cuando desenrolló el condón por encima de su erección. Todo mi interior palpitaba hambriento, como si hiciera años que no sintiese ese gozo. Cuando lo tuvo puesto, me retuvo al adivinar mis intenciones de subir sobre él y, dándome una vuelta de baile, me tendió a su lado y subió encima de mi cuerpo. Cogió mi pierna izquierda y la colocó en su cadera antes de bajarla y presionar…, la entrada fue suave y violenta. Mi cuerpo acogiéndolo en su interior, mi interior acostumbrándose a su presencia, a la penetración, al cuerpo que no le pertenece, su polla palpitando contenida.

Por unos minutos dejé en él todo el control, abandonándome a la sensación, al cosquilleo derivado de la presión, al gong, a la música interna. Y olvidé y floté. No había mentiras ni cuadros, no existía aquel piso y la cama en la que hacíamos colisionar nuestros sexos era algo así como un estado suspendido de consciencia en el que ambos dejábamos de existir y, sin embargo, lo ocupábamos todo.

Me abandoné al placer, a sentir la humedad, a que la fuerza de otro cuerpo hiciera en el mío lo que quisiera. Me abandoné al peso de su cuerpo encima de mí y a la posibilidad de que lamiera mi boca, agarrara mis pechos o clavara sus dedos hasta hacerme daño. Nada me importaba en ese momento. Todo lo ansiaba.

Me excitaba tenerlo encima, notar cómo empujaba entre mis muslos, ver sus brazos sosteniéndole sobre mí, escuchar sus gemidos y estudiar su expresión.

—Me vas a matar —le escuché gemir—. De puro duro…, me vas a matar.

Giramos sobre nosotros mismos y me coloqué encima. Abrí más los muslos, me acomodé y me moví, primero despacio, dejando que la polla saliese empapada de mí, añorara mi calor y volviera a clavarse muy adentro. Mikel alzaba la cadera y repartía la mirada entre mi cara, mis pechos y allá donde ponía sus manos. Mi carne se hundía bajo el peso de sus dedos ásperos.

Dentro, fuera, dentro, fuera…, cada vez más rápido. Mi interior se iba contrayendo a su alrededor, cada vez más prieto, más tenso, mientras notaba que me abandonaba de nuevo. Me dio rabia pensar en todas las posturas que tendrían que esperar o que no haría jamás con él. En aquel momento el pánico a que no volviera a repetirse se apoderó de mí, hasta que Mikel susurró mi nombre. Fue suficiente para saber que sí repetiríamos. Que lo haríamos tantas veces como el tiempo nos dejase. Que nos volveríamos locos, dementes, obsesos del olor, sonido y tacto del otro.

—No quiero terminar —me quejé.

—No puedo más… —le escuché suplicar.

Y yo quería pasarme la vida haciéndolo: con él detrás, tirando de mi pelo; de lado, acurrucada, encajando mis nalgas en sus caderas para que pudiera penetrarme. Y en la ducha. Y sentados en…, ¿tenía un diván en el taller o me lo había imaginado? La realidad y la ficción empezaron a parecerme la misma cosa.

—Necesito correrme ya —me dijo—. No voy a durar más, Catalina…, córrete.

—Contigo dentro.

Me dio violentamente la vuelta en la cama, colocándose encima, con las piernas entrelazadas a la altura de los tobillos al final de su espalda. Gruñó y coloqué mi mano derecha entre los dos para acariciarme.

—Avísame… —me pidió.

Estábamos tan cerca que resultaba peligroso…, cualquier roce, cualquier soplo de aire, el dióxido de las exhalaciones…, cualquier cosa parecía separarnos. Y yo solo quería estar más cerca…, más cerca de él. El orgasmo ya me daba igual, aunque no dejaba de acariciarme. El ritmo se había ido acelerando ostensiblemente y el sonido de nuestras pieles entrechocando llenaba la habitación, por encima de cualquier música. Eso y los gemidos que fueron subiendo de volumen y de intensidad hacia el final.

Grité. No sé si fueron palabras o solo un aullido. Solo sé que grité, que caí…, caí desde el edificio más alto del mundo, desde la estratosfera, desde el cometa Halley. Caí planeando hasta la cama, hasta las sábanas algo húmedas, hasta sus brazos, hasta quedarme ida, quieta, suya, de nadie, mía. Y Mikel, cuando notó cómo mi grito se agotaba, cómo palpitaba mi interior, no esperó a que dejara de retorcerme para hundir la nariz en mi cuello, clavar los dedos de su mano izquierda en mi cadera y los de la derecha en mi pelo, a la altura de la nuca, y… dejarse ir. Las embestidas hicieron crujir la estructura de la cama, amenazando con echarnos abajo entre tablones de madera, polvo y un colchón empapado. Gritó. Joder. Gritó sin dejar que el aullido saliese de su boca, apretando los dientes, haciendo que mi interior se apretara de nuevo alrededor de su polla, generando una sacudida en los dos…, cuando ya no pudo más, salió de mí, tiró el condón y su orgasmo se desbordó encima de mi piel. Mis pechos y mi vientre se empaparon con su semen, que, con mi respiración aún descontrolada, recorrió mi cuerpo hacia las sábanas. Algunas gotas perladas brillaban sobre mis pezones, incluso en mis labios, y Mikel seguía deshaciéndose en un gruñido final.

No esperó a que me limpiara para acomodarse sobre mí y besarme. Y fue el beso más mío que nadie me dio. El más completo. El más cálido. El más húmedo. El más sabio. El más cercano a la verdad. El primer beso de amor.

Nos apretamos en un abrazo desnudo, húmedo, en el que nuestros cuerpos resbalaron el uno contra el otro, como si tuviéramos la piel de otro material, como si nos hubieran untado en aceite, como si fuéramos animales de agua. Y cuando el beso terminó, ambos supimos dos cosas sin necesidad de verbalizarlas: una, que no nos cansaríamos de LA SENSACIÓN jamás, que había venido para quedarse. La otra…, que necesitábamos una ducha.

47
La nube

Cuando me estrené en el sexo esporádico, desarrollé muchas técnicas para marcharme nada más terminar, pero con educación. Me daba reparo abandonarlos en el colchón en cuanto la cosa quedaba hecha, pero quedarme allí, a su lado, y fingir que no me sentía incómoda, me resultaba mucho más duro. Quizá tenga que ver con la educación que recibí…, que recibimos muchas. A veces me pongo a pensar, esperanzada, en que las nuevas generaciones sentirán menos vergüenza una vez consumado el placer. No quiero decir que tenga que convertirse en un intercambio práctico de fluidos, mecánico o compulsivo. Todo lo contrario: que siempre sea divertido, incluso una vez terminado. No estoy hablando de que todo se reduzca a un acumular nombres en una lista de experiencias que sean poco más que un número más. Hablo de disfrutar de nuestro placer de una forma libre. Libre incluso en el pensamiento. Libre incluso de nuestro propio juicio.

Pero que esto no dé lugar a equívocos. Lo que quiero decir es que con Mikel descubrí que era tan bueno el letargo que seguía al placer como el placer mismo.

Sobre las sábanas revueltas, junto a las almohadas mal colocadas después de ser estranguladas, maltratadas y aplastadas, nosotros dos, desnudos, aprendimos a abrazarnos. El sexo es muchísimo más fácil que un abrazo. El sexo es sexo, y estamos ancestralmente ligados a él, a sus rutinas y mecánicas. El abrazo es complejo. Es un idioma polisémico. Es un verbo de conjugaciones infinitas. El abrazo es el sexo sin orgasmo… o el orgasmo sin sexo. La piel por la piel. Un alfabeto sin correspondencia. Una palabra que se pronuncia en silencio. Y cuando alguien te abraza de verdad, estás perdido. Porque el sexo puede ser imperfecto, y en esa imperfección reside su encanto. Pero el abrazo…, hasta el abrazo torpe, el tímido, el apasionado, el desesperado…, todos, excepto el abrazo vacío, son perfectos.

Fue aquella misma primera vez. Mi costumbre me llevó a querer sacar los pies de la cama, a buscar mi ropa interior con intención de ir al baño y después desaparecer con una sonrisa y alguna excusa, pero por primera vez… me costó. Estábamos sucios, abrazados, adormilados. Perfectos. Y yo no quería moverme de entre sus brazos.

—Deberíamos darnos una ducha —susurró.

—Sí —asentí—. Una ducha y me voy.

—Una ducha y una copa de vino.

Sonrió. Quería esa copa de vino conmigo. Quería que el sexo no terminara con el abrazo.

Aunque lo prosaico tuviera que entrar en escena.

Cogí un par de pañuelos de una caja que había en la mesilla de noche y, avergonzada, me limpié lo que pude.

—Qué vergüenza… —musité.

—¿Vergüenza? Es mi semen. —Mikel se volvió hacia mí y sonrió—. Ya no hay lugar para la vergüenza.

Salí de la cama primero, a regañadientes, porque una Catalina interna, pequeña y enfurruñada apuntó que aquello era lo que debía hacer. Mikel estiró la mano hacia mí, pero yo ya estaba fuera. Cogí el kimono del suelo y me lo eché por encima. Él me miraba.

—Mierda, Cata… —Sonrió—. No sabes las veces que he imaginado que hacías eso.

—Lo sé.

—Y lo has hecho para torturarme.

Lo cierto es que sí. Sentía la necesidad de presentarme delante de él como una suerte de divinidad maldita; una hembra fuerte; una *femme fatale*; una reencarnación, más carne que leyenda, de Lilith, la primera mujer libre.

Quizá necesitaba hacerlo porque así es como me sentía cuando estaba con él.

Mikel estaba desnudo cuando entró en el baño y deslizó las manos por debajo del kimono para dejarlo caer. Entramos juntos en la ducha y el agua, inmediatamente templada, nos cayó sobre la cabeza como la tormenta de la tarde anterior en Madrid.

El estómago me dio un vuelco cuando me levantó, haciendo que le rodeara con las piernas, solo para besarme, en volandas. Con los ojos cerrados. Y si me dio un vuelco el estómago (y el corazón, joder, que me sigue costando admitirlo aún), fue porque en aquel gesto no había nada sexual. No era un intento de repetir antes de que me fuera. Era solo cariño. Un cariño que nacía de una manera tan natural que asustaba.

—Déjame en el suelo, Mikel. —Arrastré las uñas con suavidad sobre su cabeza—. Esto parece peligroso.

—Mmm… —A modo de ronroneo—. Solo déjame lavarte.

«Déjame lavarte» es lo más íntimo que jamás nadie me dijo. Ni me dirá.

Y le dejé.

—Estás muy callada.

Elena, Laura, Teresa y Claudia me miraban preocupadas. Hacía bastante rato que había desconectado de la conversación. Estaba recordando… la ducha y el abrazo. El abrazo fue lo peor. Lo mejor, quiero decir. El abrazo fue como esa primera dosis de droga que alguien regala sabiendo que volverás a por más… y que pagarás. Y pagarás. Y pagarás hasta que no te quede nada.

—Estoy en Babia. —Sonreí.

—¿Cómo va tu nuevo piso?

Me pellizqué los labios. Desde aquella tarde en casa de Mikel, solo había pasado por la casa compartida para recoger mudas, con la excusa de «estar poniendo el nuevo apartamento a punto», y para dormir. Pero la verdad es que Mikel y yo habíamos pasado todas las tardes juntos, en su cama o en la mía, indistintamente. Llevábamos casi una semana sin despegarnos más que para fingir que hacíamos vida normal.

—¿Puedo verte mañana? —me preguntó aquella primera tarde cuando ya me iba, después de la ducha, una copa de vino, treinta y seis besos y treinta y nueve caricias.

—Sí. Pero en mi piso —le pedí.

Nos despedimos sin beso. Lo guardamos para cuando apareció la tarde siguiente en el pequeño apartamento…, demasiado pequeño para tantas ganas. Nos desnudamos en la entrada, sin mediar palabra, con la boca demasiado ocupada como para decirnos algo.

Tratamos de pararlo, alargarlo, a medio vestir en el sofá, pero tardamos tan poco en ir hasta la cama que el intento quedó ridículo. El sexo fue breve. Nos tocamos. Nos lamimos. Se puso un condón y follamos fiero durante unos cinco o seis minutos, tras los que Mikel se corrió apoyado en mi pecho. Me había pedido que parara un segundo, pero no pude. Mis caderas se movían bajo su cuerpo con vida propia. Mi sexo se aferraba a su polla palpitando fuerte. Mis manos, clavadas en sus nalgas, lo empujaban hacia mí. Cuando recobró el aliento, chasqueó la lengua, me miró y dejó flotando un «lo siento» mientras bajaba hasta acomodarse entre mis muslos. Me corrí agarrando las sábanas con una mano y su pelo con la otra. Y nunca me había sentido tan a gusto como cuando me besó, se quitó el condón y nos envolvimos el uno al otro con brazos y piernas.

El calor de su piel, tan tersa, me produjo el mismo efecto que cuando me tumbaba en una cama después de uno de esos días imposibles de trabajo. Alivio. Un alivio desconocido. Tanto que me descubrí pensando: «Te quiero». Dios. Me estaba volviendo loca. ¿Te quiero? ¿Qué clase de persona dice te quiero la tercera vez que se acuesta con alguien? ¿Lo quería? ¿Era posible?

—Es el mejor poscoito que recuerdo —le dije, con la mejilla apoyada en su pecho, con las yemas de los dedos juguetonas enredando el escaso vello que lo cubría.

—Eso significa que los has tenido mejores y que no los recuerdas.

—O que me da vergüenza decirte que es el mejor de mi vida.

Nos miramos y me besó.

—Eres suave —susurró.

—Y tú.

—Y divertida.

—Tú no.

Lanzó una carcajada.

—Catalina, eres la mujer más viva que he conocido. Me vibras en las manos.

Y en los ojos. En los ojos también vibraba mi reflejo, con un tintineo brillante. Me asusté.

—¡Cata! —Las cuatro volvieron a llamar mi atención, entre carcajadas.

—Estás empezando a preocuparme. ¿Te encuentras bien? —Teresa me palpó la frente con gesto maternal.

—Sí, sí. Que se me va el santo al cielo. ¿Qué me habíais preguntado?

—Por tu nuevo apartamento —apuntó Claudia.

—Es pequeño.

—Ya lo sabemos. Lo hemos visto —respondieron a la vez Laura y Elena.

Ya nadie en la casa se sorprendía de que lo hicieran.

—Quiero decir que… con lo pequeño que es, ha quedado muy apañado.

—¿Y ya has pensado cuándo vas a pasar la primera noche allí? —preguntó Claudia—. La primera noche es importante. Es especial.

—Sí. Esta noche.

Mikel y yo habíamos quedado a las ocho allí. Pediríamos algo…, seguramente sushi, aunque él se quejaba de que no había buen sushi en Madrid. Beberíamos vino. Y yo le pediría que se quedara. ¿Lo haría?

—Buenísimo todo, Tere. —Claudia se levantó y llevó su plato hasta el fregadero—. Me voy, que he quedado. Hay una exposición en el Thyssen superinteresante sobre los expresionistas alemanes.

Quise decirle que la había visto y que era genial, pero me di cuenta de que mi plato de comida estaba aún casi lleno. Estaba atontada. Sin hambre. De vez en cuando me faltaba hasta el aire. ¿Habría enfermado?

—Desde lo del Covid tengo una hipocondría…, estoy todo el rato como si me estuviera poniendo mala.

Todas arrastraron sus sillas hacia atrás y Claudia aprovechó para irse como alma que lleva el diablo.

—Joder…, que no soy el paciente cero, cabronas —me quejé.

—De joder nada, que la última vez que alguien dijo: «Estoy como si me estuviera poniendo mala», después de comerse una sopa con un bicho flotando, se lio pardísima, no sé si te acuerdas.

Miré la sopa y después a Laura.

—Laura, mi amor…, ¿Teresa le pone pangolín a la sopa de cocido y no me he enterado?

—A ver…, ¿qué tienes? —quiso saber Teresa, mientras se acercaba al armario donde tenía el botiquín.

—Estoy desganada. Duermo fatal. Tengo… aquí. —Me señalé la boca del estómago—. Todo el rato como un revuelo raro. El corazón se me dispara de tanto en tanto, como con taquicardia.

Elena y Laura se miraron entre ellas con una sonrisa condescendiente a la vez que de sus bocas salía un estridente y largo:

—Ajá.

—A veces me falta el aire. Como si respirase, pero no llegara a los pulmones. Y estoy lela. Como ida. Ya me habéis visto. Me quedo como en coma en vida.

Teresa puso los brazos en jarras mientras fruncía el ceño. Los síntomas no encajaban con nada para lo que ella tuviera alguna de sus pastillas mágicas. Elena pidió la palabra:

—Oye…, y… si digo Mikel Avedaño…

El estómago se me hizo una bola y rebotó por dentro con el resto de las vísceras.

—¿Te pasa algo por ahí dentro? —Elena se señaló burlona la barriga.

—¿Adónde quieres ir a parar?

—Se está haciendo la tonta. Tiene algo que esconder. —Laura le dio un codazo, muy seria.

—Tú no habrás pasado a la acción y no nos lo has contado, ¿no?

—¿Hay que contarlo todo en esta casa? —Me encogí.

—¡¡Han follado!! ¡Te lo dije! —gritó Elena.

—Me empieza a sentar un poco mal que mi vida sea motivo de discusión —me quejé.

—Pues que empiece a sentarte mal y se termine porque para lo que te queda aquí…, venga, escupe. Cuéntanoslo todo.

—¿Qué os tengo que contar?

—Que el de la polla preciosa te la ha metido, por ejemplo.

—Niñas, por el amor de Dios —se quejó Teresa, que tenía toda la pinta de estar a punto de tomarse un Lexatin por prevenir.

—Pues… —Me encogí de hombros—. Pues sí. Pero vamos, que no es el único tío con el que me he acostado, ¿sabéis? Que no le he entregado mi flor.

Teresa se tapó los ojos.

—Teresa, de blanco no me voy a casar —me burlé.

—Pandilla de desvergonzadas. —Se rio.

—¿Y qué tal?

Miré a Laura y Elena. Ambas esperaban ávidas más detalles y tenían preparada su batería de preguntas, que harían en riguroso orden una y otra.

—Muy bien.

—¿Y qué más?

—Muy bien —repetí—. No sé. Muy bien.

Ambas arquearon las cejas.

—No da datos. Eso es significativo —apuntó Elena mirando a Laura.

—Y tanto. Ya sabes, cuando no se dan demasiados datos… —le respondió esta, intrigante.

—¿Qué decís? —les interrogué.

—¿Habéis dormido juntos?

—No. Quizá hoy.

—Ay, ay, ay… —Sonrieron.

—¿Os habéis duchado juntos? —quiso saber Elena.

—Sí. Pero en su casa es más cómodo que en la mía.

—¿En cuántas posturas lo habéis hecho?

—¿En serio eso es necesario?

—¡Por supuesto! —Se defendieron.

—Pues…, a ver…, una, dos, tres…, cuatro. Cuatro.

—¿Cuántas veces?

—Os estáis pasando —dijimos a la vez Teresa y yo.

Vale. Definitivamente tenía que irme. Estaba pasándome lo de la mente colmena con Teresa. Pronto me sabría el nombre de la señora que hace la prueba del polígrafo en Telecinco.

—¿Cuántas?

—No muchas…, cinco. ¿Seis? No sé.

Cinco. Lo sabía perfectamente. Una por día desde la primera vez que lo hicimos. Éramos de «plato único», pero porque un único asalto podía durar, para nosotros, toda una tarde, entre besos, lenguas, manos, penetración, orgasmo, abrazos, ducha, caricia, duermevela, más besos, conversaciones sobre la vida, el arte, filosofía, el futuro, el cosmos, la suerte…

Mi móvil vibró sobre la mesa iluminando la pantalla con una notificación de WhatsApp. Elena y Laura se levantaron, como los hinchas de un equipo de fútbol que está a punto de lanzar un penalti.

—¿Es él?

Chasqueé la lengua y entré en la notificación. Claro que era él.

«Te admiro, de verdad».

Una náusea se hizo fuerte en mi estómago y estuve a punto de tener una arcada. Aparté la sopa.

—Es él. Dios…, qué mal me encuentro.

—No te encuentras mal. Son… nervios. —Sonrió Teresa, frotándome la espalda.

—¿Qué dice?

—Que me admira.

Un «oh» colonizó la cocina.

—Eso es amor. —Laura apuntó insistentemente hacia mi móvil.

—Esto no es amor. El amor no da náuseas. Náuseas da el asco, el primer trimestre de un embarazo o la gente que dice que las vacunas forman parte de una conspiración. El amor, definitivamente, no da ganas de potar.

—¿Qué hiciste después de que te llamaran para decirte que te habían cogido en esa peli que al final no se grabó?

—Vomitar. Pero no es lo mismo. Era puro nervio.

Todas se miraron como en un lenguaje secreto, sonriendo.

—Amor.

—El amor no es esto —insistí.

—¿Ah, no?

—No. Porque te enamoras de alguien después de compartir un montón de cosas, cuando conoces sus luces y sus sombras, cuando te conoce a ti como la palma de su mano y le dan igual tus zonas oscuras. Te enamoras con toda la información sobre la mesa. Te enamoras después de irte de viaje y que te siente mal la cena y te pases la noche cagando a chorro y pedorreándote en un baño con las paredes de papel. O… o… cuando tienes planes de futuro. Cuando has desayunado con él. Cuando te ríes del mal aliento del otro por las mañanas, y viceversa. Cuando te peleas y haces las paces… por toda la casa. Cuando sabes si es más de perros o de gatos. Cuando te revela si quiere tener hijos. Cuando sabes si tú quieres tener hijos, joder. No te vas enamorando del primer escultor, pintor, artista trescientos sesenta que te encuentras por la vida. ¿Entendéis?

Las tres suspiraron con una sonrisa triste.

—¿Quién se lo dice?

Teresa pidió la vez:

—Pequeña…, el amor no pide permiso. Ojalá lo hiciera, porque nos ahorraríamos muchos corazones rotos.

—Siempre te enamoras a ciegas, niña —apuntó Elena.

—Y si te cagas encima en un viaje, ya se verá si el amor resiste.

Si hubiera sido sincera con lo que sentía en aquel momento, me hubiera puesto a gritar, pero me reí para disimular la desazón.

—Estáis locas. —Me levanté—. Voy a darme una ducha.

Llegué pronto y aproveché para ordenar en algunos cajones la ropa que había llevado conmigo. Me gusta ese momento de las mudanzas en el que todo está perfectamente ordenado, cuando los espacios se van reasignando. Al mirar la cama…, pensé que había cometido el error de bautizar aquel colchón con el sexo más íntimo que había tenido jamás y que sería difícilmente igualable. Pensé que aquella casa, de alguna manera, siempre tendría que ver con él y eso me dio miedo.

Mikel llegó puntual, a la hora exacta a la que había dicho que llegaría. Esa puntualidad me parecía tan incongruente con su estatus de artista, con las manos que cincelaban la piedra, con la mirada perdida en el techo después del sexo, con la voz que rompía el silencio para decirme algo como: «Las palabras se me escurren de las manos», que me daba hasta risa.

Me había puesto un body de encaje que solo podía calificarse de indecente y sobre él llevaba solo una bata estampada de Oysho. El pelo suelto. Los pendientes de plata mexicana que me dijo que le volvían loco porque resaltaban mi cuello. Estaba decidida a contradecir a golpe de sexo supersucio esa absurda idea de que lo que sentía por él era un amor incipiente, como si no se pudiera follar guarro con alguien de quien estás enamorada hasta los zapatos…

Mikel apareció por la escalera. Había subido los escalones de dos en dos, pero apenas parecía fatigado. Traía en la boca una sonrisa que se ensanchó cuando vio que deshacía el nudo de mi bata y, apoyada en el quicio de la puerta, la abría dejando a la vista la prenda…, poca tela y mucha de ella encaje. Una imagen con la que me sentí fuerte, sexi, alejada del animalillo tembloroso que sentía aves rapaces en el estómago…, hasta que una puerta se abrió en el rellano sin previo aviso y un vecino salió, pillándome de bruces con mi uniforme de mujer de vida alegre (y tan alegre, lo bien que se lo pasa una con lencería sexi, aunque esté sola), antes de que el cuerpo de Mikel pudiera alcanzarme y taparle la visión. Lo que iba a ser una entrada triunfal (él entraría en casa, y con suerte pronto también en mí, y yo triunfaría) al final fue más bien un atropello. Al encontrarme con el vecino, me asusté y quise huir de la escena del crimen, me giré precipitadamente y me di con el marco de la puerta en la frente. A Mikel le entró un ataque de risa y al vecino… también.

—Me cago en mi sangre —maldije entre dientes, frotándome el coscorrón, cuando Mikel entró y cerró por fin a su espalda—. Ríete cuanto quieras. Soy una ridícula, ya lo sé. La mataerecciones me vais a llamar a partir de ahora…

Mikel me cogió en volandas, haciendo que mis piernas le rodearan la cintura, y estampó su boca contra la mía con una ferocidad que nada tenía que ver con la risa.

—Pero… —intenté decirle.

—Cállate, Catalina…

Noté cómo sus labios se curvaban en una sonrisa aún pegados a los míos y aterrizamos en la cama juntos. Su nariz, grande, tremendamente masculina, una de las cosas que más me gustaban de su cara, regia, elegante, sexi…, se deslizó por mi cuello, por mi mandíbula y por mi mejilla hasta alcanzar la mía. Y cuando entre sus labios y los míos solo había un suspiro, dijo:

—Llevo todo el día pensando en ti. Los domingos ya son tu día.

—Bésame.

—No encontraré las palabras, pero, Catalina…, me mueves los cimientos. ¿Qué haces conmigo? ¿Qué harás de mí?

Aquella noche fue eterna. En un mundo paralelo creo que seguimos allí, tendidos en mi cama, con mi cabeza sobre su brazo, su respiración en mi cuello y sus dedos acariciando los lunares de mi piel, uniéndolos con una pintura que solo él ve.

Aquella noche fue eterna. En la realidad en la que continuamos allí, me he convertido en su lienzo y sobre mi piel ha pintado la representación más bella jamás vista. Versa sobre el amor y no necesita palabras, aunque cuentan que Mikel moja los pinceles en un saco oscuro en el que las palabras sudan colores.

Aquella noche fue eterna y, allá, en la galaxia en la que hemos convertido este apartamento, soy la escultura que él cinceló y cincela cada día a golpe de beso, galope y amor.

Porque aún me faltaba un poco de tiempo para entenderlo, pero aquello ya era amor.

48
No pienses

Nunca fui uno de esos artistas amantes del descontrol, del exceso, de la pasión en su vertiente más caótica. Soy artista, pero amo el orden. Siempre pensé que uno de los compromisos del arte es ordenar visualmente la realidad para que produzca un efecto en quien lo ve. Pienso sobre arte a menudo. Reflexiono, filosofo, especulo sobre él, sus motivos, sus virtudes, mi papel en todo ello. En general pienso demasiado. Pienso mucho, en todo, todo el tiempo. Pienso cuando sueño, cuando duermo sin sueños, cuando trabajo, cuando me ducho y hasta cuando me masturbo. Pienso. Nací para pensar, y... eso no siempre es sinónimo de que las cosas vayan bien. Para vivir, en un momento dado, hay que saber dejar de pensar. Y vivir como solo se puede vivir cuando solo estás sintiendo.

Catalina era un caos. Un caos con cierta genialidad. Podía imaginarla perfectamente actuando, preparándose un papel, aspirando en cada una de sus frases el aliento de los espectadores y convirtiéndolo en vida para ella. Creía a pies juntillas la versión de Catalina: no había tenido suerte. Pero... ¿sabes qué es lo que más admiraba en ella? Que era valiente hasta la inconsciencia. Que no esperaba a que nadie le diese permiso. Que se tiraba a la piscina, aunque luego tuviera que hacerse cargo de las consecuencias. No necesitaba a nadie, y si tenía a alguien a su lado, podía estar seguro de que era por elección propia. Además, no había tenido suerte, pero su única queja era no saber qué hacer con toda la ilusión que le había sobrado en aquel proyecto inacabado, no alcanzado.

Catalina era un polvorín. Su boca exhalaba sin parar palabras con mucho más sentido de lo que parecía en un primer y superficial juicio. Tenía una visión del mundo propia y una manera de exponer emociones y sentimientos que casi podía hacerte creer que era fácil. Pero no lo era. Nunca lo ha sido. Ella lo hacía parecer fácil.

Catalina se reía constantemente. Era divertida. Divertida como solo puede serlo la gente inteligente que no sabe que lo es. Joder. Aquella chica se paseaba con un manojo de llaves y cada una abría un rincón de ti mismo que no conocías, y de todos salía a borbotones la risa.

¿Te cuento que jamás había encontrado a nadie con tanta hambre carnal como ella? ¿Te cuento que nunca nadie me había devorado de aquella manera? Nunca tenía suficiente. Se encendía con tan poco...

Cuando me susurraba que mi olor la excitaba...

Cuando me susurraba que el tono de mi voz la excitaba...

Cuando me susurraba que mi pasión por mi trabajo la excitaba...

Cuando se subía a horcajadas encima de mí y se burlaba diciéndome que yo era como una mano de hierro con guante de terciopelo...

Cuando se subía a horcajadas encima de mí y movía sus caderas en círculos, aunque no hiciera ni veinte minutos que nos acabábamos de correr juntos...

Cuando se subía a horcajadas encima de mí y me explicaba por qué para un actor era tan importante el método socrático...

¿Se entiende por qué le dije que movía mis cimientos? Aunque mentí: no los movía; casi los había echado abajo.

Dormir con alguien siempre me pareció un acto aún más íntimo que follar. Follar follas hasta con alguien que no conoces, pero que te pone perro. Follar follas hasta con alguien que te cae relativamente mal. Follar follas hasta por deporte. Pero dormir..., dormir es íntimo, porque mientras duermes pierdes el control sobre lo que te rodea y la situación pasa a ser quien manda sobre ti y no al revés. Sin embargo, aquella primera noche que cenamos sushi con las manos, bebimos una botella de verdejo y nos contamos cosas hasta quedarnos dormidos..., dormí como un puto niño de cuna. A su lado.

Y la noche pasó. En lo oscuro. Sin saber qué habría sido de ella. Sin poder decir que todo había estado bajo control porque..., ¿yo qué sabía? Estaba durmiendo mientras lo que quiera el cosmos que fuera «todo» en esa frase sucedía o no. Y cuando se hizo de día, me despertó el polvorín. Me despertó la vida que no le cabía dentro, de tanta que tenía. Me despertaron sus miedos y sus dudas en forma de movimiento nervioso. Y lo primero que hice tras despertarme fue besarla, a pesar de que ninguno se había lavado los dientes.

Bajé a por algo para desayunar. Compré cafés (ni siquiera tenía una cafetera aún en aquel piso), pan, un par de aguacates, un limón y un cepillo de dientes. Era lunes, pero para nosotros no era más que una extensión del domingo. Mis domingos eran suyos, nuestros. Mis domingos iban a ser entregados en sagrada ofrenda a aquella Afrodita de labios gruesos que quería comerse mi alma y luego follarme hasta matarme. No me parecía un mal plan. Tenderme en una cama mullida, desnudo, olvidando obligaciones, dando de lado cosas que probablemente eran más importantes para el mundo que el hecho de que yo me sintiera bien, y dejar que una mujer como ella me devorara. Como ella: libre, sin miedo, tan buena siendo mala...

No salimos de la cama en todo el día. Bueno..., nos duchamos. Después, todo lo hicimos desde lo que consideré que era el cerebro, el corazón y el sexo de aquella casa: su cama.

Comimos pan con aguacate durante todo el día. Bebimos café frío, lo que quedaba de vino y agua del grifo. Por primera vez en años, eché tres polvos en el mismo día. Y después de cada uno de ellos, Catalina se enroscó sobre mi cuerpo, como una boa constrictor que quisiera apretarme hasta matarme y después comerme.

Pero aquel día fue solo un ejemplo, porque veníamos follando y enroscándonos ya casi una semana y, después de aquella primera noche juntos, vendrían muchas más.

Y sin darnos cuenta, saltamos de mes.

Yo creía que conocía Madrid, pero... qué va. Madrid me lo enseñó Catalina en los días sucesivos, cuando la falta de ropa limpia y alimento nos empujó a salir a la calle. Rincones, calles, parques, puestas de sol interrumpidas por el *skyline* o por las copas de los árboles de un frondoso pulmón de la ciudad que no conocía. Todo lo conocía, y de cada sitio guardaba una historia, un dicho, una leyenda, una anécdota. Yo sabía que cuando Catalina se ponía nerviosa, se pellizcaba los labios y hablaba de más y torpemente, que se atropellaba las sílabas a sí misma y se reía más alto de lo habitual. Pero no la paraba, porque me gustaba. También sabía que cuando estaba asustada se callaba, porque no tener miedo no significaba que nada la asustara, solo que siempre le hacía frente. Y lo hacía en silencio, con una expresión sesuda. Y mientras me enseñaba un Madrid que casi sentía mío, Catalina estuvo nerviosa y asustada, pero también estuvo contenta, ilusionada y en mi boca.

Aquel día, creo que llevábamos ya pegados como lapas como nueve o diez, le ofrecí desayunar por ahí antes de volver a nuestras obligaciones, pero ya era tarde, nos habíamos hecho los remolones en la cama y nos habíamos demorado en su minúscula ducha..., así que fuimos a comer. Me llevó a un pequeño restaurante italiano muy cerca de la sede de la SGAE, llamado Pulcinella. Recuerdo que Catalina llevaba unos pantalones negros, un jersey a rayas blancas y negras, unas bailarinas planas, una gabardina y una boina roja. Se pintó los labios de rojo y yo terminé con pintalabios hasta en los dientes, de tanto comerle la boca.

Pidió pasta con salmón. Yo con trufa. Los dos bebimos una copa de vino italiano que ella pidió al camarero sin mirar la carta porque, según le dijo, estaba segura de que aún les quedaban unas botellas. Parecía moverse por allí con la comodidad del cliente habitual, hecho que constaté cuando se acercó a nosotros un tipo bastante guapo que la abrazó con entusiasmo: el dueño. Eran viejos conocidos, me dijeron. Él había sido cantante de un grupo con cierta fama hacía unos años y Catalina lo conoció un verano que trabajó de camarera; se notaba cierto compadreo entre ellos, amistad socarrona y sin dobleces. De esa en la que no había habido sexo ni nada que se le acercara.

—Bueno, me alegro de conocerte. —Después de unos minutos de charla el dueño me dio la mano y un apretón—. Disfrutad de la comida y... a ver si hacéis gala de la leyenda del local.

—¿Qué leyenda? —Alterné la mirada entre él y Catalina.

—Es una tontería. No le hagas ni caso —me pidió ella.

—De tontería nada. Hay gente que viene de muy lejos solo para ponerla a prueba, y... sé de pocos casos que no la hayan confirmado. Hasta los reyes celebraron aquí la cena de su primer aniversario. Por algo será, Catalina.

—¿Y qué leyenda es? —insistí cuando vi que ella parecía reacia a informarme.

—Hay quien consideraría que es una maldición. —Sonrió él—. Se dice que si comes aquí con alguien y hay amor..., estáis condenados a quereros siempre.

—«Condenados a quereros siempre» no sé si suena muy bien.

—Condenados porque lo de quererse va independiente de si estáis o no juntos —apuntó con una sonrisa.

—Ah. Lo capto.

—Pero ojo —señaló al suelo—, solo funciona si los dos están enamorados cuando vienen. Que también conozco a gente que ha traído a otros esperando a ver si además de pasta, sabemos hacer brujería.

—Anda, anda... —se quejó ella—. Vete antes de que se crea algo de lo que dices.

Cuando se despidió, Catalina se concentró rapidísimo en su plato de pasta, pero yo no pude evitar reflexionar. Pensaba en si hay lugares místicos, lugares con cierta energía atávica ligada a lo más primitivo de nuestras emociones. Lugares que saben más de nosotros que nosotros mismos.

—¿Por qué no comes? —me preguntó.

—Estaba pensando en eso de la leyenda.

—No le hagas ni caso, ¿eh?

—No eres nada mística, por lo que veo...

—Juraría que una vez vi a la Santa Compaña andando hacia el cementerio del pueblo, pero mi madre dice que eran unos chavales haciendo botellón. —Se encogió de hombros—. Creo en algo... llamémosle cosmos.

—En el cosmos puedes creer, querida. Existe. Está comprobado. —Me reí.

—Me refería a las normas bajo las que se rige.

—¿En el karma?

—En el karma no, que siempre ha sido un cabrón conmigo y yo nunca le he hecho nada.

Asentí y me concentré en enrollar espaguetis en el tenedor, aunque paré cuando vi que Catalina se había quedado como embelesada mirando a la nada. ¿Estaría sopesando la posibilidad de que aquella leyenda nos afectara?

—¿En qué piensas?

—En nada en particular... solo en que... —Me preparé. Parecía estar a punto de decir algo trascendental—. ¿Has visto las tetas de Sophia Loren en esa foto que tienen colgada? Desafían la ley de la gravedad.

La carcajada sonó en todos los rincones de aquel restaurante.

Maldita sea. Los domingos eran suyos y yo le pertenecía el resto de la semana.

Nos separamos muy poco durante los días siguientes. Tan poco que no me reconozco. Yo, todo mente fría, me acostumbré tanto a su presencia, a lo que fuera que emanaba, que un día me vi ofreciéndole acompañarme mientras trabajaba. Hasta a mi novia, con la que conviví cuatro años, necesitaba pedirle que se fuera de casa para trabajar en calma. Y admito que no siempre lo pedía de la mejor de las maneras. Necesito tranquilidad, sosiego, concentración y silencio, y ¿por qué le pregunté a Catalina si quería quedarse en casa mientras yo trabajaba si sabía de sobra que ninguna de esas palabras se correspondía con ella en absoluto?

Cuando abrí la puerta de mi casa, me arrepentí (me arrepentí mucho), porque pensé que Catalina iba a conseguir ponerme de los nervios, que no sabría respetar el silencio que yo necesitaba para crear, pero..., ojo, en lugar de sentirme agobiado casi me alegré, porque así me demostraría que necesitaba frenar, pensar más y vivir menos. Comprobaría de manera empírica que tenía que apartar a Catalina al menos unos metros del epicentro de mi vida.

Porque no podía ser. No. Claro que no podía ser. No podía estar enamorándome de ella. Esa idea era ridícula. El amor no era eso. El amor surgía como una mecha corta, como la llama de una cerilla, potente desde el principio. Al menos así había sido en el pasado para mí. Amores fulgurantes, más o menos apasionados, pero fulminantes. Uno no podía enamorarse así de golpe, por haber estado follando con alguien que le había sacado tanto de sus casillas al principio, ¿verdad? Era absurdo. Tan rápido..., bueno. Yo había tenido historias de amor de una noche. Amores de un mes. Pero... ¿Catalina? Catalina era ruidosa, caótica, una mentirosa de manual. No podía ser amor. Claro que no. Estaba encaprichado. Eso. Estaba enchochado. Se me pasaría. Sobre todo, cuando viera que, objetivamente, Catalina seguía sacándome de mis casillas.

Pero... sorpresa.

Maldita sorpresa.

Mientras yo me ponía la ropa de trabajo, ella hizo café. Ni siquiera recuerdo haberle enseñado a usar la cafetera, pero obviamente lo hice en algún momento de nuestros últimos encuentros, que íbamos alternando entre su microapartamento y mi casa. Dejó una taza para mí en la barra de la cocina, se descalzó, se puso una camiseta mía y se acercó a darme un beso frente al banco de trabajo. Delante de mí la pieza inacabada en la que estaba trabajando en aquel momento: la cabeza del amor.

Me cogió de las mejillas y apretó sus labios contra los míos con fuerza. Después, mirándome, dijo:

—Alexa, reproduce en Spotify «La verdad», de Siloé. —Me soltó y sonrió—. Si te molesta, apágala, pero si dicen que la música amansa a las fieras, quién sabe qué maravillas puede hacer contigo, escultor.

Y ahí viene la sorpresa: quizá tardé un poco en entrar en el estado de concentración que requería la tarea, pero entré. Entré y esculpí con un calor en el estómago que se parecía mucho a la palabra hogar. Esculpí escuchándola tararear y ni en el silencio más puro hubiera creado con tanto ahínco. No la olvidé. En ningún momento olvidé que estaba echada en el sofá de cuero, descalza, leyendo, devorando mi alma a través de las canciones que iban escupiendo los altavoces repartidos por toda la casa.

Cuando se acercó a preguntarme si podía ayudarme, ya era de noche y yo casi había terminado. Se quedó allí parada, frente a mi trabajo, con los dedos surcando mi cabeza a través del pelo y la mirada fija en la pieza.

—¿Qué te parece? —le pregunté.

—¿Qué le falta?

—Pulirla.

Despegó con dificultad la mirada de ella y la posó en mí.

—¿Qué? —Sonreí—. Pones una cara rara.

—¿Y estoy guapa con esa cara rara?

—Siempre estás guapa.

Apoyó la sien en mi hombro y le dedicó toda su atención a la escultura de nuevo.

—Solo estaba pensando que... ahora ya parece enamorado.

Mierda.

49
Hasta lo que fluye tiene frenos

Cuando abrí los ojos, el otro lado de la cama estaba vacío y frío al tacto. Me deslicé bajo el edredón de plumas hasta la almohada y la olí. Hasta hacía nada Mikel había descansado su cabeza sobre ella. En aquel momento no lo sabía, pero el amor es, reduciéndolo a su esencia más pura, hundir la nariz en la almohada del otro buscando su olor. Es un acto de placer inocente. Es un acto de rendición a los sentidos. Es un acto en el que el yo consciente se arrodilla ante lo que le gritan las vísceras.

Aún olían a él. A esa mezcla de perfume caro y su piel, a la que quise besar. Si no hubiera sido por aquella repentina necesidad, me hubiera costado muchísimo más salir de la cama.

Bajé descalza los escalones volados de madera y me asomé a la cocina, pero no había nadie. Pensé que se habría escapado a comprar algo para desayunar, pero un sonido en la zona del taller me advirtió que Mikel seguía en casa.

Lo encontré sentado en la banqueta en la que trabajaba, con los pantalones del pijama con los que no había dormido. No llevaba nada más encima y estaba despeinado. Tenía el pelo un poco más largo que cuando lo conocí que, a fuerza de tocárselo, siempre dejaba como de punta en el centro, en una especie de cresta un poco infantil. Como un niño que juega a hacerse peinados raros en la bañera con la espuma que flota sobre el agua.

Pasé los brazos por su cintura, por detrás, y apoyé mi barbilla en su hombro con la intención de oler su cuello, besar allá donde llegasen mis labios y buscar aquello que parecía mirar con tanta intensidad. Delante de nosotros, la cabeza que simbolizaba el amor.

Mikel olía a jabón. El rastro del aroma que la noche dejaba en ese rincón donde su cuello y sus hombros se unían había desaparecido por uno más artificial, menos personal, más pulcro, menos rico.

—¿Llevas mucho despierto?

—Sí. Hoy sí —suspiró—. Me desperté a las cinco y algo y ya fui incapaz de dormirme.

—¿Ronco?

—Sí.

Di la vuelta hasta colocarme delante de él y descubrí una sonrisa socarrona en su boca

—¿Ronco? —volví a preguntar, arqueando las cejas.

—Sí —repitió divertido—. Roncas como un cortacésped, pero no es eso lo que me ha despertado, si te sirve de consuelo.

—¿Ha sido «la creación»? —Y me moví como si acabara de mencionar la leyenda del fantasma que habitaba un lejano castillo.

—No lo sé. —Apartó la mirada de mí, la fijó en la cabeza y tuve claro que iba a cambiar radicalmente de tema, como siempre—. Salí a correr.

—¿Ya? Pero ¿qué hora es?

—Las nueve. Salí hace ya un rato.

—¿Y te has duchado y yo no me he enterado?

—De nada. —Seguía mirando la cabeza—. Entré a por el pantalón y ni te inmutaste.

—¿Entraste a por el pantalón y no se te ocurrió despertarme antes de ponértelo? —pregunté juguetona.

—Soy humano, Catalina. No puedo estar con la polla dentro de ti a todas horas.

Di un paso hacia atrás, alucinada con el tono de la respuesta.

—Joder…, pues no te vi sufrir ninguna de las veces que me la metiste.

Cerró los ojos y se frotó la cara.

—Perdona. Cuando no duermo, soy un poco más…

—¿Imbécil?

—Pues eso. Un poco más imbécil que de costumbre.

Me acerqué y le acaricié las sienes mirándolo a los ojos. Intentó evitar la mirada, pero insistí. Cuando conseguí que se centrara en mi cara, su gesto se dulcificó unas décimas de segundo, me juego la mano que de manera inconsciente.

—Esta noche me tomo un vaso de leche con miel y seguro que no ronco. Ya verás.

—Ah, ¿vamos a dormir juntos esta noche también?

No había hostilidad en su pregunta, pero se notaba cierta tensión. Parecía que Mikel se estuviera cuestionando aquella repentina costumbre de buscarnos a todas horas.

—¿Qué pasa? —le pregunté.

—No pasa nada.

—Estás raro.

—Soy raro.

—Es verdad —intenté hacerle sonreír, pero no lo conseguí—. Mikel, ¿qué pasa?

—Nada. Ya te lo he dicho. No he dormido demasiado y tengo mucho trabajo.

—¿Te preparo algo de desayuno mientras…?

Apartó con suavidad mis manos de su cara y negó, cortándome. Dio un beso a mis dedos, supongo que en un intento, esta vez plenamente consciente, de suavizar lo que iba a decirme:

—No, Cata…, debería pasarme el día trabajando, sin levantar la cabeza.

Fruncí el ceño.

—Entendido. Voy a hacer la cama, ¿vale?

—Esto… —Cerró los ojos, buscando las palabras—. Tengo que estar concentrado y voy a tener llamadas y…

—Tengo treinta años —le dije, volviendo a dar un paso hacia atrás. Unas piedrecitas sueltas se me clavaron en la planta de los pies—. Creo que ya tengo edad de asumir la realidad de las cosas sin que me cuenten cuentos. Si quieres que te deje solo, deberías poder decírmelo con naturalidad.

—Quiero que te vayas.

Esperé a que sonriera al final, a que me dijera que estaba de broma, a que lanzara un chascarrillo sin gracia con el que se ganara un puñetazo en el brazo. Pero nada. Ni parpadeó.

Hostias. No estaba de broma.

Me di la vuelta sin decir nada más y me encaminé hacia la escalera. No me siguió, como esperaba que hiciera. Tampoco apareció en el dormitorio donde me vestí a toda prisa. Ni en el baño, donde me lavé la cara…, ya no sé si por hacer tiempo o porque necesitaba espabilar y masticar el «quiero que te vayas» con las neuronas bien despiertas. Pasaban los minutos y Mikel no parecía tener intención de desdecirse ni de disculparse.

Sin embargo, lo encontré a los pies de la escalera cuando bajaba y el corazón me dio un vuelco.

—¿A qué viene esa cara? —me preguntó.

—Cuando quieres, puedes ser tremendamente obtuso… y cruel —dije pasando de largo y dirigiéndome hacia donde el día anterior había dejado colgado el bolso.

—Cata…, me has pedido que te dijera las cosas. Y te las he dicho. ¿Dónde está el problema?

—No hay problema.

Me agarró de la muñeca.

—Necesito trabajar. Necesito concentrarme. Necesito estar solo. Necesito que vuelvas a TU casa.

—Tranquilo, me estoy yendo. —Le señalé la puerta—. Pero, vaya, que lo que me sorprende es no haberme dado cuenta. Pensaba que ya había aprendido a no estar en sitios en los que no se me quería.

—Bueno, yo pensé que había aprendido a no verme en situaciones en las que no me apetecía estar.

Cogí el bolso, abrí la puerta, tiré de mi muñeca para recuperarla y salí. No pegué portazo, aunque me apetecía, porque soy una señora. Una señora extraña y excesiva, sí, pero una señora, no una adolescente enfadada con sus padres.

Cuando llegué al portal, ya me rodaban por las mejillas unas lágrimas redondas y cristalinas que ni siquiera entendía del todo. Nunca me había sentido tan humillada y ni siquiera entendía el porqué.

Lo entendí debajo de la colcha rosa que tenía en el piso compartido, donde hui a refugiarme. Hacía ya días que me sentía vulnerable. La sensación era ambigua porque esa misma vulnerabilidad me hacía sentir que todo era nuevo, que todo brillaba, que acababa de aterrizar en un mundo de sensaciones plenas que no conocía y que..., guau..., menudo viaje. Pero tenía una segunda cara más molesta y es que estaba en pelotas. Completamente desnuda, empezando a mostrar, empezando a implicarme, empezando a sentir cosas que NO TENÍA NI IDEA DE QUÉ ERAN. Una tía de treinta años en la vida, una adolescente primeriza en un amor que ni siquiera me había planteado en serio que lo fuera.

Muy vulnerable. Muy ofrecida. Muy entregada a la causa. Vale, ese era mi pecado..., pero él también tenía el suyo.

Comprendí pronto que lo que le había molestado era que diera por hecho que dormiríamos juntos aquella noche y..., bueno, lo entendía. No tenía por qué haberlo planteado así. Pero que yo le hubiera pedido sinceridad no le daba potestad para decirme las cosas de aquella forma, con las primeras palabras que le pasaran por la cabeza. No tenía problema con el qué: entendía que estuviera incómodo, que era su casa, que quisiera estar solo. Pero me había hecho daño con el cómo: si me hubiera dicho «me he levantado con el pie izquierdo» o «estoy un poco agobiado» o «necesito trabajar, Cata, lo siento. ¿Te parece que lo dejemos para otro día?», le hubiera dado un beso antes de irme, le hubiera deseado un buen día… y no hubiera terminado llorando como una cría debajo de la colcha.

Esperé que me llamase ese día para pedirme disculpas, pero no lo hizo. Creí entender, ya muy tarde, que Mikel sentía que él había sido el agraviado… y que había algo más detrás del «necesito trabajar» o de la incomodidad de que yo diera por hecho algunas cosas. Había algo más para lo que Mikel, probablemente, estaba intentando cazar palabras dentro del saco oscuro.

Las chicas no dejaron de pasar por mi habitación trayendo con ellas tesoros en forma de chocolatina, Coca Cola sacada de la nevera de estraperlo o el último cotilleo que circulaba por Instagram. No consiguieron animarme, pero fingí que sí.

Tardó dos días. Dos días enteros. Joder…, estaba comportándose de una manera irracional, pero en el fondo creo que siempre me gustaron los hombres que se tomaban su tiempo, que no se precipitaban…, aunque de todo se harta una. En ocasiones sentí la necesidad de agitar a Mikel intentando que reaccionara, pero eso sería más adelante, cuando las cosas estuvieron mucho más hechas.

Recibí un mensaje escueto en mi móvil mientras ordenaba algunas cosas en cajas para llevar al apartamento. Faltaban un par de días para la fecha oficial de la mudanza, ya había pagado la mensualidad y mi habitación en el piso compartido estaba casi vacía. A lo tonto, Mikel me había encendido la mecha de un mes de noviembre que había volado, sobre todo cuando apoyé la mejilla en su pecho desnudo por primera vez.

No me sorprendió recibir su mensaje. Yo estaba esperándolo, pero como te esperaba tu madre a oscuras en el salón cuando llegabas más tarde de la hora…, la mitad del cuerpo supurando miedo (de que te hubiera pasado algo) y la otra mitad, con cierta superioridad moral (el clásico «ya sabía yo…, pues ahora a ver cómo te hago pagar las consecuencias»). Lo que pasa es que hay que ser madre para hacer esas cosas bien, y yo no lo era.

Abrí la notificación muy digna, aunque en cuanto vi su foto de WhatsApp me puse como de parto, pero de un corazón en lugar de un niño. Y sin que se fuera hacia abajo, entiéndeme.

Mikel
No me concentro. Estás en todas partes.

El corazón se me salía del pecho. Creo que asumí que lo de Mikel estaba lejos de ser como mis relaciones anteriores cuando sentí que me temblaban hasta las manos con solo ver su nombre aparecer en mi teléfono. Pero, además…, porque sonreí. Porque me sentí aliviada de que volviera a escribirme, de que me sintiera «en todas partes», porque era exactamente donde yo sentía que estaba él. En todas partes.

Le contesté una sandez, creo que le dije que era hora de que asumiera mi naturaleza divina tras haberle demostrado mi don de la ubicuidad, pero no sé si le hizo gracia. Yo solo quería respetarme, su comportamiento me había dolido; respetarle a él y lo que le había empujado a ser tan brusco, pero haciéndole entender que lo lógico era que me lo explicase, que me diera la oportunidad de decirle que me había hecho daño y… hacerle sonreír. Y que él me hiciera sonreír.

Mikel

¿Estás en tu casa?

Catalina

En la vieja.

Mikel

¿Si me paso, bajas?

Catalina

Puedes subir, estoy sola ahora mismo.

Mikel

Uhm…, dame la dirección.

Mientras le esperaba, me dio por pensar que por qué cuando alguien nos hace daño nos atenaza la culpa. Cuando nos hieren, algo dentro de nosotros nos dice que es culpa nuestra. Porque les presionamos, porque no fuimos suficiente, porque quizá malinterpretaron nuestras palabras, porque no supimos hacerlo mejor, porque…, por cualquier razón que a nuestra retorcida mente le parezca que encaja mínimamente con la situación, aunque para ensamblar la pieza en su contexto tengamos que hacerlo a la fuerza, a puñetazos. Pero la realidad es que nos han hecho daño. Y probablemente no seamos más culpables de ello que del hecho de haber estado allí. Azar, una mala gestión ajena de los sentimientos, malicia…, vete tú a saber el motivo. Porque el motivo no siempre es importante. Cuidar la herida, sí. Y no sé si nos enseñaron a cuidarnos bien. No nuestros padres, que conste, sino la vida. Lamerse las heridas y suturarlas con amor propio es aún una asignatura pendiente, pero quizá eso sea lo más bonito, motivador y especial de todo esto: nunca dejamos de aprender sobre nosotros mismos. Nunca dejamos de aprender del mundo. Nunca dejamos de crecer. Y yo estaba haciendo las tres cosas a la vez.

Cuando le abrí la puerta, me había dado tiempo a ponerme un poco de rímel y un poco de BBcream, pero llevaba unos pantalones ligeros de ir por casa, a lunares, y una camiseta blanca sin nada debajo. Probablemente hubiera podido ponerme más mona, pero lo cierto es que no me apetecía mucho.

Estaba un poco ojeroso, pero guapo.

—Cuando dijiste que la puerta de tu casa era la más fea del mundo, lo admito: no te creí. Pensé que estabas exagerando…, como siempre.

—A veces no exagero —contesté seria—. A veces sencillamente apunto a la realidad.

Apretó los labios el uno con el otro y asintió.

—Me merezco el tono. ¿Puedo pasar?

—Pasa al salón.

Le señalé la sala donde brillaba la luz de los atardeceres tempranos de invierno, que se derramaba rojiza sobre las hojas de las plantas que había en todos los rincones.

—Qué bonito —musitó.

—Sí. Este piso es precioso. Lo echaré de menos.

—Es precioso, pero el tuyo es… tuyo.

Me volví para mirarlo y me apoyé en el respaldo del sofá, sin invitarle ni siquiera a tomar asiento.

—Tú dirás.

—Siento que enfadándote, no respetas mis emociones —soltó a bocajarro.

Madre mía. La misma habilidad emocional que un congrio.

—Y yo siento que ni siquiera te has preocupado por pensar por qué estoy enfadada.

—Porque te dije que te fueras. Pero no estaba cómodo.

—Yo tampoco. Estabas muy borde.

—¿Entonces?

—Que no es el «qué» lo que me molestó, Mikel; fue el «cómo». Porque cuando te importa alguien, te preocupas por buscar las palabras adecuadas con las que expresar lo que sientes para que lo entienda sin hacerle daño. Vamos..., es lo normal.

—A lo mejor no tengo esa habilidad.

—A lo mejor tienes más cara que espalda.

Sonreímos sin querer durante una milésima y pronto volvió a tomar la palabra.

—Vale. Lo entiendo. Y lo siento. No quería hacerte daño.

—Solo que me fuera de allí.

—Sí.

—¿Me vas a contar por qué?

Se apoyó también en el respaldo del sofá y movió la cabeza en un claro «no estoy muy seguro».

—Quizá no encuentre las palabras.

—Quizá podrías intentarlo.

Cruzó los brazos sobre el pecho con un suspiro.

—Te hará daño —afirmó—. Estoy seguro.

—A lo mejor me hace más daño que te lo calles.

Se frotó la cara y asintió.

—Vale..., pues allá voy.

—Cuida el cómo.

—Lo intento. Yo..., a ver. Ehm. La última vez que estuve con alguien, y cuando digo «estuve» me refiero a tener una relación, fue con mi expareja. Con mi exnovia. Ella era una chica maravillosa, pero juntos... no..., yo no...

—No funcionabais, vale.

—El caso es que... hice un poco de examen de conciencia después. Y me di cuenta de que me había pasado con todas las relaciones que había tenido porque, en algún momento, yo me sentía insatisfecho y vacío, como si...

—Mikel —le paré—. No estoy entendiendo nada.

—No quiero una relación. No quiero una novia ahora. Me prometí tiempo para mí después de aquella ruptura, no volverme loco por nadie, centrarme en el arte… He pasado un año de mierda, seco por dentro, sin ideas y…, ahora que he retomado la producción, que tengo ganas e ideas…, no quiero meterme en nada que le quite tiempo e importancia a mi trabajo. Amo mi trabajo. Es mi esposa, es mi amante, es quien me abraza por las noches… y es algo que no quiero que cambie.

Guau.

Esta vez me tocó asentir a mí.

—No digo que tengamos que dejar de vernos —añadió—. Pero creo que deberíamos frenar porque vamos a toda velocidad y no sabemos ni hacia dónde.

—Yo no tengo mucha experiencia en esto, pero… si dices que no quieres dejar de verme, al final…, ¿no es así como suele ser? Sin saber adónde se va.

—Yo siempre sé adónde voy —dijo muy seguro—. Y me siento en la obligación de frenar un poco esto porque íbamos subidos en un Mustang a doscientos kilómetros por hora sin saber el destino. Y yo no quiero una relación. No quiero enamorarme. Y no lo voy a hacer.

Tragué.

—Vale —le dije.

—¿Vale?

—Vale. Sí, ¿qué más voy a decir?

—Tú siempre tienes algo que decir. No me digas vale y ya está.

—¿Y qué te voy a decir? —Sonreí tímidamente, aunque algo me escocía por dentro de una manera muy poco física pero muy intensa—. Yo nunca me había…, a ver, que he estado con chicos que me han encantado y por los que he perdido el culo durante unas semanas, pero nunca me había sentido así… De modo que si tú dices que hay que frenar, que no quieres una relación, que nos estábamos comportando como dos locos… Okey, pues frenamos.

—Ya. —Me miró con el ceño levemente fruncido—. Pero es que yo tampoco…, tampoco sé lo que estoy haciendo. Digo que debemos frenar porque me parece, sencillamente, lo más sensato. Pero si no es lo que tú quieres, quizá deberías decirlo ahora.

¿Qué?

—No tengo ni idea de lo que estás diciendo ahora…, así que me reservo la posibilidad de contestar para cuando lo entienda.

—Vale.

—Vale.

Nos miramos el uno al otro, como dos gilipollas.

—Pues ya está —le dije.

—¿Me estás echando? —Sonrió de medio lado.

—Debería, sí. Como tú me echaste a mí.

Hizo una mueca.

—Me agobié.

—¿Por qué?

—Por lo que te acabo de decir, Cata.

—Yo creo que hay algo más.

—No lo hay.

—¿No?

Se frotó las sienes.

—No me gusta la persona en la que me convierto cuando me enamoro. No me gusta nada. No me gusta la manera en la que creo. No me gusta la manera en la que vivo la relación. No me gusta sentir que se me cortan las alas. No me gusta. Y no quiero volver a verme en esa tesitura, Catalina.

—Quizá sí deberíamos dejar de vernos —le propuse.

Creo que fue el canto del cisne de las últimas neuronas cuerdas, que me salió por la boca sin permiso. Fue pronunciar esas palabras y sentir que quería llorar, tirarme al suelo, irme del país y donar mi cuerpo a la ciencia. Mikel me miró fijamente, con el ceño fruncido, como quien busca las palabras, pero no las encuentra. Un gesto ya bastante habitual en él, por otra parte.

—Yo no quiero eso. ¿Es lo que quieres tú?

—No, pero es lo más coherente con lo que dices que sientes.

—Es que yo no quiero ser coherente, Cata. Yo quiero ser feliz.

Ambos nos miramos un poco cohibidos. Me acerqué y le di un beso. Uno fugaz, rápido, infantil. Uno de esos que das porque no puedes no hacerlo.

—¿Entonces? —le pregunté.

Mikel descruzó los brazos, me envolvió con ellos cerca de su pecho y me volvió a besar.

—Entonces fluyamos.

—Ya estábamos fluyendo.

—Pues fluyamos con más calma.

—Seguimos sin saber adónde vamos. Solo sabemos dónde no quieres llegar.

Lo vi cerrar los ojos justo antes de que apoyara los labios en mi frente.

—Vale —susurró—. Salgamos solo a comer. Vamos a…

—¿Dejar de follar?

—Dejar de follar —repitió—. Durante unos días. Quizá unas semanas. Vamos a calmarnos un poco. Y el resto ya se verá.

Me alejó un poco, con suavidad y sonrió.

—¿Te parece bien?

—Sí.

—Bien. Pues… ¿comemos el domingo?

—Vale.

—Te escribiré con el nombre del restaurante. Sin *ghosting*, te lo prometo.

—Vale.

Le acompañé hacia la puerta y, antes de salir, Mikel se inclinó hacia mí para despedirse.

—Dame un buen beso —le advertí—, puede que sea el último.

—Cómo te gusta el drama. —Sonrió.

Fue un buen beso, desde luego. Un muy buen beso. Uno de esos besos de los que solo vas a dar un puñado en la vida, pero aún no lo sabes. De esos tenemos una cantidad limitada en la boca y solo podemos identificarlos conjugándolos en pasado. Nunca sabes que lo estás dando cuando lo haces. Nunca. Pero hoy, años después de aquel beso, sé que cuando Mikel me besó lo hizo con un poco de miedo a no volver a hacerlo nunca y aquello, aquel miedo unido al mío, lo convirtió en único.

—Adiós —me dijo alejándose.

No contesté. Solo esperé a ver cómo enfilaba hacia las escaleras, apoyada en el marco de la puerta más fea jamás creada por el ser humano. Pensando. Sintiendo. Cuando estaba a punto de perderlo de vista, le llamé. Al girarse, sentí una punzada en el pecho.

—¿Qué?

—Sabes que no vamos a hacer ni puto caso a lo que acabamos de decidir, ¿verdad?

—Sí. Pero había que intentarlo.

50
El deseo no entiende de órdenes

Mudarme en diciembre fue triste. Teníamos muchas tradiciones navideñas en el piso, aunque ninguna fuera lo que se conoce como el espíritu de esas fechas. Pero nos gustaba montar el árbol, poner luces bonitas en los balcones, regalarle flores de pascua a Teresa y cocinar con ella cosas típicas. En lugar de todo eso, yo volaba del nido.

Durante los primeros días pasé más tiempo allí que en mi piso, también porque Mikel había decidido dedicarse a fondo a su proyecto aquella semana para poder permitirse el lujo de planear una escapada después de los días 24 y 25. Escapada a la que yo deseaba con todas mis fuerzas que me invitase, por supuesto. Pero claro... «había que frenar». Él decía que había que frenar y yo me sentía como Thelma y Louise delante del Gran Cañón, montadas en un descapotable, acelerando.

La primera excusa para estar más en mi antiguo piso que en el nuevo fue colocar el árbol. La segunda, comer el primer *panettone* de la temporada. La tercera, ver la película navideña de Vanessa Hudgens que veíamos juntas desde hacía algunos años. La cuarta, ya no era excusa ni era nada. Es que no quería estar sola en mi piso y a ellas les costaba aceptar que me fuera.

—Asúmelo —me dijo Claudia cuando me descubrió espachurrada en el sofá—, vivir sola da mucho miedo.

No sé si alguien lo duda a estas alturas, pero por supuesto me largué a mi casa en ese mismo momento. A mí Claudia no iba a decirme lo que me daba o no me daba miedo, hombre ya. Me fui a mi casa más digna que un junco, aunque a las dos horas tenía allí a Laura y Elena arrastrando la caja del árbol de Navidad más cutre del bazar chino que tenía más cerca de casa y una caja de adornos en color rojo. Bebimos vino y comimos galletas Chiquilín, que no es que sea muy navideño, pero para nosotras también era costumbre.

Ojo…, todo esto, si no recuerdo mal, fue en el puente de diciembre.

El sábado siguiente, Mikel, con el que había mantenido una correspondencia vía móvil continua pero desigual, me preguntó si seguía apeteciéndome ir a comer al día siguiente. Tardé en contestar una hora porque tenía tantas ganas de decirle que sí que yo misma me autoimpuse la espera. No sé si a ti también te pasa, pero durante esos sesenta minutos pensé cosas como que se iba a arrepentir de habérmelo propuesto, que iba a quedar de sobrada, que si tenía ganas por qué no iba a contestar pronto, que quizá debía decir que mejor lo dejábamos para otro día…, en fin. Esa corriente de pensamiento que apunta que debemos hacernos «los interesantes» desemboca, en la práctica, en la esquizofrenia emocional, estoy segura.

Le dije que sí, por si hay alguna duda.

Nos encontramos en la puerta de un restaurante mexicano pequeñito, en la calle del León. Era bonito, nuevo, moderno y se respiraban aires de autenticidad en su interior. Nada más poner un pie dentro, a pesar de que era complicado pensar en algo que no fuese lo guapo que estaba Mikel, que se había vuelto a cortar el pelo, que llevaba un abriguito de paño oscuro y que descubrió bajo este un jersey fino de color gris que le quedaba como un guante, lo que se me vino a la cabeza fue la tía Isa y lo mucho que le hubiera gustado aquel rincón de Madrid.

—¿Qué tal? —me preguntó sonriente viendo cómo me sentaba frente a él.

—Bien. ¿Y tú?

—Bien.

Los dos nos reímos.

—Podemos hacerlo mejor. —Le guiñé un ojo.

—De sobra. ¿Un margarita?

—Por favor. —Incliné la cabeza en una suerte de reverencia.

Levantó la mano y pidió dos margaritas de mezcal. Sonaba a que me iba a caer de culo con solo probarlo, pero si servía para soltarnos un poco…

—¿Ya instalada? —preguntó cruzando los brazos sobre el pecho.

—Sí. Estás guapo.

—Gracias. —Sonrió un poco, muy poco, y le envidié aquella impermeabilidad de su rostro, que no mostraba demasiadas emociones—. Tú también. ¿Y qué tal en tu piso nuevo?

—Bien. Un poco sola. —Arrugué la nariz—. No pensé que fuera a echar tanto de menos el alboroto de mi anterior casa. Y tengo demasiado tiempo libre.

—Eso puede ser bueno. ¿Has pensado ya en qué te gustaría hacer cuando termines con…?

—¿Con mi farsa?

—Exacto.

—Pues no. He estado…, uhm…, entretenida con alguien.

—¿Ah, sí? —Frunció el ceño, seguramente porque no había captado que hablaba de él—. ¿Y eso?

—Pues… es que la historia da para una novela, ¿eh? Encontré unos cuadros en el desván de casa de mi tía Isa y pensé en venderlos en El Rastro, inventándome que yo era su autora, pero en lugar de eso, me encontré con un marchante que quiso representarme. La bola fue haciéndose cada vez más grande y terminé metida en un follón…, haciéndome pasar por artista; al menos de algo me servirán mis años de formación como actriz.

El rostro de Mikel, normalmente inalterable, esbozó una sonrisa enorme.

—Oh, no. Cuéntame más. —Apoyó su barbilla en el puño.

—Pues en la primera pequeña muestra de esas pinturas, conocí a un artista. Uno de verdad. El Leonardo da Vinci contemporáneo. Pintor, escultor… ¡hasta tatuador! Y ya, por si no podíamos pedirle más, también era guapo.

—¿Guapo?

—Supersexi.

—¿Y qué pasó?

«Que me enamoré».

Me mordí el labio tremendamente asustada por la claridad de mi pensamiento. La llegada de las bebidas me ayudó a disimular.

—¡Qué buena pinta! —Me alegré de tener algo en lo que centrar mi atención.

—¿Ya sabéis qué vais a tomar? —nos preguntó un camarero, amable.

—Aún no hemos mirado la carta —se disculpó Mikel.

—¿Tenéis pozole?

—Sí. ¿Os voy ordenando pozole para dos mientras lo pensáis?

Miré a Mikel de reojo, que me dedicó un gesto, como dejándome claro que podía tomar la iniciativa:

—Pozole y dos tacos de cochinita pibil… ¿Tienes hambre?

—Bastante —asintió Mikel.

—Pues… ¿tenéis tacos de bistec?

—Sí.

—Pues esas tres cosas.

El camarero nos dejó solos de nuevo y Mikel arqueó las cejas.

—Vaya soltura…, sabía que te gustaba la comida mexicana, pero no estaba al día de este dominio.

—Es por mi abuela y su hermana. Se criaron en México…, ¿recuerdas? Te lo conté.

—Sí. Es verdad —asintió—. Tengo muy mala memoria. No es que no te escuche cuando hablas.

—Ya. Estás embelesado con mis encantos y así es imposible atender bien.

—Entonces… ¿qué pasó con el artista?

Me reí al ver su expresión, anhelante. Quería escucharme hablar de él y eso, supongo, era muy buena señal.

—¡Ah! Sí. Pues que, aunque al principio nos odiábamos, resulta que al final nos hicimos amigos.

—¿Amigos? —Levantó las cejas.

—Bueno, amigos no. Amantes.

—Ostras…, qué giro.

—No te creas. Es lo típico y cuando lleven mi vida a la gran pantalla, se verá venir desde el principio: la historia de amor subyacente.

Me arrepentí de decir «amor», pero no había manera de borrar esa palabra, porque flotaba en el aire. Di un buen trago al *frozen* margarita. Estaba fuerte de narices y el frío del hielo se fundió con el calor del mezcal sobre mi lengua.

—A ver. —Solté la copa—. Enséñame las manos.

—No. —Se avergonzó y las escondió—. Están peor.

—Enséñamelas…

Las colocó sobre la mesa. Estaban terriblemente maltratadas. Le lancé una mirada de soslayo y él asintió.

—Frío, cincel, piedra, lijas y productos químicos…, no te digo más.

—¿Y cremita?

Lanzó una carcajada y yo tiré de sus manos un poco hacia mí.

—Ponte crema —le pedí—. Se te abrirá la piel y puede infectarse.

—¿Eres enfermera?

—No, pero he actuado tres veces en una serie sobre las urgencias de un hospital, así que hazme caso.

Se echó a reír tan fuerte que para acallar las carcajadas tuvo que apoyar la frente en sus brazos, sobre la mesa. A nuestro lado, una familia estaba celebrando un cumpleaños, pero nuestras risas los tenían de lo más entretenidos.

—Mikel… —le supliqué en un susurro mezclado con carcajadas—. Calla. Nos miran.

Levantó la cabeza, agotando las carcajadas, me besó una mano y la volvió a dejar sobre la mesa.

—Se me olvida cuando no te veo…

—¿Lo divertida que soy?

—Sí. Y ese detalle de que mi risa sea tuya.

Mierda. Una Catalina del tamaño de un bote de refresco apareció sobre la mesa, con los brazos en jarras, mirándome con desaprobación. Así que era de esas, ¿eh? De las que se enamoraban cuando le negaban el amor. Directita a terapia iba a ir.

—¿Cómo llevas la colección? —Cambié de tema, y le supliqué mentalmente a la Catalina de bolsillo que desapareciera.

—Pues trabajar con granito no es lo que se dice rápido, de modo que… no sé si tendré suficiente tiempo. Aunque sigo pensando que necesito escaparme unos días de Madrid.

—Bueno, irás a Pamplona a ver a tu familia, ¿no?

—¿Te he contado que viven en Pamplona?

Mierda. Lo había buscado en Google y ya no sabía qué información había sacado de nuestras conversaciones y cuál de internet.

—Sí —asentí.

—Qué cabeza tengo… —suspiró—. Pues sí. Iré a Pamplona. Me encanta la ciudad y me gusta pasar tiempo con mi sobrina, pero… no soy un tipo demasiado familiar, con lo que no me lo planteo como un viaje precisamente de placer.

—¿Y adónde irías si pudieras? Tenías pensado escaparte unos días, ¿no? Venga, ¿dónde volarías?

—Oh. —Sonrió de lado, en una expresión de placer contenido—. A una isla del Mediterráneo. A nadar desnudo, beber vino y hacerte el amor.

Me humedecí los labios.

—Pensaba que nos íbamos a portar bien —le advertí.

—Y nos vamos a portar bien.

—Necesitaríamos una cartilla para controlar al que peor se porte y premiar al que mejor lo haga.

—Es buena idea. Ganaría yo.

—Eso lo sabe todo el mundo. —Me reí—. Porque hasta yo estoy sorprendida de no haberme sentado en tu regazo a pedirte un beso.

Los dos nos reímos.

—En las islas del Mediterráneo ahora mismo hace frío —le dije.

—Lo sé. Tendré que pensar otra cosa.

—¿Y te irás?

—Sí. Seguramente. Si fuera verano me iría a Grecia… o a Menorca. Me encanta Menorca. Pero ahora, en pleno invierno…, no sé. Estaba pensando en París.

—París… —asentí, muerta de envidia—. Demasiado típico, ¿no?

—O Berlín.

—Hace mucho frío en Berlín, loco.

—Pues…

—Roma —le propuse.

—Roma. Me encanta Roma.

Nos miramos fugazmente. Me imaginé cómo sería escaparnos juntos a Roma. Conocía Roma y me encantaba la ciudad, pero recorrerla con él… sería diferente. Visitar las termas de Caracalla, pasear por el circo romano o bordeando el Foro. Comernos un helado cerca de plaza Navona y burrata en una *salutteria* cerca del Panteón. Beber un vino en el Trastevere.

Llegaron las dos sopas y salí de mi ensoñación con el olor que emanaba aquel cuenco. Bufff. Eso levantaba a un muerto. Sonreí.

—¿Cuántos días te irás?

—No sé si me iré.

—Me refiero a Pamplona.

—Ah…, pues como este año Nochebuena y Navidad caen en fin de semana, me iré el jueves o el viernes.

—¿Solo?

—Cuatro días con mi madre son cinco años en edad de perro.

Esbocé una sonrisa.

—El miércoles, en mi piso compartido, van a hacer una pequeña fiesta. Una cosa así muy normal. Unos cuántos amigos, champán y algo de comer… para despedirnos antes de que todo el mundo se marche a ver a los suyos. La hacemos todos los años. Es nuestra manera de celebrar que, de alguna manera, aunque vayamos a casa por Navidad, también tenemos una familia en el piso.

—Qué monas. —Cogió la cuchara, dispuesto a meter mano a su plato.

—Sí. Ehm. Es un día muy bonito. Especial. Teresa cocina cosas ricas para picar, Laura pone música y Elena decora la casa.

—¿Y tú qué haces?

—Yo normalmente me emborracho y hago la animación del sarao bailando encima del sofá creyéndome Salma Hayek en *Abierto hasta el amanecer*.

—No sé por qué, no me cuesta creerte. —Señaló el pozole—. Esto está buenísimo.

—Sí…, esto…, ¿te gustaría venir?

Levantó la mirada hacia mi cara.

—¿A la fiesta?

—Sí —asentí—. Pero, vamos…, que si vas a estar incómodo no quiero yo que…

—Ah…, pues… no sé. ¿Te voy diciendo?

Qué cagada…, ¿por qué le había invitado? Dibujé una mueca y me puse a tomar sopa como si tuviera que terminármela pronto para poder irme.

—Eh…

—¿Qué? —le pregunté sin levantar la mirada, muerta de vergüenza.

—¿A qué hora es esa fiesta?

—Es a mediodía, cuando termina la lotería más o menos. Pero no te preocupes, Mikel, que igual es una tontería pedirte que vengas porque no vas a conocer a nadie, te vas a sentir incómodo y…

—Me pasaré a tomar una copa contigo, ¿vale?

Lo miré.

—Da igual…, además, tendrías que fingir que soy artista y…

—No. No da igual. Quiero ir. Parece que es especial para ti. ¿Cómo iba a perdérmela?

Dos margaritas, el pozole y dos tacos por cabeza, no dan como resultado una borrachera, pero sí una risita distendida y floja muy mona, que hace que dos personas que se gustan se gusten más. Y busquen cualquier excusa para no despedirse aún. Esos dos éramos nosotros, no borrachos, pero sí risueños. Creo que ambos queríamos alargar la comida tanto como pudiéramos, pero pronto el restaurante se llenó y tuvimos que irnos para dejar paso a los comensales que debían ocupar la que había sido nuestra mesa. En la puerta dudamos. Quizá era buena hora para despedirse siendo aún formales. Quizá debíamos dejarlo allí y ya está, pero… yo quería pasar con él un rato más. Todo me sabía bien, pero a poco. Llevaba ya un rato ahuyentando con la mano la mosca de la tristeza que me golpeaba el pecho cuando me separaba de él. Soy una persona que suele tropezarse con la piedra de la nostalgia; también me ocurría con amigas o con familia, que, tras haber pasado un buen rato, me dejaban como triste al marcharse. Pero con él esa tristeza era de otra manera. Era profunda, transformadora…, ese tipo de tristeza que te hace mirar con mucha atención hacia el lugar donde crece. Y pensar. Y sentir. Y entender.

—Hay una coctelería genial en la calle Pez…, ¿te apetece? —le propuse.

—Claro.

No era el mejor día para pasear: hacía un frío de mil demonios y el cielo estaba tan blanco que, aunque el parte meteorológico no apuntaba a ello, parecía que iba a nevar. Me encanta la nieve, pero Madrid nevado es un coñazo tremendo. Casi nunca cuaja del todo (excepto el año de Filomena, que nos hartamos de que cuajara) y la nieve, que recibimos detrás de las ventanas con algarabía y gritos mientras hacemos mil fotos y *stories* para Instagram, no tarda en convertirse en agua sucia bajo las ruedas de los coches y en charcos de color negro junto a las aceras.

—Ojalá no nieve —dije mirando hacia el cielo.

—¿Por qué? A todo el mundo le gusta.

—A mí me gusta que llueva. Ver nevar es muy pintoresco, pero seamos prácticos: no estamos logísticamente preparados. La lluvia, sin embargo, es limpia. Y los cielos grises siempre hacen que todo tenga una luz especial.

—Dirás lo que quieras, pero eres una romántica.

Andamos uno junto al otro, muy pegados, durante los veinte minutos que duraba el paseo hasta la coctelería. No sé él, pero yo tenía la cara tan congelada que me costaba hasta gesticular. Iba abrigada (cosa rara en mí, especialista en escoger siempre el peor modelito para las inclemencias del tiempo) con botas, pantalones de pana calentitos de pata de elefante, un jersey de cuello alto, un chaleco adornado que encontré en una tienda de segunda mano para sustituir visualmente el encanto de los kimonos y un abrigo de tres cuartos de corte setentero. Pero no llevaba guantes y el abrigo no tenía bolsillos.

—Dios…, se me están quedando los dedos morados con tanto frío.

Mikel sacó las manos de los bolsillos y fue a quitarse sus guantes. Me sorprendió. Él, que siempre parecía tener el termostato en temperatura tropical, se había acordado de coger unos guantes…, quizá porque tenía las manos tan hechas polvo que con el frío aún le dolían más.

—Toma.

—Ni de coña. Tienes las manos hechas un asco.

—Y tú vas a perder varias falanges por congelación. Anda…, toma. Yo tengo bolsillos.

—Que no.

—Que sí.

—No los quiero. Te van a doler muchísimo cuando entres en calor, Mikel.

Se paró en la calle, frente a mí y los dos nos miramos.

—¿Quieres cuidar de mí? —preguntó con sorna.

—Búrlate todo lo que quieras. Creo que la culpa es del heteropatriarcado.

Sonrió.

—Puede ser, pero escúchame, yo también quiero cuidar de ti. Así que… vamos a hacer una cosa.

Se quitó el guante de la mano izquierda y me lo colocó en la mano correspondiente. Me venía enorme, pero me sentía tan bien, tan caliente…, que no me quejé. Sin embargo, no se quitó el guante de la mano derecha. Mi mano derecha y su mano izquierda quedaban desnudas, bajo el frío, pero él las introdujo juntas en el bolsillo de su abrigo, donde las entrelazamos en busca de más calor. Y lo encontramos. Quizá porque de mi estómago salían llamaradas en dirección a todas las terminaciones nerviosas de mi cuerpo.

—Ahora es como si los dos tuviéramos guantes, ¿vale?

Tiré de él sin poder remediarlo y le di un beso en los labios cuando se inclinó. Ninguno añadió nada. Solo... reanudamos la marcha.

El 1862 Dry Bar tiene dos pisos: el de abajo, más amplio, oscuro y donde se encuentran los baños, y por el que se accede, pequeñito, con apenas tres mesas altas y la barra. Una gran ventana conecta este con la calle Pez, por donde a todas horas están pasando, en una u otra dirección, personas. Creo que si nos sentamos a la mesa que quedaba pegada a esta ventana y no buscamos refugio en la oscuridad del piso de abajo, fue porque esperábamos que aquella exhibición nos salvaría de buscar intimidad en los brazos del otro.

Igual sobrestimamos nuestro control.

A pesar de lo que pueda parecer, no me gustan los combinados. Me cansan. Me parecen, casi siempre, demasiado dulzones y más un accesorio de ostentación que una bebida. Prefiero una copa de vino o una cerveza, pero, en este caso, Catalina Ferrero, la artista, emergió de las profundidades de la habitación a la que había quedado relegada desde que se me hacía el culo PepsiCola con Mikel, y pidió un güisqui con hielo. Sencillo. Sin artificio: un vaso chato con hielo y dos dedos de güisqui. Sin más. Mikel, cómo no, pidió lo mismo.

—¡Oh! Señorita Ferrero, está usted de vuelta.

—Me haces sentir un poco esquizofrénica.

—Personalidad múltiple, más bien. —Sonrió—. ¿Qué tal le va?

—Fatal. —Me puse seria, con una expresión con un toque seductor—. Está usted castrando mi creatividad.

—No me diga. —Se colocó la mano abierta en el pecho—. No sabe cuánto lo siento. Ni siquiera me había dado cuenta. Creía que usted carecía de creatividad por completo.

Encajé la broma con media sonrisa y una respuesta rápida:

—Parece mentira que me haya visto en la cama; suelo hacer gala de una amplia imaginación. Como en esa postura en la que le doy a usted la espalda y le monto como una experimentada amazona. Y ahora, si me disculpa, voy al aseo a empolvarme la nariz.

Me hacía pis. Pero, sobre todo, necesitaba poner un poco de tierra de por medio para no ponerme en pie, entre sus muslos fuertes, y pasar despacio mi lengua por encima de sus labios.

Bajé las escaleras a toda prisa y las mejillas ardiendo, ya no sé si por el cambio de temperatura con el exterior o por la súbita idea de que toda esta historia, con el rollo de frenar y los días que se marcharía a ver a su familia, terminaría convirtiéndonos en poco más que dos personas que habían tenido un rollo apasionado y ni siquiera recordaban por qué o qué es lo que deseaban del otro.

El día de la tradicional fiesta de la lotería en el piso sería nuestra despedida antes de separarnos, pero era poco probable que volviéramos a vernos hasta entonces, por lo que aquel domingo en una coctelería del centro tendría que convertirse en un atractivo interrogante que guardaría todos los motivos por los que Mikel decidió besarme aquella tarde que parecía tan lejana. Aunque no sabía cuáles eran.

—¿Qué es lo que te gusta de mí? —pregunté a bocajarro nada más llegar de nuevo.

—¿Eh? —Me miró extrañado.

—Que qué es lo que te gusta de mí. Algo te gustará.

—Claro que me gustan cosas de ti.

—¿Como qué?

—Como…, no sé.

—No lo sabes… —Me senté y asentí, con la mirada perdida.

—Esa pregunta es un atraco a mano armada. —Se rio—. No se le pregunta eso a un hombre que se ha tomado dos margaritas.

Me volví a mirarlo. Tan guapo. Tan firme. Tan «estoy aquí, soy de verdad».

—Yo sí sé lo que me gusta de ti.

—¿Sí? —Sinceramente estaba sorprendido.

—Claro. Eres la única persona con la que me siento así de segura…, segura de mí misma. Me gusta cuando me miras fijamente y no sabría adivinar, ni en mil años, lo que piensas.

—Ah, pero Catalina, no te dejes engañar. Es que…

—Déjame seguir —le pedí—. Me gusta que tú sepas leerme con solo echar un vistazo. Me gusta que a veces no encuentres las palabras. Me gustas un poco bebido, porque dejas de estar tan controlado. Me gustas muy serio. Me encantas riéndote a carcajadas. Me gusta no entenderte a veces. Quizá lo que pasa es que a ratos hablas una lengua muerta o «dothraki», aunque probablemente solo sea que estoy demasiado nerviosa para comprenderte. Me gusta esto también…, lo nerviosa que me pones. Pensaba que nadie despertaría nunca esas cosas en mí. Porque me pongo nerviosa constantemente, pero no suele ser porque alguien me mire como me miras tú. La cosa es que… tú me miras y me ves y siento que no tengo dónde esconderme. No me suele pasar. Creé un personaje a conciencia para guarecerme de esas cosas. Pensaba que era infranqueable. Pero llegaste tú.

—Cata… —susurró.

—Me gustan tus manos. Y tu boca. Tu boca me vuelve loca. Como tu pecho. En realidad, me gustas todo tú. Me gusta la facilidad con la que puedes encenderme sin pretenderlo. Me gusta el placer que me das…, no sabes cuánto, como no sabes tampoco que las noches que no estamos juntos, me acaricio pensando en ti. Me gusta tu sabor. Tu tacto. Tu olor. Me gusta la persona que soy cuando estoy contigo porque, aunque no te lo creas, esa es la parte de mí que cree que casi cualquier cosa es posible.

Arrugó la frente, donde se dibujaron tres líneas horizontales y por sus ojos comenzaron a pasar, como por la ventanilla de un tren que viaja a toda velocidad, brillos que no sabía interpretar. Abrió los labios unos milímetros, pero volvió a cerrarlos. Podía imaginarlo, en su interior, metiendo el brazo hasta el hombro en un saco lleno de palabras líquidas, viscosas y resbaladizas, como peces, que no se dejaban atrapar. Mikel, en su interior, buscaba, buscaba sin descanso, pero no encontraba.

—Odio no saber cómo responder a eso —dijo por fin—. Dices que admiras mi capacidad de crear… y soy el que se queda sin palabras, Catalina, porque nunca conocí a nadie que sintiera con tanta honestidad como tú.

—No tienes que contestar —me avergoncé y tiré de mis labios entre los dedos pulgar e índice.

—Quebrantacimientos. —Sonrió—. Puto ciclón sin sentido. Qué alma más llena.

Salté de la banqueta, no sé si porque aquellas palabras eran lo más romántico que nadie me había dicho jamás o porque necesitaba callarle, pero fuera por lo que fuera, el resultado fue el mismo: mi boca pegada a la suya. Y tardó apenas unas milésimas en reaccionar abriendo sus labios y metiendo la lengua en mi boca.

Los dedos deslizándose, uñas mediante, entre su pelo corto. Mi cuerpo encajando entre sus muslos, enfundados en unos vaqueros grises. El gruñido, bajo, grave, de su garganta cuando nuestras lenguas se aventuraron un poco más hondo de la boca del otro. Sus manos haciéndose fuertes en mi cintura… hasta que una de ellas se precipitó hacia mi nalga y la apretó. El sabor de su saliva. El olor de su cuello. Su respiración, robándome oxígeno. Mis dientes, aferrándose despacio pero firmemente en su labio inferior y… vuelta al tornado de nuestras lenguas, húmedas. Mi mano deslizándose muslo arriba hasta rozar con el pulgar el bulto que había despertado bajo el pantalón. El calor que los dos cuerpos desprendían, concentrándose en el punto de unión…, las bocas.

—Ejem, ejem…

Mi mano derecha acariciando la barba incipiente de su mejilla. Las suyas repartidas: una pegándome aún más a su cuerpo a la altura del trasero y la otra escondida entre los dos, agarrando uno de mis pechos.

—Ejem, ejem…

Mikel bajó de la banqueta poco a poco, hasta apoyar los dos pies en el suelo y poder, así, frotar su erección contra mi vientre, mientras nos envolvíamos en un abrazo que cobijara los besos que aún no habíamos agotado.

El carraspeo del camarero rebotó, esta vez, mucho más fuerte en el local, asustándome.

—Dios…, ¿eso era el camarero llamándonos la atención? —pregunté con la frente apoyada en su hombro.

—Vámonos.

—No hemos pagado.

Mikel se palpó nervioso todos los bolsillos, pero mientras lo hacía, yo deslicé la mano dentro de mi bolso y saqué un billete de veinte de la cartera. Tiré de él y de mi abrigo a la vez, en dirección a la puerta.

Los dos güisquis seguían en la mesa, casi sin probar.

Nos escondimos en su portal, aunque no era suficiente refugio para las ganas que teníamos del otro. Yo esperé que me invitase a subir, pero no lo hizo. Creo que aún creía que podíamos frenar de alguna manera. Hay quien piensa que, en el intento de controlarse, no terminar en un coito es suficiente…, como si sus dedos debajo de mi ropa interior no fueran sexo, caos, descontrol, deseo, fuego y un lío de pelotas. En cuanto mi espalda tocó la pared, su cuerpo me cubrió y… las manos se hicieron con el mando.

Dos dedos en mi interior. Mi puño apretado alrededor de su polla, a través de la bragueta mal abierta de su pantalón. Un grupo de jadeos entrecortados rebotando en todas direcciones, contra el techo, el cristal de la puerta del portal, las paredes, la escalera de subida, el ascensor… y nosotros allí, en medio de una lluvia de metralla invisible que se nos iba clavando en la piel, como dentelladas.

El deseo es tramposo. No hay cárcel que consiga que no encuentre una rendija, una grieta, dos barrotes por los que escapar. El deseo no entiende de órdenes, y es cuando se le pide que encuentre la manera de controlarse, cuando más altas alcanzan a verse sus llamas.

—Vamos arriba —pedí.

Los dedos de Mikel habían encontrado, a pesar de las estrecheces a las que obligaba el pantalón no del todo desabrochado, el punto justo, el empuje, la fuerza y la dirección correcta. Mientras dos dedos se enterraban en mi coño húmedo, el pulgar descansaba sobre mi clítoris, suave, ejerciendo la presión que necesitaba para estar a punto de correrme en un puto portal del centro de Madrid.

—Se nos ve desde fuera.

—Poco —contestó con un quejido de placer cuando mis dedos se apretaron más alrededor de su polla.

—Mikel…, se nos ve. Para y subamos.

—No podemos subir —respondió buscando mi boca y metiendo la lengua dentro de ella.

—Mikel… —Me aparté un poco a regañadientes—. Es que esto lo haríamos muchísimo mejor en una cama.

—No podemos, Catalina…

—¿Y qué diferencia hay?

Se le escapó una risa mientras sus dedos se aceleraban.

—Ay, Dios…, Dios… —gemí.

—Nunca pensé que encontraría a alguien con más apetito que el mío.

—Fóllame —me escuché pedirle.

Mi interior abrazó sus dedos con más fuerza y mis rodillas temblaban. Estaba a punto de deshacerme en un orgasmo allí mismo. Y no sabía si quería. Quería, pero no allí. No así…, ¿no?

—Así no… —me quejé—. En tu cama.

La penetración de sus dedos fue, entonces, menos profunda. La siguiente, aún más superficial. Y así, sin darme cuenta, Mikel había sacado la mano del interior de mis braguitas.

—¿Qué? —Fruncí el ceño, cuando dio un paso atrás, haciendo que le soltara y concentrándose en abrocharse el pantalón—. ¿Vamos…?

—No, Catalina. —Sonrió mirando aún hacia abajo. Cuando levantó la cara hacia mí, su sonrisa se ensanchó—. No es en la gratificación inmediata donde se encuentra todo el placer. Hazme caso.

Cuando me abrochó el pantalón de nuevo, flipé.

—Pero…

—Aguántalo. Aquí. —Su mano cubrió mi sexo por encima de la prenda—. Y déjalo crecer. Es mi regalo.

—Pues es un regalo de mierda —contesté frustrada.

—Eso es lo que crees ahora.

Me dio un beso. Dos. Tres. Todos pequeños. Siete. Quince. Veinte. Mis mejillas. Mi cuello. Mis párpados cerrados. Mi nariz. Mi boca.

Olíamos a sexo. Me dolían las ganas. Me frustraba su calma. Me moría por él.

—Vete a casa —me pidió en un susurro.

—Te odio.

—Ya lo sé. —Sonrió—. Pero yo a ti no.

Dio un par de pasos hacia la escalera, mirándome. Nuestras manos aún estaban unidas. Cuando el abrazo de nuestros dedos se rompió, me mordí la lengua antes de decir «te quiero».

—Te veo el miércoles en tu piso antiguo.

—Vale. A las dos.

—A las dos.

—Te odio. Eres lo peor.

—Tú no. —Y su sonrisa iba a estallar en mil soles si no desaparecía ya escaleras arriba.

Salí sin mirar atrás. Salí como sale alguien que tiene algo que ocultar. Alguien que ha robado. Alguien que se ha encontrado de bruces con quien no puede ver. Alguien que está escapando del dolor. Alguien que está escapando de la tentación. Alguien que huye. Alguien que corre a poner a buen recaudo lo que sujeta entre los brazos. Alguien que no quiere decir «te quiero», y sabe que no podrá sostenerlo por más tiempo.

—Te quiero.

Lo susurré a dos manzanas de su casa y varias toneladas de aire contenido me abandonaron. Me mareé. Me apoyé en una pared y cerré los ojos.

—Solo un segundo… —me dije.

Me daba igual parecer una loca. Me daba exactamente igual que alguien me viera. Solo necesitaba respirar profundo con los restos de su saliva en mi boca, con la sutil huella de su olor y el olor del sexo en mi piel. Oh, joder…, así que… eso era el amor. ¿Cómo había podido vivir tanto tiempo sin él?

51
Yo, que odiaba la Navidad

Diría que estaba nerviosa, pero sería inexacto. Estábamos nerviosas. Esa sí sería la verdad más fiel. Porque Elena, Laura y Teresa aún parecían más intranquilas que yo.

—Ve a mi dormitorio y píntate los labios —me ordenó Elena—. Así sabrá que no estás desesperada por darle un beso.

—Échame el aliento, a ver si te canta el pozo —exigió Laura.

—Tú ofrécele croquetas, que hoy me han salido riquísimas.

Todos ellos, como verás, consejos de valor. Lo que no sé es cómo no me tiré por la ventana del salón antes de que apareciera.

Cuando lo hizo, fue junto a dos amigos del colegio de Elena, con lo que me pilló de improviso. Ni siquiera venían juntos, como se entra a una fiesta en la que no conoces a nadie y en la que coincides en la puerta con desconocidos. Qué va. Mikel solo... fue aprovechando las puertas abiertas que iban dejando a su paso. Y, cuando quise darme cuenta, lo tenía delante. Y menos mal que en ese momento Elena y Laura estaban ocupadas saludando a los recién llegados y Teresa había ido a la cocina a rellenar una fuente de patatas fritas. Sí, lo sé, toda la sofisticación de la fiesta la tenía él: camisa blanca, vaqueros, abrigo de paño.

—Joder —se me escapó.

—Felices fiestas. Yo también me alegro de verte. Y esas cosas. —Se rio—. ¿Y ese exabrupto?

—Acabas de aparecer de la nada —le reñí—. Y como dijiste que «ibas a pasarte» pensaba que vendrías más tarde.

—He pensado que, si venía más tarde, te iba a pillar borracha.

—Qué fama… —me quejé.

—Estoy bromeando. No quiero llegar muy tarde a Pamplona…

—¿Te vas hoy?

—Sí. Tengo el coche de alquiler abajo. —Señaló la puerta con la cabeza—. Así que…

Ambos miramos a nuestro alrededor, como si la observación fuera a dejarnos más claro cuál era la mejor manera de saludarnos. Finalmente nos dimos dos besos educados. Aunque la última vez que lo vi, había tenido dos dedos dentro de mí y la lengua en mi boca.

—Así que… esta es la fiesta de Navidad de casa de Teresa.

—Al final va a ser que me escuchas cuando hablo. Me sorprende que hayas retenido los nombres de mis compañeras.

—Que una de tus compañeras sea la propia casera llama bastante la atención. Aunque todo lo que cuentas suele tener ese toque, medio surrealista. —Miró a su alrededor. El salón estaba tan decorado de Navidad que daba miedo. Parecía que si estornudabas, iban a salir disparados de tu nariz dos kilómetros de espumillón—. Pues está muy bien.

—Suele animarse un poco con las horas. Una pena que hayas venido tan pronto. Te vas a perder lo mejor.

Laura corrió hacia el «equipo de música» (un altavoz y su móvil conectados por *bluetooth*), que estaba a nuestro lado, y pulsó *play*. Empezó a sonar «Salto cuántico», de Morning Drivers.

—¡Estábamos sin música! —Se dirigió hacia mí, sin reparar en Mikel—. Menuda fiesta de mierda.

—¡Fiesta de mierda tu madre! —respondió Elena, que apareció de detrás de Mikel, a quien apartó, para plantarle cara a su melliza de otra madre—. Solo sabes quejarte, porque para ayudar estabas muy ocupada haciéndote el *eyeliner*.

—Me había quedado como si fuera Osiris, ¿vale? Eso había que arreglarlo.

—Por Dios… —Me avergoncé.

—¿Y a ti qué te pasa? —me preguntaron a la vez.

—¿No va a venir el escultor? Anda, anda, tranquila. Seguro que está tan loco por ti como tú por él.

Laura no es una persona que hable especialmente alto, pero ese día sus palabras aterrizaron sobre el salón con la fuerza de dos ojivas nucleares. Sentí el hongo nuclear despeinarme…, antes de quemarme pelo, piel, mucosas y órganos internos.

—Hola. —Mikel cortó el momento de tensión saludando—. Encantado. Soy el escultor.

Laura y Elena, en lugar de disimular, tuvieron a bien aspirar todo el aire que pudieron con la boca abierta, tapársela con la mano y salir huyendo mientras se reían. Si las zarigüeyas pudieran reírse, ellas serían la viva imagen.

—Joder… —Me tapé la cara otra vez—. Perdónalas. Es que…

—¿Por? No hay nada que perdonar. Yo acabo de llegar en este mismo instante.

Y que se hiciera el tonto no sé si me enamoró más o si me angustió porque era su forma de evitar el tema de si ciertamente estaba tan loco por mí como yo por él.

—¿Qué quieres beber?

—Tengo que conducir, así que… ¿tenéis algún refresco?

—Seguro. A estas dos les encanta ponerse hasta el culo de copas, así que habrán previsto mezcla suficiente. —Miré a mi alrededor—. Deben de estar en la cocina. Ahora te lo traigo.

—No, te acompaño.

Salimos del salón, donde Laura estaba cantando como si fuera un lobo aullándole a la luna, mientras Elena la zarandeaba y le suplicaba que la dejase cambiar a algo más suave. Te juro que la fiesta del día de la lotería solía ser tranquila.

Nos cruzamos con Teresa en el pasillo, que fue muchísimo más educada que las demás.

—Tere..., este es Mikel. Mikel, ella es Teresa.

—La casera compañera. —Mikel le sonrió y ella se abalanzó para darle dos besos—. Catalina me ha hablado mucho de vosotras.

—Y a nosotras de ti. —El corazón se me aceleró, pero la edad es un grado y a Teresa ya no se le pillaba en renuncios de ese tipo—. De lo bien que te has portado con ella en esta primera experiencia suya en el sector.

—Ha sido un placer. —Me miró de reojo—. Es una artista multifacética. Y fascinante.

—Como niña también es un encanto. Un partidazo, sin duda.

Bueno, puede que la edad sea un grado y a veces lo que le quita a una es la vergüenza de decir ciertas cosas.

Tiré de Mikel hacia la cocina y una vez dentro cerré la puerta.

—Dios..., es como una peli de zombies —me quejé abriendo la nevera—. A ver..., ¿cola, naranja, limón..., agua con gas? ¿Agua con gas? Esto tiene que ser de Claudia. —Solo quedaba una, pero por dar por saco...—. ¿Quieres un agua con gas?

—Eh..., vale. Lo que sea. Parece que se han calmado un poco con la música.

Presté atención. Desde la otra parte del tabique de la cocina emergió «Carry me away», de John Mayer. Ay..., qué bonita. ¿Podía colgarme de su cuello y pedirle que la bailáramos, solos, bajo la luz de la nevera encendida?

«Catalina, espabila».

—Me gusta esta canción —dije sacando un agua con gas, un vaso y algunos hielos—. ¿Quieres limón?

—Si tenéis…

—Tienen. Esta ya no es mi casa —murmuré.

—Lo dices con pena.

—Bueno, es inevitable pensar que hoy soy una invitada, no parte de las anfitrionas.

—¿Te da pena?

—Un poco. Aunque me ahorraría lo de recoger si no fuera tonta.

Cuando no respondió, me di la vuelta para mirarlo y allí estaba, observándome.

—¿Qué? —Sonreí.

—Sí que es bonita la canción.

Como si pudieran escucharnos, alguien subió un poco el volumen. Me volví hacia su bebida; me habían subido los colores y no quería que me viese la cara de pánfila, así que me puse a cortar rodajas de limón con precisión quirúrgica.

—Así está bien, gracias.

—Ah, sí.

Vertí el agua y le pasé el vaso lleno. Los dos nos miramos como dos tontos.

—La letra… es curiosa —dijo.

—¿De la canción?

—Sí.

—Fíjate, que la he escuchado ya antes, pero nunca he reparado en ella. —Me apoyé en la bancada, mirándolo.

—Por lo que he escuchado…, es un tipo aburrido en cuya vida ha entrado una loca divertida a la que le pide que se lo lleve lejos.

—¿Sí?

—Sí —asintió—. Lejos.

¿Hablaba de nosotros?

—Pues es valiente, eso de decirle a alguien que acaba de irrumpir en tu vida que te lleve lejos, ¿no? ¿A quién no le gustaría escucharlo?

—Bueno…, supongo que a todos los que no sean unos locos divertidos. Hay mucha gente que tendría miedo de escucharlo. O de decirlo. Son palabras importantes. Decirle a alguien: «Sácame de aquí, vamos a largarnos lejos, vamos a hacer una locura que nadie más entienda, que ni siquiera yo entienda»…, implica cierta valentía. Y un punto de…

—¿Desquicio?

—Puede. —Sonrió y le dio un trago a su bebida.

—Y… ¿qué me cuentas? ¿Ganas de ver a la familia?

—¿Puedo contestar que no?

Me reí.

—Claro. Puedes ser sincero siempre.

—Preocupándome por el cómo, no se me olvida.

—Exacto.

Miré al suelo. Luego a los azulejos de la pared. Por último a su cara.

—¿No te vas a quitar el abrigo? —le pregunté.

—Es que no debería tardar en irme.

—Ah.

—¿Y tú? ¿Cuándo te vas?

—Pues mañana. Tengo la mochila en el coche. Dormiré hoy en mi antigua habitación y mañana sacaré el coche de aquí ya para siempre.

Asintió. Se le escapó una sonrisa por la comisura de los labios.

—¿Y qué harás allí, en el pueblo?

—¿Por qué te ríes? —Me contagié.

—Porque seguro que ahora viene una narración completamente fuera de lo normal, de unas Navidades de película en las que, si me apuras, aparecen renos voladores.

—Eres idiota. Pues… no. Desde que murieron mis abuelos y la tía Isa son un poco aburridas. A ver —quise aclarar—, que mis padres son geniales, pero soy hija única y me falta un poco de compadreo, ¿sabes?

—¿No tienes amigas allí?

—Oh, sí. Las del instituto. Son geniales. Pero la mayoría no viven ya allí, por lo que hay mucha gente a la que visitar cuando van al pueblo por Navidad y queda poco tiempo para juergas.

—Ya. Entiendo.

—Estamos raros, ¿no?

—No. —Sonrió—. Es que nos da pena que no vamos a vernos durante unas semanas, pero somos demasiado tímidos como para decirlo.

—Me da pena no verte en semanas —solté a bocajarro.

—No dudo de tu capacidad de expresión. Ya lo sabes. Dudo de la mía. —Se acercó un poco—. Oye…, ¿qué hiciste con el regalo que te hice el otro día?

Arqueé las cejas, sorprendida.

—¿Qué regalo?

—Ya sabes… —Su sonrisa se volvió un poco canalla.

—¿Te refieres al calentón?

—Sí.

—Pues intenté deshacerme de él por mi cuenta, pero resulta que era un regalo envenenado y eres tú quien debe deshacer el nudo que hizo.

—Entonces es un regalo para mí.

Sin darme cuenta, se había acercado un paso más.

—Ojalá fuese el de la canción y pudiera decir: «Sácame de aquí y hagámoslo como locos en mi antigua habitación», ¿no? —bromeé.

Dio un buen trago a su agua. Cualquiera diría que estaba cargada de alcohol y que quería encontrar valentía dentro del contenido. Pero no. Dejó el vaso en la bancada, a mi lado, y me rodeó la cintura con los brazos.

—Para eso no. Eso no es valentía. Eso, con que te apriete mucho el pantalón en cierta zona, ya lo tienes. Si nos ponemos, ojalá fuera el de la canción para decir: «Coge la maleta y larguémonos sin dar explicaciones a nadie, a pasar las Navidades menos ortodoxas de nuestra vida, haciendo lo que nos apetezca, sin pensar, sin que importe no hacerlo por unos días».

¿Era eso…, era eso una invitación? Asentí despacio, pero supongo que pareció que estaba dándole la razón como a los locos.

—Me voy a ir, ¿vale?

—Vale —asentí, atorada.

—Pero antes, te traje algo.

—¿Sí?

—Sí. Un pequeño regalo de Navidad.

—Yo no te compré nada —me avergoncé—. No vale.

—Ah, sí que vale.

Echó mano al bolsillo interno del abrigo y sacó un pequeño paquete. Era un libro. Estaba segura. Lo abrí con dedos nerviosos.

—*La ridícula idea de no volver a verte.* —Leí el título en voz alta.

—Es un libro increíble. Muy… visceral. De verdad. No por el tema del que habla, pero me recuerda a ti. Es honesto con los sentimientos.

—Muchísimas gracias. ¿Lo has firmado?

—Sí. Pero no lo leas ahora. —Me paró cuando adivinó la intención de mis dedos de pasar las hojas en busca de la dedicatoria.

—Me siento mal por no haberte comprado nada.

—No seas tonta. —Sonrió—. Me voy.

—Ten cuidado, ¿vale?

—Vale. Y tú.

Me dio un beso bonito. Pequeño. De esos que se cuelan por rendijas y hacen nido donde saben que pueden durar para siempre. Después se dio la vuelta para marcharse, pero antes de alcanzar la puerta se paró.

—Ah…, se me olvidaba. Esto también es para ti.

Rebuscó en el bolsillo y sacó un pequeño rollo de pegatinas. Eran estrellitas azules, brillantes. Fruncí el ceño.

—¿Y esto?

—Para medir cuál de los dos se porta mejor. Premios.

—¿Cada cinco…?

—Te regalan un café —se burló.

—Cada cinco, ¿puedo pedir algo?

—Dejémoslo en cada diez.

La sonrisa me dolió en la cara.

—Adiós.

Me quedé mirando el hueco vacío de la puerta de la cocina unos minutos. Desde el salón salía, sinuoso, el sonido de una canción de Karol G, pero yo seguía pensando en la de John Mayer. En la valentía de decir: «Llévame lejos». En los locos divertidos. En lo complicado que había sido para mí llegar a sentirme con alguien como me estaba sintiendo con él. En lo ambiguo de su comportamiento después de decir abiertamente que no quería enamorarse, que no lo haría. En esos momentos que, solo vistos en el mañana, nos damos cuenta de que fueron clave y no supimos aprovecharlos.

—¿Qué haces aquí sola?

Miré hacia la puerta. Allí, esplendorosa y recién llegada de a saber qué plan divino, estaba Claudia.

—Pensar.

—¿Duele? —bromeó.

—No quisiera que doliera cuando me acuerde en el futuro. —Parpadeé.

—Pues entonces tendrás que tomar la decisión que más cueste. Siempre es así. Cuando no lo hacemos, duele.

Me quedé mirándola intrigada, repitiéndome sus palabras mientras ella abría la nevera. Valiente. Rozando la inconsciencia. Feliz como solo puede serlo un tonto perdido. Cogí el libro y busqué compulsivamente entre las primeras páginas la dedicatoria. La encontré pronto. Me hizo gracia que estuviera escrita con mayúsculas e imaginé que su letra sería especialmente enrevesada y que, buscando que pudiera entenderle, había encontrado esa solución.

QUERIDA CATALINA:

YO TAMBIÉN SÉ POR QUÉ ME GUSTAS. ME GUSTA QUE SEAS CAPAZ DE HACERME REÍR CON ESA FACILIDAD. NO SABES LO DIFÍCIL QUE ERA ESO ANTES DE TU LLEGADA. PERO HAY MÁS.

ME GUSTA LA FORMA EN LA QUE PELEAS POR LO QUE CREES QUE MERECES. ME GUSTA LA FUERZA CON LA QUE VIVES. ME GUSTA TU FIEREZA. ME GUSTA TU BOCA..., MUCHO.

ME GUSTAN TUS OJOS GRANDES, POR LOS QUE SOLO TENGO QUE ASOMARME SI QUIERO SABER QUÉ ESTÁ PASANDO DENTRO DE TI.

ME GUSTA LA INGENUIDAD QUE ATESORAS Y QUE TE PERMITE SEGUIR SORPRENDIÉNDOTE Y SINTIENDO A PLENO PULMÓN. SIENTES COMO QUIEN GRITA Y ESO ME GUSTA.

ME GUSTA QUE HABLAR CONTIGO SIEMPRE SUPONGA UN DESAFÍO.

ME GUSTAN MUCHAS COSAS SUPERFLUAS Y OTRAS MUY HONDAS, PERO LO QUE MÁS ME GUSTA DE TI ES QUE NADIE, JAMÁS, PODRÁ LLAMARTE COBARDE.

MIKEL

—Uy…, yo juraría que me quedaba una botella de agua con gas…

Escuché murmurar a Claudia con la cabeza dentro de la nevera cuando ya salía atropelladamente de la cocina.

—¿Dónde vas? —gritaron Laura, Elena y Teresa cuando me vieron ponerme el abrigo a toda prisa en el recibidor.

—¡¡A ser valiente!! —grité también.

Las escaleras me parecieron infinitas y, cuando llegué al portal, no vi a Mikel por ninguna parte. Salí a la calle y miré en todas direcciones. Hacía frío, pero era un día soleado cuya luz rebotaba en los coches que recorrían la calle, en los que estaban aparcados y en los escaparates. Medio cegada no encontraba rastro de Mikel.

Me estaba poniendo muy nerviosa cuando lo vi dentro de un coche negro, dejando el abrigo en el asiento trasero antes de ponerse el cinturón.

Corrí hasta allí, abrí la puerta y ocupé sin esperar invitación el asiento del copiloto.

—¡Me cago en mi vida! —exclamó Mikel llevándose la mano al pecho—. ¡Qué susto me has dado, Catalina, joder!

—Sácame de aquí, vamos a largarnos lejos, vamos a hacer una locura que nadie más entienda.

Me miró con las cejas arqueadas, extrañado, preguntándose quizá si había que ser también valiente para aceptar la propuesta. No lo sé. Solo necesitó unos segundos para ordenar las ideas antes de decir:

—¿Llevas la mochila?

—No. Está en el coche.

—Ve a cogerla. Te espero aquí. Voy a llamar para avisar de que no me esperen en Pamplona.

No fui a por la mochila. Volé.

52

Que el destino seas tú

Creo que nunca se rieron tanto de nosotros como cuando intentamos reservar hoteles allí donde se nos ocurría que podíamos marcharnos. Todo lleno, por supuesto. Mucho más lleno de lo que nos esperábamos. ¿Es que la gente no se quedaba en casa durante las fiestas? Bueno, quizá la pandemia y el confinamiento hicieron mucho en pro de hacernos desplegar las alas más a menudo. Encontramos un hotel en el que poder reservar las tres primeras noches en el mismo momento en el que Mikel conseguía devolver el coche sin que le amonestaran por hacerlo antes de lo debido, cobrándole solo el día. Al parecer, tenían *overbooking* y les venía muy bien disponer de uno más en la flota. Mi madre contestó después de tres llamadas, cuando Mikel me preguntaba, en el mostrador de la aerolínea, si quería facturar mi equipaje.

—No, es de mano —le susurré antes de dirigirme a mi madre—. Mamá…, no te enfades.

—¿Qué has hecho?

De verdad…, qué fama tengo…

—Nada. A ver…, es que… me ha surgido algo. —Miré a Mikel y me aparté un par de pasos.

—¿Qué quieres decir?

—Que no voy, mamá.

—Pero ¿no venías mañana?

—No. Me ha surgido algo.

—¿Algo…, qué algo?

—Una… oportunidad de trabajo.

Se quedó en silencio y cerré los ojos. Los silencios de mi madre son siempre traducibles como una toma de carrerilla para estallar.

—¿Me vas a mentir en Navidad?

—No, mamá —musité—. Pero es que, si te digo la verdad, creo que te vas a enfadar más.

—Prueba.

—¿Te acuerdas de lo bien que lo pasamos en aquel viaje que hicimos los tres, papá, tú y yo?

—Claro.

—¿Te acuerdas de que yo no dejaba de decir que quería que mi vida fuera así, una aventura?

—Tenías doce años y te sabías la película de Indiana Jones de memoria… Siempre estabas diciendo que querías que tu vida fuera una aventura. ¿Y?

—Pues que no lo ha sido.

—Bueno, Cata, mi amor, es lo que tiene hacerse mayor, ¿sabes?

—¿En serio me vas a defender tú eso?

—No —se calló. Chasqueó la lengua—. Es que me da pena que no vengas y estoy intentando que cambies de idea. En cuanto parí, me convalidaron automáticamente el carné de manipuladora de emociones.

—¿Dónde se ha quedado eso de emitir una luz más potente?

—¿Estás emitiendo luz potente ahora mismo?

—Sí —asentí y miré de reojo a Mikel, que estaba guardándose la documentación en la cartera y esta en el bolsillo interior del abrigo—. Cegadora.

—Vale. No vienes. Asumido. Pero… ¿adónde vas?

—A probar cómo es esto de estar enamorada y ser valiente.

Mamá no fue capaz de decir mucho más.

Y yo tampoco.

En el cole me llamaban Catalina la bruta desde que rompí una silla contra la pared haciendo…, pues eso, el bruto. Así que el hecho de que a Roma se la conozca con el sobrenombre de la Ciudad Eterna siempre me dijo mucho sobre ella.

Sí. Había que buscar el motivo en esa sensación que te embarga, como si el tiempo se hubiera parado allí mismo, cuando pisas una ciudad que se divierte combinando tres mil años de historia y arte. Sin embargo, a mí me gustaba pensar que Roma era eterna por una explicación evidente: porque lo que se viviera sobre sus adoquines se convertiría en un recuerdo imborrable. Para siempre. No debía equivocarme tanto porque esa impresión se acrecentó ya desde el primer paso fuera del aeropuerto.

Solo había que mirarnos a ambos para saber que aún no nos creíamos haber hecho una locura como aquella. Pero lo más loco no era haber emprendido el viaje sin haber preparado nada, reservando hotel y vuelo en el último momento, sino hacerlo juntos. ¿Qué éramos aparte de dos casi desconocidos que se reían juntos? Dos amantes recientes. Un artista, una actriz fingiendo que era artista. Poco más. ¿Había confianza suficiente?

En ocasiones, la vida nos pone en el camino a alguien con quien es difícil recordar los pasos en falso que nos llevaron hasta la unión. Personas de las que, pase lo que pase, nos acordaremos siempre como si hubieran llegado a nuestra vida siendo ya importantes en ella. Creo que por eso me es tan complicado hacer memoria y encontrar algún detalle de aquel viaje que no fuera, sencillamente, mágico. Como cosa del destino.

Nuestro hotel, moderno, pequeño, pero con encanto, se encontraba a doscientos metros del Panteón y tenía una habitación bastante amplia disponible. Una habitación con una única cama, claro, y con uno de esos baños… vanguardistas. Vamos…, con muy poca intimidad. Aunque lo único que recuerdo es que era un poco oscuro para maquillarse y que tenía una ducha amplia. Como le gustaban a Mikel. Con el espacio que necesitaba para meterme un meneo de los que te cambian las ideas de sitio. Uno contra la pared, contra la mampara, con las piernas alrededor de su cadera, pero también apoyada en los azulejos, con sus gemidos en mi nuca.

Joder…, follamos muchísimo en aquel viaje. Muchísimo. Mañana y noche y, si pasábamos por el hotel a mediodía a descansar…, pues otra vez.

Pero follar es follar. Y no tiene nada que ver con la cadena de recuerdos que ata mis tripas aún a la ciudad eterna. A su luz por la mañana, derramándose sobre un suelo tan antiguo como una civilización. A sus noches frías, siempre llenas de gente. A las plazas, los espacios llenos de cielo, a la brisa fría, a los rincones para turistas y los de verdad.

Estoy segura de que todos tenemos un viaje que nos marcará para siempre, que pondrá el listón para las expectativas hacia los que vengan después. Un viaje que será todo lo bueno, del que olvidaremos todo lo malo, uno que signifique ALGO. Es probable que ni siquiera sepamos decir qué, pero está ahí. Está ahí, justo en el mismo lugar donde está el algo que trajimos con nosotros al volver. Pero… ¿sabes qué? Que él siempre fue mejor que yo creando imágenes. Yo solo puedo traer de vuelta el sabor de su boca en la mía. El sabor del primer amor.

Escribió Antoine de Saint-Exupery en *El principito* que «al primer amor se le quiere más, al resto mejor». Si alguien me pregunta, yo creo que con él gasté todos los cartuchos, los de «más» y los de «mejor».

53
Y tú fuiste el viaje

Puedo decir que he viajado mucho sin temor a estar haciéndome el guay. He viajado mucho, por trabajo y por placer, aunque a menudo ambos ingredientes se unían en mis viajes. Como le dije a Catalina, el arte era mi mujer, mi amante y quien me abrazaba por las noches. Y yo no quería cambiarlo. Pero ojalá el arte hubiera conseguido tener cuerpo y hubiera convivido con el de Catalina, para tener así todo lo que quería y necesitaba…, incluso aquello que no sabía ni que quería ni que necesitaba.

No puedo recordar aquel viaje como en la lectura de un cuaderno de bitácora, porque no es en palabras como consigo que sea tangible. Es en imágenes tan potentes que, incluso viniendo de lo más hondo de mí, me hacen entrecerrar los ojos.

Catalina pidiéndome, tímida, que desapareciera de la habitación mientras se arreglaba.

—No quiero que estés aquí cuando me meta en la ducha…

—¿Por qué? —me burlé—. Será que no nos hemos duchado nunca juntos.

—A lo que hacemos nosotros en la ducha no se le puede llamar «ducharse», so guarro —dijo fingiendo ponerse muy seria—. No quiero que estés aquí cuando me meta en la ducha ni cuando haga todas las cosas que tengo que hacer.

—Ah… —entendí—. Ok, ok.

Unos pantalones de deporte, una sudadera echada por encima a toda prisa y las zapatillas y a recorrer los alrededores del hotel en busca de una cafetería que no necesitaba para comprar un café que nadie me había pedido, con tal de hacer tiempo.

Catalina comiéndose una burrata trufada en aquel sitio tan pequeño..., ¿cómo se llamaba? Ah, sí. Roscioli. En una mesa para dos pegada al mostrador en el que exhibían quesos y fiambres, que también podías comprar para llevarte a casa. Los ojos en blanco, el trozo de pan en su mano, recorriendo el plato como yo quería recorrerla a ella, no solo con la lengua, sino con los ojos, hasta que no hubiera rincón de ella, de su historia, luz ni sombra, por descubrir.

—¿No comes? —me preguntó.

—Claro que como, pero tengo la boca llena de tanto comerte con los ojos.

Y una sonrisa prendió en la comisura de su boca como un cartucho de dinamita de mecha muy corta, y en la explosión, cristales del brillo de sus ojos quedaron clavados allá donde quisieran latir o respirar.

Catalina delante del expositor de los helados, en esa heladería poco turística que hay en una callejuela a la que no sabría volver ni poniendo todo mi empeño en ello, sin decidirse por dos sabores para su cucurucho.

—¡Es que hay muchos! Es muy difícil.

—Son solo helados. —Me reía a su lado.

—Son solo colores..., ¿es lo que piensas cuando vas a pintar?

Ah. Cómo sabía darme donde no dolía, pero podía entenderla siempre, hasta en algo tan tonto como aquello.

Al final se decidió por pistacho y chocolate negro, la combinación más rara jamás vista. Pero... cómo disfruté probando el helado de sus labios.

Catalina agarrada a mi cintura, muerta de frío, mirando embelesada los escaparates de las tiendas caras que hay en los alrededores de la Piazza di Spagna, hablando de en qué se gastaría el dinero si le tocase la lotería.

—Una casa. Una más grande, con terraza. Unas vacaciones en la Polinesia Francesa. Un abrigo bonito, muy calentito y caro. Horriblemente caro. Y..., y... libros. Las ediciones más bonitas que encuentre de mis obras de teatro preferidas. Y un bolso nuevo. —La miré de reojo y ella, al principio sorprendida, se abrazó un poco a mí para esconder su risa—. Y zapatos.

Catalina, con un gorrito, unos guantes y envuelta en una bufanda gruesa con pinta de haber sido tejida por alguien de su familia. Habíamos parado en una tienda a comprar el gorro y los guantes porque, claro, no había hecho la maleta para pasar unos días de diciembre en Roma. Estaba preciosa. No sé qué se había hecho aquella mañana, pero yo la vi más bonita que nunca, con la piel blanca, que parecía porcelana de la más pura, salpicada por las rojeces del frío y la frambuesa de su boca, mirando hacia todas partes, alucinada con lo que estaba viendo, en las termas de Caracalla.

—Me siento minúscula. Me siento tan insignificante que me da vergüenza haber dicho que he tenido mala suerte en la vida, que el karma me castiga. Para el cosmos no existo.

No sé cómo llegaba a aquellas conclusiones. No sabía cómo funcionaba su cerebro, pero lo hacía a una velocidad que ya quisieran muchos expertos, estudiosos, sabios. Ella no era sabia, ella era valiente. Y, frente a los muros de más de treinta metros que todavía se conservan en los restos arqueológicos de las termas de Caracalla, ella lo admiraba todo y yo la admiraba a ella.

Catalina, sentada en la terraza de la cafetería de enfrente del Panteón, sujetando su copa de Aperol, callada, sumida en un virtuoso silencio, recorriendo cada rincón y detalle de la fachada del edificio. Bella. Bella y perfecta en su imperfección como solo te puede parecer la mujer a la que amas.

—¿Qué piensas? No recuerdo haberte tenido al lado tan callada desde que te conozco.

—No pienso en nada importante. —Sus dedos recorriendo mi antebrazo por debajo del jersey—. En que me gustó mucho el interior del Panteón. Me impresionó más de lo que creía.

—La luz —susurré—. Es por la luz. Cae por el óculo y se precipita hasta el suelo convirtiéndolo en una piscina de luz. No sabes cuántos artistas decidieron que lo serían allí dentro.

—¿Dónde lo decidiste tú?

Sus ojos, tirando a redondos, de un color indefinido entre el marrón y el verde, que no era ni miel ni caramelo, mirándome tan abiertos que era imposible no querer contestar cualquier duda de su boca.

—Yo no lo decidí. —Y temí decepcionarla con aquella falta de poesía—. Yo solamente... lo hice.

Su mano fue hacia mi mejilla e inclinó todo el cuerpo hacia mí.

—Creo que te admiro tanto por eso. Tú no te propones nada..., solo lo haces.

No dejaba de pensar en que ojalá fuera como ella decía verme, pero en el momento no encontré las palabras con las que decírselo.

—Mañana volvemos —respondí en su lugar—. Para que te coloques bajo la luz y pienses qué ser. Y lo hagas.

Catalina, mirando cómo el paisaje se tragaba a toda prisa el tren en el que viajábamos hacia Florencia, donde nos alojaríamos en un antiguo palacio a las orillas del río.

—Me gusta ir en tren —susurró antes de volverse hacia mí, que fingía estar muy concentrado en mi cuaderno de bocetos, donde volvía a dibujarla con unas cuántas líneas sencillas—. ¿Y a ti?

—También. Aunque volar es más práctico, ¿no crees?

—Pero es mucho menos romántico, hombre.

Y yo quería decirle algo romántico que le gustase más que viajar en tren, pero no podía hacer más que esbozar, trazar líneas con las que intentar encerrarla en una imagen que nunca contendría de ella lo suficiente.

—Eres tan guapo... —susurró en mi oído—. Ya dejo de molestarte.

Me volví hacia Catalina, sonriendo, tiré sobre el asiento libre que quedaba frente a nosotros el cuaderno y el lápiz y agarré su cara para besarla.

—No me molestarías ni queriendo. Nunca me molestas. Estoy aquí por ti.

Y sus enormes ojos brillando dinamitaron las últimas barreras.

Fue en Florencia, claro. Cuidado, Florencia es una ciudad tramposa. Es una ciudad que te induce un estado en el que eres tú, pero no lo eres. Sufres de tanta belleza que tus ojos no pueden hacer tuya y que terminará desapareciendo en el saco de los recuerdos, que, como la luna en las fotografías, jamás podrá compararse a la realidad.

Acabábamos de salir de la Galería de la Academia de ver, entre otras cosas, el famoso David de Miguel Ángel. Catalina no conocía la ciudad, así que iba un poco a expensas de sus expectativas. Me emocionó ver cómo estas quedaban en nada al situarse delante de la pieza. Me pasa a menudo cuando la visito. Y durante años la visité tanto como pude. Me hizo mucha gracia que Catalina propusiera Roma porque, durante un periodo largo de mis primeros éxitos en el arte, escapé a Italia con mucha asiduidad. A Roma y a Florencia. Por eso le propuse pasar nuestros últimos dos días allí. Porque quería comprobar si se revelaba tan especial también a sus ojos.

—Es increíble —decía con ese gesto consternado de quien está sufriendo las consecuencias del síndrome de Stendhal y no lo sabe—. Es... inhumano. ¿Cómo puede alguien...?

—El genio. Habrá muchos escultores en la historia de la humanidad, pero la genialidad se da poco. Es como una supernova.

—Quizá alguien piense de ti en esos términos cuando ya no puedas escuchar.

—No creo. —Me reí y la cogí más fuerte de la cintura, acercándola a mí—. ¿Qué te apetece comer? ¿Carne? Aquí es típico el *bistecca alla Fiorentina*. A mí me apetece, pero si no quieres, paso, porque es para dos y si me lo ponen delante soy capaz de comérmelo entero.

No respondió y me paré, justo en el Duomo florentino. Ella también se quedó quieta, a mi lado. Maravilloso, con esos colores...

—¿Qué pasa?

—No sé. —Se puso la mano sobre el estómago—. Me ha entrado como un... desasosiego.

Me reí.

—Es el síndrome de Stendhal. Es todo tan bello que cuesta asimilarlo, ¿verdad?

Me miró como si estuviera loco.

—No es eso. Es que... al decir que quizá alguien piense en ti como en un genio cuando estés muerto..., he pensado en eso.

—¿Tanatofóbica?

—Mucho. Pero no. Es otra cosa. Es que...

—¿Qué?

Me coloqué delante de ella y metí las manos en los bolsillos, atento a su expresión.

—Que he pensado en cuando ya no estés.

—¿En cuando me muera? Mujer..., espero que quede mucho tiempo.

—No. —Y quiso matizar—. Cuando ya no estés... a mi lado.

—¿Y por qué no iba a estar a tu lado?

—Porque… —Sus ojos empezaron a brillar de una manera extraña y de pronto reanudó la marcha—. Porque no.

—¿Y por qué no?

—Pues porque no. Porque la gente como nosotros no está siempre. Estas cosas tienen una fecha de caducidad.

—¿Te refieres a los amantes?

—Me refiero a los amantes, cuando uno de ellos no quiere volver a enamorarse jamás.

—Lo dices como si la otra parte sí estuviera enamorada.

Se paró como si le hubiera golpeado el estómago. Sus ojos recorrieron todo mi rostro. Me puedo imaginar lo que se encontró y lo que pensó. Expresión impenetrable que, en ocasiones, supongo que puede entenderse como… desprovisto de cualquier emoción.

Y ella allí, con las cejas arqueadas, los labios ligeramente entreabiertos. Anhelante. Eso es. Recordaré de por vida aquella cara como la viva imagen del anhelo.

Cuando el silencio empezó a ser incómodo, ella lo fulminó.

—Bueno…, suerte que no lo estoy.

No supe qué contestar y ella reanudó la marcha, esta vez con mucha más prisa, tirando de mí.

—¿Qué decías que querías comer?

—Da igual. Lo que te apetezca.

Tuve que masticarlo. Digerirlo. Como la comida, más silenciosa de lo que estábamos acostumbrados en aquel viaje. Como su aura de ausencia. Como su mirada un poco triste.

Digerirlo. Bajarlo con una copa de vino. Y con un café. Y con un paseo hacia la capilla de los Médici.

—¿Y por qué dices que no me lo puedo perder? —preguntó mientras nos acercábamos.

—Por las tumbas.

—Qué morboso estás.

—No. —Sonreí—. La capilla es cosa de Miguel Ángel y la decoración escultórica es… increíble. Quiero que veas las alegorías de la Aurora, la Tarde, el Día y la Noche. La del Día está inacabada, pero...

Le eché un rollo. Un rollo sobre lo importante que serían aquellas dos esculturas para la inspiración de los escultores manieristas o algo similar. Un rollo en plan guía turístico, probablemente con la única intención de desviarme de aquel tema que habíamos tocado en el Duomo, y que aún no nos había soltado. De eso y de la preocupación que arrastraba desde que Catalina empezó a acelerarme el corazón: mi ego. ¿Qué pinta mi ego? Bueno, mi ego y mi ira fueron los culpables de que yo le dijera tan claramente a Eloy, justo antes de que la despidieran de su trabajo por mi culpa, que era una farsante. Había hecho borrón y cuenta nueva, pero aquellas palabras flotaban como un escape de fuel sobre el mar. Eran una mancha. Eran tóxicas. Y el tiempo no las haría desaparecer. El hecho de que a Catalina no le entrara en la cabeza que Eloy ya supiera que esos cuadros no eran suyos no mejoraba el asunto.

La había señalado con el dedo y la había ayudado después.

Le había dicho que no quería volver a enamorarme y había desplegado mis alas para que ella sí lo hiciera.

No estaba siendo coherente y... no sabía cómo arreglarlo, porque estaba asustado. Tenía miedo. Y creo que ya la quería.

Mientras yo hablaba, ella escuchaba, asentía y hasta preguntaba, pero yo sabía que lo único que podía traerme de vuelta a la Catalina que había tenido a mi lado durante el viaje era la respuesta a una pregunta que ella jamás se atrevería a formular.

Nos encontrábamos en el mausoleo, justo frente a las esculturas de la Noche y el Día. Catalina parecía sinceramente impresionada y eso me emocionó. Que fuera lo bastante sensible para que aquello la impresionara. Que le impresionaran las mismas cosas que a mí.

—¿Y por qué no terminó la del Día? —preguntó.

No sé ni siquiera si lo preguntó. Creo que sí, aunque soy incapaz de recordar las cosas con nitidez.

—Cata... —contesté.

—¿Qué?

—Que te adoro. Que pienso en ti a todas horas. Que sé que es verdad. Lo que sentimos..., lo que sientes... Yo también lo siento. Intentémoslo.

Su sonrisa pequeñita me atravesó con la fuerza con la que lo hubiera hecho una lanza, pero sonreí, porque no dolía.

Así es el amor. Nunca aparece cuando toca, cuando estás preparado, cuando vas a saber hacer con él lo que merece. Sencillamente..., llega.

54

Todas esas cosas de las que nos habíamos olvidado

Aterrizar en la realidad de nuevo no hubiera sido duro si no fuera porque las obligaciones nos dieron un mamporro en la mejilla. Mikel se había pasado el vuelo de vuelta mirando el calendario en su móvil y tomando notas en su cuaderno. Cuando ya se adivinaba Madrid bajo nuestros pies, se volvió hacia mí y dijo con aire funesto:

—No sé si terminaré las piezas.

—¿Tienes fecha de entrega?

—Tengo una exposición en marzo por concretar. Aún no hemos cerrado el día, pero para cuando empiece el mes ya debo tener todas las piezas. Me quedan dos meses para esculpir como si se acabara el mundo.

—Ahora que lo dices…, con esto de volverme loca por ti, se me había olvidado que yo también soy artista y estreno mi primera y única exposición en febrero.

—No te preocupes, Eloy debe tenerlo ya todo preparado.

Y lo tenía.

Le mandé un mensaje al aterrizar, mera formalidad, diciéndole que había estado fuera de Madrid para tomarme unos días de descanso, pero que volvía a la ciudad, por si me necesitaba para ultimar la exposición. Respondió que no. «No, Catalina.

Ya te avisaré cuando te necesite». Eloy estaba encabronado, pero como yo aún no sabía lo mala que puede ser la gente encabronada, no le di más importancia.

Y me despedí de Mikel con un beso apretado en el taxi, en la puerta de mi casa.

—Te voy a echar de menos —le dije.

—Yo también.

—Damos asco, ¿verdad?

—Un poco. —Sonrió avergonzado y me besó la frente y la punta de la nariz—. Somos una de esas parejas que dan asco. ¿Qué le vamos a hacer?

—Tendremos que cortarnos y no mostrarle demasiado al mundo lo fabuloso que es ser nosotros ahora mismo.

Su sonrisa no desapareció, pero se volvió un poco más tensa.

—¿Qué pasa? —Le acaricié las mejillas rasposas.

—Nada. Es solo que… seamos discretos. Es mejor que por el momento no lo contemos por ahí, ¿vale? No quiero que nuestra relación empañe nuestro trabajo.

—Claro que sí.

Miró hacia atrás, donde el taxista le esperaba para llevarlo a su casa.

—Me tengo que ir…, y no quiero.

Le di un beso apretado y dejé que me envolviera en sus brazos.

—Te tienes que ir. Eres un hombre ocupado y eso también me gusta de ti.

—Tendré que seguir estando ocupado para no decepcionarte.

—Idiota.

—Adiós. —Otro beso.

Quise girarme y subir sin mirar atrás, pero lo cierto es que me quedé plantada en el portal hasta que el coche desapareció calle abajo. Estaba drogada de amor. Menudo colocón.

Subí a mi apartamento como quien sube en una escalera mecánica hasta las nubes, aunque fue solo para dejar la maleta y salir corriendo en dirección a mi antiguo piso. Dios…, ¡necesitaba contar la buena nueva! Estar enamorada era genial, pero algo me decía que necesitaba hablar de ello y sacar un poco de todo aquel vapor que se me estaba acumulando en el pecho, como en una tetera.

—¡Me he enamorado! ¡Y… soy correspondida! —grité nada más entrar con el juego de llaves que me di cuenta de que conservaba (y que debía devolver).

—¡Cierra, que hay corriente! —gritaron desde el salón.

No recibieron la noticia con tanta algarabía como esperaba, pero porque, según dijeron, lo sabían desde hacía ya mucho. ¿Es normal que los demás se enteren de que andas enamorada antes que tú? Al parecer sí.

—Es que esto será un notición para ti, pero para nosotras hace ya mucho que dejó de ir en portada —señaló Laura, en plan sabionda.

—Esto es como cuando me enamoré del profesor de religión. Lo sabíais todas a pesar de que yo lo negara —me explicó Elena.

—Acabo de volver del viaje de mi vida, y… ¿me recibís así? Pues vaya. Yo que venía superemocionada. —Me dejé caer en el sofá con un mohín.

—¿Qué viaje?

Los perritos de la pradera volvieron a ponerse a dos patas, oteando el horizonte de la sabana en busca de noticias frescas.

—Acabamos de volver de Roma y Florencia. —Sonreí como una bendita.

—¿Qué dices, loca? —exclamaron las dos con un tono agudo.

—El día de la fiesta…

—Cuando desapareciste…

—Desaparecí porque… no sé qué nos entró, pero estábamos escuchando la canción que salía del salón y un momento después íbamos de camino al aeropuerto.

—¿Habéis pasado la Navidad allí? —dijo Laura—. ¡¡Anda que avisas!!

—Estábamos totalmente desinformadas —se quejó Elena.

—Vosotras tampoco es que escribierais ni un mensaje esos días, perras…

—Estarías tú para responder muchos mensajes. Además, ya sabes cómo son estas fiestas. Todo el mundo escribiendo que te desea lo mejor… Qué pereza más grande. —Elena puso los ojos en blanco.

—¿Tú no deberías estar en casa de tus padres? —Caí en la cuenta.

—Queda poco para Nochevieja —terció como toda explicación.

—Su madre le obligaba a hacer la cama todos los días y se marchó al grito: «¡Esto parece un campo de concentración en la Alemania nazi!» —Laura fue la encargada de terminar la historia.

—¿Y tú? ¿No deberías estar cantando villancicos con tu familia?

—Yo curro, payasa.

—¿Y Teresa?

—Se ha ido a comprar el regalo del amigo invisible. Le has tocado tú, por cierto.

—¿Cuándo habéis repartido las papeletas?

—No lo hemos hecho. Está completamente amañado. A ti te ha tocado Teresa, por cierto: quiere un cepillo de dientes eléctrico. Ella te va a regalar un juego de toallas.

Sonreí. Echaba de menos lo absurdo que era todo entre aquellas cuatro paredes.

—Pero no cambies de tema. Entonces, *love is in the air*? —terció Laura—. Florencia, Roma…, suena superromántico.

—Sí —asentí—. Lo fue. Y en el fondo no me lo puedo creer. Así que… ¿esto es el amor? ¿Así? ¿Tan fácil?

—Con la persona adecuada siempre es muy fácil. Si aprieta…, no es tu talla.

Las dos me miraron con ternura y la puerta anunció que alguien acababa de llegar.

—Teresa, ven aquí que te cuente, que me he enamorado y tengo novio —grité hacia allí.

—¡No me digas!

La respuesta no fue de Teresa, como te imaginarás, sino de Claudia.

—Ah, vaya…, ¿no estás currando?

—No, justo vuelvo de ver a mis padres. Estoy de vacaciones hasta el 2 de enero.

—Qué bien —respondí entre dientes al ver que colgaba el abrigo y el bolso y se sentaba con nosotras en el salón.

—Pero cuenta, cuenta. ¿Es el escultor?

—Sí —asentí.

—Qué fuerte. Dos artistas. Qué parejaza —dijo Elena emocionada—. Es como de revista.

—Hablando de revistas…, ¿cuándo salía tu reportaje? —Se interesó Claudia.

—Ahora en enero. —Aplaudí.

Por primera vez en mucho tiempo, todo parecía ir sobre ruedas. Bueno…, faltaba averiguar qué hacer con mi vida cuando cobrara la pasta de los cuadros y ya no tuviera que fingir que era artista… y cómo solucionaría la papeleta con la gente cercana, por ejemplo, con mis amigas del alma. Un «la inspiración no ha vuelto, es mejor buscar mi camino en otra parte», sonaba viable.

—Ay… —suspiré, mirando solamente a Elena y a Laura—. El viaje ha sido tan especial…, ver Roma a su lado…, pasear por los museos…, pasar frío juntos por las calles…, comer pasta…

—… quemar las calorías de los hidratos —apuntaron malignamente las falsas mellizas.

—Pues también, ¿para qué negarlo? —Puse ojitos soñadores—. Me dijo que lo intentáramos en el mausoleo de los Medici, frente a las esculturas de Miguel Ángel.

—Qué lúgubre el tío…

—¡No! Fue precioso.

—¿Ves? Cuando nos preguntabas qué era exactamente el amor, se nos olvidó contarte que enamorarse es también que todo te parezca maravilloso, aunque se te declaren en un puto osario.

—¡No es un osario! Esos sepulcros están vacíos. Los Medici, en realidad, están enterrados en la cripta, más abajo.

—Has vuelto siendo una experta.

—Es que he tenido el mejor guía del mundo.

Las dos fingieron arcadas y yo sonreí feliz. Normalmente yo era del bando de fingir las arcadas, con más envidia que vergüenza.

—Jo…, le voy a echar de menos —me quejé.

—¿Por?

—Pues porque estrena exposición en marzo y va fatal de tiempo

—También tendrá que salir a airearse, mujer, no va a estar todo el día metido en el piso-taller ese, por muy bonito que sea. Terminará por desarrollar agorafobia.

—Ya. Supongo que se escapará a mi casa de vez en cuando. —Subí y bajé las cejas varias veces, con cara de pervertida—. Ya sabéis a lo que me refiero.

—Sí, todas sabemos ya de sobra que vas a pasarte los próximos dos meses fornicando hasta que se te quede el chichi como una bolsa del Mercadona.

Arrugué la nariz. Por el amor de Dios, qué visión.

—Pero, mujer, ¿piensas encerrarlo en tu piso? Os tendrán que ver en las esferas artísticas. Seguro que os convertís en la pareja de moda… como Simone de Beauvoir y Jean Paul Sartre…, pero sin lo del poliamor —soltó Elena con mucha guasa.

—Qué modernos eran por aquel entonces. Vamos para atrás… —suspiró Laura, soñadora—. Pero estoy totalmente de acuerdo: tenéis que pasear palmito por Madrid. Tienes un novio artista cotizado que, además, está bien bueno.

—Ah, no. Por el momento vamos a ser discretos.

—¿Y eso? —Quisieron saber las tres.

—Pues porque Mikel opina que es mejor que no haya mucha gente al corriente de nuestra relación para que no empañe nuestro trabajo.

Cuando el silencio se posó con violencia en el salón, me vi obligada a mirarlas a las tres, a estudiar sus rostros; todas tenían la misma expresión, confusa y algo consternada. Como cuando eres el primero en oler a pedo y no has sido tú.

—¿Qué pasa? —pregunté.

—¿Eso te ha dicho?

—Sí. Pero lo veo normal.

—¿Te ha dicho que es mejor que no lo sepa nadie?

—Que seamos discretos. ¿A qué vienen esas caras?

Laura y Elena miraron a Claudia y entendí que le pasaban el testigo para que fuera ella la que me diera las malas noticias. Qué sucias. Casi sentí lástima por ella. Pero no.

—¿Está casado? —me preguntó.

—No. Claro que no. Soltero. Ni casado ni pareja.

—Y…, uhm…, ¿podría sacar él algún beneficio de estar contigo?

—¿Qué estás queriendo decirme? —Me puse alerta.

—Si puedes ayudarle de alguna manera…, no sé. Quizá su obra ha caído un poco en el olvido y necesita que tú hables bien de él o…

Me llevé la mano al pecho.

—Claro que no. Es al revés.

—Vale. No, no te enfades —me advirtió—. Es solo que…
él te ha pedido que seáis discretos porque es lo mejor, pero…
¿tú crees que es lo mejor?

—No sé por qué no iba a serlo. Es solo ser discretos. No me
va a meter en una mazmorra para hacerme el amor solo cuando
nadie sospeche.

—Igual la que tendría que sospechar eres tú.

—¿Sospechar? —Me volví hacia Laura con la velocidad
de una grulla—. ¿De qué iba a sospechar?

—Es raro, Cata —musitó Elena conciliadora—. Es solo
que… si te acabas de enamorar con la fuerza del choque de dos
trenes, lo llevas por bandera. Como tú.

Me quedé mirándolas horrorizada.

—No sabía yo que erais de esas… —dije despacito.

—No somos de ningunas «esas», Cata. Solo piensa…, ¿no
nos dirías lo mismo a nosotras si estuvieras en nuestro lugar?
—preguntó suavemente Claudia.

—No. A ti seguro que no, porque sorpresa: me la sopla tu
vida.

Me levanté, cogí el abrigo que había dejado sobre el sofá y
el bolso y fui hacia la puerta.

—Dejo las llaves aquí. Está visto que con lo agradables
que son las visitas, igual ya no las necesito.

—Pero ¡Catalina! —se quejaron las tres.

La puerta horrorosa les dio la respuesta con un portazo.
Al parecer, también podía parecer una adolescente enfadada con
sus padres.

Me presenté en casa de Mikel como las locas. Consejo: no lo
hagas. Si te enfadas con tu *crush*, con la vecina, un profesor, el
jefe, una compañera, tu mejor amiga…, le das un par de pensadas en casa. Dejas que se aireen los pensamientos. Te vas a dar

una vuelta. Te compras algo que no te puedas permitir y luego lo devuelves. Lo que te apetezca, excepto presentarte hecha un basilisco en su puerta. Porque… el objetivo de la ira no va a entender nada, como no lo entendió Mikel.

—¿Te avergüenzo?

Lo escupí con rabia en cuanto abrió la puerta. Estaba sorprendido, pero parecía contento de verme a pesar de que hacía solo un par de horas que nos habíamos despedido. Quizá también estaba un poco asustado frente a la perspectiva de que fuera una puta loca.

—¿Qué?

Llevaba un jersey azul marino dado de sí y roto y unos vaqueros llenos de manchas de pintura. Estaba guapísimo. ¿Por qué siempre tenía que estar guapo, hasta cuando no lo estaba?

—La pregunta ha sido muy clara: ¿te avergüenzas de estar conmigo?

—¿Por qué iba a…? Ay, Dios. —Se frotó la cara—. Lo sabía.

—¿Qué sabías?

—Que no ibas a entender lo de ser discretos. Anda, pasa.

—No quiero pasar. —Me enrabieté—. Quiero que me lo expliques.

—Vale. Pero dada mi ya conocida falta de práctica respecto a la comunicación interhumana, podrías hacerme el favor de pasar, sentarte en el sofá y darme el tiempo suficiente para que cace las palabras adecuadas en el saco oscuro que tengo en la parte del hemisferio izquierdo, donde debería estar todo lo relacionado con la función verbal. Por favor.

Pasé airada y me dejé caer (literal, me tiré como un fardo) en el sofá, con el abrigo puesto y el bolso colgando.

—¿Café?

—¿En serio crees que lo que me iría bien ahora es un café?

—Ya, bueno, pero es que no tengo Valium.

—¡Te van a dar mucho por culo si encima te pones así! —grité.

—Joder. —Se sentó en la mesa de centro, baja, de madera y hierro negro y, apoyando los codos en las rodillas, juntó las dos manos a la altura de su mentón—. Vamos a ver.

—Eso digo yo: vamos a ver.

—Acabas de llegar, Catalina. Eres una recién llegada que, de pronto, salta a la palestra con una colección de cuadros brillante. Y apareces salida de la nada. Nadie te conoce, no estudiaste con nadie… porque ni siquiera estudiaste arte. Ni te relacionas con nadie del mundillo. Pero de pronto apareces, Eloy hace una pequeña muestra y tus cuadros fascinan. Y su cotización sube. Y te hacen un reportaje en una revista generalista que leerán muchas personas pudientes que pujarán por tus cuadros. Tú eres consciente de todo eso, ¿no?

—No soy idiota.

—Ni digo que lo seas. Hasta aquí entonces todo claro —suspiró—. Y me encantaría que lo que viene ahora fuera diferente, pero, lamentablemente, hay temas en los que la sociedad no evoluciona. El caso es que… si nosotros ahora nos paseamos por las galerías cogidos de la mano, si se entera cierta gente de que estamos juntos…, ¿cuánto crees que tardarán en quitar mérito a tu meteórica salida al mercado en pro de la idea de que yo he estado detrás de todo siempre?

—No eres Dios.

—No soy Dios, Catalina, pero tengo criterio, una buena carrera a mis espaldas y una voz a la que muchas personas harían caso. ¿Lo entiendes?

Arrugué el ceño.

—Te avergüenzas porque soy una farsante.

—No me avergüenzo ni porque estés fingiendo que son tuyos ni por nada. No me avergüenzo. Eres inteligente, rápida; eres divertida, espabilada…, y no quiero meter en la conversación conceptos como preciosa, aunque me lo parezcas, para que se entienda mejor lo que quiero decir. No tengo nada por lo que avergonzarme de ti. Sería un gilipollas. Alguien que se esconde porque se avergüenza de quien anda a su lado, no merece que nadie ande a su lado.

Lo miré con ojos abiertos. Lo entendía, pero…

—Tampoco es que fuéramos a ir galería por galería comiéndonos la boca. Creo que te ha sobrado un poco de celo por tu intimidad. Y, ¿sabes lo peor? Que no me he dado cuenta hasta que no lo he hablado con las chicas del piso.

Se frotó las sienes.

—Puede —asintió—. Sobraba. Pero no quiero que se entere Eloy.

Abrí mucho los ojos.

—Es que no entras en razón —me quejé—. ¿O es que no me explico?

Chasqueó la lengua.

—No quiero que se entere Eloy porque lo usaría. No sé si en tu beneficio o en detrimento tuyo, pero lo haría y no quiero que nadie use nuestra relación en ninguna dirección.

—¿Ni siquiera si me va a beneficiar?

Mi pregunta le sorprendió y se echó unos centímetros hacia atrás.

—¿Es eso lo que te preocupa?

—¡¡No!!

Apoyé la frente en la punta de mis dedos fríos. Me frustraba no hacerme entender. ¿Y él decía que yo sí tenía facilidad con las palabras?

—No me estás entendiendo.

Mikel suspiró, levantó mi cara hacia él y me besó.

—Sí que te entiendo. Pero tú no me entiendes a mí. No te estoy escondiendo. Te estoy pidiendo que, en la medida de lo posible, mantengamos nuestro trabajo al margen. Que no lo sepan ciertas personas. Que no puedan ligar nuestros nombres por el motivo equivocado.

—¿Equivocado?

—Te estás poniendo obtusa —advirtió.

—Me estoy poniendo obtusa —asentí—. Pero es que no entiendo por qué Eloy no debe saberlo.

—Porque Eloy es malo y la gente mala, cuanta menos información tuya maneje, mejor.

—Quizá es la única manera de que me respete como me merezco, a juzgar por la admiración que te profesa, hijo. Que no todo es malo.

—¿Y tú quieres que alguien te respete por quién es tu compañero? ¿Es eso lo que mereces?

—En este caso en concreto es que no merezco ningún respeto por su parte porque los cuadros no son míos, aunque no lo sepa.

—Sí lo sabe. —Y los párpados de Mikel se cerraron y se abrieron muy lentamente, como si estuviese cansado—. Sí lo sabe, Catalina; va siendo hora de que lo asumas.

—Entonces ¿por qué iba él a…?

—Porque así es mejor para los dos. A él le importa tres hostias quién haya pintado eso. Él solo quiere su parte del pastel. Y punto. ¿O crees que te llamará dentro de un año para preguntarte si tienes alguna nueva colección entre manos o si necesitas galerista? ¡Lo sabe de sobra! Por eso: no le digas que estamos juntos.

—Estás paranoico.

—No lo estoy. Lo que me pasa es que no termino de entender la fijación que tiene conmigo y lo que no entiendo en alguien, no me gusta. Soy así de primitivo, ¿qué quieres que te diga?

—¿Qué no entiendes? Quiere que expongas con él. Quiere ganar pasta contigo. Eres un valor seguro y el arte no es un sector donde abunden artistas que vayan a dar beneficios sí o sí. Al menos no vivos.

El rostro de Mikel se transformó por completo en una sonrisa preciosa.

—¿Qué? —pregunté.

—Nada. Que eres jodidamente lista.

—Y tu chica.

—Sí, pero eso te hace un poco más tonta. O al menos con mal ojo.

—Eres idiota.

Me acerqué para besarlo y ambos cerramos los ojos. Aún no los habíamos abierto cuando quiso saber.

—¿Me entiendes ya?

—Más o menos.

Recorrió mi cara con sus ojos, aún serio.

—Gracias por hacer el esfuerzo.

—De nada.

—Ahora deberías agradecerme que yo haya hecho el esfuerzo de explicártelo.

—Alucinas.

Lanzó una carcajada y después me besó.

—¿Preparo algo de cena y te quedas a dormir?

—Tienes que trabajar —le dije.

—Sí. Tienes razón —suspiró—. Pues largo de mi casa o no podré concentrarme en toda la noche.

Me levanté y fui hacia la puerta. Él me siguió.

—Buenas noches.

—Deberíamos ir pensando en los nombres cuquis que nos vamos a poner. ¿No se hacen esas cosas? Gordi. Conejito. Mi amor. ¿No?

Mikel puso cara de horror y estallé en carcajadas.

—Soy novata, pero estaba bromeando, tonto.

—Menos mal.

Abrí la puerta, pero antes de irme lancé una última cosa al viento:

—Galerna.

—¿Galerna?

—Es una canción. De Yoly Saa. Escúchala.

—¿Y ya está?

—Y ya está.

Si a algo canta la música es al amor. Y si no encontramos palabras, siempre tendremos canciones con las que decir aquello que no logramos explicar.

55
El boom

Lo que voy a decir va a sonar tremendamente mal, pero es la pura verdad: aunque me temía lo peor, en las fotos de la revista salía muy guapa. Más guapa de lo que soy, quizá. Cuando la pude tener entre las manos, prometo que no me salían ni las palabras. Anonadada es el término que más se acerca. Allí estaba yo: cabeza un poco hacia atrás, mirada algo altiva, pie derecho descalzo, en el aire, pie izquierdo apoyado en el suelo, el kimono con unos colores tan vibrantes como los del cuadro que tenía detrás, pelo alborotado, los pendientes de la tía Isa. Era perfecta. Una foto para enmarcar.

A Mikel también se lo pareció. Lo celebramos con una botella de champán que tenía en su casa… a las once de la mañana. Y como toda buena cogorza mañanera que se precie, terminamos en la cama, jodiendo como animales. Fue la primera vez que follé marrano con él. Muy marrano. Y fue la primera vez que follé marrano con alguien de quien estaba enamorada, lo cual mejoró de forma ostensible la experiencia del después. Del durante no. Puedo contarte esta historia con todo el romanticismo que siento que la azotó, pero lo que es verdad, es verdad: el sexo, cuando es bueno, es bueno independientemente de si hay amor o no.

Pero lo había.

Con el subidón del reportaje y los ya nueve mil quinientos seguidores en Instagram, Eloy volvió a llamarme, esta vez mucho menos seco que por mensaje.

—Querida, ¿cómo estás? ¿Qué tal las fiestas?

—Muy bien.

—Oye, ¿y si me paso por tu taller, nos tomamos un café y nos ponemos al día? Ya tengo la fecha de tu exposición y quería mostrarte los planos que he preparado para la organización de los cuadros.

Miré a mi alrededor, mi pequeño apartamento blanco lleno de colores, y torcí el morro. No me apetecía meterlo allí dentro, en mi nido.

—¿A mi taller?

—Sí. ¿No lo tenías alquilado para trabajar allí?

—Bueno. Es una especie de *coworking* y lo alquilé solo…

—Me dijiste que teníais también como una salita de reuniones al fondo, ¿no?

—Es más bien un *office*… —improvisé.

—Genial. Dime a qué hora te viene bien…

—Allí no vamos a estar muy tranquilos, mejor en la galería.

—Pues es que en la galería…, bueno, no sabes…, reventó la bajante en plenas Navidades y ahora mismo tenemos a un grupo de fontaneros y obreros intentando arreglar el estropicio. Han tenido que levantar hasta algún trozo de suelo…

Algo en su tono me puso sobre aviso. ¿A qué venía tanta insistencia? Lo de la bajante de agua reventando en Navidades sonaba a «mi perro se ha comido los deberes».

—Eloy, ¿me das un segundo? Me está entrando otra llamada y es importante. Te llamo en cuanto cuelgue.

—Okey.

Colgué el teléfono y marqué apresuradamente el de Mikel.

—He estado pensando apelativos cariñosos con los que llamarte —dijo nada más contestar—. Si es tu primera historia madura, hagamos las cosas bien. Pero es que… no me gusta ninguno. ¿Gordi? ¿Peque? ¿Cari? ¿Amor?

—Mikel… —le interrumpí, aunque me gustaba su discurso—. Me ha llamado Eloy. Quiere que nos veamos… en mi taller.

—Qué pesada es la puta rata —suspiró—. ¿Por qué no le propones veros en su galería?

—Porque ya se lo he propuesto. Dice que ha reventado una bajante de agua y que…, bueno, cosas que suenan a mentira.

—Ahora mismo no te puedo dejar el taller, Cata. Lo tengo todo…, acabo de empezar una nueva pieza y está…, ya te imaginarás. Piedra y herramientas por todas partes.

—Ya, ya lo sé. Tampoco quiero que pierdas tiempo. Pero no sé qué decirle.

—No sé…, peque. —Los dos nos quedamos callados, yo con una sonrisa—. No, peque no me gusta.

—¿Quién lo iba a decir? Mikel Avedaño es divertido.

—Eso es algo que solo dirías tú, pero porque estás loca…, amor. Gordi. ¿Cari?

Me eché a reír a carcajadas.

—¿Cómo vas a arreglar lo de Eloy?

—No sé, a ver qué me invento. Pero te llamaba sobre todo para preguntarte si tú sabes a qué puede venir tanta insistencia.

—No sé, Cata. Es un tío… extraño. Ya te dije que la mayor parte de las veces ni siquiera le entiendo. Pero piensa mal y acertarás.

Volví a llamar a Eloy.

—Perdona. Era algo que tenía que atender ahora.

—La chica del momento.

—Ni que fuera Blanca Suárez.

—La Blanca Suárez del arte. Pronto portada de *Cosmopolitan*.

Miré hacia el techo y puse los ojos en blanco por el camino.

—Bueno, tengo la dirección de tu estudio anotada. ¿Cuándo me paso?

—No. Por allí no. Ya lo dejé. Me he mudado y…, bueno, tampoco quiero aburrirte con los detalles. Veámonos, si quieres en mi apartamento.

—¿Tu apartamento? —No le convenció en absoluto—. Mejor en una cafetería.

Uy…, pues había sido muy fácil convencerlo. A ver si iba a ser verdad todo el rollo de la inundación con aguas fecales…

—Pues tú dirás —dejé que fuera él quien escogiera el lugar concreto.

Error.

—Hay una cafetería en la misma calle en la que estaba tu taller. Tengo una reunión mañana por allí a las once. Podríamos vernos a las nueve y media. Te invito a desayunar y me cuentas un poco. Hablamos de trabajo… y de placer.

Sí que era una rata. Al día siguiente era fin de año, lo primero. No era una fecha en la que apeteciera demasiado reunirse con nadie en plan profesional. Además, qué fijación con mi taller, joder. Qué fijación.

Lo bueno de las mudanzas es que aprovechas para deshacerte de muchas cosas que ya no usas y desempolvas muchas otras que ni siquiera recordabas tener. Y que no te hacían falta, claro, pero te siguen gustando. En una de esas encontré un vestido de terciopelo color teja, con corte en la cintura y dos volantes hasta media pierna que posiblemente no me había puesto más que una vez en mi vida porque…, bueno, resultaba complicado de combinar con una vida normal, por decirlo de alguna manera. Pero era el trapo perfecto para una artista como Catalina Ferrero en unos días más fríos que el abrazo de una suegra. Así que para mi cita profesional con Eloy me puse el vestido, unas medias, unos calcetines altos de punto y unas botas de media caña de cordones. El abrigo negro combinaba con estas, con el sombrero (otro descubrimiento al vaciar la parte de arriba del armario de mi antigua habitación) y con el bolso pequeñito que llevaba anudado a la cintura a modo de riñonera. Un estilo excéntrico, sí, pero en el fondo bastante mío. El personaje me estaba permitiendo ampliar mis propias miras y dejarme de tanta vergüenza y prejuicio contra mí misma. Podía ser mucho más libre de lo que en el pasado había creído, porque… ¿qué era lo peor que iba a pasar?

Eloy me esperaba ya sentado a una mesa junto a la ventana. La cafetería estaba, efectivamente, en la misma calle que la casa de Mikel, pero lo bastante lejos como para que no pudiera verlo entrar o salir de casa. De todos modos, le había advertido que estaríamos allí.

Estaba guapo. Bueno, Eloy es guapo, eso no lo puede negar nadie, a pesar de que no se merezca para nada esa apariencia. La belleza es un don muy arbitrario que, en realidad, solo te hace bonito a la vista. No hay esfuerzo en la belleza; a veces creo que no debería formar parte de la lista de cualidades de nadie, más bien de azares del destino. Un premio en una lotería genética bastante caprichosa.

La cuestión es que el invierno le quedaba bien. A Mikel, pensé, le pasaba lo mismo. El frío les dejaba a ambos una tez impoluta, casi irreal. En el caso de Mikel, esa tez estaba interrumpida por la barba, siempre corta, pero Eloy tenía un rostro prácticamente imberbe. El pelo ensortijado algo largo, un jersey de cuello vuelto, un pantalón con cuadro príncipe de Gales y un abrigo precioso de lana virgen, seguramente. En los pies, unos zapatos marrones, bonitos, italianos. El típico hombre elegante y con personalidad que te comes con los ojos pensando: «Haberlos haylos».

—¿Qué tal? —Me sonrió con la que ya sabía que era una sonrisa vacía—. Siéntate. He pedido un café. ¿Qué quieres?

Me planteé pedir un chocolate con churros, pero con una seña hacia la bonita camarera que aguardaba detrás de la barra de madera, pedí lo mismo que él. El ambiente de la cafetería era encantador. El típico sitio al que irías cada día, que olía a canela y donde sonaba buena música al volumen perfecto.

—Me encanta esta cafetería —le dije.

—Ah, sí. Es…, está bien.

Claro. Hay seres humanos que son inmunes a ese tipo de magia.

Me quité el abrigo, lo dejé en el respaldo y me senté frente a él.

—Pues… tú dirás. —Sonreí.

—¿Qué tal las fiestas?

—Bien. Bueno, son fechas que no me gustan demasiado, así que estoy esperando la Noche de Reyes, que es el único día que me hace ilusión.

—Materialista —intentó bromear.

—Me gusta el roscón de Reyes —mentí.

Es un dulce infame. No puedo entender que a nadie pueda gustarle.

—Me sorprendió que pudieras verme hoy. Pensé que saldrías de Madrid para celebrar fin de año. Ya veo que te espera una Nochevieja castiza.

Y lo dijo como si fuera a comerme las uvas en una cochiquera. Me dieron ganas de tirarle el café a la cara cuando la camarera me lo trajo con una sonrisa. Mikel me había contagiado su odio por Eloy. ¿Habría sido por transmisión sexual?

—No. Qué va. En realidad, acabo de volver. Me marché unos días a Roma y a Florencia.

—¿En Navidad?

—Sí. La semana pasada. En lugar del clásico cordero al horno que preparan mis padres en Navidad, tomé unos *tagliolini* con trufa de llorar de placer.

—Suena muy bien. Entonces ya pasas la noche aquí, entiendo. ¿Con amigos?

Joder…

—No, con mi chico —me escuché decir.

No sabía las ganas que tenía de decirlo hasta que no lo hice. Hay cosas que tienes tantas ganas de decir, que las palabras con las que lo expresas se convierten en uno de esos bombones buenos, de chocolate belga, que se deshacen entre tu lengua y el paladar y que guardan un secreto dentro.

Ya estaba dicho. Mi chico. Bueno. Si no decía quién era, no había problema, ¿no?

—Ah, no sabía que tenías novio.

—Bueno, es bastante reciente.

—Viajar a Roma y Florencia en Navidad y pasar Nochevieja juntos. Suena serio.

Le di un trago al café.

—Me querías enseñar la distribución de los cuadros para la exposición, ¿verdad?

Me miró, esbozó una sonrisa cruel con la que me dejaba claro que había entendido que si había cambiado de tema era porque me incomodaba (con lo que había dado una pista al enemigo) y sacó de su portafolios de piel marrón unos planos, un dosier con las fotos de mis cuadros numerados y algunos papeles más.

—El 14 de febrero, ¿qué te parece?

—San Valentín. Una celebración un poco tonta a mi parecer.

—Bueno, este año tendrás con quién celebrarla.

—¿Quién te ha dicho que otros años no?

—El 14 de febrero abrirá sus puertas a tu primera exposición.

Asentí.

—¿Emocionada?

—Mucho.

Mucho. Quería vender los cuadros, alejarme de todo aquello, hacer borrón y cuenta nueva, dejar de mentir, encontrar una motivación, algo de lo que vivir…

—Échale un vistazo a la distribución de los cuadros por las salas. Serán la uno y la dos, que están conectadas —indicó, aunque sobraba. La galería solo tenía la sala uno y la dos y un pasillo. Es que era tonto del culo. Odio a la gente con aires de grandeza, no lo puedo evitar—. Vamos a mandar invitaciones a gente importante del sector. Serviremos champán y un ágape. Todas las consumiciones gratuitas, por supuesto.

Y hablando de odiar, odio la palabra ágape. Y gratuito. Si puedes decir las cosas de forma sencilla, ¿por qué no hacerlo? No lo puedo entender.

Me concentré en los papeles; era lo mejor.

—¿Qué criterio has seguido para ordenar las obras? —Fruncí el ceño.

No entendía el orden. Recordé una charla con Mikel, paseando por los museos vaticanos. Íbamos agarrados de la cintura, cerca, cariñosos, casi confidentes. El arte consigue esas cosas, aunque estuviera empezando a comprenderlo. El arte junta, une, embelesa. Mikel iba hablando de los cuadros de la tía Isa y yo me sentía orgullosa porque algo en su voz sonaba a admiración. Decía de ellos que contaban una historia a través del color, y yo, orgullosa y feliz, me sentía también un poco triste por el hecho de que la tía Isa hubiera muerto sin saber todo aquello sobre su obra. «Es el color quien tiene el protagonismo. Ni siquiera la forma», me dijo Mikel. Me di cuenta, al aterrizar de mi recuerdo, de que Eloy estaba explicándome algo sobre equilibrar los pesos visuales en las paredes, ya que no había una línea «argumental» clara en las piezas. Le interrumpí.

—Eloy, es el color quien tiene que contar la historia. Ese debería ser el único criterio. El color. Que te lleve de menos a más, hasta una explosión. El quince… —Señalé en el dosier la fotografía de un cuadro de gran tamaño similar al que me había quedado. Rojos magma. Amarillos haz de luz. Un turquesa que atravesaba la pintura de lado a lado, desvergonzado y animal, como si fuera en realidad el plumaje de un ave de fuego—. El quince es un buen final…, pero acompañado del veintinueve. —Le indiqué otro mucho más pequeño en el que todo el color se perdía en un negro fulminante que parecía absorber cualquier forma de vida en el lienzo—. La explosión y la nada. Ese es el final.

—¿Y con cuáles empiezo? —Eloy pareció contrariado.

Desplegué los folios en la mesa y el mapa de la sala que había traído con él y fui cambiando, poco a poco, todas las piezas. Ni una quedó en la situación original. Hasta para mí, una farsante, era evidente que Eloy no era un buen comisario.

Cuando nos despedimos, lo hicimos en la puerta de la cafetería. Cada minuto que pasaba le costaba más forzar esa sonrisa comercial tan suya y a mí simplemente soportarle.

—Ah…, se han puesto en contacto conmigo desde algunas publicaciones especializadas y webs para solicitar una entrevista contigo. Si no te importa, yo te haré llegar las preguntas y tú me las mandarás a mí respondidas, ¿vale? Es mejor que quede yo de intermediario. Ya tenemos comprobado que la relación con los medios no es lo tuyo.

—Eso era al principio porque me traicionaron los nervios. Es normal. Prefiero eso a que me traicionen terceros, así que, si no te importa, dales mi número de teléfono.

—¿Hacia dónde vas? —Su boca ya era un nudo de disgusto.

—Ah, al supermercado. —Señalé hacia una dirección vaga—. Voy a comprar algo para la cena de hoy.

—Queso, fruta, nueces y champán —masticó—. No hay mejor cena para despedir el año.

—Con estilo y sexi. Me gusta —bromeé.

No se molestó en fingir que ya no soportaba escucharme. ¿Por qué ese señor me odiaba tanto de pronto? No parecía que nunca me hubiera tenido demasiado aprecio, pero aquella cara de asco era pasarse un poco.

—Feliz año, Eloy.

—Que el próximo te traiga todo lo que mereces, Catalina.

Y sonó a amenaza.

56
El *big bang*

Mi mejor Nochevieja fue en Londres, con una de las chicas de las que más enamorado he estado. Pensé, incluso cuando ya no estábamos juntos, que era la definitiva, que no volvería a querer, que lo que viniera después sería deslavado, insípido, una mera copia de lo que debía ser. Una copia mala. Aquel día nevó y a ambos nos pareció tan significativo como una señal en el cielo. Después de pasear y pasear, nos tumbamos en la cama de nuestra habitación de hotel, donde no recuerdo qué cenamos ni cuántas botellas de vino bebimos. Luego hicimos el amor durante una hora. Al terminar, le dije que la amaría siempre. ¿Adónde van esas promesas que se hacen cuando uno aún se siente capaz de cumplirlas? ¿Adónde van si no es por malicia que se pierden?

Nunca fui un hombre con muchas certezas, pero aquel año yo tenía una, una enorme que mandaba sobre todo lo demás: quería que para Catalina y para mí, aquel fin de año fuera incomparable con nada que hubiéramos vivido jamás. Sentía la necesidad de dejar una huella cálida como un abrazo, húmeda como el sexo, vibrante como las burbujas de una copa de champán. Así que me levanté a las seis, corrí diez kilómetros bajo un frío que hacía temblar, y al volver me di una ducha caliente. Después trabajé a destajo un par de horas para poder disfrutar de un poco más de tiempo con ella. Catalina dijo que tenía una reunión con Eloy en el Café de Alejandría, que estaba a dos pasos de mi casa, y que no le llevaría mucho más de una hora.

—Después, si te parece bien, iré un rato a mi apartamento, me prepararé y me pasaré al piso para dar un beso a las chicas. Y a pedirles perdón, que por tu culpa les pegué un bufido de insoportable el otro día. Así te dejo trabajar.

Me parecía bien en lo práctico. En lo irracional, quería que lo dejase todo y viniese corriendo a mis brazos. Ese era el Mikel que me dejaba un poco incómodo, al que el otro Mikel, el que se prometió que se dejaría de historias de amor por el momento, quería ahogar con sus propias manos. Había escuchado a alguna persona decir que no le gustaba en quien se convertía cuando se enamoraba y lo entendía perfectamente. Yo también lo decía. Y mira...

A media mañana, cuando ya calculaba que Cata y Eloy no andarían por allí, me calcé, me coloqué el abrigo y bajé a comprar algunas cosas para aquella noche. Quería que todo fuera perfecto..., pero sin pasarse. Si te pasas de frenada..., el detalle se da la vuelta y se convierte en una pesadilla de pastiche.

Iba de camino a una pequeña bodega donde la dueña siempre me aconsejaba a la perfección. Iba a comprar vino, quizá algo de pescado (hay una receta de bacalao que me sale especialmente bien) y algún dulce. Aún estaba aprendiendo lo que le gustaba a Catalina, pero era emocionante esforzarse por acertar. Cuando acabas de confesarte a ti mismo que estás enamorado, esas cosas son..., bueno, ya sabes.

Fue como en las películas, al volver una esquina, nos chocamos de morros. Él, tan elegante, de barrio bien. Yo, tan... suburbano. Cualquiera que no nos conociera pensaría que era él quien había nacido en una familia de dinero y yo quien había peleado con uñas y dientes por ascender y mezclarme, sin mucho éxito, entre la gente del estrato superior. Pero no. Yo había querido desaparecer de ese estrato mientras él apuñalaba por subir. Eloy.

—Perdón —dije antes de darme cuenta de que era él.

—¿Mikel?

Fruncí el ceño.

—¿Qué haces por aquí? —preguntó.

Sin darme tiempo a reflexionar qué respuesta debía dar, contesté:

—Vivo por aquí.

—¿Ah, sí?

—Sí. ¿Y tú? ¿Qué haces en el barrio?

—He tenido una reunión con Catalina Ferrero. Te acuerdas de ella, ¿no? Tu… ¿protegida?

—No es mi protegida. Solo… nos llevamos bien.

—Ya…

Sonreí falso, intentando dar la conversación por terminada.

—Bueno, tengo prisa —le dije.

—¿Qué tal las fiestas?

—Bien.

—¿Con la familia? ¿Fuiste a Pamplona?

Dios. Ese tío era una pesadilla.

—No. Este año, no.

—¿Y eso?

—Eloy, ¿qué quieres? —contesté de malas maneras.

—Mikel… —Sonrió—. ¿Por qué siempre tengo que querer algo? Somos dos caballeros que se han encontrado por la calle en plenas fiestas. Es normal… interesarse.

Suspiré.

—Carácter de artista —dijo.

—No. Carácter de mierda. Pediré otro por Reyes, a ver si tengo suerte.

Lanzó una falsísima carcajada que me dio vergüenza.

—Entonces, ¿viajaste por Navidad o te quedaste aquí trabajando? ¿Tan apurado vas con las piezas para la exposición de Marlborough?

—No —gruñí—. Me escapé unos días a Italia.

Demasiados datos. Mierda. Me ponía de los nervios.

—Un sitio espectacular donde buscar las musas. Lo que preparas… ¿es pintura o escultura? Bueno, sea cual sea, Florencia es un buen lugar para…

—Si no te importa, Eloy, tengo cosas que hacer. Voy con prisa.

—Sí, sí, claro. Ve, Mikel Avedaño.

Qué manía de decir mi apellido, como si formara parte de mi nombre, sin pausa tras este.

—Que tengas un buen año, Mikel —me dijo con ojos muy abiertos—. Que se cumplan tus deseos más secretos.

Fue tan raro que hasta me dio un escalofrío. Pero qué tipo tan jodidamente raro.

—Gracias.

—No olvides comprar las uvas, Mikel. Queso, fruta, nueces y champán. No hay mejor cena para hoy. Para dos…, ¿verdad?

Si digo que salí por patas, es porque lo hice. No estoy orgulloso, no por la falta de protocolo, sino porque, sin saber el motivo, sentí miedo. Me dio miedo. Eloy me dio miedo.

Cuando volví a casa ni siquiera era consciente de lo que había comprado.

Queso. Fruta. Nueces. Champán. Putas ideas parásito.

Catalina llegó a las seis de la tarde. Yo ya andaba desesperado. El encuentro con Eloy, que en otra situación solo me habría parecido molesto como el vuelo de una mosca, me había dejado mal cuerpo. Sabía que quería algo. Sabía qué información tenía y que podría usarla en contra de Catalina. Sabía que si la desconocía cuando cerró el contrato con ella (cosa que dudaba), había sido yo quien había levantado la liebre. Y no me concentraba. Y se me debía de notar.

—¿Qué pasa? —preguntó cuando le abrí la puerta.

—¿Por?

—Tienes cara de…, no sé. ¿De haberte pillado un huevo con la cremallera?

—Parecido...

Dejó una bolsa de tela hasta los topes en el suelo y me colocó ambas manos en las mejillas.

—¿Te encuentras bien?

—Sí. —Sonreí—. Ahora sí.

—Ah..., ¿me echabas de menos?

—Siempre. A veces hasta cuando aún estás conmigo.

Me besó en la boca, dejándome sobre los labios una calma que solo encontraba con ella, porque era la que precedía a la tormenta. Ella era la tormenta, una tormenta tropical, un tifón, un huracán y yo, la tierra que lo recibía, que se quedaba devastada y en la que, también, crecía vida después.

—¿Por qué no vas a darte una ducha calentita y yo preparo las cosas?

—Porque estás en mi casa y debería ser yo quien te agasajara a ti.

—Vale. Pues nos damos la ducha los dos.

Sonreí de esa manera que solo conseguía provocar ella.

—¿Con qué intención? Porque si quieres recibir el año haciendo el amor, querida..., vas a tener que darme tregua. Uno empieza a tener una edad.

—Tonterías.

Se quitó el abrigo, lo colgó en el perchero, recogió la bolsa y entró hasta la cocina, literalmente.

—Olvida lo que hayas pensado cocinar para esta noche —anunció.

Al llegar a la cocina, la cogí de la cintura y besé su cuello. Siempre olía... Catalina cambiaba a menudo de perfume, pero siempre olía a ella.

—¿Y eso?

—Porque he traído la solución. Una cena sofisticada, que no precisa preparación, y rica.

Me aparté un paso cuando vi que sacaba de la bolsa una botella de champán, un par de pedazos de quesos diferentes, unas nueces sin mondar y unas fresas. También traía uvas y unos dátiles.

—Cata... —Y le di un tono de pregunta a su nombre.

—Dime... —Abrió la nevera para guardar la botella y abrió mucho los ojos—. ¡No me digas! ¡¡Tú has pensado lo mismo!! —Se volvió a buscarme con una sonrisa—. ¡Cuqui! Esto merece un mote amoroso, *right now*.

Sonreí. Al menos lo intenté.

—¿Qué pasa? —Arrugó la nariz—. ¿Demasiado queso? A ver, me lo sugirió Eloy y ya sé que no lo tienes en mucho aprecio, pero me pareció buena idea.

Eloy lo sabía. El muy hijo de puta lo sabía. Sabía que estábamos juntos. Pero... ¿por qué eso me preocupaba? Eloy era un mierda. Lo había sido, lo era, lo sería siempre. Nada de lo que pudiera intentar podría hacerme daño. Pero... ¿y a ella? A ella sí. Con... ¿la información que yo le había facilitado en un ataque de rabia?

—¿Quieres que baje a por otra cosa? —preguntó.

—¿Qué? ¿Estás loca? Queso, champán y tú. ¿Qué más se puede pedir?

Me puse a sacar lo que quedaba en su bolsa. Una *baguette*, más queso, un tarro de mermelada de tomate...

—Es una buenísima idea —insistí—. ¿Y sabes lo que es una buenísima idea también? Esa ducha.

Cerré la nevera y la giré hacia mí. El beso la pilló de improviso, también que la agarrara de los muslos y la subiera sobre mí.

El miedo y el deseo, en ocasiones, hacen tan buena pareja como la pena y el sexo. Parejas que tienen como hijo al duelo. Parejas que siempre se visten de negro y que no hablan en los restaurantes. Pero parejas al fin y al cabo. Estaba asustado, preocupado por ella, por mí, que estaba ya demasiado implicado, pero prefería quedarme quieto, no moverme, no hacer nada. Se me olvidaba que los problemas no son como un gran depredador al que puedes despistar si te quedas quieto.

Cuando llegó la hora de celebrar el fin de año, Catalina y yo estábamos tendidos, sobre cojines y una amorosa manta, en el suelo del dormitorio, bebiendo champán a morro, comiendo queso con las manos, cascando nueces con la pata de la cama y un zapato y riéndonos a carcajadas. Yo en pijama y ella con una camiseta mía que le llegaba a los muslos. Escuchamos las campanadas por la radio, tragamos uvas entre besos y burlas y empezamos el año con las bocas apretadas. Catalina sobre mis rodillas, sus dedos deslizándose por mi cabeza, arrastrando las uñas. Mi espalda apoyada a los pies de la cama, mis piernas extendidas, mis manos sobre sus muslos.

Todos los deseos posibles para un año mejor se reunieron en un abrazo, todos los propósitos esbozados para no ser cumplidos jamás se quedaron en el piso de abajo, celebrando su propia fiesta; en la nuestra solo había dos invitados en lista. En un abrazo solo caben dos personas. En un beso son dos bocas las que mandan.

Hicimos el amor dos veces más hasta la mañana siguiente.

El día 1, Madrid amaneció nevado. Cayeron copos de nieve hasta bien entrada la tarde. Y mirando el baile de los copos al caer, entendí que, quizá, el amor era eso, al fin y al cabo: alguien con quien ver cómo nieva y esperar el fin del mundo.

No creo en las premoniciones. No soy un hombre místico. Simplemente creo que... una parte de mi cerebro, quizá la más primitiva, ya había comprendido lo que se avecinaba. La otra se afanaba en buscar excusas a las que agarrarse para creer que Catalina y yo estábamos realmente preparados para amar.

Un hombre cansado de tener esperanza, perdiendo el control. Una mujer harta de no tenerla, con el volante de un coche que no sabía conducir.

Muchas cosas por hacer antes de comprender que si lo necesitas, no lo quieres tan libremente como crees... o desearías.

57
La chica de la mala suerte

Durante la primera semana de enero contesté una docena de entrevistas, entre llamadas telefónicas y *e-mails*. No es que sea una barbaridad; ya me imagino que habrá artistas que en un periodo de promoción responderán a una docena por mañana, pero para mí era nuevo, emocionante y, además, algo que había descubierto que se me daba bien. Porque había preparado mi papel y, modestia aparte, era una buena actriz.

Todo apuntaba que el interés se traduciría en una buena acogida de mis obras.

—Me parecería raro que no vendieras todas las piezas durante las primeras dos semanas. Y estoy siendo agorero. Quizá la noche de la inauguración, cuando finalice la puja, ya seas libre —me dijo Mikel.

—¿Libre?

—Sí. Supongo que tendrás ganas de quitarte los zapatos de la artista y volver a los tuyos, ¿no?

—¿Y si no sé cuáles son los míos?

—Bueno, supongo que tendrás tiempo de andar descalza un tiempo hasta encontrarlos.

—Me gustan muchas cosas de esta Catalina.

—Está bien, pero... recuerda que no existe. Que no te coma el personaje.

Me daba miedo, lo admito. Me daba miedo dejar de tener cosas en común con Mikel, que su exposición nos distanciara, que lo nuestro no estuviera preparado aún para la vida real. Esa en la que Catalina era una exteleoperadora en paro, una actriz fracasada, con el bolsillo eventualmente lleno después de una estafa a pequeña escala.

Joder. Estaba aterrorizada. Y algo que no me provocaba tranquilidad era notar que Mikel parecía especialmente encantado con la idea de que terminara toda aquella farsa. Quizá le apetecía la idea de una vida con la Catalina real. Quizá quería tener otra vez todo bajo control…, y ser el único artista exitoso de la pareja. Aunque lo fuera de todas formas. Pero ya habrás aprendido a estas alturas de la vida, como yo, que ahora mismo, por desgracia no hace falta ser algo, solo parecerlo.

Todo parecía ir bien. Todo. Mis padres estaban contentos. Tranquilos. Mi madre no me llamaba para preguntarme si mi luz brillaba fuerte. No me pasaba piedras supuestamente poderosas con las que regularme la energía o alinearme los chacras o vete tú a saber.

Mi pequeño apartamento se había convertido en una guarida, minúscula pero bonita, luminosa. Casi sentía no saber pintar, porque hacerlo con la luz del norte que entraba por sus ventanas tenía pinta de ser una experiencia preciosa. En una de sus paredes, en la del espacio que hacía las veces de salón, directamente frente a la cama, había colgado, con la ayuda de Mikel, el cuadro de la tía Isa. Ya hasta había olvidado un poco el misterio de su foto. La ausencia de la instantánea casi acrecentaba la leyenda de una mujer poco corriente que siempre tuvo mucho que decir. Fuera lo que fuera, no me perturbaba. Poca cosa lo hacía.

El piso, el compartido, el de la puerta más fea jamás construida, continuaba siendo un refugio para mi alma, lleno de hermanas (y una tía perfecta a la que no…, ni el buen rollo imperante en mi vida me empujó a apreciar un poco más).

Y tenía además el ansiado amor, claro. El recién descubierto amor. Un amor de esos que crees que solo viven los demás. Un amor que, a ti, que lo estás viviendo, te parece de película. Un hombre con la boca llena de besos y mordiscos que darme a todas horas; con un mundo interior tan rico como los sueños plagados de alebrijes; con unas manos toscas capaces de crear…, crear imágenes tan potentes que sobraban las palabras. Un hombre que abría la puerta a un amor que había jurado que no quería volver a sentir. ¿O que seguía no queriendo sentir? ¿Y si me quería a pesar de todo? ¿Quería yo…?

Pero ¿sabes una cosa? En aquel momento no me lo planteaba. ¿Por qué? Muy fácil. Y es que el amor, a pesar de ser maravilloso, puede ser tramposo. Puede crear la falsa sensación de que no necesitas nada más. Llenar virtualmente unos vacíos que no le corresponden y que, en realidad, siguen estando vacíos bajo la capa de purpurina en la que los escondemos. ¿Entiendes? Porque el amor no cura la soledad. Porque el amor no cura los traumas del pasado. Porque el amor no es capaz de hacernos mejores. Porque el amor no es un parche con el que solucionar el desconsuelo o el calvario de cualquier dolencia. El amor es para amar y para sentirse amado. Pero la única manera de curar la soledad es aprender a estar solo; los traumas necesitan terapia y seremos mejores siempre que queramos ser mejores y nos esforcemos por y para ello. Y por nosotros. No podemos hacer las cosas propias por los demás.

Bueno. Y todo esto para decir que las cosas parecían ir muy bien. Que mi única preocupación versaba sobre cuándo y dónde era mejor decirnos el primer te quiero. El mundo es maravillosamente sencillo cuando eres idiota. O estás agilipollada. No obstante, no tardé en espabilar.

Tardé, exactamente, hasta la llamada.

Estaba en mi piso, haciendo alguna cosa muy prosaica. No sé si fregando los platos o poniendo una lavadora. Probablemente lo segundo. De tanto ir y venir entre mi apartamento y el de Mikel (es curioso como, a ciertas edades, una relación empuja de manera natural a la convivencia, aunque sea parcial) siempre cargaba con ropa sucia. Bueno, yo estaba haciendo cualquier cosa, tampoco es importante.

Y sonó el teléfono. Era un número desconocido.

—¿Sí?

—¿Catalina Ferrero?

Me extrañé. Eloy no me había prevenido sobre ninguna entrevista, pero parecía justo eso.

—Sí, soy yo.

—Hola. Disculpa la llamada. Verás, me llamo Alba y escribo para varias publicaciones.

—Ajá.

—Bueno…, nos conocimos en tu primera muestra, pero no me recordarás. Es normal. A través de un colega que te hizo una entrevista para su medio hace unas semanas, he conseguido tu número.

—Ya.

—Quería hacerte unas preguntas. ¿Tienes un momento?

—Claro. Bueno…, no es lo habitual. Normalmente Eloy Hernando Suñer, el galerista y comisario de la exposición de mis cuadros…

—Sí, sí. Conozco de sobra a Eloy. Siento si me lo he saltado, pero, verás, antes quería contrastar contigo unas informaciones que se están escuchando alrededor de tu nombre.

Me senté. Mierda. Tenía que ser lo de Mikel. ¿En serio? ¿Qué era el mundillo del arte, el nuevo programa de telerrealidad de moda?

—Dime entonces. Supongo que nadie mejor que yo para desmentir o confirmar algo sobre mí.

—Eso mismo he pensado. De ahí que haya prescindido de la llamada de rigor a Eloy. Lo que sí quiero decirte es que voy a llamarle también después, porque quiero completar el artículo con sus declaraciones sobre el tema.

Uy. Arqueé las cejas.

—Catalina, tengo entendido que Eloy te descubrió cuando intentabas vender los cuadros en El Rastro.

—Sí.

—Y que careces de formación artística.

—Soy autodidacta. —Y me dispuse a repetir el discurso que tenía ya memorizado—. Provengo de una familia con una especial sensibilidad artística, a partir de la cual centraron mi educación. Mi tía abuela compartía conmigo…

—Ya. Ya. Eso ya lo he leído. Compartía contigo mucho tiempo mientras ambas pintabais. Quizá por eso, cuentas también, no pintas desde su muerte. He leído que has perdido… la inspiración.

—Sí. De alguna manera sí.

—Ya…

—No entiendo. ¿Qué es lo que quieres que te confirme entonces?

—Bueno, alguien me ha dicho que esos cuadros, en realidad, no son tuyos.

Miré hacia la ventana en busca de un poco de luz. Tenía la sensación de que la oscuridad total se cernía sobre mí.

—¿Perdona? —Fue lo único que conseguí decir.

—Sí. Verás…, me han contado…, y he estado hablando con algunos compañeros que han recibido recientemente la misma información, que esos cuadros no son tuyos. Quizá de esa tía abuela a la que nombras, pero no tuyos. La información apunta a que tú ni siquiera sabes manejar un pincel.

Mis ojos se dirigieron esta vez al suelo, que sentí que se me hundía bajo los pies.

—Mira…, Alba, ¿verdad?

—Sí.

—Alba…, entiendo que eres periodista y este es tu trabajo…, pero ¿a ti te parece normal que me llames para preguntar esto?

—Sí. —Y la pobre chica parecía realmente apurada—. Ese es, efectivamente, mi trabajo, Catalina, hacer preguntas incómodas para saber si lo que me cuentan es o no verdad.

No estoy orgullosa de lo que hice, pero no se me ocurrió otra cosa. Colgué. Colgué, cogí la chaqueta, metí el móvil y las llaves en el bolso… y salí de casa.

Llevaba más de un kilómetro andando, mientras corría un gélido y seco aire por Madrid, cuando me di cuenta de que no sabía adónde iba. Pensé en correr a casa de Mikel, pero creí que no era la reacción de una persona adulta. No era la primera parada lógica.

—Buenos días, señorita. ¿En qué puedo ayudarla?

—Andrea —resoplé, harta hasta límites insospechados de la puñetera recepcionista de la galería—. Me tienes hasta el coño.

—¿Perdone? —se horrorizó.

—Soy Catalina. Ca-ta-li-na. Y vais a exponer mis obras en un mes.

—Ah… —Pero su cara era la misma que si le estuviera diciendo que era una familiar lejana recién llegada de la India.

—¿Está Eloy?

Abrió la boca, pero adiviné la excusa antes de que saliese de su boca.

—Mira, paso de ti.

Enfilé el pasillo en el que, por cierto, no encontré ni una muestra de que la bajante del edificio hubiera estallado a aquella altura. Puto mentiroso. Entré en el despacho y… juro que fue como si me estuviera esperando.

—Eloy, la he intentado parar, pero esta choni… —escuché que decía Andrea antes de cerrarle la puerta del despacho en la cara.

—¿Esa tía tiene algún problema para recordar información reciente?

—¿Qué?

—Me ha llamado una periodista —solté a bocajarro.

—Bien —asintió, serio—. A mí llevan llamándome toda la mañana.

—Dice que alguien les ha contado que los cuadros no son míos.

—Ya. Alguien me lo contó a mí también.

Abrí mucho los ojos.

—¿Qué?

—Eso digo yo, Catalina, ¿qué? ¿Tienes algo que decirme? Porque estoy conteniendo esto como puedo, pero me han llamado los de *Mainstream*, Catalina…, y están flipando. Quieren desdecirse, publicar en el próximo número que les has engañado.

—¿Y cómo no me has llamado? ¿Cómo me he tenido que enterar de todo por una periodista a la que no conozco?

—Perdóname si he estado muy ocupado intentando contener todo esto.

Me senté y me agarré la cabeza.

—Pero Eloy…

—Catalina, ¿esos cuadros son tuyos?

—Sí —asentí por inercia.

—Dime la verdad… ¿son tuyos? Si son tuyos, ¿por qué iba a decirme a mí alguien de tan buena tinta que solo finges que lo son?

Lo miré. Supongo que lo miré como miran los condenados a muerte a su abogado cuando ya se ha dictado sentencia.

—Eloy…

—Joder. Es verdad.

Y juro que parecía sinceramente consternado.

—¿Quién te ha dicho eso, Eloy?

—Catalina, quién me lo ha dicho es lo de menos. Esos cuadros no son tuyos.

Como cuando te pillan con una chuleta…, exactamente igual: tenía muy pocas opciones y todas ellas eran una mala solución. Podía negarlo todo. Podía asumirlo, agachar la cabeza. O podía encararlo. Y yo quería ser valiente.

—Eloy —suspiré, tragué y apoyé los codos en las piernas—, tú ya sabías que esos cuadros no eran míos.

—¿Cómo? —preguntó indignado.

—Que tú ya sabías que yo no he pintado nada que no fueran mis labios en mi puta vida. Tú lo sabías.

—¿Por qué iba a representarte entonces?

—Porque… ¿qué más daba? Ambos ganábamos.

—Catalina, eso que estás diciendo es horrible. Me estás acusando de cosas muy feas. Y yo tengo una reputación en este trabajo que no arriesgaría… y menos por una desconocida.

—Eloy…

—¿Y ahora qué hacemos?

—No lo sé. Anular la exposición, supongo —suspiré.

—¿Anularla? —Se rio—. No puedo anularla, Catalina. Me has costado dinero. He impreso folletos, he dedicado muchas horas, he comprado marcos, he invertido en…

—Ya. Ya.

—Te he dado un adelanto.

—Te lo devolveré. —No sabía cómo, pero bueno…

—No es cuestión de que me lo devuelvas, Catalina, es cuestión de que vendas cuadros.

—Pero si la gente se entera de que no son míos no querrán comprarlos.

—O sí. Tengo experiencia. Quizá… podamos darle la vuelta. Los venderás. La mala publicidad también es publicidad. Pero…

—… pero… ¿qué?

—Quizá deberíamos reformular los porcentajes. Me estoy jugando mucho.

—No puedes hacer eso. Tenemos un contrato firmado.

—Un contrato firmado, sí, pero con unas cláusulas muy claras que me permiten renegociar los porcentajes en algunos casos. Este podría ser perfectamente uno de ellos. Y me lo debes. Por la confianza que has violado al mentirme: me lo debes.

Lo miré sorprendida. Así que… ¿eso era? ¿Todo se reducía a la pasta? ¿Se reducía a una cuestión de dinero? ¿De porcentajes? Me sentí taaaaan idiota, que no pude evitar que la rabia se me subiera a la boca.

—Eres una puta rata de cloaca —musité y difruté de cada sílaba—. Mikel tiene razón. Eres una rata.

—¿Una rata, dice? Vaya. Si es que no se puede confiar en nadie…

Y pareció que el insulto le dolía más en la boca de Mikel que en la mía, a pesar de no estar allí, de no haber podido escucharla salir de sus labios.

—¿A ti qué cojones te pasa? —le pregunté.

—Que me has timado. Eso me pasa.

—¿Como timaste tú a Mikel? ¿O como estás intentando timarme a mí?

—Lo de Mikel fue un malentendido —dijo muy nervioso—. Ya va siendo hora de que asuma que un error lo tiene cualquiera y que…

Cuando Mikel entraba en la conversación, Eloy se atropellaba con las palabras, nervioso. Tartamudeaba. Se ponía aún más tieso. La conexión entre su mente y su lengua perdía cobertura.

—Pero ¿qué pasa? ¿Que estás enamorado de Mikel o qué?

—¡¡¡¿Yooo?!!! —Y la desmesura de su contestación me dio la respuesta.

Abrí los ojos de par en par. Espera, espera, espera. Además de la pasta…, ¿me la estaba jugando por eso? ¿Me estaba haciendo la cama como venganza?

—¿Qué me estás contando? —exclamé—. ¿Me estás haciendo todo esto por él?

—¡¡¿Cómo que por él?!! Y yo no te estoy haciendo nada. En todo caso, me lo estás haciendo tú. Que eres una tramposa y una mentirosa. ¿Sabes lo que eres? Una *wannabe*. ¿Sabes lo que es una *wannabe* o te lo explico?

Levanté las cejas. Qué fuerte.

—Estás enamorado de Mikel. Es eso, ¿no? Estás enamorado de mi novio y yo pago los platos rotos. Y de paso te llevas una pasta.

—Ah, ¿es tu novio?

—Es mi novio, sí —asentí.

—Joder, qué rápida la tía. Te montas el timo de los cuadros y das el braguetazo.

Hostias. Braguetazo. Bra-gue-ta-zo. ¿Se podía ser más carca, más rancio, más machista, más asqueroso?

—Tú sabías que los cuadros no eran míos. —Me levanté—. Pero te venía bien. Te daba igual, porque déjame decirte que tendrás muy buena reputación en el sector, pero será a base de malas artes, tío, porque eres un profesional de mierda. Ya me lo dijo Mikel.

—Mikel no te ha dicho que yo soy un profesional de mierda.

—Oh, sí —asentí—. Y más cosas, pero no es elegante hacer partícipe a terceros de las conversaciones que tiene una pareja en la intimidad.

Notaba, como en señales de onda corta, cómo iba encabronándose más y más.

—Eres una trepa —me respondió—. Y una mentirosa. Y si te queda un mínimo atisbo de decencia, deberías cederme otro diez por ciento de las ventas de los cuadros que consigamos vender. O un veinte.

—O ya, total, te lo quedas todo. ¡Serás rata! Ojalá no vendamos ni uno.

—Te vas a morir de hambre. O bueno, no. Porque rabo vas a comer.

Me comedí para no coger de encima de su mesa el teléfono y tirárselo a la cabeza. Tengo buena puntería. Con la fuerza conveniente, podría haberle dejado una bonita cicatriz.

—Eres asqueroso —sentencié—. Y esto lo has montado todo tú. Por rabia y avaricia. Ojalá no vendamos ni un puto cuadro, Eloy. Pero si lo vendemos, tú y yo vamos al cincuenta por ciento, cabrón de mierda. Y setenta a treinta en la subasta.

Cogí mis cosas y me dirigí hacia la salida.

—Te veo para cobrar. —Escupí cuando ya tenía el pomo de la puerta en la mano.

—Estupendo. Pero, Catalina…

—¿Qué? —rugí.

—En próximas vidas…, ten cuidado en quién confías información sensible… como que vas a hacer pasar los cuadros de tu tía muerta como tuyos.

Náuseas. Cortas, pero náuseas.

Aún no había cerrado la puerta a mi espalda cuando le escuché decirme:

—Espero que no os juntarais con mucho queso y champán en Nochevieja.

Pero… ¿qué?

Casi fundí el timbre de Mikel. Nunca había tenido motivos reales para pensar que Mikel podía hacerme daño, pero ahora la sospecha era suficiente. Me abrió sin preguntar. Debió de asustarse por la insistencia, porque lo encontré en el rellano, dispuesto a bajar a por mí.

—¿Qué pasa? —preguntó desencajado.

—¿Tú viste a Eloy en Nochevieja?

—¿Cómo?

Le empujé. No estoy orgullosa. Lo digo de pasada a ver si pasa desapercibida la primera pista de lo mal que estaban construidas las cosas en aquel momento dentro de mi pecho.

—Catalina… —me advirtió—. Así no.

—¿Le viste o no?

Dio media vuelta y entró en su casa. Por supuesto, le seguí y cerré la puerta con un golpe seco.

—No des portazos —me pidió muy tranquilo.

—¿Viste o no viste a Eloy el día de Nochevieja?

—Sí. Me lo encontré por la calle.

—¿Y de qué hablasteis?

—De vaguedades. Te nombró. Quiso sonsacarme información. Se encontró con que no iba a dársela, y… ya está.

Mikel se quedó de pie en mitad del salón, con los brazos en jarras. Yo me coloqué delante.

—Te lo voy a preguntar solo una vez. Solo una…

—A ver si es verdad.

La dureza de su respuesta me dejó alucinada.

—¿Encima esa actitud?

—¿Qué actitud esperas después de llegar gritando y empujando? Cata, se te está yendo la olla, joder. Me has empujado.

Me dieron ganas de volver a hacerlo.

—¿Le dijiste a Eloy que los cuadros no eran míos?

—¿Estás loca? ¿Me lo estás preguntando en serio?

—¿Me ves de broma, Mikel?

—Te veo fuera de ti. Eso es lo que veo.

—Eloy me ha dicho que tú se lo contaste.

—¿Te ha dicho eso?

—Bueno…, lo ha dejado entender.

—¿O es lo que has querido entender?

—¿Me estás llamando loca?

—Vete a casa, Catalina —me rogó, bastante serio, y por un momento me dio la espalda—. Vete a casa. Esta bronca aún tiene solución. Vamos a calmarnos.

—¿O qué?

—No sé con qué clase de tipos te has relacionado hasta ahora, Catalina, pero yo no soy de hacer amenazas.

—Tú ejecutas.

—Catalina, vete a tu puta casa —rugió.

—No vas a hablarme así.

—Ni tú vas a hablarme así —me señaló, levantando momentáneamente la voz.

Me senté. No tenía sentido. Nada tenía sentido. Mikel no había sido. ¿Por qué iba a hacerlo?

—Perdona… —Me revolví el pelo—. Joder…, perdona. Perdona.

No respondió.

—¿Por qué ibas a hacer tú eso? ¿Qué mierda ganas tú haciendo eso? —Lo miré.

Esperaba encontrar una expresión y me topé con otra…, con una que tenía sombras que no me gustaban.

—Mikel… —susurré.

—¿Qué?

—Porque tú no se lo dijiste, ¿verdad?

Se mordió los dos labios a la vez, se sentó y apoyó los antebrazos en los muslos.

—Es solo que ese tío está loco por ti… —empecé a argumentar.

—¿Cómo va a estar loco por mí?

—Sí, Mikel. Está hasta las trancas. Por eso me odia.

—¿Le has dicho que estamos juntos?

—Sí. Ha habido un momento en el que la conversación no tenía vuelta de hoja.

No contestó. Eso parecía darle igual ya.

—Está loco por ti. Me odia. Él ha dado el chivatazo a los periodistas de que no son míos.

—¿Cómo?

—Me ha llamado una periodista esta mañana diciendo que alguien les ha contado que los cuadros no son míos, que son de mi tía. Eloy ha sugerido la posibilidad de que hayas sido tú. O de que tú se lo contases a él. O algo contigo, no lo sé. ¿Por qué no me contaste que lo viste en Nochevieja?

—Porque me daba mal cuerpo. No quería ni mencionarlo.

—Pero ¿por qué?

—No lo sé.

Me levanté y fui al sofá.

—Mikel… Perdona. Yo… no quería —la voz me tembló—, no quería empujarte. Es que… me he…, se me ha pelado un cable. Es que… se me ha caído todo. Yo…, los planes. El adelanto. He…, he vendido la piel del oso antes de cazarlo. Y mírame. Estoy en la mierda, Mikel.

Me abracé a mí misma, esperando que él lo hiciera, pero no lo hizo. Me miró.

—Mikel…, ¿qué pasa?

—Las mentiras tienen las patas muy cortas, Catalina.

—Pero…

—Te arriesgabas a esto.

—No es momento, Mikel. Ahora solo necesito que me abraces.

—La vida no es así. No puedes tener lo que necesites por el simple hecho de necesitarlo.

—¿Me vas a echar la bronca como si fueras mi padre, Mikel?

—No. Pero…

—Pero ¡¡¿qué?!!! —me desgañité.

—Fue al principio de todo. Apenas nos conocíamos.

—¿Qué has hecho? —me asusté.

—Yo… solo comenté que no parecían tuyos. —Se encogió de hombros—. Se lo dije a mi representante y a Eloy. A ellos dos. Les dije que eras un fraude, que te pusieran a prueba y se darían cuenta de que no sabías lo que hacías.

—Eres un imbécil. —Se me llenó la boca.

—Venga, Catalina —se quejó muy serio—. Ni siquiera te conocía. Y no estaba diciendo ninguna mentira. Por la reacción de Eloy, yo diría que él se lo imaginaba igual que yo. No puedes enfadarte por eso.

—Puedo. Que sea justo es otra cosa.

—Puedes si eres una cría con una pataleta. Dame una razón por la que no debí hacer ese comentario cuando apenas nos conocíamos…

—Porque te estabas metiendo donde nadie te llamaba, por ejemplo. Porque a ti ni te iba ni te venía, otro ejemplo.

—Claro. Porque después de currar como un hijo de puta durante más de diez años para ser alguien en este mundillo, llega una niñata farsante con un manojo de cuadros que no son suyos, y yo me tengo que callar. Tengo que callar mi criterio. Tengo que callar lo que cantabas por los cuatro costados en la primera muestra de los cuadros, Catalina. Que lo gritabas tú.

Fruncí el ceño.

—¿Es eso?

—¿El qué? —Se levantó, tenso.

—¿Es ego?

Arqueó una ceja, sin entenderme.

—Llegaron unos cuadros buenos. Brillantes. Unos cuadros con talento, que merecían ser expuestos…, justo en el momento en el que más seco estabas. Y no era justo, ¿no? ¿Por qué iba a llevarme yo el mérito? O mi tía. O nadie. Porque tú estabas seco. Justo cuando te decías que no pasaba nada, que eras el gran Mikel Avedaño, que te podías permitir no tener ideas, o sacar unas cuantas de mierda…, aparece algo que te recuerda que no se puede ser mediocre si aspiras a la excelencia. Es eso.

—¿Te das cuenta de lo cruel e injusta que estás siendo por un comentario que hice cuando aún no te conocía?

—Tú tampoco te conoces mucho. —Le señalé con la barbilla—. El gran Mikel Avedaño no es más que un crío acojonado que no se conoce en absoluto. Tienes pánico por no ser especial. Por si no mereces lo que tienes. Por si te quitan el trono. El ego, Mikel, el ego…, qué mal consejero es.

—Vas a vender los cuadros, Catalina. ¿Qué más te da? No son tuyos. No te han costado esfuerzo. No dicen nada tuyo. No has dejado en el lienzo nada personal. Solo querías la pasta, ¿no? Pues vas a tenerla, porque encima todo esto te va a dar una publicidad de la hostia.

—¿Y crees de verdad que es eso lo que me importa?

—No lo creo. Lo sé.

—Eres un pobre niño intentando sentirse especial —escupí.

—Y tú alguien que no lo será jamás.

Asentí despacio.

—Creía que te conocía.

—Pues creíste mal —respondió—. No soy responsable de tus ilusiones.

Cogí el bolso, que había dejado en el sillón, me froté la cara y me di la vuelta.

—Venderás los cuadros, Catalina —dijo.

—Sí. Supongo que sí. Pero no compensa lo que he perdido. O quizá solamente me he ahorrado una pérdida de tiempo a tu lado.

—Te dije que te fueras a casa, Catalina, pero siempre tienes que hacer las cosas cómo y cuándo te sale del coño. Pues ahí lo tienes. Ya no tiene solución.

—Morir matando, ¿eh?

—Te dije que te fueras a casa.

No di un portazo. No lo di porque ni siquiera tenía fuerzas para hacerlo.

58
Desamor

Esperé un par de días, metida debajo de la colcha de mi cama, sin ducharme, sin comer, sin responder wasaps, sin hacer nada que no fuera llorar, sonarme los mocos y repetirme a mí misma, en un ataque de autocompasión, que mi vida se iba a la mierda. Esperé porque sabía que las cosas no podían terminar así entre Mikel y yo. Era amor. No podía terminar así.

¿Sabes eso de que en muchas situaciones con amar no basta? Pues eso.

No bastó.

Ni llamó.

Me pasé otros dos días repasando la conversación en su casa. O lo que recordaba de ella. Necesité muchas horas de darle vueltas, de recuperar todas las frases que escupí aquel día, porque la rabia me había cegado. Y había sido cruel. Pero él…, joder. Él tenía cinturón negro en crueldad. Esos días me parecía que nuestra discusión podía compararse con un campeonato de karate entre un cinturón negro de treinta y cinco años y un niño de seis que acaba de empezar. Siempre pensamos que nos han hecho más daño a nosotros, que nuestras palabras hieren menos.

El quinto día cogí una mochila, metí unos cuantos trapos y me marché al único sitio en el que me iba a sentir arropada.

Mi casa. Porque en el piso de la puerta horrible había gente que me quería, pero gente que no sabía toda la verdad y que no entendería lo que estaba pasando.

Mi madre, a la que esta vez sí había avisado, me recibió en la puerta con cara de preocupación y un chal de punto sobre los hombros. Así, con la trenza cayendo sobre uno de sus hombros y la luz de la noche prematura de enero, parecía más mayor de lo que era. Y todo me produjo una pena terrible. Llegué a su lado ya empapada en lágrimas y fue ella, como cuando era pequeña y cualquier drama en el colegio me parecía el fin del mundo, la que me dirigió con brazo férreo, abrazándome, hacia el fuego, donde decía mi abuela que las ideas se aclaraban.

Se lo conté todo, más de lo que en un momento de tranquilidad le hubiera dicho. Desde el principio, como si no supiera nada de la historia. Y ella no me cortó. Le hablé de Eloy en El Rastro, de la decisión que ya había tomado antes delante de mis amigas del piso compartido de hacer pasar los cuadros por míos, del ridículo que hice en la primera exposición, de la mirada burlona de Mikel aquella noche, de cómo lo odiaba al principio, de cómo intenté fastidiarle y conseguí que me despidieran, de cómo logré que me ayudara, de sus consejos, de la calidez de su risa, del primer beso, del apartamento nuevo, de que él no quería enamorarse, de la vida que siempre imaginé que tendría a mi edad y la que tenía, de lo pronto que sentí cosas por él, del amor, de Roma, de Florencia, del mausoleo de los Medici, de las noches bajo sus manos, de los cuadros que me pintó, de su miedo a que Eloy supiera de nuestra historia, de lo que había hecho Eloy y de por qué yo imaginaba que lo había hecho… Y, por último, de nuestra bronca.

Cuando terminé, estaba agotada. Había llorado más de lo que recordaba haberlo hecho nunca y conté la historia con tanta necesidad que debí de soltarlo todo sin respirar. Y ella, cuando terminé, solo se levantó, se sentó a mi lado, me frotó la espalda y me dijo:

—Llamará. Si es para ti, llamará. Y si no, Catalina, mi amor, llámale tú. Y si no os ponéis de acuerdo, no es para ti. El mundo ya es lo suficientemente cruel como para aferrarse a una mano que no te quiere coger.

Me abracé a ella como una cría, y sollocé. Nunca me había encontrado tan mal. Nunca me había dolido eso que me estaba doliendo y que no era físico, pero me ahogaba.

—¿Qué es esto, mamá? —Me agarré el jersey a la altura del pecho—. ¿Qué es esto que me duele tanto?

—Eso, cariño, es el desamor.

—Quiero que pare.

—Parará…, pero no ahora. Va a doler durante un tiempo. Un día te levantarás y dolerá un poco menos. Así funciona. El desamor es terrible, pero solo se le pueden aplicar paliativos. Hay que pasarlo, mi niña. Hay que pasarlo.

Sollocé pegada a ella y ni su olor a hogar me calmó.

—Catalina, mi amor, escúchame. —Mamá sonaba preocupada—. Si te animé a mentir, a meterte en esta historia fue porque deseaba que te arriesgaras, que te divirtieras sacando la artista que llevas dentro, porque la llevas. Creí que serviría de trampolín para creer en ti, que te pondrías a prueba y que te metería en el cuerpo la necesidad de aventura. Siempre la quise para ti, pero lo que yo quiero no importa. Lo importante, Catalina, es que tú también la quisiste. No te llenaba. Tu vida no te llenaba tal y como estaba. Era cómoda, sí, pero te apagaba. Y tú necesitas que el fuego en el pecho no se te agote. Las mujeres de esta familia, cariño, sangramos lava.

No dijo nada sobre el dinero, sobre mi endeble situación. Si no lo dijo fue porque todo estaba muy claro y no ganábamos nada con apuntarlo. Ya veríamos.

Quedaba un mes para la exposición.

—¿Ha llamado? —me preguntó mi madre al verme salir del dormitorio el día siguiente con el móvil en la mano.

—No.

—Qué cabezón —se quejó—. ¿Sabes lo que pasa? Que los cabezones, o son muy burros o son muy inteligentes. Hay un dicho por ahí sobre el asunto. Pero en el fondo, da igual, porque un cabezón es un cabezón y punto.

Me dejó un café con leche delante y un trozo de bizcocho, que me metí en la boca en dos pellizcos.

—¿Ahora te vas a comer la pena? —me preguntó.

—Pues sí —respondí tajante.

—Vale, vale.

Me plantó otro trozo delante y se sentó frente a mí, sujetando uno para ella. Me guiñó un ojo.

—Madre e hija que engordan unidas, permanecen unidas.

—¿Crees que importa algo engordar en esta tesitura?

—No. —Le pegó un bocado al dulce después de mirarlo con deseo—. Ni en esta ni en ninguna.

Miré el móvil.

—Lo que no puedes hacer es estar todo el día pegada al teléfono —apuntó, mientras mojaba un poco de bizcocho en su café.

—Pues pienso hacerlo.

—Alimenta tu ansiedad. ¿Por qué no le llamas tú y punto? La miré y me mordí el labio.

—Porque no estoy preparada aún para hablar con él.

—¿Por las cosas que te dijo?

—Y las que le dije yo. —Me froté los ojos—. Porque me da vergüenza. Porque no lo entiendo.

—Llamará, Catalina.

—¿Sabes qué, mami? —Apoyé los codos en la mesa y la miré triste.

—¿Qué?

—Que lo conozco… y no va a llamar.

—Quizá no lo conoces como crees. Nunca se termina de conocer a nadie. Yo hay días que miro a tu padre y pienso: «De dónde he sacado a este espécimen». A veces para bien, eh…

—No, mamá. En lo esencial, lo conozco. Y no va a llamar. No va a llamar porque lo da por terminado. Y porque en el fondo todo esto le ha venido muy bien para poder seguir con sus planes, para justificar su miedo a quererme y mantener el *statu quo*.

—Si eso es así, es un burro con orejas.

Engullí el resto del pedazo de bizcocho y me volví hacia la encimera para cortar un poco más. Escuché que mi madre decía mi nombre, pero me volví a interrumpirla:

—Si me vas a decir que pare de comer, cojo el coche y me voy a Madrid.

—Iba a pedirte que me cortes un trozo más a mí. Y que seas generosa.

Después de esa conversación con mi madre, me di cuenta de que cuanto le había dicho estaba bien arraigado en mi interior. Creía a pies juntillas lo que le había dicho sobre Mikel, y entender esa certeza fue, a la vez, reconfortante y desalentador. Me reconfortaba saber con seguridad que no iba a llamar ni a escribir y me desalentaba la idea de que para él aquello era, sencillamente, el principio del fin. La señal que estaba esperando para romper con todo. O llamaba yo o nadie lo haría. Eso, el saberme responsable, con la pelota en mi tejado, no me hacía sentir poderosa. Todo lo contrario. Débil. Poco preparada. Tonta.

Eloy no ayudó. El hijo de la grandísima fruta tropical me mandó el enlace a unos tuits de *Mainstream* en los que comunicaban que se veían en la obligación de aclarar que ellos desconocían que los cuadros no fuesen míos cuando me hicieron la entrevista. Por supuesto, incluían un *link* a esta en versión digital que, seguro, les iba a generar muchas visitas. Hecha la ley, hecha la trampa. Se lamentaban, también, de haber formado parte de la farsa sin saberlo y se consideraban víctimas de mi estafa. A Eloy, por cierto, lo mencionaban para bien, diciendo que el consagrado galerista también formaba parte de los afectados y que, no obstante, en un alarde de buenas intenciones, había desestimado la idea de cancelar la exposición. De ahí, fui a su perfil en Twitter, donde encontré varios tuits en los que daba su versión de los hechos. Terminaba diciendo: «Y si sigo adelante con la exposición no es más que por amor al arte en su sentido más literal. Esos cuadros merecen ser expuestos, sea quien sea la persona que los pintó». Le contesté por privado con mucha educación: «Púdrete, rata». Él también a mí: «Que te jodan, gorrina».

Cuánto glamur.

Mi madre, por otro lado, llamó a un primo segundo suyo que era abogado, para preguntarle si habría algún problema legal con el hecho de que me hubieran acusado de que esos cuadros no fueran míos, pero mira, algo bueno, pronto nos tranquilizó al responder que no.

—En realidad, es su palabra contra la de Catalina. Además, no hay nadie reclamando la autoría de esos cuadros, de modo que... es solo uno de esos escándalos que tal y como aparecen, desaparecen.

En cuanto mi madre colgó el teléfono, quise llamar a Mikel para contárselo, pero mi medidor de miedo y vergüenza tenía la aguja aún en la zona roja.

Laura me llamó al día siguiente de que el primo lejano y abogado de mi madre me diera la primera buena noticia desde que estalló todo aquello. Al parecer, los tuits de *Mainstream* que Eloy me había enviado habían generado mucha conversación en Twitter, y... eran *trending topic* en España desde hacía cuarenta y ocho horas.

—¿Cómo no me lo has contado?

Quise colgar a mi amiga porque lo que menos me apetecía en aquel momento era hacer frente a ofensas de esa índole. Pero no lo hice, porque no soy gilipollas, aunque lo parezca.

—Laura…, es complicado. Salí por patas de Madrid. Solo quiero desaparecer.

—Pero ¡son tuyos! La gente debe saberlo.

Suspiré.

—He tenido una bronca brutal con Mikel a partir de todo esto y… creo que lo nuestro ha terminado. No estoy bien, Laurita. Dame unos días para masticarlo y me pasaré por el piso para contároslo todo, ¿vale?

Un silencio. Temí que estuviera más dolida conmigo frente a la perspectiva de que le hubiera mentido, pero pronto despejó mis dudas:

—¿Qué puedo hacer? No quiero que estés mal. ¿Quieres una borrachera? Me pillo un bus y me voy a verte.

—Tienes que trabajar. —Sonreí, aunque no me viera.

—Pero puedo inventarme una colitis en el curro.

—Son rebajas. Te necesitan.

—Y tú.

—Yo tengo a mis padres y sus paseos por el campo. Y mi madre me ha prometido migas. Y gachas. Me quedaré un par de días. Luego… iré a veros.

No me avasalló. No cumplió su amenaza ni se presentó junto a Elena (porque todo el mundo sabe que son como las gemelas de *El resplandor* y que una no aparece sin la otra) en el pueblo. Pero, a pesar de darme ese espacio que le pedí, me mantuvo al día de los mejores tuits sobre el asunto. Hacía criba, la pobre. Me había asomado a mis redes sociales y la cosa era espeluznante. Por lo general, me llamaban de todo, pero de vez en cuando aparecía un grupo de personas iluminadas por el buen humor que hacían bromas divertidas e inteligentes sobre el asunto, que mostraban su apoyo, que ponían en duda mi autoría, pero con gracia y un montón de sujetos muy mágicos para los que todo aquello era el punto de partida a partir del cual crear un montón de cosas. Viñetas. Chistes. Hilos de Twitter. Si no hubiese estado tan agobiada..., habría sido hasta divertido. Pero estaba muy agobiada. ¿Estaría Mikel al corriente de todo esto? Y si lo estaba... ¿por qué no me escribía?

Suele pasar, aunque yo aún no lo sabía, que cuando te enamoras y algo se rompe, o se enfría, o te alejas, o, sin ponerle nombre, algo sucede, todo lo que ese amor ha encapsulado en su interior inicia una efervescencia devastadora. Porque, de pronto, lo malo no existe. Lo que fueron dudas te parecen certezas. Y lo bello se convierte en algo aún más bello. Y crees morirte de amor..., que es la mayor chorrada de todos los tiempos, porque que yo sepa, clínicamente es imposible que el corazón se pare por ello. Uno no puede morirse de amor, por más que lo sienta, porque si para algo está preparado el ser humano es para amar, mucho, y en más de una ocasión. Así que, bueno, aunque mi cerebro se hubiera convertido en una masa informe y chispeante, burbujeante, efervescente, que desencadenaba recuerdos devastadoramente hermosos como el de encontrarme entre los brazos de Mikel, después del sexo y sentir que el tiempo se había parado, que el mundo no existía, que solo importaba lo suave que era su piel y qué forma dibujaban los lunares de su espalda si los unía con un dedo, no había riesgo de muerte por amor. Por desamor, mejor dicho. Porque el amor no duele. Es el desamor lo que atormenta. Y el mal amor también. Y de ambos hay que huir. O huir de uno y curar el otro.

Hay ciertos conceptos mal relacionados con el desamor y uno de ellos es el de una valentía tonta a resistirse al impulso de saber del otro. De llamar. De escribir. Sufres por no hacerlo, pero en el fondo sientes que eres valiente o fuerte, y eso... debería bastar, ¿no? No. El orgullo no tiene nada que ver con el amor.

Durante los primeros días subsistí a base del martillazo de no creerme lo que estaba pasando. Si me había enamorado por primera vez después de tanto buscarlo, de tantos intentos, era imposible que me durara tan poco. El amor obraría su magia...

… pero cuando la magia no llegó, fue esa mal entendida valentía la que me sostuvo, al menos hasta que le dije a mi madre que estaba preparada y que me iba a Madrid a resolver cosas. Tenía una exposición a la que no sabía si tendría que acudir…, tenía que echarle cojones y comerme las consecuencias de haber montado una película solo comparable a la de aquella actriz española que amañó con Photoshop sus fotos para que pareciera que tenía una carrera de éxito en el *star system* de Estados Unidos. Y tenía que dar explicaciones a mi gente. Y buscar mis zapatos…, los de Catalina. La de verdad.

Me abrió la puerta Teresa con la expresión de una piedad renacentista. Casi me dieron ganas de echarme en sus brazos y que me sostuviera como si estuviera herida de muerte.

—¿Qué tal? —pregunté, avergonzada, limpiándome compulsivamente la suela de los zapatos en el felpudo.

—¿Que qué tal? ¿Qué tal tú, mi niña? Pero pasa, pasa. —Me besó la frente, las mejillas—. Estás congelada.

—Es que hace frío.

Y estaba nerviosa.

—Te hago un chocolatito caliente y nos cuentas. Pasa. Pasa, por Dios, estás en casa.

Tuve ganas de llorar. Y no soy una persona que llore con facilidad. En el sofá me esperaban Elena, Laura y Claudia, con la que aún no me había disculpado por decirle que su vida me la sudaba. Con las demás hablé la tarde de fin de año, pero a ella la había evitado. No me quejé de que estuviera allí, de alguna manera me lo merecía. Tenía que aclarar cuentas con el karma, que estaba pidiendo explicaciones de mi aventurilla tramposa en busca de suerte.

—Hola —dije con timidez.

Me quité el abrigo, lo colgué en una silla del salón, junto al bolso y después me quedé de pie frente a ellas, mirándolas con vergüenza.

—Tía… —me recriminó Elena.

—Ya lo sé. Lo siento.

—Pero ¿es verdad?

Cogí aire y asentí.

—Esperad que venga Teresa. No quiero tener que contarlo varias veces.

Me froté las manos sobre los vaqueros y después me senté con cuidado sobre la mesa de centro.

—¿Aún no ha alquilado mi habitación?

—No —contestaron, con cara de niñas cohibidas.

—Dice que va a hacerse un cuarto de costura. O para la plancha. Es una habitación sin ventanas…

—Lo sé. He vivido ahí cuatro años —apunté.

Otro silencio.

—Pero ¿estás bien? —preguntó Laura.

—Sí.

Claudia suspiró. La miré. Ella me sostuvo la mirada.

—¿Algo que decir? —la invité a echarme en cara mi desfachatez.

—Sí. Que estoy harta de ver cómo nos acostumbramos a decir que sí cuando no estamos bien. Que estoy harta de que nos hagan creer que tenemos que soportar la pena con estoicismo. Estás mal. Dilo. ¿Qué problema hay?

—Pues sí. Estoy de culo. En la mierda —ratifiqué—. Pero como que no sienta bien decirlo.

—Al revés. A mí me sienta de puta madre decir que estoy del orto. —Se rio Elena—. Mira, estoy en la más profunda mierda. Tengo un curro mal pagado, una vida sexual insatisfactoria y vivo en un piso compartido. Con treinta y dos años…

—… Tía, tienes treinta —le corrigió Laura.

—Tengo treinta y dos.

—¿Llevas cuatro años mintiéndome con tu edad?

Todas la miramos con incredulidad.

—Laura, ¿no será que no te has enterado bien del asunto?

—Ah, puede. ¿Y tú? ¿Cuántos tienes?

—Treinta, tía. —Me reí.

—Anda…, ¿y tú, Claudia?

—Cuarenta.

—¿Cuarenta? —exclamamos todas.

Parecía que tenía veintiséis, la muy cabrona.

—Cuarenta, chavalas.

Teresa entró con una bandeja, unas tazas de chocolate y un plato de bollos con pinta de haber sido horneados en honor a mi confesión. Todas cogimos uno de cada y nos volvimos a sumir en el silencio.

—Bueno… —lo rompí yo—, empiezo, ¿no?

—Por favor —dijeron las mellizas de diferentes madres.

Cogí aire y…

Siendo justa con la realidad, diré que lo conté bonito. Empecé por la historia de mi tía Isa. Con lo que había ido averiguando y lo que había imaginado para unir las piezas restantes en mi cabeza. Seguí con el descubrimiento de los cuadros en su casa y fui uniendo cada acontecimiento de lo que ellas ya conocían con la verdad que escondía. Y ellas, calladas, tomaban de poquito en poquito su chocolate y escuchaban. Las cuatro.

La narración de todo lo concerniente a Mikel robó algún suspiro y alguna exclamación y lo de Eloy, como si se tratase de un cuento y él fuera el villano, provocó algún exabrupto. Cuando terminé, estaba avergonzadísima, pero por una parte aliviada. La peor parte de toda aquella película había sido mentirles. Me sentía mal.

—Os he mentido más por vergüenza que por otra cosa. Pero ha estado fatal. Sobre todo porque creísteis en mí.

—Lo primero —Laura pidió la vez—. Lo importante es que tú estés bien y, aunque ahora mismo no lo veas demasiado claro, estarás bien. Es cuestión de tiempo. Y… el hecho de que creyéramos en ti no tiene nada que ver con los cuadros, Cata. Tiene que ver contigo, que siempre has sido muy artista, que emites una magia muy bonita y que mereces todas las cosas emocionantes y especiales que te pasen. Además… los cuadros eran de tu tía. ¿A quién hacía daño esa mentira?

Me encogí de hombros.

—Dicho esto: sí, debiste contárnoslo. Podríamos haber sido tus secuaces —continuó.

—Ya lo sé. Mentir está muy feo, pero para que todo saliese bien cuanta menos gente lo supiera, mejor. La viabilidad del plan dependía del secreto. Mikel nunca lo habría sabido si no me hubiera pillado. Y me pilló de la forma más tonta posible.

—¿Cómo crees que se enteró Eloy?

—Creo que se lo imaginaba desde el principio. Que fue uniendo piezas del discurso que me inventé para hacerlo creíble, que al final era una verdad maquillada a medias. Si hubierais visto el ridículo que hice en la primera muestra. —Les sonreí—. Hasta vosotras lo habríais sabido.

—Ah… —Se rio Teresa cómplice—. Niña…, no sé ellas, pero yo lo supe siempre.

Todas la miramos sorprendidas. Teresa no es de esas personas que habla por hablar ni que se echa flores encima. Si decía que siempre lo supo, es porque siempre lo supo.

—Pero ¡Teresa! —me descojoné.

—Ay, cariño. Ser casera es un arte. Hay que saber ver a la gente, conocerla, para saber a quién metes en casa. Y tú, de pronto, saltas con que pasaste años pintando, pero que la muerte de tu tía te dejó sin inspiración… La historia cojeaba.

—Era supercreíble —se quejó Claudia, cosa que no me esperaba.

Siempre creí que si una de ellas sospechaba de mí, sería ella.

—¡No! Es Catalina. No se puede callar nada. Nos habría hablado de esos cuadros después de los diez primeros minutos de vivir aquí —apuntó Teresa, divertida.

Todas nos reímos.

—¿Y qué vas a hacer ahora? —preguntó Claudia.

—No lo sé. —Me encogí de hombros—. No sé ni por dónde empezar.

—Por Mikel —dijeron al unísono Elena y Laura.

—No es tan fácil.

—Sí lo es. Es más…, piénsalo, es en lo único que puedes hacer algo. En lo demás, déjate llevar —me sugirió Claudia—. Deja que se celebre la exposición y haz el egipcio.

—¿El egipcio?

—Poner la mano para cobrar y mirar a otro lado. Estas cosas pasan. Esas pinturas son tuyas en herencia, ¿no? Pues qué más da. Lo demás es solo un… malentendido creativo.

Sonreí de medio lado.

—Escríbele.

Dejé la taza sobre la mesa, a mi lado, me levanté y fui hacia el bolso, de donde rescaté el móvil. Las demás me vitorearon, aunque yo no lo tenía muy claro. Me volví a sentar, esta vez en el sofá.

—Querido Mikel… —me dictó Teresa.

—¿Querido Mikel? ¡Que esto no es la Inglaterra victoriana, por favor! —se burlaron.

—A ver…, ¿cómo empiezo?

—Hola, Mikel.

—Sí: «Hola, Mikel».

Nos costó un buen rato. Muchos borradores. Para cuando lo tuvimos redactado, ya era de noche y alguien propuso pedir unas pizzas. Yo no tenía cuerpo. No tenía cuerpo ni para darle a enviar, aunque finalmente lo hice.

Catalina

Hola, Mikel.

Lo primero que me gustaría decirte es que siento muchísimo
lo dura que fui en nuestra discusión. Estaba asustada.
Y no tengo experiencia. Es la primera vez que me
enamoro, aunque no debería ser excusa.

Tengo muchas más cosas que decirte, pero creo que
lo correcto sería que las habláramos en persona. No
creo que seamos muy hábiles en nuestra comunicación
escrita como para no llegar a equívocos si mantenemos
esa conversación por aquí.

Piénsatelo, ¿vale? Podemos tomarnos un café.
Y charlar. Quizá lleguemos a algún buen puerto.
Pienso en ti. Y te echo de menos.

El tiempo que pasó desde que lo mandé hasta que lo leyó se alargó como un chicle, provocándome una angustia que no conocía. Los minutos que se sucedieron desde que WhatsApp marcó que lo había leído hasta que se puso a escribir la respuesta fueron un infierno.

Mikel

¿Crees que yo no te echo de menos?
Podemos hablar. ¿El domingo por la mañana?
Un café donde tú elijas.
Dime hora y sitio y allí estaré.

Qué tonta fui al sentir esperanza.

59
El fin de los domingos felices

Me arreglé con esmero. Nerviosa. Muy nerviosa. Tanto, que no sabía ni siquiera si estaba acertando con el vestuario. Temía aparecer como una diva de Hollywood, demasiado arreglada. Cuando me cambiaba, me daba miedo parecer como de camino a comprar una dosis de droga en un barrio chungo. La mezcla entre un concepto y el otro dio como resultado un *look* que quizá en una modelo de Zara hubiera quedado muy *cool*, pero que en mí era…, bueno…, yonki de gala o pija en desintoxicación. Vaqueros, sudadera con capucha, abrigo, zapatillas. Hacía frío. Y viento.

Llegué con la nariz roja y bastante despeinada. El pelo se me pegaba en los labios, manchando la punta de mis mechones de rojo, pues, en un momento de optimismo, me había pintado para estar más guapa. Llevaba la pena escrita en la cara. Y los tres kilos que había cogido pegados a la cara de luna llena. Cosas de los disgustos. Igual no comes en cuarenta y ocho horas, que eres capaz de ingerir cuarenta y ocho mil calorías en veinte minutos.

Llegamos a la vez. Como siempre, Mikel llevaba menos ropa encima de la que debería, con la ventisca que azotaba las calles de Madrid aquella mañana. Eran las diez y media y tenía aún los ojos hinchados por el sueño. Probablemente se había acostado tardísimo, ya casi de día, trabajando. Sin poder evitarlo, mis ojos se desviaron en busca de sus manos, que hundió de manera inconsciente en los bolsillos de los vaqueros.

—¿Qué tal? —Intento de sonrisa.

—Muy bien. —Intento de mentira.

Silencio.

—¿Entramos? —sugerí.

No había querido que fuéramos a ninguno de los lugares en los que ya habíamos estado juntos porque temía que lo que pudiera pasar empañara nuestros recuerdos. En aquel momento, mi prioridad, aun sin ser consciente de ello, era preservar lo que habíamos vivido de los dientes afilados de la crueldad de la que habíamos hecho gala en nuestra última discusión. Ya sabía de qué éramos capaces. No quería ver cómo despedazábamos lo bello que hubo entre nosotros. Y quería que siguiéramos teniendo belleza en nuestra vida. Una belleza compartida.

Pedí un café americano. Él un *espresso*. Me pregunté si tendría prisa o le apetecía un chute fuerte de cafeína. Cuando trató de reprimir un bostezo, me sentí un poco aliviada.

—¿Has dormido poco? —le pregunté.

—Me acosté tarde y me he levantado pronto —contestó conciso.

—La espada de Damocles de la fecha de entrega…

—Y que quise salir a correr esta mañana —me dijo—. Cuando ha sonado el despertador me he creído incapaz, así que me ha costado, pero…

—Correr es de cobardes.

—Todo encaja.

Aquella respuesta me hizo volver de sopetón a la realidad por la que estábamos allí sentados. Los jirones de la discusión, lo poco que nos conocíamos en realidad, la costra aún reciente de las heridas que nos infligieron las palabras del otro.

Llegaron los cafés y yo me entretuve en endulzar el mío más de lo necesario. Quería alargar el momento. Algo me decía que era la paz que precedía al estallido de una guerra que no tendría vuelta atrás y en cuyas trincheras solo quedarían pedazos.

—¿Cómo estás? —me preguntó.

—Preocupada.

Lo miré y él asintió como si no hiciera falta que le explicase los motivos por los que lo estaba. Él, siempre, siempre, siempre sabía. Mikel Avedaño, el señor del arte, el que gestionaba con poderosos silencios lo que en otros hubieran sido palabras vacías. Eché de menos que pudiera expresar lo que sentía con la facilidad con la que yo lo hacía, a borbotones, en mi estómago.

—Quizá todo esto sea para bien —terminó diciendo.

—¿Cómo va a ser para bien?

—Bueno, alguien me dijo el otro día que se sospecha que la cotización de los cuadros que pondréis a subasta va a subir. Estás de moda y la exposición ha suscitado mucho interés.

—Mucho morbo, querrás decir.

—Bueno, llámalo como quieras, pero además de todo el circo que se ha montado, los cuadros son buenos. Los venderás y tendrás un colchón con el que ganar tiempo.

—¿Ganar tiempo?

—Para pensar. ¿No era lo que querías?

—No lo sé.

Me froté la frente y después tiré de mis labios, pellizcándolos entre mis dedos índice y pulgar, como siempre que estaba nerviosa.

—Quizá tenga una crisis existencial —murmuré.

No era para menos. En dos meses me habían pasado más cosas que en los últimos cuatro años. Necesitaba tiempo para digerirlo todo, pero me temía que no estaba a mi disposición.

—Si pudieras escoger qué hacer y solo con desearlo se cumpliese, ¿qué querrías?

—Largarme —solté sin pensar.

—Pues hazlo.

No quería irme. No quería irme a ningún sitio. No sé por qué lo dije.

—Escoge una ciudad o un país. Y vete —insistió—. Nada te lo impide. Nada te ata. Eres muy libre.

Me sentó como una bofetada. O peor.

—Bueno, creo que esperaré a encontrarme un poco antes de decidir hacer algo como escapar.

—No es escapar. Es… vivir.

No supe qué responderle porque, a mis treinta años, no tenía aún mucha idea concreta sobre lo que era vivir de verdad. Y hablo de vivir, no de sobrevivir ni de dejar pasar los días.

—Quizá te copie la idea —dijo de pronto.

—¿Vas a marcharte?

—Quizá. —Se encogió de hombros y cruzó las piernas de ese modo tan suyo.

En ocasiones, parecía que Mikel no era consciente de su propio cuerpo, que este actuaba de manera autónoma en unos gestos, no obstante, gráciles y tremendamente masculinos. Esto último me daba igual, que conste. No soy de las que defiende esa tontería de «traer de vuelta al hombre de verdad». ¿Qué es un hombre de verdad? ¿Qué es una mujer de verdad?

Sus manos se frotaron un segundo sobre sus vaqueros con un sonido áspero. Miré la zona sobre la que lo hacían y sus muslos fuertes me recordaron la sensación de clavar las uñas de mi mano derecha en la parte de detrás de uno de ellos, mientras me follaba por la mañana, aún casi dormidos, despertando a la vida con un orgasmo.

Mi sexo palpitó. ¿Cómo era posible que en una situación como aquella me excitara tanto? Su boca al hablar. El leve acento de su voz al modular el tono de las frases. La calma con la que hablaba…, una calma chicha que recordaba a esos mediodías de verano en los que se hace el amor despacio, sin prisas ni para alcanzar el placer.

—Hace años que tengo la idea de marcharme —dijo, arrancándome de la imagen de su cuerpo desnudo—. Quizá es la única manera de volver a tener la inspiración en funcionamiento. Quizá los artistas no estamos hechos para quedarnos en un lugar fijo. Quizá somos nómadas.

Me sonó a gilipollez, pero no respondí porque era la rabia la que hubiera hablado por mí. Era solo que no entendía que él quisiera marcharse cuando lo único que me pedía el cuerpo a mí era abrazarme a su pecho. Y cometí el primer error. Alargué la mano en busca de la suya. Se quedó mirando mis dedos y lo pensó.

—Acércate —le pedí con un hilo de voz—. Estás muy lejos.

—Tu eterna manía de lo lejos que está mi silla.

Arrimó un poco esta, solo unos pocos centímetros de nada y, cuando ya no la esperaba, su mano se fundió con la mía. Su piel tosca, agrietada, maltratada… me pareció como si fuese un guante de terciopelo que cubría su verdadera mano, de hierro. Un hombre al que no le temblaba el pulso a la hora de tomar decisiones radicales. Lo sabía. Lo temía.

—Dame un beso —mendigué.

—No. —Negó también con la cabeza, apartando la mirada.

Su mano aún tardó en separarse de la mía.

—Mikel…, dame un beso —volví a pedir.

—No puedo. No podemos.

No me miraba.

—Nunca nada me había dolido tanto —musité.

—Lo siento.

—No es culpa tuya. Es esta distancia. No la quiero.

—Ojalá pudiéramos cambiarlo, pero no podemos.

—Claro que podemos.

—No debemos.

Me encogí un poco.

—Aprovecha el momento, Catalina. Coge el dinero que te den por los cuadros y viaja. Vive. Trasládate a lo loco. Vive en

París, en San Francisco, en Chile, en México. Escoge un país al azar y vive.

—No puedo.

—¿Por qué?

—Porque me he enamorado y yo ahora mismo lo que quiero es estar cerca de ti.

Una risa triste se le escapó de entre los labios.

—¿Te hace gracia? —le pregunté dolida.

—No. Es que… siempre has hablado como si esto solo te estuviera pasando a ti. Siempre has dado por hecho que yo no siento lo mismo o no lo siento igual o lo siento con menor intensidad, pero, Catalina…, yo te quiero.

Los ojos se me iluminaron.

—Yo también te quiero —respondí.

—Te quiero —repitió—. Pero eso ya da igual. Yo ya no estoy cerca. Y eso tienes que entenderlo.

Tragué y me encogí un poco más.

—Déjame preguntarte algo —le dije—. Para ti, ¿esto está terminado?

Miró las mesas de alrededor, como si la pregunta no fuera con él, a pesar de que sabía perfectamente que me había escuchado. Tardó tanto en responder que pensé que tendría que volver a formular la misma doliente pregunta. Me juré que la repetiría hasta que no me quedara ni saliva en la boca.

—Sí. Está terminado.

—Vale. Quizá tendríamos que haber empezado por ahí.

Bebió su café de un trago, probablemente por tener algo que hacer, con lo que ocupar las manos. Estaba tan guapo…, incluso con las ojeras. Incluso con aquellas arruguitas de expresión que se le marcaban alrededor de los ojos y que ahora, que estaba cansado, parecían más hondas que cuando me fui.

—Entonces, no me quieres. Quizá me quisiste en algún momento fugaz —me escuché decir.

—No he dicho eso.

—Si para ti esto está terminado por una discusión, no me querías, Mikel. No es tan sencillo cuando es amor.

—¿Lo sabes por experiencia?

Acepté el revés moral con un asentimiento.

—Okey, me estás castigando.

—Estás siendo muy injusta diciéndome eso. —Me miró ofendido—. Qué injusta, Catalina.

—No. Es la verdad. Me estás castigando, pero no sé por qué.

—No te estoy castigando porque no tengo motivo.

—Explícame por qué no podemos arreglar esto.

—Porque no quiero. Y es mi decisión. Porque esto yo ya lo he vivido.

Una avalancha de sus amores pasados me sepultó por entero. No pude ni levantar el brazo para pedir auxilio. Las esperanzas, la ilusión, la decepción y el sexo; los te quieros, los viajes, los planes, los años y las rutinas. Las mentiras, los tropiezos, los desencuentros, la pena. Todo me cayó encima y nada me pertenecía a mí. Nada de lo que estaba estorbando era nuestro; me di cuenta enseguida. Entre nosotros no había pasado nada grave. Solo una discusión cruel. Un punto de partida para poder sentar las bases de lo que no debía ser lo nuestro, pero no. Para él era el final. Y si para él era el final, era porque su mochila pesaba demasiado y en ella no cabía yo.

—Has tomado la decisión tú solo —le informé.

—Sí. He tomado la decisión porque también es mi vida. Y no quiero esto ahora. No puedo hacerlo. No es el momento.

—Pero me has dicho que me quieres.

—Y te quiero. —Bajó la mirada—. Pero también las quise a ellas y siempre terminó rompiéndose… y yo con esas rupturas.

—De eso no soy la culpable.

—Ni te estoy haciendo culpable de ello.

—Entonces, ¿por qué soy yo quien paga los platos rotos?

—Porque tuviste la mala suerte de llegar ahora.

Lo miré desesperanzada. O con esperanza aún. No lo sé. Necesitaba tantas cosas…, necesitaba que fuera capaz de decirme tanto…, necesitaba entrar en él, hundir en su carne mis propias manos y rebuscar dentro de su pecho. Hacer a un lado las vísceras y rascar. Rascar dentro hasta encontrar ese saco oscuro donde vivían, flotando en un líquido indeterminado, las palabras que no lograba conjugar. Y buscar las mías, las que eran para mí, las que no sabía decirme y que, de habérselas oído, habrían valido para que aquello fuera una tontería pasajera. Pero debí haber llevado aprendido de casa que, en el noventa por ciento de los casos, cuando alguien no dice algo, es porque no quiere.

—Necesito que seas más claro, Mikel. Necesito que me digas todo lo que tengas que decir, o me iré y tendré la sensación de que esto no ha terminado. Porque es lo que pasa. Es lo que pasa cuando uno se abraza a…

—No me estoy abrazando a nada.

—El silencio es ambivalente, Mikel. En el silencio todo puede tener sentido. Hasta lo que no es.

Cogió aire. Sabía que tendría que esperar unos segundos para que pudiera darme algo de lo que necesitaba, pero estaba dispuesta a esperar. Joder. Estaba dispuesta a esperar media vida, aunque eso fuera injusto para mí.

—No puedo darte lo que te mereces. No puedo corresponder ese primer amor. No puedo. Porque lo que tengo yo es más viejo, más cansado y… me había prometido no hacerlo.

—¿Y qué significa esa promesa?

—Significa que, a pesar de que no la he cumplido, soy capaz de decirte cosas como las del otro día. Y soy capaz de no admitir que tenías razón y que si odié tus cuadros fue porque me recordaban mi propia mediocridad.

—No conozco a nadie menos mediocre que tú.

—Bienvenida a la vida creativa, Catalina. Todos pensamos que estamos vacíos, todos pensamos que el mundo es injusto con nosotros, todos pensamos que ya se nos terminó la magia…, todo a la vez.

—Pero eso… no es mi culpa.

Sonrió como no quieres que lo haga alguien a quien quieres: condescendencia, pena, incomodidad.

—Eso ya lo sé. Pero… Catalina, hay muchos errores en el primer amor. Hay mucho que no se debe hacer. Esa sensación de querer quedarte allá donde yo esté… no es sana. No lo es si no es tu momento de quedarte. Y no lo es.

—Pues vayámonos los dos.

—¿No lo estás entendiendo? —Se desesperó—. Yo no quiero.

Cogí aire y lo retuve dentro solo para comprobar, en su eco, si el corazón me seguía latiendo. Al parecer sí lo hacía, aunque yo ya no lo sintiera.

Mikel llamó al camarero.

—Estás incómodo.

—Sí.

—¿Te he estropeado el domingo?

—Un poco.

Quise agarrarme el pecho, sostener la pena que me apuñalaba, pero no pude. Me quedé con las manos sobre mi regazo y sin poder mirarlo.

—Déjalo. Márchate. Yo pagaré.

Sacó la cartera, rebuscó en ella y enseñó una tarjeta al camarero que se acercaba.

—Yo no quería esto —musité.

—Ni yo. Pero las despedidas son tristes.

No me entendió, pero no podía pararme en aquel momento a explicarme. Quería compartir, de alguna manera, la culpa que sentía que caía sobre mis hombros de manera unilateral. Yo no quería enamorarme de él. Yo no busqué hacerlo como sí lo había intentado en el pasado. Ahora sé que eso no tiene la menor importancia, pero en aquel momento me quemaba dentro.

—Podemos ser amigos, Catalina.

Buff. Creo que esa fue la herida que me mató. Me mató de una manera tan salvaje que negué con la cabeza. Cuando volví a estar sobria de tanta pena, me sorprendió no haberle dicho que sí. El amor mal entendido, a veces, nos hace aceptar condiciones que no nos merecemos. Pero dije que no.

¿Por qué me mató su oferta? Porque ser amigos era una partícula de polvo en el cosmos del amor que yo le profesaba. Y me hacía ser consciente de que él no me amaba, que no había sentido nunca nada similar a lo que yo sentía por él porque, de haber sido así, no habría podido ofrecer de verdad esa posibilidad. Amigos. Sin besos, sin abrazos apretados, sin noches compartidas, sin planes, sin un futuro que no implicase que el otro se enamorara de otra persona.

—Sí podemos ser amigos.

—No, no podemos.

—Catalina…

Levanté los ojos y lo miré.

—Mikel, vas a terminar destrozándome. Y creo que es justo lo que estás evitando hacer. Que nos destrocemos.

—Todo decidido entonces. No seremos amigos.

El camarero llegó con el datáfono y él apoyó la tarjeta sobre el aparato. No me podía ni mover. Cuando este se alejó, dejando una copia encima de la mesa, Mikel se puso en pie.

—Cuídate, Catalina. Eres una mujer valiente y muy válida. Las cosas te irán bien. Es tu momento de volar. Y es mi momento de aprender a estar solo, asumiendo que no puedo controlarlo todo.

—Vale.

¿Qué decir?

No añadió nada más. Solo dio media vuelta y se marchó en dirección a la puerta. No pude ni levantar la mirada. Me quedé allí, sentada, hundida en la silla…, y no sé cuánto tardé en levantarme. Cuando lo hice, cogí un taxi. Yo cogí un taxi. Fue la primera vez en mi vida que sentí que, de tanta pena, ni siquiera las piernas me sostenían.

60
La exposición

La pena es un concepto bastante abstracto y subjetivo. A cada cual nos ataca de un modo. Tiene cientos de maneras de ser expresada… y vivida. En cada piel tendrá una forma. En cada boca, un sonido. Y en cada pecho, una duración.

Una ruptura es como un duelo. Hay para quien es un trámite de una sola parada, con estación final en «vuelvo a estar bien». Hay otras que se quedan en el andén de la pena y no vuelven a salir jamás al exterior. Yo no sabía cuál estaba experimentando porque nunca había sentido una pena semejante.

Había perdido gente, pero aquella pena no había sido igual. La pena de la muerte es honda. Al principio flota en la superficie como una mancha de petróleo en el mar, después de que un barco naufrague frente a la costa, pero se va hundiendo. Y la dejas hundirse, porque la muerte es algo que jamás se va y lo único que quieres es que quede en un rincón quieto, callado, sobre el que se puedan edificar cosas bonitas, como los recuerdos de la persona que se fue. Y aunque no vuelven, aunque nada te la puede devolver, un día te descubres recordando con una sonrisa que ya duele un poquito menos. Porque la muerte ocupó el espacio que le tocaba para ser entendida.

Con una ruptura todo es más superficial…, y no me refiero a vacuo. Me refiero a que la herida queda a la intemperie. Es una pena un poco exhibicionista que te avisa que, en lugar de dentro, irá hacia afuera. Nace del pecho y va, como en esa novela de Boris Vian, haciendo crecer en el centro de este un gran nenúfar que termina por germinar, florecer y morir. Y cuando muere, ya no queda rastro de esa pena. O eso era lo que yo quería creer. Supongo que hay amores de los que no terminas nunca de curarte. Y eso es una mierda. Porque para la primera vez que me enamoraba, esperaba algo mejor.

Rechazada. Me sentí rechazada. E insuficiente. Este sentimiento fue el más duro, el que más difícil me resultó masticar, porque todo el mundo me decía que no podía poner mi valoración sobre mí misma al servicio de otro, y tenían razón. Una razón cojonuda, porque la imagen que tienes de ti nunca puede ser reflejo de la relación con los demás. Porque nunca caerás bien a todo el mundo, porque no todas las historias de amor cuajarán, porque no siempre sabrán ver tus virtudes o sabrán empatizar con tus defectos, pero eso no te convierte en peor, como lo contrario no te convierte en mejor.

Pero escucharle decir que estaba terminado, que ya no quería continuar, que quería ser mi amigo…, joder. Y no había puntos de sutura para esa herida.

Me preguntaba mucho: «¿Cómo puede ser?». Era la pregunta que rondaba mi cabeza constantemente. ¿Cómo puede ser? ¿Cómo puede no compensar querer a alguien? ¿Cómo puede ser incompatible con lo que sientes que debes hacer? ¿Cómo va a estropear una historia de amor quienes somos? Todas esas preguntas tienen respuesta, pero en cada caso será una en particular y solo el tiempo puede darla. Lo que sí que aprendes, dándote cabezazos (figurados, por favor, no lo intentes en casa, que así los amores no salen, solo los chichones) contra la pared, es que hay verdad en eso de «no me gusta quien soy cuando me enamoro». Y la verdad es que el tú que sostiene el amor no está preparado para hacerlo. No es el momento. No es la persona.

No es el país. No es…, y ya está. Y de ahí la ya mascada frase de «a veces con amar no basta». Porque hay que amar mucho, pero amar bien. Creo que Mikel se alejó de la posibilidad de que no nos quisiéramos bien. Que no se vio capaz. Que sintió que iba en contra de todo lo que se había prometido. Que vio venir la debacle. O que era un cobarde con la misma capacidad de gestión emocional que un congrio, nunca se sabe. Lo que yo no entendía era cómo podía quererme e irse. Cómo podía amarme y elegir algo que no fuera yo. Cómo puede el amor dejar un vacío tan grande en el centro del pecho.

Me pasé una semana escondida en mi apartamento. Solo le cogía el teléfono a mi madre, pero con la única intención de evitar que viniera a por mí. Contestaba con monosílabos, con la voz tomada por el llanto continuo, y decía constantemente cosas como: «Ya te lo contaré bien», «Ahora no me apetece hablar», «Ya se me pasará». Yo, que siempre me había reído del sufrimiento por amor, acababa de darme cuenta de lo que era el desamor.

Si fuera una persona, el desamor sería esa que te da golpes en el brazo al hablar. O la que te habla desde muy cerca, robándote la posibilidad de respirar. Y sin sentido del humor. Por eso te lo quita de cuajo cuando llega.

A mi madre conseguí mantenerla alejada, pero no tuve la misma «suerte» con las chicas de mi viejo piso, que a la semana aparecieron en mi apartamento para hacer lo que ellas conocían como una INTERVENCIÓN. Y se lo tomaban tan en serio como los GEOS.

Aporrearon la puerta y el timbre hasta que el vecino de al lado, un opositor, salió a quejarse y ellas aprovecharon para hacerme sentir mal a través de la puerta. Y abrí.

Cuando me vieron, Teresa se santiguó, Laura se tapó la nariz y Elena se echó las manos a la cabeza. Claudia no venía, gracias al cosmos.

—Hueles a muerto —se quejaron las dos falsas hermanas.

—¿Cuánto llevas sin salir de la cama, mi niña?

—No lo sé.

—Pues es hora de que vayas sabiendo.

Elena tiró de mí con la decisión de una institutriz y me metió en mi pequeño baño, aunque le fue difícil maniobrar con las dos ahí. Encendió el agua de la ducha, me quitó el pijama, me dejó en bragas, tapándome las tetas con los brazos y me dijo que me metiera en la ducha.

—Y dame las bragas, antes de que se vayan andando solas al cesto de la ropa sucia.

Ni fuerza tenía para decirles que, aunque no olía precisamente bien, había mantenido unos mínimos en cuanto a higiene y que las braguitas me las puse limpias la noche anterior. ¿Qué más daba? Olía a alimaña. Esa era la verdad.

Esperó sentada en la taza del inodoro, en silencio, mientras yo me duchaba con agua caliente, tan caliente que me enrojeció la piel. Me lavé el pelo y me enjaboné. Cuando terminé, ella me recibió con una toalla, con la que me envolvió antes de ponerme mi espray desenredante en el pelo y cepillármelo con mimo. Tenía unos nidos de pelo horribles en la parte de la coronilla, de tanta cama.

Laura había sacado ropa de mi armario y esperó paciente a que me la pusiese, mirándome como si fuera la responsable de un atelier antes de un desfile.

—Pensé que ese jersey quedaría mejor con los vaqueros.

—Da igual —contesté.

Teresa, mientras tanto, se había entretenido en quitar las sábanas de la cama, hacerla con unas limpias y poner la lavadora en un programa rápido. Sobre la pequeña mesa había colocado, además, un café con leche y un panecillo de leche.

—¿Has comido?

—Sí.

Señalé las bolsas de comida a domicilio que se acumulaban en la cocina, en un vertedero bastante lamentable.

—Eso no alimenta —me dijo muy firmemente—. Pero yo lo arreglo, tú no te preocupes.

Elena y Laura, mientras yo comía y bebía mi café, metieron ropa en una maleta que encontraron bajo la cama.

En cuanto la lavadora con las sábanas estuvo tendida, me sacaron de allí y me llevaron a la vieja casa de Chamberí. No sabía la falta que me hacía la compañía hasta que no vi la horrible puerta y sentí nostalgia. Esa fue la prueba definitiva.

Pasé dos días sin decir mucho. Comía lo que me ponían en el plato. Veía las pelis que elegían entre todas. Y cuando todas estaban en el trabajo, ayudaba a Teresa con cosas de la casa. Menos mal que aún no se había decidido a sacar la cama de mi antiguo cuarto o a alquilar finalmente la habitación, porque necesitaba estar allí. Estar allí con ellas.

—Vale. Ahora que pareces ya humana… —terció Laura una noche, mientras cenábamos en la cocina las cinco.

Hasta Claudia se estaba comiendo la sopa, en lugar de su clásico yogur.

—Tenemos que hablar contigo —terminó Elena por ella.

—¿De qué? —me puse a la defensiva.

—De la exposición.

Apoyé la frente en la mesa, pero entre todas me volvieron a erguir.

—¿Qué vas a hacer?

—Nada. —Me encogí de hombros.

—Es el martes.

—¿Ya?

—Sí, ya.

—Pues que se celebre el martes. —Encogí de nuevo mis hombros—. A mí, con que me den la pasta luego…

—¿Y si Eloy te tima? —preguntó Claudia—. ¿Y si aprovecha tu ausencia para hacer algo con lo que salgas perdiendo?

—Pues que le cunda lo que saque de beneficio.

—No —dijeron las cuatro a la vez.

—Esos cuadros son de tu tía Isa. Y tu tía Isa no se merece que ese mierdas te time con ellos.

La mención a la tía Isa hizo un poco de mella en mí.

—¿Qué pensaría ella?

—A ella le daría igual siempre que yo estuviera bien —contesté.

—Eso es un poco egoísta —opinó Teresa—. ¿Dónde están sus emociones? ¿Te has parado a pensar lo que significarían para ella esas pinturas?

—Si lo hubiera hecho, no las habría puesto en venta —refunfuñé.

—No. Venderlas es una cosa. Es darle reconocimiento a lo que hizo. Pero «regalarlas»…, dejar que ese tío se aproveche…

Bufé y apoyé la cabeza en el alicatado de la pared.

—Sois una pesadilla.

—Tienes que ir.

—Qué puta vergüenza —me quejé—. El otro día salí en el programa de sobremesa de Cuatro.

—Y en un programa de La Ser —apuntó diligente Laura.

—Y en La Sexta.

—Pues más a mi favor.

—Nadie te trata de timadora. Todos lo hacen con mucho humor.

—Hay un tuit que te ha nombrado la Robin Hood del arte…, pero con fines menos altruistas.

—Catalina Ferrero se merece ver su primera exposición —aseguró Claudia, ufana.

—Catalina Ferrero no existe.

—¿No eres actriz?

—Intenté ser actriz —apunté.

—Pues construiste un buen personaje. Catalina Ferrero era artista y estaba viviendo la oportunidad más importante de su vida. Se merece verla materializada.

—Y, por lo tanto, Catalina Beltrán se merece morirse de vergüenza.

—¿Y por qué te vas a morir de vergüenza?

—¿Porque soy una farsante, quizá?

—La última gran función. —Laura me dio un codazo, animosa y con cara de haber tenido una idea—. Y cuando digo gran función quiero decir: GRAN FUNCIÓN. *Show must go on.*

—Vale. Me presento allí con mi disfraz, asegurando que las pinturas son mías y…

—Ah, no, no. Te presentas allí con tu disfraz y con todo tu papo a contar tu historia. Bueno…, más bien, a que Catalina Ferrero cuente tu historia. Con desvergüenza. Con honestidad. Y con gracia —apuntó Elena.

—Necesitaría un cuerpo de seguridad para hacer eso con tranquilidad —me burlé.

—También hemos pensado en eso…

Las miré a todas como si estuvieran locas y negué con la cabeza.

—Ni de coña.

—No quería tener que sacar este argumento, pero… ¿y si Mikel va? —preguntó Claudia.

—No va a ir.

—¿Y si va? —dijeron, esta vez, las cuatro.

La duda, supongo, valió más que el resto de certezas.

Y me dejé llevar.

Eloy ni siquiera me dijo a qué hora sería la inauguración de la exposición, pero en la era de san Google era muy fácil enterarse de las cosas sin necesitar intermediarios. Así que no me espera-ba allí. Y mucho menos tal y como aparecí.

La hora de inicio del cotarro, que tenía pinta de ser muy fino, era a las siete de la tarde. Por eso llegué a las ocho y media. La recepción estaba desierta y se escuchaba el murmullo de las conversaciones. Menos mal, porque no sabía si podría evitar quitarme un zapato para metérselo en la boca a Andrea si volvía a preguntarme quién era. Aunque aquel día hubiera tenido ra-zones para preguntarlo, porque de la guisa que iba no era fácil-mente reconocible.

¿Sabes lo que pasa cuando te rizas muchísimo el pelo y luego lo cepillas? Bueno…, Olivia Newton John en la escena fi-nal de *Grease* tenía una idea. Y yo aquella tarde, también. Había dejado que Laura me maquillara, lo que no era sinónimo de dis-creción. Llevaba el párpado engalanado de turquesas, dorados, morados, azulones…, y con un *eyeliner* al estilo *cat eye* de infarto, a conjunto con las pestañas postizas más largas y espectaculares que encontró en Sephora. La verdad es que estaba excéntrica, pero guapa. Me puse el kimono más espectacular de la tía Isa, ese que en la espalda parecía llevar los colores de un pavo real exten-dido sobre la espalda, anudado a la cintura con un cinturón do-rado precioso que me prestó Claudia y que tenía pinta de costar bastante dinero. Debajo de esto…, nada. Bueno, la ropa inte-rior, claro. Y a los pies unas sandalias de plataforma negras y… unos calcetines dorados. Sí. Unos calcetines dorados.

No entré la primera, por delante de mí se encontraban Laura y Elena, vestidas de riguroso traje negro, metidísimas en su papel (y un poco sobreactuadas, pero bueno, eran amateurs) de cuerpo de seguridad personal. Mirando a todas partes, to-cándose la oreja como si llevasen un intercomunicador y alguien les estuviera cantando órdenes. Me costó no reírme. A mi lado, vestida de Iris Apfel en una versión rejuvenecida, Teresa. Gafas redondas enormes y de pasta negra. Todos los collares que encontramos por casa al cuello y todas las pulseras que teníamos en sus muñecas. Vestía un pantalón palazzo blanco y un jersey de cuello alto verde fosforito que Laura encontró en el fondo de su armario, de cuando a Bershka le dio por sacar una colección así de discretita. Pero lo mejor de su atuendo era un abrigo como de pelo sintético de un color coral que cegaba. El maquillaje, delirante. Cuando estuvo preparada, nos pareció (y perdona la expresión) la hostia. Su papel: la representante.

A mi otro lado, Claudia, con un impoluto traje de chaqueta y pantalón azul marino con raya diplomática y camisa blanca. Pelo perfecto. Maquillaje perfecto. Zapatos y bolso perfectos. Su papel: la abogada.

Creí que Eloy se hacía pis encima cuando nos vio aparecer en la sala. Sé que si se dirigió hacia nosotras tan rápidamente fue para intentar echarnos, pero ya nos había visto todo el mundo..., y los que no nos habían visto estaban girándose para buscar la fuente del ensordecedor silencio que se había hecho con la sala uno, la más grande.

—Hola, Eloy. —Le sonreí.

—No tienes vergüenza.

—Vergüenza es lo que vas a pasar —le contesté, sádica—. Qué suerte..., tienes asientos de primera fila para el *show*.

—Te lo pido por favor..., ha venido Andrés Cortés, el crítico.

—Tranquilo... —Le di un par de palmaditas tranquilizadoras en el brazo—. Vas a cobrar tu parte: el cincuenta por ciento. Y el treinta en la subasta, que no se me olvida.

—Perdone, no se acerque tanto. —Elena y Laura se interpusieron entre nosotros, con los brazos extendidos, creando un espacio, tipo burbuja de protección a mi alrededor.

—Pero ¿quiénes son estas frikis?

—¿Señor Hernando Suñer? —Claudia dio un paso y se colocó frente a él, que no cerraba la boca—. Encantada. Soy

Claudia del Olmo, la abogada de la señorita Ferrero. Mi cliente ha expresado su deseo de no volver a hablar con usted en toda la velada, de modo que, si quiere algo, por favor, dígamelo a mí.

—¿Estás loca? —me preguntó por lo bajini.

La gente seguía mirándonos, algunos curiosos, otros divertidos. Unos cuantos solo alucinando.

—Rata.

Y pronuncié mi contestación con tanto placer que me pareció pecado.

Laura y Elena, en su papel, me llevaron hacia un rincón despejado en la sala, donde me coloqué mientras escuchaba a Claudia diciéndole que todo iría bien si nos permitía presenciar la inauguración con comodidades. En dos segundos tuve una banqueta para mí y otra para Teresa, que lo miraba todo con admiración.

—Es todo precioso —musitó.

—Más histriónica —le pedí en un murmullo.

—¡¡¡Maravilloso, querida!!! ¡¡¡Maravilloso!!!

Algunos de los presentes tuvieron que comedir sus carcajadas, otros apartaron la vista con dificultad. Con dificultad porque el espectáculo era fascinante.

Una camarera se acercó a nosotras con cierta cautela, cargando una bandeja con copas de champán. Un pinchazo interno me recordó a mi Nochevieja con Mikel, pero no permití que me sacara del personaje.

—Bonita…, trae la botella y una cubitera —le pidió en voz alta Teresa—. Así no te molestamos.

Lo consultó con Eloy que, lanzándonos una mirada de odio, asintió.

Claudia parecía estar muy puesta en cuanto a *socialité* y nos informó de las personalidades que había por allí. El *boom* de la noticia de mi farsa había atraído a algunas personas con mucho dinero, alguna empresaria curiosa, matrimonios de pasta que querían vivir, sin duda, una experiencia excéntrica que contar en la comida del domingo en el hipódromo. También había gente muy seria con pinta de ser verdaderos entendidos de arte y algunas personas con aspecto de artista. Aspecto de artista, sí, porque todos tienen un halo especial que los hace reconocibles hasta en un callejón oscuro.

Claudia fue también la encargada de acercarse de vez en cuando a Eloy para que le diera el parte de cómo estaba funcionando todo, mientras yo «fumaba» uno de esos cigarritos de plástico para exfumadores, con sabor a mentol…, pero montado en una boquilla larga. Espectáculo a tope.

Laura y Elena solo dejaron que se aproximara a mí un divertido Andrés Cortés que me dio dos besos, un apretón en el brazo y dijo:

—Te echaré de menos en el mundillo, querida. Hacía mucho que nada me divertía tanto.

Aparte de él, no permitieron que nadie hablase conmigo, aunque muchos lo intentaron. Decían NO con mucho convencimiento, con tanto, que la gente daba media vuelta y volvía a admirar los cuadros. Y digo admirar los cuadros porque… la exposición era increíble. La distribución de los lienzos, tal y como la pactamos Eloy y yo (debió de mantenerla porque era buena idea, no por respeto a la «artista», desde luego), los hacía brillar aún más en su conjunto. Quise memorizarlo todo, cada detalle, cada color… Por un lado, porque iba a empezar a despedirme de las piezas y, por otro, porque quería poder contárselo todo con minuciosidad a la tía Isa cuando me volviese a encontrar al otro lado con ella. Estaba segura de que toda esta historia le parecería muy divertida.

—Ya hay quince vendidos —me informó Claudia—. Los que forman parte de la subasta están en puja silenciosa a través de una app móvil. Sabremos el resultado cuando termine…, en unos cuarenta minutos.

Bien. Todo iba sobre ruedas. Y, a nuestro lado…, una cubitera se rellenaba mágicamente con botellas de champán de las que dábamos cuenta con esmero.

—¡¡¡Maravilloso!!! —gritaba de vez en cuando Teresa, para reírse después con sonoridad…, eso ya, resultado de las burbujitas de esa copa que vaciaba constantemente garganta abajo.

Hasta «el equipo de seguridad» bebía. Y brindaba. Pero seguía siendo muy profesional. Aquello era un cuadro de comedor…, de esos que sí compras en El Rastro por tres euros.

—Solo faltan cinco por venderse —actualizaba la información Claudia—. Se ha cerrado ya la subasta. En breve tengo cifras.

Y todo me parecía maravilloso, no me malinterpretes, pero tuve problemas para mantenerme en la piel del personaje, porque no dejaba de mirar hacia la entrada, donde la puerta se abría de vez en cuando para dar paso a algún rezagado. Pero ninguno de ellos era Mikel.

—Laura, mira mi móvil.

Lo sacó de su bolsillo.

—Nada, jefa.

—Serías buena actriz —me burlé.

—No tienes notificaciones. Solo wasaps de tu madre de hace una hora.

—¿Nada de Mikel?

—Nada.

—Joder…

—¡¡¡Maravilloso, querida!!! —gritó Teresa, que parecía un papagayo—. No te salgas del papel, mi niña. Queda poco.

Fue como ir subida a un carrusel hiperadornado, al ritmo de una canción de moda, de esas que te ponen de buen humor. Fue como ir hasta arriba de una droga de diseño hecha a medida de tu organismo. Fue como dejar que el cuerpo se meciera, junto a miles de personas, en la mayor fiesta jamás celebrada. Como si en el aire flotara purpurina. Como si luces de colores golpearan las paredes. Como si todo, a nuestro alrededor, fuera un parque de atracciones creado para nuestro placer.

Aunque, por quejarme de algo, los canapés fueron escasos.

—Se resisten tres por venderse, Cata. Haz algo. Algo espectacular.

Y pedí un Glovo con unas hamburguesas de un euro de McDonald's. Y el público enloqueció. Y Eloy estuvo a punto de sufrir un ictus.

A las diez de la noche, nos pidió clemencia. Quedaba muy poca gente por allí y se atrevió a acercarse con cuidado, temeroso de que montáramos más pollo.

—Catalina, ya está, joder, ya está. Puta loca —masticó.

—Señor Hernando, no me gustaría tener que recordárselo…, hable conmigo —le pidió Claudia, haciendo chasquear sus dedos frente a la cara de Eloy—. Enséñeme el registro de ventas, deme el cheque y nos iremos.

La fiesta llegaba a su fin. Y Mikel… no había aparecido.

Claudia y Eloy desaparecieron camino al despacho. Solo quedaba Andrea, mirándome con cara de asco, una camarera y un par de invitados rezagados. Las conversaciones versaban, casi en su mayoría, sobre la logística para hacer llegar los cuadros a sus casas. Había sido un éxito. Lo habíamos vendido todo en una sola noche. En una sola noche. Recordé a Mikel diciéndome que, siendo muy agorero, pensaba que tardaría como mucho dos semanas en hacerlo. Y lo había conseguido. A pesar de todo. Porque si no puedes con tu enemigo…, únete a él. Pero en plan tróspido.

—¿Catalina?

Una chica alta, guapa, de piernas largas, vestida con un vestido negro y unos sobrios zapatos de tacón, pronunció mi nombre a unos pasos de distancia.

—No concede entrevistas —dijeron Laura y Elena.

—No. No es nada de eso. —Puso cara de apuro—. Solo quería… decirle una cosa. Será rápido.

Las dos me miraron. Yo miré a Teresa. Algo en la cara de esa chica me generó simpatía. Teresa me miró interrogante, sin saber muy bien qué esperaba yo de ella. Entonces asentí y ella se acercó.

—Solo quería… —Me miró de arriba abajo—. Darte la enhorabuena. Le has dado la vuelta a la situación. —Tendió su mano hacia mí—. Perdóname, ni siquiera me he presentado. Me llamo María y trabajo en una casa de subastas. Soy especialista en arte contemporáneo.

—Encantada —musité.

—He comprado un cuadro. —Sonrió—. Da igual la historia con la que se hayan dado a conocer…, se lo merecían. ¿Quién es la artista?

—Mi tía abuela.

—¿Cómo se llama?

—Se llamaba Isabela.

—Isabela era una gran artista. Y estoy segura de que… tú encontrarás tus zapatos, aunque tengas que andar un rato descalza.

La referencia a esa expresión me puso alerta.

—Perdona…, ¿tú?

—Le diré que estás bien. ¿Vale?

—¿Quién eres? —Fruncí el ceño, preocupada.

Era una belleza. Era especialista en arte. Tenían tanto en común. Y yo tan poco…

—Soy María —repitió algo divertida—. Y ha sido un placer conocerte.

El sonido de sus tacones hacia la salida sonaba sospechosamente a lo último que sabría de Mikel. Nunca más.

—Lo tengo. —Claudia salió con paso firme—. Nos podemos ir. Y… vas a flipar, Catalina. Vas a flipar. Pero vamos, vamos.

—Parece que hemos robado algo —se quejó Teresa.

—No es eso. Es que me he permitido el lujo de llamarle rata. —Claudia me miró y me guiñó un ojo—. Me daba envidia tu vehemencia. Siempre me la ha dado. Así que… ¿cuándo mejor que hoy?

El cheque que me tendió, en mitad de la calle, al girar la esquina, era de ciento veinte mil euros. A mi nombre. Ciento veinte mil euros. No me lo podía creer.

—Pone ciento veinte mil euros, pero, Catalina, tendrás que pagar a Hacienda por ello el año que viene, ¿eh? No te lo gastes todo —me advirtió entre divertida y profesional.

—Pone ciento veinte mil euros, pero se lee tranquilidad.

—Libertad.

—Alas.

Todas nos sonreímos. Yo con cierta tristeza. La aventura había llegado a su fin… y Mikel no me había acompañado para cerrar el capítulo. Mi «no podemos ser amigos» era real, lo que no significa que no doliera. Me mordí el labio y suspiré.

—Venga, chicas. Vamos a tomar algo. Yo invito.

Seguimos andando calle abajo y, mientras Elena, Laura y Teresa se peleaban por decidir dónde íbamos (y sacaban de la ecuación ir a casa a tomar chocolate, como había propuesto la última), Claudia tiró un poco de mi codo, para hablar conmigo.

—Oye, Catalina…, ¿estás bien?

—Sí. —Le sonreí—. Gracias por todo. La verdad es que… nunca pensé que haríamos esto juntas.

—No será porque te caiga muy bien. —Sonrió.

—Bueno…, es que…

—Es que nos han educado a odiar con facilidad a nuestras compañeras.

—No es eso…, es que eres demasiado perfecta y eso… me… intimida.

—Pues lo que yo decía.

Se tomó la confianza de agarrarme del brazo.

—Puede que nunca seamos mejores amigas.

—No creo. —Me reí.

—Pero me lo he pasado muy bien esta noche. Gracias por el planazo.

Compartimos un gesto divertido, confidente.

—Soy yo la que debería darte las gracias.

Se encogió de hombros, en una especie de mohín que decía un «qué más da», y echó mano a su bolso, del que sacó algo que me tendió.

—Esto es para ti.

Me paré y ella hizo lo mismo, frente a mí. En mis manos, un cuaderno grueso, de tamaño cuartilla, de tapas negras suaves.

—¿Es un cuaderno de esbozos? Lo he intentado, Claudia…, pero no tengo talento.

—No. —Sonrió con cierta pena—. Esto es…, es más bien un consejo desde la experiencia, Catalina.

Arrugué el ceño.

—No entiendo.

—Yo… he pasado por lo que estás pasando con Mikel. Bueno…, no exactamente eso. La tuya suena mucho más glamurosa. La mía solo fue una historia de amor que no funcionó…, y tras la que terminé compartiendo piso a mi edad.

—¿Hay edad para hacer las cosas, realmente?

—No. No la hay. Lo estoy aprendiendo ahora. Pero, si puedo ahorrarte un poco de tiempo en tu proceso de aprendizaje, te diré que esto ayuda.

—¿El cuaderno? —No terminaba de entender cómo me iba a ayudar un cuaderno en blanco.

—Es un buzón. Un buzón sin destino, y no sabes lo que ayuda. Es tu… «todo lo que ya no te diré».

Miré las tapas negras del cuaderno y sentí una pena horrible. Terrible. Honda y superficial. Una herida que me partía en dos. Asentí.

—Ya lo entiendo. —Y la voz me tembló.

Cuando la primera lágrima asomó, ya estaba rodeada de brazos, de voces que preguntaban qué pasaba, de calor.

A quien diga que las mujeres somos el peor enemigo de otra mujer dile que el peor enemigo de una mujer es un depredador de la sabana, no otra mujer. Mendrugo. Nosotras, cuando lo entendemos de verdad, somos casa para las demás.

A pesar de todo, después de unas copas, quise dormir en mi apartamento. Hasta yo era consciente de que cuanto antes me enfrentara al hecho de que tenía que aprender a vivir sola, sabiendo que él no vendría corriendo en cuanto se me hiciera muy cuesta arriba, mejor. Que cuanto antes asumiera que se había ido, mejor.

Paseé hasta casa abrazándome a mí misma, ciento veinte mil euros más rica, sí, pero igual de vacía que el día que las chicas me sacaron de mi apartamento a rastras. Triste. Decepcionada. Un poco más adulta. Supongo que crecer implica darte cuenta de que nunca se tiene todo y que aquello que más ansiamos es lo más difícil de mantener.

Al llegar a casa, el cuadro de la tía Isa me miraba desde la pared. Era bello, me recordaba a ella y me reconfortaba saber que estaría conmigo toda la vida, pero necesité que, durante unos días, mirara hacia la pared.

Lo descolgué con cierta dificultad, porque pesaba bastante y mi pequeño «salón» no daba demasiado margen de maniobra. Cuando ya lo tenía en el suelo y me disponía a darle la vuelta, trastabillé con la mesita de centro y… hundí uno de mis dedos en su reverso.

Lo primero que pensé fue, presa de la autocompasión, que ya había vuelto a joderlo todo, que había estropeado lo único que me quedaba de ella, que, que, que…, hasta que me di cuenta, mientras evaluaba los daños, de que solo era el reverso…, una especie de falso fondo.

Metí el dedo por el mismo agujerito que había hecho al atravesar el material que cubría el bastidor por la parte de atrás y tiré, rajándolo hasta quitarlo por completo. Y allí, grapado a una de las maderas del esqueleto del bastidor, un pequeño sobre.

—Pero… ¿qué?

Apoyé el cuadro con cuidado sobre la pared y me senté en el sofá con el sobre en las manos. Lo abrí con cuidado y saqué lo que guardaba…, sonriendo.

—Tía…, tía…, tía…

Entre mis dedos, la foto. La foto perdida. La foto que tanto buscamos y una carta.

Querido Daniel,

Nunca podrás imaginar lo mucho que me dolió nuestro final. Me dejó un horrible vacío en el centro mismo de mi pecho. No te culpo, a pesar de que hoy en día siga creyendo que tus «es imposible» no eran más que excusas con las que no enfrentarnos al que amenazaba con ser el amor más grande que sentiríamos jamás. No quisiste arriesgarte. No me quisiste lo suficiente. Amar como decías amarme merecía pelear por estar a mi lado. Y no lo hiciste. Pero te perdoné. De verdad, te perdoné. Porque te amaba demasiado como para odiarte.

Sin embargo…, y a pesar de los esfuerzos que invertiste en enseñarme a amar la pintura, no pude volver a pintar tras nuestra separación.

Volví a querer. Volví a sentirme amada. Pero no volvió a ser como contigo. Nunca fue así. Y nunca más volví a pintar. Me recordaba demasiado a lo que pudo haber sido.

Y ahora…, ahora…, ahora que me enteré de que ya no estás aquí, en el mundo, ahora que yo intuyo el poco tiempo que me queda a mí…, he vuelto a desempaquetar los pinceles que me re-

galaste. A comprar lienzos. Óleo. A atreverme a volar. Gracias
por las alas que me regalaste. Gracias por los domingos que in-
vertiste en enseñarme. Y a amarme.

Te querré siempre.

Y espero volver a quererte mucho y ya sin interrupción... al
otro lado.

Isabela.

Le di la vuelta a la foto, emocionada, dispuesta a despedirme de ella una vez más, a agradecerle lo que me había ayudado
a vivir, a darle un beso de nuevo..., pero me quedé a medio camino, congelada. Porque, en esa fotografía que tantas veces me
enseñó de pequeña, en esa fotografía que tanto se afanó en esconder cuando empezó a envejecer..., estaban su Daniel y ella,
envarados, posando, con la expresión algo asustada de las fotos
muy viejas..., pero parecíamos Mikel y yo. Sus ojos brillantes,
su nariz poderosa, su mentón áspero, su boca preciosa, su pelo
corto, sus manos grandes, su pecho ancho. Mis cejas arqueadas,
mis labios en forma de corazón, mis pómulos sonrojados, mi
cuerpo redondeado. Todo. Éramos nosotros dos.

Y como no creo en esas cosas. Y como era demasiado.
Y como no supe encontrar explicación..., dejé la foto sobre la
mesa, fui hasta mi bolso, saqué el cuaderno que me había regalado Claudia y empecé...

Empecé.

61
Todo lo que ya no te diré

Llevo un par de horas llorando porque me he dado cuenta de que ahora ya no sé qué hacer con toda esta ilusión. ¿No vas a volver?

¿Cómo estás? Supongo que habrás salido a correr. Que dormiste en tus sábanas blancas, sobre las que ya nunca más me voy a tumbar. Yo estoy muy rota. Sabía lo que iba a suceder, pero no supe prever cuánto me iba a doler. Me duele más que cualquier otra ruptura. No dejo de llorar porque me da mucho miedo que te alejes, que te hayas ido para siempre. Recuérdame, por favor, por qué tenemos que sufrir a cuenta de algo que no ha pasado y que no tiene por qué pasar.

Ayer estuve a punto de escribirte, pero no sabía ni qué decir. No se me pasa ni un poco. ¿Cómo estás tú? ¿Me echas tanto de menos como yo a ti? ¿Tienes tanto miedo como yo de que esto sea el final? Qué tontería…, no puedes tener miedo de lo que tú decidiste por los dos.

Sabes más de lo que muestras, de lo que dices, de lo que creen los demás. Sabes más, incluso, de lo que tú mismo asumes. Pero a veces creo que de mí sabes lo que viste. Quizá lo que mostré. No sabes que me encantan los pepinillos, ni que corro en los museos. Que siempre duermo junto a la ventana, independientemente de qué lado de la cama quede más cerca de esta. Excepto en casa.

Tampoco sabes que no aguanto los tacones de más de ocho centímetros. Que una vez me depilé las cejas demasiado y jamás volvieron a salir. Que no me gusta el merengue. Que en ocasiones me pongo triste porque sí…, y la mayor parte de las veces ni siquiera me importa.

Nunca te conté que llevo gafas para leer y una férula para que no me rechinen los dientes, aunque nunca me la pongo. Me callé el hecho de que tengo la sensación de que mi madre siempre sabe más de mí que yo misma. Que temo al olvido. Que amo la soledad, pero que a veces me siento muy sola. Que olvido palabras como nevera. Que a veces sé cosas sin saber cómo las sé. Que perdono demasiado rápido. Que solo sé odiarme a mí misma, pero a ratos. Que canto copla mientras cocino. Que siempre quise aprender italiano. Que soy mejor de lo que te mostré y me mata saber que ya no podré demostrártelo.

Me siento muy sola sin ti. Sé que no estoy sola en absoluto, pero este vacío desde que impusiste esta distancia entre nosotros me hace pensar que no estamos haciendo lo correcto.

Todos los días siento miedo. Miedo de que no me quieras en realidad. Miedo de que dejes de quererme. Miedo de que esto se quede aquí. Miedo de haber estropeado las cosas. Miedo de no volver a sentirte cerca. Miedo de darme cuenta de que la única que quiere aquí soy yo.

Tengo miedo de no volver a sentir tus dientes clavándose en mi cuello o tus dedos hundiéndose en mi carne. Tengo miedo de que tu lengua no vuelva a lamer la mía y que se me olvide el sabor de tu saliva. Tengo miedo de no tenerte nunca más encima o debajo, pero dentro al fin y al cabo. Tengo miedo de no sentir, nunca más, que te corres dentro de mí. De no volver a querer si te vas.

No sabía cuánto espacio ocupaba la esperanza hasta que te fuiste. Y ahora estoy vacía. ¿Por qué decidiste sin mí?

Hay un nombre que pronuncio a menudo cuando estoy a solas. A veces me atrevo a hacerlo en público también, pero disfrazo el movimiento de la lengua, el vaivén de la saliva y la posición de mi boca para que nadie pueda escucharlo como de verdad suena. Como suena cuando lo pronuncio a solas.

Y me siento una loca, claro, cuando en el más profundo silencio digo tu nombre. Letra por letra. Uniendo los labios, gemido de pena, alivio, placer y una exhalación casi asfixiada al final.

Lo digo sin necesidad o, quizá, aquejada de esta. De necesitar, que es un verbo que no me gusta conjugar. Porque disfruté siempre escogiendo, pero lo que necesité me ahogaba. Pero pronuncio tu nombre y en el eco sonrío. Porque hay cosas preciosas en los tintes de mi voz cuando lo digo. Hay imágenes potentes, sonidos dulces, sabores prohibidos, como el de tu saliva. Porque en las letras que lo componen caben las horas más felices de mi vida, aquellas que pasé contando los lunares de tu espalda, besando tu pecho y mordiéndome la lengua. Mordiéndomela porque siempre, desde hace ya un tiempo, pronunciar tu nombre suena, inevitablemente, a decir te quiero. Y no siempre estuve preparada.

Te hice una foto sonriendo, a escondidas, sin que lo supieras. Sentí que de alguna manera estaba violando el espacio privado que creábamos hasta en los silencios, pero no pude evitarlo. Creo que la razón fue que esa sonrisa era para mí: yo la estaba provocando, yo la había despertado en tus labios hasta hacer que las comisuras se extendieran y curvaran, yo era el motivo y parecía una de esas sonrisas que uno no puede evitar, que se le escapan.

Te hice una foto sonriendo y, la verdad, fue solo para poder recordar la sensación de tenerte, durante unos segundos, atrapado en la curva de tu propia boca.

—¿*Quieres ver el mar?*

Te lo pregunté con ilusión. La misma que sentía yo arremolinándose dentro de mí al ritmo que imponían mis palabras. Las palabras son sencillas, sonoras; construyen un cosmos en sí mismo, un laberinto en el que perderse, encontrarse y desaparecer. Siempre sentí que para mí quizá significaban más que para el resto, que me guarecía en ellas hasta amontonarlas y hacer de ellas una cueva. Sentía que, en el fondo, nadie me encontraría siempre y cuando me escondiera bajo ellas. Y así hice, disfrazada de despreocupación, abrigada con palabras:

—¿*Quieres ver el mar?*

Llevaba meses ansiando escucharlo. El mar habla una lengua que solo conocen los amantes y a mí se me había olvidado ya cómo conjugar sus versos. Hasta que tú llegaste. Bueno. Hasta que tú susurraste en su idioma una noche al preguntarme por qué temía a la muerte.

—¿*Quieres ver el mar?*

Sonreíste y me valió como respuesta.

Sé que alguna vez hablamos de tumbarnos al sol, leer, nadar en silencio, desnudos, besarnos, escondernos del mundo, dormir y despertar haciendo el amor. Sé que fantaseamos con la idea de que el mar nos salvara... de tus rutinas muertas, de mis emociones dormidas; pero mi pregunta era mucho más sencilla. Solo quería saber si lo añorabas como yo sabía que lo hacías y llevarte hasta su orilla durante unas horas. No cumpliríamos todas aquellas cosas que imaginamos una noche hacer junto a él, pero nos valdría a ambos. A mí para reafirmarme en el convencimiento de que estaba donde debía; a ti, quizá, para asegurar que mi dirección era la buena. Y ¿por qué? ¿Por qué no? Porque ya habíamos intentado hacer lo correcto y no servía.

No nos servía. Y no sirvió.

Hoy llevo pensando en ti desde que me levanté a las ocho. Son las doce de la noche y aún no he dejado de hacerlo. Voy a ponerme enferma de tanto pensarte. Joder, Mikel. Joder.

Vuelve. Aunque pueda terminar mal. Aunque pueda terminar.

Vuelve. Que nos sintamos tan vivos que la muerte nos tema. Que no vuelvas a decir que desde que no me ves no sonríes, porque estamos más cerca.

Hoy solo me acuerdo de las cosas bonitas. De cómo me hacías reír en el sofá. De cómo mirabas mi escote y sonreías a tu vez. De cómo perdías la mirada en mis labios y susurrabas: «Qué bien». Hoy solo me acuerdo de que me hacías brillar tanto los ojos que te reflejabas en ellos y todo era luz.

Me dijiste que las despedidas son tristes. Y tenías razón. Ojalá pudiera, simplemente, asentir mientras sostengo tu cara entre mis manos, mientras miro tus ojos y te digo que los tienes color noche.

Me dijiste que las despedidas eran tristes. Y tenías razón, pero más triste es pensar que te fuiste sin que pudiera ver cómo te perdías entre la gente y te volvías a mirarme. Una vez. Dos. Seis veces. Más triste es saber que quizá te irás de un Madrid donde te habría dicho, besándote en los labios: «Vuelve».

Me dijiste que las despedidas son tristes y me acuerdo de la última vez que nos vimos. Me dejaste sentada en aquella cafetería; te marchaste airado porque no solté la posibilidad de que saliera bien. Y tú no podías soportar el optimismo, entonces. Ya habías escogido. Ya habías decidido.

Las despedidas son tristes, tenías razón, pero ahora mismo solo pienso en la ingenua ilusión de que vuelvas y te quedes para siempre.

No sé decidir cuándo olvido. Tampoco el qué. El cómo (lo que más suele preocuparme en el ejercicio de mis funciones emocionales), sin embargo, es todo fluir. Porque... ¿cómo se olvida? En un vaivén lento y preciosista que, como el transcurso del agua en el lecho de un río, deja a la vista solo las piedrecitas brillantes, aquello de valor, lo que significó algo en su día y hoy sigue importando.

A veces olvido cosas esenciales. Cosas con las que debería funcionar. Porque olvido a menudo dónde dejé las gafas, apagar la plancha del pelo, tomarme las vitaminas o comprar lavavajillas, pero ¿qué importan al fin y al cabo un puñado de platos sucios?

A veces, sin embargo, olvido dormir. Olvido por completo cómo se hace. Cómo caer en la inconsciencia. El placer de ir fundiéndote con la ropa de cama hasta dejarte flotar. Y es entonces cuando pienso en todas las cosas que sí debí olvidar. El olor de tu pelo en mi almohada. La expresión divertida y sorprendida de tus ojos cuando rompías a reír a carcajadas. Lo lento de tus besos. Los planes que fingíamos no hacer mientras hacíamos planes. Ese gesto con el que levantabas el mentón al asentir y que ya hace tanto que no veo.

Y me da por pensar que, si pudiera escoger lo que olvido y cuándo hacerlo, probablemente hoy no me acordaría de ti. No es que crea que perdí mi tiempo contigo, porque no lo hice..., es que hace ya mucho insomnio que aprendí que si nunca tuviste es más complicado echar de menos.

Tengo un montón de cosas que decirte y quiero decírtelas muy seria. He estado practicando frente al espejo y me sale muy bien: una pizca de preocupación en el ceño ligeramente fruncido, un discurso bien preparado y ese gesto, tocándome los labios constantemente, que no puedo controlar cuando estoy nerviosa.

Lo tengo preparado. Dominado. Ensayado.

Pero entonces apareces delante de mí y la cabeza se me llena de letras de canciones. Intento concentrarme de nuevo. Desvío la mirada. Me doy un discurso motivacional interno. Me bailo una sardana mental para relajarme. Y vuelvo los ojos a ti.

Te digo una cosa y la otra…, todo lo que tenía preparado…, pero veo que sonríes. Ay, no…, esa sonrisa no. Me encomiendo al cosmos, a Afrodita, Shiva o a la Virgen de Guadalupe…, pero no hay nada que hacer. He perdido la lucha interna en una sonrisa enorme de la que te culpo en voz alta.

«¡No quería sonreír!», te digo mientras intento controlarla. Y tú te ríes. Quizá porque sabes más, o porque sabes menos, o porque no te importa nada que no sea sonreír cuando nos vemos en un espacio solo nuestro. Y la vida es tan bonita entonces…

Hasta que me despierto.

Madrid, 5 de marzo

Ya no hace tanto frío; tampoco calor.

Los abrazos son breves, porque la piel ya no amenaza con congelarse si no nos tocamos los unos con los otros.

Se ven las primeras prendas de entretiempo, aunque hacen apariciones breves, como en una especie de spoiler que a alguien se le escapa de entre los labios.

Ya me estoy acostumbrando a vivir sola. Me gusta.

Las chicas y yo estamos intentando volver a la vida. Bueno, ellas siguen vivas, pero yo tengo que trabajar esto de resucitar. Vamos a bares. A veces hablo con chicos.

Me pregunto si todo fue siempre tan raro.

La vida aquí sigue siendo bonita. Muy bonita, incluso. Pero no estás tú.

A veces las palabras, como los gestos, significan algo para el emisor que el receptor interpreta de otro modo. Sin embargo, en ocasiones, la vida se alinea, el qué y el cómo se reformulan hasta tener la misma forma, y, en un momento de completa lucidez, dos personas entienden... Los matices. Los colores que van más allá del blanco o del negro. Hablan con los ojos. Entienden por qué se desvía la mirada, entienden qué se mira en realidad, entienden lo que ven. Y el hecho de que uno de los ojos tenga motas más oscuras parece construir una galaxia completa donde vivir de esperanzas.

Hablan las manos, aunque estén en la terraza de un restaurante, rodeados de desconocidos que no deberían participar de sus caricias. Se aprietan los dedos bajo la mesa y se entienden, saben que quieren decir «no te vayas nunca». Incluso esos dedos que se deslizan por la piel hablan, queriendo tatuar sobre esta, y en tinta invisible, un camino que nadie más transite. Nunca.

Habla la lluvia, que cae más allá de la sombrilla, que se desborda, como lo hacen las palabras cuando dos personas comprenden por fin después de mucho hablar. La lluvia habla como telón, como escenario y guiño. La lluvia es, a veces, la prueba irrefutable de que algunas cosas son cuestión del destino y el mundo solo quiere que todo parezca mucho más bonito a su alrededor.

Ayer pensé mucho sobre el significado de «te quiero». Habla mucho un «te quiero». Más de lo que puede quedar flotando sobre su superficie húmeda (de besos, lluvia y ganas). «Te quiero» significa «te encontré», «por fin», «escapémonos», «contigo», «me muero de miedo, pero no le temo», «vale la pena», «bésame»..., pero también «no puedo», «no debo», «ahora no», «guárdalo por si vuelvo», «cuídate cuando yo no esté» o «es injusto, pero no podía callarlo por más tiempo».

Y ¿sabes? Ayer, mientras escapaba de la lluvia pegada a las cornisas de los edificios, pensé que «te quiero», en realidad, significa solo una cosa: el tiempo que vayas a quedarte para demostrarlo. Lo demás. Lo demás no es nada. Solo palabras.

No me quisiste, Mikel. No me quisiste nada.

Te dije: «Contigo soy la mujer que siempre quise ser». Condensé en ocho palabras la explosión de fuegos artificiales, la carcajada, la boca seca, las alas..., las alas enormes que me crecían a la espalda cuando tú me llamabas «valiente», o cuando sencillamente me mirabas y yo sabía cuánto creías en mí a pesar de todo.

En ocho palabras cupieron, como en una maleta muy pensada, las faldas que me dejaban ver una pierna al andar, las blusas abotonadas solo hasta donde hace falta, los zapatos de tacón, aquel vestido de lunares y todos los pintalabios rojos con los que te manché la boca... y la barbilla y el cuello y las camisetas.

En ocho palabras condensé la sorpresa, el placer, el último trago de aquel cóctel con doble de todo, el poder, la vergüenza, la fuerza, tu gruñido al verme tan hembra cogiendo de ti, sin pedir permiso, aquello que quería. Desnuda. Mirándote. Gimiendo tu nombre.

En ocho palabras construí una casa, como la tuya, pero perdida en medio del mundo, solo con vistas al mar, al cielo, llena de promesas de sexo frente a la chimenea y domingos de jazz, café y libros.

En ocho palabras desfilaron firmes los cimientos que iban construyendo los recuerdos, las cosquillas del sentirte y olerte tan cerca y los bien empaquetados sueños para mañana.

Te dije: «Contigo soy la mujer que siempre quise ser», y tú respondiste que no: «Esa mujer eres tú, yo no tengo nada que ver; solo estoy a tu lado cuando emerge». Y en la sonrisa que vino después entendimos que pasar de largo no iba a ser precisamente fácil.

Me dices que pare la narrativa con la que estoy construyendo el discurso. Que estoy siendo negativa. Que no me estoy viendo dentro de mi propia vida. Que me cuide. Que me marche lejos. Que me abrace. Que ahora mismo no me estoy queriendo lo suficiente. Me dices que de alguna forma siempre estarás a mi lado.

Me lo dices muy convencido, con tu café en la mano. Sin parar de mover las piernas bajo la mesa. Haciendo caso omiso a lo que quieres en pro de lo que crees que debes. Echando la culpa de mis dudas a una crisis existencial que, no sé por qué, yo misma mencioné. «Todas las tormentas pasan, incluso las peores», me dices.

Cuando te marchas y te pierdes entre la gente, pienso que ese jersey no parecía tuyo, pero te quedaba bien. En eso y en que siempre me gustaron las tormentas. Tú, ¿qué eres? ¿El rayo, el trueno o la lluvia?

Tengo una foto tuya escondida en un rincón de la memoria... Bueno, y del móvil. Te la hizo una de mis amigas ese día tan bonito de Navidad en el que viniste a despedirte y, sin embargo, nos marchamos los dos.

Parece que estás posando, aunque no lo hicieras.

Caigo en esa fotografía de vez en cuando, aunque supongo que no es un tropiezo, cuando busco refugio en la caída. No sé por qué la miro, pero lo hago, aprendiéndome de memoria cuántas arrugas forman el abanico de expresión que rodea tus ojos cuando sonríes. Me despeño recorriendo el perfil de tu nariz y me recuesto en la sombra de tu barba. Me quedo colgando, agarrada a tu cuello fuerte, respirando profundo ese perfume con el que tantas veces bromeé diciendo que olía a caro.

Creo que si me gusta esta foto no es porque estés muy guapo, que lo estás. Es que me recuerda que, aquella tarde, cuando emprendimos el mejor viaje de mi vida, creí que podía echar a volar si me lo proponía. Y hoy sigo pensando que lo haría solo con que me lo pidieras.

Los domingos eran tu día. Eran días de escuchar música mientras hojeaba una revista y de tomar café en la cocina, mirando de reojo el reloj para no llegar tarde a la ducha. Eran días de probarme varios vestidos y terminar poniéndome el primero. Eran días de zapato de tacón y restaurantes. Pintalabios y brindis. De estrellitas azules. Nunca hice nuestra cartilla de premios..., me distrajo el amor.

Eran días de sonreír y reír y hablar sobre el pasado, sobre libros, sobre determinismo biológico, arte o casas de ladrillo visto frente al mar. Daba igual: los domingos eran para hablar y quedarnos solos en los restaurantes, mientras los camareros recogían y carraspeaban esperando que nos diéramos por aludidos.

Los domingos, aún, esté donde esté y con quién esté, siguen siendo lamentablemente tuyos. Amaba ser tu día preferido de la semana y ahora..., ahora solo me estorba el recuerdo de haberlo sido.

A unas calles de distancia, está parado en el tiempo un cuento de finales felices.

Hay una casa, pintada de blanco, con ladrillo y arte, con molduras en el techo y plantas junto a la ventana, donde resuenan los pasos que no se dieron. Y en su interior, unos labios, unas manos, unos gemidos: tú.

Hay un hilo invisible partiendo del pomo de la puerta, que conecta un camino de veinte minutos a pie, hasta el pomo de otra puerta. Hay una estática que zumba de ventana a ventana sin cargar palabras. Y el hilo silencioso parece romperse por momentos, pero tira con fuerza hasta contorsionar los límites de lo que se creyó cuerpo.

Y en esa otra casa, de flores secas, pequeñas pisadas y colores, hay unos labios, unas manos, unos gemidos: yo.

Es curioso lo largos que se hacen los minutos cuando se para el tiempo y, en la irrealidad de lo que un día fue exótico, un vergel, denso y húmedo, se extiende lo yermo.

A unas cuantas calles de distancia está parado en el tiempo un cuento de finales felices que alguien olvidó hace ya algún tiempo.

Hoy me desperté sabiendo que estás lejos. No hacen falta más que un par de pistas para saber que no compartimos asfalto, que no nos llueve a ambos contra la ventana del dormitorio. Que estás donde crees que debes estar.

Y está bien así. Porque, de alguna manera, te fuiste hace ya tiempo.

Volveremos a compartir asfalto y nos lloverá a la vez contra la ventana, pero no del mismo modo. Y así está bien.

Es raro sentir que entra la calma por la misma puerta por la que entró la ansiedad. Que ya no me importa a quién abraces por las noches, porque esa fue tu decisión.

Pero así está bien.

Porque quizá no hay propósito cósmico en las cosas que nos pasan, pero yo aprendí algo en este trecho del camino: da igual lo que elijan otros; yo me escojo a mí.

Cuando tenía quince años, no teníamos internet en casa. Casi nadie lo tenía en España, al menos no en tarifa plana, así que, si querías mandar un e-mail o chatear con algún amigo, tenías que ir a un cibercafé. Una mañana fui con una amiga para descargarme unos documentos que necesitaba para matricularme en el nuevo instituto y, en un momento dado, mientras esperaba a que se imprimieran, eché un vistazo sin querer a la pantalla de la chica de al lado. Tendría unos veinte años, estaba escribiendo un e-mail y parecía afectada. Retiré la mirada enseguida, pero nunca me he olvidado de lo que me dio tiempo a leer casi inconscientemente: «He vendido mi guitarra. Me han dado poco, pero ya puedo ir a verte».

¿Por qué escribo esto? Porque de alguna manera se me quedó grabado dentro y, de alguna manera, así es como yo entiendo el amor ahora que sé lo que es. Así que... quizá no he vendido ninguna guita-

rra, pero, si la tuviera, yo también la vendería para poder ir a verte. Adonde fuera. Espero que lo supieras en el poco tiempo durante el que tú y yo existimos.

Te pienso mucho. Supongo que no hay un medidor para estas cosas, pero si lo hubiera yo estaría constantemente sobrepasando la línea roja. Te pienso demasiado aún.

Te pienso tan a menudo que has dejado de tener sentido. Ya no eres cuerpo y alma, solo la textura vaporosa que tienen los pensamientos. Has dejado de existir, ya no eres carne, solo lo que pienso.

Te he convertido así, pensándote mucho, en un ser mitológico que se alimenta de recuerdos y que se dirige irremediablemente hacia las promesas que formuló, en caída libre.

Y se me olvida a menudo todo aquello que provocó este final, que siempre tuvo que ver más contigo que conmigo. Se me olvida, joder, se me olvida, aún lo mucho que te pienso. Se me olvida que creaste a machetazos el camino entre los dos y te largaste corriendo cuando lo viste transitable.

Se me olvida, cuando te pienso, que probablemente nunca fuiste más que eso…, un pensamiento.

No todas las historias comienzan con un beso. Algunas lo hacen con un apretón de manos. No sabría decir cómo empezamos nosotros. Porque si algo termina, tiene un principio.

Podríamos resumirnos en domingos, restaurantes, botellas de vino, mensajes, sonrisas tímidas, gemidos desvergonzados, colisiones, alejamientos, tu piso, el mío, un par de dramas, el mejor poscoito de la historia y al menos una docena de planes que nunca llevaremos a cabo juntos. Como ver el mar. Como sentarme a tu lado a escoger las canciones que suenan mientras tú conduces por la costa de Menorca. Como que cocines para mí. Como que leamos en silencio, uno junto al otro. Como una mudanza. Como la casa de ladrillo, apartada de todo pero junto al mar.

Está bien. Al alejarse, muchas parejas se definen por los reproches y los fallos, y nosotros nos quedaremos siempre en el limbo de lo que no pudo ser. Al menos es un final dulce. Es mejor que lo único que seamos sea aquello que nunca alcanzaremos.

Te estoy olvidando.

62
Teatro, la vida es puro teatro

Terminé de llenar las hojas del cuaderno en junio. Cuatro meses tardé en empezar a curarme de aquella herida. Ojo, la herida no se llamaba Mikel Avedaño. Se llamaba primer amor.

Durante esos cuatro meses atisbé a intuir algo que tardé mucho más tiempo en comprender: no puedes compartir cuando aún no sabes qué narices es tuyo, hasta dónde o hasta dónde no quieres llegar, cuáles son tus márgenes, tus dominios, tu forma de vida. Si aún no sabes lo que quieres…, ¿puedes querer? Me refiero a querer como se construye una casa que un tornado no es capaz de destruir.

Me había enamorado de Mikel. Había querido a Mikel. De alguna forma, probablemente, le seguiría queriendo. Pero no sabía. No sabía demasiadas cosas de mi propia vida como para darme a una relación. En eso tuvo razón. Aunque fue un cobarde, porque pudimos averiguar todas las incógnitas quizá no cogidos de la mano, pero cerca.

No. Como amigos, no. Arghhh. Cuánto daño ha hecho esa leyenda urbana. No puedes ser amiga de tu ex si acabas de romper. Tiene que pasar tiempo. Tienen que calmarse las aguas. Tienen que pasarse las fases del duelo. Y estoy hablando de una ruptura a buenas y de mutuo acuerdo. No puedes ser su amiga si lo amas porque, entonces, eres otra cosa, algo para lo que no han inventado un nombre, que está a caballo entre la amante y la amiga y que sufre cada vez que mira. Cada vez que se despide. Cada vez que sabe que no es porque alguien no quiso que fuera.

Aunque… ¿qué sé yo? Solo que no sé nada.

Una vez terminado el cuaderno entendí que ya había invertido demasiado tiempo y energía en aquella ruptura y que, por primera vez, me apetecía asomarme a la realidad. Pero asomarme bien. No quería salir a ligar (ya había cometido el pequeño desliz de buscar en otros cuerpos, con sexo divertido y satisfactorio, un refugio contra la pena), quería descubrir por fin cómo iba a ser mi vida.

Fui a ver a mis padres. Paseé por casa de la tía Isa, que mamá había dejado preciosa y en la que se respiraba su presencia en cada estancia. Me sentí feliz de estar allí, sobre todo, llevándole buenas noticias. Sé que ella estaba muy lejos, pero siempre creí que los espacios en los que fuimos felices guardan algo de nosotros. Y quería que supiera que había recibido la llamada de un catedrático de arte que, a partir del revuelo mediático, se había interesado por su obra y que quería iniciar un estudio sobre esta. Se merecía tener voz en la historia. Su propia voz.

Volví a Madrid. Y me apunté a un grupo de teatro aficionado que iba a preparar *Esperando a Godot* para representarla en noviembre. Evidentemente no era remunerado y no podía considerarse un trabajo, pero menos daba una piedra. Hay que empezar por algún lado y convertir lo que había sido mi obsesión en una pasión, sin presiones, me parecía un buen comienzo.

Hice amigos en aquellas reuniones y ensayos. Una de ellas, Ana, era una apasionada editora de novelas que ejercía, además, de directora de escena en nuestro grupo de teatro. Era magnífica. Motivadora, alegre, muy inteligente, desprovista de ego, constructiva, muy sabia y divertidísima. Buena persona. Muy buena.

Hablábamos mucho sobre el papel que me habían dado y alguna vez alargábamos las charlas tomándonos un café. Con ella renombré muchos locales a los que no había vuelto a acudir desde que los pisé con Mikel y, en una de estas ocasiones, le hablé un poco de la sensación.

—¿Sabes? Hacía meses que no venía por aquí. Casi se me había olvidado cuánto me gustaba esta cafetería —comenté mirando a mi alrededor, sentadas a la mesa junto a la ventana de Toma Café.

—¿Y eso? ¿Te pilla lejos?

—No. Vine un par de veces con… alguien especial, y… creo que temía que el recuerdo me doliese demasiado.

—Ay. —Se angustió—. Podríamos haber ido a otro sitio.

—No, no. Está bien. Además me encantan las tostadas de aguacate que sirven.

Nos quedamos en silencio, removiendo nuestras tazas de café, hasta que ella volvió a hablar:

—¿Y qué tal…? ¿Duele aún?

—Un poquito. Pero hice mucho ejercicio durante estos meses como para que las agujetas me duren mucho.

Le hablé del cuaderno, quitando de la historia todo lo concerniente a mi escandalosa y breve permanencia en el mundo del arte contemporáneo. Tampoco hablé directamente de Mikel. Quería preservar su intimidad.

Hablé del trabajo que había supuesto escribir, de manera desordenada y sin demasiada lógica, ansiedades, dolores y recuerdos. Hablé de lo reconfortante que puede ser escribir un recuerdo bello que te atormenta y cómo al plasmarlo en el papel descubres que las vidas son un álbum de fotos en el que caben muchos momentos así.

—Me sigue apenando que no sean con él, pero empiezo a asumir que si no lo son es porque él no quiso. No quiere.

Ella, con los labios apretados, me escuchaba atenta. Yo ya conocía esa cara. Es la que pone cuando tiene una idea. Y la tenía.

—Qué curioso…, un montón de textos que, si se ordenan, cuentan una historia de amor desde el principio hasta el final.

—Sí, pero a una sola voz.

—Bueno…, en un soliloquio.

Las dos nos miramos y levantamos las cejas. Espera…

Trabajé en el texto durante todo el verano. Al principio sin más aspiración que construir, en lenguaje teatral, un soliloquio con nuestra historia. Conforme empecé a invertirle horas, sin embargo, me embargó la emoción. No estaba quedando mal. Era, incluso…, un poco extravagante, me parecía novedoso y sonaba bien.

Cuando se lo enseñé a Ana, no pudo evitar hacer lo que sabe hacer: lo editó. Y entre las dos, tras muchas correcciones de ida y vuelta, terminamos con lo que nos pareció una propuesta, un texto definitivo. Y con él… fuimos a probar suerte.

Lo representamos (yo en escena, ella como todo mi equipo) por primera vez en octubre, en una sala pequeña… Bueno…, en el piso de abajo de un bar que ofrecía a veces espectáculos, pero que estaba más acostumbrado a albergar monólogos del tipo: tío blanco hetero cis de treinta años que se pregunta por qué no folla más. No diré que lo petamos, básicamente porque no lo petamos, pero en ciertos circuitos generó curiosidad.

Representamos *Esperando a Godot* en noviembre y, para mi sorpresa, vino más gente de la que esperábamos. ¿Por qué había tardado yo tanto tiempo en probar lo del teatro? Quizá porque siempre pensé que en estas cosas o aspiras a convertirte directamente en una estrella o pierdes la partida. Estaba muy equivocada.

En la fiesta que celebramos después de la representación, Ana y yo hablamos con mucha gente sobre nuestro proyecto, al que habíamos llamado *Las cosas que no te dije*. Alguien nos sugirió otro nombre, más corto, pero nosotras, al día siguiente, le cambiamos el título por *Historia de amor a una voz*. Y con este cambio y un dosier muy chulo..., conseguimos algunos apoyos sorprendentes.

En diciembre, a pesar de que antes de Navidad la escena teatral se ponía chunga a la hora de encontrar espacios donde representar y demás, dimos con un teatro pequeño que confió en nosotras para una función a la semana, los miércoles por la noche. Hablamos de porcentajes de taquilla y, como nos estábamos divirtiendo, todo fue hacia delante.

Me matriculé en un curso *online* de guion.

Y en otro de escritura creativa.

Y cuando lo terminé, me inscribí en unas charlas sobre escribir textos teatrales que daba también *online* una afamada dramaturga.

Y cada miércoles representé *Historia de amor a una voz* hasta perfeccionar el texto y mi actuación..., y sentirme preparada para confesárselo a las chicas del piso.

Vinieron las cuatro. Lloraron tres.

Te preguntarás si, en este tiempo, supe de Mikel.

Por supuesto que supe de él. Y él de mí.

Supe que había inaugurado con éxito su exposición el 12 de marzo. Que la crítica puso su nombre a la altura del de Antonio López. Que había quien decía de él que encarnaba el perfil del nuevo artista español. Su exposición se llamó *Una vuelta alrededor de tu sol* y consistió en una gran obra central que representaba un cuerpo masculino, en posición fetal sobre sus rodillas y cuyas manos se entrelazaban en su nuca, como protegiéndose. Esta pieza se tituló *El peso de la emoción*. A su alrededor, formando un círculo y en puntos equidistantes del centro, cada una de las cabezas. La dedicada a la expresión del amor ocupó algún titular en la sección cultural de muchas publicaciones por el precio que pagó por ella un ejecutivo de una conocida empresa audiovisual.

En una de las fotos que conseguí encontrar sobre la exposición aparecía él. Llevaba el pelo otra vez muy corto y estaba cansado. No pude deducir nada más. Estaba cansado. Y guapo. Le escribí un mensaje esa noche, sin poder evitarlo, dándole la enhorabuena por el éxito. Me respondió muy cordial, diciéndome que brindaría con champán a mi salud y a la de la inspiración que le traje de vuelta. Esa noche me emborraché y vomité vino tinto antes de acostarme.

En junio, pocos días después de que terminara mi cuaderno de confesiones, me escribió para decirme que acababa de ver una obra de teatro en Londres y que se había acordado de mí. Le respondí que hacía poco que había retomado la lectura del libro que me regaló, que por razones evidentes había dejado de lado, y que me había gustado muchísimo. Nos deseamos buen verano. Vuelta a acostarme abrazada a la almohada, con la cara hundida en ella, llorando hasta quedarme dormida.

Escribió de nuevo el día que me cambié el perfil en WhatsApp. Me dijo que la foto era perfecta. Le di las gracias, sin saber qué más decir. Aquella frase, allí, aislada, sin nada más, como una pequeña toma de contacto sin más pretensión que la de expresar aquello, me pareció… ajena. Como un jeroglífico precioso, pero cuyo significado se me escapaba. Como si no fuera a mí a quien escribiese. Como si mi piel estuviera cubierta de capas y capas de papel de burbuja y ya nada consiguiera sortearlas. ¿Me gustó? Claro que me gustó. Yo lo quería. Pero, al fin y al cabo, aquellas palabras no significaban mucho…, al menos no significaban lo que yo necesitaba que significaran. No cambiaban el hecho de que él se hubiera ido. Y tampoco eran un acercamiento. Eran… una especie de barandilla artesonada y preciosa sobre un puente que no existía. Y a pesar de eso, soy consciente de lo mucho que debió de costarle mandarme ese mensaje. Y no lo cambiaría por nada. Aquellas pequeñas muestras de vida me insuflaban fuego en el pecho. Y lo necesitaba para vivir como sabía.

Así pues, estábamos a punto de cumplir un año sin vernos, pero él seguía más presente de lo que, quizá, debería estar en una historia ya superada. Porque no estaba superado, claro.

En febrero, Ana me llamó y, muy misteriosa, me citó en el Café Comercial, porque tenía algo que contarme. Temí que fuera a decirme que ya no tenía tiempo para compaginar su trabajo como editora en una gran editorial con su labor en la obra, pero no era nada de eso. Cuando me senté delante de ella, me miró con sus enormes ojos brillantes y me dijo:

—Lo has conseguido.

No dijo nada más. No le hizo falta. Yo ya lo sabía.

Grité. Lloré. La abracé. Le pedí a las mesas de alrededor que la aplaudieran. Intenté lanzarla por los aires. Muchas cosas.

Tres días después, un gran productor teatral puso encima de la mesa de su despacho mi primer contrato como actriz. Ana se quedó conmigo, claro, como «representante». Y yo llené ya en la primera función, un patio de trescientas butacas. Puede parecerte poco…, pero hacía tan solo unos meses estaba actuando en el sótano de un pub frente a quince.

No fue tras aquella primera función, como hubiera pasado en una película romántica. No me esperó a la salida con un enorme ramo de flores en las manos y una disculpa en los labios. Al fin y al cabo…, ¿qué había que disculpar? En las relaciones, o lo ves o no lo ves. Y ya está.

Fue cuando empezaba a dominar el pánico que me sacudía los dos minutos previos a la función, cuando tenía que pelear con la Catalina que susurraba malignamente que tenía dinero en el banco, que esto no me hacía falta por el momento, que huyera.

Aquel día, todo estaba yendo muy bien. Era una función corta. La obra que Ana y yo construimos era, a ratos, muy intensa. No había desplazamiento en el escenario ni escenografía. Era yo, a pelo, bajo un foco de luz, hablándole a alguien que no estaba, recordando cosas que ninguno de los presentes conocía y que podrían ser inventadas. Eran poco más de cuarenta minutos, porque pensábamos que más tiempo lo haría insoportable y tenía que ser dinámico. Y lo era, a juzgar por los buenos comentarios que recibíamos en redes sociales y en webs.

Y allí estaba yo, hablándole a él, a un él que no existía para mí en aquella dimensión real, a un él que solo aparecía frente a mis ojos. Me encontraba en aquel momento en el que hablaba de la lluvia, de los te quieros, de lo que significaban en realidad…, y cuando perdí la mirada por la sala con aquella expresión entre soñadora y dolida que tanto habíamos ensayado Ana y yo…, lo vi.

Lo vi.

Y era.

Y estaba.

Y era él.

63
Sucumbir

La vida se convirtió en una sucesión de obligaciones. Para mí el concepto del deber era importante. Por eso cuando me decía a mí mismo algo, cuando decidía por dónde debía o no transitar, lo cumplía. Porque me educaron para pensar que el concepto del deber era muchísimo más importante que el desear. Que la felicidad. Que estar completo.

Trabajé. Y trabajé bien. Viajé. Volví a ponerme la piel de quien debía ser. Contenté a mucha más gente de la que creí en un primer momento cuando tomé la decisión de no embarcarme en aquel amor con Catalina, porque de pronto producía más obras, las producía más rápido, eran más intensas, era mejor hijo, mejor hermano, mejor ligue, mejor tío, mejor vecino, mejor artista. Peleaba todos los días por ser mejor, porque de lo contrario la ruptura no habría tenido sentido. Follé con varias. Preparé café para chicas de piernas largas vestidas con mi camisa. Reí con sus bromas. La vida seguía... aunque no fuera igual.

No sé cuándo me cansé de representar un papel. No sé cuándo estalló todo. Solo sé que un día me levanté, hice la maleta y me marché. Solo avisé a Ignacio, mi representante. Y abandoné la pretensión de producir, de ser mejor hijo, mejor hermano, mejor ligue, mejor tío, mejor vecino y mejor artista. Y fui. Sin más. Y siendo fui mejor.

Fue mi amiga María, la misma a la que le pedí por favor que asistiera a la inauguración de su primera y última exposición pictórica. A decir verdad, no es que fuéramos amigos, éramos colegas, dos personas del mundillo que se caían bien y que siempre habían sido amables y honestos el uno con el otro, lo que no siempre suele ser lo normal. María, a la que todo el mundo conocía como Coco, trabajaba en una famosa casa de subastas y habíamos coincidido muchas veces, en bastantes saraos. Y así fue como me enteré. De su boca de muñeca.

—¡Ah! ¿Sabes que tu farsante se ha hecho actriz?

Estábamos en la exposición de un artista consagrado y yo acababa de volver de mi viaje personal, que terminé con los preparativos para la exposición *Una vuelta alrededor de tu sol* en la sucursal neoyorquina de Marlborough. Al principio pensé que, si no estaba entendiendo a Coco, era por el desfase horario.

—¿Cómo?

—La chica aquella…, la que se hizo pasar por artista. ¿Te acuerdas? Me pediste que me pasase por su exposición para ver que todo iba bien.

Un vacío en mi estómago, como siempre que sabía de ella. El ciclón que hacía tambalearse los cimientos. Asentí y desvié la mirada hacia las paredes repletas de obras, mientras me humedecía los labios y apretaba la copa de vino entre mis dedos.

—¿Qué pasa con ella?

—Ha estrenado obra de teatro en el Principal. Al parecer, además de la única actriz de la obra, también es la autora del texto.

La miré impresionado.

—¿Qué?

—Sí. Está llenando dos veces a la semana un teatro de trescientas butacas. Ella sola. Al final va a ser verdad que lo que iba con ella era el puro teatro.

Me quedé un poco en Babia. Alelado, más bien. No conseguía unir la línea de puntos hasta llegar al momento en el que Catalina estaba llenando un teatro con una obra de su propia autoría.

—Vosotros... erais amigos, ¿no? —preguntó María.

—No. Estuve enamorado de ella.

—¿Estuve? ¿Ya no lo estás?

Negué con la cabeza.

—No lo sé.

El asunto no tardó en obsesionarme. Y no sé, se hubiera quedado como una de esas dudas que nunca resuelves si no hubiera sido porque en una de estas, di con la sinopsis:

Historia de amor a una voz es la representación de un duelo, poner en escena la obsesión y el dolor del desamor y la esperanza final de que, habiendo sido capaces de amar tanto, consigamos hacerlo de nuevo en un futuro.

Espera...

Eso tenía que verlo con mis propios ojos.

Compré una entrada, pero no ocupé mi asiento. Me quedé en una zona oscura, al fondo de la sala, intentando mimetizarme con todo lo que tenía alrededor, con la pared y los brocados, que no entiendo por qué siguen luciendo en los teatros hoy en día.

Se apagaron las luces. Sonó la señal de comienzo. El patio se sumó en el silencio, y... Catalina salió a escena.

¿Has escuchado alguna vez a alguna expareja hablar de vuestra relación sin que supiera que la escuchabas? Bueno, sí, es complicado. Pero haz un ejercicio de imaginación. Allí, frente a ti, tu ex, hablando de lo bueno, de lo regular, de las dudas, de los miedos, de lo malo, de cómo se quedó cuando te marchaste, de lo que sintió la primera vez que te tocó.

Al principio... creo que dolió. Digo creo porque la sensación era extraña, casi inexplorada. Era una quemazón incómoda. Una emoción embarazosa, porque... allí estaba ella, hablando para tantas personas de mí, de ella, de lo que había sido nuestro. ¿Qué era toda aquella exhibición? Creo que me cabreé.

Casi sentí la tentación de irme. Casi..., porque necesitaba saber qué más decía de mí. Qué más decía de nosotros. Si lo entendió.

Tuve la mala... (o la buena, no lo sé) suerte, de que me viera entre el público. Lo supe porque una de las frases se quedó colgando de su boca cuando nuestros ojos se cruzaron y le costó un par de segundos retomarla. Pero lo hizo.

Admito que tuve que ponerle riendas a la emoción, sobre todo en la parte final, donde ella me preguntaba si yo creía que volvería a amar. Y nadie sabía que me lo decía a mí, pero era a mí y solamente a mí a quién le preguntaba:

—¿Seré capaz? ¿Es posible? Porque ahora mismo solo siento campos yermos y la sensación de que nada es capaz de tocarme la piel. Ni siquiera tú; el recuerdo ya ha dejado de acariciarme y va esfumándose.

»Dime, ¿volveré a querer? ¿Confiaré en alguien esa sensación de ser capaz de que me crezcan alas?

»¿Has vuelto a amar tú? Suelen decir que, tras una historia como la nuestra, es la siguiente persona que ocupa el corazón quien se beneficia de lo aprendido, de lo luchado. ¿Hay alguien, ahora mismo, que es más feliz que yo? ¿Has aprendido a amar mejor?

Un dardo en el centro de un corazón que no se había curado del todo. Eso fue escucharla. Me dolió horrores. Pero también me emocionó. Y eso es lo que hace el arte, ¿no? El arte tiene que obtener una reacción o no habrá servido para nada.

La esperé a la salida, en el hall del teatro, pero un hombre se me acercó y me dijo que tenía que ir saliendo, que estaban cerrando la sala.

—Estoy esperando a Catalina Ferrero —le dije.

—Querrá decir Catalina Beltrán.

Sonreí.

—Sí. Perdone. Catalina Beltrán. Dile que le espera Mikel, aunque ella ya lo sabe.

—Espere ahí en la puerta.

Me imaginé que me mandaba a la salida principal, pero que se guardaban una posible escapada por la trasera si Catalina decía no conocerme o que no le apetecía hablar con espectadores después de la función. Pero… tras unos minutos, apareció ya cambiada, en la puerta, buscándome con la mirada.

Levanté el brazo y vino hacia mí con esos andares sinuosos que la caracterizaban. Llevaba un pantalón vaquero, unas botas negras y una chaqueta de ante con borreguito negro dentro. Estaba muy guapa. Parecía más joven. Creo que había cogido un poco de peso y le rellenaba la cara, que parecía más niña. No sonrió al llegar hasta mí y es muy probable que yo tampoco lo hiciera. No podía dejar de mirarla. No podía dejar de estudiar, milímetro a milímetro, su rostro. Me di cuenta de que, a pesar del tiempo que había pasado desde la última vez que la vi, no había olvidado nada. Ni siquiera la disposición de sus pestañas, que en el ojo izquierdo eran un poco rebeldes.

Ella, a su vez, me miraba a mí. Me estudiaba. Me observaba. Entre nosotros no habría más de veinte centímetros, que fusilé al acercarme. Y no sé qué se me pasó por la cabeza (un tráiler de emociones) o si perdí por completo la poca cordura que me habían dejado todos aquellos meses sin ella, convenciéndome de que había hecho lo correcto, pero la besé.

Sin haber mediado palabra.

Después de más de un año sin vernos.

La besé. Y la besé como un condenado a muerte, como un demente, como un novio el día de su boda. La besé hasta que me dieron ganas de llorar y pensé que quizá la había incomodado, que quizá la había forzado a un acto tan íntimo como un beso, y me aparté.

Catalina me miraba con el ceño fruncido y un millón de reproches en los ojos, pero el beso no parecía formar parte de ellos, porque me cogió de la pechera y no dejó que me alejase.

—Estoy muy enfadada —me dijo.

—Lo sé.

—No, no tienes ni idea.

El siguiente beso me lo dio ella y tuvimos que buscar el refugio del portal de enfrente para no sentir que dejábamos caer, sobre un suelo que no conocíamos, un montón de semillas de algo delicado que no florecería sobre el asfalto.

Nunca nadie me supo como ella. Nunca nadie me hizo sentir tan seguro, dubitativo, inseguro, idiota, capaz, sano como ella. Y nadie, siendo sincero, había podido ocupar el espacio que, entre recuerdos y fantasías, llenaba ella en mí.

Cuando el beso terminó, Catalina no sonreía como esperaba que lo hiciera. Yo, Mikel Avedaño, aún creía en esos cuentos en los que si la chica te besa lo tienes todo hecho. Pero no. Éramos dos adultos que, si habían tomado la difícil decisión de separarse cuando lo consideraron necesario, sabrían limpiar el desastre antes de empezar en una nueva pista de baile.

Aunque quizá debería decir que yo tomé las decisiones y ella las solucionó. No lo sé. Ella albergaba las mismas dudas, pero a la inversa.

—Creo que tengo muchas explicaciones que darte —musitó.

—Alguna.

Pero yo sí se lo dije con una sonrisa.

—¿Puedo invitarte a una cerveza por aquí? —le pregunté.

—Acabas de besarme. Una cerveza es lo mínimo que espero.

Catalina ya no bebía güisqui. Lo había dejado, como a su personaje, atrás. Lo que sí mantenía eran los pendientes de su tía y los kimonos.

—¿Y esas horquillas de ópalo que te ponías en el pelo?

—Esas también. —Sonrió—. Pero de Catalina Ferrero ya no quiero saber nada. Me llenó el bolsillo y, como todos predijisteis, me bastó.

—Nunca te dije aquello con mala intención —me justifiqué.

—Lo sé. Tenías razón.

Estábamos sentados a una mesa de un bar cutre, de esos con máquinas tragaperras al fondo, de las que además de destellos emiten ruiditos odiosos, y que acumulan junto a la barra servilletas arrugadas y mondas de cacahuete. Ojalá nos hubieran acompañado la cerveza con unos cacahuetes y no de una tapa de carne estofada.

—Tiene una pinta... —bromeó Catalina cuando el camarero volvió hacia la barra.

Después nos quedamos callados. Era difícil saber por dónde empezar.

—¿Lo hacemos a las bravas o por la senda del protocolo? —me preguntó.

—Esperaba que tú supieras cómo hacerlo.

—Eres tú quien se ha presentado en la función. ¿No tenías un plan?

—¿Cuándo ha valido tener un plan con todo lo que tenga que ver contigo?

—También tienes razón. —Se sonrojó—. A ver, Mikel..., lo cierto es que no sé cómo se hacen estas cosas, pero sí sé cómo no quiero que las hagamos. Yo... espero que lo que has oído no te haya hecho daño. Ni te haya ofendido. Me gustaría que lo entendieras como lo que es: el homenaje a todas las cosas que viví contigo. Mi primer amor. A los treinta. —Arrugó el ceño—. Quise hacer de nuestra ruptura un todo del que cualquiera que me escuchara pudiera beber, porque el amor no duele, pero el desamor nos azota a todos alguna vez en la vida.

—Lo sé. Lo entiendo.

—¿Te ha dolido?

Cogí aire.

—Bueno, esa parte en la que me llamas cobarde no fue agradable de escuchar, pero es tu visión subjetiva.

—Lo es. Y lo explico en la obra. Por eso comienzo diciendo que es la historia a una voz de lo más subjetivo de un amor.

—Se entiende.

—¿Te ha dolido? —repitió.

—Me dolieron muchas cosas, Catalina, pero no esta noche. Me dolieron cuando rompimos. Yo... te prometo que pensé que estaba haciendo lo que debía y que lo estaba haciendo por nuestro bien.

—Debiste hacerlo por el tuyo, porque yo sé cuidarme solita.

A pesar de que lanzaba una piedra a mi frente, lo hizo con una sonrisa.

—Maldito paternalismo —me burlé.

—Exacto. Os han dicho que tenéis que cuidar de nosotras para que no nos lastimemos, pero, cielo..., somos muy capaces de decidir cuál queremos que sea nuestro camino.

—Ya lo veo. —Sonreí—. Me alegro muchísimo.

—¿Por?

—Porque no hayas tenido que andar mucho tiempo descalza antes de encontrar tus zapatos.

—Dime una cosa..., esa chica, la que vino a mi exposición..., ¿es tu...?

—Es una colega.

—No tengo derecho a preguntarlo. —Se encogió de hombros—. Ha pasado un año.

—Un año, un mes y tres días.

Alzó las cejas.

—No es que lo vaya contando día a día, como una condena. Es que esperándote me puse a hacer memoria —aclaré.

—Es mucho tiempo.

—Sí que lo es.

—Te siento un poco desconocido. —Sonrió con timidez—. Es como si nunca hubiéramos pasado toda una tarde desnudos en tu cama.

La polla me dio un pequeño respingo. Bueno. Primera duda solventada. Catalina aún me excitaba.

—¿Sigues viviendo en Madrid? —preguntó.

—Acabo de volver de un viaje muy largo, pero sí, vivo en Madrid. Aunque no por mucho tiempo.

Su rostro mudó hacia una especie de desconsuelo sordo. Su expresión decía: «A pesar de todo, sigue siendo demasiado tarde». No sé si estaba de acuerdo.

—Estoy pensando en irme definitivamente.

—¿Dónde?

—No lo sé. Quizá a San Francisco. Me gusta mucho San Francisco y… —Cogí aire—. No se lo he contado aún a nadie, pero he encontrado una casa a unos cien kilómetros de la ciudad, rodeada de nada y mar.

Hizo una mueca. Alguna vez soñé despierto con aquello y es probable que se lo dijera. Es probable que se lo dijera… proyectándonos a los dos.

—¿Y cuándo te vas?

—No sé aún si me voy.

—Pero tienes que comprarla, Mikel. O al menos verla con tus propios ojos. Es tu sueño.

Sonreí. Aquello me gustó.

—¿Qué me dices de ti? ¿Cuáles son tus planes?

—Pues… vamos a estar en Madrid con la obra hasta junio y en junio levantamos la carpa y nos vamos a girar por España.

—¿Una gira?

—Una gira. ¿Qué te parece?

—Me parece que vas a estar muy ocupada, mujer. —Me entristecí. Nuestros caminos se separaban.

—Y tú también. Tienes que ver la casa, comprarla y hacer una mudanza internacional.

Nos quedamos callados. Intenté mandarle por ondas cerebrales todo lo que estaba sintiendo en aquel momento, pero aquella maraña era ininteligible. Aun así, algo debió llegarle, porque dijo:

—Dime una cosa…, ¿has estado trabajando en lo de la expresión de tus sentimientos o siguen flotando en un saco oscuro?

Me reí.

—Estoy en ello.

—Pues… ¿por qué no me lo demuestras y me dices por qué has venido esta noche a ver la obra?

—Tenía que escucharte ponerme a caldo con mis propios oídos —me burlé.

—No te pongo a caldo.

—Ya lo sé. Era solo…, era solo una broma.

—Vamos…

—No sé si sabré decir lo que quieres escuchar.

—Prueba…

—Quería verte.

—¿Para qué?

—Para saber.

—Para saber, ¿qué exactamente?

—Si te sigo queriendo o los dos levantamos amarras.

Tragó.

—¿Y?

—No lo sé. ¿Lo sabes tú?

—No.

Se mordió los labios y los pellizcó entre sus dedos. La cosa quedaba allí, sostenida, sin saber qué añadir.

—Tú siempre fuiste más valiente que yo —le dije.

—Ah, no. No hagas eso. —Se rio—. No me lo dejes todo a mí.

—No, no. No he terminado.

—Ah…

—Digo que tú siempre fuiste más valiente que yo, pero he pasado un año haciéndome preguntas y he entendido que en la duda no se puede construir. En la duda todo vuelve hacia atrás. Así que…

—¿Qué?

Sonreí.

—¿Puedo invitarte a comer el domingo?

Nunca imaginé a Catalina sonrojándose de aquella manera ni a mi pecho reaccionar tan enloquecido al verla.

—¿Cómo amigos? —preguntó.

—Y una mierda.

No tuve que responder nada más para que aceptara.

—Oye. —Sus ojos se iluminaron—. No sabes lo que tengo que contarte.

—¿Qué?

—Encontré algo detrás del cuadro de mi tía.

—¿Cómo? —pregunté sorprendido.

—Sí. Encontré algo. Una foto. Una foto de ella y su amante. Y una carta de despedida. Y no te lo vas a creer…

—¿Qué?

—Somos nosotros.

Fruncí el ceño.

—¿Qué dices, loca?

—Arghhh, tienes que verlo o jamás me creerás. Pero somos nosotros. Vas a alucinar. De verdad.

Y tenía razón. Hasta que no lo vi, no lo creí.

No. No tengo explicación. Quizá la historia sea cíclica, como cuentan, y de vez en cuando obligue a algunas almas y a sus allegados a repetir un bucle hasta que se hace como se debe. Y… adelanto que… lo hicimos.

Epílogo
Mikel y Catalina

Si pudiera escoger una sola pareja como imagen de los últimos cincuenta años del amor y la cultura (cuando se dan de la mano), tendría mucho donde elegir, por supuesto, pero la duda no me duraría más que un par de segundos. Sé que terminaría abrazando la idea de que nunca habrá nada más discretamente revolucionario que el binomio Beltrán-Avedaño. Y si pongo el apellido de Catalina por delante es porque me es imposible no hacerlo; yo, que tuve el placer de conocerlos, pude ver en diversas ocasiones cómo ella era el motor y él la vela (y esa metáfora del movimiento de su pareja dice mucho de ellos y de lo sanamente que se amaron hasta el final). Recuerdo perfectamente verlos entrar en casa de mis padres, Catalina tirando de Mikel con prisa, con nervio, como una chiquilla con el mundo aún por descubrir, en aquellas comidas que se celebraban en la terraza donde mamá invitaba a la gente que se cruzaba en su camino por su vida de escritora.

Centrándonos en su obra, creo que puedo afirmar que, si por separado fueron buenos, juntos alcanzaron una suerte de brillantez que solo podía entenderse cuando se les escuchaba hablar de cómo vivían su amor, donde creación, sexo y caricias, donde el silencio y la música, la separación y el abrazo convivían sin pena allá donde ellos estuvieran. Porque nunca pasaban más de un año asentados, definitivamente, en ningún lugar.

La obra de Mikel Avedaño siguió su curso de transformación, acompañando al artista en su viaje vital. Durante todos los años de su trayectoria artística, Mikel jugó con todo lo que pudo, pero también, aunque sea difícil entenderlo, sin jugar, porque si algo hacía en su vida era tomárselo todo muy en serio.

Aún recuerdo cuando acompañé a mis padres a París para la inauguración de su muestra en el Centro Pompidou y de la impresionante figura de bronce que custodiaba el edificio, también de su autoría. Yo debía de tener quince años y aquello me hizo sentir que la vida era mucho más de lo que había podido imaginar hasta el momento.

La carrera de Catalina tuvo una evolución similar. Su primera obra, *Historia de amor a una voz*, tanto en el texto como en el tratamiento de su representación, se trataba de un producto (por llamar de alguna manera a la unidad cultural) de entretenimiento que, no obstante, dejaba en el patio de butacas infinidad de bombas lapa que estallaban en la mente del público días después de haber dejado el teatro. Con ironía y una carga de cinismo casi artística, *La farsa*, su segunda obra, sería la que haría que Catalina Beltrán ganara el respeto del sector, pues conseguía ponernos frente al espejo del hambre de éxito, del capricho y de esa triste idea posmoderna y muy *millennial* de que el mundo nos debe algo, porque nos trató mal.

Fueron una pareja sólida. Extraña a ratos para los demás, pues aprendieron a entenderse en silencio, a través de las miradas.

Compraron una casa en San Francisco en la que crearon obras maravillosas, ambos, y donde engendraron a su único hijo que, no obstante, nació en Toledo, porque así era Catalina.

Cuando la entrevisté, hace apenas cuatro años, hablaba con un cariño romántico de aquellos años:

«Lo de la casa de San Francisco fue una locura. Pero una locura como pocas. Estaba en medio de la nada. Literalmente en medio de la nada. Frente a un acantilado. Una carretera secundaria llegaba hasta allí desde el pueblecito más cercano, que tenía pinta de haber salido de una de esas películas de terror en las que todo parece demasiado perfecto.

»Le dije que ni de coña. Pero lo hizo, claro. Si algo tuve que aprender de Mikel con los años fue que a cabezón no le ganaba nadie. La compró y montó, en el piso de arriba, un estudio de pintura acojonante. Y con vistas al mar.

»Que me llevase a verla antes de tomar la decisión me pareció prometedor, pero lo cierto es que hice un paquete con mis ilusiones y lo cerré con un nudo bien apretado, para recuperarlas si todo salía bien después de la gira.

»Estuve seis meses dando vueltas por España, de ciudad en ciudad, quedándome dos semanas en algunas, una en otras, un mes en las más grandes. Él se escapó en alguna ocasión a verme y hasta giró conmigo un par de semanas antes de volver a concentrarse en lo suyo: una colección de pintura hiperrealista con temática alegórica. Y la mudanza. La mudanza a la casa del terror.

»¿Sinceramente? Creí que aquello no era más que el ataque nostálgico del ex, lo típico. Pensé que nos acostaríamos como locos sobre manchas de pintura y en hoteles baratos y que, cuando todo se normalizara, nos daríamos cuenta de que nada había cambiado y que lo nuestro seguía siendo imposible. Pero no pasó. Porque a veces hay que alejarse de lo que uno necesita para, sencillamente, quererlo bien».

Es curiosa la fama que Catalina alcanzó con su texto teatral *La farsa*. Y digo que es curiosa porque uno tiende a pensar que la confesión de las faltas solo responde a una necesidad de redimirse. Pero cuando Catalina escribió una obra de teatro sobre sus «pinitos» como pintora, lo hizo desde un punto tan ácido y surreal que nadie pudo sino doblegarse a la verdad: con independencia del tema, la obra era… arte. Tanto que a ella le costó entender que esta vez el éxito era suyo y merecido.

Así hablaba Mikel de ella tras cuarenta años juntos:

«No es que no entienda el síndrome del impostor. Como artista lo comprendo y lo he sentido en muchas ocasiones. Pero a Catalina se la comió y escupió una persona que no se sentía ni merecedora del éxito y las buenas críticas, ni capaz de volver a hacerlo. Se negó a representarlo ella misma y cuando le pregunté por qué estaba haciendo *castings* para un papel que literalmente estaba hecho para ella, me dijo:

—Mikel, esa ya no soy yo. Ese deseo ya no es el mío.

»Catalina me enseñaba mucho sobre lo voluble que es la voluntad y lo respetable que es cambiar de idea. Yo tendía a ser de esas personas que, inamovible, me impedía a mí mismo cambiar de parecer si ya había llegado al convencimiento de algo. Aprendí que uno debe aprender a mecerse. Como ella se meció en la vida.

»Después del estreno de *La farsa* me dijo que no quería mudarse conmigo a San Francisco, y juro que sentí que me rompía el corazón. Se me pasó por la cabeza la idea de que lo hiciera como venganza por nuestra primera ruptura, pero si de algo pecamos ambos fue de sacar conclusiones demasiado pronto, antes de que al de enfrente le diera tiempo de explicarse. Me explicó que necesitaba una órbita propia y no acogerse al movimiento de mi universo y orbitar a mi alrededor, por lo que iba a viajar, venir a verme, volver a casa… Me enamoré muchísimo de ella cuando entendí lo que me estaba diciendo. Me quería libre y desde su libertad. Asentí y le prometí respetar su proceso».

Mikel se instaló en San Francisco, desde donde llamó la atención del circuito artístico del oeste americano, en el que se integró con bastante facilidad. Catalina, mientras tanto, viajó y escribió. De aquella temporada son algunas obras cortas que hoy en día sentimos indispensables en el teatro español. También exportó *La farsa* a países como Francia, Italia, Portugal, Alemania y Turquía.

Pero, a pesar de todo, su relación no quedó en un segundo plano:

«Que no paralizara nuestros planes y nuestro crecimiento, no significaba que quedara relegada a un papel secundario. El otro formó parte activa siempre de cada proceso, de cada duda y de cada logro. Y a pesar de vivir a muchísimos kilómetros de distancia, nos las arreglábamos para vernos a menudo y pasar largas temporadas juntos. Yo fui a su casa de San Francisco, por primera vez, en pleno invierno. Él hacía un par de meses que se había instalado y, aunque pensé que me iba a sentir aislada, que me iba a querer arrancar la piel de la cara después de cinco días, me enamoré. De todo. Me enamoré en el sentido más amplio de la palabra. De él. Del nosotros que éramos allí. De la vida. De las oportunidades. Del espacio propio en el que, cuando nos juntábamos, se afianzaba nuestra relación.

»Mikel pintaba por las mañanas. Por las tardes hacíamos cosas juntos. Y viajamos un poco para conocer la zona.

»Me ofrecieron seguir representando *Historia de amor a una voz* en un teatro más grande aún durante un trimestre, y, aunque sospechaba que empezaba a estar harta del texto, dije que sí. Cuando mi visa de turista estaba a punto de terminar, viajé de vuelta a España, a Madrid, a mi piso, que había mantenido cerrado. Y retomé mi vida.

»Él viajó dos veces en aquellos tres meses para verme. Y aunque surgían roces, nos podían las ganas de estar juntos. Y los planes. La vida, después, sencillamente se abrió camino».

Vivieron en San Francisco, Madrid, París, Ámsterdam, Ciudad de México, Rosario y Florencia, donde Mikel se compró un pequeño apartamento con la idea de vivir los dos durante la jubilación. Nunca se jubiló. Los artistas, como él, mueren el día que dejan de crear.

Nunca se casaron, pero celebraban fiestas inigualables e inolvidables en cada casa en la que vivieron, daba igual el país.

Solo tuvieron un hijo, cuando ya tenían cierta edad, al que llamaron Daniel, pero lo criaron diciéndole que el mundo entero era su hermano si él lo quería. Nunca necesitaron de etiquetas para demostrar que estaban enamorados y que, además, habían encontrado la fórmula para la sinergia más perfecta, en la que jamás amenazó ningún ego.

Todo lo mejor que hicieron en sus vidas, lo hicieron juntos y creo que, por eso, siempre serán recordados por separado, como artista plástico y como dramaturga, pero también en conjunto, como uno de los ejemplos de que en el líquido amniótico del arte nacen leyendas.

Si pudiera escoger una imagen de los últimos cincuenta años para representar el amor y la cultura (cuando se dan de la mano), tendría mucho donde elegir, por supuesto, pero solo tardaría en decidirme un par de segundos. Sin duda, me quedo con *El arte de engañar al karma*, la pintura de Mikel Avedaño que representaba al amor de su vida meciendo a su hijo y que dio como resultado, poco después, una obra de teatro sobre el amor, con el mismo nombre.

Artículo publicado por Daniela Andradas Férriz
en su *Antología del amor y el arte*

Agradecimientos

Terminé este libro el fin de semana de la gran nevada en Madrid y, cuando lo hice, me quedé con una sensación extraña. Estaba exhausta, feliz y aliviada.

Las personas que me conocen saben cuánto me ha costado escribir esta novela y cuánto he dudado de mí misma mientras la escribía. Creo que es parte del proceso: dudar. Si no dudamos, no aprendemos, pero yo me pasé de vueltas.

Por eso, quiero agradecer el apoyo, además de a la familia Penguin Random House que hace posible que llegue hasta vuestras manos (a todos, sin excepción, pero sobre todo a aquellos con los que compartí unas risas este año), a las personas que soportaron el proceso y mis altibajos durante este.

A Ana, por supuesto, mi editora y amiga, maravillosa, talentosa y de verdad. A Jose, santo varón, que hasta me amenazó un día con darme un tortazo si seguía dudando de mí. A mis padres, que me decían por teléfono que podía con esto y con más, sin desfallecer ni dudarlo ni un momento. A María, que me escribió y me llamó siempre que sintió que lo necesitaba…, a pesar de que fue mucho. A la otra María, la de Ginebra, por venir a verme dos veces en unos meses tan complicados. Sin ti y aquella tarde en el «jamón» no habría tomado la decisión que puso en marcha mi vida. A mi hermana Lorena y a mis sobrinos, que odian el teléfono casi más que yo.

A todas mis *enfurecías* (Jazmín, Vega, Pauli, Herni, Raca). A mis Cañis (Rocío, Esther, Laura, Marta, Mario, Félix y Jose otra vez). A mis «padrels» Jorge y Chu. A Charly e Iván, porque me quiero casar con ellos. A mi familia postiza en Madrid, Rosi, Jose y Cristina. A Laurita del Moral (no tengo palabras) y a Enrico (mi sensei). A Laura López y las santas botellas de vino que bebimos en mi terraza. A mis rebofritas y a la pequeña Eva. A Eva, también, la otra, a la que le gustan más los zapatos que a mí. Por esas risas por WhatsApp. A Lucía, por la fuerza y la risa (todo irá bien, pequeña). A Vega, Juan y Myriam, por ir a ponerme una vela a san Judas Tadeo y buscar estrellas fugaces en una noche que no se me va a olvidar nunca.

A Geraldine, mi hermana del mal, una de las suertes de mi vida al llegar a Madrid. A Miguel Gane, primo postizo, amigo y con el pelo más suave jamás tocado. Por supuesto, a todos los demás integrantes de «Sant Joszilla» (Javi, Héctor, Fátima). A Holden, que se acordó de mí durante todo el confinamiento y guarda mis secretos. A Cabecita, porque es idiota pero majo, huele muy bien y prepara un café de la leche. A Txema, porque es un crack y porque sí. A Tone y Javixu, porque lo que sé del amor también me lo han enseñado ellos.

A mi vecina Gloria, por hacerme sentir tan acompañada cuando la escucho a través de la pared hablando por teléfono.

Mención de honor a Víctor y Ángel, que hicieron de El amor hermoso bar, un hogar al que acudir cuando la ansiedad achuchaba. Por sus santas marineras y su santo abrazo.

Y al de los domingos, claro. Por las enormes alas que me regaló con su confianza. Por traerme hasta casa, en cada videollamada, la primavera que nos estábamos perdiendo. Por cuidarme siempre. Por no olvidar mi floristería preferida.

En memoria de Ricardo, al que recordaremos siempre que crucemos la plaza de San Ildefonso.

Y por supuesto, a ti. A ti, todo. Porque sin ti, no tendría nada por lo que dar las gracias en estas páginas. Este libro es tuyo. Es para ti. Es por ti. GRACIAS.

Os quiere,
Elísabet